LAS RAZONES DEL CORAZÓN

Amor y Aventura

LAS RAZONES
DEL CORAZÓN

Stephanie Laurens

Traducción de Borja Folch

VERGARA
GRUPO ZETA

Barcelona • Bogotá • Buenos Aires • Caracas • Madrid • México D.F. • Montevideo • Quito • Santiago de Chile

Título original: *Where the Heart Leads*
Traducción: Borja Folch
1.ª edición: marzo 2010

© 2008 by Savdek Management Proprietory Ltd.
© Ediciones B, S. A., 2010
     Bailén, 84 - 08009 Barcelona (España)
     www.edicionesb.com
     www.edicionesb.com.mx
Publicado por acuerdo con William Morrow,
un sello de HarperCollins Publishers

ISBN: 978-84-666-4338-2
Depósito legal: B. 432-2010
Impreso por World Color Querétaro, S.A. de C.V.

1

Londres, noviembre de 1835

—Gracias, Mostyn. —Sentado a sus anchas en un sillón ante la chimenea del salón de su moderna vivienda en Jermyn Street, Barnaby Adair, tercer hijo del conde de Cothelstone, cogió la copa de cristal de la bandeja que le ofrecía su ayuda de cámara—. No voy a necesitar nada más.

—Muy bien, señor. Le deseo buenas noches. —Arquetipo de su profesión, Mostyn hizo una reverencia y se retiró silenciosamente.

Aguzando el oído, Barnaby le oyó cerrar la puerta. Sonrió y bebió un sorbo. Cuando se había instalado en la ciudad por primera vez, su madre le endilgó a Mostyn con la vana esperanza de que éste inculcara cierto grado de docilidad en un hijo que, como con frecuencia declaraba, tenía un temperamento indómito. No obstante, si bien Mostyn profesaba una estricta observancia de las costumbres y convenciones y era adepto a la deferencia debida al hijo de un conde, amo y criado no tardaron en llegar a un acuerdo. A Barnaby le resultaba imposible concebir la vida en Londres sin el auxilio que Mostyn le proporcionaba, las más de las veces sin que tuviera que pedirlo, como con la copa de brandy que estaba bebiendo.

Con los años, Mostyn se había vuelto más afable, o quizás el carácter de ambos se había endulzado con la edad. Fuera como fuese, la suya era ahora una casa muy cómoda.

Estiradas sus largas piernas hacia el hogar, cruzados los tobillos, hundido el mentón en el fular, Barnaby estudió las lustrosas punteras de sus botas bañadas por el resplandor de las crepitantes llamas. Todo debería ir bien en su mundo, pero...

Estaba a gusto, pero no obstante sentía cierta inquietud.

Se sentía en paz... bueno, digamos envuelto en una bendita paz pero insatisfecho.

No era que en los últimos tiempos no hubiese cosechado ningún éxito. Tras más de nueve meses de pesquisas había desenmascarado a una cuadrilla de jóvenes caballeros, todos de familias acomodadas, que no contentos con ser clientes de antros de perdición habían pensado que sería divertido regentarlos. Había presentado suficientes pruebas como para acusarlos y condenarlos a pesar de su posición social. Había sido un caso difícil, arduo y larguísimo; concluirlo con éxito le había granjeado agradecidos elogios de los pares que supervisaban la labor de la Policía Metropolitana de Londres.

Seguro que su madre, al enterarse de la noticia, había torcido el gesto con expresión remilgada, manifestando tal vez un irónico deseo de que su vástago pusiera tanto interés en la caza del zorro como en la de villanos, aunque sin duda se habría guardado mucho de decirlo en voz alta puesto que su padre era uno de los antedichos pares.

En toda sociedad moderna era preciso que se sirviera a la justicia con ecuanimidad, sin miedo ni favoritismos, mal les pesara a aquellos entre las elites que se negaban a creer que las leyes del Parlamento les eran aplicables como a cualquiera. El propio primer ministro le había felicitado por su último triunfo.

Barnaby se llevó la copa a los labios y bebió un sorbo. El éxito le había sabido a gloria pero lo había dejado extrañamente vacío. Insatisfecho de un modo inesperado. Desde luego había previsto sentirse más feliz en lugar de vacío y sin rumbo, flotando a la deriva ahora que ya no tenía un caso que le absorbiera, que desafiara su ingenio y le ocupara el tiempo.

Quizá su estado de ánimo tan sólo fuese un reflejo de la estación, las últimas fases de otro año, la época en que descendían frías nieblas y la buena sociedad corría a refugiarse al calor de los hogares ancestrales, donde se prepararía para la llegada de las fiestas y las bulliciosas celebraciones que éstas conllevaban. A él esta época siempre le había resultado difícil, en especial hallar una excusa aceptable para eludir las reuniones sociales que astutamente urdía su madre.

Había casado a sus dos hermanos mayores y a su hermana, Melissa, con demasiada facilidad; en él había encontrado su Waterloo, pero presentaba batalla más obstinada e infatigable que Napoleón. Resuelta a ver casado como era debido al menor de su prole, estaba más que dispuesta a echar mano de las armas que fueran precisas con tal de lograr su objetivo.

Pese a no tener nada mejor que hacer, a Barnaby no le apetecía plantarse ante la verja del castillo de Cothelstone como candidato a las maquinaciones nupciales de su madre. ¿Y si nevaba y no podía escapar?

Por desgracia, incluso los villanos tendían a hibernar en los meses fríos.

Un golpeteo seco hizo añicos el reconfortante silencio.

Volviendo la vista hacia la puerta del salón, Barnaby cayó en la cuenta de que había oído un carruaje en la calle. El traqueteo de las ruedas sobre el adoquinado había cesado delante de su residencia. Escuchó el paso comedido de Mostyn dirigiéndose a la puerta principal. ¿Quién podía venir a aquellas horas —un vistazo al reloj de la repisa de la chimenea confirmó que eran más de las once— y en semejante noche? Al otro lado de las pesadas cortinas que cerraban las ventanas la noche era inhóspita, una densa y gélida niebla envolvía las calles engullendo las casas, convirtiendo el conocido paisaje urbano en un fantasmal reino gótico.

Nadie se aventuraría a salir en una noche como aquélla sin una buena razón.

Oyó unas voces apagadas. Al parecer Mostyn ponía empeño en disuadir a quienquiera que estuviese tratando de perturbar la paz de su amo.

De repente se hizo el silencio.

Un momento después la puerta se abrió y Mostyn entró en el salón, cerrando con cuidado a sus espaldas. Un vistazo a los labios prietos de Mostyn y a su expresión de estudiada indiferencia bastó para informar a Barnaby de que la visita no contaba con su aprobación. Aún más interesante resultaba que Mostyn hubiese sido derrotado, de manera inapelable, en su intento por rechazar al visitante.

—Una... dama ha venido a verle, señor. La señorita...

—Penelope Ashford.

El tono seco y resuelto hizo que Barnaby y Mostyn se volvieran a la vez hacia la puerta, de súbito abierta de par en par para dejar entrar a una dama envuelta en una capa oscura con el forro de piel, austera a la par que elegante. Un manguito de marta le colgaba de una muñeca, y llevaba las manos enfundadas en guantes de cuero también ribeteados de piel.

Su lustroso pelo caoba, recogido en un moño, brilló cuando cruzó la sala con una gracia y confianza en sí misma que anunciaba su condición más aún que sus delicados rasgos, intrínsecamente aristocráticos. Rasgos animados por tanta determinación, tan firme voluntad, que la fuerza de su personalidad parecía precederla como una ola.

Mostyn dio un paso atrás al acercarse ella.

Sin quitarle los ojos de encima, Barnaby descruzó sin prisa las piernas y se levantó.

—Señorita Ashford.

Unos excepcionales ojos castaños enmarcados por unas gafas de montura de oro finamente labrado se posaron en su rostro.

—Señor Adair. Nos conocimos hace casi dos años, en el salón de baile de Morwellan Park con ocasión de la boda de Charlie y Sarah. —Se detuvo a dos pasos de él y lo estudió como si juzgara el alcance de su memoria—. Tal vez recuerde que hablamos brevemente.

No le ofreció la mano. Barnaby bajó la vista hacia su cabeza inclinada hacia arriba, cabeza que apenas le sobrepasaba los hombros, y se encontró con que la recordaba sorprendentemente bien.

—Me preguntó si yo era el que investigaba crímenes.

Ella le dedicó una sonrisa radiante.

—Sí, en efecto.

Barnaby pestañeó, un tanto asombrado de que, pese a los meses transcurridos, recordara el tacto de aquellos delicados dedos entre los suyos. Tan sólo le había estrechado la mano pero, no obstante, la recordaba a la perfección; hasta tal punto que ahora sintió un hormigueo de memoria táctil.

Resultaba evidente que había causado una honda impresión en él, por más que entonces no hubiese reparado en ello. Entonces estaba concentrado en otro caso y había puesto más atención en desviar el interés de la joven que en ella.

Había crecido desde la última vez que la viera. No era que fuese más alta. De hecho, Barnaby no tenía claro que hubiese ganado centímetros en alguna parte de su cuerpo; estaba tan rellenita como su memoria la perfilaba. Sin embargo había ganado en estatura, en seguridad y confianza en sí misma; aunque dudaba que alguna vez hubiese carecido de esta última, ahora era la clase de dama que cualquier necio reconocería como una fuerza de la naturaleza a quien resultaría peligroso contrariar.

No era de extrañar que hubiese arrollado a Mostyn.

La señorita Ashford ya no sonreía. Lo estaba observando abiertamente; en casi cualquier otro caso él lo habría considerado un descaro pero, al parecer, lo estaba evaluando intelectualmente más que físicamente.

Labios sonrosados, embriagadoramente lozanos, firmes como si hubiese tomado una determinación.

Picado por la curiosidad, Barnaby ladeó la cabeza.

—¿A qué debo el honor de esta visita? —Esa visita tan irregular, por no decir potencialmente escandalosa, siendo como era una dama de buena cuna en edad casadera que visitaba a altas horas de la noche a un caballero soltero con quien no la unía ningún parentesco. Sola. Sin carabina alguna. Debería protestar y decirle que se fuera. Seguro que Mostyn lo veía así.

Sus bellos ojos castaños lo miraron de hito en hito, sin el menor asomo de malicia o temor.

—Quiero que me ayude a resolver un crimen.

Barnaby le sostuvo la mirada.

Ella no se amedrentó.

Transcurrido un elocuente silencio, Barnaby le indicó con elegante ademán la otra butaca.

—Tome asiento, por favor. ¿Le apetece beber algo?

Una breve sonrisa iluminó su semblante, que pasó de vistosamente atractivo a despampanante, mientras se dirigía al sillón colocado delante del suyo.

—Gracias, pero no. Lo único que necesito es su tiempo. —Despidió a Mostyn con un ademán—. Puede retirarse.

Mostyn se puso tenso y lanzó una ofendida mirada a Barnaby.

Reprimiendo una sonrisa, Barnaby refrendó la orden asintiendo con la cabeza. Pese a su desacuerdo, Mostyn se retiró aunque dejando la puerta entornada. Barnaby se percató pero no dijo nada. El mayordomo sabía que muchas jovencitas iban a la caza de su señor, a menudo con bastante inventiva; saltaba a la vista que a su juicio la señorita Ashford podría ser una de aquellas intrigantes. Barnaby no compartía tal parecer. Penelope Ashford tal vez tramara algo, pero el matrimonio no parecía su objetivo.

Mientras ella ponía el maguito sobre su regazo, Barnaby se dejó caer de nuevo en su butaca y la estudió otra vez. Era la joven más singular con que se había topado jamás. Tal fue la opinión que se formó incluso antes de que ella le dijera:

—Señor Adair, necesito su ayuda para encontrar a cuatro niños desaparecidos e impedir que secuestren a ninguno más.

Penelope levantó los ojos y los clavó en el rostro de Barnaby Adair. E hizo todo lo que pudo para no verlo. Cuando había decidido ir a verle no había imaginado que él, o mejor dicho su presencia, pudiera causarle algún efecto. ¿Por qué iba a pensarlo? Ningún hombre la había dejado jamás sin aliento, de modo que ¿por qué él? Era un auténtico fastidio.

Los ondulantes rizos rubios en torno a una cabeza bien formada, los pronunciados rasgos aguileños y aquellos ojos azul celeste que transmitían una penetrante inteligencia sin duda tenían su interés, pero al margen de sus rasgos había algo más en él, en su presencia, que la ponía nerviosa de un modo desconcertante.

Que fuera capaz de afectarla era todo un misterio. Era alto, de miembros largos y esbeltos, pero no más que su hermano Luc, y si bien era ancho de espaldas, no lo era más que su cuñado Simon. Y desde luego no era más guapo que Luc o Simon, aunque tampoco le costaría ocupar un buen puesto en el índice de apostura; había oído describir a Barnaby Adair como un Adonis y debía admitir que era cierto.

Todo lo cual no venía al caso y la llevó a preguntarse por qué le prestaba atención. Optó por centrarse en las numerosas preguntas que veía cobrar forma tras aquellos ojos azules.

—El motivo de que me encuentre yo aquí en vez de un grupo de padres indignados es que los niños en cuestión son indigentes y expósitos.

Barnaby frunció el entrecejo. Ella esbozó una sonrisa.

—Será mejor que comience por el principio —dijo la joven.

Barnaby asintió:

—Es probable que eso me ayude a hacerme cargo de la situación.

Penelope puso los guantes encima del manguito. No las tenía todas consigo en cuanto al tono empleado por Barnaby, pero resolvió pasarlo por alto.

—No sé si estará usted enterado, pero mi hermana Portia, ahora esposa de Simon Cynster, otras tres damas de alcurnia y yo fundamos el orfanato ubicado frente al Hospital Benéfico Infantil de Bloomsbury. Eso fue en el año treinta. El orfanato funciona desde entonces acogiendo a expósitos, sobre todo del East End, y enseñándoles a trabajar como sirvientas y lacayos y, de un tiempo a esta parte, también en otros oficios.

—La última vez que nos vimos, usted preguntó a Sarah sobre los programas de formación de su orfanato.

—En efecto. —Penelope no sabía que las hubiese oído hablar—. Mi hermana mayor, Anne, ahora Anne Carmarthen, también colabora, pero desde que se casaron, teniendo una casa que llevar, tanto Anne como luego Portia se han visto obligadas a reducir el tiempo que dedicaban al orfanato. Las otras tres damas también deben atender un buen número de obligaciones. Por consiguiente, en la actualidad estoy encargada de supervisar la administración cotidiana del establecimiento. Y es en esa calidad que esta noche estoy aquí.

Cruzando las manos encima de los guantes, lo miró a los ojos y le sostuvo la mirada.

—El procedimiento normal es que la autoridad competente ponga a los niños formalmente a cargo del orfanato, o que lo haga su último tutor con vida. Esto último se da con frecuencia. Suele suceder que un pariente agonizante, sabedor de que su pupilo pronto estará sólo en el mundo, se ponga en contacto con nosotros, que acudimos y nos encargamos de todas las diligencias. Por lo general, el niño permanece con su tutor hasta el final y, al fallecer éste, se nos manda aviso, normalmente por medio de algún vecino servicial, y entonces regresamos a recoger al huérfano para llevarlo al orfanato.

Barnaby asintió, dando a entender que por el momento todo estaba claro.

Penelope tomó aire y prosiguió, notando los pulmones tensos, su lenguaje era más seco a medida que resurgía el enojo.

—Durante el último mes, en cuatro ocasiones distintas, al llegar en busca de un niño nos hemos encontrado con que un hombre se nos había adelantado. Dijo a los vecinos que era funcionario municipal, pero no existe ninguna autoridad que recoja a los huérfanos. Si la hubiera, lo sabríamos.

La mirada azul de Adair se aguzó.

—¿Siempre es el mismo hombre?

—Por lo que nos han dicho, podría serlo. Pero no es seguro.

Aguardó mientras él reflexionaba. Se mordió la lengua y se obligó a permanecer quieta en el asiento, observando la expresión concentrada de Barnaby.

Tenía ganas de seguir adelante, de exigirle que actuara y decirle cómo hacerlo. Estaba acostumbrada a dirigir, a hacerse cargo de las cosas y ordenar cuanto estimara conveniente. Sus ideas solían ser acertadas y, por lo general, a la gente le iba todo mucho mejor si se limitaba a ceñirse a sus instrucciones. Ahora bien, necesitaba la ayuda de Barnaby Adair y el instinto le aconsejaba andarse con pies de plomo. Guiar en vez de presionar.

Persuadir en vez de mandar.

Barnaby había adoptado un aire ausente pero de pronto volvió a mirarla a los ojos.

—Ustedes recogen niños y niñas. ¿Sólo han desaparecido niños?

—Sí —contestó Penelope, asintiendo con la cabeza—. En los últimos meses hemos admitido a más niñas que niños, pero ese hombre sólo se ha llevado niños.

Hubo un compás de espera.

—Se ha llevado a cuatro; hábleme de cada uno de ellos. Comience por el primero: cuénteme todo lo que sepa, cada detalle, por más intrascendente que parezca.

Barnaby la observó mientras ella escarbaba en su memoria; concentrada, los rasgos se le suavizaron perdiendo parte de su habitual vitalidad. Tomó aire y clavó la vista en el fuego como si leyera en las llamas.

—El primero era de Chicksand Street en Spitalfields, una bocacalle de Brick Lane al norte de Whitechapel Road. Tenía ocho años, o al menos eso nos dijo su tío. Él, el tío, se estaba muriendo y...

Barnaby la escuchó mientras ella, sin acabar de sorprenderlo, lo informaba exactamente y enumeraba los pormenores de cada caso con lujo de detalles. Aparte de formular alguna que otra pregunta secundaria, no tuvo que ayudarla a hurgar en sus recuerdos.

Barnaby estaba acostumbrado a tratar con damas de la alta sociedad, a interrogar a damiselas cuyas mentes se iban por las ramas al abordar un asunto, saltando de un tema a otro, de modo que se precisaba la sabiduría de Salomón y la paciencia de Júpiter para formarse una idea de lo que realmente sabían.

Penelope Ashford pertenecía a otra especie. Había llegado a oídos de Barnaby que era muy suya, que prestaba poca atención a las convenciones sociales si éstas se interponían en su camino. Se decía que era demasiado inteligente para su propio bien, franca y directa en extremo, y abundaban quienes atribuían su soltería a esa combinación de rasgos.

Era notablemente atractiva a su manera, no bonita ni guapa pero tan llena de viveza que atraía las miradas de los hombres. Además, estaba muy bien relacionada por ser hija de un vizconde, y su hermano Luc, que ahora ostentaba el título, era sumamente rico y podría proporcionarle una dote más que apropiada. No obstante, su hermana Portia se había casado hacía poco con Simon Cynster y, si bien Portia quizá fuera más discreta, Barnaby recordaba que las señoras del clan Cynster, juezas dignas de su confianza en tales cuestiones, veían poca diferencia entre Portia y Penelope salvo la franqueza de la segunda.

Y, si mal no recordaba, también salvo su voluntad implacable.

Basándose en lo poco que sabía de las hermanas, también él habría dicho que Portia daría su brazo a torcer, o al menos que se avendría a negociar, mucho antes que Penelope.

—E igual que en los demás casos, cuando esta mañana hemos ido a Herb Lane para recoger a Dick, había desaparecido. Se lo llevó ese hombre misterioso a las siete, poco después del alba. —Terminado el relato, pasó sus persuasivos ojos oscuros de las llamas a su semblante.

Barnaby le sostuvo la mirada durante un instante y acto seguido asintió.

—O sea que de un modo u otro esa gente..., pues vamos a suponer que es un grupo organizado quien recoge a los niños...

—Sí, ha de ser un grupo. Esto no nos había ocurrido nunca y ahora, de repente, cuatro casos en menos de un mes, y todos con el mismo modus operandi. —Enarcando las cejas, lo miró de hito en hito.

Con cierto laconismo, Barnaby dijo:

—Precisamente. Tal como estaba diciendo, esas personas, sean quienes sean, parecen estar informadas sobre la identidad de sus futuros pupilos...

—Antes de que sugiera que pueden enterarse a través de alguien del orfanato, permítame asegurarle que eso es harto improbable. Si conociera a quienes trabajan allí, entendería por qué estoy tan segura. Además, aunque le haya referido nuestros cuatro casos, no podemos saber si otros niños del East End que acaban de quedar huérfanos no están desapareciendo también. Las más de las veces nadie avisa a nuestra institución. Es posible que estén desapareciendo muchos más, pero ¿quién va a dar la voz de alarma?

Barnaby la miraba fijamente mientras se hacía una composición mental de la situación.

—Abrigaba la esperanza —prosiguió Penélope, bajando la vista para alisar los guantes— de que usted se aviniera a investigar esta última desaparición, ya que a Dick se lo han llevado esta misma mañana. Soy consciente de que por lo general investiga delitos relacionados con la buena sociedad, pero me preguntaba, dado que estamos en noviembre y la mayoría de nosotros se dispone a marcharse al campo, si quizá dispondría de tiempo para tomar en consideración nuestro problema. —Levantó la vista, buscando sus ojos; no había ni un ápice de timidez en los suyos—. Naturalmente, podría encargarme del asunto yo misma...

Barnaby evitó reaccionar justo a tiempo.

—Pero he pensado que contar con el apoyo de alguien con más experiencia en estas cuestiones podría conducir más deprisa a una resolución.

Penelope le sostuvo la mirada y confió en que su anfitrión fuera tan agudo como se decía. Por otro lado, sabía por experiencia que la franqueza rara vez resultaba contraproducente.

—Hablando claro, señor Adair, he venido aquí en busca de ayuda para averiguar el paradero de los pupilos que hemos perdido, no por el mero deseo de informar a un tercero sobre su desaparición para luego desentenderme de ellos. Tengo la firme intención de buscar a Dick y los otros tres niños hasta que los encuentre. Pero como no soy boba, preferiría tener al lado a alguien familiarizado con el crimen y los métodos de investigación apropiados. Además, si bien es cierto que a través de nuestro trabajo tenemos contactos en el East End, pocos de nosotros, por no decir ninguno, nos movemos en los bajos fondos, de modo que mi capacidad para obtener información en ese terreno es limitada.

Hizo una pausa y le escrutó el semblante. La expresión de Barnaby apenas revelaba nada; su frente despejada, las cejas rectas, los firmes pómulos bien dibujados, las líneas austeras del mentón y la mandíbula permanecían fijos, impasibles. Penelope abrió las manos.

—Bien, le he explicado nuestra situación. ¿Nos ayudará?

Para su fastidio, Barnaby no contestó enseguida. No mordió el anzuelo incitado por el temor de que ella se aventurase sola en el East End. No obstante, tampoco se negó. La estudió con detenimiento, manteniendo la expresión indescifrable el tiempo suficiente para que ella se preguntara si él había descubierto su estratagema. Luego cambió de postura, reclinándose de nuevo en el respaldo.

—¿Cómo cree que deberíamos plantear nuestra investigación?

Penelope disimuló una sonrisa.

—Pensaba que, si no tiene otros compromisos, podría visitar el orfanato mañana para formarse una idea de cómo trabajamos y del tipo de niños que acogemos. Luego...

Barnaby escuchó mientras ella bosquejaba una estrategia sumamente sensata que le proporcionaría los datos esenciales para establecer por dónde encauzar la pesquisa y, por consiguiente, el mejor modo de proceder.

Las sensatas y lógicas palabras que pronunciaban sus labios, todavía lozanos y carnosos, todavía turbadores, confirmaron que Penelope Ashford era peligrosa. Tanto o más de lo que sugería su reputación.

En el caso de Barnaby, sin duda más, habida cuenta de la fascinación que le causaban sus labios. Por añadidura, le estaba ofreciendo algo que a ninguna otra damisela se le habría ocurrido darle: un caso. Justo cuando con más urgencia lo necesitaba.

—Una vez que hayamos hablado con los vecinos que vieron cómo se llevaban a Dick, confío en que estará en condiciones de trazar un plan de acción.

Barnaby levantó la mirada hasta sus ojos.

—Así lo espero. —Vaciló unos instantes; a todas luces ella estaba resuelta a tomar parte activa en la investigación. Dado que él conocía a su familia, era incuestionable que el honor lo obligaba a disuadirla de tan imprudente empeño, aunque tenía igual de claro que cualquier insinuación por parte de él para que se retirara a su casa y dejara que él diera caza a los villanos toparía con una férrea oposición. Ladeó la cabeza—. Da la casualidad de que mañana estoy libre. ¿Podría reunirme con usted en el orfanato por la mañana?

Ya la apartaría de la investigación en su debido momento, cuando estuviera al corriente de los hechos y de cuanto ella supiera sobre aquel extraño asunto.

Penelope lo obsequió con una sonrisa radiante, interrumpiendo de nuevo el hilo de su pensamiento.

—¡Estupendo! —Recogió los guantes y el manguito y se levantó. Había conseguido lo que quería; era hora de marcharse antes de que él le dijera algo que ella no tuviera ganas de oír. Mejor no enzarzarse en discusiones. Todavía no.

Barnaby se levantó a su vez y le indicó la puerta. Ella pasó por delante, poniéndose los guantes. No había conocido a otro hombre que tuviera las manos tan bonitas, de dedos largos y elegantes... Las recordaba de la ocasión anterior, razón por la cual evitó estrecharle la mano.

Barnaby la siguió hasta el vestíbulo.

—¿Su carruaje la espera?

—Sí. —Se detuvo ante la puerta y levantó la vista hacia él—. Me aguarda frente a la casa contigua.

Barnaby torció los labios.

—Entiendo. —Su ayuda de cámara estaba indeciso, pero él le hizo una seña para que no interviniera y cogió el pomo—. Permítame acompañarla.

Penelope inclinó la cabeza. Cuando él abrió la puerta, salió al estrecho porche. Ella se estremeció al sentir su presencia tan cercana. Alto y abrumadoramente masculino, la escoltó al bajar los tres escalones hasta la acera y luego hasta donde aguardaba el carruaje de su hermano, con el cochero paciente y resignado sentado en el pescante.

Adair abrió la portezuela y le ofreció la mano. Conteniendo el aliento, Penelope le tendió los dedos y trató de pasar por alto cómo los envolvían los de él, procurando no percibir el calor de su firme apretón cuando la ayudó a subir al carruaje.

Mas no lo logró.

No pudo respirar hasta que él le soltó la mano. Se dejó caer en el asiento de cuero y se las arregló para sonreír y asentir.

—Gracias, señor Adair. Nos veremos por la mañana.

Barnaby la estudió a través de la penumbra, luego levantó la mano a modo de saludo, dio un paso atrás y cerró la portezuela.

El cochero sacudió las riendas y el carruaje arrancó bruscamente. Soltando un suspiro, Penelope se recostó en el asiento y sonrió a la oscuridad. Satisfecha, y una pizca petulante. Había reclutado a Barnaby Adair para su causa y, a pesar del inaudito acceso de sensiblería, había manejado la situación sin desvelar su aflicción.

En general la velada había sido un éxito.

Barnaby se quedó plantado en la calle, envuelto en la niebla, observando cómo se alejaba el carruaje. Cuando dejó de oír el traqueteo de las ruedas, sonrió y enfiló hacia su puerta.

Al subir los escalones del porche se percató de que estaba de buen humor. El abatimiento se había esfumado, sustituido por la expectativa de lo que le depararía el nuevo día.

Y eso debía agradecérselo a Penelope Ashford.

No sólo le había propuesto un caso, uno que se apartaba de su ámbito habitual y que, por consiguiente, supondría un desafío y ampliaría sus conocimientos, sino que, aún más importante, se trataba de un caso que ni siquiera su madre desaprobaría.

Redactando mentalmente la carta que escribiría a su progenitora a primera hora de la mañana, entró en su casa silbando entre dientes y dejó que Mostyn se encargara de echar el cerrojo a la puerta.

2

—Buenos días, señor Adair. La señorita Ashford nos ha avisado de su visita. Está en su despacho. Tenga la bondad de acompañarme.

Barnaby cruzó el umbral del orfanato y aguardó mientras la mujer de mediana edad, muy bien arreglada, que había abierto la pesada puerta en respuesta a su llamada la cerraba y la aseguraba con un pasador alto.

Ella dio media vuelta y le hizo una seña; Barnaby la siguió mientras lo conducía a través de un espacioso vestíbulo y por un largo pasillo con puertas que se abrían a derecha e izquierda. Sus pasos resonaban levemente en el suelo de baldosas blancas y negras; las paredes desnudas eran de un pálido tono amarillo crema. En cuanto a estructura, la casa parecía en perfecto estado pero no presentaba el menor indicio de decoración: ni cuadros en las paredes ni alfombras sobre las baldosas.

Nada que suavizara o disfrazara la realidad de que aquello era una institución.

Una breve inspección del edificio desde el otro lado de la calle le había mostrado una mansión antigua, pintada de blanco, tres plantas y buhardillas en lo alto, un cuerpo central flanqueado por dos alas, amplios patios de grava delante de cada ala separados de la acera por una valla de hierro forjado. Un sendero recto y estrecho conducía de la pesada verja de la calle hasta el porche de la entrada.

Todo lo que Barnaby había visto del inmueble emanaba sentido práctico y solidez.

Volvió a fijarse en la mujer que tenía delante. Aunque no llevaba uniforme, le recordó a la gobernanta de Eton por su paso presuroso y decidido, y por el modo en que echaba un vistazo al pasar ante cada habitación, comprobando quién había dentro.

Él también miró las habitaciones y vio grupos de niños de distintas edades sentados en pupitres o en corros en el suelo, escuchando absortos a mujeres, y en un caso a un hombre, que les leían o enseñaban.

Mucho antes de que la mujer que lo guiaba aminorase el paso y se detuviera ante una puerta, Barnaby había comenzado a añadir notas mentales sobre Penelope Ashford. Fue el ver a los niños —sus rostros rubicundos y redondos, los rasgos indiscernibles, el pelo arreglado pero sin peinar, la ropa decente pero de ínfima calidad, todo tan diferente de los niños con que él o ella trataban normalmente— lo que le abrió los ojos.

Al defender a criaturas tan inocentes y desvalidas de un estrato social tan alejado del suyo, Penelope no se estaba permitiendo un simple gesto altruista; al traspasar en semejante medida los límites de lo que la buena sociedad juzgaba apropiado en las obras benéficas para las damas de su posición, se estaba jugando, y de esto Barnaby estaba seguro con cierta complicidad, la desaprobación social.

El orfanato de Sarah y su relación con él no era lo mismo que Penelope estaba haciendo allí. Los niños de Sarah eran de extracción campesina, hijos de labriegos y familias del pueblo que vivían, trabajaban o se relacionaban con las fincas de la aristocracia terrateniente; ocuparse de ellos implicaba un componente de «nobleza obliga». Pero los niños de allí eran de las populosas barriadas y atestadas casas de vecinos de Londres; no guardaban relación alguna con la alta sociedad y sus familias a duras penas se ganaban la vida como podían en ocupaciones variopintas.

Y algunas de esas ocupaciones no resistirían un escrupuloso escrutinio.

La mujer a quien había seguido hizo un gesto con el mentón.

—La señorita Ashford está en el despacho del fondo, señor. Tenga la bondad de pasar.

Barnaby se detuvo en el umbral del antedespacho. Una joven remilgada estaba sentada, con la cabeza gacha, a un escritorio frente a unos armarios cerrados, revisando papeles. Con una comedida sonrisa, Barnaby dio las gracias a su acompañante y cruzó hacia el sanctasanctórum.

Su puerta también estaba abierta.

Sin hacer ruido, se aproximó y se detuvo a mirar. El despacho de Penelope —la placa de latón de la puerta ponía Administración— era un cuadrado de paredes blancas, austero y sin adornos. Contenía dos armarios altos contra una pared y un gran escritorio situado ante la ventana con dos sillas de respaldo recto.

Penelope, en la silla de detrás del escritorio, estaba concentrada en un fajo de papeles. El ceño levemente fruncido hacía que sus cejas oscuras formaran una línea casi horizontal sobre el puente de su naricilla recta. Los labios apretados, se fijó él, daban un aire severo a su semblante.

Llevaba un traje de calle azul marino; la oscuridad del color resaltaba su tez de porcelana y el lustroso obsequio de sus cabellos castaños. Tomó debida nota de los reflejos rojos de su espléndido pelo.

Alzó la mano y llamó con delicadeza a la puerta.

—¿Señorita Ashford?

Penelope levantó la vista. Por un instante, tanto su mirada como su expresión fueron de perplejidad, luego pestañeó, enfocó y lo saludó con un ademán.

—Señor Adair. Bienvenido al orfanato.

Sin sonreír, reparó Barnaby; metida en faena. Pensó que resultaba reconfortante.

Relajado y tranquilo, dio unos pasos para situarse junto a la otra silla.

—Quizá podría mostrarme el lugar y contestar a unas preguntas.

Ella consideró la sugerencia y echó un vistazo a los papeles que tenía delante. Barnaby casi la oía debatirse en su fuero interno sobre si enviarle a hacer la ronda con su ayudante, pero entonces sus labios —aquellos labios de rubí que habían recuperado su fascinante plenitud natural— volvieron a apretarse.

—Por supuesto. Cuanto antes encontremos a los niños perdidos, mejor.

Rodeando el escritorio, salió del despacho con paso decidido; enarcando levemente las cejas, Barnaby la siguió: otra vez detrás de una mujer, aunque ésta no le traía a la mente ningún rasgo matronil.

Sin embargo ella se las arregló para armar un loable ajetreo al cruzar el antedespacho.

—Le presento a mi ayudante, la señorita Marsh. También fue huérfana, y ahora trabaja aquí asegurándose de que todos nuestros archivos y el papeleo están en orden.

Barnaby sonrió a aquella discreta joven, que se sonrojó e inclinó la cabeza, fijando de nuevo su atención en los papeles. Siguiendo a Penelope al pasillo, Barnaby reflexionó que era poco probable que los habitantes del orfanato se toparan con muchos caballeros de alcurnia.

Alargando el paso, dio alcance a Penelope, que lo conducía hacia el interior de la casa caminando de un modo casi masculino, obviamente desdeñosa del caminar deslizante que tan en boga estaba. Echó un vistazo a su semblante.

—¿Hay muchas damas de alcurnia que la ayuden en su labor aquí?

—No demasiadas. —Al cabo de un instante, se explicó mejor—. Vienen unas pocas. Se enteran por mí o Portia, o las demás, o por nuestras madres y tías, y acuden con la intención de ofrecer sus servicios.

Se detuvo en la intersección con otro pasillo que conducía a un ala y lo miró a la cara.

—Vienen, miran... y luego se marchan. La mayoría tienen la idea de hacerse las dadivosas con golfillos apropiadamente agradecidos. —Una chispa de malicia brilló en sus ojos; volviéndose, señaló hacia el ala—. Y eso no es lo que encuentran aquí.

Incluso antes de que llegaran a la puerta entornada, la tercera del pasillo, la algarabía era evidente.

Penelope la abrió de par en par.

—¡Niños!

El ruido cesó tan de repente que el silencio reverberó.

Diez niños de entre ocho y doce años se quedaron de una pieza, sorprendidos en pleno combate de lucha libre. Con los ojos como platos y las bocas torcidas, se percataron de quién había entrado y entonces, deprisa, se separaron, empujándose para ponerse en fila y lucir sonrisas inocentes que pese a todo parecían bastante auténticas.

—Buenos días, señorita Ashford —dijeron a coro.

Ella les dirigió una mirada muy seria.

—¿Dónde está el señor Englehart?

Los niños cruzaron miradas y uno de ellos, el más grandullón, contestó:

—Ha salido un momento, señorita.

—Y seguro que os ha dejado una tarea que hacer, ¿verdad?

Los niños asintieron. Sin decir palabra, regresaron a sus pupitres y enderezaron los dos que habían tumbado. Provistos de tizas y pizarras, se sentaron en los bancos y reanudaron su tarea; echando un vistazo, Barnaby vio que estaban aprendiendo a sumar y restar.

Unos pasos presurosos resonaron en el fondo del pasillo; un momento después, un hombre bien vestido de unos treinta años apareció en el umbral.

Observó a los niños y a Penelope, y acto seguido sonrió.

—Por un momento he pensado que se habían matado entre sí.

Se oyeron risas ahogadas. Tras asentir a Penelope y mirar con curiosidad a Barnaby, Englehart ocupó su sitio en el aula.

—Venga, chicos. Otros tres grupos de sumas y podréis salir al patio.

Algunos rezongaron pero se pusieron a trabajar en serio; más de uno apretaba la lengua entre los dientes.

Uno levantó la mano y Englehart se acercó para leer lo que había en la pizarra del niño.

Penelope echó un último vistazo al grupo y se reunió con Barnaby junto a la puerta.

—Englehart enseña a los niños de esta edad a leer y escribir, y también aritmética. La mayoría aprende lo bastante como para buscar un empleo mejor que el de simple lacayo, y otros van para aprendices en distintos oficios.

Habiendo reparado en la seriedad de la relación de los niños con Englehart y en el modo en que éste reaccionaba con ellos, Barnaby asintió.

Siguió a Penelope fuera del aula. Cuando ella hubo cerrado la puerta, le dijo:

—Englehart parece capacitado para este trabajo.

—Lo está. También es huérfano, pero su tío se hizo cargo de él y le dio una buena educación. Ocupa un puesto de confianza en el bufete de un abogado que está al corriente de nuestra obra y permite que Englehart nos dedique seis horas a la semana. Tenemos otros profesores para otras asignaturas. En su mayoría son voluntarios, lo cual significa que realmente les importan sus alumnos y que están dispuestos a emplearse a fondo para sacar lo mejor de lo que casi nadie consideraría una buena arcilla.

—Por lo que veo, ha conseguido bastantes y provechosos apoyos.

Ella se encogió de hombros.

—Cuestión de suerte.

Barnaby sospechó que si la joven tenía un objetivo en mente, la suerte apenas contaba.

—Los familiares que confían sus pupilos a esta institución, ¿vienen antes a visitarla?

—Los que pueden, suelen hacerlo. Pero en cualquier caso nosotros siempre visitamos al niño y al tutor en su casa. —Lo miró a los ojos—. Es importante que sepamos en qué clase de hogar se han criado y a qué están acostumbrados. Cuando llegan aquí por primera vez, muchos tienen miedo: este ambiente es nuevo y a menudo extraño para ellos, con normas que desconocen y costumbres que les resultan raras. Saber a qué están habituados nos permite ayudarlos a integrarse.

—Esas visitas las hace usted —dijo Barnaby como afirmación.

Penelope levantó el mentón.

—Soy la responsable, de modo que debo estar informada.

A él no le vino a la mente ninguna joven que quisiera ir de buen grado a esos lugares; se estaba haciendo patente que hacer suposiciones sobre Penelope, o sobre su conducta o reacciones, basándose en lo que era la norma entre las jóvenes de buena cuna era un modo excelente de no entender nada.

Siguió guiándolo, deteniéndose en las diversas aulas, mostrándole los dormitorios, vacíos a esa hora, la enfermería y el comedor, mientras le explicaba los métodos y rutinas que seguían y le presentaba al personal que encontraban por el camino. Barnaby escuchó atentamente cuanto le refirió; disfrutaba estudiando a las personas, se consideraba a sí mismo bastante entendido en caracteres, y cuanto más veía, más fascinado se sentía, sobre todo por Penelope Ashford.

Tenaz, dominante pero no dominadora, inteligente, despierta y perspicaz, entregada y leal; al finalizar el recorrido había visto lo bastante para estar seguro de esas cualidades. También podría añadir irritable cuando la presionaban, prepotente cuando se cuestionaba su autoridad y compasiva de pies a cabeza. Esto último se traslucía cada vez que se relacionaba con algún niño; parecía conocer cada nombre y cada historia de los más de ochenta bribonzuelos que vivían en aquella casa.

Finalmente regresaron al vestíbulo principal. A Penelope no se le ocurría qué más podía mostrarle; daba gusto que fuera tan observador y en apariencia capaz de deducir sin tener que explicarle las cosas con detalle. Se detuvo y se volvió hacia él.

—¿Necesita saber algo más sobre nuestros procedimientos?

Barnaby la miró un momento y luego negó con la cabeza.

—Por ahora no. Todo parece bastante sencillo, bien pensado y establecido. —Echó una ojeada al interior de la casa—. Y a juzgar por lo que he visto de su personal, estoy de acuerdo en que es harto improbable que alguien esté implicado, ni siquiera en pasar información a los... a falta de una palabra mejor, secuestradores.

Su mirada azul volvió a clavarse en Penelope; ella intentó fingir que no se daba cuenta de cómo le estudiaba los ojos, los rasgos.

—De modo que el paso siguiente será visitar el escenario de la última desaparición, interrogar a la gente del barrio y averiguar qué saben. —Sonrió de un modo cautivador—. Si me da la dirección, no será preciso que le robe más tiempo.

Penelope entrecerró los ojos, apretando la mandíbula con firmeza.

—No tiene que apurarse por mi tiempo. Hasta que nos devuelvan a esos cuatro niños, este asunto es prioritario. Como es natural, le acompañaré al domicilio del padre de Dick. Dejando otras consideraciones al margen, los vecinos no le conocen y dudo que estén dispuestos a hablar con usted.

Barnaby le sostuvo la mirada. Penelope se preguntó si la discusión que tarde o temprano tendrían iba a tener lugar en aquel preciso instante... Pero entonces él ladeó la cabeza.

—Como guste.

Su última palabra quedó ahogada por un taconeo procedente del pasillo. Penelope dio media vuelta y vio que la señora Keggs, la gobernanta, venía hacia ellos presurosa.

—Por favor, señorita Ashford, la necesito un momento antes de que se vaya. —Al llegar al vestíbulo se detuvo y agregó—: Es por las provisiones para los dormitorios y la enfermería. Es importante que envíe el pedido hoy mismo.

Penelope disimuló su irritación; no por la señora Keggs, pues la necesidad era urgente, sino por lo inoportuno del momento. ¿Y si Adair intentaba aprovechar la demora para apartarla de la investigación? Se volvió hacia él.

—No me llevará más de diez..., quizá quince minutos. —No le preguntó si la esperaría, sino que prosiguió—: Podremos marcharnos en cuanto termine.

Barnaby le sostuvo la mirada con firmeza; ella no descifró nada en sus ojos azules aparte de que la estaban evaluando, sopesando. Luego la línea de los labios se suavizó sin llegar a sonreír, más bien como si en su fuero interno se estuviera divirtiendo.

—Muy bien. —Del otro lado de la puerta, ahora abierta, les llegaban las voces de los niños; inclinó la cabeza en esa dirección—. Aguardaré fuera, observando a sus pupilos.

Ella sintió tal alivio que no le preguntó qué esperaba observar. Asintió con brío.

—Iré a buscarle en breve.

Sin darle ocasión de cambiar de opinión, se volvió y, junto a la señora Keggs, enfiló el pasillo que llevaba a su despacho.

Barnaby la observó alejarse, fijándose con admiración en el enérgico balanceo de sus caderas y sus andares resueltos. Luego se dio la vuelta y, sonriendo más abiertamente, salió al día sombrío.

De pie en el porche, recorrió con la vista el patio que quedaba a su derecha; un grupo de niños y niñas de unos cinco o seis años reían y chillaban mientras se perseguían y lanzaban balones. Al mirar a la izquierda descubrió un número semejante de niños, todos de edades comprendidas entre los siete y los doce años, el grupo al que se habrían unido los niños desaparecidos.

Bajó los escalones y dejó que los pies le llevaran en aquella dirección. No buscaba nada en concreto, pero la experiencia le había enseñado que datos aislados en apariencia superfluos a la postre solían resultar cruciales para resolver un caso.

Apoyándose contra la fachada de la casa, dejó que su vista recorriera el grupo de niños. Los había de todos los tamaños y formas, unos eran rechonchos, achaparrados y con pinta de matones, otros flacos y canijos. La mayoría se movía sin dificultad al jugar, pero algunos cojeaban y uno arrastraba un pie.

Cualquier grupo similar de hijos de buena familia habría sido más homogéneo en cuanto a presencia física, con rasgos semejantes y los mismos miembros largos.

El único elemento que compartían aquellos niños, tanto entre sí como con los niños de los círculos de Barnaby, era cierta despreocupación de la que normalmente carecían los hijos de los pobres. Era un reflejo de la confianza en su seguridad, en que tendrían un techo sobre la cabeza y un sostén razonable, no sólo hoy sino también mañana y en el futuro inmediato. Aquellos niños eran felices, mucho más de lo que nunca llegarían a serlo sus iguales.

Había un profesor sentado en un banco al otro lado del patio. Leía un libro y echaba esporádicos vistazos a sus pupilos.

Al cabo, uno de los niños —un chaval de unos diez años, enjuto y nervudo y con cara de hurón— se acercó sigilosamente a Barnaby. Aguardó a que éste lo mirase antes de preguntar:

—¿Es un profesor nuevo?

—No. Estoy ayudando a la señorita Ashford en un asunto. La estoy esperando.

Otros niños se fueron acercando cuando el primero dijo «Oh» y se quedó con los labios formando un círculo. Miró a sus amigos, se envalentonó y preguntó:

—¿Y usted qué es, entonces?

«El tercer hijo de un conde.» Barnaby sonrió al imaginarse cómo reaccionarían los chicos si les dijera eso.

—Ayudo a la gente a encontrar cosas.

—¿Qué cosas?

«Villanos, generalmente.»

—Cosas que la gente quiere encontrar.

Uno de los mayores frunció el ceño.

—Pensaba que de eso se encargaba la pasma. Pero usted no es polizonte.

—¡Quia! —interrumpió otro chavalín—. Los polizontes están para que la gente no robe, sobre todo. Buscar lo robado es otro cantar.

Sabiduría en boca de retoños.

—Entonces... —El primer preguntón le miró calibrándolo—. Cuéntenos la historia de algo que haya ayudado a encontrar.

Sus palabras sonaron más a curiosidad que a exigencia.

Barnaby echó un vistazo al corro de rostros que lo rodeaba, teniendo muy presente que todos y cada uno de los niños se habían fijado en la calidad de su ropa, y reflexionó un momento. Un movimiento en la otra punta del patio le llamó la atención. El profesor había reparado en el interés de sus alumnos; enarcó una ceja, preguntando sin palabras si Barnaby deseaba ser rescatado.

Tras dirigir al profesor una sonrisa tranquilizadora, Barnaby se centró en su público.

—El primer objeto que ayudé a devolver a su dueño fue el collar de esmeraldas de la archiduquesa de Derwent. Desapareció durante una fiesta en su mansión de la finca Derwent...

Lo acribillaron a preguntas; no le sorprendió que la fiesta en sí misma, la finca y cómo se divertían «los encopetados» fueran el centro de su interés. El valor de las esmeraldas les resultaba incomprensible, pero la gente los fascinaba tanto como a él. Escuchar sus reacciones a la historia que contó le hizo reír por dentro.

En su despacho, Penelope se percató de que la atención de la señora Keggs se había apartado de ella para centrarse en un punto detrás de su hombro izquierdo.

—Creo que con esto debería bastar para las próximas semanas.

Dejó la pluma y cerró la tapa del tintero con un chasquido; el ruido hizo que la señora Keggs bajara de las nubes.

—Ah... gracias, señorita. —La señora Keggs cogió el pedido firmado que le tendía Penelope—. Lo llevaré enseguida a Connelly's para que lo sirvan esta misma tarde.

Penelope sonrió y asintió autorizándola a retirarse. La observó levantarse, hacer una reverencia y luego, tras echar un último vistazo por la ventana, salir presurosa.

Haciendo girar la silla, Penelope miró por la ventana... y vio a Adair cautivo de un grupo de niños.

Se dispuso a levantarse pero entonces reparó en que lo había interpretado mal: era él quien tenía cautivados a los niños, lo cual no era poca cosa, con algo que les contaba.

Estudió la escena sorprendida; a pesar de cuanto le habían referido acerca de él, no había contado con que Adair tuviera la necesaria facilidad o inclinación para relacionarse abiertamente con las clases bajas; desde luego no hasta el punto de encorvarse para entretener a un puñado de golfillos.

Sin embargo, su sonrisa parecía sincera.

Se libró de una parte más del recelo que había tenido al consultarle. Los demás miembros de la junta de administración estaban fuera de Londres; aunque los había informado de las tres primeras desapariciones aún no había dicho palabra acerca de la más reciente, como tampoco sobre su plan de recabar la ayuda de Barnaby Adair. En eso, había actuado por iniciativa propia. Si bien estaba convencida de que Portia y Anne apoyarían su decisión, no estaba tan segura a propósito de los otros tres. Adair se había forjado un nombre ayudando a la policía, en concreto en llevar ante la justicia a miembros de la buena sociedad, empeño que no había sido recibido con unánime aprobación entre los de su clase.

Apretando los labios, dio sendas palmadas a los brazos de la silla y se puso de pie.

—Me da igual —informó al despacho vacío—. Para traer a esos niños de vuelta habría recabado la ayuda del mismísimo demonio.

Las amenazas sociales no influían en ella.

Otra clase de amenazas...

Entrecerrando los ojos, estudió el elegante personaje rodeado por aquel grupo variopinto. Y a regañadientes admitió que en cierta medida representaba, en efecto, una amenaza para ella.

Para sus sentidos, para sus nervios de repente a flor de piel, para su inusitadamente díscola cabeza. Jamás hombre alguno le había hecho perder el norte.

Ningún hombre la había hecho preguntarse qué ocurriría si él...

Se puso otra vez de cara al escritorio y cerró la carpeta de pedidos.

Tras la entrevista de la noche anterior se había dicho a sí misma que lo peor ya había pasado, que cuando volviera a verlo, el impacto que había causado en sus sentidos habría decaído, desvaneciéndose. En cambio, al levantar la vista y verlo en el umbral, con su mirada azul fija en ella en actitud contemplativa, había perdido la facultad de pensar de manera racional.

Le había costado un verdadero esfuerzo mantener el semblante inexpresivo y fingir que tenía la cabeza en otra parte. Estaba claro que, si deseaba investigar con él, iba a necesitar el equivalente de una armadura. Pues de lo contrario...

No quería ni pensar en que él se diera cuenta de lo mucho que la afectaba, ni tampoco en aquella manera suya tan lenta, arrogante y viril de sonreír.

Apretó los labios y reiteró con firmeza:

—Pase lo que pase, me da igual.

Sacó el bolso y los guantes de debajo del escritorio y, levantando el mentón, se dirigió hacia la puerta.

Y hacia el hombre que había reclutado como adalid del orfanato.

3

—A instancias del padre de Dick, la señora Keggs y yo fuimos a verle hace dos semanas.

Penelope miraba el paisaje urbano que desfilaba por la ventana del coche de punto. Habían hecho señas al carruaje desde la parada que había frente al Hospital Infantil; el conductor los había admitido encantado y enfilado hacia el este a buen paso.

Su avance se ralentizó en cuanto entraron en las estrechas y atestadas callejas de lo que los londinenses llamaban el East End. Un conglomerado de apretujadas casas destartaladas, edificios de pisos, talleres y almacenes en su día construidos alrededor de las antiguas aldeas extramuros de la vieja muralla de la ciudad; con los siglos, las toscas construcciones se habían fundido en un miserable, oscuro y a menudo frío y húmedo batiburrillo de viviendas desastradas.

Clerkenwell, el barrio al que se dirigían, no era tan malo, tan superpoblado y potencialmente peligroso como otras partes del East End.

—El padre de Dick, el señor Monger, tenía la tisis. —Penelope se balanceó cuando el coche giró en Farringdon Road—. Estaba claro que no iba a recuperarse. El médico del distrito, un tal señor Snipe, también estaba presente; fue él quien nos mandó aviso cuando el señor Monger falleció.

En el asiento de enfrente, Adair iba frunciendo el entrecejo a medida que se aventuraban por calles cada vez más humildes.

—¿Recibieron el mensaje de Snipe ayer por la mañana?

—No. La noche anterior. Monger murió hacia las siete.

—Pero usted no estaba en el orfanato.

—No.

Adair la miró.

—Pero si hubiese estado...

Penelope se encogió de hombros y apartó la vista.

—Por las noches, nunca estoy.

Por supuesto, habida cuenta de las cuatro desapariciones, ya había dado instrucciones de que la noticia de la muerte de un tutor le fuera transmitida de inmediato allí donde se encontrara. La próxima vez que hubiera que recoger a un huérfano, tomaría el carruaje de su hermano, su cochero y un mozo de cuadra, y saldría disparada hacia el East End fuera la hora que fuese..., pero no le pareció conveniente explicárselo a su acompañante.

Le constaba que Adair conocía a su hermano Luc, que además era su tutor; adivinaba lo que estaría pensando: que Luc sin duda no aprobaría que ella fuera a esos barrios poco menos que a solas. Y, desde luego, menos aún de noche.

En eso Adair acertaba de pleno; Luc no se figuraba lo que su puesto de «administradora» conllevaba. Y preferiría con mucho que siguiera sumido en la ignorancia.

Echó un vistazo por la ventanilla y la alivió ver que casi habían llegado a su destino; una distracción muy oportuna.

—En este caso, tres vecinos vieron y hablaron con el hombre que se llevó a Dick la mañana después de que Monger muriera. Su descripción del hombre en cuestión encaja con la que dieron los vecinos en los tres casos anteriores.

El carruaje aminoró la marcha casi hasta detenerse y luego giró con dificultad para entrar en una calle muy estrecha en la que a duras penas cabía.

—Ya hemos llegado —dijo Penelope, incorporándose en cuanto el carruaje paró; pero Adair se le adelantó, asiendo el pomo de la portezuela, lo cual la obligó a apoyarse de nuevo contra el respaldo para que él pudiera abrir y apearse.

Eso hizo él, y bloqueó la salida mientras echaba un vistazo en derredor.

Penelope se mordió la lengua y reprimió las ganas de asestarle un fuerte golpe entre los hombros. Unos hombros muy hermosos, cubiertos por un abrigo a la moda, pero que le entorpecían el paso. Tuvo que contentarse con fulminarlo con la mirada.

Finalmente, sin prisas, ajeno a su enojo, se movió. Se hizo a un lado y le ofreció la mano. Aferrándose a sus modales, Penelope se armó de valor y le entregó la suya; no, el efecto de su contacto —de sentir sus largos y fuertes dedos tomar posesivamente los suyos— aún no había menguado. Diciéndose a sí misma con mordacidad que Adair estaba allí a petición suya —ocupando, y con mucho, demasiado espacio en su vida y distrayéndola—, le permitió ayudarla, aunque soltándose en cuanto bajó del coche.

Sin dignarse mirarlo, abrió la marcha señalando la casucha que tenían delante.

—Ahí vivía el señor Monger.

Su llegada, como era natural, había llamado la atención; rostros se asomaban por ventanas mugrientas; manos apartaban colgaduras donde nunca había habido cristales.

Penelope señaló la casa de al lado; había una mesa de madera dispuesta enfrente.

—Su vecino es zapatero remendón. Él y su hijo vieron a nuestro hombre.

Barnaby vio que un tipo andrajoso los miraba desde debajo del toldo que protegía la mesa. Penelope fue a su encuentro; él la siguió pisándole los talones. Si ella reparaba en la miseria y la suciedad que la rodeaba, por no mencionar los olores, no dio la menor muestra de ello.

—Señor Trug. —Penelope saludó al zapatero con un gesto de asentimiento y éste, receloso, inclinó la cabeza—. Le presento al señor Adair, experto en investigar sucesos extraños como la desaparición de Dick. Aun a riesgo de importunarlo, quería pedirle que le explicara cómo era el hombre que se llevó a Dick.

Trug observaba a Barnaby, y éste sabía qué estaba pensando. ¿Qué iba a saber sobre golfillos desaparecidos un encopetado como él?

—¿Señor Trug? Por favor. Queremos encontrar a Dick cuanto antes.

Trug lanzó una mirada a Penelope y carraspeó.

—Vale, muy bien. Fue ayer por la mañana temprano, apenas era de día. Un hombre llamó a la puerta del viejo Monger. Mi hijo Harry estaba a punto de irse a trabajar. Se asomó y dijo al tipo que Monger estaba muerto y enterrado. —Miró a Barnaby—. Era un tipo bastante educado. Se acercó y explicó que había venido a recoger a Dick. Entonces fue cuando Harry me llamó.

—¿Qué aspecto tenía ese sujeto?

Trug levantó la vista hacia los rizos rubios de Barnaby.

—Más alto que yo, pero no tanto como usted. Ni tan ancho de espaldas. Un poco más barrigón, aunque fornido.

—¿Se fijó usted en sus manos?

Trug se mostró sorprendido por la pregunta, pero luego su expresión devino pensativa.

—No tenía pinta de matón, ahora que lo pienso. Y tampoco de peón ni de nada por el estilo... No tenía callos en las manos. Dependiente o... bueno, lo que él dijo. Que trabajaba para las autoridades.

Barnaby asintió.

—¿Ropa?

—Abrigo grueso, nada especial. Gorra de tela, lo normal. Botas de trabajo como las que llevamos todos los de por aquí.

Barnaby no siguió la mirada de Trug cuando éste la bajó a sus lustrosas botas altas.

—¿Qué hay de su forma de hablar, de su acento?

Levantando la vista otra vez, Trug pestañeó.

—¿Acento? Bueno... —Volvió a pestañear y miró a Penelope—. ¡Mecachis, en eso no había caído! Era de por aquí. Del East End. Seguro.

Penelope miró a Barnaby.

Él la correspondió y luego miró a Trug.

—¿Su hijo está en casa?

—Sí. —Trug se volvió pesadamente para asomarse al interior—. Ya está de vuelta. Voy a llamarlo.

El hijo corroboró cuanto había dicho su padre. Cuando le pidieron que calculara la edad del intruso, torció los labios antes de pronunciarse.

—No era mayor. Como de mi misma edad; y tengo veintisiete. —Sonrió a Penelope.

Con el rabillo del ojo, Barnaby la vio endurecer su oscura mirada.

—Gracias —dijo Barnaby.

Saludó a los dos Trug con la cabeza y dio un paso atrás.

—Sí, bueno. —El padre Trug volvió a situarse detrás de su banco de trabajo—. Sé que Monger quería que el pequeño Dick se fuera con la dama aquí presente, así que no me parece bien que ese tipo se lo llevara. Quién sabe qué tendrá en mente para él; igual mete al pobre crío a limpiar chimeneas, le guste o no.

Penelope palideció, pero si su expresión cambió fue para mostrar más determinación. También ella se despidió de los Trug.

—Les agradezco su ayuda.

Volviéndose, señaló la casita del otro lado del domicilio del padre de Dick.

—Tendríamos que hablar con la señora Waters —dijo—. Dick pasó la noche con ella, de modo que también habló con ese hombre.

En respuesta a la llamada de la campanilla que había junto a su puerta, la señora Waters salió de las profundidades de su abarrotado hogar. Era toda una madraza de tez rubicunda y pelo gris, lacio y sin vida, que confirmó la descripción de los Trug.

—Sí, unos veinticinco años, diría yo, y era de algún lugar de por aquí, aunque no cercano. Conozco las calles aledañas y no es vecino del barrio, por así decir, pero sí, tal como hablaba, seguro que es un *east ender* de pura cepa.

—O sea que era demasiado joven para ser alguacil o algo así —dijo Penelope mirando a Barnaby.

La señora Waters soltó un resoplido.

—Qué va, ése ni mandaba ni estaba a cargo de nada, se lo puedo asegurar.

A Barnaby le sorprendió tanta certidumbre.

—¿Cómo lo sabe?

La mujer arrugó la frente y dijo:

—Porque ni siquiera sabía lo que estaba haciendo. Hablaba con cuidado, con muchísimo cuidado, como si alguien le hubiese enseñado qué decir y cómo decirlo.

—Así que piensa que alguien lo mandó aquí a hacer un trabajo, que era una especie de recadero.

—Exacto —asintió la señora Waters—. Alguien lo mandó a llevarse a Dick, y eso fue lo que hizo. —Su rostro se ensombreció y levantó la vista hacia Barnaby—. Encuentre a ese desgraciado y devuélvanos a Dick. Es un buen chico que nunca ha dado problemas, no tiene ni pizca de malicia. No se merece lo que esos cabrones (usted perdone, señorita) se propongan hacer con él.

36

Barnaby inclinó la cabeza.

—Haré cuanto esté en mi mano. Gracias por su ayuda. —Le tendió la mano a Penelope—. ¿Señorita Ashford?

Ella no se la aceptó y, tras despedirse de la señora Waters, se dirigió al coche de punto caminando junto a él. Pero tuvo que aceptar la mano para subir al carruaje. Después de indicar al cochero que regresara al orfanato, Barnaby subió a su vez y cerró la portezuela.

Se dejó caer en el asiento y repasó lo que habían averiguado.

Penelope interrumpió sus pensamientos.

—Entonces es posible que Dick no esté muy lejos. —Con los ojos entornados, parecía mirar sin ver al otro lado del carruaje—. ¿Eso le sugiere algo, alguna actividad en concreto?

Barnaby tuvo en cuenta quién era y contestó:

—El East End es una zona muy extensa y densamente poblada. —«Y además está llena de vicio.»

Penelope hizo una mueca.

—Bien... ¿Y ahora qué?

—Si a usted no le importa, me gustaría exponerle lo que sabemos a un amigo, el inspector Basil Stokes de Scotland Yard.

La joven enarcó las cejas.

—¿La policía? —Le sostuvo la mirada un momento y agregó—: A decir verdad, me cuesta creer que la policía de Peel vaya a manifestar mucho interés por la desaparición de unos niños indigentes.

La sonrisa de Barnaby fue tan cínica como el tono de Penelope.

—En condiciones normales, puede que tenga usted razón. No obstante, Stokes y yo nos conocemos. Además, lo único que haré será ponerlo al corriente de la situación y preguntarle su opinión. —Hizo una pausa antes de proseguir—. Cuando se entere de lo que sabemos... —Si Stokes, como Barnaby, sentía el aguijón de la intuición... Pero no era preciso compartir tales ideas con Penelope Ashford. Encogió los hombros—. Ya veremos

Acompañó a Penelope al orfanato y luego siguió en el mismo coche hasta Scotland Yard. Entró en el insulso y discreto edificio que ahora albergaba a la Policía Metropolitana y fue hasta el despacho de Stokes sin que nadie se lo impidiese; casi todos los que trabajaban allí le conocían de vista y, además, su reputación le precedía.

El despacho de Stokes se encontraba en el primer piso. La puerta estaba abierta. Barnaby se detuvo en el umbral, miró dentro y sus labios fueron esbozando una lenta sonrisa al ver a su amigo, sin chaqueta y arremangado, escribiendo farragosos informes. Si había algo que Stokes deplorara de sus crecientes éxitos y posición era la ineludible redacción de informes.

Percibiendo una presencia, Stokes levantó la vista, le vio y sonrió. Soltó la pluma, apartó el montón de papeles y se reclinó contra el respaldo.

—Vaya, vaya... ¿Qué te trae por aquí? —Su tono fue de expectación.

Sonriendo, Barnaby entró en el despacho, de un tamaño lo bastante grande para acomodar a cuatro personas si fuera necesario. Situado ante la ventana, el escritorio y su silla estaban de cara a la puerta. Había un armario lleno de carpetas y el sobretodo de Stokes colgaba de una percha de pie. Desabrochándose su elegante abrigo, Barnaby dejó que se abriera al sentarse en una de las dos sillas delante del escritorio.

Buscó los ojos grises de Stokes. De estatura y constitución similares a las de Barnaby, moreno de pelo y de apariencia bastante circunspecta, resultaba difícil ubicar a Stokes en una clase social. Su padre había sido comerciante, no un caballero, pero por gentileza de su abuelo materno, Stokes había recibido una buena educación. Gracias a eso, comprendía la idiosincrasia de la nobleza y, por consiguiente, tenía más mano para tratar con los miembros de ese mundo selecto que cualquier otro inspector de la policía de Peel.

En opinión de Barnaby, el Cuerpo tenía suerte de contar con Stokes. Además, era inteligente y usaba el cerebro, lo cual era en parte el motivo de que hubiesen trabado una estrecha amistad.

Lo que a su vez explicaba que Stokes estuviera escrutándole con indisimulada impaciencia; esperaba que Barnaby lo salvase de sus informes.

Barnaby sonrió.

—Tengo un caso que, aunque se aparta de lo que solemos hacer, quizá te pique la curiosidad.

—Ahora mismo eso no será difícil. —Stokes tenía una voz grave, bastante áspera, todo un contraste con la voz bien modulada de Barnaby—. Nuestros delincuentes elegantes han decidido irse de vacaciones muy pronto este año, o quizá se han retirado al campo porque hemos peinado demasiado la ciudad. En todo caso, soy todo oídos.

—La administradora del orfanato de Bloomsbury me ha pedido que investigue la desaparición de cuatro niños.

Sucintamente, Barnaby expuso cuanto había averiguado a través de la propia Penelope, de lo observado en la casa y durante la visita a Clerkenwell. Al hacerlo, su voz y su expresión traslucieron una gravedad que no había permitido ver a Penelope.

Cuando terminó diciendo «el hecho más relevante es que fue el mismo hombre quien se llevó a los cuatro niños», parecía bastante desalentado.

Stokes había endurecido su semblante. Los ojos entornados le daban un aire sombrío.

—¿Quieres saber mi opinión? —Barnaby asintió—. Me suena tan mal como a ti. —Arrellanándose en su silla, Stokes golpeó el escritorio con un dedo—. Veamos... ¿Qué utilidad pueden tener cuatro niños de entre siete y diez años, todos del East End? —Y se contestó—: Burdeles. Grumetes. Deshollinadores. Ladrones a la fuerza. Por citar sólo lo más obvio.

Barnaby hizo una mueca; cruzó las manos sobre el abrigo y miró al techo.

—No me convence lo de los burdeles, gracias a Dios. Seguramente no se limitarían al East End para dar caza a tales presas.

—Desconocemos el alcance de esto. Quizá sólo sepamos de los casos del East End porque ha sido la administradora del orfanato quien te ha informado, y esa institución se dedica al East End.

—Cierto. —Barnaby bajó la mirada y la clavó en Stokes—. Así pues, ¿qué piensas?

Stokes adoptó una expresión pensativa. Barnaby dejó que el silencio se prolongara, pues tenía una idea bastante aproximada de las cuestiones que Stokes debatía mentalmente.

Al final, una lenta sonrisa depredadora curvó los finos labios de Stokes. Volvió a mirar a Barnaby.

—Como bien sabes, normalmente no tendríamos posibilidad de obtener permiso para buscar cuatro niños indigentes. Sin embargo, esos posibles usos que hemos mencionado... Ninguno de ellos es cosa buena. Todos son, en sí mismos, delitos dignos de atención. Se me ocurre que entre el revuelo político que han levantado tus éxitos al encargarte de delincuentes aristócratas, y habida cuenta de que los jefes nos exhortan sin tregua a que se nos vea ecuánimes en nuestra labor, tal vez podría presentar este caso como una oportunidad para demostrar que al Cuerpo no sólo le interesan los delitos que afectan a los nobles, sino que está igualmente dispuesto a actuar para proteger a inocentes de la condición social más baja.

—Podrías señalar que en estas fechas el crimen entre los nobles sufre un parón estacional. —Ladeando la cabeza, Barnaby le sostuvo la mirada—. Dime, ¿crees que conseguirás autorización para trabajar en esto?

Stokes apretó los labios.

—Seguro que puedo utilizarlo para poner en juego sus prejuicios. Y su política.

—¿Puedo hacer algo para ayudar?

—Podrías enviar unas líneas a tu padre, sólo para contar con su apoyo en caso necesario, pero aparte de eso... creo que me apañaré.

—Bien. —Barnaby se incorporó—. ¿Eso significa que serás tú, en concreto, quien tome parte?

Stokes miró el montón de papeles que tenía junto al codo.

—Pues sí. Claro que seré yo quien se ocupe de este caso.

Sonriendo, Barnaby se puso en pie.

Stokes alzó la vista.

—Confío en hablar con el inspector jefe hoy mismo. Te mandaré aviso en cuanto tenga autorización. —Stokes se levantó y le tendió la mano.

Barnaby se la estrechó, la soltó e inclinó la cabeza a modo de saludo.

—Te dejo con tus estrategias de persuasión. —Se dirigió hacia la puerta.

—Una cosa más.

Barnaby se detuvo en el umbral y miró atrás. Su amigo ya estaba despejando el escritorio de papeles.

—Quizá quieras preguntar a la administradora del orfanato si esos niños tenían algo en común. Cualquier rasgo; si eran todos bajos, altos, corpulentos, flacos. Eso podría darnos indicios del móvil de esos canallas.

—Buena idea. Preguntaré.

Tras otra inclinación de la cabeza, Barnaby se marchó.

Había dicho que preguntaría, pero no tenía por qué hacerlo ese día.

No le apetecía buscar a Penelope Ashford esa misma tarde para hacerle preguntas. Había mencionado que sólo acostumbraba a estar en el orfanato por las mañanas. Aun suponiendo que la encontrara allí donde estuviera, no tendría sus archivos a mano para consultarlos.

Por supuesto, lo que había visto sugería que Penelope sería capaz de contestar a la pregunta de Stokes sin necesidad de ningún archivo.

Barnaby se detuvo en la escalinata del edificio de Stokes. Con las manos en los bolsillos del sobretodo, ahora abrochado para protegerse de la gélida brisa, contempló los edificios del otro lado de la plaza mientras decidía si perseguir a Penelope Ashford, aunque sólo fuera para hallar repuestas.

Siendo la clase de mujer que era, si le daba caza supondría que lo hacía para interrogarla.

Tranquilizado, sonrió, bajó los escalones y emprendió la marcha hacia Mount Street.

A fuerza de preguntar a los barrenderos, localizó Calverton House y llamó usando la aldaba. Aguardó un momento, luego la puerta se abrió y un imponente ayuda de cámara le miró a los ojos, enarcando las cejas con un gesto de autoritaria interrogación.

Barnaby sonrió con desenvuelto encanto.

—Con la señorita Ashford, por favor.

—Lamento informarle que la señorita Ashford ha salido, señor. ¿Puedo decirle quién ha preguntado por ella?

Barnaby dejó de sonreír y bajó la vista, preguntándose si debía dejar algún mensaje. Previendo cómo reaccionaría Penelope...

—Es el señor Adair, ¿verdad?

Miró al ayuda de cámara, cuya expresión era indescifrable.

—Sí.

—La señorita Ashford dejó dicho que en caso de que usted viniera, señor, le informara de que ha tenido que acompañar a lady Calverton a las visitas de la tarde y que, por consiguiente, preveía estar en el parque a la hora acostumbrada.

Barnaby disimuló una sonrisa. El parque. A la hora que dictaban las convenciones. Una combinación de lugar y momento que él solía eludir a toda costa.

—Gracias.

Dio media vuelta y bajó la escalinata. En la acera vaciló un instante y luego se encaminó hacia Hyde Park.

Corría noviembre. El cielo estaba encapotado y la brisa helaba. Casi toda la rutilante horda que poblaba los salones de baile elegantes ya había huido al campo. Sólo quedaban los vinculados a los pasillos del poder, dado que el Parlamento aún no había terminado sus sesiones. No tardaría en hacerlo, y entonces Londres quedaría desierto de miembros de la alta sociedad. Incluso ahora, las hileras de carruajes que uno debería hallar flanqueando la avenida se habían reducido considerablemente.

Tampoco habría tantas viudas y matronas, y mucho menos bonitas jovencitas que al verle se preguntaran por qué estaba tan resuelto a hablar con Penelope Ashford.

Atravesó Park Lane, entró raudamente por la verja y cortó camino a través del césped hacia donde solían reunirse los carruajes de las damas de la flor y nata londinense.

Su estimación acerca de la concurrencia en el parque resultó cierta y errada a un tiempo. Las matronas chismosas y las chicas coquetas por fortuna estaban ausentes, pero las sagaces ancianas y los ojos de lince de las esposas de políticos se hallaban bien presentes. Y por gentileza de la prominencia de su padre y los parientes de su madre, Barnaby resultaba reconocible al instante y de sumo interés para todas ellas.

El carruaje de los Calverton estaba arrimado al arcén en medio de la hilera de vehículos, lo cual le obligó a pasar ante la mirada de al menos la mitad de las damas congregadas mientras sorteaba a los paseantes. Lady Calverton estaba enfrascada en una conversación con otras dos damas de su edad; a su lado, Penelope tenía cara de aburrirse soberanamente.

Lady Calverton le vio primero y sonrió al verlo aproximarse al carruaje. Penelope volvió la vista hacia él y se enderezó, haciendo que sus rasgos cobraran la vivacidad que la caracterizaba, haciéndola resplandecer.

—Señor Adair. —Lady Calverton le tendió la mano al recordarlo.

Barnaby tomó sus dedos enguantados e hizo una reverencia.

—Lady Calverton.

Tras la montura de oro de sus gafas, los ojos de Penelope brillaban. Barnaby la miró de hito en hito e inclinó la cabeza con cortesía.

—Señorita Ashford.

Penelope sonreía con facilidad; la desenvoltura en sociedad era algo de lo que ni ella ni Portia carecían. Volviéndose hacia su madre, explicó:

—El señor Adair me está ayudando a indagar el origen de algunos de nuestros pupilos. —Miró a Barnaby—. Adivino que tiene más preguntas que hacerme, señor.

—Así es, milady. —Él también era ducho en artimañas sociales. Echó una ojeada a los prados circundantes—. ¿Cómo vería usted que diéramos un paseo mientras hablamos?

Penelope sonrió con aprobación.

—Me parece una idea excelente. —Y a su madre—: Dudo que me demore mucho.

Barnaby abrió la portezuela y le ofreció la mano. Penelope la tomó y se apeó. Se soltó y se sacudió las faldas, y luego se mostró un tanto perpleja al ver que él le ofrecía el brazo. Lo tomó, posando con vacilación la mano en la manga; a Barnaby no le pasó por alto su recelo.

Interesante. Dudaba que hubiera muchas cosas en su mundo, o fuera de él, que pudieran suscitarle cautela. Sin embargo, percibía que era eso, y tal vez cierta necesidad de llevar el control, lo que la indujo a decir mientras se alejaban del carruaje y los demás paseantes:

—Deduzco que ha hablado con su amigo, el inspector Stokes. ¿Ha averiguado algo?

—¿Aparte de que Stokes se sienta inclinado a entretenerse investigando estas desapariciones?

La mirada de asombro que le dirigió fue de lo más gratificante.

—¿Le convenció de que asumiera el caso?

La tentación de colgarse una medalla fue grande, pero era harto probable que tarde o temprano conociera a Stokes.

—No se trató tanto de convencerle como de ayudarle a hallar razones para hacerlo. En mi opinión estaba más que dispuesto, pero la policía tiene sus prioridades. En esta ocasión, Stokes ha creído que podría presentar un caso que fuera del agrado del inspector jefe. —La miró a los ojos—. Aún no ha obtenido autorización para incluir el caso en su lista, pero parecía confiado en conseguirlo.

Penelope asentía y miraba al frente. El apoyo de la policía era más de lo que había esperado. Estaba claro que consultar con Barnaby Adair había sido acertado, pese a que sus estúpidos sentidos aún no hubiesen aprendido a relajarse cuando él andaba cerca.

—Dijo que Stokes era amigo suyo. ¿Le conoce de hace mucho?

—Varios años.

—¿Cómo se conocieron? —Levantó la vista—. Bueno, el hijo de un conde y un policía... Tuvo que ocurrir algo que lo atrajera a su órbita. ¿O fue a través de sus investigaciones?

Barnaby vaciló, como si se esforzara en recordar.

—Un poco de cada —admitió finalmente—. Estuve presente en el escenario de un delito, una serie de robos durante una fiesta en una casa de campo, y a él lo enviaron a investigar. Yo era amigo íntimo del caballero a quien todos querían culpar. Tanto Stokes como yo estábamos, de manera distinta, un poco perdidos. Pero descubrimos que nos entendíamos, y juntar nuestros conocimientos respectivos, los míos sobre las elites y los de él sobre el modo de actuar de los criminales, resultó todo un éxito para resolver aquel caso.

—Simon y Portia quedaron impresionados con Stokes. Hablaban muy bien de él después de lo ocurrido en Glossup Hall.

La sonrisa de Adair devino sutilmente afectuosa. Penelope percibió que se sentía complacido y orgulloso de su amigo incluso antes de que dijera:

—Fue el primer caso de homicidio en primer grado que Stokes investigó solo en nuestro círculo, y lo hizo muy bien.

—¿Cómo es que no le acompañó usted a Devon? ¿O acaso no trabajan siempre juntos en los casos con implicaciones en las altas esferas?

—Normalmente trabajamos juntos, es lo más rápido y seguro. Pero cuando llegó la denuncia de Glossup Hall, estábamos metidos de pleno en un caso que llevaba tiempo abierto aquí en Londres. El inspector jefe y los directores optaron por enviar a Stokes a Devon y dejarme a mí en la ciudad para proseguir las pesquisas.

Penelope estaba enterada del escándalo que siguió; naturalmente, tenía preguntas al respecto que no tardó en formular. Dichas preguntas fueron tan perspicaces que Barnaby se encontró contestándolas de buen grado, seducido por una mente espabilada. Hasta que una de las verjas del parque se alzó ante ellos. Barnaby pestañeó y acto seguido miró en derredor. Habían caminado más o menos en línea recta, alejándose de la avenida. Penelope le había distraído con su interrogatorio; ni siquiera le había preguntado lo que había ido a averiguar. Apretando los labios, paró en seco y le hizo dar la vuelta.

—Deberíamos regresar junto a su madre.

Penelope se encogió de hombros.

—No se preocupe por ella. Sabe que estamos hablando de asuntos importantes.

«Pero ninguna de las demás damas lo sabe», pensó él, pero se abstuvo de decirlo en voz alta. Apretó el paso.

—Y dígame, ¿qué preguntas le hizo Stokes? —preguntó Penelope—. Pues supongo que habría alguna.

—En efecto. Me preguntó si los cuatro niños desaparecidos tienen algún rasgo o característica en común. —No quiso darle ningún ejemplo para no influir en su respuesta.

Penelope frunció el ceño y sus rectas cejas morenas formaron una línea sobre su nariz. Siguieron caminando con brío mientras ella reflexionaba. Finalmente contestó:

—Los cuatro son bastante delgados, pero saludables y fuertes; enjutos y nervudos, digamos. Y todos parecían ágiles y listos... De hecho, no se me ocurre ninguna otra característica en común. No tienen la misma estatura ni la misma edad.

Ahora fue Barnaby quien frunció el entrecejo.

—¿Cuánto mide el más alto? —preguntó.

Penelope levantó la mano a la altura de su oreja.

—Dick es así de alto. Pero Ben, el segundo que desapareció, es por lo menos una cabeza más bajo.

—¿Qué puede decirme de su aspecto general, eran chicos atractivos o...?

Penelope negó rotundamente con la cabeza.

—De lo más común y corriente. Aunque los vistieras bien, nunca serían objeto de una segunda mirada.

—¿Pelo rubio o castaño?

—De uno y otro color, en tonos distintos.

—Ha dicho que eran ágiles y rápidos, ¿se refería a lo físico o a lo mental?

La joven enarcó las cejas.

—A ambas cosas. Estaba deseosa de enseñarles; eran brillantes, los cuatro.

—¿Qué hay de su extracción? Todos provienen de hogares humildes, pero ¿eran más estables las familias de estos cuatro? ¿Eran propensos a comportarse mejor, quizá más fáciles de educar, más tratables?

Penelope torció los labios y volvió a negar con la cabeza.

—Sus familias no son parecidas, aunque los cuatro han pasado por penalidades. De ahí que esos niños nos fueran confiados. Lo único que puedo decir es que nada indicaba que sus familias tuvieran trato con criminales.

Barnaby asintió mirando al frente, hacia donde la madre de ella aguardaba en el carruaje, mirándolos de forma harto significativa. Penelope no se había percatado; estaba distraída estudiando el semblante de Adair.

—¿Qué le dice todo esto, su aspecto y demás? ¿De qué sirve?

Con la mirada recorriendo la hilera de carruajes, Barnaby renegó para sus adentros. ¿Cuánto tiempo habían pasado alejados? No debería haber permitido que Penelope lo distrajera con sus preguntas. Un sinfín de viudas nobles tenía los ojos puestos en ellos, algunas blandiendo impertinentes.

—No lo sé. —«Aunque puedo adivinarlo»—. Referiré sus respuestas a Stokes, a ver qué dice. Está más familiarizado con ese mundo que yo.

—Sí, por favor, no deje de hacerlo. —Penelope se detuvo junto a la portezuela del carruaje y lo miró de hito en hito—. Me informará acerca de su opinión, ¿verdad?

Adair bajó la vista y buscó su mirada.

—Por supuesto.

Penelope entrecerró los ojos, haciendo caso omiso de las miradas curiosas tan ávidamente clavadas en ellos.

—En cuanto sea factible.

Adair apretó los labios.

Indiferente al decoro, Penelope le apretó el brazo, dispuesta a aferrarse si Adair se atrevía a marcharse sin prometerlo.

Con los ojos azules como chispas, se dio por vencido lacónicamente:

—Como guste.

Penelope sonrió y lo soltó.

—Gracias. Hasta la próxima.

Barnaby le sostuvo la mirada un instante más y luego asintió.

—No hay de qué.

Su tono resonó con dureza pero a ella le dio igual; se había salido con la suya.

La ayudó a subir al carruaje, se despidió de su madre y luego, tras una envarada inclinación de la cabeza, se marchó a grandes zancadas. Penelope se fijó en la dirección que tomaba: hacia Scotland Yard, donde la policía de Peel tenía el cuartel general; reclinándose en el asiento, sonrió con satisfacción. Pese a la obsesión de sus sentidos con él, había manejado el encuentro bastante bien.

4

Stokes estaba de pie ordenando el escritorio para dar por terminada su jornada cuando Barnaby irrumpió en su despacho. El inspector levantó la vista y se fijó en la expresión de su amigo.

—¿Qué ocurre?

«Pues que Penelope Ashford va a ser un problema.» Barnaby tomó aire para serenarse.

—He preguntado a la señorita Ashford sobre los cuatro niños.

Stokes frunció el ceño.

—¿A la señorita Ashford?

—Penelope Ashford, la hermana de Portia, actual administradora del orfanato. Ha dicho que los cuatro niños son delgados, nervudos, ágiles y rápidos, tanto de movimientos como de inteligencia. Considera que son más listos de lo normal. Aparte de eso, son de edades comprendidas entre los siete y los diez años, de estaturas muy diferentes, sin ningún atractivo especial ni ningún otro rasgo distintivo en común.

—Entiendo. —Entrecerrando los ojos, Stokes se dejó caer de nuevo en su silla. Aguardó a que Barnaby entrara y se sentara en una de las que tenía enfrente—. Parece que podemos tachar de nuestra lista toda relación con el comercio carnal.

Barnaby asintió.

—Y al menos uno es demasiado alto para que sirva como deshollinador, así que eso también sale de la lista.

—Me he topado con Rowland de la Policía Fluvial hace cosa de una hora; había venido a una reunión. Le he preguntado si había es-

48

casez de grumetes. Según parece, ocurre todo lo contrario, de modo que no hay razón para suponer que estén obligando a esos niños a trabajar en el mar.

Barnaby lo miró a los ojos.

—¿Y adónde nos conduce eso?

Stokes reflexionó y enarcó las cejas.

—Galopines. Es con mucho lo más probable, siendo como son flacos, nervudos, ágiles y rápidos. Que pasen desapercibidos es un valor añadido; no buscarían a ningún niño demasiado guapo o que se hiciera notar. Y en esa parte de la ciudad... —Hizo una breve pausa y prosiguió—: A lo largo de los años han circulado rumores, bastante fundados a decir de todos, sobre la existencia de, a falta de una palabra mejor, «escuelas de ladrones» montadas en lo más recóndito del East End. Es una zona muy poblada. En algunas partes es una maraña de casas de vecinos y almacenes donde ni siquiera los policías locales se aventuran. Esas escuelas vienen y van. Ninguna dura mucho tiempo pero a menudo son los mismos sujetos quienes están detrás.

—¿Se mudan antes de que la policía tenga ocasión de cerrarlas?

Stokes asintió.

—Y como casi nunca se logra demostrar que los dueños estén cometiendo un delito tipificado, cosa que impide llevarlos a juicio, pues... —Se encogió de hombros—. En general se hace la vista gorda.

Barnaby frunció el ceño.

—¿Qué enseñan en esas escuelas? ¿Qué necesita aprender un galopín?

—Antes pensábamos que los usaban como vigías, y quizá lo hagan cuando el ladrón actúa en barrios menos prósperos. Pero el auténtico uso que se da a esos pilluelos es hacerlos entrar a robar en las casas de los ricos, sobre todo en las de la buena sociedad. Entrar en una casa de Mayfair no es tarea fácil; la mayoría tiene rejas en las ventanas de la planta baja, o dichas ventanas son demasiado pequeñas, al menos para un hombre. Un crío enjuto, en cambio, puede escurrirse entre ellas. Son los niños quienes realmente birlan los objetos y luego se los pasan al ladrón. Por tanto es preciso enseñar a los niños a moverse con sigilo en la oscuridad, sobre parquets lustrosos y baldosas enceradas, sobre alfombras y entre los muebles.

Les enseñan la distribución habitual de las casas de postín, adónde ir, qué lugares evitar, dónde esconderse si despiertan a los ocupantes. Aprenden a diferenciar entre los ornamentos de calidad y la chatarra, a sacar pinturas de los marcos, a usar ganzúas para forzar cerraduras... Algunos incluso aprenden a abrir cajas fuertes.

Barnaby hizo una mueca.

—Y si algo va mal...

—Exacto. Es al niño a quien pillan, no al ladrón.

Barnaby miró por la ventana detrás de Stokes.

—De modo que nos encontramos ante una situación que nos lleva a suponer que hay una escuela de ladrones en plena actividad, formando a niños para robar en las casas de la alta sociedad... —Se interrumpió y miró a Stokes a los ojos—. ¡Pues claro! Se están preparando para robar durante la temporada festiva, cuando el grueso de las familias bien se ausentará de sus residencias.

—Pero la mayoría de damas se lleva las joyas consigo al campo... —objetó Stokes.

—Cierto. —El creciente entusiasmo de Barnaby no menguó—. Pero esta gente, sean quienes sean, no anda tras las joyas. La gente bien, cuando cierra la casa, sólo se lleva las joyas, la ropa y el servicio; dejan los adornos, muchos de ellos verdaderos tesoros. Esos objetos permanecen en las casas, por lo general con un personal reducido. En algunos domicilios sólo se queda el portero.

La excitación de Barnaby contagió a Stokes. Dejó vagar la mirada mientras pensaba y luego la clavó en Barnaby.

—Nos estamos precipitando, pero supongamos que tenemos razón. ¿Por qué cuatro? ¿Por qué raptar a cuatro niños para entrenarlos en el espacio de pocas semanas?

Barnaby respondió con una sonrisa rapaz.

—Porque este grupo está planeando una serie de robos, o cuenta con más de un ladrón que tiene planes de robar durante los próximos meses.

—Ya. Mientras la buena sociedad está fuera de Londres. —Endureciendo sus rasgos, Stokes añadió—: Podría valer la pena. Merecería el esfuerzo que han invertido en identificar a cuatro posibles chavales, y puede que haya más, y en organizar su secuestro.

Durante un momento ambos quedaron sumidos en sus pensamientos y, al cabo, Barnaby miró a su amigo a los ojos.

—Esto podría ser grande; mucho más grande de lo que parece ahora mismo.

Stokes asintió.

—Antes he hablado con el inspector jefe. Me dio permiso para investigar de manera apropiada, haciendo hincapié en lo de la manera apropiada. —Una torva sonrisa torció sus labios—. Mañana hablaré con él otra vez y le contaré cómo lo vemos ahora. Creo que entonces puedo garantizar que tendré libertad de acción.

Barnaby sonrió con cinismo.

—Bien, ¿y cuál es el siguiente paso? ¿Descubrir esa escuela?

—Lo más probable es que esté en el East End, en algún lugar no muy alejado de donde vivían los niños. Dijiste que es poco probable que algún miembro del personal del orfanato seleccionara a los niños. Si es así, la explicación más plausible de cómo el «director» supo de su existencia y, más aún, de cuándo y dónde exactamente enviar a un hombre en su busca, es que el director y su equipo sean del barrio.

—Los vecinos estaban seguros de que el hombre que se llevó a los niños era del East End, y de que era un mero recadero; alguien a quien habían enseñado qué decir para lograr que le entregaran a los huérfanos.

—Precisamente. Esos maleantes están al tanto de todo lo que ocurre en el barrio porque son de allí.

Barnaby hizo una mueca.

—No sé por dónde empezar a buscar una escuela de ladrones en el East End. Ni en ninguna otra parte, la verdad.

—Buscar lo que sea en el East End no es tarea fácil, y yo estoy tan poco familiarizado con la zona como tú.

—¿La policía local? —sugirió Barnaby.

—Pienso informarla, aunque no cuento con obtener mucha ayuda directa. Esa comisaría está en pañales y es de suponer que aún no habrá arraigado en el barrio. —Hubo un momento de silencio; Stokes golpeó el escritorio con un dedo y pareció tomar una decisión—. Déjalo en mis manos. Sé de alguien que conoce bien el East End. Si consigo interesarlo en el caso, quizá se avenga a ayudarnos.

Se levantó. Barnaby también y se volvió hacia la puerta. Stokes rodeó el escritorio, cogió el sobretodo de la percha y le siguió.

Barnaby se detuvo en el pasillo; el otro se paró a su lado.

—Iré a devanarme los sesos para ver si hay algún otro modo de promover nuestra causa.

Stokes asintió.

—Mañana veré al inspector jefe y lo pondré al corriente. Y veré a mi contacto. Te mandaré aviso si está dispuesto a ayudar.

Se separaron. Barnaby salió a la calle, donde ya anochecía. De nuevo se detuvo en la escalinata del edificio para evaluar la situación. Stokes tenía algo concreto que hacer, una vía de investigación a seguir. Él, en cambio... El impulso de actuar, de no limitarse a aguardar a que el inspector le mandara aviso, lo acuciaba.

Si hablaba con Penelope Ashford otra vez, ahora que tenía cierta idea de hacia dónde apuntaban las pesquisas, quizá le sonsacara más información útil. Tenía bastante claro que la joven tenía muchos datos potencialmente útiles. Y él le había prometido que la informaría de la opinión de Stokes...

Qué mujer avasalladora.

Qué mujer tan difícil... con aquellos labios carnosos y sensuales. Labios fascinantes.

Se metió las manos en los bolsillos y bajó la escalinata. El único problema de hablar con Penelope aquella noche era que para hacerlo tendría que encontrarse con ella en un lugar de buen tono.

La noche había caído, y con ella Penelope se había visto obligada a ponerse lo que a su juicio era un disfraz. Tenía que dejar de ser ella misma para convertirse en la señorita Penelope Ashford, hermana menor del vizconde Calverton, hija menor de Minerva, la vizcondesa viuda lady Calverton, y única mujer soltera del clan.

La última designación la crispaba, no porque abrigara deseo alguno de cambiar su estado civil sino porque de un modo u otro la señalaba. La ponía en un pedestal que su cinismo veía semejante a una plataforma de subastas. Y si bien nunca había tenido la menor dificultad en hacer caso omiso de las erróneas suposiciones que muchos jóvenes caballeros indefectiblemente daban por sentadas, el tener que hacerlo era un verdadero fastidio. Resultaba irritante tener que interrumpir sus pensamientos y armarse de paciencia y cortesía para que los caballeros pertinaces dieran media vuelta.

Sobre todo habida cuenta de que, aunque pudiera estar presente en un salón de baile, por lo general su mente estaba en otra parte. Por ejemplo en las Termópilas. Para ella los griegos antiguos tenían mucho más encanto que cualquiera de los mozos que trataban de atraer su atención.

Aquella noche la velada transcurría en los salones de lady Hemmingford. Ataviada con un moderno vestido de satén verde de un tono tan oscuro que resultaba casi negro, pues su familia le tenía prohibido vestirse de negro, su color predilecto, Penelope contemplaba, arrimada a la pared, la *soirée* política en pleno auge.

A pesar del aburrimiento e incluso aversión que le causaban tales reuniones sociales, no podía dejar de acudir. La asistencia ineludible con su madre a cualquier recepción que la vizcondesa viuda decidiera honrar con su presencia era parte del trato que había cerrado con Luc y su madre a cambio de que lady Calverton se quedase en la ciudad cuando el resto de la familia se marchara al campo, permitiéndole así proseguir con su tarea en el orfanato.

Luc y su madre se habían negado de plano a aceptar que permaneciera sola en Londres, ni siquiera en compañía de Helen, una prima viuda, como carabina. Por desgracia, nadie consideraba que Helen, siempre tan dulce y afable, fuese capaz de controlarla, ni siquiera la propia Penelope. Pese a la mala disposición de su hermano, entendía su punto de vista.

También sabía que una parte tácita del trato era que consentiría en ser exhibida ante los miembros de la flor y nata que siguieran en la capital, manteniendo así vigente la oportunidad de encontrar un buen partido.

Cuando estaba en familia, hacía lo posible por acallar tales ideas; no veía ningún beneficio en el matrimonio, al menos no en su caso. Cuando estaba en sociedad, si no abiertamente sí con implacable agudeza, disuadía a los caballeros que creían saber cómo hacerla cambiar de parecer.

Siempre se desconcertaba cuando un jovenzuelo inmaduro era tan torpe como para no interpretar su mensaje. «¿Es que no ves que llevo gafas, so imbécil?», le soltaba mentalmente. ¿Qué joven casadera deseosa de contraer matrimonio acudiría a una recepción social con gafas de montura de oro apoyadas en la nariz?

En realidad su vista era lo bastante buena como para arreglarse sin gafas, pero entonces veía las cosas con poca nitidez. Podía manejarse en un ámbito reducido como una habitación, incluso un salón de baile, pero no discernía la expresión de los rostros. En la adolescencia había decidido que saber qué ocurría a su alrededor con todo detalle era más importante que presentar la imagen correcta. Otras jóvenes damas quizá pestañeasen intentando negar su miopía, pero ella no.

Ella era como era y la alta sociedad tendría que componérselas.

Con el mentón en alto, la mirada fija en la cornisa del otro lado de la estancia, permaneció de pie a un lado del salón de los Hemmingford, deliberando si entre los invitados había alguno de cuya conversación ella o el orfanato se pudieran beneficiar.

Era vagamente consciente de la música que llegaba del salón contiguo, pero estaba resuelta a hacer caso omiso al reclamo que suponía para sus sentidos. Bailar con caballeros siempre los alentaba a figurarse que estaba interesada en conocerlos mejor. Triste circunstancia dado que le encantaba bailar, pero había aprendido a no permitir que la música la tentara.

De súbito, sus sentidos se alborotaron. Parpadeó. Aquella sensación tan curiosa se deslizaba sobre ella como si las terminaciones nerviosas bajo su piel hubieran sido objeto de una caricia afectuosa. Estaba a punto de dar media vuelta para identificar la causa cuando una voz perturbadoramente grave murmuró:

—Buenas noches, señorita Ashford.

Rizos rubios, ojos azules. Resplandeciente en blanco y negro de gala, Barnaby Adair apareció a su lado.

Ella sonrió encantada y, sin pensarlo dos veces, le dio la mano.

Barnaby tomó sus delicados dedos e hizo una reverencia, aprovechando el momento para recomponer su habitualmente impecable compostura, que Penelope había hecho añicos con aquella fabulosa sonrisa suya.

¿Qué sucedía con ella y sus sonrisas? Tal vez se debiera a que no sonreía con tanta liberalidad como otras damiselas; aunque sus labios se curvaban de buena gana y prodigaba educados elogios como era menester, tales gestos eran primos distantes de su verdadera sonrisa, con la que acababa de obsequiarle. Ésta era mucho más radiante, más intensa y cálida. Abierta y sincera, suscitaba en él el impulso de advertirle que no mostrara aquellas sonrisas a los demás; suscitaba el codicioso deseo de que ella reservara aquellas sonrisas sólo para él.

Absurdo. ¿Qué le estaba provocando aquella joven?

Ella se irguió y él la encontró todavía más radiante, aunque la sonrisa se había desvanecido.

—Me alegro de verle. ¿Debo suponer que me trae novedades?

Barnaby volvió a pestañear. Había algo en su rostro, en su expresión, que lo enternecía y le afectaba de un modo sumamente peculiar.

—Si no recuerdo mal —dijo, con un valeroso intento de arrastrar las palabras con sequedad y arrogancia—, usted insistió en que la informara acerca de la opinión de Stokes en cuanto fuera posible.

La jovialidad de Penelope no decayó.

—Bueno, sí, pero no esperaba que lo hiciera aquí —señaló con la mano a la elegante concurrencia.

No obstante, había tomado la precaución de volver a dar instrucciones a su ayuda de cámara para que le dijera dónde encontrarla. Barnaby titubeó y echó un breve vistazo a los grupos que conversaban en derredor.

—Me figuro que preferirá hablar de nuestra investigación antes que de la última obra del Teatro Real.

Esta vez la sonrisa de ella fue al mismo tiempo petulante y confiada.

—Indudablemente. —Miró en torno—. Pero si vamos a hablar de secuestradores y delitos, deberíamos trasladarnos a un sitio más tranquilo. —Con el abanico, indicó el rincón adyacente a la arcada que daba al salón—. Esa zona suele estar despejada. —Lo miró—. ¿Vamos?

Barnaby le ofreció un brazo que ella aceptó. Él reparó en que bastaba que él la observara para que los sentidos de ella reaccionaran sutilmente. Él los alteraba. Barnaby lo había sabido desde el primer momento, desde que ella entró en su salón y lo vio, no en público sino a solas.

Conducirla a través del salón, deteniéndose forzosamente aquí y allí para intercambiar saludos, le dio tiempo para considerar su propia e inusual reacción ante ella. Era bastante comprensible; su propia reacción era consecuencia directa de la reacción de ella. Cuando sonreía con tanta franqueza, no era porque reaccionara ante su apostura, ante el glamur que a la mayoría de jóvenes damas impedía ver más allá, sino porque veía y reaccionaba ante el hombre que había detrás de esa fachada, el investigador con quien, al menos a su juicio, se estaba relacionando.

Era a su faceta investigadora a la que sonreía, a su lado intelectual. Eso era lo que le había llevado a sentirse tan extrañamente emocionado. Era reconfortante que sus atributes viriles no se tuvieran demasiado en cuenta y que, en cambio, valorasen su mente y sus logros. Penelope quizá llevara gafas, pero su vista era mucho más incisiva que la de sus semejantes.

Por fin llegaron al rincón. Allí estaban relativamente aislados del grueso de los invitados, separados por el ir y venir de quienes entraban y salían del salón. Podían hablar con total libertad aun estando a la vista de todos.

—Perfecto. —Retirando la mano de su manga, se volvió hacia él—. Bien. ¿Qué ha deducido el inspector Stokes?

Reprimió las ganas de informarla de que Stokes no era el único que había deducido cosas.

—Después de considerar todas las actividades posibles en las que cabría emplear a niños de esa edad, parece que lo más probable en este caso sea el robo.

Penelope frunció el ceño.

—¿Qué quieren los ladrones de unos niños tan pequeños?

Él se lo explicó y ella se indignó. Echando chispas por los ojos tras las lentes, declaró categóricamente:

—Debemos rescatar a nuestros niños sin demora.

Tomando nota de la determinación que resonaba en su voz, Barnaby mantuvo una expresión impasible.

—En efecto. Mientras Stokes tantea a sus contactos con vistas a localizar esa escuela, hay otra vía que a mi juicio deberíamos tomar en consideración.

Penelope lo miró a los ojos.

—¿Cuál?

—¿Hay otros niños parecidos que puedan quedar huérfanos pronto?

Ella lo miró fijamente un instante, abriendo mucho sus ojos castaños. Barnaby supuso que le preguntaría por qué; en cambio, en un santiamén había comprendido por dónde iba él y, a juzgar por su fascinación, estaba más que dispuesta a seguirlo.

—¿Los hay? —insistió Barnaby.

—No lo sé, no se me ocurre ninguno en este momento. Yo hago todas las visitas pero a veces transcurre más de un año desde que el niño se inscribe en nuestros archivos hasta que fallece el tutor.

—Entonces ¿puede decirse que existe una especie de lista de huérfanos en ciernes?

—Una lista no, por desgracia, sino un montón de expedientes.

—¿Y esos expedientes contienen la dirección y una descripción sucinta del niño?

—La dirección sí. Pero la descripción que anotamos se limita a la edad y al color del pelo y los ojos; no basta para nuestro propósito. —Le miró de hito en hito—. No obstante, por lo general me acuerdo de los niños, sobre todo de los que he visto recientemente.

Barnaby tomó aire.

—¿Cree que...?

—Señorita Ashford.

Ambos se volvieron para encontrarse ante un joven caballero que hacía una reverencia exagerada. Se irguió y sonrió a Penelope.

—Soy el señor Cavendish, señorita Ashford. Su madre y la mía son grandes amigas. Me estaba preguntando si le apetecería bailar. Me parece que se están preparando para un cotillón.

Penelope frunció el entrecejo.

—No, gracias. —Pareció reparar en la gelidez de su tono, así que lo derritió lo justo para agregar—: No soy muy aficionada a los cotillones.

Cavendish pestañeó.

—Vaya. Entendido.

Saltaba a la vista que no estaba acostumbrado a que lo rechazaran. Aunque el semblante disuasorio de Penelope no se relajó, Cavendish dio muestras de querer sumarse a su conversación. Ni corta ni perezosa, ella lo tomó del brazo y le obligó a volverse.

—Aquella de allí es la señorita Akers. —Miró hacia el otro lado del salón—. La chica del vestido rosa con profusión de capullos en flor. Seguro que le encantará bailar el cotillón. —Hizo una pausa y añadió—: Desde luego lleva el vestido apropiado.

Barnaby se mordió el labio. Cavendish, sin embargo, inclinó la cabeza mansamente.

—Si me disculpan...

Miró esperanzado a Penelope, que asintió alentadoramente.

—Faltaría más —respondió soltándole el brazo.

Cavendish saludó a Barnaby y se alejó.

—Bien. —Penelope volvió a centrarse en Barnaby—. ¿Qué estaba diciendo?

—Me preguntaba si...

—Mi querida señorita Ashford. Qué inmenso placer encontrarla honrando esta recepción con su presencia.

Barnaby observó con interés cómo Penelope se envaraba y daba media vuelta lentamente, endureciendo su expresión para enfrentarse al intruso.

Tristram Hellicar tenía fama de vividor. Además no podía negarse que era guapo. Hizo una elegante reverencia; al erguirse saludó con la cabeza a Barnaby y acto seguido dirigió el irresistible encanto de su sonrisa a Penelope, que no se dejó impresionar lo más mínimo.

—Tristram, el señor Adair y yo...

—Hicierais lo que hicieseis, querida, ahora estoy aquí. Seguro que no querrás echarme a los lobos... —Con ademán pausado indicó a los demás invitados.

Tras las lentes, los ojos marrones de Penelope se entrecerraron.

—En un periquete.

—Piénsalo bien, Penelope, que yo esté aquí contigo hace que todos esos jovenzuelos mantengan las distancias, ahorrándote esfuerzos diplomáticos para librarte de ellos. Rigby acaba de llegar, y ya sabes lo agotadora que puede llegar a ser su devoción. Y el señor Adair no es una buena protección; es demasiado educado.

Barnaby captó el destello de la mirada que Hellicar le lanzó, consciente de que el joven se estaba formando un juicio sobre él y su posible relación con Penelope. Había una advertencia latente en esa mirada, pero Hellicar no estaba seguro de que él fuera un rival en lo que al afecto de Penelope atañía, y sin pruebas no pasaría de allí.

Podría haberle dado a Hellicar alguna pista, pero estaba disfrutando con aquel intercambio y lo que éste desvelaba. Aparte de todo lo demás, estaba convencido de que Penelope no se daba cuenta de que Hellicar, pese a su reputación, iba tras ella en serio.

Otra cuestión igualmente fascinante era que Hellicar, aun teniendo el atino de reconocer que ella no una era una mujer del montón y que, por consiguiente, sería inmune a las lisonjas habituales, en realidad no tenía ni idea de cómo conquistarla.

Y si la mitad de lo que se contaba sobre Hellicar era cierto, había sido todo un maestro en el arte de cautivar a las damas de buena familia.

Había fracasado estrepitosamente con Penelope.

Hellicar continuaba con su charla intrascendente, al parecer sin fijarse en que Penelope estaba cada vez más tensa. Ésta finalmente interrumpió su cháchara sin el menor escrúpulo.

—Lárgate, Tristram. —Su voz sonó serena, fría como el acero. Le dejó claro que había caído en desgracia—. O contaré a lord Rotherdale lo que vi en el salón de lady Mendicat.

Hellicar parpadeó y se puso pálido.

—¿Qué viste? Tú no harías...

—Créeme, lo vi, y lo haría. Y disfrutaría cada instante del relato.

Apretando los labios y entornando los ojos, Hellicar estudió el semblante de Penelope y su firme expresión, y decidió que no se estaba marcando un farol. Aceptando la derrota, hizo una reverencia bastante menos fluida que la anterior.

—Muy bien, bella Penelope, me retiraré. Por ahora. —Echó un vistazo a Barnaby—. No obstante, si tu propósito es llevar una vida sin restricciones, charlar tan animadamente con Adair no es un modo inteligente de convencer a esos cachorros anhelantes de que no estás interesada en que te lleven al altar. Allá donde uno va, los demás se aventuran. —Y volviéndose agregó—: Quedas advertido, Adair: es peligrosa.

Con un saludo, Hellicar se marchó.

Penelope frunció el ceño, cada vez más desesperada.

—¡Sandeces!

Barnaby tuvo que esforzarse para disimular su sonrisa. Era peligrosa, sí, peligrosamente impredecible. No necesitaba la advertencia de Hellicar, pues para él la amenaza provenía de su propia fascinación; nunca antes había conocido a una dama de alcurnia que, intencionadamente y con pleno conocimiento de causa, se saltara a la torera las limitaciones sociales cada vez que le venía en gana y sabía que podía salirse con la suya.

Por primera vez en más tiempo del que recordaba, lo estaba pasando en grande en una recepción social. Le estaban entreteniendo de un modo novedoso e inesperado.

—Al menos se ha ido. —Penelope se volvió de nuevo hacia él—. Bien. —Frunció el ceño—. ¿Dónde estábamos?

—Iba a preguntarle...

—Señorita Ashford.

Ella soltó un bufido de fastidio. El joven lord Morecombe. Lo despachó sumariamente, sacándolo sin piedad del error de que ella tuviera el más mínimo interés en oír comentar el último estreno, y menos aún sus logros en la carrera de cuadrigas a Brighton.

Después de Morecombe le tocó el turno a Julian Nutley.

Luego vino el vizconde Sethbridge.

Mientras le atendía, y luego a Rigby, que haciendo honor a la descripción de Hellicar resultó el más difícil de ahuyentar, Barnaby dispuso de tiempo sobrado para estudiarla.

No era difícil comprender que aquellos desventurados caballeros reuniesen valor para enfrentarse a su afilada lengua. Era una joven sumamente atractiva, aunque no de una manera usual. El tono oscuro de su vestido hacía que su piel de porcelana resplandeciera. Incluso las gafas, que sin duda restaban encanto a su apariencia, en realidad la realzaban: la montura de oro perfilaba el contorno de los ojos mientras las lentes los magnificaban un poco, haciendo que parecieran aún más grandes, resaltando sus largas y rizadas pestañas morenas, el intenso castaño de los iris y la clara inteligencia que brillaba en sus profundidades.

Con la vitalidad que infundía a sus rasgos, de hecho a todo su ser, el conjunto irradiaba una belleza que llamaba la atención, tanto más cuando se comparaba con la pálida, dócil y apastelada uniformidad de las demás damiselas del mercado nupcial.

Barnaby dudaba que ella entendiera que, lejos de ser un arma disuasoria, el carácter sardónico y la actitud arbitraria con que trataba a los pretendientes, en su caso surtían el efecto contrario. Su conducta la había convertido en un trofeo que conquistar, y los caballeros que la cortejaban eran conscientes del invaluable caché que supondría conseguir su mano.

Escuchándola tratar con, y en el caso de Rigby ahuyentar, todos aquellos que osaban entorpecer su conversación con Barnaby, saltaba a la vista que consideraba a los caballeros una especie considerablemente menos inteligente que ella.

Barnaby tuvo que admitir que en la mayoría de los casos tenía razón, pero no todos los caballeros eran unos zoquetes. El impulso de mencionárselo para marcar al menos un tanto a favor de su sexo, y quizá de paso empujarla a comprender en parte el atractivo que tenía para los hombres, lo tentó por un momento.

—¡Por fin! —Tras una última mirada fulminante a la espalda de Rigby, Penelope se volvió una vez más hacia él.

Sin darle ocasión de hablar, Barnaby levantó una mano acallándola.

—Me temo que Hellicar estaba en lo cierto. Si nos quedamos aquí conversando, muchos lo verán como una invitación permanente a unirse a nosotros. ¿Puedo sugerir, por mor de nuestro objetivo común, que saquemos provecho del vals que los músicos parecen estar a punto de tocar?

Hizo media reverencia y le ofreció la mano.

Penelope la miró, y luego a él. Los primeros compases del vals flotaban sobre las conversaciones de alrededor.

—¿Tiene ganas de bailar?

Barnaby enarcó una ceja.

—Tendremos suficiente intimidad para hablar sin arriesgarnos a que nos interrumpan. —La miró a los ojos—. ¿No sabe bailar el vals?

Penelope frunció el ceño.

—Claro que sé. Ni siquiera yo pude evitar que me lo enseñaran. —Y armándose de valor apoyó su mano en la de él. Debía enterarse de lo que él tenía que comunicarle, y en vista del fastidio de sus pretendientes, la pista de baile era una buena opción.

Barnaby la hizo girar hacia el salón.

—De lo que se deduce que lo intentó.

Tomando aire lentamente, ella levantó la vista, desconcertada...

—Me refiero a evitar que le enseñaran a bailar el vals.

Penelope pestañeó. Rogó al cielo de que Barnaby no se percatara de que su contacto la confundía hasta el punto de perder el hilo de la conversación. Miró al frente.

—Al principio no veía ningún sentido en aprender semejante habilidad, pero luego...

Encogió un poco los hombros y dejó que la condujera a la pista y la atrajera hacia sí.

Sus brazos la rodearon con delicadeza y corrección, pero aun así los sentidos de la joven vibraron. Les exigió, de mala manera, que hicieran el favor de comportarse. Pese a su irritante reacción ante él, bailar era, se dijo a sí misma, una idea excelente.

Se había desprendido de la renuencia a que le enseñaran a bailar tras descubrir que el vals podía ser tonificante y excitante. Últimamente rara vez se lo permitía porque la habían decepcionado demasiadas parejas de baile. Daba por hecho que Adair tampoco daría la talla, lo cual le vendría muy bien. Una vez descubriera que era un bailarín mediocre, sus embelesados sentidos perderían interés por él de inmediato. No existía mejor cura para su absurda obsesión con él.

Con la cabeza alta, el mentón inclinado en el ángulo exacto, una sonrisa confiada curvándole los labios, se arrancó a bailar, y acto seguido se encontró siguiendo en vez de llevando.

Tardó un momento en adaptarse, pero ése era un punto a favor de él. Luego recordó que no quería dejarse impresionar, al menos no en ese ruedo. Por desgracia, su causa languideció y feneció mientras, con la vista clavada en su rostro, notaba cómo él la hacía evolucionar sin esfuerzo a lo largo del salón, deteniéndose y dando vueltas junto con las demás parejas que surcaban la pista. No era tanto la soltura con que la movía —era lo bastante liviana como para que casi todos los caballeros fueran capaces de hacerlo—, como la sensación de poder, de control, de energía domeñada que imprimía a las simples revoluciones del vals.

Lejos de sentirse liberada, estaba presa, atrapada.

Y a pesar de ser precisamente lo que no había deseado, se sorprendió a sí misma sonriendo con más sinceridad, relajándose en su holgado abrazo mientras admitía que sí, Barnaby sabía bailar el vals. Y sí, ella podía entregarse a su maestría y limitarse a gozar.

Hacía mucho tiempo que no había disfrutado con un vals.

Los ojos azules de Barnaby buscaron su rostro y entonces torció los labios.

—Está visto que cambió de parecer y al final prestó atención a su profesor de baile.

—Luc, mi hermano. Un tirano muy estricto y exigente. —Se concedió un momento más para gozar con la sensación de flotar por la pista, de los firmes muslos de él rozándole las faldas, antes de preguntar—: Ahora, por fin, podremos terminar nuestra conversación. ¿Qué era lo que quería decirme?

Barnaby bajó la vista a sus ojazos castaños y se preguntó por qué no había querido aprender a bailar el vals.

—Iba a sugerir que si usted pudiera identificar a cualquier otro niño que vaya a quedar huérfano en un futuro cercano y que encajara en el perfil de los secuestrados, podríamos vigilarlos, tanto para identificar a los secuestradores si se presentan como, en última instancia, para impedir que se los lleven.

Penelope pestañeó y abrió más los ojos.

—Sí, claro. ¡Qué buena idea! —Musitó estas palabras como si hubiese tenido una revelación. De pronto se soltó y recobró su brío y eficiencia—. Mañana revisaré los archivos. Si encuentro posibles candidatos...

—Me reuniré con usted en el orfanato a primera hora —dijo Barnaby. Sonrió mirándola de hito en hito. Si pensaba que iba a permitir que fuera sola de caza, estaba muy equivocada—. Podemos revisar los archivos juntos.

Penelope lo observó como evaluando las posibilidades que tenía de rehusar su ofrecimiento, aunque él estaba bastante seguro de que ella entendía que no se trataba de un ofrecimiento sino de una afirmación inapelable. Finalmente sus labios, siempre tan atrayentes, cedieron.

—Muy bien. ¿Pongamos a las once?

Barnaby inclinó la cabeza.

—Y veremos qué podemos encontrar.

Se irguió, le hizo dar una vuelta y reanudaron el baile en dirección al salón. Un vistazo a su semblante le confirmó que disfrutaba del baile tanto como él.

Incluso en esto era la antítesis de la norma. La mayoría de jóvenes damas eran vacilantes; incluso siendo excelentes bailarinas se mostraban pasivas, no sólo permitiendo sino confiando en que un caballero las dirigiera por la pista. Penelope no quería saber nada de la pasividad, ni siquiera durante un vals. Si bien tras los primeros pasos había consentido en que él la llevara, la fluida tensión que confería a sus gráciles miembros, la energía con que se acoplaba a su paso, convertía la danza en un esfuerzo compartido, una actividad a la que ambos contribuían, haciendo que la experiencia fuera un mutuo placer compartido.

Con gusto bailaría hasta bien entrada la noche con ella...

De repente, apartó de su mente la idea de los distintos bailes que podrían permitirse danzar juntos. Ése no era el motivo por el que estaba bailando un vals con ella. Se trataba de la hermana de Luc Ashford, y su relación con ella era mero fruto de una investigación.

¿O no?

Al terminar un giro le miró la cara, los labios rubí ligeramente abiertos, sus encantadores ojos y el semblante de madona que ningún maquillaje o afeite podría jamás disfrazar, y se preguntó cuán sincero estaba siendo. Hasta qué punto estaba obstinado en no ver.

Penelope se zafó de sus brazos. Él los dejó caer y sonrió de un modo encantador.

—Gracias.

Respondiendo con una sonrisa, ella inclinó la cabeza.

—Baila muy bien el vals... Mucho mejor de lo que me esperaba.

Él se fijó en el hoyuelo de su mejilla izquierda.

—Encantado de servirla.

La joven se rio ante tan seca respuesta.

Barnaby le tomó la mano, la apoyó en su brazo y la hizo girar hacia el salón.

—Venga conmigo, la acompaño hasta su madre. Y luego tendré que irme.

Así lo hizo. Mientras salía del salón sintió cierta satisfacción por lo entretenida que había sido la velada, algo con lo que en ningún momento había contado.

Penelope miró sus anchas espaldas hasta que lo perdió de vista. Sólo entonces se tomó la molestia de poner en orden sus ideas y valorar la situación.

Y al hacerlo...

—¡Maldita sea! —murmuró entre dientes.

Era incapaz de encontrar un defecto en Barnaby Adair; en su talento como investigador, ninguno, al menos de momento, y, más sorprendente aún, en sus atributos varoniles tampoco. Aquello no era buena señal. Normalmente, y más después de haber conversado un par de veces con un caballero, ya lo habría descartado.

A Barnaby Adair no podía descartarlo. Y entre otras razones porque no se dejaba descartar.

Penelope no sabía a ciencia cierta qué iba a hacer con él, pero estaba claro que tendría que hacer algo. O bien tomar medidas para anular el efecto que ejercía en ella, o bien seguir aguantando a su díscola cabeza y a sus absortos sentidos.

La segunda opción era inadmisible. Y hasta que lograra la primera no sería capaz, era evidente, de manejar a Barnaby a su antojo.

5

A las nueve en punto de la mañana siguiente, el inspector Basil Stokes estaba en la acera de St. John's High Street observando la puerta de una tienda pequeña. Pasado un rato, abrió la puerta y entró.

Encima de la puerta sonó una campanilla; dos chicas que trabajaban en una mesa al fondo del estrecho espacio rectangular levantaron la mirada. Parpadearon y acto seguido cruzaron fugaces miradas. Una de ellas, que Stokes tomó por la mayor, dejó a un lado el sombrero que estaba adornando y se acercó al pequeño mostrador.

Con voz vacilante preguntó:

—¿Qué se le ofrece, señor?

Stokes entendía su confusión; él no era el tipo de cliente habitual en una sombrerería de señoras. Echó un vistazo en derredor y poco faltó para que hiciera una mueca ante las plumas, encajes, cintas y fruslerías que colgaban de percheros y adornaban sombreros de formas variopintas. Se sentía fuera de lugar, como si se hubiese colado en el tocador de una señora.

Devolviendo la mirada a la cara redonda de la chica, dijo:

—Busco a la señorita Martin. ¿Está aquí?

La chica se puso nerviosa.

—¿Quién pregunta por ella, señor?

Estuvo a punto de decirle su cargo pero cayó en la cuenta de que Griselda, la señorita Martin, probablemente preferiría que su personal no supiera que recibía una visita de la policía.

—El señor Stokes. Creo que me recordará. Sólo será un momento, si es posible.

Como tantas personas, la chica no supo establecer su clase social; por si acaso, hizo una reverencia.

—Voy a preguntar.

Desapareció tras la gruesa cortina de la trastienda. El inspector echó un vistazo en derredor. Dos espejos colgaban de una pared. Vio su imagen en uno de ellos, enmarcada por creaciones de plumas y cintas, flores artificiales y lentejuelas expuestas en la pared que tenía detrás. Enseguida desvió la vista.

Al otro lado de la cortina se oía un murmullo de voces que se iba acercando. Clavó su mirada en la cortina cuando ésta se abrió para franquear el paso a una visión tan preciosa como la recordaba.

Griselda Martin no era alta ni baja, ni llenita ni esbelta. Tenía una cara redonda de rasgos agradables, grandes ojos azul lavanda perfilados por pobladas pestañas negras, frente amplia, nariz respingona cruzada por una bandada de pecas, mejillas sonrosadas y labios como un capullo de rosa. El abundante pelo azabache, recogido en un moño en la nuca, enmarcaba su semblante. Aunque su estilo estaba a años luz de la belleza aristocrática, para Stokes era perfecta en todos los aspectos.

Sus ojos eran tales que deberían estar brillando, pero cuando lo miró fueron serios, prudentes, una pizca precavidos.

—Señor Stokes... —Ella también evitó decir su cargo.

Él inclinó la cabeza.

—Señorita Martin, ¿podría dedicarme un momento? Me gustaría comentar un asunto de negocios.

Griselda agradeció que tuviera el tacto de no mencionar a la policía delante de su personal. Se relajó un poco y se volvió hacia sus ayudantes.

—Imogen, Jane, id a hacer el reparto ahora.

Ambas chicas, que habían estado escuchando y observando con avidez, se mostraron decepcionadas, pero dijeron a coro:

—Sí, señorita Martin.

Y dejaron a un lado sus labores.

—Tendrá que aguardar un momento —murmuró Griselda a Stokes.

Éste asintió y se hizo a un lado, procurando ser lo más discreto posible, tarea nada fácil dado que medía más de metro ochenta y era corpulento y ancho de espaldas. Observó mientras las chicas reunían varios paquetes y sombrereras antes de ponerse la capa y el sombrero. Cargadas con sus bultos, se dirigieron hacia la salida mirándole con curiosidad al pasar junto a él.

En cuanto la puerta se cerró a sus espaldas, Griselda preguntó:

—¿Es por lo de Petticoat Lane?

La inquietud se traslució en su voz. Stokes se apresuró a tranquilizarla.

—No, en absoluto. El maleante fue deportado, así que no debe temer nada de él.

Griselda exhaló un suspiro de alivio.

—Bien. —La curiosidad le asomó a los ojos. Ladeó ligeramente la cabeza—. Pues entonces, ¿a qué debo esta visita, inspector?

«A que no puedo apartarla a usted de mi mente.» Stokes carraspeó.

—Como ya dije en su momento, el Cuerpo de Policía y yo le quedamos muy agradecidos por la ayuda que nos prestó en el asunto de Petticoat Lane. —Griselda, junto con numerosos testigos, había visto a un hombre dar tal paliza a una mujer que faltó poco para que la matase. De todos los curiosos, sólo ella y un viejo casi ciego habían estado dispuestos a prestar declaración sobre los hechos; sin el testimonio de Griselda, habría sido imposible interponer una acción judicial—. Ése no es, sin embargo, el asunto que me ha traído aquí.

Llevándose una mano a la espalda, cruzó los dedos.

—Cuando leí su declaración sobre lo de Petticoat Lane me enteré de que, aunque ahora vive y trabaja en este distrito, se crio en el East End. Su padre aún vive allí, y usted misma es bien conocida, al menos en su barrio.

Griselda frunció el entrecejo.

—Puede que haya mejorado mi dicción para facilitar el trato con mis clientes pero nunca he ocultado mis orígenes.

—No, y eso es en parte lo que me ha traído aquí. —Echó un vistazo a la entrada de la tienda para confirmar que ningún cliente iba a interrumpirlos, y se volvió de nuevo hacia ella—. Tengo un caso de niños desaparecidos en el East End. Niños de corta edad, entre siete y diez años, nacidos y criados en esa parte de la ciudad. Estos niños acababan de quedarse huérfanos. La mañana siguiente al fallecimiento de su padre o tutor, apareció un hombre diciendo que lo enviaban las autoridades a recoger al niño. En los casos que investigamos, el padre o el tutor había hecho los trámites necesarios para que el huérfano ingresara en el orfanato, de modo que los vecinos entregaron los niños, para pocas horas después descubrir, al llegar la gente del orfanato, que el hombre en cuestión no tenía relación alguna con esa institución.

Arrugando más la frente, Griselda asintió, instándolo a proseguir.

Stokes tomó aire para mitigar la extraña opresión que le ceñía el pecho.

—Carezco de contactos en el East End y la policía local no está bien arraigada. Así que me preguntaba si... me consta que es pedirle mucho, sé cómo se percibe a la policía..., si estaría dispuesta a prestarnos su ayuda en la medida de lo posible. Creemos que a esos niños los raptan para entrenarlos como galopines.

Griselda abrió los ojos como platos.

—¿Una escuela de ladrones? —Su tono dejó claro que sabía qué era exactamente.

Stokes asintió.

—Necesito dar con alguien que pueda decirme si corren rumores de que algún maleante en concreto haya montado una escuela hace poco.

Ella cruzó los brazos y soltó un resoplido.

—Bueno, perderá el tiempo si pregunta a sus colegas. Serían los últimos en enterarse.

—Ya lo sé. Y le ruego que no piense que yo doy por sentado que usted lo sepa, que no es así, pero se me ocurrió que a lo mejor conocía a alguien que pudiera darnos un nombre o una dirección.

Griselda lo estudiaba con su mirada firme y franca. Stokes guardó silencio, presintiendo que si insistía ella rehusaría ayudarlo.

La mujer estaba en un dilema. Conocía el East End; de ahí que hubiese puesto tanto empeño, y trabajado tanto y tan duro, para salir de allí. Había cursado un riguroso aprendizaje, luego trabajó arduamente e hizo grandes economías hasta reunir lo suficiente para alquilar su propio local, y entonces siguió trabajando día y noche para establecerse en el sector.

Había tenido éxito y había dejado el East End muy atrás. Y de repente ahí tenía a aquel policía tan guapo preguntando si estaba dispuesta a regresar a los bajos fondos. Por él y por su caso.

No, se corrigió a sí misma, no lo pedía por él. Trataba de ayudar a unos niños que eran del mismo barrio bajo que ella había abandonado. Sabía del orfanato y su reputación; esos niños habrían tenido una oportunidad de prosperar y superarse si hubiesen ido allí, tal como sus agonizantes padres habían dispuesto.

El futuro de unos niños. Eso era lo que estaba en juego.

Griselda ya no tenía hermanos; había perdido a los tres en la guerra años atrás. El mayor tenía veinte años al morir; en realidad no habían tenido ocasión de vivir su vida.

Entornando los ojos, preguntó:

—¿Cuánto hace que se llevaron a esos chavales?

—Viene ocurriendo desde hace unas semanas, pero el último de cuatro desapareció hace sólo dos días.

De modo que aún era posible salvarlos.

—¿Está seguro de que se trata de una escuela de ladrones?

—Parece lo más probable. —Sin que se lo pidiera Griselda, Stokes describió a los niños, eliminando así las otras posibilidades. Se guardó de abundar en esas alternativas; no era necesario, ella conocía de sobra la realidad del mundo que había abandonado.

Volvió a quedarse callado, a la espera..., como un predador, eso sí, pero puso cuidado en no mostrar esta faceta de su ser.

Griselda se planteó desentenderse del asunto, pero en su fuero interno cedió.

—No puedo decirle lo que no sé, pero puedo preguntar por ahí. Visito a mi padre todas las semanas. Le cuesta mucho andar y sale poco, pero se entera de todo y ha vivido toda su vida en el barrio. Tal vez no sepa quién ha montado una escuela hace poco, pero sabrá quién las montaba en el pasado y puede seguir dedicándose a eso.

La tensión que había atenazado a Stokes se aflojó.

—Gracias. Agradeceré cualquier cosa que podamos averiguar.

—¿Podamos?

Stokes cambió de postura.

—Siendo yo quien le ha pedido que vuelva a visitar ese barrio, debo insistir en acompañarla. A modo de protección.

—¿Protección? —Griselda le lanzó una mirada divertida y un tanto condescendiente—. Inspector...

Se calló y repensó lo que casi había dicho: que en el East End no sería ella sino él quien necesitaría protección. Se mordió la lengua porque finalmente se había dignado mirarlo con atención, plantado en medio de su pequeña tienda ocupando demasiado espacio.

Griselda ya lo había tratado brevemente con anterioridad, pero eso había sido en un centro de vigilancia entre una multitud arremolinada de hombres fornidos que habían camuflado su apariencia. Hoy estaba solo, y ella no podía pasar por alto su enjuta dureza, como tampoco la manera en que se movía, sugiriendo que se desenvolvería muy bien en una reyerta.

Algunos caballeros de la buena sociedad tenían ese mismo perfil amenazador que brillaba a través de su apariencia, recordando a los prudentes que bajo su capa de refinamiento latía un corazón nada civilizado.

Griselda carraspeó y dijo:

—En realidad no necesito escolta, inspector. Visito regularmente a mi padre.

—Tal vez, pero el incidente de Petticoat Lane aún podría tener repercusiones, y como en este caso su incursión en el barrio es a petición mía, espero comprenda que en conciencia no puedo permitir que vaya usted sola.

—Pero...

—Lo siento pero insisto, señorita Martin.

Ella frunció el ceño. Su tono quizá diera a entender que se trataba de una petición, pero la expresión de su semblante de rasgos morenos y el gris apagado de sus ojos decían inequívocamente que, por alguna razón enrevesadamente masculina, no iba a cambiar de postura. Conocía aquella mirada; la había visto en su padre y sus hermanos en infinidad de ocasiones.

Lo cual significaba que sería inútil discutir. Además, Imogen y Jane no tardarían en volver, y sería mejor que ya se hubiesen ido cuando llegaran.

Suspiró para sus adentros otra vez. En realidad no la iba a perjudicar pasear por el East End con un hombre como aquel pisándole los talones. Más de una mujer daría cualquier cosa por tal privilegio, y allí le tenía ofreciéndose, y gratis. Asintió.

—Muy bien. Acepto su escolta.

Stokes sonrió.

De repente Griselda se sintió mareada. ¿Era así como una se sentía cuando le flaqueaban las piernas? ¿Sólo porque le había sonreído? Le entraron dudas sobre lo acertado de haber permitido que se le acercara.

—Bien... —Stokes seguía sonriendo—. Supongo que sus chicas regresarán pronto.

Ella pestañeó. Luego le miró a los ojos; grises, cambiantes, tempestuosos.

—Ahora no puedo irme; acabo de abrir.

—Ah. —Él recobró su sobriedad y dejó de sonreír—. Tenía la esperanza...

—Esta tarde —se oyó decir Griselda—. Cerraré temprano; a las tres. Podemos ir a ver a mi padre entonces.

Stokes le sostuvo la mirada y al cabo asintió.

—Gracias. Regresaré a las tres en punto.

No volvió a sonreír y Griselda se lo agradeció en silencio. Pero sus labios se aflojaron cuando el inspector inclinó la cabeza educadamente.

—Hasta entonces, señorita Martin.

Dio media vuelta y fue hasta la puerta. Antes de salir volvió la vista atrás un instante.

En cuanto la puerta se cerró, los pies de Griselda se movieron de *motu proprio*, llevándola hasta la cristalera. Alargó la mano para silenciar la campanilla.

Se quedó observando como se alejaban los hombros de Stokes y de pronto se preguntó qué estaba pasando.

Y por qué. No era propio de ella reaccionar así ante un hombre apuesto, aunque las duras facciones del inspector tenían un atractivo difícil de ignorar.

Cuando lo hubo perdido de vista frunció el ceño, giró en redondo y se encaminó hacia el sombrero que estaba decorando con plumas. Si gracias a él iba a cerrar temprano, más le valía volver al trabajo.

A las diez en punto de aquella mañana Barnaby entró sin ser anunciado al despacho de Penelope en el orfanato y la sorprendió revisando un montón de carpetas.

Al verle, ella parpadeó.

Barnaby sonrió abiertamente.

72

—¿Hay suerte?

Tras mirarlo un tenso instante, sus perturbadores labios se apretaron y devolvió su atención a los papeles. Con bastante tirantez, dijo:

—Tengo a un niño en mente pero no recuerdo su nombre. Vive con su madre en algún lugar del East End y la pobre se está muriendo.

Barnaby indicó las carpetas con el mentón.

—¿Todas éstas son de niños que van a quedarse huérfanos?

—Sí.

Habría varias decenas, lo cual daba para pensar. Al cabo de un momento Penelope hizo una pausa, alargó la mano y empujó el montón a través del escritorio hacia él.

—Podría ir separando a las niñas, a los que tengan menos de seis años y a los que no vivan en el East End. Los detalles, por desgracia, están esparcidos por las páginas.

Obedientemente, Barnaby abrió la primera carpeta y la revisó. Trabajaban a buen ritmo, él descartaba las carpetas de las chicas, los niños más pequeños y los de fuera del East End, mientras ella estudiaba los datos de las carpetas restantes, buscando algún rasgo del chaval que recordaba.

Transcurrieron diez minutos en silencio; la frialdad de Penelope fue menguando. Finalmente, sin levantar la vista, dijo en tono casi acusador:

—Ha llegado una hora antes.

Revisando el contenido de una carpeta, Barnaby murmuró:

—No pensaría en serio que iba a permitir que sólo madrugara usted... —Por el rabillo del ojo, vio que ella tensaba los labios.

—Tenía la impresión de que los caballeros de su clase se quedaban en cama hasta mediodía.

—Y así es. —«Cuando tengo compañía femenina en dicha cama y...»—. Cuando no persigo delincuentes.

Le pareció oírla resoplar pero sin añadir más. Él siguió eliminando carpetas; ella leyendo.

—Aquí lo tenemos. —Levantó la carpeta—. Jemmie Carter. Su madre vive en una casa de vecinos entre Arnold Circus y Bethnal Green Road. —Releyó una vez más la carpeta y la puso encima del montón.

Barnaby la observó rodear el escritorio y recoger el monedero, y se preguntó si serviría de algo tratar de disuadirla.

Levantando el mentón, pasó junto a él camino de la puerta.

—Podemos alquilar un coche enfrente.

Ni siquiera se volvió para ver si la seguía. Barnaby fue tras ella.

Un cuarto de hora después iban balanceándose en un viejo coche de punto que se adentraba en los bajos fondos. Barnaby miraba las deterioradas y decrépitas fachadas. Clerkenwell Road ya le había parecido un espanto; de haber tenido elección, jamás habría llevado a una dama a aquel barrio.

Recostado en el asiento, estudiaba a Penelope, que, asida con firmeza a una correa, no apartaba los ojos de las deprimentes calles.

No habría sabido decir qué, pero algo había cambiado. Había esperado encontrar cierta resistencia, pero al entrar en su despacho se había topado con una amorfa aunque infranqueable barrera que la protegía eficazmente de él. Al tomarle la mano para ayudarla a subir al carruaje, se había tensado como de costumbre, pero como si ahora el efecto sobre ella se hubiera aligerado hasta la trivialidad.

Como desechándolo, igual que a él, por intrascendente.

Pero una cosa era que su agudeza mental fuera más valorada que sus atributos personales; otra muy distinta que tales atributos fueran ignorados por completo.

Nunca se había considerado vanidoso, estaba bastante seguro de no serlo, y desde luego no era la clase de caballero que esperaba que las damas cayeran rendidas a sus pies, pero la negativa de Penelope a reconocerle como hombre, la negativa a admitir el efecto que surtía sobre ella, comenzaba a crisparle.

El carruaje enfiló Arnold Circus y se detuvo junto a una bocacalle.

—Hasta aquí hemos llegado —anunció el cochero.

Barnaby cruzó una mirada con Penelope entornando los ojos, abrió la portezuela y se apeó. Echó un vistazo en derredor antes de hacerse a un lado y darle la mano para ayudarla a bajar. Levantó la vista hacia el cochero.

—Aguarde aquí.

El hombre lo miró de hito en hito y se tocó la visera de la gorra.

—Muy bien, señor.

Soltando la mano de Penelope para tomarla del codo, Barnaby se dirigió hacia el sur.

—¿Qué calle? —«Qué miserable callejón» habría sido más apropiado.

Penelope señaló la segunda a su derecha.

—Aquélla.

Él la condujo hacia allí, haciendo caso omiso de las furibundas miradas que ella le lanzaba apretando los labios. No iba a soltarla, no en semejante barrio; si lo hiciera tomaría la delantera, confiando en que él la siguiera unos pasos por detrás, pero entonces Barnaby no podría ver los peligros que acechaban hasta que fuese demasiado tarde.

Se sentía absolutamente medieval.

Penelope no podía quejarse; la culpa era toda suya.

Hacía un día sombrío en Bloomsbury, pero al entrar en el estrecho pasaje una deprimente oscuridad se abatió sobre ellos. El aire era opresivamente bochornoso; ni un rayo de sol se colaba entre los aleros para caldear la piedra húmeda y fría ni la madera putrefacta. Ninguna brisa removía el denso miasma de olores.

Antaño la calle era adoquinada pero apenas quedaban adoquines ya. Él sujetaba a Penelope mientras ella se iba abriendo camino.

Apretando los dientes por la sensación que le causaban sus dedos largos, fuertes y cálidos envolviéndole el codo, su modo de agarrarla, firme e inflexiblemente masculino, perturbándola de una manera que no había imaginado posible, Penelope murmuró una breve oración de alivio cuando reconoció la puerta de la señora Carter.

—Es aquí.

Se detuvo, levantó la mano libre y llamó con fuerza.

Mientras aguardaban respuesta, juró para sus adentros que hallaría la manera de superar el efecto que Barnaby Adair ejercía sobre ella. O lo lograba o sucumbía, y esto último estaba descartado.

La puerta se entreabrió con un quejumbroso chirrido. Al principio pensó que el pestillo se había descorrido solo, pero entonces bajó la vista y vio la enjuta y apenada carita de un niño que la miraba desde el lóbrego interior.

—Jemmie —sonrió Penelope, satisfecha de que la memoria no la hubiese traicionado.

Al ver que el chaval no le contestaba y tampoco abría más la puerta, sino que permanecía mirándolos con recelo, cayó en la cuenta de que con la falta de luz no podía reconocerla. Sonriendo otra vez, se explicó:

—Soy la señora del orfanato. —Señaló a Barnaby y agregó—: Y él es el señor Adair, un amigo. Nos gustaría hablar con tu madre.

Jemmie los miró sin pestañear.

—Mamá no está bien.

—Ya lo sé. —Bajó un poco la voz—. Sabemos que no se encuentra bien, pero es importante que hablemos con ella.

Los labios de Jemmie comenzaron a temblar; los apretó con fuerza para disimular. Endureció la expresión de su carita, domeñando el miedo y la preocupación.

—Si han venido a decirle que al final no me llevarán con ustedes, ya pueden marcharse. No necesita que le digan más cosas que la preocupen.

Penelope se agachó para poner su cara a la altura de la del niño. Le habló con más ternura.

—No es eso, sino todo lo contrario. Hemos venido a tranquilizarla, a decirle que vamos a hacernos cargo de ti y que no tiene que preocuparse.

Jemmie la miró fijamente a los ojos y al cabo pestañeó varias veces. Luego levantó la vista hacia Barnaby.

—¿Es verdad?

—Sí —contestó Barnaby.

El niño lo aceptó. Tras examinarlo un momento más, les franqueó el paso.

—Está dentro.

Penelope se levantó, acabó de abrir la puerta y siguió a Jemmie. Barnaby entró el último, agachándose bajo el dintel. Incluso dentro, si se mantenía bien erguido sus rizos rubios casi rozaban el techo desconchado.

—Por aquí.

Jemmie los condujo a una habitación abarrotada pero mucho más limpia de lo que Barnaby había esperado. Alguien estaba haciendo un gran esfuerzo para mantener el lugar ordenado y pasablemente limpio. Más aún, había un marchito ramo de violetas en un jarro puesto en el alféizar de la ventana, una mancha de un intenso color incongruentemente alegre en la triste habitación.

Una mujer yacía sobre una cama precaria en un rincón. Penelope adelantó a Jemmie y fue a su lado.

—Señora Carter. —Sin titubeos, Penelope cogió la mano de la sorprendida mujer de encima de la áspera manta y la tomó entre las suyas pese a que la señora Carter no se la había ofrecido. Penelope sonrió con ternura—. Soy la señorita Ashford del orfanato.

El semblante de la mujer se iluminó.

—Pues claro. Ya me acuerdo. —Una tenue sonrisa revoloteó sobre un rostro demacrado por el constante dolor. La señora Carter había sido una mujer guapa de pelo rubio y mejillas sonrosadas, pero ahora estaba consumida, toda piel y huesos; su mano era fláccida entre las de Penelope.

—Sólo hemos venido a ver cómo estaban usted y Jemmie, para asegurarnos de que todo iba bien y confirmarle, para su tranquilidad, que en su debido momento nos aseguraremos que cuiden bien de Jemmie. No tiene de qué preocuparse.

—Caramba; muchas gracias, querida señorita. —La señora Carter se encontraba demasiado mal para que la diferencia social la cohibiera. Volvió la cabeza sobre la almohada, miró a su hijo y sonrió—. Es un buen chico. Me está cuidando muy bien.

Pese al estado de su cuerpo, el brillo de los ojos azules de la señora Carter indicaba que aún iba a tardar en marcharse de este mundo. Aún le quedaba tiempo que compartir con su hijo.

—Permítame contarle lo que Jemmie hará cuando se una a nosotros.

Penelope refirió por encima los trámites que seguiría el niño para arreglar su situación legal y luego pasó a detallar las actividades e instalaciones que el establecimiento proporcionaba a sus pupilos.

Barnaby echó una ojeada a Jemmie, que estaba a su lado. El niño no escuchaba a Penelope; tenía los ojos clavados en su madre. Como resultaba evidente que las palabras de Penelope aliviaban a la enferma, la tensión del enjuto cuerpo de Jemmie cedió.

Mirando de nuevo a la cama, Barnaby notó una inusual opresión en el pecho. No se imaginaba a sí mismo viendo morir a su madre, o peor todavía, presenciar cómo se iba consumiendo lentamente. Y lo que ya le resultaba inconcebible era la idea de pasar tan mal trago a solas.

A un inesperado agradecimiento por tener familia, con inclusión de su madre metomentodo, se le sumó un sincero respeto por Jemmie. El niño hacía frente, y muy bien, a una situación a la que Barnaby preferiría no enfrentarse. A la que no se imaginaba enfrentándose.

Volvió a mirar a Jemmie. Aun con la escasa luz reinante era obvio que estaba escuálido.

—Y eso es lo que pasará. —Sonriendo con desenvoltura, Penelope escrutó el semblante de la señora Carter—. Ahora la dejaremos descansar, y descuide que vendremos a recoger a Jemmie cuando llegue el momento.

—Gracias, querida. —Levantó la vista hacia Penelope al incorporarse ésta—. Me alegra que Jemmie vaya a irse con usted. Sé que lo cuidará bien.

La sonrisa de Penelope tembló.

—Lo haremos.

Se volvió hacia la puerta.

La habitación estaba tan atestada que Barnaby tuvo que arrimarse a un lado para dejarla pasar. Antes de salir detrás de ella, miró a la señora Carter, le sostuvo la mirada e inclinó la cabeza.

—Señora. Nos aseguraremos de que Jemmie esté a salvo.

Al volverse hacia la puerta se fijó en que la atención de Jemmie seguía puesta en su madre. Le tocó el hombro y le señaló la entrada.

Arrugando levemente la frente, el niño le siguió. Como Penelope aguardaba junto a la puerta, la minúscula entrada estaba abarrotada, pero al menos podían hablar sin molestar a la señora Carter. Jemmie se detuvo justo después de cruzar el umbral, desde donde podía ver a su madre.

Barnaby se paró, hurgó en el bolsillo del chaleco y sacó todo el suelto que llevaba encima. No iba a dar a Jemmie un soberano; estar en posesión de tanto dinero pondría al niño en situación de riesgo.

—Toma. —Cogió una de las huesudas manos de Jemmie, la giró hacia arriba y le llenó la palma de monedas. Antes de que el azorado chaval tuviera ocasión de reaccionar, agregó—: Esto no es caridad. Es un regalo para tu madre. Un regalo sorpresa. No quiero que se lo cuentes, pero tienes que darme tu palabra de que usarás el dinero en lo que más signifique para ella.

Jemmie se había quedado con la mirada fija en el montón de cobre y plata que tenía en la mano. Apretaba con fuerza los labios. Al cabo de un prolongado silencio levantó la vista hacia Barnaby con expresión cautelosa.

—¿Qué significará más para ella?

—Tienes que comer. —Barnaby sostuvo la mirada de Jemmie—. Sé que ella tiene poco apetito, pero contra eso ni tú ni nadie puede hacer nada. No gastes el dinero en manjares para tentarla; no dará resultado. Eso ya no le interesa. Lo único que la hará feliz, que hará más dichosas sus últimas semanas o meses, será verte bien. Sé que te sabrá mal comer sin que ella coma, pero debes hacerlo por ella, tienes que obligarte a comer... más de lo que has estado comiendo.

Jemmie bajó la mirada al suelo.

Barnaby hizo una pausa y notó una opresión en el pecho al inhalar aire.

—Tú eres lo más importante de su vida, lo más importante que dejará atrás. Eres lo que más quiere ahora, y eso debes respetarlo y cuidarlo; cuida de ti... por ella.

Tras vacilar un instante apoyó una mano en el huesudo hombro de Jemmie, le dio un apretón y lo soltó.

—Sé que no es fácil, pero es lo que tienes que hacer. —Hizo otra pausa y luego preguntó—: ¿Lo prometes?

Jemmie no levantó la mirada. Mantuvo los ojos fijos en el reluciente montón de monedas. Una lágrima se deslizó y cayó sobre el montón. Luego asintió.

—Sí —musitó—. Lo prometo.

Barnaby asintió.

—Bien. Esconde las monedas.

Dio media vuelta y se reunió con Penelope junto a la puerta. Ella había estado observando en silencio. Su mirada se entretuvo en el rostro de Barnaby un momento más, y luego se volvió, abrió la puerta y salió. Agachándose de nuevo, él la siguió al tenebroso callejón. Jemmie corrió a la puerta secándose la cara con la manga.

—Gracias. —Miró a Barnaby y luego a Penelope—. A los dos.

Barnaby asintió.

—Recuerda tu promesa. Volveremos a buscarte cuando llegue la hora.

Y tomó el brazo de Penelope para encaminarse hacia Arnold Circus. Con la vista al frente, ella dijo:

—Gracias. Lo ha hecho muy bien.

Barnaby encogió los hombros. Lanzó una última mirada a la puerta de la señora Carter; estaba cerrada.

—¿Cómo haremos para que Jemmie no caiga en manos de esos delincuentes?

Penelope hizo una mueca.

—Me había figurado que advertiríamos a la señora Carter, y también a Jemmie, pero como bien ha dicho él, sólo le faltan más preocupaciones.

Barnaby asintió.

—Lo mismo que a él. —Al cabo de un momento añadió—: Y además advertirle no le haría ningún bien. Si nuestros villanos lo quieren se lo llevarán, y con lo enclenque que está no podrá defenderse. Será mejor para él no intentarlo.

El bullicio y la menos sombría penumbra de Arnold Circus se acercaban.

—Hablaré con Stokes. —Barnaby miró en derredor cuando entraron en la plaza redonda—. Hará que los agentes del barrio estén ojo avizor. ¿Qué hay de los vecinos? ¿Podemos hablar con alguno?

—Lamentablemente, en este caso los vecinos sirven de poco. La señora Carter no hace mucho que se ha mudado aquí. Antes vivían en una calle mejor, pero cuando no pudo seguir trabajando y Jemmie tuvo que dedicar más tiempo a cuidarla, no les alcanzaba para pagar el alquiler. El casero actual es un viejo amigo de la familia; no les cobra nada por las habitaciones. Fue él quien convenció a la señora Carter para que nos mandara llamar. Pero no hay nadie con quien se sienta a gusto en la vecindad, nadie en quien confíe para vigilar su casa. El casero vive a unas pocas calles de aquí.

Al llegar junto al carruaje, Penelope se detuvo y apretó la mandíbula.

—Haré que alguien dé aviso al casero. Seguro que se ocupará de los Carter en la medida en que pueda. Le pediré que nos mande aviso si él o alguien se entera o ve algo sospechoso.

Barnaby abrió la portezuela, le cogió la mano y la ayudó a subir. Luego él montó a su vez. En cuanto el carruaje se cerró, el cochero azuzó el caballo y emprendieron el largo viaje de regreso hacia calles más elegantes.

—Me parece que no podemos hacer más. —Barnaby contemplaba el monótono paisaje urbano. Su tono daba a entender que deseaba que no fuera así, que hubiera algo más concreto que pudieran hacer para proteger a Jemmie sin preocupar a su madre, quizás innecesariamente.

Penelope hizo otra mueca; ella también miraba por la ventanilla. Y en su fuero interno se debatía, no con su conciencia pero sí con algo muy próximo a ella: su sentido de lo correcto, de la verdad, de elogiar al prójimo cuando lo merecía.

De reconocer la humanidad de Barnaby Adair.

Preferiría con mucho considerarlo un típico caballero de buena familia, desvinculado del mundo por el que circulaba el carruaje, un hombre nada interesado y ajeno a los asuntos con que ella se enfrentaba a diario.

Por desgracia, su vocación, esa faceta suya que la había obligado a buscar la ayuda de él, era prueba fehaciente de que Barnaby era lo contrario.

Viéndole tratar con Jemmie, oyendo el compromiso que había transmitido su voz al decirle a la pobre señora Carter que mantendría a Jemmie a salvo, le había hecho imposible seguir cerrando los ojos y el alma ante sus virtudes, mucho más atractivas para ella que su desenfadado encanto.

Cuando aquella mañana él se había personado en el orfanato, Penelope estaba resuelta a guardar las distancias. A que su trato se limitara puramente a lo profesional, a reprimir cada pequeño temblor de sus indisciplinados nervios, sin darle el menor motivo para pensar que ejercía algún efecto en ella.

Pero su determinación flaqueó, ilógicamente, cuando al llegar temprano Barnaby había demostrado que captaba su empeño y voluntad mucho mejor que cualquier otro hombre que ella conociera. Pero enseguida se obstinó, ciñéndose a su plan para tratar con él.

Y luego... él se había comportado como pocos caballeros lo habrían hecho, ganándose su respeto hasta un punto que ningún hombre había alcanzado.

En menos de una hora Barnaby había vuelto insostenible el plan de ella. No iba a ser capaz de ignorarlo, ni siquiera de fingir que lo ignoraba, puesto que había conseguido que lo admirase. Que lo apreciase. Como persona, no sólo como hombre.

Con la mirada fija en las casas ruinosas que se deslizaban ante sus ojos, admitió en su fuero interno que necesitaba volver a plantearse la manera de tratar con él.

Necesitaba un plan mejor.

Reinó el silencio hasta que el coche de punto se detuvo delante del orfanato. Barnaby salió de su ensimismamiento, desprendiéndose de la inquietante y persistente idea de impedir que Penelope siguiera haciendo visitas como aquélla. Se apeó, la ayudó a bajar y pagó al cochero, dándole una generosa propina.

Mientras el agradecido hombre se alejaba traqueteando, Barnaby se volvió, recordó no sujetarle el brazo como había hecho en los bajos fondos, un gesto protector que sólo aquel entorno excusaba, y en cambio le tomó la mano y enlazó su brazo con el suyo.

Penelope le lanzó una breve mirada pero accedió. Él abrió la verja y recorrieron juntos el sendero hasta la puerta principal.

Tocó la campanilla.

Penelope retiró la mano de su brazo y le dijo:

—Escribiré una carta al casero de la señora Carter de inmediato.

Barnaby asintió.

—Yo me pondré en contacto con Stokes y le explicaré la situación. —La miró a los ojos—. ¿Dónde estará esta noche?

Los ojazos castaños de Penelope parpadearon.

—¿Por qué lo pregunta?

La súbita irritación de ella lo agobió, acrecentada por su patente perplejidad.

—Por si se me ocurre algo más que usted necesite saber. —Hizo que sonara como algo obvio.

—Ah. —Penelope reflexionó como si revisara mentalmente su agenda—. Mamá y yo asistiremos a la fiesta de lady Moffat.

—Entiendo.

Para su alivio, la puerta se abrió. Saludó con la cabeza a la señora Keggs, hizo una breve reverencia a Penelope, giró en redondo y se fue.

Antes de decir algo todavía más inane.

6

A las tres en punto de aquella tarde Stokes se presentó en la puerta de Griselda Martin. Ella lo estaba esperando. Las persianas que cerraban el escaparate y el panel de cristal de la puerta ya estaban bajadas. No había ni rastro de sus aprendizas.

Griselda se fijó en el coche de punto que aguardaba en la calle.

—Sólo he de recoger el sombrero y el bolso —dijo.

Stokes aguardó en el umbral mientras ella iba con afán a la trastienda y reaparecía momentos después atándose un sombrero de paja sobre el pelo moreno. Incluso a los ojos de Stokes, el sombrero se veía elegante.

Griselda regresó a la parte delantera, indicándole con brioso ademán que bajara los escalones delante de ella. Cerró la puerta con llave, metió la pesada llave en el bolso y se reunió con él en la acera.

Stokes caminó a su lado los pocos pasos que los separaban del carruaje, abrió la portezuela y le ofreció la mano.

Griselda se quedó un momento mirándola, y luego aceptó su mano. Teniendo muy presente la fragilidad de los dedos que agarraba, Stokes la ayudó a subir.

—¿Qué dirección debo dar?

—La esquina de Whitechapel y New Road.

Stokes se lo dijo al cochero y se reunió con ella en el interior. En cuanto la portezuela se cerró, el carruaje dio una sacudida y se echó a rodar.

Griselda iba sentada delante de él; Stokes no podía evitar que su mirada se posara en ella, que permanecía inmóvil como hacía la mayoría de gente en su presencia, pero él reparó en que tenía firmemente agarrado el bolso que llevaba en el regazo.

Se obligó a mirar hacia otro lado pero las fachadas que se deslizaban deprisa no retenían su atención. Ni su mirada, que volvía a posarse en ella una y otra vez. Pronto tuvo claro que debía decir algo para no inquietarla.

Lo único que se le ocurrió fue:

—Quiero darle las gracias por haber accedido a ayudarme.

Griselda lo miró de hito en hito.

—Está intentando rescatar a cuatro niños pequeños, y es posible que a más. Claro que voy a ayudarle... ¿Qué clase de mujer no lo haría?

Stokes se apresuró en tranquilizarla.

—Sólo quería decir que le estoy agradecido. —Vaciló un momento y añadió—: Y si quiere que le diga la verdad, a no todas las mujeres les gustaría mezclarse con la policía.

Griselda lo estudió un momento, luego soltó un leve resoplido y miró hacia otra parte.

Después de cavilar un rato, él decidió que el silencio era la mejor opción. Al menos tras su breve intercambio ella ya no sujetaba el bolso con tanto nerviosismo.

Tal como le habían indicado, el cochero paró en el cruce de Whitechapel y New Road. Stokes bajó primero. Griselda se encontró siendo apeada con el mismo cuidado que le habían prodigado para subir al carruaje. No estaba acostumbrada a tales cortesías, pero pensó que bien podría habituarse.

Aunque era poco probable que tuviera ocasión; Stokes y ella estaban allí por trabajo, nada más.

Stokes ordenó al cochero que los aguardara. Llenando de aire unos pulmones que de pronto parecían apretados —tal vez se había ceñido demasiado el traje de calle—, levantó el mentón y señaló calle abajo.

—Por ahí.

Durante el trayecto, ella había observado al inspector a hurtadillas, estudiando su rostro de rasgos morenos en busca de algún signo de desprecio a medida que se adentraban en los barrios viejos. No se avergonzaba de su origen pero sabía lo que la gente pensaba acerca del East End. Mas no había detectado ni una pizca de desdén, ningún gesto delator de su arrogante y afilada nariz.

Entonces, como ahora, el inspector miraba el paisaje urbano con cierto interés imparcial. Caminaba con soltura y sin esfuerzo a su lado, escudriñando las maltrechas casas apretujadas que se sostenían entre sí. Veía cuanto había que ver pero no manifestaba indicio alguno de juzgar nada.

Griselda se sintió menos tensa cuando enfilaron Fieldgate Street abajo para luego tomar la segunda bocacalle a la izquierda, hacia territorio conocido. Se había criado en Myrdle Street. Llegaron a la altura de la casa de su padre; hizo una pausa junto al único peldaño de la puerta y miró a Stokes a los ojos.

—Aquí nací yo. En esta casa. —Por si le interesaba saberlo.

Stokes asintió. Ella lo miró atentamente pero no vio nada aparte de curiosidad. Así pues, con más confianza en cómo transcurriría la próxima media hora, levantó una mano y llamó a la puerta, tres golpes secos, antes de abrirla y entrar.

—¡Grizzy! ¿Eres tú? —La voz de su padre, cascada por la edad.

—Sí, papá. Vengo con una visita.

Dejó el bolso en la minúscula entrada y pasó delante hacia la habitación del fondo. Su padre estaba recostado en un sofá-cama con un gato rojizo acurrucado en el regazo, ronroneando bajo su mano. Cuando ella entró, los ojos se le iluminaron al ver a su hija y se abrieron más cuando repararon en el hombre que la acompañaba.

Griselda se tranquilizó al constatar que su padre estaba despierto y no parecía demasiado dolorido.

—¿Ha venido el médico esta mañana?

—Sí —contestó su padre—. Ha dejado otro frasco de tónico.

Ella vio el frasco encima de una vieja cómoda.

—¿Quién es éste? —Su padre estudiaba a Stokes con los ojos entornados.

Griselda lanzó a Stokes una breve mirada de advertencia.

—Éste es el señor Stokes. —Tomó aire y agregó—: El inspector Stokes, trabaja en Scotland Yard.

—¿Un polizonte? —El tono de su padre dejó claro que no era un oficio que tuviera en alta estima.

—Así es. —Griselda acercó una silla, se sentó y tomó una mano de su padre entre las suyas—. Pero si dejas que te expliqué por qué ha venido...

—En realidad —interrumpió Stokes—, quizá sea mejor, señor, que yo mismo le explique por qué he convencido a su hija para que organizara este encuentro.

Griselda miró al inspector, pero éste miraba a su padre, que soltó un gruñido pero asintió.

—De acuerdo. ¿A qué viene todo esto?

Stokes se lo contó, simple y llanamente, sin adornos. En un momento dado el hombre lo interrumpió para indicarle una banqueta.

—Siéntese, es tan condenadamente alto que me está dando tortícolis.

Griselda captó la chispa de la sonrisa de Stokes al sentarse. Cuando hubo terminado su explicación, el padre de ella había olvidado todos sus recelos, al menos con aquel policía. Ambos pronto estuvieron enfrascados en evaluar a los posibles delincuentes del barrio.

Sintiendo que estaba de más, Griselda se levantó. Stokes la miró pero el padre reclamó su atención. Sea como fuere, al salir de la habitación notó el peso de la atención del inspector. En la atestada cocina del cobertizo adosado a la casa, encendió el viejo fogón, puso agua a hervir y preparó té. Fue a la entrada, cogió las galletas que no había olvidado meter en el bolso y las dispuso en un plato limpio.

Con la tetera, tres tazones y el plato en una bandeja de madera, regresó al pequeño dormitorio. Su padre se alegró al ver las galletas y se sirvió antes de reanudar la conversación.

Tras repartir los tazones, Griselda se sentó. No los escuchaba, tan sólo dejaba que la cadencia de la voz de su padre la envolviera, observaba su semblante, más animado de lo que lo había visto en años, y en silencio agradeció haber venido con Stokes.

Tener interés por las cosas de la vida mantenía viva a la gente mayor, y Griselda no estaba dispuesta a dejar que su padre se fuera sumido en la tristeza.

Se terminaron el té y las galletas. Griselda se levantó, recogió la bandeja y la llevó a la cocina. Regresó a tiempo para ver a Stokes ponerse de pie, metiéndose su libreta de notas negra en el bolsillo mientras daba las gracias a su padre por el tiempo que le había dedicado.

—Y por su ayuda. —Stokes sonreía con facilidad; tenía, se había fijado ella, una sonrisa que, aunque no la mostraba a menudo, invitaba a las confidencias—. La información que me ha dado es exactamente lo que necesitaba. —Sosteniendo la mirada de su padre, su sonrisa devino irónica—. Me consta que ayudar a la policía en sus pesquisas no está muy bien visto por aquí, de modo que valoro el doble su confianza.

Su padre, según vio Griselda, se pavoneaba en su fuero interno, pero disimuló su satisfacción con un viril gesto de asentimiento y un gruñido:

—Usted encuentre a esos niños y tráigalos de vuelta.

—Si en este mundo existe la justicia, con su ayuda lo haremos.

Stokes miró a Griselda, que acudió al lado de su padre, le tapó las piernas con la manta y le recordó que la señora Pickles, la vecina de al lado, le llevaría la cena al cabo de una hora. Luego le dio un beso en la mejilla y se despidió. El buen hombre se dispuso a echar una siesta, sonriendo con inusual satisfacción. Griselda se reunió con Stokes en la entrada y cogió su bolso.

Stokes le sostuvo abierta la puerta para que pasara y salió a la calle detrás de ella, asegurándose de que el pestillo quedaba bien cerrado.

Iban caminando calle arriba cuando preguntó:

—¿Es su único pariente?

Griselda asintió y, tras vacilar un instante, agregó:

—A mis tres hermanos los mataron en la guerra. Mi madre murió cuando éramos pequeños.

Stokes asintió, limitándose a caminar a su lado. Al cabo de unos pasos ella se sintió obligada a añadir:

—Quería que se mudara a St. John's Wood conmigo. —Con un gesto abarcó la calle entera—. Aquí no hay demanda de sombreros. Pero él también nació en esta calle y éste es su hogar, donde viven todos sus amigos, de modo que aquí se quedará.

Percibía la mirada de Stokes, más penetrante, más evaluadora, pero ni siquiera ahora sentenciosa.

—Por eso viene a visitarlo a menudo.

No fue una pregunta pero Griselda asintió.

—Vengo tanto como puedo, aunque eso significa en general sólo una vez por semana. Aun así, hay otras personas, como la señora

Pickles y el médico, que cuidan de él, y ambos saben cómo dar conmigo si surge la necesidad.

Stokes volvió a asentir pero no agregó nada más. Griselda tenía la pregunta obvia en la punta de la lengua pero vaciló; al cabo, decidió que no había motivo para abstenerse.

—¿Usted tiene familiares vivos?

Stokes no contestó de inmediato. Griselda ya empezaba a preguntarse si había traspasado una línea invisible cuando él respondió:

—Sí. Mi padre es comerciante en Colchester. No le veo desde... desde hace bastante. Igual que en su caso, mi madre murió hace tiempo, pero yo era hijo único.

No dijo más, pero Griselda tuvo la impresión de que no sólo había sido hijo único, sino también un niño solitario.

Una vez en el carruaje, camino de St. John's Wood, ella preguntó:

—¿Cómo va a seguir con su investigación?

Stokes la miró; su titubeo sugería que estaba considerando si debía contárselo o no, pero entonces dijo:

—Su padre me ha dado ocho nombres de posibles maestros. Sabía las señas de algunos pero no todas. Tendré que comprobar cada una para ver si se trata del villano que hay detrás de las desapariciones de los niños, pero cualquier pesquisa deberá hacerse con mucho cuidado. Lo último que queremos es que el maestro, sea quien sea, se dé cuenta de que nos estamos interesando por él. Si lo hace, liará el petate y se esfumará en los suburbios, llevándose a los niños consigo. Nunca le atraparemos y habremos echado por tierra la ocasión de rescatar a los niños.

Griselda asintió y dijo:

—Usted no puede ir por ahí preguntando, lo sabe bien. —Mirándolo a los ojos, no supo por qué estaba haciendo aquello, por qué estaba a punto de involucrarse más en una investigación policial—. La gente del barrio enseguida sabrá quién es usted. Se ponga el disfraz que ponga, seguirá sin ser «uno de los nuestros».

Stokes hizo una mueca.

—Tengo pocas opciones aparte de la policía local, y a ellos...

—Tampoco les soltarán prenda. —Hizo una pausa y agregó—: Yo, en cambio, aún sé moverme entre la gente del barrio. Saben quién soy, confían en mí. Sigo siendo uno de ellos.

Stokes se había puesto tenso. Una oscura turbulencia le enturbió la mirada.

—No puedo permitir que haga eso. Es demasiado peligroso.

Griselda encogió los hombros.

—Me vestiré con desaliño y volveré a hablar con acento. Correré mucho menos peligro que usted.

Stokes le sostuvo la mirada y ella supo que estaba en un dilema.

—Necesita mi ayuda —insistió—; esos niños necesitan mi ayuda.

Apretando los labios, él la miró de hito en hito y luego se inclinó hacia delante, apoyando los brazos en las rodillas.

—Estaré de acuerdo en que usted haga las preguntas con una única condición: que yo la acompañe.

Ella abrió la boca para señalar lo evidente.

Él la acalló levantando una mano.

—Con un buen disfraz puedo pasar desapercibido, siempre y cuando no tenga que hablar. De eso se encargará usted. Yo sólo la acompañaré para protegerla; o estoy presente, o usted no va.

Griselda tuvo ganas de preguntarle cómo iba a impedírselo, pero si su padre se enteraba de que andaba por ahí preguntando sobre maestros de ladrones se preocuparía mucho, y era indudable que llevar a Stokes con ella sería, incluso en las zonas más duras del East End, una muy buena protección.

Reclinándose en el asiento, asintió.

—Muy bien. Iremos juntos.

Parte de la tensión de Stokes se liberó.

Griselda miró por la ventanilla y vio que ya estaban en St. John's Wood High Street. El carruaje paró en seco delante de su puerta. Stokes se apeó y la ayudó a bajar. Ella decidió que no le costaría acostumbrarse a ser tratada como una dama.

Mientras se sacudía las faldas echó un vistazo a la puerta y luego miró al inspector.

—Bien, ¿cuándo comenzamos?

Él frunció el ceño.

—Mañana no. Debo comunicar la información que hemos descubierto a un colega; el que sometió el caso a mi atención. A lo mejor tiene novedades que nos ayuden a establecer cuál de nuestros villanos es el más probable.

—Muy bien. —Inclinó la cabeza—. Esperaré sus noticias.

Stokes la acompañó hasta la entrada de la tienda. Mientras subía los escalones, buscaba la llave y abría la puerta, Griselda fue consciente de que Stokes miraba la tienda como si no la hubiera visto antes.

Una vez hubo abierto, se volvió y lo miró enarcando las cejas, insinuando una pregunta.

Stokes respondió con su esquiva sonrisa. Miró un momento al suelo y luego levantó la cabeza.

—Estaba pensando que habrá tenido que trabajar muy duro para llegar hasta aquí desde el East End. —Sus ojos se encontraron—. Eso en sí mismo es un logro importante. Y que haya conservado la capacidad de moverse en sus círculos de antes, cosa que le agradezco porque beneficia a mi investigación... —Hizo una pausa antes de añadir en voz más baja—: Eso también lo encuentro admirable.

Le sostuvo la mirada un momento aguantando la respiración y luego inclinó la cabeza.

—Buenas noches, señorita Martin. Me pondré en contacto con usted dentro de un par de días, en cuanto tenga novedades.

Se volvió y bajó los escalones sin prisa.

Griselda tardó un poco en salir de su asombro, en darse cuenta de que sí, en efecto le había hecho un cumplido, y no precisamente baladí. Sintiéndose súbitamente desnuda, entró en la tienda, cerró la puerta y entonces vaciló. Con la punta de un dedo apartó un poco la persiana y observó cómo se alejaba Stokes, recreándose en su elegante silueta, el musculoso garbo de sus pasos, hasta que subió al coche de punto y cerró la portezuela.

Con un suspiro acallado, soltó la persiana y escuchó el chacoloteo del caballo alejándose despacio.

Esa noche, Barnaby hizo algo que no había hecho nunca. Apoyó un hombro contra una pared del salón de una elegante matrona y estudió a una joven dama por encima de las cabezas de los invitados.

Por una vez agradeció que la matrona en cuestión, lady Moffat, tuviera un salón cuyo reducido tamaño no diese cabida a su larga lista de amigos y conocidos. Pese al éxodo constante de familias de buen tono que abandonaban la capital, aún quedaban suficientes para garantizar que el gentío que atestaba aquella estancia limitada le prestara un buen amparo.

En las altas esferas, dicho amparo menguaba día tras día. Justo cuando, por primera vez en su vida, tenía necesidad de él. Su madre se desternillaría de risa si supiera que se hallaba en tales apuros.

Aún se reiría más si le viera.

No tenía ninguna pregunta que hacer a Penelope y sin embargo allí estaba, observándola. Había decidido que, puestos a obsesionarse con ella, más valía hacerlo en persona que quedarse en casa mirando el fuego y viendo su rostro en las llamas. A solas, no apartaría su pensamiento de ella; ningún otro tema, ni siquiera el desconcertante caso que le había planteado, servía para romper el hechizo.

La parte más cuerda y racional de su ser opinaba que debía resistir con tesón a su atractivo. El resto de él, movido por una faceta más primitiva que hasta entonces creía no poseer, ya se había rendido a sus encantos. Como si la idea que revoloteaba por los recovecos de su mente fuera inevitable. Como si hubiera una verdad que no podía, que no sería capaz de negar por más que se empeñara.

Su yo más sofisticado se mofaba y le aseguraba que la dama simplemente le intrigaba por ser tan distinta a las demás que había conocido. Su yo más primitivo hacía caso omiso. Su yo más primitivo observaba, entornando cada vez más los ojos, a los hombres que pululaban en torno a ella. Cuando Hellicar se sumó a ellos pavoneándose, Barnaby renegó para sus adentros, se apartó de la pared y fue a su encuentro.

Penelope se mantenía en sus trece ante el fastidioso puñado de pretendientes cuando entrevió a Barnaby entre el gentío. El torbellino de emociones que sintió al ver que se dirigía hacia ella fue toda una advertencia: excitación, temor y seductor estremecimiento, toda una novedosa y perturbadora mezcla.

Ordenando con severidad a sus estúpidos sentidos que aguantaran, volvió a centrarse en el aristocrático semblante de Harlan Rigby. En ese momento estaba perorando sobre los placeres de la caza, actividad con la que Penelope estaba muy familiarizada, habiéndose criado en Leicestershire con hermanos muy aficionados a las cacerías. Por desgracia, a Rigby no le entraba en la cabeza que una mera mujer pudiera saber nada al respecto. Aún era más lamentable, dado que poseía una considerable fortuna junto con un aspecto pasable, que ni siquiera Hellicar en sus momentos más corrosivos hubiese minado la seguridad en sí mismo de Rigby y mucho menos le hubiese abierto los ojos al simple hecho de que la senda hacia sus favores no pasaba por menospreciar su inteligencia.

Rigby era un problema que aún tenía que aprender a tratar.

Barnaby apareció, y por arte de magia convenció a los caballeros más jóvenes para que le hicieran un sitio a su lado. Eso la dejó flanqueada por él y Hellicar, pero aún de cara a Rigby.

Con una cordial sonrisa, dio su mano a Barnaby. Rigby interrumpió su pesado discurso mientras Barnaby hacía una reverencia e intercambiaba saludos con ella, pero entonces Rigby tomó aire y abrió su bocaza...

—El ambiente parece muy cargado. —Aparentemente ajeno a Rigby, Barnaby retuvo su mirada. No le había soltado la mano y le estrechó suavemente los dedos—. Hace frío para pasear por la terraza, pero quizá le apetezca dar una vuelta por el salón. —Enarcó las cejas—. Creo que está comenzando un vals, ¿me haría usted el honor?

Penelope sonrió encantada. Cualquiera que la salvara de Rigby y sus opiniones sobre la mejor manera de cruzar perros de caza merecía su eterna gratitud.

—Gracias. Resulta bastante opresivo. Un vals será lo más indicado.

Inclinando la cabeza, Barnaby puso la mano de Penelope en su brazo, cubriéndola con sus dedos.

Con los nervios de punta por el sutil contacto, ella se volvió hacia su círculo de superfluos admiradores.

—Si nos excusan, caballeros.

La mayoría había observado con interés el jueguecito entre ella y Barnaby, y no tardarían en imitar la técnica de este último.

Todos salvo Rigby. Frunciendo el ceño, clavó en Penelope una mirada perpleja.

—Pero, señorita Ashford, aún no le he contado el éxito que obtuve cruzando galgos ingleses.

Su tono dejaba claro que no podía creer que no quisiera enterarse de hasta el último detalle. Penelope no supo qué contestar; la mera idea de que la supusiera interesada en oír semejante cosa la sacaba de quicio. Su caballero andante tomó cartas en el asunto.

—Me resulta difícil creer, Rigby, que no esté enterado de que Calverton, el hermano de la señorita Ashford, es un afamado criador de sabuesos muy apreciados. —Barnaby torció los labios—. ¿Acaso intenta atosigarla con sus procedimientos esperando arrancarle secretos de familia?

Rigby pestañeó.

—¿Cómo dice?

Sonó un resoplido a la derecha de Penelope: Hellicar reprimiendo una carcajada. Los demás caballeros procuraron disimular sus sonrisas.

Barnaby adoptó una expresión contrita. Lanzó una mirada a Penelope y acto seguido dedicó una inclinación de cabeza a Rigby.

—Lamento abreviar de este modo el tiempo para interrogar a la señorita, viejo amigo, pero la dama tiene ganas de bailar. —Con una inclinación de cabeza dirigida al grupo en general, la apartó del círculo—. Si nos disculpan.

Todos los demás correspondieron al saludo, divertidos. Rigby se quedó mirándola fijamente como si no diera crédito a que Penelope le dejara con la palabra en la boca.

Pero lo estaba haciendo por una propuesta mucho más estimulante. Barnaby la condujo a la arcada que separaba aquel salón del siguiente, donde las parejas bailaban. Un cuarteto de cuerda ocupaba un hueco en un extremo, aunque le costaba hacerse oír por encima de las conversaciones. En efecto, estaban interpretando los primeros compases de un vals.

—Sabía que mis oídos no me engañaban. —Barnaby buscó sus ojos—. ¿Iba en serio lo de bailar o sólo aprovechaba la oportunidad para escapar de Rigby?

Le estaba ofreciendo la oportunidad de evitar los efectos que le provocaría bailar con él. Si fuera sensata, la aceptaría..., pero no era tan cobarde.

—Me gustaría bailar. —«Con usted.» No lo dijo, pero la súbita decisión que brilló en los ojos de Barnaby la llevó a preguntarse si él lo había oído o adivinado.

Sin decir palabra, la atrajo hacia la pista, la rodeó con sus brazos y la hizo girar para incorporarse a la multitud que bailaba.

Igual que la vez anterior, las evoluciones del vals se adueñaron de ella, le aturdieron los sentidos y le embotaron la mente.

Agradablemente.

No volvieron a hablar, no intercambiaron una sola palabra, al menos no en voz alta. Pero se sostenían la mirada y la comunicación parecía fluir sin palabras, en otro plano, en una dimensión distinta. En un idioma diferente.

Un lenguaje de los sentidos.

Una mano grande, cálida y fuerte en su espalda, la otra sujetándole los dedos con firmeza, Barnaby la sostenía con tal seguridad que le permitía relajarse, prescindir de la acostumbrada desconfianza que le inspiraban sus parejas y deleitarse en el movimiento de la danza, en los giros rápidos y seguidos, en los cambios de sentido y las paradas, en la maestría con que él la conducía por la pista.

Los hombres imperiosos, concluyó, tenían su lugar... incluso para ella.

La música los envolvía. La magia del momento se prolongaba; el sutil placer le calaba los huesos, adueñándose de ella y aliviándola de un modo inexplicable. Como si una mano cálida le acariciara los sentidos.

Se sentía como un gato satisfecho. De haber podido, habría ronroneado, pero sí podía sonreír, y lo hacía con dulzura y delicadeza, mientras evolucionaban y ella flotaba en una nube de deleite.

Al cabo de un rato también él sonrió con el mismo aire de silenciosa satisfacción. No necesitaban palabras para comunicarse el placer compartido que sentían.

Los músicos llegaron al final de la pieza demasiado pronto para su gusto. Barnaby se detuvo con una floritura. Se inclinó; ella correspondió con la debida reverencia y, suspirando para sus adentros, regresó al mundo real.

Barnaby le tomó la mano, la apoyó en su brazo y se encaminaron hacia el salón.

Los sentidos de Penelope aún bailaban el vals pero la mente volvía a funcionarle, al menos lo bastante como para recordar el motivo de la presencia de Barnaby allí: debía de tener preguntas que hacerle.

Lo miró a la cara y aguardó, pero él no parecía tener prisa por seguir con sus pesquisas. Volvió la vista al frente y fue a sonriendo a los conocidos con que se cruzaban. Le agradaba que el momento se prolongara, estar juntos sin más, él y ella, sin que ninguna investigación se entrometiera, e incluso imaginar, al menos por un momento, que la investigación no era la causa de que él estuviera allí.

Pero lo era, y ahora que lo pensaba... Suspirando en su fuero interno, preguntó:

—Así pues, ¿qué quería saber?

Barnaby bajó la mirada hacia ella con gesto de desconcierto.

—La investigación —aclaró Penelope—. ¿Qué ha venido a preguntarme?

Los ojos de Barnaby perdieron toda expresión, luego apretó los labios y miró al frente; tras localizar a la madre de la joven, giró hacia ella.

—¿Y bien? —insistió Penelope, esperando que tuviera presente que su madre desconocía la situación en que se hallaba el orfanato, como tampoco sabía que lo hubiese reclutado para investigar y mucho menos que ella misma estuviera investigando también.

—Concédame un momento para pensar —murmuró Barnaby, sin apartar la vista del frente. Sin mirarla.

Penelope parpadeó. Tal vez se le había olvidado lo que quería preguntarle. Tal vez el vals también lo había distraído a él.

O tal vez...

La condujo cerca de la butaca de su madre, que conversaba con lady Horatia Cynster. Ambas damas sonrieron con benevolencia al verlos aproximarse, pero siguieron enfrascadas en su charla.

De repente, Penelope necesitó saber con certeza qué había llevado a Barnaby a casa de lady Moffat. Retiró la mano de su brazo, se volvió hacia él y le lanzó una mirada inquisitiva.

Barnaby se la sostuvo. Apretó los labios e improvisó:

—Stokes no estaba cuando fui a verle esta tarde. Le dejé una nota explicándole la situación de Jemmie Carter. Seguro que ordenará poner vigilancia, pero de todos modos mañana iré a verle otra vez. Sin duda ya está trabajando en este caso. Tenemos que intercambiar información y decidir el paso siguiente.

A Penelope se le iluminaron los ojos.

—Yo también iré.

Barnaby maldijo para sus adentros; le había dicho aquello para justificar su presencia, no para tentarla.

—No hay ninguna necesidad de...

95

—Por supuesto que la hay. Soy quien más sabe acerca de esos niños; los cuatro que se han llevado y Jemmie. —Sus ojos oscuros se oscurecieron aún más; Barnaby tuvo la impresión de que estaba haciendo un esfuerzo para no fruncir el ceño—. Además —añadió con cierta sequedad—, fui yo quien propició la investigación; tengo derecho a saber qué se está haciendo.

Barnaby discutió, con contundencia pero sin levantar la voz.

Penelope lo miró testaruda sin dar su brazo a torcer. Cuando él se quedó sin argumentos, ella comentó con aspereza:

—No entiendo por qué se toma la molestia. Sabe perfectamente que no cambiaré de opinión; y si decido ir a ver al inspector Stokes, no puede hacer nada para impedírmelo.

A Barnaby se le ocurrieron unas cuantas cosas, pero todas conllevaban el uso de una cuerda. Exasperado, resopló entre los dientes.

—De acuerdo.

Ella le obsequió con una sonrisa, aunque tensa.

—¿Lo ve? Si no cuesta nada...

—Y que lo diga.

Penelope le oyó rezongar pero se guardó mucho de comentar nada. Miró a la concurrencia.

—¿A qué hora tiene previsto ir a ver a Stokes?

Con los labios prietos, él se dio por vencido.

—Pasaré a recogerla a las diez.

Ella tardó un momento en reaccionar y luego inclinó la cabeza.

—Le estaré aguardando.

Una advertencia, aunque no esperaba menos. Una vez que se proponía algo era tan ingobernable como él.

Oía a su madre desternillarse de risa.

Estaba pensando en retirarse; despedirse y marcharse. Por el modo en que se conducía Penelope, un tanto envarada a su lado, y las miraditas de reojo que le lanzaba, se diría que contaba con que lo hiciera. Cortar por lo sano y huir.

Pero esa noche ya había perdido cuanto podía perder; no le quedaban concesiones que hacer.

Y la noche aún era joven; seguramente tocarían uno o dos valses más, y en aquella clase de veladas no había casamenteras tomando buena nota de quién bailaba cuántas veces con quién.

Miró a lady Calverton, todavía enfrascada con lady Cynster.

Quizá podría salvar algo más de aquella velada; bien podía quedarse un rato y recoger los beneficios que pudiera.

Si a eso iba, el primer paso a dar era derretir a la doncella de hielo que tenía a su vera. Mirándole el claro perfil, preguntó:

—¿Rigby siempre es tan pedante?

Penelope lo miró recelosa pero al cabo de un instante contestó.

Después de eso, gracias a la cuidadosa atención que prestó, suficiente para sujetar las riendas con firmeza, el resto de la velada transcurrió en su favor.

—Buenas noches, Smythe.

El caballero que se hacía llamar señor Alert —se enorgullecía de estar siempre alerta a las posibilidades que le ofrecía el destino— observó mientras su esbirro, perfilado contra la luz de la luna en la puerta ventana abierta, recorría con la vista la sala sin iluminar.

La casa pareada de St. John's Wood Terrace había demostrado ser muy útil para Alert. Como siempre que se reunía con sus colegas más rudos, la única fuente de luz en la sala eran las brasas de un fuego mortecino.

—Pase y tome asiento. —Alert hablaba arrastrando las palabras como dictaba la moda, sabiendo que así recalcaba la distinción entre él y Smythe. Amo y sirviente—. Creo que no necesitamos mucha más luz para concluir nuestro asunto, ¿verdad?

Smythe le lanzó una mirada dura pero poniendo cuidado en que no fuera desafiante.

—Como guste.

Una bestia de hombre, sorprendentemente rápido y ágil para su tamaño, cruzó el umbral, cerró la puerta y se abrió paso entre los muebles en sombra hasta el sillón situado frente al que ocupaba Alert junto al fuego.

Relajado en su asiento, las piernas cruzadas, el vivo retrato de un caballero a sus anchas, Alert sonrió alentadoramente mientras Smythe se sentaba.

—Estupendo. —Sacó una hoja de un bolsillo de la chaqueta—. Tengo una lista de casas para visitar. Ocho direcciones en total, todas en Mayfair. Tal como dejé claro en nuestra última reunión, es imperativo, absolutamente esencial, que robemos en todas la misma noche. —Clavó sus ojos en Smythe—. Me figuro que usted y Grimsby habrán hecho los preparativos pertinentes.

Smythe asintió.

—A Grimsby aún le falta algún niño, pero dice que pronto tendrá los ocho.

—¿Y usted confía no sólo en que pueda suministrar el número y el tipo correcto de niño, sino que el entrenamiento que les dé tenga el nivel requerido?

—Sí. Conoce el percal, y ya he usado niños suyos.

—Me consta. Pero esta vez usted trabaja para mí. Tal como creo haber señalado, en esta partida las apuestas son muy altas, mucho más que en cualquiera que haya jugado hasta ahora. —Alert le sostuvo la mirada—. Tiene que estar seguro, de hecho tiene que poder asegurarme, que sus herramientas estarán a la altura.

Smyhte no pestañeó.

—Lo estarán. —Cuando la expresión de Alert dejó claro que esperaba más, agregó a regañadientes—: Me aseguraré de ello.

—¿Y cómo se propone hacerlo?

—Sé de dónde saca los niños. Con la fecha que usted me ha dado, hay tiempo para asegurarnos de contar con el número necesario y de que están bien entrenados. —Smyhte vaciló como si, finalmente, tomara en consideración las eventualidades, y luego prosiguió—: Iré a ver a Grimsby para asegurarme de que entiende lo serio que es este asunto.

Alert se permitió esbozar una sonrisa.

—Hágalo. No admitiré que nos encontremos en dificultades porque Grimsby no haya comprendido adecuadamente, tal como usted lo ha expresado, la seriedad de nuestro empeño.

La vista de Smythe bajó a la lista que Alert sostenía.

—Necesitaré esas direcciones.

Las direcciones eran la principal aportación de Alert a la delictiva empresa, junto con la lista de objetos a robar (él prefería el término «liberar») de cada casa.

—Todavía no. —Al levantar la mirada se encontró con el ceño de Smythe—. Se la entregaré con tiempo para que pueda reconocer el terreno pero, como bien ha dicho, aún tenemos mucho tiempo.

Smythe no era tan estúpido como para no entender que Alert desconfiaba de él. Se levantó.

—Pues entonces me voy.

Alert permaneció sentado y le autorizó a retirarse con un gesto de asentimiento.

—Organizaré nuestro próximo encuentro igual que éste. Salvo indicación en contrario, nos veremos aquí.

Con una cortante inclinación de la cabeza, Smythe se marchó.

Alert sonrió. Todo estaba marchando con arreglo a su plan. Su necesidad de dinero no había menguado; en realidad, gracias a la visita que había soportado la víspera del enemigo en cuyas garras había caído sin darse cuenta, y al último acuerdo de devolución que le había obligado a aceptar, esa necesidad no haría sino ir en aumento día tras día. No obstante, su salvación estaba en camino. Existía, según había descubierto, cierta satisfacción, bastante excitante en realidad, en lo de engañar al destino y a la sociedad sirviéndose sólo de su astucia.

Estaba convencido de que, con lo que él sabía, el talento de Smythe y las herramientas de Grimsby, su situación cambiaría con excelentes beneficios. Además de librarse de los grilletes de los usureros con peor reputación de Londres, su plan acrecentaría significativamente su inexistente fortuna.

El destino, como bien sabía, favorecía a los audaces.

Bajó la vista a la lista de casas que aún sostenía en la mano y quedó pensativo; y vio sobreimpresa la otra lista, todavía más importante, con la que iba emparejada: la lista de objetos a liberar de cada casa.

Había elegido con sumo cuidado. Sólo un artículo en cada domicilio. Era probable que ni siquiera los echaran en falta, no hasta que las familias regresaran en marzo, y posiblemente ni siquiera entonces. En cualquier caso, las sospechas recaerían sobre el personal de las casas.

A decir de todos, Smythe era un maestro en su oficio. Él, o mejor los niños que utilizaba, entrarían y saldrían sin dejar rastro.

Y no habría ningún perista implicado que luego pudiera ayudar a las autoridades. Había eliminado esa necesidad. Conociendo el mundo de las altas esferas como lo conocía, y Dios sabía que lo había estudiado con avidez, se había dado cuenta de que una juiciosa selección de artículos le garantizaría una reventa inmediata.

Ya contaba con coleccionistas ansiosos por adquirir dichos artículos sin hacer preguntas. Vender a tales personas garantizaba que nunca se plantearan la opción de denunciarle. Y los precios que estaban dispuestos a pagar le liberarían holgadamente de la deuda que pesaba sobre él, incluso a pesar de que el montante estuviera ascendiendo continuamente.

Se metió la lista en el bolsillo y sonrió más abiertamente. Por supuesto, los artículos eran mucho más valiosos de lo que le había confiado a Smythe, pero dudaba que un ladrón del East End llegara a adivinar su auténtico valor.

Tendría que andarse con cuidado, pero sabría manejar a Smyhte, y Smythe manejaría a Grimsby.

Todo estaba yendo exactamente como deseaba. Y pronto sería tan rico como creían todos los que formaban parte de su vida.

7

A la mañana siguiente, del brazo de Barnaby Adair, Penelope subió la escalinata de un edificio anodino sito en Great Scotland Yard. Le picaba la curiosidad. Había oído las opiniones generalizadas sobre el Cuerpo de Policía de Peel, los murmullos de la buena sociedad que acompañaron a su establecimiento y posterior desarrollo durante los últimos años, pero aquélla era la primera vez que se relacionaría con miembros de dicho cuerpo. Más aún, aparte de Adair, no conocía a nadie que hubiese visitado el cuartel general; se moría de curiosidad por ver cómo era el lugar.

Cuando él la hizo pasar al vestíbulo principal, un espacio deprimentemente ordinario donde predominaban aburridos tonos de gris, miró en derredor, ansiosa por ver cuanto hubiera que ver. Además de apaciguar su carácter inquisitivo, concentrarse en asimilar cuanto pudiera sobre el Cuerpo de Policía la ayudaba a no seguir absorta en Adair; su proximidad, su fuerza, su innegable atractivo, aspectos sobre los que sus díscolos sentidos se negaban a ser distraídos.

Sermoneándose para sus adentros, estudió la única distracción que ofrecía el vestíbulo, un hombrecillo con un uniforme azul sentado en un taburete alto tras un mostrador situado a un lado. Éste levantó la vista, la vio a ella y luego a Adair, a quien saludó con la mano para acto seguido reanudar lo que estuviera haciendo.

Penelope frunció el ceño y miró en derredor. Aparte de algún que otro discreto oficinista no había nadie más a la vista.

—¿Aquí es donde tratan con los criminales? Hay una calma espantosa.

101

—No. Este edificio alberga los despachos de los inspectores. Hay agentes en el edificio anejo y un puesto de policía en la calle. —Ella notó la mirada de Adair en el rostro—. Hoy no vamos a toparnos con ningún delincuente.

Penelope hizo una mueca en su fuero interno y rezó para que Stokes resultara alguien interesante. Después de la noche anterior y de los temerarios valses que habían bailado, necesitaba algo en lo que centrarse, algo que no fuese Barnaby. La creciente intensidad de su reacción ante él la perturbaba de un modo tan seductor como fastidioso.

Barnaby la condujo a la escalera del fondo del vestíbulo. Mientras subían, se recordó a sí misma que pensar en él como Adair en vez de como Barnaby la ayudaría a mantenerlo a una distancia prudente. A pesar de su resolución, aún no había definido un modo de proceder, un modo de tratar con él que anulara el efecto que causaba sobre sus nervios, sobre sus sentidos y, para su suprema irritación, a veces sobre su raciocinio.

Por desgracia, el no haber concebido un plan eficaz había dado plena libertad a sus sentidos para aprovechar el día, zafarse de la traílla y regodearse a su antojo. Tal como habían hecho durante los valses de la víspera. Tal como habían hecho cuando aquella mañana había llegado a la hora convenida para acompañarla allí.

Tal como seguían haciendo.

Apretando los dientes mentalmente, prometió que en cuanto tuviera un momento libre hallaría una manera u otra de llamarlos al orden.

Al final de la escalera Adair la guió hacia la derecha por un largo pasillo.

—El despacho de Stokes está allí.

La condujo hasta una puerta abierta; su mano le acarició la cintura cuando la hizo pasar, causándole un estremecimiento de lo más inoportuno.

Afortunadamente, el hombre (¿caballero?) sentado al escritorio le dio otras cosas en que pensar. Levantó la vista al entrar ella, dejó la pluma a un lado y se levantó en todo su imponente metro ochenta y cinco de estatura.

A su regreso de Glossup Hall, Portia le había descrito a Stokes, pero como entonces Portia acababa de comprometerse con Simon

Cynster, su descripción, ahora lo veía Penelope, había sido más bien somera.

Stokes era bastante fascinante, aunque no del mismo modo que Adair, ahora pegado a su derecha, gracias a Dios. De inmediato percibió que había algo enigmático en el inspector; si bien su mente captó en el acto ese dato estimulante, sus sentidos y sus nervios no se vieron afectados en absoluto.

Se adentró en el despacho, sonrió y le tendió la mano con gesto amable.

—Inspector Stokes.

Él la estudió un instante antes de estrechársela. Lanzó una mirada rápida a Barnaby.

—La señorita Ashford, supongo.

—En efecto. El señor Adair y yo hemos venido para hablar con usted sobre nuestros niños desaparecidos.

El inspector titubeó y miró a su amigo, que no tuvo dificultad para descifrar las preguntas que asomaban a sus ojos.

—Esta señorita Ashford es incluso menos convencional que su hermana —explicó, dejando que Stokes entendiera su resignación, que no la había llevado allí de buen grado. Luego le ofreció una silla a su acompañante.

Penelope se sentó, sonriendo afablemente. Stokes hizo lo propio en su silla. Tras colocar otra junto a la de Penelope, Barnaby se sentó y cruzó las piernas. No albergaba dudas de que Penelope estaba resuelta a meterse de lleno en todos los aspectos de la investigación. Él y Stokes, llegado un momento, tendrían que trazar una línea y restringir su implicación, aunque todavía no había cavilado cómo hacerlo exactamente.

Por otra parte, hasta que llegara a un punto donde fuera peligroso que ella prosiguiera, Barnaby no acertaba a ver ningún beneficio real en tratar de refrenarla.

—Recibí tu mensaje acerca de los Carter —le dijo el inspector—. Esta mañana tuve que ir por otros asuntos al puesto de policía de Aldgate y comenté el asunto con el sargento de allí. —Miró a Penelope—. Hemos de ser muy cautos para no poner sobre aviso a quienes nos interesa vigilar; si lo hacemos, perderemos toda posibilidad de rescatar a esos niños. Si la muerte de la señora Carter fuera inminente, montar guardia veinticuatro horas al día quizá merecería la pena. —Buscó los ojos de Penelope—. ¿Sabe si se espera que fallezca pronto?

Penelope le sostuvo la mirada y luego miró a Barnaby.

—Después de haberla visto, más bien diría que no —dijo por fin.

—¿De modo que quizá podrían pasar semanas, incluso meses, antes de que este niño, Jemmie, pase a ser un objetivo? —aventuró Stokes.

Penelope suspiró.

—Lo consulté con la señora Keggs, la gobernanta del orfanato, después de visitar a los Carter ayer. La señora Keggs ha estudiado enfermería. Hace poco fue a ver a los Carter y, en su opinión, confirmada por el médico que la asiste, a la señora Carter le quedan al menos tres meses de vida.

El inspector asintió.

—De modo que Jemmie Carter no corre un peligro inmediato, y montar un dispositivo de guardia para vigilarlo podría volverse contra nosotros. Sin embargo, si nuestras vías de investigación más directas fracasan, quizá debamos recurrir a él y a otros en su situación para encontrar una pista.

Recordando a Jemmie, viéndolo en su mente, Barnaby asintió a su pesar.

—Así es; montar guardia demasiado tiempo podría poner a los niños raptados en una situación más peligrosa. —Mirando a Stokes a los ojos, preguntó—: Si esta mañana has ido a un puesto de policía del East End «por otros asuntos», ¿debo colegir que has encontrado otra pista?

Stokes vaciló. Para Barnaby estaba claro que tanteaba cómo proceder ante Penelope; no sabía hasta qué punto debía hablar delante de ella. Penelope se le adelantó.

—Tenga la seguridad, inspector, de que nada de lo que diga me va a impresionar. He venido para ayudar en lo que esté en mi mano, y estoy decidida a ver rescatados a nuestros cuatro niños y a los villanos desenmascarados.

Stokes enarcó una pizca las cejas pero inclinó la cabeza.

—Una postura digna de encomio, señorita Ashford.

Barnaby disimuló una sonrisa; estaba claro que su amigo había refinado su tacto.

—Muy bien. —Stokes apoyó los brazos sobre el escritorio y juntó las manos. Miró a Penelope y Barnaby—. Como dije ayer, tenía un contacto que esperaba pudiera ayudarme a establecer mejor la identidad y el paradero de maestros de ladrones que pudieran estar en activo actualmente en el East End. A través de mi contacto, me presentaron a un hombre que ha vivido toda su vida en la zona. Me dio ocho nombres, junto con algunas direcciones, aunque por la naturaleza de sus negocios estos delincuentes se trasladan sin parar, por lo que dudo que las direcciones vayan a sernos de utilidad.

Stokes sacó una hoja de un montón que tenía junto al secante.

—Esta mañana visité el puesto de Aldgate. La policía local verificó mi lista y añadió un nombre más. —Miró a Barnaby—. De modo que tenemos a nueve individuos que investigar. —Pasó la mirada a Penelope—. Pero de momento no hay ninguna garantía de que estos hombres estén implicados en el caso que nos ocupa.

Siguiendo la mirada de Stokes, Barnaby vio que Penelope asentía con expresión satisfecha.

—Ha hecho grandes progresos, inspector; ha ido más deprisa de lo que me habría atrevido a esperar. Entiendo que por el momento no hay nada seguro, pero ahora tenemos un sitio por donde empezar, una vía para averiguar más sobre escuelas de ladrones en activo. Su contacto sin duda ha hecho avanzar nuestra causa, ¿puedo preguntarle el nombre? Me gustaría enviarle una nota del orfanato expresando nuestra gratitud. Nunca está de más alentar a las personas que te ayudan.

Barnaby hizo una mueca para sus adentros. Se irguió en el asiento, dispuesto a explicarle a Penelope que revelar contactos era algo que un investigador nunca hacía, cuando vio algo que le dejó sin habla.

Las enjutas mejillas de Stokes se estaban sonrojando.

Atento al fenómeno, fijándose en que Penelope ladeaba la cabeza por la misma razón, Barnaby volvió a apoyarse contra el respaldo y dejó a Stokes a su merced.

Enarcando las cejas, Penelope insistió:

—¿Inspector?

Stokes lanzó una mirada a Barnaby, tan sólo para ver que no recibiría ayuda de su parte. Ahora estaba tan intrigado como Penelope. Apretando los labios, el inspector carraspeó y miró de hito en hito a Penelope.

—La señorita Martin, una sombrerera de St. John's Wood High Street, es originaria del East End. La conocí mientras investigaba otro crimen del que ella fue testigo. Cuando le presenté nuestro caso, me propuso presentarme a su padre; ha vivido en la zona toda su vida y ahora que está postrado en cama pasa la mayor parte de los días escuchando y hablando sobre lo que sucede en el barrio.

—¿Él le dio los nombres? —preguntó Penelope.

Stokes asintió.

—No obstante, como he dicho, no hay garantías de que esa lista nos conduzca a los cuatro niños.

—Pero esos individuos, aunque no tengan ninguna relación con el caso, seguro que estarán al corriente de si hay alguien en activo en su negocio. Cabe que puedan ayudarnos a localizar a nuestro villano y así rescatar a los niños.

Stokes negó con la cabeza.

—No, no será tan fácil. Piénselo.

Barnaby se dio cuenta de que su amigo estaba perdiendo deprisa su renuencia a dialogar con Penelope; igual que Barnaby, estaba comenzando a tratarla como a una investigadora de su equipo.

—Si entramos en el East End —prosiguió Stokes— y preguntamos abiertamente si alguno de estos hombres actualmente tiene montada una escuela de ladrones, nadie lo admitirá. En cambio, en cuanto nos marchemos, cualquiera a quien hayamos interrogado mandará aviso a esos hombres de que andamos preguntando por ellos. Así es como funciona el East End. Es una zona con reglas propias que no alientan las intromisiones desde el exterior, menos aún de la pasma, que es como nos llaman. El resultado final de investigar abiertamente será que los delincuentes, sean los de nuestra lista u otros, cierren el negocio y se muden, llevándose a los niños consigo y poniendo aún más cuidado en no dejar rastro. —Echándose hacia atrás en la silla, Stokes negó con la cabeza—. Nunca los atraparemos si vamos por ahí haciendo preguntas.

Frunciendo el ceño, Penelope respondió:

—Entiendo. —Hizo una pausa breve antes de proseguir—. De eso deduzco que se propone entrar en el barrio disfrazado, localizar a esos hombres y observar sus actividades a distancia, para así

106

establecer si actualmente dirigen una escuela de ladrones y si nuestros niños están con ellos.

Stokes pestañeó y miró a Barnaby en busca de orientación. Como no estaba seguro de la dirección que seguía Penelope, Barnaby no pudo darle ninguna.

Cuando Stokes miró a la joven otra vez, ésta retuvo su mirada.

—¿La señorita Martin le está ayudando en esa empresa?

Él no pudo evitar abrir un poco los ojos; vaciló unos instantes y luego, a regañadientes, lo admitió.

—La señorita Martin ha convenido en ayudarnos a proseguir las pesquisas en la dirección que usted acaba de apuntar.

—¡Estupendo! —exclamó Penelope radiante.

Al ver su sonrisa, el inspector no fue el único que se incomodó de repente. A la vista de su deleite, Barnaby notó que su intuición se ponía en alerta.

—Bien. —Penelope miró a Stokes, luego a Barnaby y de nuevo al inspector—. ¿Cuándo vamos a reunirnos con la señorita Martin para trazar nuestro plan?

Petrificado, Barnaby no reaccionó con celeridad suficiente para impedir que Stokes contestara.

—Tengo previsto reunirme con ella mañana por la tarde. —El inspector contemplaba a Penelope con una incredulidad mayor que la de Barnaby—. Pero...

—Usted no va a ir —terció Barnaby sin rodeos y con inquebrantable convicción.

Volviendo la cabeza, Penelope parpadeó.

—Claro que voy a ir. Tenemos que preparar cada detalle de los disfraces y decidir cómo es mejor trabajar para descubrir lo que necesitamos averiguar.

Stokes respiró hondo.

—Señorita Ashford, no puede aventurarse en el East End.

Ella volvió su mirada cada vez más oscura, hacia Stokes.

—Si una sombrerera de St. John's Wood puede transformarse en una mujer que pase desapercibida en el East End, seguro que sabrá disfrazarme igual de bien.

Barnaby se quedó literalmente sin palabras. Le constaba que Penelope se mofaría si la describía como una belleza, pero era el tipo de dama que, sin proponérselo, hacía volver la cabeza a los hombres. Y ése era un rasgo imposible de disfrazar. Penelope lo miró con dureza y dijo:

—Si el señor Adair, que estoy segura querrá sumarse a la cacería aunque igualmente deberá disfrazarse para ello, y yo nos sumamos a usted y la señorita Martin para hacer indagaciones, esas indagaciones darán resultado más pronto.

—Señorita Ashford. —Juntando las manos sobre el escritorio, Stokes hizo un valeroso esfuerzo para replegarse en una postura formal y autoritaria—. Sería desaprensivo por mi parte permitir que una dama como usted...

—Inspector —la voz de Penelope adquirió una meticulosa dicción que no admitía interrupciones—, se habrá dado cuenta de que el señor Adair está guardando silencio. Eso se debe a que sabe que discutir esta cuestión es inútil. No necesito su permiso ni el de él para investigar este asunto. Estoy decidida a ver a nuestros cuatro niños rescatados y a los villanos enjuiciados. Además, como administradora del orfanato, estoy moralmente obligada a hacer cuanto pueda en ese sentido. —Hizo una pausa y agregó—: Y estoy convencida de que si pido ayuda a la señorita Martin, me la prestará sin tener en cuenta lo que ustedes puedan pensar.

Barnaby entrevió su salvación, una salida para él y para Stokes. Atrajo la atención de su amigo.

—En vista de la obstinación de la señorita Ashford, tal vez deberíamos posponer la cuestión hasta reunirnos con la señorita Martin.

De ese modo, sería ésta quien echaría el jarro de agua fría de la realidad sobre el entusiasmo de Penelope. Apenas dudaba que una sombrerera sensata y acostumbrada a lidiar con testarudas damas de alcurnia, sabría convencer a Penelope de que debía confiar la investigación a terceros. La señorita Martin seguro que sería más capaz de disuadir a Penelope que él mismo o Stokes.

Habiendo llegado a la misma conclusión, Stokes asintió lentamente.

—Me parece una sugerencia razonable.

—Bien. Asunto resuelto. —Penelope miró a Stokes—. ¿A qué hora y dónde quedamos mañana?

Acordaron encontrarse frente a la tienda de la señorita Martin de St. John's Wood High Street a las dos de la tarde.

—Estupendo.

Penelope se levantó y estrechó la mano de Stokes. Al volverse hacia la puerta, vio que Barnaby la miraba.

—¿Usted se queda o también se marcha, señor Adair?

—La acompaño a casa. —Barnaby aguardó a que se dirigiera hacia la puerta antes de cruzar una mirada de resignación con Stokes—. Nos vemos mañana.

Su amigo asintió.

—En efecto.

Barnaby se volvió y vio la espalda de Penelope, pero no le importó ir detrás de ella; la vista desde esa posición era compensación suficiente.

—¿Grimsby? ¿Estás ahí, viejo?

Smythe iba encorvado para no darse contra las vigas de la planta baja de la casa de Grimsby. Se decía que Grimsby era dueño de todo el edificio, un destartalado inmueble de tres pisos en Weavers Street.

Tras oír la respuesta quejumbrosa procedente del primer piso, Smyhte aguardó junto al polvoriento mostrador. A su alrededor toda clase de mercancías viejas obstruían el suelo, amontonadas aquí y allí sin ningún orden aparente. Grimsby sostenía que vendía bibelots pero Smythe tenía constancia de que la mayoría de los objetos con que se comerciaba en la tienda eran robados. En ocasiones él mismo había birlado alguno.

Unos trabajosos pasos en la escalera del fondo de la tienda anunciaron el descenso del propietario al local de la planta baja. El piso de arriba era donde los niños que Grimsby tutelaba aprendían sus lecciones. Y la buhardilla superior, oculta salvo si sabías dónde mirar, era donde los niños dormían.

Smythe se irguió en cuanto Grimsby apareció entre la polvorienta penumbra. Se estaba haciendo mayor y lucía una panza considerable, pero en los ojos redondos como cuentas que estudiaban a Smythe brillaba una chispa de inteligencia.

—Smythe, ¿qué andas buscando?

—Traigo un mensaje de nuestro amigo común.

La expresión de Grimsby, de astuta y maliciosa avaricia, no se alteró.

—¿Qué quiere?

—La seguridad de que suministrarás las herramientas para su asunto según lo acordado.

Las facciones de Grimsby se relajaron. Encogió los hombros.

—Puedes decirle que no hemos tenido dificultades.

Smythe entornó los ojos.

—Pensaba que te faltaban dos niños.

—Sí, es verdad. Pero a no ser que haya cambio de planes, aún tenemos tiempo de sobra para pillar a dos más y entrenarlos.

Smythe titubeó y volvió la vista hacia la entrada de la tienda para comprobar que no había nadie merodeando. Bajó la voz.

—¿Sigues recogiendo huérfanos?

—Sí, es nuestra mejor fuente. Antes los teníamos que coger de las calles, y siempre había el riesgo de levantar un revuelo. En cambio, nadie se inquieta porque nos llevemos a los huérfanos del barrio.

—¿Y qué perspectivas tienes para estos dos últimos? ¿Cuándo los tendrás?

Grimsby vaciló un momento y luego, entornando los ojos, dijo:

—Yo no te digo cómo llevar tus asuntos, ¿verdad?

Smythe se irguió.

—No me vengas con ésas, Grimsby. Soy yo quien tiene que tratar con Alert. Y lo que se trae entre manos es grande.

—Ya, ¿y quién te propuso para eso, eh?

—Tú, viejo depravado, razón de más para que te haga cumplir la promesa de conseguirme ocho niños. Ocho, todos bien entrenados y con la boca cerrada. Y eso lleva tiempo..., un tiempo que se te está acabando.

—¿Para qué diablos necesitáis ocho? Es la primera vez que me entero de un asunto que necesite ocho a la vez.

—¡A ti qué te importa! Alert lo quiere así y ya está.

Grimsby le miró receloso.

—¿Te propones abandonar a los chavales a su suerte?

—No es mi intención. Pero no quiero tener que decirle a Alert que no puedo acabar sus encargos porque un niño se ha quedado atascado en una ventana o se ha tropezado con un lacayo al salir. Entrenados o no, cometen errores, y Alert, como bien sabes, no es un hombre indulgente.

—Sí, bueno, ésa es la única razón por la que he salido de mi retiro: para apaciguar al maldito señor Alert.

Smythe estudió el rostro de Grimsby.

—¿Qué cuentas tenéis que ajustar, viejo?

—¡Ahora es a ti a quien no le importa! Te puse en contacto con él y os conseguiré los chavales, y ahí acabo yo.

—Justo lo que Alert quería que te recordara. —La mirada de Smythe se endureció—. ¿Qué hay de esos dos últimos niños? Los necesito, quiero poder decirle a Alert que ya tenemos los ocho.

Grimsby lo miró fijamente un momento y luego dijo:

—Las calles están llenas de huérfanos pero no del tipo que necesitamos. Todos son torpes como bueyes o simplones o cosas peores. Unos inútiles, eso es lo que son. —Hizo una pausa y acto seguido se aproximó a Smythe y bajó la voz—. Cuando te dije que tendría a los ocho, tenía a ocho en mente. Ahora tengo seis. Pero estos dos últimos... Ahora resulta que sus parientes enfermos no están tan enfermos como me habían dicho.

Smythe interpretó la expresión de Grimsby, descifró la mirada de sus ojillos redondos, leyendo entre líneas. Pensó en Alert y en su partida de apuestas altas.

—Entonces... ¿cuán enfermos están esos parientes moribundos? O mejor dicho, ¿cómo se llaman y dónde viven?

A lo largo del día siguiente, domingo, Penelope se vio obligada a armarse de paciencia, hasta que por fin ella y Barnaby, es decir, Adair, llegaron a St. John's Wood High Street. Avisado de que debía detenerse ante la sombrerería, el coche de punto aminoró la marcha mientras el cochero escrutaba las fachadas.

Se detuvo ante una tienda pintada de blanco con un único escaparate. Las persianas tapaban el interior pero el rótulo que colgaba encima de la puerta rezaba «Griselda Martin, sombrerera».

Barnaby, es decir, Adair, se apeó y la ayudó a bajar. Mientras él pagaba al cochero, Penelope se acercó a los tres escalones de la tienda, luego se volvió y vio que Stokes venía a su encuentro calle abajo. La saludó cortésmente inclinando la cabeza.

—Señorita Ashford. —Por encima del hombro, saludó a Barnaby—. La señorita Martin nos está esperando.

Penelope tiró de la campanilla que había junto a la puerta, que repicó en el interior.

Unos pasos ligeros se acercaron presurosos a la puerta. Se oyó un chasquido y la hoja de abrió hacia dentro. Penelope vio unos preciosos ojos azules engastados en una dulce cara redonda de mejillas sonrosadas. Sonrió.

—Hola. Usted debe de ser la señorita Martin.

La mujer pestañeó y luego vio a Barnaby y Stokes en la acera. El inspector se acercó.

—Señorita Martin, le presento a...

—Penelope Ashford. —Dando un paso al frente, la joven le tendió la mano—. Encantada de conocerla.

La señorita Martin miró la mano de Penelope, la estrechó con gesto vacilante y añadió una reverencia por si acaso.

—No, no. —Penelope entró en la tienda arrastrando a la señorita Martin consigo—. Dejémonos de ceremonias. Ha sido usted muy amable al ayudarnos a rescatar a nuestros niños desaparecidos. Le estoy profundamente agradecida.

Siguiendo a Penelope al interior, Barnaby vio la extrañeza que causaba el plural en los ojos de Griselda Martin. Cuando ésta lo miró a él, Barnaby sonrió de modo tranquilizador.

—Barnaby Adair, señorita Martin. Soy amigo de Stokes e, igual que la señorita Ashford, que es la administradora del orfanato adonde iban a ir los niños, agradezco sinceramente su colaboración.

Stokes cruzó el umbral y cerró la puerta, llamando la atención de la señorita Martin.

—Confío en que disculpe esta invasión, señorita Martin, pero...

—La verdad, señorita Martin —interrumpió Penelope—, es que insistí tanto que el inspector no tuvo más remedio que permitirme venir a conocerla, junto con el señor Adair. Estoy absolutamente decidida a rescatar a los cuatro niños que nos han arrebatado, y deduzco que usted tiene un plan para entrar en el East End y buscar pistas de la escuela de ladrones donde probablemente han sido matriculados.

Barnaby tuvo la súbita premonición de que dejar que Penelope hablara libremente con la señorita Martin conduciría al desastre. Pero entonces la sombrerera frunció el entrecejo y esperó estar equivocado.

Penelope no había apartado la mirada del rostro de la señorita Martin. En respuesta a su expresión ceñuda, asintió.

—Por cierto, apuesto a que se estará preguntando por qué una dama de mi posición muestra tanto interés por conseguir el bienestar de cuatro niños del East End. La respuesta es bastante simple. Aunque no hayan sido entregados al orfanato como estaba previsto, eso no impide que estuvieran a nuestro cargo. Esos niños son pupilos nuestros y, como administradora de la institución, no voy a darles la espalda y permitir que se los lleven, negándoles la vida que sus padres dispusieron para ellos, dejando que los reclute un hatajo de criminales. Ése no era el destino que les estaba reservado y si es necesario removeré cielo y tierra para devolverlos al buen camino.

Observando su rostro, Barnaby comprendió que al decir «cielo y tierra» lo decía en sentido literal. La fiereza que brillaba en sus ojos castaños y que tensaba sus facciones daba fe de su resolución y férrea determinación.

Dicho esto, Penelope sonrió, desterrando la imagen de diosa guerrera.

—Espero que comprenda, señorita Martin, que simplemente no puedo quedarme en casa mano sobre mano, aguardando novedades. Si hay alguna cosa que yo pueda hacer para ayudar a localizar a esos niños y rescatarlos, y creo que la hay, entonces mi sitio está aquí, haciéndola.

Detrás de él, Barnaby oyó que Stokes se movía inquieto. Era obvio que no había previsto que Penelope apelara a la señorita Martin, y mucho menos con semejante fervor. Pese a haber visto con bastante claridad adónde conducirían los métodos de persuasión de Penelope —a ella entrando disfrazada en el East End—, Barnaby, aunque a su pesar, tuvo que admirar su honestidad, así como su estrategia.

La señorita Martin había permanecido callada durante toda la declaración de Penelope y ahora le estaba estudiando el semblante. Ya no fruncía el entrecejo pero la duda persistía en sus ojos.

Barnaby estuvo tentado de decir algo, de intentar poner sordina a la arenga de Penelope, pero intuyó que si hablaba posiblemente conseguiría lo contrario. Estaba seguro de que Stokes opinaba lo mismo; con su característica franqueza, Penelope había trasladado la discusión a un plano en el que ellos, meros hombres, casi no contaban.

Todo dependía de cómo reaccionara la señorita Martin a las palabras de Penelope.

Ésta ladeó la cabeza sin apartar la mirada del rostro de la sombrerera.

—Confío en que deje a un lado cualquier reserva que pueda tener por mi condición social, señorita Martin. Poco importa la calidad de nuestros vestidos: ante todo somos mujeres.

Una sonrisa fue iluminando poco a poco el semblante de la otra.

—En efecto, señorita Ashford. Siempre he sido del mismo parecer. Y, por favor, llámeme Griselda.

La joven sonrió de oreja a oreja.

—Sólo si usted me llama Penelope. ¡Bien! —Se volvió con un ademán elocuente hacia Barnaby y Stokes, y luego miró de nuevo a Griselda—. Manos a la obra.

Barnaby cruzó con su amigo una mirada de aprieto; Penelope había ganado aquella escaramuza sin necesidad de disparar un solo tiro. Pero la batalla aún no había terminado.

Griselda señaló hacia la trastienda.

—Si tienen la bondad de subir a mi salita, podremos sentarnos y buscar la mejor manera de organizarlo todo.

Rodeó el mostrador y apartó la pesada cortina. Detrás había una pequeña cocina con una gran mesa de pino llena de plumas, cintas, encajes y cuentas.

Penelope inspeccionó aquel revoltijo de artículos femeninos.

—¿Decora todos sus sombreros usted misma?

—Así es. —Griselda enfiló un estrecho tramo de escaleras—. Tengo dos aprendizas pero hoy no trabajan.

Subió los peldaños, seguida por Penelope. Barnaby pasó el siguiente; la escalera era tan angosta que él y Stokes tuvieron que ladear los hombros.

En lo alto, Barnaby entró en una acogedora salita que un saliente extendía sobre la entrada de la tienda. En el lado opuesto, un tabique limitaba el espacio. A través de una puerta abierta entrevió un dormitorio con una ventana estrecha que daba al patio trasero.

Siguió a las mujeres hasta un sofá y dos sillones desparejados dispuestos en torno a una pequeña chimenea. Un montoncito de carbón seguía encendido, emitiendo un poco de calor, lo justo para templar la estancia. Barnaby echó un vistazo a la capa forrada de piel de Penelope; aún la llevaba abrochada, no cogería frío. Él y Stokes se habían desabrochado sus sobretodos, pero se los dejaron puestos al sentarse.

Griselda Martin, con un chal de lana sobre los hombros, se dejó caer en un sillón y Penelope eligió el extremo del sofá más cercano a ella. Barnaby se sentó a su lado; Stokes ocupó el otro sillón.

—Stokes nos ha explicado la situación —dijo Barnaby—. Debemos recabar información sobre los individuos que ha identificado, pero tenemos que hacerlo sin levantar sospechas, ni en esos individuos ni en nadie más, a riesgo de perder a los niños para siempre.

Griselda asintió.

—Lo que iba a sugerir... —Miró a Stokes, que asintió para que prosiguiera. Ella tomó aire y dijo—: Hay mercados en Petticoat Lane y en Brick Lane. Casi todos los hombres que mi padre mencionó trabajan en esa zona y sus alrededores. Ambos mercados estarán muy concurridos mañana; si yo voy y finjo interés por distintas mercancías, no me costará mucho indagar sobre fulano o mengano aquí y allá. La gente pregunta sin parar por sus conocidos en los puestos. Como tengo el acento apropiado, a nadie le extrañará que pregunte; contestarán sin tapujos, y sé cómo animar a cualquiera que sepa algo para que me lo cuente todo.

Miró a Stokes.

—El inspector ha insistido en que me acompañará, dado que estoy colaborando en una investigación policial. —Volvió a mirar a Penelope y Barnaby, sólo que ahora con expresión preocupada—. Sin embargo, no me parece prudente que ninguno de ustedes dos venga con nosotros. En cuanto la gente los vea sabrá que hay gato encerrado; se limitarán a observar y no dirán palabra.

Barnaby miró a Penelope. Él tenía intención de acompañar a Stokes y Griselda. Stokes le había visto disfrazado y le constaba que podía transformarse. Pero si aún cabía alguna posibilidad de que Penelope aceptara la advertencia de Griselda y se aviniera a no ir al East End... no había motivo para desvelar sus planes.

La joven miró de hito en hito a la anfitriona.

—Usted es sombrerera, de modo que sabe cómo un simple cambio de sombrero puede modificar la apariencia de una mujer. Sabe hacer que una mujer tenga un aspecto soso o que parezca despampanante. —Sonrió; fue un gesto breve y encantador—. Considéreme un reto a su habilidad: necesito que cree un disfraz que me permita moverme por los mercados del East End sin llamar la atención.

Griselda le sostuvo la mirada y luego la escrutó abiertamente. Entornó los ojos, pensativa.

Barnaby contuvo el aliento. Una vez más estuvo tentado de hablar para decir lo evidente: que ningún disfraz disimularía adecuadamente la asombrosa vitalidad de Penelope y mucho menos su innata elegancia aristocrática. Y una vez más la intuición le advirtió que mantuviera la boca cerrada. Cruzó una mirada con Stokes; su amigo estaba igualmente sobre ascuas, deseoso de influir en el desenlace pero sabiendo que estaban condenados al fracaso si lo intentaban.

Penelope resistió el escrutinio de la sombrerera sin alterarse lo más mínimo.

Finalmente, Griselda se pronunció:

—Nunca pasará por una vecina del East End.

Barnaby tuvo ganas de aplaudir.

—Pero —prosiguió Griselda—, con la ropa adecuada, el sombrero y el chal adecuados, podría tomarse por una florista de Covent Garden. Acuden a los mercados bastante a menudo en busca de clientes aprovechando las horas en que los encopetados no abundan en su ronda habitual, y, lo más importante, muchas de ellas son... bueno, hijas ilegítimas, así que sus rasgos no la señalarán como impostora.

Barnaby lanzó una mirada horrorizada a Stokes, que se la devolvió con creces.

Entonces Griselda hizo una mueca.

—Sea como fuere, aunque pudiéramos disfrazar su apariencia, se delatará en cuanto abra la boca.

Barnaby miró a Penelope esperando verla abatida por la decepción. En cambio, resplandecía.

—Por mí no te apures, encanto. —Su voz sonó bastante distinta; seguía siendo ella, pero una ella diferente—. Sé hablar la tira de idiomas: latín, griego, italiano, español, francés, alemán y ruso entre otros; así que el East End para mí sólo es otro idioma, y además fácil porque lo oigo a diario.

Barnaby estaba impresionado. Cruzando los brazos, se recostó en el sofá. Miró a Stokes, vio su propia consternación reflejada en sus ojos y se encogió de hombros. Al final, habían perdido la batalla.

Griselda parecía asombrada.

—Ha sido... perfecto. Si no la hubiese estado mirando, habría pensado que era de... no sé, de algún lugar cercano a Spitalfields.

—Estupendo. De modo que con el disfraz adecuado estaré en condiciones de ayudar a recabar la información que necesitamos. —Miró a Barnaby y le preguntó con dulzura—: Supongo que usted también nos acompañará, ¿verdad?

Él la miró entornando los ojos.

—Cuente con ello. —Miró a Griselda—. No se preocupe por mí; Stokes puede confirmar que mi disfraz es bueno.

El inspector asintió.

—Igual que el mío. —Y a Griselda le dijo—: Ya lo hemos hecho antes.

La sombrerera le estudió el semblante y luego asintió.

—Muy bien. —Volvió a mirar a Penelope—. O sea que tenemos que preparar su disfraz.

Finalmente decidieron que Griselda pediría una falda, una blusa y una chaqueta a las sirvientas de una casa cercana.

—Les hago sombreros por Pascua; estarán encantadas de ayudar. Y tienen su misma talla.

Zanjado el asunto, Stokes sacó la lista de nombres. Él y Griselda decidieron el orden más acertado para abordar la lista.

Finalmente, convinieron en reunirse en la tienda a las nueve en punto de la mañana siguiente.

—Así tendré tiempo de organizar el trabajo de las aprendizas. Luego tendremos que disfrazarla —dijo a Penelope— y después ir a Petticoat Lane. Deberíamos llegar hacia las diez y media, una buena hora para empezar a moverse entre los puestos. Para entonces ya estará tan concurrido que será fácil perdernos entre el gentío.

Una vez todo acordado, se dieron la mano; ambas mujeres a todas luces complacidas de haberse conocido, y luego bajaron en fila a la tienda.

Griselda los acompañó hasta la puerta. Siguiendo a Penelope y Barnaby, Stokes hizo una pausa en el umbral para comentar algo con Griselda.

El coche de punto estaba aguardando para llevar a Barnaby y Penelope de regreso a Mayfair; él la ayudó a subir, montó y cerró la portezuela.

Se dejó caer en el asiento al lado de ella y mantuvo la vista al frente, reflexionando, sin tenerlas todas consigo, sobre qué les iba a deparar el día siguiente.

A su lado Penelope continuaba radiante, irradiando un impaciente entusiasmo.

—Los disfraces darán buen resultado, no hay de qué preocuparse.

Barnaby cruzó los brazos.

—No estoy preocupado —repuso, pero su tono dio a entender que estaba mucho más que eso.

—No tiene por qué venir si no quiere. Estaré a salvo con Griselda y Stokes. Al fin y al cabo, es policía.

Él se las arregló para no gruñir.

—No faltaré. —Tras un momento de silencio, añadió cansinamente—: De hecho, iré pegado a usted. —Se fue poniendo furioso a medida que pensaba en el asunto—. ¿Se imagina lo que diría su hermano si supiera que vamos a entrar en tropel en el East End con usted disfrazada como una «florista» de Covent Garden? —Dichas floristas solían calificarse con más exactitud como «furcias» de Covent Garden.

—Pues lo cierto es que sí —contestó Penelope, impasible—. Se pondría pálido, como hace siempre que refrena su genio, luego discutiría con esa voz tensa y espantosamente controlada que tiene, y después, tras perder la discusión, levantaría los brazos al cielo y se marcharía hecho una furia.

Penelope lo miró de reojo; aunque Barnaby se negó a volverse, adivinó que aquello le parecía gracioso.

—¿Es lo mismo que va a hacer usted?

Apretando los labios y la mandíbula, Barnaby reflexionó y luego contestó sin alterarse.

—No. Discutir con usted es una pérdida de tiempo.

Tratar a Penelope como él prefería, sobre una base lógica, racional, nunca le resultaría ventajoso. Con otras damas, los planteamientos lógicos y racionales le dejaban con la sartén por el mango, pero con ella no. Era una maestra consumada en el uso de la lógica y la razón para sus propios fines, tal como acababa de demostrar.

Cruzado de brazos, mantuvo la expresión ceñuda mirando al frente, ignorando el efervescente triunfo que borboteaba a su lado.

Tanto él como Stokes habían sucumbido al deseo de Penelope de conocer a Griselda contando con que, en el mejor de los casos, habría cierta tirantez entre ambas. En cambio, Penelope había tendido puentes sin el menor esfuerzo para salvar el abismo social que las separaba; y había sido ella quien lo había hecho, no Griselda. Ésta había observado y aguardado, pero la joven había hecho el esfuerzo necesario, de modo que ahora había una amistad en ciernes, una relación que nadie podría haber predicho.

Así pues, donde él y Stokes habían sido un equipo de dos ahora había un equipo de cuatro.

Se había hecho a la idea de ir al East End con su amigo; ambos habían trabajado disfrazados con anterioridad. Pero siendo cuatro... La búsqueda sería más rápida, eso sí. La impostación de Penelope del acento del East End había sido asombrosamente buena. Desde luego podía pasar por una lugareña incluso mejor que él. Si los cuatro se separaban, liquidarían la lista de Stokes más deprisa.

Tener a Penelope y Griselda en el equipo les ayudaría a localizar a los cuatro niños desaparecidos mucho antes.

Y, dejando a un lado las discusiones, aquél era su objetivo común.

Levantó la vista cuando el carruaje se inclinó al doblar una esquina; ya habían llegado a Mount Street. Con la mirada en las fachadas mientras el coche aminoraba, dijo:

—Mañana por la mañana pida a su lacayo que llame a un coche de punto a las ocho y media. Cuando llegue, dé la dirección de Griselda al conductor y monte.

El coche se detuvo. Al incorporarse para abrir la portezuela, miró a Penelope a los ojos.

—Yo me reuniré con usted en el mismo coche.

Enarcando las cejas, ella le estudió el semblante. Barnaby pasó delante, se apeó, la ayudó a bajar, pagó al cochero y la acompañó hasta la puerta de casa de su hermano.

Esperaba que ella le preguntara, que le exigiera saber qué tenía en mente. En cambio, se volvió hacia él con una sonrisa confiada y le dio la mano.

—Hasta mañana, pues. Buenas tardes, señor Adair.

Sintiéndose engañado sin saber por qué, él hizo la preceptiva reverencia. El ayuda de cámara abrió la puerta; dedicó una inclinación de cabeza a tan ilustre personaje, dio media vuelta, bajó la escalinata y se marchó a grandes zancadas.

8

Penelope había aprendido tiempo atrás que nunca era sensato alentar a un caballero a creer que ella necesitaba protección. Sobre todo si dicho caballero era como su hermano Luc, su primo Martin o su cuñado Simon Cynster. Simplemente, había hombres de quienes una no podía esperar que supieran trazar la línea, o siquiera reconocer que dicha línea existía, entre envolver a una dama entre algodones y ser un caballero andante razonable. El resultado inevitable de que una dama aceptara su protección era una batalla incesante, batalla que la dama se veía obligada a librar para conservar cierto grado de independencia.

Tal había sido la conclusión a que había llegado en el caso de los tres hombres antedichos. Mientras se daba prisa para estar lista a las ocho y media de la mañana siguiente, cada vez estaba más segura de que Barnaby Adair, pese a su excéntrico pasatiempo, pertenecía al mismo grupo.

Los hombres autoritarios, advertía la voz de la experiencia, eran autoritarios en todo.

No sabían, no podían cambiar sus galones aunque a veces los disimularan.

Con esa sabiduría resonando en su cabeza, reforzó su entusiasmo con un desayuno rápido pero sustancioso y corrió a ponerse la capa. Llegó a la puerta principal al mismo tiempo que el coche de punto que había pedido.

Se despidió de Leighton, el ayuda de cámara, y miró a derecha e izquierda mientras bajaba la escalinata, pero no vio a nadie que pudiera ser Barnaby, es decir, Adair. Un lacayo sostenía abierta la portezuela del carruaje, aguardando para ayudarla a subir.

—Vamos a St. John's Wood High Street —ordenó al cochero—, a la sombrerería.

Una vez acomodada en el asiento, autorizó al lacayo a retirarse. Éste cerró la puerta y regresó a la casa.

La portezuela del otro lado se abrió y el carruaje se inclinó al subir un hombre.

Penelope se quedó boquiabierta. Lo único que reconoció del hombre que cerró la portezuela y se dejó caer en el asiento de enfrente fue el intenso azul de sus ojos.

El carruaje arrancó y paró bruscamente; el cochero se había dado cuenta de que un hombre se había unido a su pasajera.

—¿Señorita? ¿Va todo bien?

Con los ojos abiertos de asombro todavía fijos en el rostro de Barnaby, Penelope se limitó a seguir mirando. Él frunció el ceño y señaló hacia el pescante, haciendo que Penelope volviera en sí y farfullara:

—Sí, sí... Todo en orden. Sigamos.

El cochero murmuró algo y acto seguido el carruaje reanudó la marcha. Al doblar la esquina de Mount Street, Penelope fue bajando la vista, asimilando aquella sorprendente versión de Barnaby Adair. Por regla general los disfraces ocultaban, pero a veces revelaban. Estaba un tanto perpleja, y un poco recelosa, de lo que, gracias al disfraz que llevaba, ahora veía en él.

Barnaby le puso cara de pocos amigos, ceñuda, expresión que por alguna razón encajaba en su nuevo semblante, los rasgos austeros manchados de hollín, la enjuta mandíbula un tanto más dominante bajo la barba sin afeitar. La barba hacía más ásperas sus mejillas. El pelo era una maraña de rizos dorados sin peinar; normalmente nunca llevaba flequillo ni la ropa arrugada, pero ese día sí.

Como si acabara de levantarse de la cama de una amante.

La idea pasó fugazmente por la cabeza de Penelope, que la desterró al instante. Apretó los labios y se dio cuenta de que necesitaba tragar; tenía la garganta extrañamente seca. Siguió pasando revista a Barnaby, desde los hombros al pecho, cubiertos por una chaqueta raída con una lacia camisa de algodón debajo; sin corbata ni cualquier otra prenda que le ocultara la esbeltez del cuello.

Los largos muslos enfundados en pantalones de obrero; los pies calzados con unas botas raídas. Era el vivo retrato de un tosco patán, de un peón que trabajara en los muelles y almacenes haciendo lo que estuviera mejor pagado en cada momento.

Irradiaba cierta sensación de peligro. El aura de un varón a quien era mejor no contrariar. Demasiado peligroso.

—¿Qué pasa? —espetó Barnaby desafiante, entornando los ojos.

Penelope le sostuvo la mirada y supo que bajo la ropa tosca y los modales igualmente toscos seguía siendo el mismo hombre. Tranquilizada, esbozó una sonrisa y meneó la cabeza.

—Está perfecto para el papel. —«De acompañante de una florista de Covent Garden», se abstuvo de comentar, pero si la agudeza de su mirada servía de guía, él la entendió perfectamente.

Barnaby soltó un bufido, cruzó los brazos, apoyó la cabeza en el respaldo y se sumió en un reservado silencio.

Como se le estaba escapando una sonrisa, Penelope miró por la ventanilla para que él no la viera.

Mientras el carruaje traqueteaba por las calles, caviló sobre la peligrosidad que había percibido en él; no era un rasgo que impostara para el papel sino algo intrínseco, inherente a su persona.

Sus pensamientos de antes acudieron de nuevo, ahora influidos por una comprensión más profunda. Visto que se confirmaban sus sospechas de que Adair era igual que su hermano, su primo, su cuñado y otros hombres de ese tipo, parecía evidente, según demostraba la situación presente, que en tales hombres la sofisticación de que hacían gala en su vida mundana era el auténtico disfraz. Sólo cuando se despojaban de los símbolos y el boato de su refinada educación, tal como Barnaby había hecho ahora, podía entreverse la realidad oculta. Y dado que esa realidad... No estaba demasiado segura de qué hacer con aquella revelación, de cómo debía reaccionar. ¿Debía reaccionar o en cambio fingir que no se había dado cuenta de nada?

El trayecto transcurrió en silencio, ella sumida en sus pensamientos, alimentados por una creciente curiosidad.

Finalmente el carruaje se detuvo delante de la sombrerería. Barnaby descruzó sus largas piernas, abrió la portezuela y se apeó. Rebuscó en los bolsillos y dio unas monedas al cochero, dejando que Penelope bajara del carruaje por su cuenta.

Así lo hizo, y luego cerró la portezuela. Barnaby le lanzó una mirada severa para comprobar que estuviera bien y acto seguido, metiéndose las manos en los bolsillos, subió los escalones de la tienda con los hombros caídos, abrió la puerta de par en par, aguardó a Penelope y, de repente, saliéndose del personaje, hizo una exagerada reverencia para invitarla a pasar.

—¡Por Dios! ¡Si es un encopetado! —masculló el cochero desde el pescante.

Penelope se detuvo en el umbral y observó el rostro de Barnaby cuando éste fulminó con la mirada al cochero; las magras facciones se veían más duras, más perfiladas que nunca, y aquellos ojos azules se achicaron hasta semejar dos esquirlas de pedernal. El cochero fustigó al caballo y masculló una maldición que fue seguida por un chacoloteo de cascos.

Sin cruzar una mirada con Barnaby, Penelope entró a refugiarse en la tienda. No estaba muy segura de no compartir las reservas del cochero a propósito del hombre que la seguía pisándole los talones.

Griselda había oído la campanilla. Salió de la trastienda y, al ver a Barnaby, faltó poco para que retrocediera. Abrió los ojos como platos, al igual que sus dos aprendizas, que estaban trabajando en la mesa situada entre el mostrador y la cortina y se habían quedado paralizadas, con sendas agujas en el aire.

Tras una fracción de segundo, la sombrerera dirigió la mirada a Penelope, que sonrió.

—Buenos días, señorita Martin. Creo que nos estaba esperando.

Griselda pestañeó.

—Oh... sí, claro, por supuesto. —Ruborizándose levemente, descorrió la cortina—. Pasen, por favor.

Entraron, Barnaby pegado al hombro de Penelope, quien reparó en que él incluso se movía de manera diferente, más agresiva. Pasaron junto a las chicas, que bajaron la mirada.

Sin salir de su asombro, Griselda miró a Barnaby meneando la cabeza cuando éste se detuvo delante de ella. Con un ademán les indicó que siguieran.

—Vayan arriba. Enseguida subo.

Penelope comenzó a subir la escalera. A sus espaldas oyó la voz de Griselda, amortiguada por la cortina, dando instrucciones a las aprendizas.

Una vez en la salita, Penelope se detuvo. Barnaby se acercó a la ventana para echar un vistazo a la calle. Ella aprovechó la ocasión para estudiarlo, para examinar otra vez la dureza esencial que su disfraz dejaba entrever.

Al cabo de un momento llegó Griselda.

—Bien. —Ella también escrutó la figura apostada junto a la ventana—. Desde luego, usted pasa la inspección.

Barnaby volvió la cabeza y las miró. Con el mentón, señaló a Penelope.

—Veamos qué puede hacer su magia con ella.

Griselda leyó la mirada de Penelope. Ladeó la cabeza hacia su dormitorio.

—Venga conmigo. Tengo la ropa a punto.

Dando la espalda a Barnaby, Penelope siguió a Griselda.

Llevó algo de tiempo, y no poca hilaridad, transformar a Penelope en una florista de Covent Garden. Griselda cerró la puerta del dormitorio para trabajar con tranquilidad.

Una vez satisfecha con el aspecto que presentaba Penelope, ella también decidió cambiarse de ropa.

—He pensado que si aparento estar pasando una mala racha será más fácil que quienes me reconozcan me hablen sin tapujos —explicó—. Exhibirme como una sombrerera de éxito quizá me granjee respeto, pero no simpatías.

Sentada ante el tocador de Griselda, Penelope se sirvió del espejo para ajustar la inclinación de su sombrero. Era un viejo gorro de terciopelo azul oscuro que había conocido tiempos mejores, pero con un ramillete de flores de seda prendido a la cinta parecía exactamente lo que luciría una florista de las calles adyacentes al Covent Garden.

Su atuendo consistía en una amplia falda de satén barato azul brillante, una blusa otrora blanca y ahora de un desvaído gris y una chaqueta entallada de sarga negra con grandes botones.

Habían envuelto con cinta las patillas de las gafas y frotado con cera la montura de oro para desmerecerla. Se habían planteado que llevara una canasta ovalada, sello distintivo de su oficio, pero optaron por descartarla: hoy no estaba interesada en vender nada.

Asintiendo, Penelope dijo:

—Un disfraz perfecto; gracias por su ayuda.

Mientras se ataba los cordones de una vieja enagua a la cintura, Griselda le echó un vistazo. Vaciló un instante y luego dijo:

—Si quiere devolverme el favor, podría satisfacer mi curiosidad.

Penelope giró en redondo en el taburete y sonrió.

—Pregunte lo que quiera.

Griselda cogió la falda que había elegido.

—He oído hablar del orfanato y los niños que van allí; la educación que reciben. A decir de todos, usted y otras damas, entre ellas sus hermanas, lo han organizado todo. Y usted sigue al frente de la casa. —Hizo una pausa—. Mi pregunta es: ¿por qué lo hace? Una dama como usted no necesita mancharse las manos con gente como ésa.

Penelope enarcó las cejas. Tardó en contestar; la pregunta era sincera y merecía una respuesta meditada e igualmente sincera. Griselda la miró a la cara, vio que estaba pensando y le dio tiempo.

Finalmente, Penelope dijo:

—Soy hija de un vizconde, ahora hermana de uno muy rico. He vivido una vida de lujo, protegida de la realidad y con todas mis necesidades cubiertas sin mover un dedo. Y aunque faltaría a la verdad si sostuviera que eso no es cómodo, desde luego no constituye un desafío. —Levantando la vista, miró a Griselda a los ojos—. Si me cruzo de brazos y dejo que mi vida de hija de vizconde transcurra tal como se espera, ¿qué satisfacción obtendría? —Abrió las manos—. ¿Qué conseguiría en la vida? —Dejó caer las manos en el regazo—. Ser rica es agradable, pero estar ociosa y no lograr nada no lo es. No satisface, no... llena. —Respiró hondo, sabiendo que estaba siendo sincera—. Por eso hago lo que hago. Por eso otras damas de mi posición hacen lo que hacen. La gente lo llama beneficencia, y para los beneficiados supongo que lo es, pero a nosotras también nos sirve de mucho. Nos da algo que de otro modo no tendríamos: satisfacción, plenitud y una meta en la vida.

Al cabo de un momento, Griselda asintió.

—Gracias. Lo que dice tiene sentido. —Sonrió—. Ahora la entiendo. Me alegra que Stokes se acordara de mí y me pidiera ayuda.

—Hablando del rey de Roma... —Penelope levantó un dedo. Ambas prestaron atención y oyeron, amortiguado pero discernible, el tintineo de la campanilla de la puerta.

—Qué puntualidad —dijo Griselda mientras se ponía una chaqueta holgada con un bolsillo rasgado. Acto seguido cogió una mugrienta gorra escocesa y se la puso encima del pelo. Oyeron las pesadas botas de Barnaby dirigirse a la escalera y bajar. Mirándose al espejo por encima de Penelope, Griselda se encasquetó la gorra y asintió complacida.

—Lista. Reunámonos con ellos.

Griselda bajó primero. Cuando iba a correr la cortina, Penelope la retuvo un momento.

—¿Y sus aprendizas? ¿No pensarán que todo esto es bastante raro?

—Sin duda; más que raro. —Griselda le sonrió con tranquilidad—. Pero son buenas chicas y les he dicho que mantengan los ojos abiertos pero la boca bien cerrada. Aquí tienen un buen empleo y lo saben; no se arriesgarán a perderlo por cotillear más de la cuenta.

Penelope asintió y tomó aire para darse aplomo; estaba tan nerviosa como si fuese a salir a un escenario.

Griselda pasó delante. Penelope vio a Barnaby y Stokes conversando en medio de la tienda, dos personajes oscuros y peligrosos incongruentemente rodeados de plumas y fruslerías. No pudo reprimir una sonrisa.

Griselda se detuvo junto al mostrador para hablar con las aprendizas. Stokes, de cara al mostrador, la vio y se quedó sin habla.

Alertado por la repentina palidez de Stokes, Barnaby giró en redondo. Y la vio: Penelope Ashford, hija menor del vizconde Calverton, emparentada por sangre y matrimonio con numerosas familias de la alta sociedad, transformada, con gafas y todo, en la mujerzuela más atractiva y simpática que jamás hubiese paseado por las aceras de Covent Garden. Faltó poco para que cerrase los ojos y gruñera.

Stokes farfulló algo ininteligible entre dientes; Barnaby no necesitó oírlo para saber que pasaría cada minuto del resto del día pegado a Penelope.

Ésta fue a su encuentro, sonriendo encantada con su nueva imagen.

Mirando sus ojos castaños, una insistente advertencia tomó forma en la mente de Barnaby. Cuando le tocaba fingir ser alguien de posición muy baja, como ahora, le resultaba muy fácil hacer caso omiso de las limitaciones sociales que debía observar un caballero de su clase. Y Penelope estaba demostrando ser muy parecida a él.

Apretó tanto la mandíbula que temió que se le fuera a romper. Ella lo miró pestañeando.

—¿Y bien? ¿Aprobada?

Barnaby precisó un segundo para dominar las ganas de gruñir.

—De sobra. —Mirando por encima de la cabeza de Penelope, vio que Griselda se acercaba—. Nos vamos. —Fue a coger del brazo a Penelope pero rectificó a tiempo y se limitó a asirla de la mano.

Ella se sobresaltó ante el inesperado contacto pero enseguida le sonrió, claramente encantada, y se la estrechó.

Tragándose una maldición, Barnaby se volvió y la arrastró hacia la puerta.

Llamaron un coche para el trayecto a Petticoat Lane. Mataron el tiempo comentando en qué orden abordarían los nombres de la lista de Stokes y haciendo planes por si decidían separarse, decisión que postergaron hasta que se hallaran sobre el terreno y hubiesen sopesado la posibilidad.

Tras apearse en un extremo de la larga calle, se zambulleron en la ingente masa humana que llenaba la calzada entre las dos hileras de tenderetes montados en las aceras. A ningún conductor en su sano juicio se le ocurriría meter el coche en aquella calle con el mercado en pleno auge.

Los asaltaban ruidos y olores de todas clases. Barnaby miró a Penelope, preguntándose si flaquearía, pero su expresión daba a entender que estaba impaciente por comenzar. Parecía no tener la menor dificultad en obviar lo que no quería ver y empaparse de todo lo que veía por primera vez.

Barnaby dudaba seriamente que la hija de cualquier otro vizconde alguna vez se hubiese codeado con los moradores de Petticoat Lane.

Por su parte, dichos moradores le lanzaban miradas sagaces pero todos daban la impresión de tomarla por lo que aparentaba. Con el dobladillo de la falda —bastante más corto de lo exigido en cualquier reunión de buen tono— revoloteando en torno a las cañas de sus botines gastados y su esbelta figura realzada por la chaqueta entallada —cuyas solapas se abrían provocativamente sobre sus pechos—, además de su innata confianza y el sincero deleite en todo lo que veía, su acento barriobajero poniendo el broche final a su papel, no era de extrañarse que los vecinos del lugar se tragaran su disfraz a pies juntillas.

Y también se tragaron el de Barnaby. Con una expresión adusta a modo de clara advertencia, andaba alrededor de Penelope como un demonio presto a vengarse. Ningún ángel había tenido jamás un aspecto tan malvado y amenazante como él, ni siquiera Lucifer. Le costaba poco proyectar esa imagen porque así era precisamente como se sentía.

Cuando un carterista zarrapastroso se arrimó demasiado a ella, se topó con el hombro de Barnaby y una fulminante mirada azul. Con los ojos muy abiertos, el hombre se enderezó y se escabulló entre la multitud.

Stokes se acercó a su amigo. Delante de ellos, Penelope y Griselda examinaban un surtido de cuencos expuestos en un tenderete destartalado.

Mirando en torno por encima del mar de cabezas, Stokes dijo:

—¿Por qué no os quedáis Penelope y tú en este lado mientras nosotros recorremos el otro?

Con la mirada fija en la hija del vizconde, Barnaby asintió.

—Figgs, Jessup, Sid Lewis y Joe Gannon; éstos son los cuatro que buscamos hoy.

Stokes asintió.

—En esta calle o en Brick Lane, deberíamos poder ubicarlos. Estamos en su terreno; la gente los conocerá. Pero no insistas demasiado; y procura que tu acompañante tampoco lo haga.

Barnaby contestó con un gruñido. Le encantaría saber cómo se figuraba Stokes que conseguiría eso último. Penelope escapaba por completo a cualquier control.

La idea, o mejor dicho, la idea de controlar a una mujer con el disfraz que llevaban uno y otra, le dio una ocurrencia, el atisbo de un posible medio de supervivencia. Cuando Stokes se alejó para llevarse a Griselda consigo, Barnaby tomó a Penelope de la mano y la arrastró hasta el tenderete siguiente.

Ella lo miró.

—¿Qué pasa?

Barnaby le explicó el plan de Stokes y luego señaló la hilera de puestos.

—Éste es nuestro lado, y tenemos mucho que hacer. No obstante, ahora que nos hemos separado, usted y yo tendremos que permanecer juntos, de modo que voy a interpretar el papel de un amante celoso contrariado por el tiempo que su amada pierde mirando bibelots.

Ella lo miró aún con más fijeza.

—¿Por qué?

—Porque es un papel que los vecinos del lugar reconocerán como normal. —Y a él no iba costarle ningún esfuerzo interpretarlo.

—Ya, ya... —repuso Penelope no muy convencida.

Él respondió rodeándole la cintura con un brazo y la atrajo hacia sí. Ella se puso tensa y quiso fulminarlo con la mirada, pero él sonrió con malicia y le tocó la nariz, sacándola de quicio.

—Ninguna florista de Covent Garden reaccionaría así —murmuró Barnaby—. Usted quiso el papel, ahora toca interpretarlo.

Penelope tuvo que hacer un esfuerzo para serenarse. Siguieron avanzando por la hilera de tenderetes, deteniéndose a charlar aquí y allá, dejando caer los nombres de su lista cada vez que se topaban con alguien que a su juicio podía saber algo.

Barnaby dejó que Penelope decidiera a qué vendedores abordar; parecía tener buen ojo para saber con quién entablar una conversación quizá provechosa. Dejó que hablara ella, su acento era perfecto, y él se limitó mayormente a dar gruñidos, resoplidos y respuestas monosilábicas.

Penelope tuvo que admitir que la estratagema de Barnaby daba resultado, alentando a quienes reparaban en ellos a reconocerlos como una pareja normal en aquel barrio, lo cual les permitía formular preguntas sobre sus objetivos en medio de conversaciones más generales.

Por desgracia, tenía su coste. La proximidad de Barnaby, la firmeza de su cuerpo cada vez que la atraía hacia sí, la compacta musculatura contra la que se apretaba cada vez que el gentío la empujaba hacia él, la creciente actitud posesiva de la fuerte mano que le envolvía la cintura o sujetaba la suya... Todo ello desató un torrente de sentimientos encontrados, una perturbadora mezcla de excitación y cautela, el sutil estremecimiento del miedo rociado con una desconcertante dosis de placer. No obstante, a medida que pasaba el tiempo se sentía más y más tentada por el papel asumido.

Además, gracias a sus aptitudes histriónicas, averiguaron el posible paradero de dos de los hombres que buscaban. Así pues, Penelope consideró los perjuicios causados a sus nervios y su genio como un intercambio justo.

Llegaron a la esquina del estrecho callejón donde supuestamente vivía Sid Lewis. Barnaby escudriñó la calle tratando de localizar a Stokes y Griselda mientras Penelope estudiaba el callejón.

—La quinta puerta del lado norte. La veo. —Agarró el abrigo de Barnaby, que le rodeaba la cintura con el brazo, reteniéndola a su vera, y tiró para llamarle la atención—. La puerta está abierta. Hay gente dentro.

Él le cubrió la mano con la suya.

—No veo a Stokes. —Escrutó el callejón—. De acuerdo. Echemos un vistazo. Pero no olvide su papel e interprete al personaje; lo cual significa que hará lo que yo le diga.

—¿Está seguro de que todos los hombres del East End son tan dictatoriales?

—Considérese afortunada. Que yo sepa, son peores.

Ella rezongó para sus adentros pero lo siguió cuando se adentró en el callejón a la sombra de las fachadas del lado sur.

A la altura de la quinta casucha contando desde la esquina Penelope distinguió, por la puerta abierta, movimiento en el interior. Pero había muy pocos transeúntes en la callejuela; si se quedaban merodeando atraerían la atención, y alguien estaba saliendo de la casa.

Barnaby se arrimó a la puerta contigua, arrastrando consigo a Penelope y abrazándola.

—Sígame el juego —susurró.

Agachó la cabeza y le recorrió el cuello con los labios.

Penelope necesitó un momento para recuperar la respiración... y encontrarse con que todos sus sentidos estaban embriagados por él. Su calor la envolvió y empezó a derretirle los huesos. Por alguna razón, deseó apoyarse en él, hundirse contra la pura tentación masculina de aquel pecho musculoso.

Su reacción era tan inesperada como innegable.

Se tambaleaba algo más que su conciencia: sus sentidos se estaban dando un verdadero festín. Por dentro temblaba, aguardando anhelante la siguiente caricia fugaz de sus labios. Era una suerte que la estuviera sosteniendo, pues se sentía extrañamente débil.

Entonces se dio cuenta de que Barnaby estaba observando la actividad del otro lado del callejón por el borde de su sombrero.

La estaba utilizando de escudo.

Entornó los ojos. La furia era un sentimiento que conocía y entendía; se aferró a él y lo usó para recobrar la compostura.

Barnaby percibió el instante en que se liberó; tuvo que reprimir el impulso de mover los labios a la izquierda para que se encontraran con los suyos, con aquellos labios tan carnosos, tan lozanos, que le obsesionaban. En cambio, sus labios le acariciaron el lóbulo de la oreja y notó el estremecimiento sensual que recorrió el espinazo de ella, captó su momentánea parálisis, el instante en que logró volver a sobornar el raciocinio de aquella joven.

La sensación de tenerla en sus brazos, tierna y femenina pero rebosante de vida, escultural pero maleable, era perturbadora, algo con lo que no había contado. La perfección con que encajaba en su cuerpo, como si estuviese hecha ex profeso para él, alimentaba aquella sensación que se cernía en los confines de su conciencia, dándole más sustancia, más vida.

Habida cuenta de sus disfraces, de los papeles que interpretaban y de aquella sensación, tuvo que combatir la necesidad compulsiva de tomar lo que su personaje habría tomado: sus labios, su boca. A ella por entero.

Mientras una parte de su cerebro vigilaba lo que ocurría al otro lado del callejón, el resto estaba comprometido en la lucha contra su instinto, en contenerlo manteniéndolo a raya. Bien sujeto. Controlado.

Como era de prever, la perturbación de Penelope duró poco.

—Quieta —le susurró Barnaby, previendo que iba a oponer resistencia.

Penelope respiró hondo y le contestó entre dientes.

—Esto sólo lo hace para hacerme pagar por haber insistido en venir hoy.

—Piense lo que quiera —gruñó Barnaby—. Lo único que importa es que su actuación resulte convincente.

Estrechó el brazo en torno a su cintura, arrimándola más a él para posar sus labios en la sensible piel bajo la oreja, y la oyó dar un grito ahogado. Notó que la resistencia de sus manos, que le apretaban el pecho, se debilitaba.

Barnaby inspiró, y la fragancia de Penelope se entretejió en su cerebro. Le llegó a la médula. Su pelo lacio y brillante, oscuro y sedoso, olía a sol. Apretó los dientes para combatir el inevitable efecto, y susurró:

—Está saliendo alguien.

Y la levantó en volandas para que pareciera que la estaba devorando, comiéndosela a besos, tal como deseaba hacer su faceta más primitiva.

Penelope no se resistió. Al cabo de un instante él murmuró con aspereza:

—Me parece que podemos tachar a Sid Lewis de nuestra lista.

—¿Por qué?

Él aflojó el abrazo, dejándola de nuevo en el suelo pero manteniéndola de frente. Estudió a los tres hombres que habían salido del tugurio.

—Por lo visto, Sid Lewis está reforzando su relación con Dios. Me extrañaría que esté dirigiendo una escuela de ladrones y que haya invitado al párroco a su casa.

Penelope echó una ojeada por encima del hombro y volvió a ponerse de cara a él.

—Sid Lewis es el calvo bajo. —Ella le había sonsacado la descripción al dueño de un tenderete—. Parece enfermo.

—Lo que explica su repentino interés por la religión.

El hombre se apoyaba pesadamente en un bastón. Desde donde estaban oían que respiraba con dificultad.

—Vámonos. —Pasándole un brazo por los hombros, la empujó suavemente fuera del umbral e inició el regreso a la calle—. Busquemos a Stokes. Aún nos quedan otros tres que investigar hoy.

Encontraron a Stokes y Griselda cerca del extremo sur del mercado. El inspector oyó las novedades acerca de Sid Lewis e hizo una mueca.

—Figgs también queda descartado. Está en Newgate. Eso sólo nos deja a Jessup y Joe Gannon. Jessup, a decir de todos, es un sujeto peligroso. —Miró a Barnaby a los ojos.

—Siendo así, habrá que ir con más cautela —dijo Penelope mirando en derredor—. ¿Adónde vamos ahora?

Stokes miró a Griselda.

—¿Qué tal a una taberna para almorzar algo?

La propuesta fue aprobada por unanimidad. La sombrerera sugirió un pub que conocía en la esquina de Old Montague Street y Brick Lane.

—Sirven comida fiable; de todos modos, debemos ir hacia Brick Lane. En los puestos del mercado es donde más probabilidades tenemos de averiguar algo sobre Jessup y de confirmar la dirección de Gannon.

Regresaron en tropel a Wentworth Street y atajaron hacia el Delford Arms, el pub de Brick Lane. La puerta estaba abierta de par en par; tras echar un vistazo al interior, Stokes y Barnaby hicieron entrar a las mujeres apenas un metro dentro. Había bancos y mesas de caballete toscamente labradas a ambos lados de la entrada; todas estaban ocupadas pero la gente iba y venía sin cesar.

—Ustedes dos aguarden aquí —dijo Stokes—. Pedimos la comida y volvemos. —Miró las mesas—. Con un poco de suerte habrá alguna libre para entonces.

Griselda y Penelope asintieron y observaron a sus galanes adentrarse en el pub. Habiendo visto la muchedumbre apiñada en la barra, ninguna de las dos tuvo excesivo ánimo para acercarse. No obstante...

—Parecen compartir cierta inclinación a dar órdenes —señaló Penelope.

—En efecto —respondió Griselda, y siguieron esperando.

Como había pasado las últimas horas inmersa en una babel de acentos, el oído de Penelope había mejorado considerablemente. Para poner a prueba su habilidad, escuchaba distraídamente la conversación de cuatro hombretones mayores en la mesa más cercana, llena de platos vacíos, jarras de cerveza en mano, cuando oyó pronunciar el nombre de Jessup. Pestañeó y aguzó el oído.

Al cabo de un momento dio un codazo a Griselda y le indicó la mesa con los ojos. La sombrerera miró, y luego a ella otra vez enarcando las cejas. Los hombres siguieron charlando pero ya no dijeron nada relevante.

Al poco regresó Barnaby con dos platos de humeantes mejillones y caracoles marinos. Detrás de él, Stokes sostenía en precario equilibrio una bandeja con una jarra y cuatro vasos.

En ese instante, dos hombres sentados a la mesa contigua a la de los hombres que habían mencionado a Jessup se levantaron y se marcharon arrastrando los pies. Otros dos, con guardapolvos oscuros propios de oficinistas, seguían sentados junto a la pared.

Penelope condujo a Barnaby hasta aquella mesa. Él la miró pero se dejó hacer. Mientras dejaba los platos en la mesa y se sentaba en el banco, desplazándose para cederle el asiento de la punta, ella se volvió hacia Stokes y Griselda y susurró:

—Esos hombres —señaló con disimulo la mesa contigua— han mencionado a Jessup. Hablaban de algo ilegal pero no lo he entendido.

Griselda volvió a echar un vistazo a los hombres y luego miró a Stokes.

—Conozco a uno. Si me habla, no nos interrumpan, ni siquiera nos miren. Es muy receloso, pero conoce a mi familia de toda la vida.

Stokes titubeó, mas, endureciendo el semblante, asintió. Se sentó delante de Barnaby, dejando el sitio de la punta, más próximo a los hombres en cuestión, para Griselda.

Ambas mujeres se sentaron.

Griselda miró en derredor mientras se alisaba las faldas, como si quisiera comprobar a quién tenía detrás. Inclinándose hacia un lado, miró abiertamente al hombre que estaba sentado de cara a ella en la mesa de atrás.

—¿Tío Charlie?

El aludido la miró fijamente antes de sonreír.

—La pequeña Grizzy, ¿no? Hacía mucho que no te veía. Me dijeron que te habías mudado al centro a hacer sombreros para las ricachas. —Unos ojos sagaces se fijaron en que su atuendo no reflejaba demasiada prosperidad—. ¿No te va bien últimamente?

Ella hizo una mueca.

—Las modas vienen y van. Resultó que no era tan buena idea como pensaba.

—Así que has vuelto al redil. ¿Cómo sigue tu padre? Me he enterado de que anda pachucho.

—Va tirando. Aunque no se queja. —Sonriendo con desenvoltura, preguntó por su familia, el tema perfecto para allanar el camino hacia los cotilleos sobre la delincuencia local.

Los demás hombres se sumaron a la charla, poniéndola al día en cuento supieron que hacía poco que había regresado al barrio; para aquellas gentes, hablar de delincuencia era de lo más normal.

Griselda se tomó su tiempo; prefería no preguntar directamente por Jessup. Recordando la mala fama de aquel hombre, su estatus entre los delincuentes del barrio y que habían mencionado su nombre, finalmente se atrevió a decir:

—¿Alguna novedad importante entre los reyes del barrio de un tiempo a esta parte?

Charlie arrugó la cara como si pensara.

—Lo único es lo de Jessup. Seguro que te acuerdas de él. Era un ladrón de primera. Pero se ha largado a Tothill Fields, ya ves tú, y se ha hecho un sitio en el comercio habitual. —En Tothill Fields «comercio habitual» significaba prostitución.

Griselda no precisó mucho esfuerzo para mostrarse convenientemente interesada. Sobre todo habida cuenta de que aquella información le permitió decir:

—Eso habrá dejado un buen hueco en estos pagos. ¿Se sabe quién lo ocupará?

Charlie se rio.

—Llevas razón en cuanto a lo del hueco, pero no se sabe de nadie que tenga prisa por aprovecharlo. También es cierto que estamos en temporada baja. Seguro que habrá más movida después de Año Nuevo.

Stokes, a su lado, le propinó un codazo. Sin mirar a nadie, masculló:

—Mejor que espabile si quiere probarlos.

Griselda le lanzó una mirada y comprendió que le estaba diciendo que dejara de preguntar. Volviéndose hacia el tío Charlie y los otros tres hombres, sonrió.

—Más vale que coma o me quedaré sin nada.

Los cuatro sonrieron e inclinaron la cabeza.

Aún sonriente, Griselda se puso de cara a los demás.

—Vaya —dijo—, qué interesante.

—Coma.

Stokes empujó un plato hacia ella.

Griselda reparó en lo tenso que estaba y sintió curiosidad por saber la causa, aunque el rostro del inspector no mostraba ningún indicio. Así pues, la sombrerera cogió un mejillón, lo abrió con la cuchara y se metió el molusco con sus jugos en la boca.

Penelope la observó entornando los ojos, admirada por el confiado manejo de la cuchara de que hacía gala Griselda. Si alguien le hubiese dicho a ella, siendo como era la superviviente de un sinfín de cenas de postín, acostumbrada a lidiar con platos y cubiertos de todos los modelos concebibles, que un día sería vencida por una simple cuchara y un molusco, se habría burlado.

Pero así había sido.

Sus dedos simplemente no parecían lo bastante grandes o fuertes para sostener el molusco e insertar y girar la cuchara, al menos no simultáneamente.

Se había visto obligada a aceptar comida de la mano de Barnaby, hecho que él y Stokes encontraban divertido. Pese a que ni siquiera habían sonreído, ella había detectado la expresión de sus ojos y lo tenía muy claro. ¡Hombres!

Tendía la mano abierta y aguardaba a que Barnaby le pusiera otro mejillón abierto en la palma. Entonces cogía la concha y tenía que concentrarse para meterse la carne en la boca sin hacer un estropicio, aunque eso, al menos, le salía bien; si hubiese tenido que permitir que Barnaby le diera la comida con una cuchara, se le habría quitado el apetito.

Lo cual habría sido una lástima. No había comido nada parecido en su vida y jamás se había sentado en una calle concurrida para almorzar al aire libre, pero los caracoles eran deliciosos y además tenía un hambre lobuna. Sólo había tomado un sorbito de cerveza, que tenía un sabor muy amargo. Barnaby y Stokes, en cambio, apuraron la jarra.

Griselda enseguida dio cuenta de su ración de mejillones y caracoles. No había servilletas y Penelope observó que los demás se limpiaban la boca con los puños. Sujetando el puño de la blusa para que no se le escurriera, los imitó.

—Se ha dejado una gota.

Barnaby le estaba escrutando el rostro. Sin darle tiempo a preguntar dónde, él levantó una mano y le pasó el pulgar por la comisura de los labios.

El escalofrío que la sacudió la dejó impresionada. Si hubiese estado de pie, le habrían flaqueado las piernas.

—Ya está. —Barnaby le buscó los ojos y la miró con intensidad más que suficiente para cortarle la respiración, pero sin asomo de ternura o amabilidad. Entonces él sonrió y se echó atrás, invitándola con un ademán a levantarse del banco.

Penelope se encontró de pie, pestañeando, tratando de orientarse en lo que de súbito parecía un paisaje cambiante.

Stokes y Griselda, que se volvió para despedirse de tío Charlie y sus amigos, pasaron delante. Apoyando una mano posesiva en su espalda para luego deslizarla hasta su cadera, Barnaby la condujo tras ellos.

Penelope supuso que Barnaby sólo la tocaba de aquel modo tan desconcertante para que escarmentara por haber insistido en participar en los acontecimientos de la jornada. Por desgracia, saber eso no disminuía el efecto de tales actos sobre sus sentidos.

Pasearon por el mercado de Brick Lane de manera muy parecida a como lo habían hecho en Petticoat Lane, pero mientras los alegres vendedores de Petticoat Lane ofrecían una amplia variedad de mercancías, entre las que predominaban las telas y los artículos de piel, los puestos de Brick Lane los regentaban personajes taimados, y más de la mitad del género permanecía oculto debajo del mostrador. Dicho género consistía mayormente en adornos y joyas, muebles estropeados y baratijas. Muchas mesas montadas en la acera tenían por objeto atraer clientes a las sombrías barracas de detrás. Muerta de curiosidad, Penelope se aventuró a entrar en una y la encontró abarrotada hasta el techo de lo que parecían generaciones de muebles mohosos, ninguno de los cuales saldría bien parado de una inspección a plena luz.

En cuanto la vio, el dueño fue a su encuentro sonriendo melifluamente. Surgiendo junto a su hombro, Barnaby puso mala cara, la cogió del brazo y la sacó a la calle.

Fue Griselda quien consiguió información sobre Joe Gannon, confirmando que su negocio estaba en un edificio de Spital Street. Al parecer su especialidad era «vender cosas viejas». Era el último de los cuatro que podían conocer en los mercados; aunque aplicaron el oído y Griselda hizo preguntas, no averiguaron nada acerca de los otros cinco nombres de la lista de Stokes.

Caía la tarde cuando se reagruparon en el extremo norte de Brick Lane.

—Aquí no vamos a sacar nada más en claro —dijo Stokes ladeando la cabeza hacia el este—. Spital Street no queda lejos. Iré a comprobar la dirección que nos han dado de Gannon. Tal vez esté allí. O tal vez se haya mudado. —Encogió los hombros—. Ya veremos.

—Voy con usted. —Griselda aguardó a que Stokes la mirara a los ojos—. Si es una tienda será fácil entrar y echar un vistazo.

—Yo también voy —declaró Penelope—. Si hay alguna posibilidad de que los niños estén allí, debo estar presente. —No miró a Stokes sino a Barnaby.

Con expresión dura y apretando los labios, Barnaby la miró a su vez. Quería discutir pero sabía que sería en balde. Asintió de manera cortante y miró a Stokes.

—Vamos todos.

Salieron de Brick Lane por callejuelas que más bien eran como pasajes, ya que a menudo los pisos superiores de las casas se unían en lo alto. Llegaron a Spital Lane y siguieron caminando. Stokes y Griselda iban cogidos del brazo. Penelope y Barnaby, él abrazado a ella, los seguían unos metros por detrás.

Las indicaciones que les habían dado los condujeron hasta una vieja casa de madera. Estrecha, descolorida y con las ventanas cerradas, daba directamente a la calle. Tenía dos pisos destartalados y una buhardilla; no había sótano. Un callejón por el que sólo podía pasar un hombre recorría un lado. Ningún rótulo anunciaba que fuese una tienda, pero la puerta estaba entreabierta.

Pasaron de largo sin ver signos de vida.

Stokes se detuvo un poco más adelante. Él y Griselda hablaron mientras aguardaban que Barnaby y Penelope los alcanzaran.

—Entraremos primero —dijo el inspector—. Ustedes esperen aquí por si nuestras indagaciones dan fruto.

Barnaby asintió. Fue a apoyarse contra una pared cercana, llevándose a Penelope consigo cogida por la cintura. Ella puso los ojos en blanco pero se abstuvo de hacer comentarios.

Stokes y Griselda cruzaron la calle y desaparecieron en la casa.

Transcurrió un minuto. Penelope pasó el peso de un pie al otro y de inmediato decidió no volver a hacerlo. Al moverse había frotado el muslo de Barnaby con la cadera. Con estudiada indiferencia obvió el sofoco que le sobrevino, y sermoneó severamente a sus estúpidos sentidos para que dejaran de alborotarse.

Estaban justo enfrente del callejón aledaño al edificio. Al observar la pared, la joven reparó en una irregularidad. Dio un paso adelante.

—Hay una puerta lateral.

Fuese porque pilló a Barnaby desprevenido o simplemente porque éste había aflojado la mano, Penelope se vio liberada. Así pues, cruzó rauda la calle y se metió en el callejón. Lo oyó maldecir mientras la seguía. Pero en el callejón no había nadie y ella no corría peligro, de modo que aunque Barnaby se apuró en acortar distancias, no intentó agarrarla para hacerla retroceder.

Al acercarse a la puerta, Penelope aflojó el paso, preguntándose si conduciría a la tienda o si se trataba de otro local. La cautela ya se había adueñado de ella cuando la puerta crujió para luego abrirse lo justo para que un hombre saliera reculando. Comenzó a cerrar la puerta.

—¿El señor Gannon?

El hombre dio un respingo y renegó. Giró en redondo y se pegó a la pared. Penelope lo miró con cara de pocos amigos.

—Deduzco que usted es el señor Joe Gannon, y siendo así, tenemos unas preguntas que hacerle.

Gannon parpadeó. Miró a Penelope y recobró parte de su aplomo. Pero entonces vio a Barnaby detrás de ella y quedó claro que no sabía a qué atenerse. Receloso, preguntó:

—¿Quién va a interrogarme?

Ella contestó sin titubear:

—Lo estoy haciendo yo con pleno respaldo de la Policía Metropolitana.

Gannon abrió los ojos.

—¿La pasma? —Intentó ver si había alguien detrás de ellos y luego se volvió hacia la otra punta del callejón—. Eh, yo no he hecho nada.

—Eso es físicamente imposible. —Penelope puso los brazos en jarras; había renunciado al disimulo y volvía a ser en buena medida una dama altiva, exigente e imperiosa, de ahí que Gannon estuviera tan confundido—. No me mienta, caballero. —Inclinándose hacia delante, le hizo un gesto admonitorio con el dedo—. ¿Qué sabe de Dick Monger?

Gannon estaba sumamente nervioso.

—¿De quién?

—Es así de alto —Penelope alzó una mano a la altura del hombro—, un chaval rubio. ¿Trabaja para usted? —le espetó.

Gannon casi retrocedió.

—¡No! El único chaval que tengo es de mi hermana; mi sobrino. Menudo holgazán. ¿Para qué quiero otro? Y menos si lo busca la pasma. —Miró a Barnaby como si fuese su salvación—. Eh, si usted es un madero disfrazado, no debería dejar suelta a una mujer como ésta. Es peligrosa.

Barnaby llevaba un rato pensando lo mismo, pese a que cuando había aparecido Gannon sintió una punzada de miedo por la seguridad de ella.

—Usted conteste a sus preguntas y nosotros, y la policía, le dejaremos en paz. ¿Sabe algo, o ha oído algún rumor, sobre un chaval como el que le ha descrito?

Ansioso por colaborar, Gannon frunció el ceño y meditó la cuestión, pero finalmente negó con la cabeza.

—No he visto a ningún rapaz como ése por aquí. Y tampoco he oído decir nada..., ni sobre él ni sobre ningún otro. —Una cierta astucia le iluminó los ojos—. Si usted y la señora buscan a un chaval raptado y piensan que igual lo tengo yo a mi servicio como niño ladrón, han de saber que no me dedico a eso desde hace más de dos años; ya pasé una temporada en chirona.

Parecía sincero. Barnaby miró a Penelope y vio que opinaba lo mismo. Después de asentir, su delicado cuerpo perdió la tensión de la lucha.

—Muy bien —dijo a Gannon, y aún había una advertencia latente en su tono—. Le creo. A partir de ahora procure no quebrantar la ley.

Dicho esto, giró en redondo. Y se encontró de cara con el pecho de Barnaby. Éste se hizo a un lado para dejarla pasar y ella salió con paso resuelto del callejón.

Barnaby miró a Gannon, cuya expresión decía que le alegraría mucho no volver a encontrarse nunca más con tan desconcertante y perturbadora mujer.

Tras una última mirada de advertencia, Barnaby dio media vuelta. En cuatro zancadas alcanzó a Penelope. Nunca había sentido un desasosiego semejante; agachando la cabeza para hablarle al oído, le dijo en voz baja:

—No vuelva a meterse en un callejón adelantándose a mí. —Su tono fue neutro, la dicción precisa.

Ella lo miró perpleja.

—No había nadie. No he corrido peligro. —Miró al frente—. Y al menos ahora sabemos que podemos tachar a Gannon de la lista.

Al salir del callejón, se detuvo en la acera. Se fijó en que estaba anocheciendo y suspiró.

—Me figuro que tendremos que dejar a los otros cinco para mañana.

Barnaby vio a sus amigos en la acera de enfrente y apretó la mandíbula, la cogió del brazo y la condujo hacia ellos, sorprendiéndose al constatar que, contra todo pronóstico, tenía algo en común con Joe Gannon.

Cogieron un coche de punto para regresar a la tienda de Griselda. Por desgracia era un modelo pequeño, de modo que Barnaby tuvo que soportar la proximidad de Penelope durante todo el camino.

Griselda y Stokes, sentados enfrente, dedicaron el trayecto a dilucidar cómo indagar sobre los cinco nombres restantes de la lista. El East End era grande y por el momento no tenían ninguna pista sobre dónde podían estar actuando aquellos hombres. Finalmente decidieron que Griselda visitaría de nuevo a su padre para ver si había obtenido nuevos datos. Entretanto, Stokes preguntaría con más detenimiento a sus colegas de los puestos de policía del East End. Se reunirían al cabo de dos días para evaluar los resultados de sus respectivas indagaciones.

A Penelope le irritó la postergación de la pesquisa, pero no tuvo más remedio que consentir.

Por fin llegaron a St. John's Wood High Street. Barnaby saltó a tierra y dejó que Stokes ayudara a bajar a las damas mientras él pagaba al cochero.

Cuando el carruaje arrancó, se volvió y vio que Stokes se estaba despidiendo de ambas. Observar la cortés reverencia que hizo al tomar la mano de Griselda, reparar en la expresión de ésta al sonreírle mirándolo a los ojos y decirle adiós y fijarse en cómo su amigo retenía sus dedos más tiempo del necesario, lo llevó a preguntarse por primera vez si Stokes tenía un motivo personal para elegir a Griselda como su guía en el East End.

Vaya, vaya.

Uniéndose al grupo, inclinó la cabeza para despedirse de Stokes.

—Pasaré a verte mañana.

El inspector asintió.

—También preguntaré en el cuartel general por si alguien tiene idea de dónde andan merodeando esos cinco.

Tras un último saludo al grupo, se volvió y echó a caminar.

Griselda se quedó un momento mirándolo, luego volvió en sí, lanzó una sonrisa fugaz a Penelope y Barnaby y entró en la tienda.

Las aprendizas estaban a punto de marcharse.

—Vaya arriba —instó Griselda a Penelope—. Cierro y subo enseguida.

La joven asintió y enfiló la escalera. Barnaby habría preferido aguardar junto a la puerta hasta que se hubiese puesto otra vez ropa y se reuniera con él, pero lo agobiaba verse rodeado de volantes y cintas. Además, saltaba a la vista que su presencia alteraba a las aprendizas de la sombrerera.

—Yo aguardaré en la sala —informó.

Y subió la escalera. Al llegar arriba se encontró con que Penelope ya se había encerrado en el dormitorio. Un tanto encorvado y con las manos en los bolsillos, fue hasta la ventana y se quedó de pie contemplando la calle.

Se sentía... No se sentía él mismo en absoluto. No, mentira, se sentía enteramente él mismo pero con su pátina de sofisticado control corroída hasta ser una fina, demasiado fina, capa de barniz. No tenía la menor idea de por qué Penelope Ashford penetraba sus defensas tan fácilmente, pero no cabía negar que lo hacía; ella le hacía reaccionar como ninguna otra mujer antes.

Resultaba desconcertante, perturbador, y lo estaba trastornando.

Lo estaba desquiciando.

La puerta del dormitorio se abrió. Barnaby dio la vuelta y la vio salir, de nuevo con su propia ropa, restituida a su habitual elegancia austera.

Se había lavado la cara quitándose el polvo que Griselda le había aplicado para atenuar la lozanía de su cutis de porcelana. A la luz del sol poniente, resplandecía como la perla más costosa.

Observándolo, ella percibió claramente su tensión —a juicio de Barnaby, desconociendo la causa de ésta— y ladeó la cabeza. Dijo:

—Veo que Griselda sigue abajo. ¿Nos vamos?

Barnaby indicó la escalera con un ademán. Ella bajó delante; mientras la seguía él intuyó, no supo cómo, que Penelope estaba resuelta a no comentar lo que juzgaba una grosera conducta por su parte.

En cuanto llegó abajo siguió adelante, con la cabeza bien alta, hacia donde Griselda estaba haciendo caja.

—Muchas gracias por la ayuda que nos ha prestado hoy. —El afecto ruborizó a Penelope y tiñó sus palabras—. Nunca habríamos llegado tan lejos sin usted.

Le tendió las manos. La sonrisa de Griselda al tomarlas entre las suyas fue igualmente cariñosa. Aseguró a Penelope que estaba encantada de que hubiesen contado con ella.

Penelope le estrechó las manos, se irguió y juntó su mejilla a la de su nueva amiga. Era un gesto de afecto común entre las damas de buena cuna; a juzgar por la sorpresa que Barnaby entrevió en los ojos de Griselda, ésta reconoció el gesto y se quedó atónita.

Si Penelope fue consciente de lo que había hecho, no lo demostró; sin dejar de sonreír afectuosamente, dio un paso atrás, soltó las manos de Griselda y se volvió hacia la puerta.

—Bien, pues nos vamos. Seguro que volveremos a vernos en cuanto Stokes o usted tengan novedades.

Griselda la siguió hasta la puerta y la abrió. Con una última sonrisa, Penelope salió. Barnaby dedicó una sonrisa a la sombrerera y se despidió al pasar junto a ella.

—Hasta la próxima.

Griselda sonrió.

—Buenas noches.

Él bajó los tres escalones y se detuvo junto a Penelope. Tal como había hecho ella, miró hacia ambos lados de la calle. Ningún coche de punto a la vista. Levantó la mirada hacia los tejados para orientarse.

—Deberíamos encontrar un coche en la esquina después de la iglesia.

Penelope asintió y echó a caminar a su lado.

Fuese por la costumbre de aquel día o, probablemente, por galantería innata, Barnaby le apoyó la palma de la mano en la espalda al girar para cruzar la calle.

Penelope inhaló bruscamente y dio un respingo.

—Oiga, ya basta. La jornada ha terminado. Ya no voy disfrazada.

Pillado con la guardia baja, Barnaby frunció el ceño.

—¿Qué demonios tiene que ver su disfraz?

—Sí, mi disfraz. —Con ademán desdeñoso, enfiló hacia la esquina—. O sea, su excusa para comportarse como ha hecho todo el día; todos esos toqueteos concebidos adrede para ofenderme.

Barnaby parpadeó. Alargando el paso, no tardó en adelantarla.

—¿Mi excusa para ofenderla? —Comenzó a perder la calma—. ¿Cómo ha deducido eso, si puede saberse?

Llegaron a la iglesia de la esquina. Penelope se paró y giró sobre los talones para mirarlo a la cara, quedando con el alto muro de la iglesia a sus espaldas. Entornó los ojos, brillantes de indignación, y lo fulminó con la mirada.

—Ni se le ocurra hacerse el inocente conmigo. Fingir que era mi amante contrariado. Cogerme la mano, y no sólo la mano, como si fuese de su propiedad. ¡Fingir que me besaba en aquel umbral! Como le he dicho, ¡soy perfectamente consciente de que ha hecho todo eso porque no aprobaba mi presencia allí!

¿Lo decía en serio? Barnaby se quedó mirándola impávido ante su sermón, impresionado no ya por su enojo sino por la respuesta que suscitaba en él.

Ella prosiguió furibunda.

—Sin duda se imagina que semejante conducta me disuadirá de volver a salir disfrazada. Pues permítame informarlo de que se equivoca de plano.

—Ésa no ha sido ni de lejos mi intención.

Cualquiera que le conociera habría tomado como una advertencia la extrema serenidad de su tono. Penelope no lo conocía tan bien. Con la mirada encendida clavada en los ojos de Barnaby, inspiró hondo.

—Bien, ¿pues cuál era su intención? ¿Qué le ha llevado a conducirse de esa manera todo el condenado día?

Durante un tenso momento, Barnaby le sostuvo la mirada. Luego alzó las manos, le cogió la cara, se acercó a ella al tiempo que se la inclinaba hacia arriba y posó sus labios en los suyos.

Y le dio la respuesta.

No fue un beso tierno.

A él le había enfurecido que lo hubiese tomado por la clase de hombre que jugaría con sus sentimientos para castigarla.

Cuando en realidad había pasado el día entero conteniendo el impulso de violarla.

Que Penelope hubiese juzgado tan mal sus motivos le resultaba incomprensible.

E imperdonable.

De modo que tomó sus labios y su boca y le robó el aliento, desahogando el enajenante deseo que había reprimido todo el día.

Eso y sólo eso era lo que le había poseído, lo que le había llevado a conducirse como no lo había hecho jamás.

Esa cruda, desesperada, ávida necesidad lo invadía y manaba de él vertiéndose en el beso. Y en cuanto a besos, aquél era ingobernable, teñido de un desenfreno que nunca antes había sentido. Los labios de Penelope eran tan carnosos y suculentos como había imaginado, la suave caverna de su boca rendida un exquisito placer.

Que él saqueaba.

Sin restricción.

Y ella consentía.

No era que la voluntad y la razón de Penelope zozobraran; se habían ausentado. Por completo. Por primera vez en su vida se descubrió rehén de sus sentidos, completamente a su merced. Y eran despiadados.

O, mejor dicho, el efecto que Barnaby ejercía sobre ellos era implacable, inflexible y absolutamente arrollador.

Sus labios se movían sobre los de ella, duros y firmes, con imperiosa autoridad, exigentes de un modo que la estremecía. Un brazo la tenía rodeada, reteniéndola; una mano le sujetaba la cabeza de modo que era toda suya para que la devorara.

Y a ella no le importaba. Lo único que le importaba era experimentar más, saborear más, sentir más.

En algún momento había separado los labios, dejando que le llenara la boca, dejando que su lengua reivindicara de una manera que ella encontraba excitante, emocionante, una oscura y ardiente promesa de placer.

Las sensaciones físicas se entretejían en su mente, la nublaban, la aturdían. La excitación sensual tiraba de ella de un modo que le resultaba inexplicable.

Deseaba. Por primera vez en su vida notaba el despertar del placer; algo más poderoso que la mera voluntad. Algo adictivo que bullía con un apetito que exigía ser saciado.

Deseaba corresponder a su beso, reaccionar como él quisiera, de cualquier manera que los apaciguara y satisficiera a ambos. La idea de dar para recibir floreció en su mente junto con la creciente certeza de que en ese terreno las cosas funcionaban así.

Había apoyado las manos en el pecho de Barnaby; dejando de agarrarlo de manera tan compulsiva las deslizó hacia arriba, hacia sus hombros, anchos y fuertes, para luego seguir subiendo hasta su nuca y los sedosos rizos que le cubrieron los dedos.

Jugueteó con ellos.

Su contacto afectó a Barnaby; inclinó la cabeza y profundizó más el beso; su lengua acarició la suya con ardiente persuasión.

Sintió un escalofrío. Envalentonada, correspondió vacilante al beso; indecisa, insegura.

La respuesta de Barnaby la conmocionó: una oleada de deseo apasionado que parecía surgirle del alma, que manaba de todo su cuerpo y se concentraba en aquel beso. Y la fuerza, la avidez, la descarnada necesidad que percibía latente en sí misma, tendrían que haberla hecho recobrar la compostura, aferrarse de nuevo al instinto de supervivencia.

En cambio, cayó en la trampa.

En la tentación de besarlo sin comedimiento, de dejar que su lengua jugara con la suya, de arrimarse a él.

De aprender más.

A través del beso, a través de aquellos labios que devoraban los suyos, a través de las firmes manos que la estrechaban contra aquel inflexible cuerpo, percibió una primitiva satisfacción masculina fruto de que ella consintiera, de que respondiera, de que se entregara.

Esto último era temerario; aun habiendo perdido el juicio lo sabía de sobra. Mas el momento, el aquí y ahora, no encerraba ninguna amenaza.

Por más que aguzara los sentidos, lo único que detectaba era calor y un creciente placer, y mezclada en todo ello de manera esquiva, una fuerza que resultaba adictiva. Que apelaba a ella en un nivel de feminidad desconocido hasta entonces, que nunca antes se le había manifestado tan abiertamente.

La respuesta de Barnaby a eso la impresionó, le hizo abrir los ojos a la mujer que llevaba dentro. Y a sus ansias.

Se apartó, interrumpió el beso con un leve jadeo. Lo miró anonadada a los ojos.

Brillantes, azules, encendidos por lo que ahora ella entendía que era deseo, la miraron a su vez. La expresión de aquellos ojos, la lentitud con que apretaba la mandíbula, le dijeron que Barnaby había visto y entendido... demasiado.

Aguijoneada por el miedo, se zafó de su abrazo y dio media vuelta para seguir caminando. No iba a decir nada, ni siquiera a hacer referencia al beso. Ni siquiera aludir a él.

No cuando se sentía tan alterada.

Tan desprotegida.

Tan vulnerable.

Barnaby no dijo nada. En dos zancadas se puso a su altura y se acopló a su ritmo.

Penelope notaba su mirada en el rostro pero mantuvo los ojos al frente. Con la cabeza alta, siguió adelante.

Rodearon la iglesia y salieron a una calle más concurrida. Barnaby paró un coche de punto. Abrió la portezuela y ella subió sin dejarse ayudar.

Él subió tras ella y, para su sorpresa y creciente indignación, se sentó a su lado, aunque dejando suficiente espacio entre ambos para no agobiarla. Apoyó un codo en la ventanilla y se dedicó a contemplar las fachadas, guardándose sus pensamientos para sí.

Dejándola a ella con los suyos.

9

Barnaby se separó de ella en la escalinata de Mount Street con lo que Penelope interpretó, segura de dar en el clavo, como una advertencia disfrazada en la promesa de reunirse con ella aquella noche.

Durante el trayecto desde St. John's Wood no habían dicho palabra; ni un solo comentario a propósito del beso y, mucho menos, sobre lo que éste había desvelado.

Pero habían pensado en ello.

En el caso de ella, no había pensado en otra cosa.

Por consiguiente, ahí estaba ella, paseándose por el salón de lady Carlyle, armada de valor, con la determinación azuzada y reafirmada, aguardando a que Barnaby apareciera para informarlo sobre su postura en ese asunto y de cómo iban a proceder en lo sucesivo.

Desde luego, no iba a permitirse otro beso como aquél.

Fueran cuales fuesen los argumentos en sentido contrario, tanto si provenían de Barnaby como de la espantosa curiosidad que la corroía, estaba resuelta a no ceder un ápice, convencida de que no iba a arriesgarse a conocer más de cerca aquella parte de su ser que el beso había revelado.

Si bien el acto en sí había demostrado cuál era el verdadero interés de Barnaby, cuáles sus intenciones, cuáles los motivos que ella, con su habitual severidad, había juzgado erróneamente, la faceta de sí misma que el beso había descubierto le resultaba mucho más perturbadora.

Mucho más inquietante.

Nunca había sabido, nunca había adivinado que bajo su práctica y prosaica apariencia albergaba una serie de necesidades femeninas que, al parecer, habían permanecido latentes hasta que él la había besado. Hasta que él la había tomado en sus brazos y mostrado a sus sentidos lo que podían alcanzar, al tiempo que despertaba esas necesidades latentes.

Habían despertado en respuesta a él, nutridos por las sensaciones que él suscitaba. Él y sólo él. Ningún otro hombre la había afectado lo más mínimo, mas en el caso de Barnaby Adair había percibido la conexión desde el principio, desde el instante en que había entrado en la guarida del león para solicitar su ayuda.

Si se permitía ir más allá con Barnaby Adair, estaba convencida de que sus recién despiertas necesidades devendrían una realidad acuciante y permanente; se conocía lo bastante a sí misma para saber que nunca hacía las cosas a medias. Esas necesidades crecerían y se adueñarían de ella, dominio al que tendría que plantar cara y domeñar.

Y no estaba dispuesta a recorrer esa senda.

Aunque su acostumbrado impulso de saber, aprender y entender seguía siendo fuerte, empujándola hacia delante, en este caso lo contrarrestaba una consideración de peso, bastante desconcertante, que la llevaba a echarse atrás: que había algunas cosas que era mejor no saber, dado que el posible beneficio a obtener no compensaba el precio que seguramente costarían.

Sólo podía explorar ese yo íntimo y sus necesidades con Barnaby Adair, y le constaba qué clase de hombre era él. Si intentaba saber más acerca de él, era harto probable que tuviera que sacrificar algo que nunca querría perder: su independencia, su libre albedrío, la libertad de llevar las riendas de su propia vida.

Eso era algo que nunca arriesgaría, que nunca pondría en peligro. No era algo que estuviera dispuesta a jugarse.

Gracias a sus errabundos paseos se las había arreglado para evitar a aquellos pretendientes que la señora de la casa había invitado. Cuando vio la cabeza rubia de Adair entrar en el salón, murmuró «por fin» y, eludiendo con destreza la mirada de Harlan Rigby, se abrió paso hasta un rincón de la estancia.

Una vez allí, aguardó a que Adair fuera a su encuentro.

Barnaby no se hizo de rogar; con lo que la mayoría de damas sin duda habría considerado halagadora presteza, zigzagueó entre los invitados hacia ella.

Resolviendo que no le era preciso tomar en cuenta la decidida intención que reflejaban los ojos de él, Penelope se limitó a inclinar la cabeza a modo de saludo cuando llegó a su lado. Y sin más prolegómenos le informó:

—Tengo algo que decirle. Hay una sala ahí detrás —con un gesto indicó una arcada cercana— donde podremos hablar en privado.

Dicho esto, dio media vuelta y se encaminó hacia la arcada.

Tras un brevísimo titubeo, Barnaby echó un vistazo al salón y la siguió; una vez más detrás de ella.

La salita era, tal como había anunciado Penelope, ideal para conversar en privado. Perfecta para la seducción.

Después del increíble beso de aquella tarde, habría estado enteramente justificado imaginar que fuese ella, para variar, quien tomara la iniciativa de organizar una exploración más en profundidad de aquellos derroteros.

Por descontado, no era tan estúpido.

Habida cuenta del modo tan brusco en que se había apartado para luego abstraerse en sus pensamientos, cuando él cerró la puerta de la sala no contaba con que ella se volviera, sonriera y se echara en sus brazos.

Plantada en medio de la habitación, se volvió de cara a él con la cabeza bien alta y las manos juntas en el regazo.

Su mirada, como siempre estoicamente directa, buscó la suya.

—Quiero dejarle claro que, en lo relativo al abrazo de esta tarde, si bien acepto que usted actuó en respuesta a comentarios míos que por lo visto consideró provocativos, y que también yo me equivoqué respecto a sus motivos, por lo que pido disculpas, tales abrazos no volverán a consentirse.

Tomó aliento y, levantando todavía más el mentón, prosiguió con un discurso que obviamente había ensayado.

—Como bien sabe, acudí a pedirle ayuda para rescatar a nuestros niños desaparecidos, y debo mi lealtad ante todo a esta labor. Si queremos tener éxito, usted y yo debemos trabajar juntos, codo con codo, y estoy convencida de que ninguno de los dos querrá que la incomodidad personal interfiera en ese trabajo.

Todavía junto a la puerta, Barnaby enarcó una ceja.

—¿Incomodidad personal?

Penelope le miró con furia contenida.

—La que forzosamente afloraría si usted me persigue, dado que yo no deseo profundizar en una relación personal con usted.

Barnaby la estudió un momento antes de decir gentilmente:

—Entendido.

Había sentido curiosidad por saber qué táctica emplearía. Tras dedicar horas a la especulación, finalmente había decidido dejar que lo sorprendiera. Y ella había sido a un tiempo más sincera y testaruda de lo que él había esperado. E incluso cabía que optara por valerse del honor caballeroso para obligarlo a mantener las distancias. Pero después de aquel beso, después de todo lo que había revelado, habida cuenta de su posición actual ante ella, dudaba que hubiera algo en el mundo que pudiera apartarlo fácilmente de su camino.

Dio unos pasos y se plantó delante de ella. Escrutó sus ojos.

—¿Y si no me avengo?

Penelope frunció el ceño.

—No sacará nada bueno de buscar una relación personal conmigo, ¿todavía no lo ha entendido? No busco casarme, ni busco un marido que me garantice un techo, cosa que puedo costearme yo sola, pero a cuyo cargo pasaría a estar, otorgándole el derecho de imponerme restricciones y controlarme.

Barnaby entendía su punto de vista. Eso, sin embargo, no iba a disuadirlo.

Ya no albergaba duda alguna sobre hacia dónde iba con Penelope. No era lo que él hubiese predicho, o ni siquiera elegido si tuviera opción, pero como no la tenía...

En efecto, aún no comprendía del todo cómo habían cambiado tanto las cosas por el mero hecho de que ella apareciera en su vida. Incluso veía a sus pares de manera distinta, como si ella le hubiese abierto los ojos. Al entrar en el salón de lady Carlyle se había visto a sí mismo de un modo completamente nuevo con respecto al privilegiado círculo en que había nacido.

Al mismo tiempo era y no era parte de él. Pese a sus protestas, seguía siendo el hombre que su madre quería que fuera, un hombre definido por su derecho de nacimiento, por ser el tercer hijo del conde de Cothelstone. Era quien era y no podía negarlo. Penelope, con su presencia, lo despojaba de su actitud distante y ponía al descubierto al hombre que había debajo; y ese hombre era en muchos aspectos un digno descendiente de sus antepasados conquistadores.

No obstante, eso nunca le había bastado, del mismo modo que para Penelope no bastaba con ser la hija del vizconde de Calverton ni eso definía quién era, todo lo que era. Entendía muy bien por qué, de todas las mujeres de la alta sociedad, era ella la que lo atraía, ya que ambos compartían la misma motivación fundamental: hallar, tomar las riendas y dar forma a su propio destino.

Hoy, por primera vez, no había sido sólo él quien fuera y volviera de los barrios bajos a los salones. Ella había ido con él, a su lado; el tiempo pasado en los barrios humildes había sacado a relucir lo que era real e importante en sus vidas; los oropeles y la sofisticación de las altas esferas disimulaban y ocultaban esas cosas, hacían más difícil discernirlas. Saberlas. Captarlas.

Ahora él sabía lo que quería, que ella era la dama que necesitaba a su lado. Aceptaba sin reservas que eso debía ser así.

Al mirar sus profundos ojos castaños, le intrigaba lo que estaba comenzando a percibir, aquello de lo que empezaba a ser consciente: no sólo los pensamientos de Penelope, sino también sus sentimientos, sus emociones. Ya se había acercado más a ella que a cualquier otra mujer; que su conexión fuese cada vez más profunda era un signo más de que ella, sin duda, estaba hecha para él.

Y estaban destinados a unirse todavía más. Mucho más. Después de aquel beso no cabía duda, si bien Barnaby aceptaba que tenía bastante más experiencia que ella, que ella carecía de criterio para juzgar lo que estaba surgiendo entre ellos o para valorar con exactitud la importancia de los hitos que ya habían superado.

Penelope era relativamente inocente, siendo «relativamente» la palabra clave; pero intelectualmente no era nada inocente..., lo cual, esperaba Barnaby, era un arma que él tal vez podría usar. La curiosidad de ella era patente, una fuerza con la que contar; en su caso, quizá cabría incluso explotarla.

Penelope torció aún más el gesto; el prolongado silencio de Barnaby mientras la estudiaba comenzaba a resultarle molesto. No tenía idea de qué estaba pensando, pero tenía la impresión de que no auguraba nada bueno, y esa sensación la llevó a decir:

—Hace mucho tiempo decidí que el matrimonio no está hecho

para mí. —Mientras lo decía, una advertencia le vino a la mente: Portia la había sermoneado más de una vez, insistiendo en que su franqueza le acarrearía problemas con los hombres.

Penelope había rechazado tal profecía; hasta la fecha, dicha franqueza le había permitido repeler a un sinfín de pretendientes con brutal eficiencia. Con Barnaby Adair, sin embargo, quizás acababa de ser demasiado directa en el tema equivocado. Ante un caballero como él, estaba claro que erigirse como un desafío no era la manera de hacerle desistir.

—Es decir —apostilló enseguida, aunque no tenía ni idea de cómo deshacer el entuerto—, yo...

Él sonrió y le puso un dedo sobre los labios.

—No. No diga nada. Lo entiendo perfectamente.

Ella lo miró pestañeando mientras él bajaba la mano. ¿Sería él la excepción a la regla?

—¿En serio?

—En serio —corroboró Barnaby sin dejar de sonreír.

Penelope exhaló.

—¿Entonces no volverá a besarme?

El tenor de la sonrisa de Barnaby cambió.

—Sí que lo haré. Cuente con ello.

Se quedó boquiabierta y abrió mucho los ojos.

—Pero...

Llamaron a la puerta y ambos se volvieron a la vez.

—¿Qué diablos? —murmuró Penelope; y levantando la voz—: Adelante.

Se abrió la puerta y entró un lacayo. Hizo una reverencia y le tendió la bandeja que portaba.

—Un mensaje para la señorita Ashford.

Nada estaba saliendo como ella había planeado. Ceñuda, dio unos pasos al frente y cogió la nota de la bandeja.

El lacayo se inquietó a causa de su expresión.

—Lady Calverton ha insistido en que se lo trajera de inmediato, señorita.

Lo cual respondía a la pregunta de cómo había sabido dónde encontrarla; muy poco escapaba a los ojos de lince de su madre. Asintió.

—Gracias.

Dio la espalda al sirviente y abrió la nota. Alisando la hoja, la leyó. Barnaby, que no le quitaba el ojo de encima, vio que palidecía.

—¿Qué sucede?

Penelope releyó la nota con expresión de asombro absoluto.

—La señora Carter... Jemmie. —Tardó un segundo en dirigirle una mirada horrorizada—. Han hallado muerta a la señora Carter. La encontró el médico; cree que no falleció de muerte natural. Piensa que la asfixiaron.

A Barnaby se le heló la sangre.

—¿Y Jemmie?

Penelope tragó saliva.

—Ha desaparecido. —De repente, giró en redondo—. Tengo que irme.

Barnaby la cogió del codo.

—Tenemos que irnos. —Y al lacayo le dijo—: Por favor, salude de mi parte a lady Calverton. Dígale que a la señorita Ashford y a mí nos reclama un asunto urgente relacionado con el orfanato.

El lacayo hizo una reverencia.

—Enseguida, señor. —Y se marchó.

Penelope hizo ademán de seguirlo pero Barnaby la retuvo.

—Un momento. —Aguardó hasta que ella lo miró a los ojos—. Tenemos que avisar a Stokes de inmediato; no tiene sentido que vayamos corriendo a casa de los Carter. Es a Stokes a quien hay que avisar, y luego habrá que planear la mejor manera de buscar a Jemmie.

Penelope lo miró de hito en hito como confirmando su compromiso, comparándolo con el suyo propio, sirviéndose de ambos para anclarse a un mundo que de pronto daba vueltas; luego inspiró bruscamente y asintió.

—Sí, tiene razón. Stokes es lo primero, pero yo también voy.

Barnaby no intentó disuadirla; habida cuenta de lo que causaba sus prejuicios contra el matrimonio, y tras haber admitido ante sí mismo cuáles eran sus intenciones, habría sido el colmo de la estupidez discutir. Por tanto, se limitó a decir:

—Vayamos en busca de lady Carlyle para despedirnos.

Stokes vivía en una casa de inquilinato en Agar Street, cerca del Strand. Barnaby solía visitarlo a menudo, pero mientras ayudaba a Penelope a bajar del carruaje se preguntó cómo reaccionaría su amigo al ver su domicilio invadido por una dama.

No abrigaba reservas en cuanto a lo que Penelope pensaría ni temía que se sintiera fuera de lugar; si de algo estaba seguro, era de que se acomodaba a cualquier situación con absoluta calma.

Acompañándola escaleras arriba hacia el interior del edificio, se dijo que aquél era otro rasgo que la diferenciaba de las demás damas de alcurnia.

La vivienda se hallaba en el primer piso. Barnaby llamó; Stokes abrió la puerta en mangas de camisa y sin cuello, con una cómoda y vieja chaqueta de lana como las que solían llevar los jardineros.

Al verlos, pestañeó sorprendido.

—¡Inspector Stokes! —Penelope cruzó el umbral y agarró las manos de Stokes—. Ha ocurrido algo terrible. La señora Carter, de quien creo que el señor Adair le ha hablado, ha sido asesinada; y los villanos han raptado a Jemmie.

En un abrir y cerrar de ojos, Stokes pasó del desconcierto al estado de alerta. Miró a Barnaby, que asintió confirmándolo.

—Déjanos pasar y te lo contamos todo.

Stokes se hizo a un lado indicándoles su pequeña sala de estar. Tras cerrar la puerta, señaló las butacas que había junto al hogar y luego fue en busca de una silla a su diminuta cocina. La puso de cara a las butacas y se sentó.

—¿Cuándo ha sucedido?

Penelope miró a Barnaby.

—En realidad no lo sabemos; estábamos en una *soirée* cuando ha llegado el mensaje. —Volvió a mirar a Stokes—. Di órdenes de que se me informara de cualquier otra desaparición a cualquier hora y en cualquier lugar. La señora Keggs seguro que ha enviado al mensajero en cuanto ha tenido noticia, pero éste habrá tenido que ir primero a Mount Street y luego a la residencia de lady Carlyle.

—Pongamos una hora para que el mensaje nos llegara, y otra para que lo llevaran del East End a Bloomsbury. —Barnaby miró a su amigo—. Seguramente hace más de dos horas.

Penelope hurgó en su bolso, sacó la nota y se la pasó a Stokes.

—Al parecer, el médico fue a ver cómo seguía la señora Carter y la encontró muerta; y Jemmie había desaparecido.

El inspector leyó la nota.

—Por lo visto, el médico está convencido de que la señora Carter no falleció de muerte natural.

—En efecto. —Penelope se sentó en el borde la butaca—. ¿Qué debemos hacer?

Stokes echó un vistazo al reloj de la repisa de la chimenea; las manecillas señalaban las once menos cuarto.

—Aunque no podemos hacer gran cosa esta noche, mandaré aviso al puesto de policía del barrio. Tenían que vigilar la casa pero como nadie suponía que Jemmie o la señora Carter corrieran un peligro inminente, la vigilancia no era constante.

Penelope se mostró apenada pero admitió:

—No había manera de saber que llegarían a esto.

Stokes inclinó la cabeza.

—De todos modos iré al cuartel general; me queda cerca, así que no tardaré. Tenemos mensajeros oficiales; uno llevará el aviso al puesto de policía de Liverpool Street. El médico habrá denunciado el crimen pero el interés de Scotland Yard garantizará que el sargento de guardia comience de inmediato a recabar información. Yo iré mañana a ver qué tiene y qué más averiguo.

Penelope miró a Barnaby. Éste no necesitó palabras para saber lo que estaba pensando Negó con la cabeza.

—No tiene sentido que vayamos esta noche. Seremos incapaces de averiguar nada, y a oscuras es posible que pasemos algo por alto o incluso que destruyamos alguna pista.

Ella apretó los labios; puso mala cara pero al cabo de un momento asintió.

—Muy bien. Pero como ha dicho antes, tenemos que hacer planes.

Los hicieron, valorando rápidamente las distintas vías de investigación posibles, las personas que podían interrogar. Discutieron la logística de lo que debía hacerse; Stokes asumió los aspectos más formales, mientras que Barnaby y Penelope se ocuparían de los más personales, los vecinos y lugareños que pudieran haber visto u oído algo. Veinte minutos después, se levantaron. Stokes cogió su sobretodo; tras cerrar la puerta, los acompañó abajo. En la calle se separaron; Stokes se fue camino de Scotland Yard mientras Barnaby ayudaba a Penelope a subir al coche de punto que los aguardaba.

Barnaby cerró la portezuela y los envolvió una fría oscuridad. Al arrancar el carruaje, Penelope suspiró y se dejó caer contra el respaldo. Al cabo de un momento dijo:

—Stokes es bueno en su trabajo, ¿verdad?

—El mejor. —Barnaby alargó el brazo y le cogió una mano. El calor de su palma le envolvió los dedos; un calor humano en el frío de la noche. Barnaby se la estrechó ligeramente, con gesto tranquilizador—. Tenga la seguridad de que este caso no podría estar en mejores manos.

Penelope sonrió en la oscuridad.

—Es amigo suyo, qué iba usted a decir.

—Cierto, pero pregúntese lo siguiente: si no fuese bueno, ¿sería mi amigo?

Penelope sonrió más abiertamente. Al cabo de un momento dijo:

—Me parece que no estoy para muchas adivinanzas en este momento.

Barnaby volvió a estrecharle los dedos.

—Me limito a señalar lo evidente.

Penelope sentía una opresión en el pecho pero la proximidad de Barnaby la serenaba y reconfortaba.

—Hablando de evidencias...

Él le leyó el pensamiento con suma facilidad.

—Habrá que volver a revisar los archivos del orfanato para localizar a todos los niños que satisfagan los requisitos de nuestro director de escuela, sin tener en cuenta que sus tutores estén a punto de fallecer o no.

Penelope apretó los dientes y repuso:

—De ninguna manera podemos correr el riesgo de que rapten a otro niño como han hecho con Jemmie.

Hubo un prolongado momento de silencio. Luego, como si esta vez hubiese captado sus temores además de sus pensamientos, Barnaby dijo:

—Rescataremos a Jemmie. Se lo prometo.

Penelope cerró los ojos y pensó que él sólo le estaba diciendo lo que ella deseaba oír, pero la férrea determinación de su tono, resonando en su voz grave, invitaba a creerle, a tener fe en él. A creer que juntos rescatarían a Jemmie.

Necesitaba creerlo.

Poco después el coche se detuvo ante Calverton House. Barnaby se apeó y la ayudó a bajar. Aunque la reacción a su contacto no había disminuido un ápice, Penelope ya no precisaba hacerse fuerte para resistirlo; de hecho, esa noche lo agradecía, le daba fuerzas, lo cual, a la luz de la conversación mantenida antes, no era una constatación muy reconfortante.

La apartó de su mente y dejó que Barnaby la acompañara hasta el porche. Una vez allí, le ofreció la mano.

Barnaby la sostuvo y escrutó sus ojos, su rostro.

—Pasaré a recogerla a las nueve. Primero iremos al orfanato para que pueda tranquilizar al personal; luego continuaremos hasta Arnold Circus y dedicaremos el tiempo que haga falta a averiguar todo lo que podamos.

Penelope asintió; antes ya la había convencido de la necesidad de pasar por el orfanato.

—Estaré lista a las nueve.

Barnaby sonrió con ironía.

—Procure dormir.

Antes de que Penelope se diera cuenta de lo que pretendía hacer, Barnaby se llevó su mano a los labios y la besó. Sin darle tiempo a asimilar la sensación y recobrar la compostura, la otra mano de Barnaby le cogió la cara, levantándosela al tiempo que se acercaba para posar los labios en los suyos.

Un beso tierno esta vez, un beso todo dulzura que se prolongó justo lo suficiente para embelesarla por completo.

Retrocediendo apenas, Barnaby murmuró, sus palabras fueron una ola de calor contra sus labios ahora ávidos:

—Que duermas bien; y sueña conmigo.

Sólo de pensarlo, un estremecimiento le recorrió la espalda a Penelope. Abrió los ojos.

Irguiéndose, él largó el brazo y tiró de la campanilla. De inmediato se oyeron los pasos de Leighton al otro lado de la puerta.

Barnaby se apartó de ella y se despidió.

La puerta se abrió; tras dedicar una inclinación de cabeza a Leighton y una última mirada a Penelope, Barnaby se volvió, bajó la escalinata y dirigió sus pasos hacia la noche.

Penelope se quedó mirándolo. Levantó la mano y se tocó los labios con los dedos que él había besado. Luego dio media vuelta y entró.

10

A las ocho en punto de la mañana siguiente, en la espaciosa habitación del segundo piso de su desvencijada casa de Weavers Street, una calle recóndita de las barriadas al norte de Brick Lane, Grimsby, encarnando el personaje de maestro, se disponía a pronunciar un discurso ante el último grupo de reclutas de la Escuela Grimsby de Ladrones para Niños Huérfanos.

Caminando lentamente ante los siete niños alineados delante de él, tan sólo a falta de uno para cumplir el pedido de Smythe y librarse de las garras de Alert, Grimsby estaba complacido. Lo demostraba con una expansiva sonrisa paternal y amistosa; había aprendido hacía tiempo que los niños respondían bien a los sentimientos manifiestos: enseguida aprendían que si él estaba contento, ellos también lo estarían. De ahí que se esforzaran por hacerle sonreír.

Las mugrientas ventanas apenas dejaban entrar luz, ni siquiera en verano; ese día, con una densa niebla en la calle, una penumbra gris invadía el espacio, pero todos ellos, los niños, Grimsby y su ayudante Wally, estaban acostumbrados a trabajar a media luz. Paja vieja y el consiguiente polvo cubría el entarimado desnudo del suelo; el polvo se arremolinaba con cada paso que Grimsby daba.

Wally, un veinteañero reservado e insulso que siempre hacía exactamente lo que Grimsby le decía, aguardaba entre las sombras junto a la escalera. Era de estatura y constitución medianas, de rasgos anodinos; un joven a quien todo el mundo olvidaba al poco de verlo. Eso, a juicio de Grimsby, era la mayor virtud de Wally; de ahí que la víspera Smythe se lo hubiese llevado consigo en la búsqueda de su último recluta.

En la habitación, que ocupaba la planta entera, había pocos muebles. Una mesa de caballetes larga y estrecha, en la que los niños comían y en algunas ocasiones trabajaban, estaba arrimada contra una pared; los bancos guardados debajo. Los cuencos y cucharas de hojalata que usaban para comer estaban apilados en un rincón oscuro; los camastros de paja en que dormían estaban esparcidos sobre el suelo del ático de arriba, al que se llegaba por una escalera de mano.

El material de enseñanza para formar a los niños era al mismo tiempo primitivo y práctico. Cuerdas de distintos grosores colgaban de las vigas; una plétora de cerraduras y cerrojos decoraban las paredes de madera. Un tramo de verja de hierro con pinchos en lo alto se apoyaba contra una pared, junto con una reja de barrotes como las que solían proteger las ventanas. Toscos marcos de madera, todos lo bastante pequeños como para impedir que un hombre adulto pasara a través de ellos, estaban apilados un poco más allá.

Grimsby inspeccionó el equipo propio de su oficio y de pronto, deteniéndose en medio de la fila, miró a sus alumnos y les dedicó una sonrisa radiante.

—Ya he dado la bienvenida a muchos de vosotros a esta reputada institución, y hoy nos alegra acoger a un nuevo alumno en nuestro seno. —Dirigió la mirada al chico escuálido de pelo castaño que ocupaba el medio de la fila—. Aquí Jemmie es el penúltimo en unirse a nosotros. Vendrá uno más, aún hay una plaza vacante, pero todavía no ha llegado.

Grimsby se arropó con el abrigo de lana; en la habitación había corriente de aire aunque ni los niños, con sus delgadas ropas mugrientas, ni Wally parecían darse cuenta de ello.

—De todas formas —prosiguió—, vamos a dar inicio a las clases hoy mismo. El último chico tendrá que ponerse al día. Bien, ya os he dicho, a todos y cada uno de vosotros, lo afortunados que sois por tener una plaza aquí. Las autoridades os han puesto a nuestro cargo para que nos ocupemos de enseñaros un oficio.

Sonrió aún con más viveza, mirando a los rostros precavidos. Ninguno de los niños seleccionados era estúpido; los estúpidos nunca duraban más de una salida, lo cual los convertía en una mala inversión.

—Así que voy a deciros lo que vais a hacer. Trabajaréis, comeréis y dormiréis aquí. No saldréis a no ser que vayáis con Wally o, más adelante, una vez que dominéis los rudimentos y estéis preparados para entrenar sobre el terreno, con mi socio el señor Smythe.

»Pero antes, las lecciones que aprenderéis aquí os enseñarán cómo se entra en una casa, cómo moverse a oscuras por las mansiones de los ricos sin hacer ningún ruido, cómo descorrer cerrojos y forzar cerraduras con ganzúas, cómo gatear a través de lugares angostos y también a estar vigilantes. Aprenderéis a escalar paredes, a tratar a los perros. Aprenderéis cuanto es preciso saber para convertirse en aprendiz de ladrón.

Pasó revista a la fila de rostros atentos sin perder la afable sonrisa.

—Bien, esta escuela no está abierta siempre, sólo cuando hay puestos de trabajo para nuestros niños. No es necesario que insista en la suerte que tenéis de haber sido elegidos para formaros en un campo que os proporcionará empleo de manera inmediata. Todos sois huérfanos; tan sólo pensad en los demás huérfanos que hay en la calle luchando por un mendrugo y durmiendo en el arroyo. ¡Habéis tenido mucha suerte!

Dejó de sonreír, se encorvó y, uno tras otro, miró a los niños a los ojos.

—No lo olvidéis; recordad que habríais terminado en el arroyo igual que todos los demás huérfanos si no hubieseis tenido la suerte de conseguir un sitio aquí. —Se enderezó y, relajando el semblante, les dirigió un gesto de asentimiento—. Así que trabajad duro y aseguraros de ser merecedores de vuestra suerte. Bien, ¿qué me decís?

Se removieron inquietos pero contestaron diligentemente al unísono:

—Sí, señor Grimsby.

—Bien. ¡Bien! —Miró a su ayudante—. Wally comenzará vuestras lecciones hoy; fijaros en lo que diga, prestad atención y os irá bien. Como he dicho, una vez que hayáis captado los rudimentos, el señor Smythe, que es una leyenda en su campo, comenzará a llevaros con él a la calle para enseñaros cómo funciona todo.

Una vez más, inspeccionó los semblantes de su reducida tropa.

—¿Alguna pregunta, antes de empezar?

Para su sorpresa, tras un momento de vacilación, su último recluta levantó tímidamente la mano.

Grimsby lo observó y asintió.

—Bien, ¿de qué se trata?

El niño, que no era otro sino Jemmie, se mordió el labio, tomó aire y farfulló:

—Ha dicho que las autoridades nos han enviado aquí para que nos enseñen a ser aprendices de ladrón. Pero robar va contra la ley. ¿Por qué nos enviarían a aprender algo así las autoridades?

Grimsby sonrió, no pudo evitarlo, siempre le habían gustado los niños que razonaban.

—Tu pregunta es inteligente, chaval, pero la respuesta es bien simple. Si no hubiera chicos que estudiaran para aprendices de ladrón, los ladrones no podrían trabajar, o al menos no tanto, y entonces ¿a quién darían caza los polizontes? Es un juego, ¿entiendes? —Miró a los demás rostros, consciente de que la misma pregunta había estado germinando bajo cada mata de pelo mugriento—. Es un juego, chavales, todo es un juego. Los polizontes nos dan caza pero nos necesitan. Tiene su lógica. Si no existiéramos, se quedarían sin trabajo.

Se tragaron el retorcido razonamiento sin rechistar; Grimsby vio que una luz más clara asomaba a los siete pares de ojos. Era lo natural: les aliviaba y tranquilizaba saber que su nueva vida era honorable. Sí, había honor entre los ladrones, al menos cuando eran jóvenes.

Pero tal como les había dicho, la vida era un juego; no tardarían en averiguar la paradoja que eso encerraba.

—Pues muy bien. —Sonrió afablemente una vez más—. Si eso es todo, os dejo con Wally para que den comienzo las lecciones.

Mientras el ayudante se acercaba a ellos, Grimsby fue hacia la escalera. Antes de bajar se volvió.

—¡Trabajad duro! —los exhortó—. Y haced que me sienta orgulloso de teneros aquí.

—Sí, señor Grimsby.

Esta vez la respuesta a coro fue entusiasta. Riendo para sus adentros, Grimsby bajó ruidosamente la escalera.

—¿Entonces no vio ni oyó nada ayer noche? ¿Ni siquiera durante la tarde?

Penelope deseaba aferrarse a alguna esperanza, pero no le sorprendió que la anciana denegara con un gesto de su cabeza canosa.

—No. —La mujer vivía al otro lado del estrecho callejón, dos puertas más abajo de las habitaciones que habían ocupado la señora Carter y Jemmie—. Ni me imaginé que ocurriera algo malo. —La anciana miró a Penelope a los ojos—. Jemmie habría venido en mi busca su hubiese necesitado ayuda. No entiendo por qué no lo hizo. No hacía mucho que se habían mudado aquí pero la señora Carter y yo nos llevábamos bien.

Penelope esbozó una sonrisa.

—Me temo que Jemmie no tuvo ocasión de ponerse en contacto con nadie. Pensamos que se lo llevaron los mismos que...

—Los mismos que pusieron una almohada en la cara de Maisie y apretaron hasta que murió. —El tono de la anciana escupía veneno. Volvió a mirar a Penelope a los ojos—. He oído decir que ese joven que la acompaña tiene que ver con los polizontes; no que él lo sea, por descontado, pero que puede hacer que se muevan. Haga que consiga que descubran a quien hizo esto; no hace falta ningún juicio, basta con que nos den el soplo. Aquí sabemos cómo ocuparnos de los nuestros.

Penelope no tenía la menor duda al respecto; pese a que no podía aprobar tomarse la justicia por la propia mano, entendía e incluso compartía la ira de la anciana. Se había topado con el mismo sentimiento una y otra vez a lo largo de la última hora que había pasado interrogando a los habitantes de aquella callejuela.

—De momento nos centramos en hallar y rescatar a Jemmie; eso debe ser lo primero. Pero cuando le encontremos, lo más probable es que descubramos quién mató a la señora Carter. —Sosteniendo la mirada de la anciana, Penelope tomó una decisión y asintió con brusquedad—. Si la policía no lo atrapa, mandaré aviso.

La sonrisa de la anciana prometía represalias.

—Hágalo, querida; le prometo que le daremos su merecido a ese malnacido.

Penelope volvió a la acera. Miró calle arriba y vio que Barnaby conversaba animadamente con un hombre de mediana edad. Barnaby se volvió hacia ella, la vio y le indicó que se acercara.

Llevada por el instinto, Penelope echó a caminar hacia él, recogiéndose las faldas y apretando el paso. El hombre con quien Barnaby hablaba parecía recién levantado. Iba despeinado y tenía cara de sueño, aunque saltaba a la vista que estaba sobrio y serio.

Barnaby se dirigió a ella cuando los alcanzó.

—Éste es el señor Jenks, un trabajador por turnos. Ahora está haciendo el de noche y se marcha de aquí a las tres de la tarde.

Jenks asintió.

—Puntual como un reloj, o de lo contrario me arriesgo a llegar tarde a la fábrica.

—Ayer —prosiguió Barnaby—, cuando salía de su casa, Jenks vio o entrevió a dos hombres entrando en casa de la señora Carter.

—Sabía que la pobre no estaba bien, así que me pareció un poco raro. —Jenks adoptó un aire abatido—. Ojalá me hubiese parado a preguntar, pero pensé que a lo mejor eran amigos. Jemmie tenía que estar en casa y no se oyó ninguna trifulca cuando entraron.

Penelope miró a Barnaby y vio que estaba aguardando a que ella hiciera la pregunta. Se volvió hacia Jenks.

—¿Qué aspecto tenían?

—El primero era fuerte. Yo lo soy, pero él lo era más; no me gustaría tener que habérmelas con un tipo así. Duro y malo, tenía que ser, pero iba bien arreglado y no parecía que buscara problemas. El segundo era un tipo del montón. Pelo castaño, ropa corriente. —Jenks se encogió de hombros—. No tenía nada de especial.

—¿Los reconocería si volviera a verlos? —preguntó Penelope.

—¿Al primero? —Jenks frunció el ceño—. Sí, seguro que lo reconocería. Al segundo... —Arrugó más la frente—. Es extraño. Le vi más rato que al otro pero me parece que podría cruzarme con él sin darme por enterado. —Miró a Penelope a los ojos e hizo una mueca—. Lo siento, esto es todo lo que sé.

—No se preocupe; nos ha dicho más que cualquier otro. Al menos ahora sabemos que fueron dos hombres y que uno es identificable. —Sonrió—. Gracias. Nos ha proporcionado la primera pista real.

Jenks se relajó una pizca.

—Sí, bueno, no me sorprende que nadie más sepa nada. Si fueras a hacer lo que esos dos hicieron, la primera hora de la tarde es el momento apropiado. Dudo que en toda la manzana haya más gente de la que se cuenta con los dedos de una mano cuando me marcho a trabajar; todo el mundo anda por ahí ocupado en sus cosas, nadie se queda en casa pendiente de lo que pueda pasar.

Barnaby asintió.

—Fueran quienes fueran, sabían lo que se hacían.

Penelope reiteró su agradecimiento. Barnaby dio las gracias a su vez y luego emprendieron el regreso hacia Arnold Circus.

—Ya está. —Barnaby echó un vistazo al callejón—. He preguntado a todos los de este lado. He dejado a Jenks para el final porque me dijeron que estaba durmiendo.

—Y yo he preguntado a todos los del otro lado, sin ninguna suerte. —A la altura de la puerta de la señora Carter, Penelope se detuvo, la miró y suspiró—. ¿Y ahora qué? —Miró a Barnaby—. Tiene que haber algo más que podamos hacer; algún otro lugar, otra manera de buscar una pista.

Él le sostuvo la mirada un instante y luego enarcó una ceja.

—¿Quiere saber la verdad?

Frunciendo levemente el ceño, ella asintió.

—Pues aquí no podemos hacer nada más. Hemos hablado con todo el mundo y averiguado cuanto cabía averiguar. Ésa es la verdad. Tenemos que seguir adelante, avanzar hasta que demos con algo.

Penelope miró en derredor y sus ojos se posaron de nuevo en la puerta tras la que debería estar Jemmie.

—Tengo la sensación de haberle fallado. Y todavía más a ella. Le dije que velaría por su seguridad, y se lo prometí. —Levantó la vista, miró a Barnaby y vio su comprensión—. Una promesa a una madre agonizante sobre la seguridad de su hijo. ¿Qué valor cabe atribuir ahora a eso? No puedo, simplemente no puedo dormir con este cargo de conciencia. Tiene que haber algo más que yo pueda hacer.

Él torció los labios pero no sonrió. Tomándola del brazo, enfilaron de nuevo la calle.

—No eres la única implicada. Yo también hice una promesa, y fue al propio Jemmie. Y sí, lo entiendo, tenemos que rescatarlo y llevarlo al orfanato, que es donde debe estar.

Penelope se vio alejándose de la puerta, obligada con tiento por Barnaby, que le sostuvo la mirada cuando ella levantó la vista.

—Hice otra promesa, si lo recuerdas. Y te la hice a ti. Te prometí que encontraría a Jemmie, y tengo intención de cumplirla, del mismo modo en que ambos, tú y yo, mantendremos las promesas que hicimos a Jemmie y su madre. Pero no podremos cumplirlas si nos distraemos actuando sólo por hacer algo que nos tranquilice la conciencia. Tenemos que actuar, es verdad, pero debemos hacerlo racionalmente, con lógica y sensatez. Sólo así se vence al villano y se rescata al inocente.

Penelope escrutó su semblante y luego miró al frente porque ya llegaban a la nublada y bulliciosa Arnold Circus.

—Logras que parezca muy sencillo.

Barnaby la condujo hacia donde aguardaba su coche de punto.

—Porque es sencillo, lo que no significa fácil. En cualquier caso, es lo que debemos hacer. Tenemos que dejar los sentimientos a un lado y centrarnos en nuestro objetivo.

Penelope soltó un bufido; le habría encantado discutir, simplemente por lo atormentada que se sentía, pero Barnaby tenía razón. Él le abrió la portezuela y la ayudó a subir. Ella se acomodó en el asiento y aguardó a que él se sentara a su lado y el carruaje arrancara antes de decir:

—De acuerdo. No cederé ante mi conciencia, al menos no lo haré obrando impulsivamente. De modo que pregunto: ¿cuál es el siguiente paso sensato, lógico y razonable?

Su tono fue insolente pero Barnaby se alegró; que se insolentara con él indicaba que no se dejaba abrumar por la situación. La mirada perdida que había visto en sus ojos cuando miraba la puerta de los Carter lo había entristecido, tanto más cuanto que comprendía cómo se sentía. Pero había pasado por momentos iguales o peores en otras investigaciones; sabía cómo seguir adelante.

—Hay que contar a Stokes lo que hemos averiguado. Puede que no sea gran cosa pero sabrá sacarle el mejor partido. La descripción que nos ha dado Jenks no es muy buena pero quizá sirva para que algún sargento ate cabos.

Era casi mediodía. Había dado instrucciones al cochero para que los llevara de regreso a Mayfair. Como ya habían pasado antes por el orfanato, no había necesidad de volver.

—Iremos a comer algo y luego a Scotland Yard.

A su lado, Penelope asintió.

—Y una vez que hayamos visitado a Stokes, deberíamos referir las novedades a Griselda sin más dilación.

Stokes había tenido la misma idea. Llegó a la tienda de St. John's Wood High Street poco después de las dos.

Esta vez las chicas le recibieron sonrientes. Una corrió de inmediato a informar de su presencia a la señorita Martin.

Griselda descorrió la cortina con una sonrisa en los labios.

El inspector la correspondió, a su juicio con bastante soltura, pero ella pareció percibir la tensión que latía en su fuero interno. Se puso seria; ladeó la cabeza, invitándole con los ojos.

—Entre, por favor.

Pasando junto a las chicas, la siguió a la cocina, dejando que la cortina se cerrara a sus espaldas. Igual que la vez anterior, la mesa estaba cubierta por montones de plumas y cintas; un sombrero a la última moda, aún sin acabar, ocupaba el espacio central.

—La he interrumpido —dijo Stokes.

Ella lo miró frunciendo el ceño.

—¿Qué ha ocurrido?

Él la miró a los ojos y luego lanzó una mirada a la cortina.

—Si no tiene inconveniente, preferiría que habláramos arriba.

—Por supuesto. —Rodeó la mesa hacia la escalera—. Subamos.

La siguió por el estrecho tramo, procurando, sin demasiado éxito, no fijarse en el meneo de sus caderas. Griselda cruzó la sala hacia la butaca que obviamente prefería, indicándole que se sentara en la otra.

Dejándose caer en ella, Stokes suspiró; cuando estaba allí, con ella, se sentía literalmente como si le quitaran un peso de los hombros. En respuesta a sus cejas enarcadas, dijo:

—Creo que Adair y la señorita Ashford mencionaron que habían encontrado a un niño en circunstancias similares a las de los desaparecidos, pero que como a su madre, a decir de todos, aún le quedaba bastante tiempo de vida, se consideró innecesario poner la casa bajo vigilancia permanente.

Griselda negó con la cabeza.

—¿Ha ocurrido algo malo?

Apoyando la cabeza en el respaldo, Stokes cerró los ojos.

—Anoche supimos que habían hallado muerta a la madre, asesinada, y que el chico ha desaparecido.

Griselda masculló algo para sus adentros.

—¿En el East End?

—Cerca de Arnold Circus. —Observó que ella arrugaba la frente—. ¿Por qué?

Griselda apretó los labios. Al cabo de un momento, dijo:

—El East End es en muchos aspectos una ciudad sin ley, pero allí se encargan de los suyos. Hay ciertos límites que nadie traspasa, y matar a una madre para robarle el hijo es uno de ellos. Nadie va a estar contento con esto; si alguien tiene información que dar, lo hará de buena gana.

—Así pues, si preguntamos, ¿nos la darán?

Griselda sonrió con cinismo.

—Los policías pueden contar con toda la ayuda que quepa dar.

Stokes le estudió el semblante.

—No parece tener plena confianza en que esa ayuda baste.

—Porque no la tengo. Quizás haya información suficiente para indicar quién se llevó al niño, pero hallar al villano y rescatar al niño será harina de otro costal. —Y agregó—: Todavía quedan cinco nombres en su lista. Es posible que uno de esos cinco sea el maestro que está raptando a los niños. El modo más rápido que tengo de ayudarle a usted y los demás es hacer indagaciones acerca de esos cinco nombres.

Sonó la campanilla de abajo. Griselda se levantó y ladeó la cabeza, aguzando el oído. Stokes se puso de pie. Ella lo miró.

—La señorita Ashford y Adair. —Se asomó a la escalera—. Sí, Imogen, ya lo sé. Por favor, diles que suban.

Un instante después apareció Penelope seguida por Barnaby. La joven abrió mucho los ojos al ver a Stokes.

—¡Conque aquí está! Hemos ido a Scotland Yard pero había salido.

El inspector se sonrojó levemente.

—Pasé más tiempo del previsto en Liverpool Street. —Miró a Barnaby—. Hemos alertado a todos los puestos de policía de Londres, dándoles la descripción de Jemmie. Todos los miembros del Cuerpo pronto sabrán que lo buscamos; si le ven por la calle, hay posibilidades de que lo rescaten.

Barnaby hizo una mueca.

—Por desgracia, si lo han secuestrado para llevarlo a una escuela de ladrones, es poco probable que ande por las calles; al menos hasta que lo envíen a trabajar.

170

Y una vez que el niño participara en un delito, liberarlo del enmarañado sistema legal no sería tarea fácil.

Griselda les indicó que tomaran asiento. Así lo hicieron, todos muy serios, por no decir abatidos. Barnaby miró a su amigo.

—Hemos hablado con todos los vecinos de la calle. Tuvimos un golpe de suerte. —Explicó lo que Jenks había visto.

Stokes asintió.

—No es un gran punto de partida, pero algo es algo. Encaja con la hora en que el médico piensa que la mataron, de modo que lo más seguro es que todo fuera obra de los mismos sujetos. —Reflexionó unos instantes y agregó—: Pasaré por Liverpool Street en el camino de vuelta y haré que también hagan circular esa descripción. Ninguno de los dos hombres resultará reconocible si va solo, pero juntos... La descripción puede ser más útil de lo que parece.

—Cierto —dijo Barnaby—, pero empieza a ser urgente que encontremos a esos niños. Que nosotros sepamos, tienen a cinco, pero podrían ser más; niños de quienes nada sabemos. No podemos limitarnos a aguardar a que llegue información.

—Eso es precisamente lo que estaba señalando cuando ustedes han llegado —terció Griselda—. Tengo intención de visitar a mi padre mañana para ver si se ha enterado de algo más acerca de los cinco nombres que aún tenemos en la lista. Será lo primero que haga. Luego, según lo que me cuente mi padre, iré a preguntar por ahí para ver si me entero de algo más concluyente. —Miró a Stokes—. Cuando crea que tengo las señas de la escuela, mandaré aviso.

—No será preciso que lo haga; estaré con usted. —Griselda abrió la boca pero Stokes levantó una mano—. Como ya dije en su momento, si va a llevar a cabo trabajo policial que pueda acarrear algún riesgo, lo cual está claro que es así, yo también debo estar presente.

La sombrerera entornó los ojos pero luego inclinó la cabeza.

—Muy bien.

—Nosotros también iremos. —Penelope se incorporó en el sofá—. Así las pesquisas serán más rápidas...

—No. —Barnaby le puso una mano en el brazo. Cuando ella se volvió, le sostuvo la mirada—. Tiene que encargarse de otra vía de investigación. —Visto que se quedó perpleja, agregó—: Los archivos, ¿recuerda?

Penelope pestañeó.

—Oh. Sí, claro. —Miró a Stokes—. Me había olvidado.

El inspector frunció el ceño.

—¿Qué archivos?

—Los del orfanato. ¿Recuerdas la idea de tender una trampa usando como cebo a un niño que diera el perfil y cuyo tutor estuviera a punto de morir? —Stokes asintió y Barnaby prosiguió—: Ese plan fracasó porque el único niño así en los archivos era Jemmie, pero resultaba que su madre no iba a fallecer hasta dentro de unos meses.

»No obstante —su tono se endureció—, habida cuenta de lo que ha ocurrido con Jemmie, cabe deducir que la necesidad de niños es apremiante, al menos lo bastante para que no vacilen en poner un final prematuro a la vida de los tutores enfermos.

La expresión de Stokes se avivó.

—De modo que si encontráis a otro niño con la constitución adecuada, con un tutor enfermo que se espera fallezca en un futuro no lejano, hay una posibilidad... —Hizo una pausa, reflexivo, y luego se dirigió a Penelope—. Si encuentra un chico que cumpla esas condiciones en el East End, le garantizo que la policía lo mantendrá a salvo. Montaremos un dispositivo de vigilancia permanente; si esos malhechores se presentan en su casa, los pillaremos con las manos en la masa. Aunque yo mismo tenga que montar guardia.

Penelope reparó en el compromiso que ardía en los ojos de Stokes; miró a Griselda, en quien vio una versión más apaciguada del mismo y, de repente, se sintió mucho mejor. Incluso estuvo dispuesta a dejar que los demás hicieran las pesquisas mientras ella se abría camino entre montañas de carpetas. Barnaby suspiró.

—¿Cuántas carpetas hay?

Penelope lo miró.

—Ya vio el último lote; multiplíquelo por diez.

Él miró a Stokes.

—Quizás obtendríamos una mejor división del trabajo si yo ayudara a Penelope a revisar el archivo. Si hallamos un candidato probable, mandaré aviso.

Ella entrecerró los ojos, mirando primero a Stokes y luego a Barnaby, preguntándose si todo era fruto de su imaginación o si realmente había tenido lugar alguna otra comunicación en ese intercambio de palabras.

Fuera como fuese, ahora tenían una tarea encomendada. Dejando a Stokes y Griselda planeando cuándo y dónde encontrarse, bajaron a la tienda y salieron a la calle.

Una vez más tuvieron que ir hasta la esquina de la iglesia para encontrar un coche de punto. Al pasar por el sitio donde habían tenido el altercado la tarde anterior, el sitio donde él la había besado, la invadió una oleada de escrúpulos. Sintió un cosquilleo en la piel, sensibilizando tentadoramente todas sus terminaciones nerviosas.

Para empeorar las cosas, un caballero eligió ese momento para recorrer el mismo trecho de acera en dirección opuesta. Al acercarse, Barnaby la apartó hacia un lado; su mano firme y grande abrasando su espalda, su cuerpo un escudo interpuesto entre ella y el desconocido.

Penelope se mordió el labio y se obligó a no reaccionar. Ese simple contacto era un acto instintivo, algo que todo caballero como él hacía en compañía de una dama como ella. Por lo general no significaba nada..., aunque para ella sí. Esa cortesía quizá fuese normal y corriente, pero no era de las que los caballeros solían prodigarle. Normalmente ella no lo permitía porque olía a protección y sabía de sobra a qué conducía eso.

Prosiguieron hasta doblar la esquina y Barnaby apartó la mano. Levantando la cabeza, ella soltó el aire retenido en los pulmones. No iba a decir nada, no iba a llamar la atención sobre el perturbador efecto que le producían tales atenciones. Si bien a tenor de la discusión de la víspera podría preguntarse si Barnaby lo estaba haciendo a propósito, a fin de debilitar su resistencia, Penelope no tenía ninguna prueba de ello; sin duda resultaría irracional que protestara sobre tan endeble fundamento.

Él levantó un brazo y paró un coche de punto. Aguardando a su lado, lo miró de soslayo. Otra razón por la que no iba a decir nada era que le necesitaba para ayudarla a rescatar a Jemmie.

Ése era el primer y más importante factor, e invalidaba cualquier gazmoña necesidad de guardar las distancias con él. Tras lo acontecido durante las últimas veinticuatro horas, cortar todo contacto con aquel hombre era sencillamente imposible.

Cuando el carruaje se detuvo y Barnaby le ofreció la mano, ella posó con calma sus dedos en los suyos y permitió que la ayudara a subir.

Arrellanándose en el asiento al lado de ella, Barnaby no tuvo ninguna dificultad en disimular su sonrisa. Penelope podía ser tan transparente como el cristal, al menos en cuanto a la reacción que le suscitaba el contacto con él, pero Barnaby no era tan idiota como para dar nada por sentado, vista la indómita voluntad de aquella joven. Era una joven veleidosa y avispada; para conseguirla tendría que jugar con mucho tino y mano izquierda.

Por suerte, se crecía ante los retos.

El carruaje circulaba deprisa hacia Mayfair. Al cabo de un rato, el inusitado silencio de Penelope se hizo notar. Barnaby la miró; tenía el rostro medio vuelto hacia la ventanilla, pero lo que alcanzó a ver de su expresión reflejaba serenidad..., lo cual significaba que estaba planeando algo.

—¿Qué pasa?

Penelope lo miró; como no se molestó en preguntar a qué se refería, Barnaby supo que había interpretado correctamente su expresión abstraída. Se demoró un poco antes de responder.

—Jemmie está ahí fuera, en alguna parte, desamparado, y probablemente tenga miedo. Me inclino por no aguardar a mañana para comenzar a buscar al próximo niño que tal vez vayan a secuestrar. Tú mismo lo has dicho: está claro que tienen cierta urgencia por hacerse con más niños; no podemos permitirnos desperdiciar ni una hora. —Lo miró de hito en hito—. Por desgracia, me he comprometido a acompañar a mi madre a una velada musical esta noche. —El ligero arqueo de una ceja repitió la sugerencia de su tono.

En vez de mostrarse demasiado ansioso por aceptar sus planes, Barnaby volvió la vista al frente y suspiró.

—Me reuniré contigo allí y luego nos escabullimos. Sabe Dios que nadie se fija en quién está o deja de estar presente una vez que comienzan los maullidos, pero tendremos que estar pendientes del reloj y regresar antes de que termine el espectáculo.

Con el rabillo del ojo, vio que Penelope quitaba importancia al asunto con un ademán.

—No hará falta. —Con una sangre fría equiparable a la de él, siguió mirando por la ventanilla—. Me entrará dolor de cabeza y diré que me acompañas a casa. Mamá no montará un escándalo. Me aseguraré de que tampoco vaya a ver cómo me encuentro cuando vuelva a casa, y Leighton no cierra la puerta con llave hasta que me ve entrar.

Volvió la cabeza y lo miró.

—Una vez nos hayamos ido de casa de lady Throgmorton, podemos pasar toda la noche revisando el archivo.

En lo que a proposiciones sobre cómo pasar la noche atañía, Barnaby las había oído mejores, pero aquella propuesta le permitiría promover su causa, tanto con ella como en el rescate de Jemmie Carter.

Asintió y dijo:

—Así pues, quedamos en casa de lady Throgmorton a las ocho en punto.

Hacia las nueve menos cuarto de esa noche estaban sentados en el despacho de Penelope en el orfanato rodeados de carpetas. Montones de carpetas. Barnaby contemplaba las pilas en precario equilibrio.

—Tiene que haber un modo más rápido.

—Por desgracia no es así.

—¿Qué me dices de las carpetas que ya hemos revisado? Tampoco es que hubiera tantas.

—Ésas eran de niños cuyos tutores tenían una esperanza de vida muy corta; en el caso de la señora Carter, su salud mejoró, pero yo ya había efectuado la visita reglamentaria, de ahí que me acordara de Jemmie.

Sentada a su escritorio, Penelope revisaba las carpetas —había más de cien— que la señorita Marsh había reunido en montones.

—Éstas son las carpetas de todos los niños registrados como posibles candidatos a venir aquí en el futuro. Vendrían a ser como nuestra lista de espera sin cribar. Las carpetas que vimos, unas pocas docenas, si te acuerdas, constituían la lista de admisiones inminentes.

Barnaby cogió una carpeta del montón más cercano y se puso a hojearla.

—Estas carpetas son mucho más delgadas.

—Porque sólo contienen el registro inicial y, como mucho, una nota. Aún no hemos hecho el seguimiento, ni el informe médico, nada... Y tampoco he visitado a las familias, ni la señora Keggs, de modo que no contamos con una descripción física del niño que nos sirva de guía.

175

Barnaby adoptó una expresión precavida.

—¿Qué estamos buscando exactamente?

—A un niño de entre siete y once años, de quien se sepa que no tardará en quedar huérfano. —Iba contando los aspectos a tener en cuenta con los dedos—. Tiene que vivir en el East End. Y debemos comprobar si hay alguna nota acerca del tutor. —Lo miró a los ojos—. Me figuro que si pueden elegir, esos villanos preferirán un tutor al que puedan reducir fácilmente.

—Es una suposición razonable.

—Pues muy bien. —Contempló un momento las carpetas y luego le miró—. ¿Qué tal si elaboramos un plan de ataque?

—Por favor.

—Trabajemos progresivamente, siguiendo los aspectos definidos por orden: tú empiezas y compruebas si cada carpeta corresponde a un niño o una niña. Las niñas a un lado, los niños para mí. —Inclinándose, señaló la esquina superior derecha de la carpeta que había vuelto a abrir—. ¿Lo ves ahí? ¿Niño o niña?

—Niño. Ésta para ti.

Lanzó la carpeta sobre el escritorio delante de ella y cogió la siguiente.

—Yo comprobaré la edad y la dirección. —Alcanzó la carpeta que él le había lanzado y la abrió—. East End o no. —Frunció el ceño y levantó la vista—. ¿Te parece probable que extiendan su radio de acción fuera del East End?

—Es posible —dejó caer la segunda carpeta al suelo junto a su silla—, pero sólo si no encuentran a un niño adecuado en su propia zona. —Cogió la carpeta siguiente—. Los villanos tienden a ceñirse a barrios concretos que convierten en territorios de sus nefandos propósitos.

Penelope asintió y comprobó la dirección de la carpeta que tenía abierta. Paddington. La cerró y la dejó caer al suelo al tiempo que Barnaby le pasaba otra.

Establecieron un ritmo silencioso mientras la casa se iba acallando en torno a ellos. A su llegada, los niños mayores aún estaban despiertos y el personal andaba de aquí para allá supervisándolos y acostando a los más pequeños. Ruidos propios de una familia bulliciosa, multiplicados de manera notable, resonaban por los pasillos. Pero a medida que el reloj de encima del armario marcaba el inexorable paso del tiempo, todos esos ruidos fueron menguando, dejando sólo los secos crujidos del papel y el ocasional palmetazo de una carpeta descartada como única puntuación en el silencio reinante.

Cuando el reloj sonó, Penelope levantó la mirada y vio que eran las once y media. Con un suspiro, dejó caer la última carpeta a descartar del último montón y se quedó contemplando, igual que Barnaby, la reducida pila que quedaba encima de su cartapacio.

Estiró los brazos para desentumecerse la espalda.

—Quince.

Quince niños del East End, entre los siete y los once años, estaban registrados como huérfanos en potencia.

Barnaby echó un vistazo a las carpetas descartadas.

—Jamás hubiese imaginado que hubiera tantos niños huérfanos. —Levantó la vista hacia Penelope—. No podéis albergar a todos éstos aquí.

Ella negó con un ademán.

—Nos gustaría, pero no es posible. Tenemos que elegir. —Al cabo de un momento, agregó—: Da la casualidad de que basamos nuestra decisión en algunas de las características que buscan esos villanos: agilidad mental y, si es posible, también física. La talla no la tomamos en cuenta pero, sabiendo que tenemos que elegir, hace tiempo decidimos admitir sólo a los niños que puedan sacar más provecho de las oportunidades que les ofrecemos.

—Y eso significa mente despierta y buena salud. —Cogió la primera carpeta de las quince restantes—. De modo que ahora intentaremos hallar alguna indicación sobre el estado de salud del tutor.

Aunque sólo tuvieran que evaluar quince carpetas, les llevó tiempo; tuvieron que leer no sólo lo que estaba escrito sino también, en cierta medida, entre líneas.

Al final, el montón quedó reducido a tres carpetas. Tres niños que ambos convinieron en que eran los únicos objetivos probables entre todas las carpetas que se habían leído.

Con las manos cruzadas sobre el escritorio, Penelope miraba las tres carpetas.

—Me sigue preocupando que haya otros niños que no estén registrados. —Miró a Barnaby—. ¿Y si los villanos van por ellos y dejan a estos niños en paz? —preguntó, señalando las carpetas con la barbilla.

Él hizo una mueca.

—Es un riesgo que tendremos que correr. Pero hasta ahora habéis perdido a cinco de vuestros candidatos registrados; es probable que estos niños estén, o acaben por estar, en el punto de mira de esos villanos. —Hizo una pausa y añadió—: Debemos darlo por supuesto si seguimos adelante con nuestro plan. No tenemos ninguna certeza pero es lo mejor que podemos hacer.

Penelope estudió sus ojos como descifrando su sinceridad y luego asintió.

—Tienes razón. —Miró las carpetas de nuevo y suspiró—. Aquí no hay nada que nos diga si los niños cumplen los requisitos físicos. Puede que sean demasiado corpulentos o torpes o... Mañana tendré que visitarles para comprobarlo.

El reloj dio la hora: la una de la madrugada.

Barnaby se levantó, rodeó el escritorio, le tomó la mano y la puso de pie.

—Iremos juntos mañana temprano y así sabremos más sobre ellos.

Alargando el brazo, apagó la lámpara de sobremesa que habían puesto a tope para disponer de luz suficiente para leer. Luego, cogiéndole las dos manos, la volvió hacia él.

—Hemos llevado a cabo todo lo que podía hacerse esta noche... en ese frente.

Penelope percibió el cambio de rumbo de su tono. Abrió más los ojos, escrutando los suyos.

—¿Qué...?

Él la atrajo hacia así, agachó la cabeza y borró la confusión de sus labios con un beso. Los saboreó, dejando bien claro cuál era el tema que ahora se proponía investigar: ella. Sus labios, su boca, su lengua, la exquisita sensación de tenerla entre sus brazos, lo bien que se amoldaba a su cuerpo...

Había previsto cierta resistencia; en cambio, lo único que advirtió fue un instante de perplejidad, como si la mente de Penelope se hubiese paralizado.

Entonces sus labios, ya separados cuando él los había cubierto, se endurecieron debajo de los suyos; pero no trató de cerrarlos para rechazarle, sino que correspondió al beso. Con firmeza, sin vacilación esta vez.

Con ese súbito cambio de táctica, él se encontró siguiéndola en vez de llevándola. Luego las manos de ella, apoyadas contra su pecho, se deslizaron por sus hombros hasta meterse bajo sus rizos y acariciarle la nuca. Él tuvo que esforzarse para contener un escalofrío, sorprendido de que un gesto tan simple de aquellos gráciles dedos pudiera resultar tan excitante.

Entonces ella se arrimó más a él y Barnaby tembló.

Penelope se estrechaba contra él y cedía su boca; y Barnaby perdió contacto con el mundo inmediato, transportado en un santiamén a un lugar donde no existía ningún dique de contención para su naturaleza primitiva.

La atrajo hacia sí con brusquedad, espoleado por la calidez que le ofrecía su boca y la licenciosa acometida de su lengua. Correspondió a cuanto ella le ofrecía y, de manera ostensible y flagrante, amoldó los labios de ella a los suyos.

Penelope emitió un leve sonido; no un gemido, un sollozo o un jadeo, sino una combinación de los tres, un sonido de aliento que Barnaby interpretó sin dificultad; reaccionó dejando que sus manos, hasta entonces afianzadas en sus caderas, se aflojaran y se deslizaran hacia abajo, rodeándola, llenando las palmas con sus firmes curvas. Flexionando los dedos, la atrajo hacia sí con gesto seductor.

Y notó cómo ella se derretía en sus brazos, cómo toda resistencia, incluso la tensión de la columna vertebral, se evaporaba.

Ella estaba dispuesta a entregarse totalmente si él quería, y ambos lo sabían.

Ella deslizó una mano menuda de su nuca a su mejilla sin dejar de besarlo, tan absolutamente licenciosa y descarada como él deseaba.

Volviéndose, la aprisionó contra el escritorio; el borde golpeó los muslos de Penelope por detrás. Las carpetas desparramadas por el tablero ya nada importaban; alargó el brazo para apartarlas...

Clic, clic, clic.

El tabaleo de unos tacones que se acercaban por el pasillo embaldosado los devolvió de sopetón al mundo real, al que englobaba el despacho con su amplia arcada y más allá la antesala con la puerta abierta.

Se separaron. Barnaby rodeó rápidamente el escritorio y se dejó caer en la silla que había ocupado antes.

Penelope arrimó su silla al escritorio, se sentó y cogió las tres carpetas que tenía sobre el cartapacio. Levantó la vista cuando la señora Keggs apareció en la arcada.

Ésta se fijó en los nuevos montones de carpetas y en las tres que Penelope sostenía.

—Vaya, habrán trabajado como burros para revisar todas ésas. ¿Sólo tres?

Penelope asintió.

—Acabamos de terminar. —Recogió el bolso que tenía junto a sus pies y se levantó—. Pues sí, sólo hay tres. Tendré que visitarlos y ver si pueden interesar a esos villanos. —Echó un vistazo al reloj—. Me llevo las carpetas para hacerlo mañana.

Barnaby se puso en pie. La señora Keggs sonrió afablemente.

—Caramba. Tendrán ganas de acostarse, sin duda. Los acompaño y así cierro.

Penelope no miró a Barnaby al pasar junto a él.

Se detuvo ante la percha donde había colgado su capa, pero Barnaby se adelantó y la cogió caballerosamente. La sacudió y se la puso sobre los hombros.

—¿Lo tienes todo?

Su aliento rozó la sensible piel de debajo de la oreja, excitando los sentidos de Penelope, pero haciendo un esfuerzo los amarró de nuevo.

—Creo que sí. —Se las arregló para dedicar una sonrisa a la señora Keggs, su involuntaria salvadora.

Con las tres carpetas en una mano, el bolso en la otra y la capa sobre los hombros, y con Barnaby detrás, recorrió con calma el largo pasillo hasta el vestíbulo, se despidió de la señora Keggs y luego, con la cabeza bien alta, salió a la noche.

Durante el trayecto de regreso a Mount Street, guardó silencio. No se lo ocurría nada que decir. Dudaba en agradecer el tacto de Barnaby al guardar silencio también, pese a que percibía que su mutismo lo divertía.

Lo que sí hizo fue pensar mucho sobre ese beso tan imprudente. No el que le había dado él, iniciando el episodio, sino el que ella, tonta y desvergonzada, le había estampado en los labios. Eso y lo que había seguido eran cosas que sin duda necesitaba analizar.

Con un brevísimo intercambio de palabras, se separaron ante la puerta de Mount Street después de que él hubiese comprobado que, en efecto, no estaba cerrada con llave, permitiéndole entrar sin despertar a nadie. Lo último que vio de él mientras cerraba la puerta fue cierta sonrisa de complicidad; le habría encantado borrarla, pero decidió que era más sensato ignorarla.

Encendió la vela que le habían dejado en la mesa del vestíbulo y, alumbrándose, subió con paso cansino la escalera, preguntándose cuándo iba a estar lo bastante despejada para dilucidar a qué atenerse con respecto a Barnaby Adair.

11

Penelope había esperado dedicar al menos un buen rato de lo que quedaba de noche a reflexionar sobre su situación con Barnaby. En cambio, en el mismo instante en que su cabeza tocó la almohada se quedó dormida. Lamentablemente, despertar con una sonrisa en los labios no sirvió para mejorar su humor.

Pero había acerado su decisión.

Cada vez estaba más segura de que todos aquellos toqueteos que al principio quizá fueran instintivos, ahora eran deliberados. Que él sabía el efecto que causaba en ella y que jugaba intencionadamente con sus sentidos.

Que, a fin de cuentas, le estaba dando caza.

Esa conclusión había aumentado su determinación. Después del beso de la noche anterior —que no tendría que haberse producido bajo ningún concepto, y que no comprendía cómo había podido ser tan estúpida para permitirse disfrutarlo con tanta temeridad— había quedado claro que la única manera de tratar con él era evitándole... Bueno, en la medida de lo posible mientras continuara trabajando con él en la investigación.

Bajó deprisa la escalera, haciendo malabarismos con las carpetas mientras se ponía los guantes. Al menos ese día no tendría que devanarse los sesos para ceñirse a su plan. Ya había tomado medidas para asegurarse de que no la acompañara; no necesitaba escolta para visitar a tres niños.

Sonriendo a Leighton, que aguardaba junto a la puerta principal para abrirla, se detuvo para comprobar si llevaba bien el sombrero ante el espejo del recibidor. Aún no habían dado las ocho y media. Era demasiado temprano para que un caballero de alcurnia estuviera levantado y en marcha, y como ella tenía tres domicilios que visitar, incluso cuando él se diera cuenta de que se le había adelantado, las probabilidades de que adivinara hacia cuál se dirigía eran escasas.

Por ese día estaba a salvo. Apartó la vista del espejo y dio las gracias a Leighton mientras éste le abría la puerta. Cruzó el umbral con una incipiente sonrisa de satisfacción en los labios... y se detuvo en seco ante la visión de una cabeza de rizos relucientes sobre una ancha espalda cubierta por un elegante sobretodo y en ese momento apoyada contra la verja que cercaba la escalinata.

Detrás de ella, Leighton murmuró:

—El señor Adair ha dicho que prefería esperarla fuera, señorita.

Penelope se quedó helada.

—Caramba...

La mañana era fría y húmeda; la bruma envolvía la calle y sus volutas engalanaban el carruaje y el caballo que aguardaban junto a la acera. Desde luego hubiera sido más agradable esperar dentro.

Entornando los ojos, bajó la escalinata.

Barnaby se volvió y sonrió; una sonrisa encantadora, nada forzada ni irónica.

Apartándose de la verja cuando ella llegó a la acera, se acercó al carruaje, abrió la portezuela y tendió la mano.

Los ojos de Penelope no podían estar más entornados. Le entregó las tres carpetas con brusquedad, se recogió las faldas y subió al coche prescindiendo de su ayuda.

Si él se rio, ella no lo oyó. Se dejó caer en el extremo más alejado del asiento, se arregló las faldas y miró por la ventanilla.

Barnaby subió y cerró la portezuela; Penelope notó cómo se hundía el asiento cuando él se acomodó a su lado.

El carruaje arrancó. No le había oído dar ninguna indicación al cochero. Frunció el ceño y lo miró.

—¿Adónde vamos?

Él se limitó a apoyar la cabeza contra el respaldo y a ponerse cómodo.

—El cochero es del East End, conoce bien la zona. Hemos co-

183

mentado cuál sería la mejor ruta. Primero nos llevará a Gun Street, luego a North Tenter y finalmente a Black Lion Yard.

Habría sido pueril desdeñarlo sólo porque lo hubiera organizado todo tan bien.

—Entendido.

Volvió la cabeza y se dedicó a contemplar el paisaje urbano, diciéndose a sí misma que no debía enfurruñarse.

Cuando llegaron a la primera dirección, en Gun Street a la altura del mercado de Spitafields, su irritación se había esfumado en buena medida. Barnaby la había dejado sin motivos para protestar, y estar con él, el simple hecho de estar cerca de él, tendía a minar su resistencia.

Pese a todo, se sermoneó a sí misma muy seriamente para concentrarse en el asunto que llevaba entre manos —identificar a cualquier otro niño que pudiera correr peligro por culpa de aquellos villanos— e ignorar la alocada obsesión de sus sentidos con Barnaby Adair y sus manejos.

Armándose de valor, le permitió ayudarla a apearse en la esquina de Gun Street.

Era una calle corta, y en cuanto vieron al niño que habían ido a visitar, resultó obvio que no cumplía los requisitos para ingresar en una escuela de ladrones. Era corpulento y robusto; bastaba con ver a su padre, pese a la tisis que lo consumía, para darse cuenta de que el chico iba a crecer mucho más.

Penelope excusó su visita alegando que debía comprobar ciertos datos de los archivos. Barnaby se mantuvo a su lado mientras ella tranquilizaba al padre, inquieto por que el orfanato tuviera preguntas que hacerle.

Penelope se había puesto una capa granate ribeteada de piel para la excursión; hacía resaltar la pureza de su cutis y realzaba los reflejos rojizos de su sedoso pelo caoba. La prenda no tenía flecos ni volantes. Si bien Barnaby habría apostado a que cualquier cosa que llevara debajo sería de seda, cada vez le intrigaba más si su ropa interior estaría recargada con los usuales encajes y cintas o si, igual que el resto de su guardarropa, sería austeramente sencilla.

No estaba seguro de cuál opción le resultaría más excitante; si bien la primera supondría una sorpresa, pues daría a entender que detrás de su severa máscara se parecía bastante a las demás damas, respecto a la segunda..., si bien sus austeros vestidos en cierto sentido daban realce a su vitalidad y su atractivo, ¿una ropa interior austera realzaría también la... gloria de lo que ocultaba?

Esa cuestión, naturalmente, lo llevaba de cabeza.

Un codazo lo devolvió al presente; parpadeó y vio que Penelope estaba mirándolo ceñuda.

—El señor Nesbit ha contestado a todas nuestras preguntas. Ya podemos irnos.

Barnaby sonrió.

—Sí, por supuesto.

Saludó a Nesbit, salió de la casucha tras ella y la ayudó a subir al carruaje.

Seguía sonriendo cuando se sentó a su lado.

La siguiente parada, en North Tenter Street, fue igual de breve.

De nuevo en el coche, Penelope comentó:

—Ningún ladrón tomaría a semejante simplón como ayudante. Seguramente olvidaría qué debía coger e iría a despertar al ama de llaves para pedirle ayuda.

El niño no era ni mucho menos tan bobo, pero toda la vida lo había atendido a cuerpo de rey su tía, que lo adoraba, y no estaba acostumbrado a pensar por sí mismo.

Barnaby miró por la ventanilla cuando giraron para enfilar Leman Street.

—Sólo nos queda uno más por comprobar.

—En efecto. —Al cabo de un momento, Penelope se hizo eco de los pensamientos de Barnaby—. No sé si esperar que este último niño sea un posible candidato, lo cual lo pondría en peligro pero también nos daría una oportunidad de atrapar a esos villanos, o si prefiero que sea demasiado gordo o corto de entendederas para interesarles, de modo que tanto él como su... —consultó la carpeta que tenía en el regazo— abuela no estén bajo ninguna amenaza.

Sus gafas destellaron cuando giró la cabeza para mirarlo.

Barnaby estuvo tentado de cogerle la mano para tranquilizarla; de eso o de quitarle las gafas y besarla hasta hacerle perder el sentido. Refrenó tan inquietante posibilidad y dijo:

—Lo único que podemos hacer es dejar que la suerte eche los dados y luego actuar en función de lo que salga.

Black Lion Yard era el patio de una vieja casa de vecindad, un lugar pequeño y abarrotado. Estaba adoquinado como la calle pero no conducía a ninguna parte; cajas y cajones de embalaje estaban apilados sin orden ni concierto tanto en los rincones como por el resto del patio, de modo que cualquiera que entrara tenía que zigzaguear para llegar a su destino.

El suyo eran los bajos del edificio central de un lado del patio. Mary Bushel y su nieto Horace, a quien todo el mundo llamaba Horry, vivían allí.

Al cabo de dos minutos de conocer a Horry, ambos supieron cómo habían caído los dados. Horry, menudo y delgado, inteligente y despierto, era un candidato perfecto para una escuela de ladrones.

Cuando Penelope lo miró, Barnaby no necesitó palabras para saber qué estaba pensando, qué pregunta tácita estaba formulando. Pero con la desaparición de Jemmie y la muerte prematura de su madre cerniéndose sobre ellos, y sobre la investigación en general, no cabía cuestionarse lo que había que hacer.

Barnaby asintió con un ademán tan contenido como categórico.

Tal como había hecho en los dos casos anteriores, Penelope justificó su visita alegando que el orfanato necesitaba más datos para sus archivos. Luego se volvió hacia la abuela de Horry, quien, tan perspicaz como su nieto, había reparado en la mirada cruzada por Penelope y Barnaby. Una súbita inquietud alteró los rasgos de Mary.

Al verlo, Penelope le tocó la mano y le dijo:

—Hay algo que debemos contarle, pero antes permítame asegurarle que nos haremos cargo de Horry cuando llegue el momento.

Mary se tranquilizó un poco.

—Es un buen chico, listo y servicial. Tiene buen carácter, nunca les causará problemas.

—Seguro que no.

Penelope dedicó una sonrisa a Horry, quien, al notar el cambio en el ambiente, se había acercado sigilosamente a su abuela hasta acabar apoyado en el brazo de ésta, sentada en su silla y cogido a su huesudo hombro. Mary le dio unas palmadas en la mano.

Mirando otra vez a Mary a los ojos, Penelope dijo:

—Horry es exactamente el tipo de candidato que busca el orfanato. Por desgracia, hay otros hombres en el barrio que también quieren a niños como él, niños menudos, delgados y listos. Buenos chicos que harán lo que les ordenen.

Comprendiendo, Mary entornó los ojos. Al cabo de un momento dijo:

—Llevo toda mi vida en el East End. Estoy al quite de todos los chanchullos, y creo que me está hablando de una escuela de ladrones.

Penelope asintió.

—Así es.

Pasó a explicarle lo de los cuatro niños desaparecidos y luego le refirió el caso de Jemmie y su madre. La ira resonaba en su voz, cosa que Mary Bushel, con su sagacidad, no pasó por alto. Pero cuando mencionó la posibilidad de que la policía la protegiera a ella y su nieto, Mary no acertó a comprender. Atónita, se quedó mirando de hito en hito a Penelope y luego se volvió hacia Barnaby.

—Diantre... No lo dirá en serio, ¿no? ¿La policía preocupada por gente como nosotros?

Barnaby sostuvo la mirada de sus pálidos ojos azules.

—Me consta que no es algo a lo que estén acostumbrados por aquí, pero... —Hizo una pausa, reparando en que debía decir la verdad—. Piénselo así: esta escuela de ladrones está formando niños para robar, pero ¿en qué casas?

Mary pestañeó.

—Si les enseñan sus malas artes, suele ser porque tienen los ojos puestos en las casas de los encopetados.

—Precisamente. Así que mientras a la señorita Ashford y a mí nos preocupa rescatar a los niños desaparecidos y asegurarnos de que ningún otro se vea arrastrado a una vida criminal, la policía quiere pillar a esos villanos y cerrar la escuela para evitar una serie de robos en Mayfair.

Mary asintió lentamente.

—Ya veo... Ahora me cuadra más.

—Y por eso la policía pondrá esta casa bajo vigilancia, tanto para protegerles a usted y su nieto, porque no quieren que ingresen más niños en esa escuela, como para detener a esos villanos cuando vengan por Horry, tal como todo indica que harán. —Barnaby hizo una pausa—. Es raro, lo sé, pero en este caso los intereses de la policía y los suyos coinciden. Todos deseamos lo mismo: que usted y Horry estén a salvo y los villanos entre rejas.

Mary asintió otra vez, pero luego arrugó el ceño y pareció reflexionar. De pronto miró a Barnaby.

—No sé qué decirle... No sé si puedo confiar mi vida y la de Horry a esos polizontes. —Levantó una mano para impedir cualquier réplica de Barnaby—. Aun así, pueden venir y montar guardia, si quieren. Pero para mi tranquilidad, quiero tener a mi lado gente de fiar.

Cogió la mano que su nieto le tenía puesta en el hombro, se la estrechó y la soltó.

—Ve a la casa de al lado, Horry, a ver si está alguno de los Wills. Diles que me gustaría hablar con ellos.

Horry echó una ojeada a Barnaby y Penelope y acto seguido se marchó presuroso.

Mary miró a Barnaby y Penelope.

—Puede que los hermanos Wills sean rudos y de genio pronto, pero son chicos honrados.

Horry regresó en menos de un minuto seguido por dos hombres musculosos y de facciones oscuras. El niño fue a situarse al lado de su abuela mientras ésta saludaba a los recién llegados inclinando la cabeza.

—Joe, Ned. —A Penelope y Barnaby dijo—: Éstos son dos de los hermanos Wills. Son mis vecinos. Joe es el mayor. Son cuatro en total.

Joe Wills, que no quitaba ojo a Barnaby y Penelope, no sabía a qué atenerse.

—Horry nos ha contado no sé qué cuento, Mary. Algo sobre que la bofia quiere parar los pies a unos desgraciados que quieren matarte y raptarlo a él para que robe por ahí.

Joe había comprendido el quid de la cuestión bastante bien. Mary asintió.

—No es ningún cuento, aunque lo parezca. Pero será mejor que te lo cuenten ellos.

Miró a Barnaby y Penelope; los hermanos Wills siguieron su mirada. La joven tomó la palabra.

—Soy del orfanato de Bloomsbury. La señora Bushel nos ha pedido que acojamos a Horry cuando fallezca.

Puntuada por las interjecciones de Mary, Penelope les refirió lo sucedido hasta llegar al asesinato de la señora Carter y la desaparición de Jemmie.

Los dos hermanos se movieron inquietos y cruzaron una torva mirada.

Barnaby retomó el hilo del relato.

—Tal como he explicado a la señora, en este caso la policía tiene verdadero interés en detener a estos villanos. —Una vez más, presentó el interés oficial como una medida para proteger a los «encopetados»; era lo que los Wills entenderían. La comprensión que brilló en sus ojos y su manera de asentir mientras seguían sus explicaciones le dieron a entender que había juzgado correctamente sus prejuicios.

Luego les explicó por qué la policía necesitaba poner bajo estricta vigilancia a Mary y Horry.

—Y tienen que hacerlo aquí mismo, en Black Lion Yard, para atrapar a esos villanos cuando vengan en busca de Horry.

Joe le miraba con dureza.

—¿Está diciendo que esos canallas igual se presentan aquí y asfixian a Mary con una almohada, para luego largarse con Horry?

Barnaby parpadeó.

—Pues... sí, eso es exactamente lo que pensamos que harán.

Penelope se adelantó hasta el borde mismo de la silla.

—Lo harán porque si Mary fallece Horry quedará huérfano y no habrá nadie que se preocupe por su desaparición. Suponen, y cuentan con ello, que Mary y Horry no tienen amigos, o al menos que no los tienen en la vecindad. Nadie que esté pendiente. —Abrió las palmas de las manos—. Bueno, ¿lo entienden ahora? Una anciana muere en el East End y desaparece un huérfano: ¿quién va a mover un dedo?

Barnaby disimuló una sonrisa de aprobación. Penelope había jugado bien aquella mano: los hermanos Wills estaban indignados.

—Nosotros —gruñó Joe.

—Ya —dijo Barnaby—, pero eso no lo saben los villanos. Por ahora han secuestrado a cinco niños del East End y asesinado al menos a una mujer, y, salvo la señorita Ashford del orfanato, nadie ha dado la voz de alarma.

Joe hizo una mueca.

—Ya, bueno... Aquí no todo el mundo está tan unido como nosotros. —Señaló a Mary con la cabeza—. Para nosotros es como una madre. Nunca permitiríamos que unos canallas le hicieran daño. —Miró a su hermano, que asintió, y volvió a dirigirse a Barnaby—. No necesitamos a la bofia, ya vigilaremos nosotros. Día y noche. Es lo menos que podemos hacer.

Barnaby asintió.

—Gracias. Eso será de gran ayuda. Pero la policía también querrá vigilar. —Echó una ojeada a Mary—. Tal como la señora ha dicho, no tiene nada de malo que ellos también vigilen, pero si usted y sus hermanos están a su lado, la policía puede vigilar desde la calle y concentrarse en cercar a los villanos cuando entren en acción.

—¿Cree que lo harán pronto? —preguntó Ned—. Entrar en acción, quiero decir.

Barnaby calculó cuánto tiempo transcurriría hasta que las últimas familias de la alta sociedad abandonaran la capital, y lo sopesó con el que podía llevar entrenar a un niño ladrón.

—Dan la impresión de tener prisa por captar más niños. Es posible que aguarden un poco, para ir sobre seguro; quizás una semana. —Miró a Joe de hito en hito—. Yo no contaría con que esperen mucho más.

—De acuerdo. Para nosotros no será muy difícil montar guardia durante una semana o así. Uno u otro estará siempre aquí ojo y oído avizor. —Joe ladeó la cabeza hacia su derecha—. Las paredes son finas; a un grito de quien esté aquí, vendremos el resto, y otros también.

Barnaby asintió.

—Bien, explicaré la situación al oficial que lleva el caso, el inspector Stokes de Scotland Yard. Vendrá a hablar con ustedes —su mirada incluyó a Mary—, seguramente hoy mismo.

—¿Un inspector de Scotland Yard?

La pregunta que en verdad hacía Joe se reflejó en los ojos de los demás: ¿qué iba a saber semejante hombre sobre ellos y el East End?

—Estará al mando; tiene autoridad sobre los agentes del distrito. Sabe lo que se hace, créanme. Cuando le conozcan se darán cuenta de que no representará ningún problema; al menos no para ustedes ni para Mary y Horry. —Barnaby miró a Joe—. Aguarden a conocerle antes de juzgarle.

Joe le sostuvo la mirada y, al cabo, asintió.

—Así se hará.

Barnaby pensó en lo que diría su madre si les viera a él y Penelope codeándose con unos matones del East End. Miró a la joven y enarcó una ceja.

—Bien, me parece que podemos dejar a la señora y su nieto al cuidado de Joe y sus hermanos.

Penelope asintió y se levantó.

—Desde luego. —Tendió la mano a Joe—. Gracias.

Joe se quedó un momento contemplando la delicada mano enguantada. Luego, sonrojándose, la tomó con su manaza y se la estrechó brevemente, soltándola enseguida como si temiera lastimarla.

Detrás de él, Ned sonrió.

Penelope correspondió a la sonrisa de Ned y se volvió hacia Mary, con lo cual no llegó a ver la expresión de asombro del muchacho.

—Cuídese, por favor. —Penelope le dio unas palmaditas en la mano—. Tengo muchas ganas de tener a Horry en el orfanato —sonrió alentadoramente al niño—, pero no antes de tiempo.

Mary le aseguró que cuidaría de sí misma y de su nieto. Barnaby tuvo la impresión de que el niño no iría a ninguna parte solo, al menos no hasta que Mary tuviera la certidumbre de que ya no se cernía ninguna amenaza sobre él.

Dejaron a los hermanos Wills organizando la vigilancia.

Conduciendo a Penelope fuera de Black Lion Yard, Barnaby respiró hondo, y se sintió verdaderamente esperanzado por primera vez desde que tuviera noticia de la muerte de la señora Carter. Penelope contemplaba la desolación circundante.

—Es un alivio saber que Horry al menos estará bien protegido, que hemos hecho cuanto podemos, que todas las defensas posibles están en su sitio.

Miró a Barnaby, que la guiaba entre los montones de cajas, ayudándola a mantener el equilibrio sobre los irregulares adoquines, mientras se dirigían a la entrada del patio, donde les aguardaba el coche de punto.

—Creo que los hermanos Wills son dignos de confianza. No me parece que... bueno, que vayan a irse de parranda y descuiden la vigilancia, ¿verdad?

—Ni por casualidad —sentenció Barnaby negando con la cabeza.

—Aunque me conforta tu convicción, ¿cómo puedes estar tan seguro?

—¿No les has oído decir que es como una madre para ellos?

—Pues sí. Oh, claro.

—Así que no creo que debamos preocuparnos por Mary y Horry.

—¿Hablarás con Stokes?

—Iré en su busca en cuanto te haya acompañado a casa.

La mañana siguiente, Penelope estaba trabajando en su despacho del orfanato, poniendo al día asuntos de menor importancia que había descuidado a causa de la búsqueda de los niños desaparecidos, cuando de repente sintió un hormigueo.

Levantó la vista y descubrió a su némesis apoyado contra la arcada, tan increíblemente elegante como peligroso.

O al menos así lo vio ella.

Con la pluma suspendida sobre la lista que estaba haciendo, con una altivez digna de una duquesa, arqueó ambas cejas.

Barnaby sonrió, no de un modo encantador sino cargado de intención y, al parecer, divertido, tal como si pudiera ver los contradictorios impulsos que la turbaban.

La joven no sabía qué iba a hacer con él, ni qué pensar de él ni de su evidente fijación con ella. Estaba comenzando a darse cuenta de que la Penelope que él veía no era la misma que veía el resto de sus encopetados pretendientes. Suponía que ése era el quid de su dificultad para tratar con él, pero no se le ocurría cómo guardar las distancias, menos aún habida cuenta de que la investigación los reunía continuamente.

Lo único que comprendía, viéndole torcer los labios, apartarse de la arcada y entrar en el despacho lentamente para dejarse caer con aquel inefable garbo tan suyo en la silla delante del escritorio, era que realmente tenía que hallar una solución.

Procurando mantener una expresión impenetrable, le dijo con serenidad:

—Buenos días. ¿Qué se te ofrece?

La traicionera sonrisa de él se acentuó.

—Más bien se trata de lo que pensaba ofreceros yo.

—Vaya. —Dejó la pluma a un lado y cruzó las manos sobre el escritorio—. ¿Y eso qué sería?

—He venido a proponer que hagamos circular avisos por el East End, con los nombres y descripciones de los cinco niños desaparecidos, ofreciendo una recompensa a cambio de información sobre su paradero.

La reacción de Penelope fue inmediata.

—¡Genial! —Sonrió de oreja a oreja. Y, presa del entusiasmo, preguntó—: ¿Cómo lo hacemos?

—Es fácil. Dame una lista con los nombres y las descripciones más precisas que puedas hacer de los niños, y me encargaré de hacer imprimir los avisos. Conozco un sitio donde me lo harán de hoy para mañana.

Un sitio donde le debían un favor importante y estarían encantados de saldar aunque sólo fuera mínimamente la deuda.

Penelope ya estaba cogiendo una hoja.

—¿De hoy para mañana? Pensaba que estas cosas solían tardar unos días cuando menos.

Miró a Barnaby, que encogió los hombros.

—No será un texto muy largo, de modo que no llevara mucho tiempo componerlo.

Penelope bajó la vista a la hoja, pluma en mano.

—¿Cómo hay que redactarlo?

—Pones cada nombre con la descripción correspondiente, y al final añades la fórmula habitual: «se recompensará».

Cuando le dictó la instrucción de ponerse en contacto con el inspector Stokes de Scotland Yard, Penelope frunció el entrecejo.

—¿No deberían dirigirse a mí aquí, en el orfanato?

—No es posible —contestó Barnaby categórico, dando a entender que era de rigor que la policía se encargara de los contactos.

Si bien Stokes sin duda lo preferiría así, rara vez se hacía. No obstante, la idea de un puñado de hombres del East End haciendo cola para ver a Penelope y contarle lo que supieran o no supieran, no era una escena que le apetecería contemplar.

Afortunadamente, ella aceptó su explicación encogiéndose de hombros y escribió lo que le había dictado.

Consultando una de sus listas, anotó los nombres de los cinco niños. Luego avisó a la señorita Marsh y le pidió que fuera a buscar a la señora Keggs. Al marcharse la señorita Marsh, Penelope explicó:

—Keggs me acompañó cuando hice las visitas. A lo mejor recuerda otras cosas del aspecto de los niños.

La señora Keggs se personó enseguida. Barnaby le cedió su silla y se retiró a la ventana, dejando que ella y Penelope redactaran las descripciones.

Con las manos en los bolsillos, se plantó de cara a la calle y observó a los niños que jugaban en el patio, sonriendo al ver sus travesuras.

Una vez más apreció la gran labor que hacía el orfanato, no sólo desde el punto de vista social sino también en lo que atañía a la vida de los niños y niñas que tanto se divertían en aquel patio. Y también hasta qué punto Penelope y su indómita voluntad eran responsables directos de haberlo creado, de hacerlo funcionar, de insuflarle vida y mantenerlo en funcionamiento.

Su independencia y su voluntad eran tangibles. No debían tomarse a la ligera, no había que intentar manipularlas, y mucho menos combatirlas sin causa justificada.

Para cualquier caballero que se casara con ella eso podría ser, o mejor dicho sería, una fuente de problemas continua e imposible de erradicar. No insalvable, pero sí una cuestión que precisaría un manejo muy cuidadoso. Los frutos de su independencia, de su indómita voluntad, eran demasiado valiosos para que un hombre los aplastara, los desperdiciara. Los negara.

Esa constatación se coló en su mente, donde se asentó.

Oyó el chirrido de las patas de una silla. Al volverse vio salir a la señora Keggs del despacho. Penelope se hallaba secando la tinta.

—Aquí tienes. —Echó un último repaso a la hoja y se la tendió mientras comentaba—: Cinco nombres, descripciones y el anuncio de una recompensa.

Barnaby lo leyó por encima.

—¡Excelente! —La miró a los ojos—. Haré que lo tengan impreso mañana. Y preguntaré a Griselda cuál es la mejor manera de distribuir los avisos por el East End.

—Pues claro, seguro que ella lo sabe. —Penelope vaciló pero, al fin y al cabo, era parte de la investigación—. Iré contigo cuando vayas a recoger los avisos, me gustaría ver el taller de un impresor, y se los llevaremos directamente a Griselda.

La sonrisa de Barnaby aleteó en sus labios, pero no de manera abierta.

—Como gustes —dijo. Dobló la hoja y se la metió en el bolsillo—. Te dejo, que tienes trabajo. —Y tras dedicarle una elegante media reverencia, se dirigió hacia la salida.

Penelope se olió algo sospechoso. Entrecerró los ojos mirándole la espalda. ¿Le ocultaba algo? ¿Planeaba algo? ¿Algo sin ella? Cuando Barnaby llegó a la altura de la arcada, ella levantó la voz:

—Si esta noche tienes novedades, estaré en el baile de lady Griswald. Podrás localizarme allí.

Sosteniendo la pluma en alto, le vio volver la vista atrás bajo la arcada. Ella le había anunciado sus planes con absoluta naturalidad. Sin embargo, un pecaminoso divertimento bailaba en sus ojos azules.

Y Penelope, de pronto, sencillamente lo entendió todo: él no le había preguntado dónde estaría por la noche porque, de haberlo hecho, ella no se lo habría dicho.

Barnaby sonrió más abiertamente.

—Estupendo. Iré en tu busca.

Penelope lo fulminó con la mirada y acto seguido buscó algo que arrojarle, pero para entonces él ya se había marchado.

12

Aquella noche, Penelope se paseaba por la oscura y desierta galería que daba a un extremo del salón de lady Griswald; se preguntaba qué la había llevado a caer en la trampa de Adair.

Sólo con recordar su mirada socarrona se enervaba. Y ya se imaginaba cómo se comportaría cuando diera con ella, razón por la que estaba rondando por la galería. Si tenía voz y voto en el asunto, no iba a permitir que Adair la encontrara.

Abajo, en el salón de baile, la fiesta de lady Griswald para celebrar los esponsales de su sobrina estaba en su apogeo. Las damas y caballeros bailaban, las parejas conversaban, las matronas cotilleaban sin tregua sentadas en divanes. Dado que la anfitriona era amiga íntima de su madre, Penelope no había tenido más remedio que acudir; había alternado durante media hora, pero la inevitable tensión de estar pendiente de cualquier cabeza rubia que se le acercara se había cobrado su peaje. En vez de rechazar con más malicia y contundencia a sus pretendientes, se había escabullido a la galería, poniéndose así a salvo de aquellos caballeros tan arrogantes y seguros de sí mismos.

El problema era que, aun estando a salvo, huir sólo serviría para posponer lo inevitable: tarde o temprano tendría que enfrentarse a Barnaby Adair. Al caer en su treta, ahora tendría pocos argumentos para rechazarlo, al menos de manera categórica. Y ésa, por supuesto, había sido la meta de Adair.

Fuera como fuese, su problema, saber cómo tratarle, seguía sin resolverse, y esa cuestión la ponía nerviosa de un modo absolutamente desacostumbrado.

Una parte de su mente estaba convencida de que conocerle más íntimamente sería perjudicial para su futuro y su independencia. Otra parte tenía una curiosidad insaciable. Y la curiosidad era, y siempre había sido, su principal defecto.

Por regla general, su curiosidad era más intelectual que física, con las notables excepciones del vals y el patinaje, pero Adair le despertaba una curiosidad mucho más compleja.

Estaba fascinada con todo lo que estaba averiguando sobre sus empresas, sobre cómo llevaba a cabo sus investigaciones y se relacionaba con Stokes y la policía. Sólo a través de él podría conocer tales cosas, y en ese frente aún le quedaba mucho por aprender. Si bien tales cuestiones eran principalmente intelectuales, también presentaban un aspecto físico; orillar el peligro cuando se habían infiltrado en el East End disfrazados había sido excitante.

De modo que había partes positivas en su relación, numerosas razones para que quisiera continuarla, aparte de rescatar a los niños desaparecidos.

Pero era una curiosidad de otra clase la que alimentaba la ambivalencia que le inspiraba Adair, induciéndola a cortar toda relación personal con él a pesar de su creciente fascinación.

Y eso aún era más impropio de su carácter. Nunca había evitado las situaciones que constituían un reto, y una parte de ella, la parte más fuerte, dominante y voluntariosa, no quería echarse atrás ahora.

Al llegar al final de la corta galería, dio la vuelta y desanduvo lo andado, envuelta en sombras que la ocultaban de la vista de los invitados de abajo.

Había meditado mucho sobre lo que él le inspiraba, lo que le provocaba. Era una forma de curiosidad, motivo por el que se había sentido tan a gusto besándolo, razón de que instintivamente lo persiguiera.

Curiosidad emocional. Algo que no había sentido por nadie más, desde luego no por un hombre. Sin duda había una fascinación intelectual en el asunto, pero para ella también había una vertiente física, un lado sensual que no podía negar y que, visto cómo reaccionaba cada vez que él la tocaba, obviamente no podía evitar.

Y ahí residía el quid del problema.

A menos que estuviera interpretando los signos equivocadamente, él la deseaba de un modo decididamente físico. Otros hombres lo habían hecho, o eso habían dicho al menos, pero ella, porfiadamente, jamás había sentido ni una pizca de curiosidad por ellos. Ahora bien, Barnaby Adair despertaba su curiosidad y su fascinación, la llevaba a preguntarse cosas que hacía mucho tiempo había juzgado aburridas, descartándolas como carentes de interés.

Ahora le interesaban. Y eso era tan raro que no sabía cómo reaccionar, cómo hacerse cargo de esas emociones y satisfacerlas, cómo hallar las respuestas a sus múltiples preguntas sin correr riesgos, sin arriesgar su futuro, su capacidad para seguir ejerciendo su voluntad y llevar una vida independiente. Siempre había sido esa su intención y todavía lo era; nada había cambiado en ese aspecto.

Deteniéndose junto a la baranda, aún envuelta en la seguridad de la penumbra, contempló el mar de cabezas y frunció el ceño. ¿Cuánto tiempo tendría que pasar caminando allí arriba, sin ir a ninguna parte?

Al pensarlo, un hormigueo que comenzaba a resultarle familiar le estremeció la nuca y le bajó por la columna. Ahogando un grito, volvió la vista atrás y encontró una figura oscura y misteriosa justo a sus espaldas.

La sacudió un escalofrío de expectación. El corazón le latió deprisa, acelerándole el pulso.

Separó los labios para reprenderlo por haberla asustado, pero antes de que pudiera decir palabra, él la agarró por la cintura y la llevó hacia una zona aún más oscura.

Se arrimó a ella y la atrajo hacia sí.

Le dio un beso que la dejó sin aliento, anonadada.

Posesivo y en modo alguno vacilante, la estrechó entre sus brazos. Duros como el acero, le sujetaron la espalda, apretándola contra él. Sus labios se posaron autoritarios sobre los suyos. Ella ya los había separado para emitir una protesta que no llegó a pronunciar, y él aprovechó la ocasión para atrapar su boca y sus sentidos... Era un arma que blandía con consumada maestría, desconcertándola, cautivándola, seduciéndola.

Y esta vez había más: más que sentir, más que percibir, más que aprender. Más ardor, más fulgurante placer, de una clase que enviaba pequeñas chispas de emoción a asentarse bajo la piel, a prenderse y arder, creando fuegos que se propagaban y la acaloraban.

Hasta que se rindió al creciente calor, y a él, y le besó a su vez.

No comprendía por qué deseaba hacerlo, qué la llevaba a hundir los dedos en su sedoso pelo y a lanzarse a un duelo de besos y retiradas, de lenguas enredadas y labios voraces, de placer que florecía y se expandía y la llenaba; igual que a él.

En el distante recoveco de su mente que todavía funcionaba, aún a salvo del creciente estímulo del beso, no comprendía por qué le causaba una satisfacción tan grande saber, simplemente saber en su alma, que su propio beso, y ella misma, daban placer a Barnaby.

¿Por qué tenía que importarle? Con ningún otro hombre le había importado.

¿Por qué ahora? O quizá la pregunta fuese: ¿por qué con él?

¿Era, podía ser, porque él la deseaba? ¿Porque la deseaba de verdad, como ningún hombre la había deseado jamás?

No era una tontaina; sabía muy bien qué era la dura protuberancia que le presionaba el vientre. Pero él era un hombre; ¿acaso aquel bulto duro como una piedra era un fiable barómetro de sus sentimientos? ¿De lo que sentía por ella más allá de lo puramente físico?

Había leído mucho, tanto a los clásicos como textos esotéricos. Cuando empleaba la palabra «deseo» se refería a algo más allá de lo puramente físico, algo que trascendía lo corporal, alcanzando el plano donde imperaban los grandes sentimientos.

¿Acaso su involuntaria e incontenible atracción hacia él estaba envuelta en deseo? ¿Era su atracción una señal de que con él podría, si así lo decidía, explorar los escurridizos acertijos del deseo?

Barnaby percibió a través del beso, a través del sutil cambio en sus labios, que ella estaba cavilando algo. Pero se mostraba dispuesta y flexible entre sus brazos, no se defendía ni oponía resistencia; con eso se conformaba, al menos de momento. No obstante, le picó la curiosidad sobre qué podía distraerla en un momento como aquél; dadas las circunstancias, era harto probable que guardara relación con su intercambio.

Apartándose pausadamente de la melosa cavidad de su boca, liberando a regañadientes sus labios, la miró a la cara. Las sombras los envolvían, pero ambos ya tenían la vista adaptada a la media luz. Observó fascinado las nubes de deseo que surcaban sus ojos oscuros, que se aclararon lentamente, su habitual expresión incisiva y resuelta reemplazando despacio la aturdida evidencia de la excitación.

Finalmente, Penelope pestañeó y su expresión devino ceñuda.

—¿En qué piensas? —preguntó él.

Penelope le estudió el rostro y le escrutó los ojos.

—Me preguntaba... una cosa.

Por lo general era tremendamente franca. La curiosidad de Barnaby aumentó.

—¿Qué cosa?

Con las manos sujetándole aún la nuca y la cabeza ladeada, ella entornó un poco los ojos con manifiesto desafío.

—Si te lo digo con franqueza, ¿contestarás con sinceridad?

Bajando las manos a su talle, sosteniéndola contra él, no tuvo que pensarlo dos veces.

—Sí.

Tras vacilar un instante, Penelope dijo:

—Me preguntaba si me deseas de verdad.

Otras mujeres le habían preguntado lo mismo en un sinfín de ocasiones. Él siempre había entendido que cuando las mujeres empleaban aquella palabra, significaba mucho más de lo que los hombres suponían. Por consiguiente, se sabía las respuestas insustanciales, la palabrería para contestar sin llegar a mentir. En este caso, sin embargo...

Penelope le había pedido sinceridad.

Él le sostuvo la mirada con firmeza.

—Sí. Así es.

Con la cabeza aún ladeada, ella le estudió el semblante.

—¿Cómo puedo saber que es verdad? Los hombres siempre mienten sobre este asunto.

Tenía toda la razón del mundo; Barnaby carecía de argumentos para defender a los de su género. Y no había que ser un genio para darse cuenta de que cualquier discusión sobre el tema sería una pescadilla que se mordería la cola.

No obstante, los hechos demostrables resultarían más elocuentes que las promesas. Le cogió una mano y tiró hacia abajo, paseándola entre ambos hasta posarle la palma sobre su erección.

Penelope abrió unos ojos como platos.

La sonrisa de Barnaby se acentuó.

—Esto no miente.

Ella entornó los ojos pero él reparó en que no hacía el menor intento por retirar la mano. Más bien lo contrario. El calor de su palma y la ligera flexión de sus dedos se convirtieron de inmediato en un principio de tortura que hizo cuestionarse a Barnaby su propia cordura. Un momento antes le había parecido una buena idea.

Apretando los dientes, mantuvo los ojos en los de ella y rezó para no bizquear.

—No estoy muy segura sobre eso —murmuró Penelope—, me refiero a su importancia. Al parecer les sucede bastante a menudo a los hombres... Tal vez, en este caso, esto —sus dedos apretaron ligeramente, causándole una sacudida en su fuero interno— tan sólo sea un reflejo, un resultado de este escenario tan provocativo e ilícito.

—No. —Le costó un esfuerzo titánico responder con tono imparcial, como si explicara una teoría lógica—. El ambiente no lo afecta en absoluto, pero sí la compañía. —Haciendo caso omiso del interés que asomó a los ojos de ella, se obligó a proseguir, mascullando las palabras entre los dientes apretados—. Y con la compañía actual, tal fenómeno físico ocurre asiduamente. En cualquier momento y lugar.

La voluntad le estaba flaqueando, hechizado por la persistente calidez de aquellos dedos. Le cogió la muñeca y le apartó la mano. Luego le rodeó la espalda con ambos brazos y la atrajo hacia sí. Atrapada en su mirada, Penelope le dejó hacer.

—Esto sucede cada vez que te veo —explicó él—. Cada vez que te tengo cerca.

Bajó la cabeza y respiró junto a sus labios. Ella echó instintivamente la cabeza atrás.

—Sobre todo cuando te tengo cerca —insistió Barnaby, y la besó en los labios. Ella no se resistió, sino todo lo contrario, lo alentó a mostrarle lo que ella quería conocer mejor.

Servicial como el que más, la estrechó entre sus brazos, haciéndola cautiva, avivando tanto su propia excitación como la de ella, creando expectativas, dejando que el deseo aumentara y se adueñara de ambos.

Una vez que lo hizo, una vez que ella estuvo aferrada a sus hombros hincándole los dedos, una vez que su respiración fue rápida y entrecortada, la tomó en volandas y se la llevó, cruzando la arcada, a la salita desierta que había más allá.

Se dejó caer en un sillón con Penelope sobre el regazo, haciéndola reír. Pero la risa se apagó en cuanto él se inclinó sobre ella. Lo miró a los ojos en la penumbra, escrutándolos durante un momento preñado de significado, y luego cerró los párpados a modo de entrega. Barnaby salvó los últimos centímetros que los separaban y sus labios se unieron una vez más.

La mano de Penelope se deslizó de su nuca a su mejilla, acariciante, como si le retuviera mientras correspondía al beso y lo alentaba abiertamente. Con la boca, la lengua y la presión de sus labios lo apremiaba a enseñarle más cosas sobre el deseo, sobre aquello en que se traducía la atracción que los unía.

Barnaby no tuvo reparo en doblegarse, en deslizar su mano desde aquella delicada mandíbula, resiguiendo la curva del cuello y por encima de la clavícula, hasta la sutil turgencia de un seno.

No vaciló en palpar la carne firme bajo su palma, el pezón erecto bajo la fina seda del corpiño. Estuvo tentado, muy tentado, de desabrochar los minúsculos botones de perlas para poder tocarla y saborearla, pero una advertencia insistente resonaba en su cerebro.

Atrapado en aquel momento, en su ardoroso y cada vez más fogoso intercambio, en el modo en que ella reaccionaba arqueando la espalda, buscando sin descanso aprender más, tardó unos segundos en identificar y descifrar el mensaje: «El conocimiento es el precio de Penelope Ashford.» Por tanto, si él cedía demasiado deprisa...

De súbito vio muy claro el camino a seguir con ella. Se trataba de una mujer para quien el conocimiento, tanto los datos como aún más la experiencia, poseían un poderoso atractivo. Y en aquel campo él estaba dispuesto a enseñarle cuanto ella quisiera aprender. Pero como cualquier maestro experimentado, necesitaba ejercer cierto grado de autoridad, tentarla con respuestas a su primera pregunta para luego mantener despierta su curiosidad con la expectativa de contestar muchas más.

Tenía que escalonar las lecciones y asegurarse de que ella terminara aquélla con motivos y ganas de acudir a la siguiente.

Bajo sus labios, bajo su mano, ella estaba empezando a ponerse exigente, percibiendo la momentánea distracción de Barnaby con sus pensamientos. Él sonrió para sus adentros y no le dio lo que deseaba, sino más de lo mismo.

A través del vestido de seda la acarició cada vez más íntimamente, tomándola de la cadera para girarla y sobarle una firme nalga. No intentó apagar su propio deseo; su dirección, su meta, que era la posesión completa. Aquello era lo que ella quería saber. Él dejó que percibiera cada contacto, cada posesiva caricia.

De modo que cuando le pasó la mano por los muslos, acariciándolos, para luego hundirla en la entrepierna a través de la espumosa seda, Penelope dio un grito ahogado y se estremeció.

«Basta.» El estratega que gobernaba en su cerebro se impuso, recordándole su propósito, su verdadero objetivo.

Se echó atrás y la echó atrás.

Penelope entendió lo que estaba haciendo, entendió que se batía en retirada para no enseñarle más, demasiado tal vez para aquel momento y lugar. Contrariada pero resignada, siguió su ejemplo, dejando que sus besos fueran menos voraces y el apetito que los consumía fuera remitiendo. No llegó a desaparecer, sino que, como un fuego al que echaran carbón para que ardiera lentamente, se redujo a un rescoldo. Listo para encenderse con furia en cuanto lo atizaran.

Con el atizador correcto: el de Barnaby.

Ese dato resultaba tan intrigante como todo el episodio en sí. Se sentía sofocada, con el cuerpo caliente, complacido y extrañamente lánguido aunque atormentado por una elusiva ansiedad que todavía no acertaba a comprender del todo.

Separaron los labios. Barnaby la miró a los ojos, los estudió un momento y luego se incorporó para ayudarla a levantarse.

Una vez de pie, Penelope comprobó el estado de su vestido y le sorprendió constatar que era bastante pasable. Se ajustó el corpiño, alisó las faldas y procuró no pensar demasiado en la persistente sensación de las caricias de Barnaby.

Había querido saber, había preguntado en silencio y había aprendido... un poco. Lamentablemente, según corroboraba su juicio a medida que lo recobraba, no lo suficiente para contestar inequívocamente la candente pregunta sobre aquel hombre, sobre su relación con él y viceversa.

Frunció el ceño y se volvió hacia él, que se estaba ajustando las mangas de la chaqueta.

Sin darle tiempo a preguntar, Barnaby le adelantó la respuesta:

—Esto ha sido un anticipo de lo que es el deseo, al menos entre tú y yo. Si quieres saber más, estaré encantado de enseñarte. —Se acercó a ella y la miró a la cara, pero no la tocó—. No obstante, como con cualquier materia, si realmente quieres entenderla en profundidad, con todas sus ramificaciones, debes tener ganas y estar dispuesta a aprender.

Aquellas palabras encerraban una pregunta muy clara. Penelope hizo un esfuerzo para no entornar los ojos; era demasiado espabilada como para no darse cuenta de lo que Barnaby pretendía.

Sin embargo...

Quería saber. Más. Mucho más.

Sosteniéndole la mirada, sonrió antes de dar media vuelta y dirigirse hacia la escalera.

—Lo pensaré.

Barnaby la observó batirse en retirada entornando los ojos y luego la siguió; como siempre, se colocó detrás de ella. Cuando Penelope llegó a la escalera, le dijo:

—La imprenta está imprimiendo los avisos esta noche; los tendrán listos por la mañana.

Ella se detuvo en lo alto de la escalera. Por encima del hombro, repuso:

—Deberíamos comentar con Griselda la manera de distribuirlos.

Él se detuvo detrás de ella.

—Te recogeré en Mount Street a las nueve. Iremos a buscar los avisos y luego a su tienda.

—Estupendo —replicó ella y, con una inclinación de la cabeza, comenzó a bajar la estrecha escalera.

Él se quedó arriba, observándola descender, recordándose a sí mismo que dejarla marchar era una parte vital de su plan maestro.

A altas horas de la noche, Penelope daba vueltas en la cama, en su dormitorio de Mount Street, un entorno tan familiar que no acertaba a comprender por qué no podía serenarse y dormirse.

Era tan disciplinada que normalmente no tenía la menor dificultad para conseguirlo.

Era culpa de él, por supuesto.

Había soltado una liebre fascinante que corría por su mente, y ella no podía dejar de perseguirla.

Se incorporó, ahuecó la almohada, se volvió a tender hundiendo la cabeza en ella y miró el techo.

No cabía duda de que la estaba tentando deliberadamente. En cuanto al precio del conocimiento que le ponía, cual zanahoria, ante las narices, sabía de sobra de qué se trataba. Pero dado que ya había cumplido los veinticuatro y no albergaba el menor deseo de casarse, pues había decidido tiempo atrás que, con las restricciones que conllevaba, no le convenía lo más mínimo, ¿qué sentido tenía conservar la virginidad? A la luz de lo que ahora consideraba su inaceptable ignorancia sobre el tema del deseo, por no mencionar la pasión, parecía apropiado canjearla, siendo tan inútil como por otra parte era, por el conocimiento que tanto ansiaba ahora.

A lo que había que sumar el hecho de que Barnaby era el primer hombre que había incidido en su conciencia de aquel modo, el primero que lograba poner a correr la antedicha liebre por los campos de su mente.

Detuvo sus pensamientos en ese punto y los revisó. Tras valorarlos y evaluarlos, le pareció que hasta allí todo respondía a una lógica irrefutable de un razonamiento sólido.

El aspecto que la inquietaba hasta el punto de impedirle conciliar el sueño era otro: el paso que venía a continuación. La idea de limitarse a decirle que sí y encomendar despreocupadamente su educación a él y a sus antojos masculinos no la atraía. Ni lo más mínimo.

No tenía un gran concepto de los cerebros masculinos. Ni siquiera del de Barnaby, que parecía superior a la media. Abrigaba serias sospechas de que Barnaby no tenía, o al menos no era consciente de tener, un fundamento lógico para el deseo que sentía por ella, aparte del propio deseo.

No, aunque ella no viera razón alguna que le impidiera seguir adelante, aunque siempre según sus condiciones, desde luego no lo haría con la falsa ilusión de que él, un varón, fuera capaz de dilucidar los motivos por los que la deseaba.

Afortunadamente, descubrir dichos motivos no era su único objetivo intelectual. Aún más que los motivos de Barnaby, quería conocer y comprender los suyos propios.

Necesitaba saber qué la hacía desear, qué había en sus besos y sus abrazos, qué la inducía a querer mucho más. Tenía que averiguar qué alimentaba su propio deseo.

Aquél era su objetivo primordial.

Y Barnaby Adair era el hombre que la conduciría hasta él.

El único peligro real todavía no se había insinuado: el casamiento. En la medida en que el matrimonio siguiera ausente de su ecuación, todo iría bien.

Meditó sobre esa cuestión. Aceptó que quizás él se sentiría obligado, después de seducirla, pues así era como lo vería él, a pedirle la mano, y que incluso si ella rehusaba continuaría insistiendo, considerando que era un asunto que afectaba a su honor, tema sobre el que los hombres de su clase tendían a ser particularmente testarudos.

Pero ella sabía cómo contraatacar; aun en el supuesto de que él tratara de introducir la nefasta perspectiva del matrimonio, estaba convencida de que sería capaz de imponerse, de influir en él para hacerle cambiar de opinión. Si el asunto salía a colación, le explicaría su punto de vista; estaba segura de que él, siendo un hombre lógico y racional, entendería su postura y finalmente la aceptaría. Además, su posición en semejante discusión se vería reforzada si era ella quien promovía su aventura, no consintiendo sino dictando: ése era el mejor camino a seguir para ambos. Debía tomar las riendas y definir su relación como una simple y llana aventura, sin permitir que ninguna insinuación de esponsales saliera a colación y confundiera las cosas.

Su mente se despejó. Así era como debía ser. Obviamente.

Torciendo los labios, suspiró. Se puso de lado, se acurrucó en la almohada y cerró los ojos.

Lo único que tenía que hacer era controlar la situación, y todo iría bien.

Serena y confiada, se durmió.

—Me alegra mucho haber venido contigo esta mañana —dijo Penelope frente a la tienda de Griselda, aguardando mientras Barnaby sacaba del coche de punto la caja que contenía los avisos impresos.

Levantando con esfuerzo la caja, él cerró la portezuela con el codo y despidió al cochero. Mientras el carruaje se ponía en marcha, se volvió hacia ella, tratando de disimular su sonrisa. Desde que habían salido de la imprenta cercana a Edgware Road, ella le había estado entreteniendo con un flujo constante de comentarios y suposiciones.

Penelope se situó a su lado mientras él caminaba hacia la puerta de la sombrerería.

—Gracias; ha sido una mañana sumamente instructiva y provechosa —añadió, y lo miró cuando él, manteniendo la caja en equilibrio encima del hombro, le indicó que subiera los escalones de la entrada delante de él—. Durante los últimos años hemos estado investigando otros oficios para nuestros huérfanos. Hemos tenido cierto éxito con los comerciantes. Después de haber conocido al señor Cole y de que me enseñara su oficio, creo que deberíamos tener en cuenta las imprentas como posibles puestos de trabajo para nuestros niños.

Siguiéndola al interior de la tienda, Barnaby dijo:

—Deberías hablar con Cole; seguro que estará encantado de probar a algunos chavales.

No era sólo que la hija del vizconde Calverton fuese la clase de dama por quien Cole perdería los papeles, sino que, no obstante la caja que Barnaby llevaba al hombro, aún estaba en deuda con él.

Asintiendo, Penelope se adentró en la tienda.

—Me parece que lo haré. —Sonrió a las aprendizas y les indicó que siguieran con su trabajo—. No es preciso que nos anuncien; iremos directamente a ver a la señorita Martin.

Apartó la cortina y se detuvo. Faltó poco para que Barnaby la atropellara. Griselda no estaba en la cocina.

—Aquí arriba, Penelope.

Mirando a lo alto de la angosta escalera, Penelope sonrió abiertamente.

—Buenos días.

Comenzó a subir la escalera. Barnaby descargó la caja del hombro y, llevándola delante de él, subió tras ella. Al llegar a la salita vio a Penelope dándole la mano a Stokes, que llevaba su disfraz «East End», lo mismo que Griselda.

—Perfecto —dijo.

Dejó la caja en una mesa auxiliar, la abrió, sacó la primera hoja y la sostuvo para que Stokes y Griselda la leyeran.

El inspector sonrió lentamente.

—Y tan perfecto. —Cogió el aviso y lo sostuvo para que Griselda lo viese mejor—. Estábamos a punto de salir para seguir las pistas que el señor Martin y otros han reunido sobre los cinco posibles maestros de ladrones que nos quedan. —Le entregó el aviso a Griselda y miró la caja—. ¿Cuántos tienes?

—Dos mil. —Barnaby se metió las manos en los bolsillos—. Suficientes para inundar el East End. Lo que nos falta saber es la mejor manera de distribuirlos, a fin de difundirlos a lo largo y ancho del barrio.

—Los mercados —dijo Griselda—. Íbamos a ir de todos modos, pero repartirlos por los tenderetes es la mejor forma de difundirlos. Y hoy es viernes; los viernes y sábados es cuando hay más trajín. Los otros lugares donde merece la pena dejarlos serían los pubs y tabernas, pero en los mercados llegarán a más gente, mujeres además de hombres.

Stokes asintió.

—Nos los llevaremos hoy mismo. Cuanto antes encontremos a esos niños mejor.

—¿Qué han averiguado sobre los demás posibles maestros de ladrones? —Penelope miró a su amigo y luego a Griselda—. ¿Algo que indique que uno de esos nombres sea el del hombre que buscamos?

El inspector hizo una mueca.

—Nada definitivo. La dificultad que plantean esos cinco es que no se mueven en círculos amplios; se mantienen cerca de sus guaridas y sólo se relacionan con quien no tienen más remedio. Creemos que tenemos las señas de tres, Slater, Watts y Hornby. Es lo que comprobaremos hoy. De los otros dos, Grimsby y Hughes, aún no hemos conseguido nada. No obstante, en ambos casos, tanto los agentes locales como el padre de Griselda sólo han recibido respuestas evasivas, lo cual me lleva a sospechar que actualmente están implicados en algo ilegal. Que ese algo sea llevar la escuela que andamos buscando aún está por ver, pero si resulta que los otros tres están respetando la ley, lo cual es harto probable teniendo en cuenta lo fácil que ha sido localizarlos, entonces Grimsby y Hughes serán nuestras mejores apuestas.

Griselda miró a Stokes.

—Después de comprobar las tres primeras direcciones, si no encontramos ningún rastro de los niños, insistiremos para ver qué descubrimos sobre Grimsby y Hughes. —Miró a Barnaby—. El problema es que nadie sabe, o al menos no está dispuesto a decirnos, en qué zonas merodean, lo cual hace que localizarlos sea como buscar una aguja en un pajar.

—Es posible que con los avisos obtengamos alguna pista —dijo Barnaby—. Al menos una indicación sobre la zona en que debemos centrarnos.

—¿Qué hay de los Bushel? —Penelope miró a Stokes—. ¿Ya los ha visitado?

El inspector asintió; miró a Barnaby.

—Tu mensaje me llegó a tiempo. Fui a Black Lion Yard a última hora de la tarde. Hablé con Mary Bushel y con los hermanos Wills. Entre todos elaboramos un plan que debería mantenerla a ella y su nieto a salvo pero dejando la puerta abierta de manera sugerente, por así decir, con la esperanza de que esos canallas se atrevan. —Stokes adoptó una expresión de fiereza—. Sólo espero que lo hagan y se encuentren con los Wills y los agentes locales.

Barnaby enarcó las cejas.

—No lo había pensado, pero Black Lion Yard se presta a ser una trampa excelente.

—Exacto. De modo que Horry y su abuela están bien protegidos y nuestra trampa, tendida —recapituló Stokes—. Ahora sólo resta esperar y ver quién va a caer en ella. —Cogió la caja de avisos—. Griselda y yo repartiremos esto en los mercados. —Miró a los otros tres—. Hay que averiguar dónde esconde los niños ese maestro, y librarlos de sus garras, si es posible antes de que los envíe a trabajar.

Barnaby hizo una mueca.

—El Parlamento cierra la próxima semana. En cuestión de días no quedará un alma en Mayfair. Si nuestra hipótesis sobre la razón de que ese maestro esté entrenando a tantos niños es correcta, sólo tenemos hasta entonces para encontrarlos.

Todos cruzaron miradas y luego Griselda indicó la escalera con un ademán.

—Pues más vale que nos pongamos en marcha.

Bajaron en tropel y salieron de la tienda, dejando a las aprendizas muertas de curiosidad.

Una vez en la calle, enfilaron hacia la iglesia para buscar coches de punto en la travesía. Stokes y Griselda tomaron el primero, puesto que su tarea era la más urgente.

De pie en la acera observando la partida del carruaje, Penelope se movía intranquila.

A su lado, también con la vista fija en el carruaje, Barnaby dijo:

—Si se te ocurre algo que tú, yo o nosotros podamos hacer para descubrir más deprisa lo que necesitamos saber, házmelo saber.

Ella miró su perfil.

—¿Prometes hacer lo mismo?

Él bajó la vista hacia ella.

—Sí, descuida.

—Bien. Si se me ocurre algo, te mandaré recado.

13

Todo estaba en su sitio; sin embargo, no había ocurrido nada. Entrada la noche, envuelto en una espesa niebla, Barnaby paseaba por St. James reflexionando sobre el estado de la investigación. Acababa de salir de White's después de pasar una tranquila velada en el club casi vacío y, por consiguiente, gozosamente silencioso, tras haber considerado más acertado matar el rato allí que en un salón de baile persiguiendo a Penelope: un ardid deliberado para suscitar su impaciencia, dejando insatisfecha su curiosidad, incitándola así a considerar la posibilidad de saciar su sed de conocimiento con él. Siendo como era una dama inteligente, su mente seguiría entonces la senda más obvia, la que la conduciría a sacar la conclusión que él deseaba que sacara.

Que casarse con él era lo que más le convenía.

Que haciéndolo enfilaría el camino para alcanzar todo el conocimiento que deseara sobre el tema que en aquel momento, gracias a su reciente intercambio, ocupaba su mente.

Esperaba fervientemente que ese tema en efecto ocupara la mente de Penelope; aparte de la investigación, que se hallaba en un punto muerto, era lo único que la suya tomaba en consideración.

Incluso eso, la falta de progresos en la búsqueda de los niños desaparecidos, era probable que obrara en su favor. Stokes y Griselda habían distribuido los avisos pero aún no habían obtenido ninguna respuesta. En cuanto a los cinco nombres de la lista de Stokes, habían confirmado que Slater y Watts, aun no llevando vidas intachables, al menos no tenían bajo su tutela a ningún niño.

Eso convertía a Hornby, Grimsby y Hughes en sus mejores candidatos para ser el maestro de ladrones implicado, pero ninguna pesquisa había revelado todavía pista alguna acerca de su paradero.

Por otra parte, la trampa que habían tendido en Black Lion Yard dos días antes seguía preparada pero de momento nadie había caído en ella.

Y ni a él ni a Penelope se les había ocurrido nada más para buscar a los niños desaparecidos.

De modo que estaban a la espera.

La paciencia, sospechaba, no era su fuerte; era harto posible, incluso probable, que privada de progresos en un frente, volcara sus energías hacia un objetivo diferente.

La idea de que a él correspondiera guiar dichas energías era una expectativa emocionante, cosa que no había sentido en mucho tiempo, quizá desde que fuera un joven ingenuo.

Tal vez ni siquiera entonces.

Sonriendo para sus adentros, torció hacia Jermyn Street. Blandiendo su bastón, siguió caminando sin preocuparse por la niebla cada vez más densa.

La cuestión del matrimonio era algo que había evitado, pero no porque abrigara aversión o desconfianza innata por ese estado civil. A decir verdad, más bien era lo contrario. Con el paso de los años había visto a sus amigos casarse y disfrutar de la profunda felicidad de la vida conyugal, y lo cierto era que los envidiaba. Aun así, se había convencido de que el matrimonio no estaba hecho para él porque nunca había conocido a una mujer de su entorno social que pareciera dispuesta, o incluso capaz, de sobrellevar su vocación: la pasión por la investigación criminal.

Penelope era la única excepción, la dama que rompía todos los esquemas. No sólo se avendría a que él investigara sino que le animaría activamente. Y su intelecto era tal que, contra todo pronóstico, a él le gustaría compartir sus casos con ella, escuchar sus opiniones y sugerencias, comentar el perfil de los villanos y sus rasgos.

El primer paso para conseguir lo que ahora veía como su futuro más deseable era asegurarse la mano de Penelope. No dudaba de que a su hermano Luc y al resto de su familia, tal petición les resultaría muy grata; el tercer hijo de un conde era un partido perfectamente aceptable para la hija de un vizconde, y su posición y fortuna no eran nada despreciables. El único obstáculo era lograr el consentimiento de Penelope, pero si el ardid de atizar su curiosidad e impaciencia estaba surtiendo el efecto deseado...

Sonriendo confiado, hizo girar su bastón. Daba por hecho que ella daría muestras de interés muy pronto. Decidió ir a verla al día siguiente.

Un discreto carruaje negro aguardaba ante la puerta de la casa de enfrente. Reparó en él pero evitó mirar en esa dirección; se preguntó a quién habría invitado esa noche su vecino Elliard.

A su mente acudieron imágenes en las que él agasajaba a Penelope. Pronto, se prometió, muy pronto lo haría. Sonriendo aún más abiertamente, subió de dos en dos los peldaños de la escalinata, bajando la vista para rebuscar en el bolsillo del chaleco la llave de su casa.

A sus espaldas oyó el tintineo de los arneses del carruaje negro y acto seguido los cascos de los caballos comenzaron a chacolotear, alejándose por la calle...

La premonición que le serpenteó por la columna le dejó helado.

No había visto ni oído que nadie subiera o bajara del carruaje, ninguna portezuela cerrarse... ¿Por qué se marchaba de improviso?

Comenzó a volverse y en ese instante intuyó el embate de un asalto. Dio media vuelta y vio una figura encapuchada que subía presurosa la escalinata, empuñando un... ¿bastón de mando?

Su cerebro se paralizó, incapaz de asimilar lo que estaba viendo. La figura era baja y la capa cubría unas faldas. Y había un destello dorado bajo la capucha, a la altura de los ojos.

En esa fracción de segundo reconoció a su asaltante, cayó en la cuenta de que ella venía del carruaje que se había marchado; y entonces vio, demasiado tarde, la porra que blandía.

Le golpeó en la frente.

No fue un golpe fuerte, aunque sí lo bastante para hacerle parpadear y retroceder un paso; faltó poco para que trastabillara yendo a parar contra la pared.

Absolutamente atónito, sin habla, la miró fijamente.

Ella lo agarró del abrigo, al parecer pensando que lo había incapacitado hasta el punto de tener que impedir que se desplomara.

Si llegaba a desplomarse sería de pura y total incredulidad.

¿Qué demonios estaba haciendo?

Volvió a parpadear. Ella se metió la porra debajo de la capa y luego le escrutó la cara. Más tranquila tras corroborar que aún conservaba intactas sus facultades mentales, dijo entre dientes:

—¡Sígueme el juego!

¿Dónde diablos estaba el guión?

Con una mano aún aferrada a su abrigo, alargó el brazo y aporreó la puerta.

Barnaby se preguntó si debía señalar que tenía la llave en la mano, pero decidió no hacerlo. Asumió que se suponía que estaba incapacitado, de modo que se dejó caer contra la pared con los ojos medio cerrados. No era tan difícil adoptar una expresión afligida. Notaba un dolor palpitante donde le había golpeado; sospechó que le había dejado un moretón.

Penelope brincaba de impaciencia. ¿Por qué tardaba tanto el maldito ayuda de cámara?

Entonces oyó pasos; un instante después, la puerta se abrió.

Penelope miró a Barnaby.

—¡Ayúdeme! ¡Deprisa! —Volvió la vista atrás, hacia la calle desierta—. Podrían regresar.

El ayuda de cámara frunció el ceño.

—¿Quién podría...? —Entonces vio a Barnaby desplomado contra la pared—. ¡Oh, Dios mío!

—Exacto.

Penelope cogió un brazo de Barnaby y se lo echó a los hombros. Deslizando el otro brazo en torno a su cintura, tiró de él apartándolo de la pared.

Trastabilló y a duras penas logró incorporarse cargando con él. ¡Señor, cuánto pesaba! Aunque tampoco podía quejarse, dado que él estaba haciendo justamente lo que le había pedido.

Se tambaleó un momento antes de que el ayuda de cámara, Mostyn, ahora se acordaba, se recobrara del susto y sostuviera a su semicomatoso amo por el otro lado.

—Vamos; con cuidado. —Mostyn arrastró a Barnaby por la puerta abierta—. ¡Cielo santo!

Se detuvo y contempló la marca roja en la frente de Barnaby. Penelope maldijo para sus adentros. ¡Aquel hombre parecía una anciana!

—Cierre la puerta y ayúdeme a llevarle arriba —lo urgió.

Ya no estaba tan segura de no haberlo herido de verdad; se apoyaba pesadamente sobre ella. Se dijo a sí misma que no había blandido la porra con tanta fuerza, pero la preocupación comenzó a hacerle un nudo en el estómago.

Mostyn corrió a cerrar la puerta y reapareció para tomar el otro brazo de Barnaby.

Éste gimió cuando se dirigieron hacia la escalera; con demasiado realismo para la tranquilidad de la joven.

Sí, le había hecho daño. La culpabilidad se sumó a la preocupación formando una mezcla nauseabunda.

—¿Pero qué ha sucedido? —preguntó Mostyn cuando comenzaron a subir la escalera. Penelope tenía preparada su mentira.

—Le convencí para ir en busca de nuestros malhechores. Nos abordaron no lejos de aquí y le dieron un porrazo en la cabeza. Recibió un golpe espantoso; ¿ve el moretón?

Con eso bastó; Mostyn chasqueó la lengua y se puso a criticar que su amo nunca hiciera caso de los peligros que le acechaban, que le había advertido mil veces que un día pasaría algo terrible por culpa de sus investigaciones... Y siguió de esa guisa hasta que Penelope lamentó haberse inventado semejante mentira, añadiendo más azotes de culpabilidad a los que ya se arremolinaban en su interior. Tuvo que morderse la lengua para reprimir el impulso de ponerse cáustica en defensa de Barnaby; debía recordar el papel que interpretaba en aquel drama, el de una cómplice femenina gravemente preocupada por la salud de su caballero andante.

Dio las gracias cuando llegaron a lo alto del empinado tramo de escalera y pudo precipitarse hacia el umbral que conducía a una espaciosa habitación. Ocupaba casi todo el primer piso; un dormitorio muy amplio con una cama muy grande, más una pequeña salita con un escritorio y un sillón delante de la chimenea. El fuego ardía vivamente, irradiando luz y calor a la estancia. Un vestidor se abría a un lado y, más allá, un cuarto de baño.

Dos cómodas altas ocupaban paredes enfrentadas y mesitas de noche a juego flanqueaban la cama, pero era la propia cama la que dominaba la habitación. Una cama de madera oscura con cuatro columnas de color caramelo y dosel de damasco. Las cortinas estaban sujetas con lazadas de cordones dorados adornados con borlas, revelando la vasta extensión del cobertor de raso azul, con las almohadas en fundas de seda dorada formando un montículo contra el cabecero.

Ella y Mostyn se acercaron tambaleándose a la cama. El ayuda de cámara consiguió girar a su amo, que emitió otro espantoso gemido, hasta apoyarle la espalda contra el poste más cercano.

—Señorita, si puede sostenerlo un momento, prepararé la cama.

Mostyn soltó con cautela a Barnaby y acto seguido corrió al cabecero de la cama, pero antes de que pudiera coger el cobertor para retirarlo, Barnaby volvió a quejarse y se tambaleó hacia un lado.

—¡Oh! —exclamó Penelope tratando desesperadamente de sostenerlo derecho; pero entonces él dio un traspié y cayó hacia atrás, quedando tumbado boca arriba sobre la cama cuan largo era; si no arrastró a Penelope fue porque ésta lo soltó justo a tiempo, logrando así permanecer en pie.

Sin abrir los ojos, Barnaby hizo una mueca y volvió a gemir. Intentó llevarse una mano a la frente.

Penelope se abalanzó para agarrarle la mano.

—No, no te toques. Quédate tumbado y deja que te quitemos el abrigo.

O bien era un actor consumado, o en verdad se había hecho daño; Penelope no sabía qué pensar.

Sumido en el desconcierto, Mostyn estaba preocupado e inquieto. La joven se quitó la capa y la dejó a un lado, volviendo luego junto al lecho entre los frufrús de su vestido. Entre los dos consiguieron sacar los hombros de Barnaby del abrigo. La chaqueta que llevaba debajo, una creación del sastre Schultz, resultó más difícil de quitar. Mostyn tuvo que sostenerlo, manteniéndolo erguido, mientras Penelope trepaba a la cama por detrás de él y tiraba de las mangas para liberarlo de la ajustada prenda.

Se dio prisa en hacerse a un lado mientras el ayuda de cámara volvía a tender a su amo, gesto que éste acompañó con otro gemido desgarrador.

El chaleco y el fular fueron tarea fácil; le libró de ellos mientras Mostyn se ocupaba de los zapatos y los calcetines.

En cuanto Mostyn volvió a levantarse, Penelope le espetó:

—Traiga agua fría y un paño.

El hombre vaciló, pero la sincera preocupación que resonaba en la voz de la joven le impulsó a dirigirse al vestidor.

Penelope le echó un vistazo y vio que entraba en el cuarto de baño, pero con las dos puertas abiertas no se atrevió a preguntar a Barnaby si realmente le dolía tanto la frente o estaba actuando.

Por otra parte, el sentimiento de culpa al pensar que quizá no fingía, que realmente le había atizado con la porra más fuerte de lo que pretendía, le facilitó el siguiente paso de su plan al regreso de Mostyn.

Cogió la jofaina que éste traía, la dejó en una mesita de noche, escurrió el paño mojado, se inclinó sobre Barnaby y aplicó la compresa con cuidado a la zona enrojecida de la frente. El cardenal no presentaba contusión; probablemente era mejor que lo hubiese tapado, sobre todo habida cuenta de que Mostyn había rodeado la cama para encender el candelabro de la otra mesita de noche. Las velas prendieron y se afianzaron, derramando luz sobre Barnaby, que yacía despatarrado en la cama.

Sin mirar directamente a Mostyn, ella le dijo:

—Puede retirarse.

El ayuda de cámara tardó en asimilar sus palabras y, al cabo, la miró estupefacto.

—¡No puedo marcharme! Sería inapropiado.

Lentamente, Penelope levantó los ojos y lo miró con fiereza.

—Mi querido buen hombre. —Tomó prestados la expresión y el tono de lady Osbaldestone, una dama cuya habilidad para tratar con prepotencia al sexo opuesto era legendaria—. En verdad espero —prosiguió con tono mordaz— que no irá usted a insinuar que haya algo de indecoroso en que atienda al señor Adair en su estado actual, sobre todo habida cuenta de que la herida se la han hecho por haber tenido la gentileza de responder a mi petición; de hecho, al protegerme.

Mostyn parpadeó y frunció el ceño.

Sin darle tiempo a poner las ideas en orden, Penelope continuó con el mismo tono gélido e increíblemente altanero.

—Tengo dos hermanos adultos y he atendido sus heridas bastante a menudo. —Una mentira descarada; ambos eran mucho mayores que ella—. He vivido más de veintiocho años en la alta sociedad y jamás he oído a nadie insinuar siquiera que atender a un caballero herido en estado de postración se considerase en modo alguno libertino.

Habiendo mentido una vez, no vio motivo para no agravar el pecado; era imposible que Mostyn supiera qué edad tenía.

Volviendo a centrar su atención en el paciente, que había guardado silencio desde el principio hasta el fin, se esforzó en recordar términos que la señora Keggs empleaba en situaciones similares, ya que en el orfanato éstas se daban con notable frecuencia.

—Es muy probable que tenga una contusión.

La alarma encendió los ojos de Mostyn.

—¡Ponche de vino! Mi mentor le tenía una fe ciega.

Corrió hacia la puerta.

—No. —Penelope alzó la cabeza y torció el gesto—. Le aseguro que no debe ingerir bebidas calientes; y mucho menos alcohol. Nada de vino ni brandy. Lo cual me demuestra lo poco que sabe usted de estas cosas. —Mostrando indignación, le indicó que se fuera—. Me quedaré a hacerle compañía y cuidarle, manteniendo una compresa fría en la herida. En cuanto se despierte, le llamaré.

—Pero...

Boquiabierto, Mostyn miró alternativamente a Penelope y a su amo.

La joven suspiró, dejó caer el paño en la jofaina y avanzó con determinación hacia Mostyn, quien, como era de prever, reculó.

—No tengo tiempo para seguir discutiendo; debo atender a su señor.

Continuó avanzando hasta que la espalda del ayuda de cámara chocó contra la puerta. Penelope puso los brazos en jarras, le fulminó con la mirada y bajó la voz hasta emitir un agrio susurro:

—Todo este ruido sin duda le causa dolor de cabeza. ¡Fuera de aquí! —Señaló histriónicamente hacia la puerta.

Mostyn la miró con los ojos desorbitados, tragó saliva, lanzó una última mirada a la figura tendida en la cama y luego dio media vuelta, abrió la puerta y salió.

La cerró sin hacer el menor ruido.

Penelope arrimó la oreja a la puerta. Aguardó hasta oír los pasos del hombre bajando la escalera y entonces corrió el pestillo.

Soltó un profundo suspiro con los ojos cerrados y apoyó la frente contra la madera.

Un frufrú le llegó a los oídos.

Abrió los ojos, se dio la vuelta y vio a Barnaby recostado sobre las almohadas. No había rastro de aturdimiento en los ojos azules que se clavaban en ella.

—¿Qué significa todo esto? —preguntó el presunto herido. Su dicción era perfecta; no arrastraba las palabras.

El alivio que la inundó fue desconcertantemente intenso. Con una espontánea sonrisa de dicha curvándole los labios, se acercó despacio a la cama.

—¡Menos mal! No estás herido.

Barnaby dio un resoplido.

—¿Por ese golpecito en la frente?

Ella volvió a sonreír.

—Debería haber supuesto que tienes la cabeza demasiado dura para que se abolle con facilidad.

—Tal vez, pero qué... —Barnaby no tuvo ocasión de terminar la pregunta.

La joven había saltado a la cama y, mientras él hablaba, dio otro salto sobre el cobertor, se arrojó a sus brazos y le besó.

Cosa que estaba muy bien, pero Barnaby era terriblemente consciente de que se encontraban en su dormitorio, en su cama..., y de que ella había echado el pestillo de la puerta. Para agravar el problema, estaban en plena noche y, según había podido ver, que Mostyn acudiera a salvarle no era algo que fuera a suceder pronto.

Desde luego, no lo bastante pronto.

Revolviéndose entre sus brazos, ella se arrimó más, incitante y silenciosa. Incapaz de rechazarla, él la besó; tomándola por los hombros, se deslizó en su cálida boca y se dio un festín, avivando los sentidos de ambos, dando vía libre al deseo.

Penelope lucía un austero vestido de seda verde cuyos botones negros iban de la cintura a la garganta, los largos y esbeltos brazos ceñidos por las mangas provistas de botones aún más diminutos en los puños. Las faldas de medio vuelo camuflaban por entero sus piernas. Con el pelo recogido en un firme moño y las gafas encaramadas en la nariz, tendría que haber presentado un aspecto adusto.

En cambio, como siempre, parecía una fruta prohibida.

La seda oscura hacía que le resplandeciera la piel, fina como porcelana, pálida como nácar. Las manos de Barnaby le recorrían la espalda, conscientemente posesivas; el frufrú de la seda sonaba sensual, sugiriendo rendición.

Si suya o de ella, no lo habría sabido decir.

Le costó poner fin al beso en que ella lo había atrapado.

—Penelope...

Satisfecha, la joven se apartó lo suficiente para sonreír beatíficamente al tiempo que se relajaba encima de él, acomodando los senos sobre el pecho de Barnaby.

—He venido a informarte de que he tomado una decisión.

—Ajá... —Mirando sus oscuros ojos radiantes de entusiasmo, de una energía como no había visto otra igual, Barnaby no estuvo seguro de querer saber la respuesta, pero aun así preguntó—: ¿Qué decisión?

Ella le sostuvo la mirada; sus cautivadores labios carnosos esbozaron una sonrisa.

—La última vez que hablamos de asuntos personales me hiciste un ofrecimiento, ¿recuerdas?

—Lo recuerdo muy bien. —Su voz sonó áspera incluso para él mismo. La seductora sonrisa de Penelope se acusó.

—Dijiste que si deseaba saber más, estarías encantado de enseñarme siempre y cuando yo estuviera dispuesta a aprender. —Ladeó la cabeza y lo estudió con expresión divertida; estaba disfrutando del momento, la culminación de lo que a todas luces había sido un plan—. Pues bien, he venido a pedirte que me enseñes más.

El inevitable efecto de sus palabras se extendió por todo su ser, pero escrutando sus ojos, su complacida e innegable expresión de entusiasmo, Barnaby confirmó que la muchacha se había saltado un par de pasos en el camino que él tenía en mente para ella. Para empezar, avenirse al matrimonio.

Por supuesto, él aún no había pedido su mano.

Antes de que hallara palabras para aprovechar la ocasión, ella lo hizo.

—Soy consciente de que una dama de mi posición debe ignorar tales cosas hasta que se ha casado, pero como soy firme e inquebrantablemente contraria al matrimonio, había pensado que me vería condenada a la ignorancia, la cual, por supuesto, no me agrada lo más mínimo. En ningún tema. De ahí que esté tan agradecida por tu ofrecimiento. —Su expresión traslucía la confiada expectativa de que Barnaby aceptaría su plan para instruirla.

Procurando no mudar el semblante, él maldijo para sus adentros.

Debería haber estipulado que, para ello, antes tendría que casarse con él, o al menos consentir en casarse. Pero no lo había hecho. ¿Acaso cabía incumplir o renegociar su ofrecimiento ahora?

No resultaría fácil. Penelope le había dicho que no buscaba casarse, pero... ¿«firme e inquebrantablemente contraria»?

Le acarició la espalda con delicadeza, con ánimo de tranquilizarse. Aunque la soltara, poner distancia entre ambos era imposible; ahora que la tenía en sus manos, no podía apartarlas. Penelope estaba tumbada encima de él y el cuerpo masculino ansiaba su calor, su suavidad, la sutil y excitante confianza de su buena disposición.

Devanándose los sesos, adoptó una expresión ligeramente intrigada, como si tan sólo sintiera curiosidad por su postura.

—¿Por qué eres tan contraria al matrimonio? Creía que era algo que todas las señoritas desean.

Ella apretó los labios y negó categóricamente con la cabeza.

—No en mi caso. Piénsalo —apoyándose más pesadamente en su pecho, moviendo la cadera provocativamente contra la suya, liberó una mano para gesticular—, ¿qué aliciente podría tener el matrimonio para mí?

El cuerpo de Barnaby, duro y anhelante desde el instante en que ella se había echado en sus brazos, ahora palpitante con la cadera de Penelope cálidamente encajada en su entrepierna, ardía en deseos de demostrárselo. Pero ella prosiguió:

—¿Qué me ofrecería el matrimonio en compensación por su inevitable coste?

Él frunció el entrecejo.

—¿Coste?

La joven sonrió, cínica y sardónica.

—Mi independencia. La capacidad de vivir como decida en vez de hacerlo como lo decidiría un marido. —Lo miró a los ojos—. ¿Qué caballero de nuestra clase me permitiría visitar libremente los barrios bajos una vez casados?

Barnaby le sostuvo la mirada con firmeza pero no pudo contestar. La sonrisa retórica de Penelope se ensanchó en una de franco regocijo. Le dio una palmada en el pecho.

—No te calientes los sesos; no hay respuesta. Ningún caballero que se casara conmigo me permitiría hacer lo que siento que debo hacer, impidiéndome proseguir con lo que considero el trabajo de mi vida. Sin ese trabajo, ¿qué satisfacción tendría? Por consiguiente, me quedaré sin boda.

Barnaby escrutó sus ojos negros y vio claro que la haría cambiar de parecer. Lamentablemente, declarar tal objetivo en aquel momento garantizaría su inmediato fracaso.

—Ya veo... —Se obligó a asentir—. Entiendo tu punto de vista.

Y era cierto; ciñéndose a la razón y la lógica, su postura tenía sentido. Sólo que no podía ser. Había que cambiarla. Porque él necesitaba que se convirtiera en su esposa.

El tenerla echada encima, sus firmes y esbeltas curvas un exquisito regalo envuelto en seda verde oscuro, estaba socavando su capacidad de raciocinio. Además, resultaba bastante obvio que ninguna discusión iba a salvarlo esa noche.

Se había ofrecido a enseñarle más sobre el deseo; ahora que ella le tomaba la palabra, no podía echarse atrás, so pena de que ella no volviera a confiar en él. Por más explicaciones que le diera, se sentiría desairada y rechazada; se apartaría de él y nunca volvería a permitir que se le aproximara.

Si mencionaba el matrimonio, Penelope levantaría una muralla y le dejaría extramuros; y no podía permitir que eso ocurriera.

Peor todavía, mucho más horripilante aún, era el riesgo de que ahora que la había alentado, si él no saciaba su sed de conocimiento en ese ámbito, quizá buscaría a otro hombre que sí lo hiciera.

Cualquier canalla.

En lugar de él.

Y eso, indudablemente, tampoco iba a suceder.

Penelope lo observaba; sus ojos y su expresión rebosaban entusiasmo. Ladeó la cabeza y enarcó las cejas.

—¿Y bien?

La pregunta sonó inesperadamente sensual y provocativa; pregunta, desafío y pura tentación concentrados en dos breves palabras.

Barnaby, con la certeza de lo que ambos se disponían a hacer allí, en su cama, notó cómo le penetraba la conciencia y le invadía el cuerpo entero, hasta que cada músculo pareció vibrar de calor.

Dejando que sus labios esbozaran una sonrisa, su mirada cautiva en la oscuridad de la de ella, llevó una mano hacia su rostro y le quitó las gafas, liberando las patillas sujetas por el peinado. A sabiendas de que aquel gesto suponía una rendición inequívoca.

—¿Hasta dónde ves sin ellas?

Penelope pestañeó, sonrió y le escrutó el semblante.

—Veo hasta un metro y medio razonablemente bien, aunque no siempre con la nitidez que quisiera. A partir de ahí las cosas se van volviendo borrosas.

—En ese caso... —alargando el brazo, dejó las gafas sobre la mesita de noche— no vas a necesitarlas.

Ella frunció el ceño.

—¿Estás seguro?

Devolviéndole la mirada, él arqueó una ceja.

—¿Quién es el profesor aquí?

Penelope se rio. Cruzando las manos sobre el pecho, se tensó para empujar y apartarse de él.

Barnaby tenía las manos en su espalda y la retuvo, la estrechó y la hizo girar con él, atrapándola debajo de su cuerpo. Agachó la cabeza y con un beso acalló el sobresaltado «¡Oh!» que brotó de sus labios, antes de hundirse en la acogedora calidez de su boca.

Antes de hundirse en ella.

La reacción inmediata de cada uno de sus músculos ante la sensación de tenerla debajo fue intensa, reveladora y lo bastante desaforada como para que mentalmente contuviera la respiración mientras se esforzaba por mantener a raya su instinto.

Ella lo había invitado a hacerle el amor pero no a violarla, distinción que su cerebro civilizado entendía, pero en la que su lado más primitivo, el que ella despertaba, no pintaba nada.

Adusto en su fuero interno, refrenó su instinto depredador, y sólo una vez que tuvo la certeza de tenerlo controlado permitió que sus manos se movieran. Que se deslizaran debajo de ella, que le agarraran la cintura, tensándose..., dejando que su actitud posesiva se regodeara, paladeara el hecho de que ella estaba allí, entregada, para que él la tomara.

Fue un momento embriagador; a modo de respuesta, le separó los labios con los suyos y profundizó el beso, saqueándola de un modo lánguido y pausado que era una promesa de mayores intimidades.

Habiendo aceptado su guión, habiéndose encontrado una vez más, de forma totalmente imprevista, siguiendo en lugar de guiando, se despojó de toda reserva: haría lo que ella le pedía, tomar la iniciativa y enseñarle más, iniciándola en la pasión.

Le hizo una firme caricia desde la cintura hasta la prominencia de los senos y Penelope gimió sin dejar de besarlo. Barnaby ya la había acariciado de manera semejante, pero esta vez, con la certidumbre de que no se detendría tras esa caricia, su tacto parecía más potente, infinitamente más poderoso.

Cada contacto era una promesa; cada movimiento de su palma y sus dedos, a un tiempo una exploración y una reivindicación.

Una delicia. Una cálida sensación se derramaba por todo su ser. Un ardor más definido, llamas de excitación, se encendían, crecían y la atravesaban. Los senos no tardaron en dolerle, demasiado prietos en el tirante confinamiento de la seda, los pezones turgentes dos puntos de intenso placer.

De haber podido habría expresado su incomodidad, pero con la boca de Barnaby pegada a la suya, con su estimulante lengua enredada con la suya, no tuvo ocasión, capacidad ni cabeza para articular palabras.

Las palabras, las razones y la lógica ya no importaban, al menos en aquel mundo en que Barnaby la había introducido, un mundo donde el deseo se había alzado tan rápido que creyó poder saborearlo, ácido, adictivo. Imperioso.

Atrapada bajo su peso, dio un ligero gemido. Barnaby reaccionó con una calma y una falta de urgencia que a ella la excitó aún más. Apoyando una mano entre ellos, fue desabrochando botones con destreza hasta liberarla del canesú, comenzando por el cuello y avanzando lentamente hacia abajo... hasta que el canesú se abrió, aliviando la presión sobre sus senos.

La desaparición de tan desconcertante presión la dejó perversamente anhelante, deseosa de algo más; entonces él apartó el canesú y, a través de la delicada camisola de seda, tomó el pecho con una mano.

Penelope ahogó un grito y se aferró al beso, a él. Como de costumbre, tenía las manos entrelazadas en la nuca de Barnaby. Mientras él palpaba, acariciaba y sobaba, sus manos se desplazaron hasta los hombros y los sujetaron con fuerza. Cuando Barnaby le frotó el pezón hinchado con el pulgar, aguantó la respiración y le hincó las uñas en la espalda.

Él jugaba, ponía a prueba, atormentaba a sus sentidos; exploraba y aprendía sobre ella, sobre sus reacciones. Le enseñaba, le mostraba lo que le gustaba, cuánto deleite podía provocar un simple contacto, si bien era cierto que ilícito.

Su otra mano había permanecido en la cintura de Penelope. Sujetándola, reteniéndola. Ahora, presionando de nuevo bajo ella, se deslizó hacia abajo hasta que su palma le alcanzó el trasero para luego pasearse por él, valorándolo más que poseyéndolo, aunque con la promesa de que no tardaría en hacerlo. Su peso sobre ella la retenía, la aplastaba, apretándola contra la mano indagadora. Incluso a través de las faldas y enaguas, el contacto de Barnaby irradiaba calor, un calor húmedo y un tanto apremiante que se transmitía a su piel.

Una extraña agitación se adueñó de Penelope. Como si se abriera un pozo, un vacío, un apetito. Saboreaba el deseo en su beso, lo sentía en su contacto. ¿Era aquello la pasión, creciendo a modo de respuesta?

Interrumpiendo el beso, Barnaby la miró. Los párpados le pesaban, su azul era intenso. Entonces sus labios dibujaron una sonrisa peligrosa y rodó sobre el lecho, arrastrándola consigo.

Ella soltó un grito ahogado, le agarró los hombros e hizo ademán de apartarse cuando Barnaby quedó tumbado boca arriba, recostado en los almohadones, pero el peso de su brazo en la espalda la retuvo contra él. La atrajo hacia sí para que sus labios pudieran atrapar los suyos otra vez, para volver a nublarle los sentidos.

Una vez atrapada, el apretón de sus brazos cedió. Su nueva postura le alborotó los sentidos, despertándolos con desacostumbrada conciencia. Las faldas se le habían subido al voltearse; si bien aún había seda entre ambos, entre sus muslos y los costados de Barnaby, las faldas se le habían abierto por detrás y ahora cubrían las piernas de Barnaby, dejando su trasero expuesto si era lo bastante tonta, lo bastante licenciosa, como para sentarse.

Por el momento se contentó con dar tiempo a sus sentidos para que se acostumbraran a la inesperada postura, al sólido y musculoso calor de Barnaby entre sus muslos, a la dureza contra la que éstos se apretaban.

225

Entonces notó que los dedos de Barnaby desabrochaban deprisa los cordones de su espalda.

Él no se detuvo hasta que hubo desabrochado todos los cordones y la parte trasera del vestido quedó abierta. Dejó que sus manos se pasearan por la tela, apartándola hacia los lados, hallando una vez más la tenue seda de la camisola que le protegía el cuerpo de su contacto directo.

La impaciencia se adueñó de Barnaby, que la domeñó. Interrumpiendo el beso, la instó a alzarse. Alargando las manos, tiró hacia arriba de sus rodillas, pegándolas a su torso, de modo que cuando ella puso las manos en su pecho y empujó, se encontró sentada a horcajadas encima de él.

Como Barnaby estaba recostado sobre las almohadas, Penelope quedaba sentada encima de su cintura, con los senos a la altura de su rostro.

Justo donde él los quería.

Torció el gesto con expectación cuando levantó las manos para bajarle el vestido de los hombros.

Mientras las mangas se deslizaban por los brazos, atrapándolos, Penelope lo miró a la cara. Barnaby no la estaba mirando a ella sino a lo que había dejado al descubierto. Su expresión era forzada y apenas revelaba nada, como si controlase algo muy grande en su fuero interno. Todo parecía bajo control, tanto él mismo como ella. Pero entonces le entrevió los ojos, y el ardor y la lujuria que encendía el azul de sus iris la impresionó y excitó.

Una parte de ella estaba asombrada de no sentir el menor asomo de modestia, más bien lo contrario. Deseaba aquello, sabía que era así, y estaba decidida a saborear cada instante por más escandaloso que fuera.

Mientras absorbía los matices que ardían en la mirada de Barnaby al recorrer la turgencia aún parcialmente tapada de sus senos, las hondonadas, los picos, sintió crecer una sutil sensación de triunfo.

Había sentido algo semejante con él una vez, una sensación de poder, la sensación de que ella, su cuerpo, podía hacerle cautivo. Captar y retener su atención hasta hacerle olvidar todo lo demás. Incluso cuando las manos de Barnaby le cogieron la muñeca para desabrochar los minúsculos botones que le cerraban los puños, su mirada no se apartó ni un segundo.

Deprisa, en silencio, finalizó la tarea y luego le quitó las mangas, liberándole las manos, que Penelope puso una vez más en sus hombros. Mientras el corpiño cedía con un leve frufrú, arrugándose en torno a su cintura, aguardó, complacida por la tensión de la expectativa.

No acabó de sorprenderla que Barnaby cogiera los extremos del lazo que mantenía cerrado el cuello plisado de su fina camisola.

Barnaby acarició entre los dedos el minúsculo cordón de seda. Se había preguntado qué llevaba Penelope debajo de los vestidos; había fantaseado y ahora ella no le decepcionaba.

La camiseta era austera y sencilla, ni un volante ni un fleco a la vista. Pero era de la seda más fina, ligera y vaporosa que él había visto jamás; diáfana, casi translúcida, susurraba sobre la piel como la caricia de un amante atrevido, libertino, seductor.

La innata sensualidad que había percibido en ella desde la primera vez era a todas luces real, no una fantasía. La constatación aumentó la tensión de sus músculos, ya tensos, hasta un grado superior de anhelo.

Eso era algo que en verdad no necesitaba; ya estaba combatiendo impulsos más intensos, más carnales de los que hubiese experimentado nunca. Supuso que el hecho de que Penelope fuera virgen, de que él sería el primero en verla de aquel modo, el primero en poseerla, era lo que alimentaba tan desenfrenados deseos.

Inspiró hondo, procurando afianzar un control que era menos firme de lo que le hubiera gustado, y levantó ambas manos hacia sus senos. En adoración.

Ni grandes ni pequeños, parecían modelados para sus manos, para él. Los acarició lentamente, a través de la seda, ora rozándolos, ora apretándolos. Con suavidad circundó los pezones erectos hasta que Penelope cerró los ojos y se revolvió, inquieta, encima de él.

Barnaby se tomó su tiempo, recreándose, notando la creciente tensión que le arqueaba la espalda, que entrecortaba su respiración y la hacía empujar, buscando otro contacto tentador.

Ella tenía los ojos cerrados, una arruga de concentración entre las cejas mientras absorbía cada minúscula sensación. Curvando los labios con una sonrisa rapaz, Barnaby se echó hacia delante y lamió.

Penelope soltó un grito ahogado, pero no abrió los ojos.

Ese sonido penetró en el alma de Barnaby. Lamió otra vez, y prodigó lengüetazos al brote enhiesto hasta que Penelope le hincó los dedos con desesperación. Sólo entonces se arrimó más a ella, atrapó la carne palpitante en la boca y chupó.

La joven gimió roncamente, y una vez más, aquel simple sonido fue un acicate para Barnaby, tanto para mitigar como para aumentar el ansia y el dolor que provocaba en ella. Para volverla loca.

Jadeante, con la cabeza dándole vueltas, Penelope no estaba segura de cuánto más podría aguantar. Barnaby seguía dándose un festín con sus senos; aun teniéndolos cubiertos por la camisola, el penetrante placer de su boca húmeda y caliente, de su áspera lengua, le llegaba a lo más hondo, suscitando ardorosas sensaciones que la recorrían en todas direcciones, yendo a concentrarse en la ingle, donde se sentía caliente, húmeda e hinchada, a tal punto que la carne le dolía y palpitaba.

Una vez más, él pareció saberlo. Sus manos le habían soltado los senos para sujetarle la cintura mientras se atiborraba de aquellos picos henchidos, pero ahora le levantaban las faldas y las enaguas para colarse debajo.

Y sobar sus caderas desnudas para, despacio, deslizarse hacia sus muslos desnudos.

Acto seguido, todavía más lentas, volvían a subir.

Gracias a la postura de ella, Barnaby podía acariciarla a su antojo. Continuaba atendiendo a sus senos, causándole un placer embriagador, manteniéndola en precario equilibrio sobre las rodillas de modo que tuviera que cogerlo de los hombros para no caer.

Aunque tenía los ojos cerrados, a medida que las caricias devinieron más explícitas debajo de las faldas, que aquellos dedos largos, elegantes y expertos se deslizaban entre sus muslos y la acariciaban haciéndola temblar, Penelope se sabía observada por su ardiente mirada, que le abrasaba el rostro y los senos palpitantes.

Entonces Barnaby volvió a meterse un pezón en la boca y chupó con más avidez. Penelope gritó, soltando un breve y agudo jadeo de placer; con la cabeza hacia atrás, la columna vertebral tensa, trató desesperadamente de llenar los pulmones al tiempo que los dedos de Barnaby se deslizaban por la resbaladiza hendidura de la entrepierna y, lenta e inexorablemente, penetraban su cuerpo.

Barnaby hundió un dedo dentro de ella y lo agitó. Lo retiró para acariciarla de nuevo, tocarla de nuevo, palparla de nuevo, para luego penetrarla y agitar el dedo otra vez.

Penelope jadeaba por las explosivas sensaciones que la invadían, sintiendo que el calor se extendía al tiempo que el ansia aumentaba, el deseo y la pasión combinándose sin fisuras, las llamas de uno y el ardor de la otra provocando una conflagración.

Un incendio orquestado por él, que le proporcionaba todo aquello, avivando los fuegos para luego dejar que menguara la combustión. A tal punto que Penelope supo que se consumiría y acabaría por morir.

Una y otra vez, Barnaby la llevó hasta el límite, y en cada ocasión la intensidad del deseo aumentaba y le asolaba la conciencia y los sentidos, la voluntad.

Obligándose a abrir los ojos, entrevió a Barnaby chupándole el seno. Lo que vio en su semblante fue tan crudo que le liberó la mente, brindándole un fugaz instante de lucidez que la llevó a preguntarse si sabía lo que estaba haciendo, si realmente entendía lo que ella misma había propiciado.

De que él la quería y la deseaba no tenía la menor duda, pero que él quisiera que ella lo deseara a su vez, que lo quisiera con la misma urgencia descarnada que percibía en él, fue toda una revelación.

De repente entendió el propósito oculto tras su repetitiva estimulación, cada vez llevando sus sentidos a nuevas alturas, abriéndole el deseo a nuevos abismos de necesidad.

Mientras eso pensaba, la mano de Barnaby se metió entre sus muslos y apretó, juntó un segundo dedo al primero para dilatarla, preparándola descaradamente para el asalto final.

Penelope gimió, se aferró, volvió a cerrar los ojos con fuerza mientras el mundo tal como lo conocía devenía más brillante, terso, perfilado por la luz; pero entonces él retiró los dedos, dejándola con la extraña sensación de estar flotando en el aire.

Antes de tener ocasión de regresar a la realidad y protestar, la boca y las manos de Barnaby la abandonaron por completo y, acto seguido, notó que le recogía el vestido.

—Ha llegado la hora de quitarse esto.

Su voz sonó tan grave que Penelope tardó un momento en descifrar lo que le había dicho. No fue de gran ayuda; lo único que pudo hacer fue obedecer y dejar que él le quitara el vestido por la cabeza.

Barnaby desabrochó en un periquete los lazos de las enaguas, las cuales siguieron el mismo camino que el vestido, arrojadas a un rincón.

Ella quedó de rodillas, a horcajadas sobre sus caderas, cubierta tan sólo por el leve velo de la camisola.

La luz dorada de las velas la bañaba; mirándola, absorbiendo vorazmente cada una de sus curvas, cada línea esencialmente femenina, Barnaby apretó los dientes para refrenar el impulso de arrancarle la delicada tela de un tirón.

Ardía en deseo como no le había ocurrido jamás. Si no la poseía pronto... Pero Penelope era virgen; tenía que hacerlo despacio, con ternura. Incluso si la lentitud y la ternura ya no estaban disponibles en su fuero interno.

Una necesidad primitiva, ávida y voraz, le arañaba las entrañas y le recorría las venas.

Lo único que pudo hacer fue agarrar el cordón de seda que antes había palpado y tirar, no desgarrar, lo bastante para quitársela.

—Esto también fuera. —Apenas reconoció su propia voz, que parecía surgir de lo más hondo de su ser. Del yo que mantenía enterrado y ella hacía aflorar.

Por qué Penelope sacaba a la superficie ese lado suyo más primitivo era algo que Barnaby desconocía; sólo sabía que lo hacía, que de un modo u otro tenía que lidiar con aquella presencia masculina más primaria que, por obra de aquella joven, se había ido adueñando de su cuerpo y su mente.

De improviso, Penelope lo miró de hito en hito. Sus insondables ojos negros prometían... Entonces se movió encima de él, cruzando los brazos, alcanzando el bajo de la camisola... Con un movimiento fluido se la quitó por la cabeza y luego, mirándole de nuevo a los ojos, la lanzó lejos.

Barnaby notó más que oyó un gruñido, y cayó en la cuenta de que resonaba en su garganta. Moviéndose de modo instintivo, sus manos la cogieron por la cintura.

Le costó un esfuerzo tremendo pero apretó los dientes, tiró de las riendas y puso freno al impulso de lanzarse precipitadamente a concluir la faena. Se contuvo a duras penas de levantarla, desabrocharse la bragueta del pantalón y liberar su turgente erección para luego darle la vuelta y hundírsela entre los muslos.

«Más tarde», prometió a su yo primitivo.

«No lo dudes», masculló éste e, indignado, dio su brazo a torcer, aceptando de nuevo el control de Barnaby, permitiéndole volver a comenzar, con ella tendida boca arriba debajo de él.

Pero esta vez ella estaba desnuda.

Gloriosamente desnuda.

Todo él, su yo civilizado en completo acuerdo con su lado más primitivo, se regocijó. Mentalmente, se relamió.

Agachó la cabeza y la besó a fondo, a conciencia, explorando de nuevo las maravillas de su boca, asegurándose de paso la conformidad de Penelope, incapaz de discutir, siquiera de hablar.

O así tendría que haber sido, pero cuando se apartó y levantó la cabeza, su siguiente meta brillando como un faro entre la bruma sensual que le envolvía la mente, se dio cuenta de que Penelope estaba retorciéndose, tirando...

Barnaby pestañeó y la miró. Ella frunció el ceño.

—Tu camisa.

—¿Qué le pasa?

—Estoy desnuda..., pero tú no. Quiero... que te desnudes.

Él hizo rechinar los dientes, pero quería que ella quisiera precisamente aquello. Mordiéndose la lengua para no murmurar una maldición, giró para tenderse boca arriba; tardó exactamente diez segundos en librarse de los pantalones y la camisa.

Entonces giró de nuevo y la inmovilizó.

La miró a los ojos.

—¿Satisfecha?

Ella había abierto mucho los ojos. Barnaby no estaba seguro de cuánto había entrevisto, pero aquella mirada daba entender que bastante.

—Ah... —Casi se le quebró la voz. Carraspeó—. Supongo...

Aquel susurro gutural socavó su autocontrol.

—No pienses en ello —gruñó Barnaby, y la besó otra vez. Más a fondo, con más avidez, dando libertad suficiente a sus instintos más implacables para asegurarse de que esta vez, al levantar la cabeza, Penelope no estaría en condiciones de volver a distraerle.

Pero no había tenido en cuenta sus manos. Ni su manera de tocar.

¿Cómo era posible que unas manos femeninas tan pequeñas y frágiles pudieran ejercer tanto poder sobre él? No tenía ni idea. Pero cuando pasaron de agarrarle los costados a deslizarse hacia el pecho, lo único que pudo hacer fue cerrar los ojos y estremecerse.

Y aguardar, de súbito atrapado en el afilado anzuelo de la expectativa, mientras ella separaba los dedos y exploraba, apretando a través del vello hirsuto para dibujar el contorno de sus músculos, acariciando con vacilación sus pezones antes de deslizarse hacia abajo, rozando los surcos de su vientre como si estuviera embelesada.

Barnaby estaba subyugado, ella lo mantenía inmóvil sin esfuerzo mientras exploraba su cuerpo con delicadeza, arrasando su dominio de sí mismo, carbonizándolo hasta que sólo quedó un pequeño rescoldo. Desesperado, entreabrió los ojos y vio la fascinación de su expresión, el profundo brillo de sus ojos.

Fascinación, embeleso, arrobo sensual; ambos parecían afectarse mutuamente del mismo modo. En la misma medida y, muy posiblemente, con el mismo fin, la misma pasión devoradora que todo lo engullía.

Darse cuenta de ello arruinó el poco autodominio que aún conservaba. Sus instintos más primitivos burlaron la guardia e insidiosamente se adueñaron de él, y Barnaby gimió, dándose por vencido. Bajando la cabeza, volvió a besarla.

Vorazmente, tal como su auténtica naturaleza deseaba.

Ávidamente, como si ella fuese su único socorro, la única dulzura que saciaría sus deseos.

Se zambulló en su boca y tomó; y ella dio. Lejos de retirarse ante su agresiva arremetida, Penelope le recibió con entusiasmo, le alimentó ardientemente y, aunque pareciera increíble, le alentó.

Cuando volvió a levantar la cabeza, ésta le daba vueltas, embriagada del sabor y el aroma de Penelope, que jadeaba. Barnaby se deslizó para probar sus senos otra vez. Más agresivamente, más implacable y posesivo.

Penelope consintió, disfrutando pese al esfuerzo por dominar las sensaciones que Barnaby le provocaba; luchando, como bien sabía él, por consolidar cierto grado de control que sería mejor que ella no lograra. Cuando se le escapó un leve gemido, cuando sus dedos dejaron de apretarle los rizos, Barnaby se supo a salvo.

Siguió desplazándose hacia abajo, recorriendo con los labios el cuerpo de Penelope. Su lengua hurgó en el ombligo; ella dio un grito ahogado y le agarró la cabeza otra vez, tan conmocionada por la nueva sensación que ni siquiera podía pensar. Hilvanar pensamientos coherentes ya no estaba a su alcance. Era incapaz de discurrir. Barnaby se había servido de los sentidos para anularle la capacidad de razonar.

Sólo le quedaba sentir. Gloriosas oleadas de sensaciones que crecían y rompían contra ella para anegarla en sucesivas embestidas.

Deliciosas, ilícitas, peligrosas tal vez; sin embargo, ella se entregaba sin reservas a cuanto Barnaby le ofrecía, a cuanto él deseaba. Penelope quería saber y ahora él le estaba enseñando más de lo que ella hubiese soñado jamás.

Bajó todavía más, deslizando el cuerpo firme entre sus piernas, obligándola a separar las rodillas para acomodarse mejor; ella se amoldó sin rechistar. Ardorosos besos puntuados por mordiscos cubrieron aquel vientre sedoso, y Penelope se retorció, presa del doloroso ardor que titilaba y llameaba en su interior.

La sensación de Barnaby deslizándose contra su piel le proporcionaba un sorprendente y perturbador placer. Más dura y áspera que la suya, cubierta de abrasivo vello rizado, la piel de él originaba contra la suya, en comparación suave y delicada, una respuesta física primordial de sus respectivas virilidad y feminidad, y del contraste entre ambas.

Los labios de Barnaby resbalaron hasta el pliegue entre el muslo y la ingle, haciendo que Penelope volviera a suspirar. Con la punta de la lengua lo recorrió hacia adentro, trazando una línea ardiente lanzada hacia...

Penelope frunció el ceño. ¿Qué...?

Lo que Barnaby hizo a continuación la obligó a sofocar un chillido.

En el segundo y más intrusivo roce de los labios de Barnaby contra su vello púbico, Penelope forcejeó y trató de agarrarle los hombros, pero él, con el brazo que apoyaba en su cintura, la mantuvo tendida mientras con la otra mano le agarraba un muslo justo por encima de la rodilla y lo apartaba hacia un lado...

Abriéndola para poder verla bien.

Extasiada, Penelope permaneció inmóvil, la mirada fija en la cabeza de Barnaby, en lo que alcanzaba a descifrar en sus duras y angulosas facciones. Lo que acertó a ver... Dios la asistiera.

Entonces él posó los labios en su vulva.

Con un jadeo entrecortado, Penelope chilló su nombre, intentó desesperadamente zafarse, le agarró la cabeza, enredando los dedos en su pelo, y sintió una sacudida en todo el cuerpo mientras la sensación de él besando, lamiendo y, oh Dios, chupando la atravesaba como un reguero de pólvora, un rugiente incendio que le derritió los nervios y la dejó convertida en un charco de necesidad fundida.

Se tumbó soltando un quejido. Con los ojos cerrados, no tuvo más remedio que permanecer tendida y dejar que Barnaby le enseñara lo que ella había querido saber; dejar que las sensaciones se adueñaran de ella, dejar que le llenaran la mente y le aniquilaran los sentidos.

Dejar que él y las sensaciones la arrollaran.

Que se la llevaran a donde el deseo imperaba y la pasión prevalecía, donde sólo importaban su fogosidad y la voraz y ávida necesidad que dejaba en su estela.

La lengua de Barnaby lamía, sus labios acariciaban, y el calor derretía las entrañas de la joven. Con cada contacto, el fuego ardía más brillante. Más intenso. Más candente.

Hasta que se convirtió en ella misma, lo único que en ese instante importaba.

Una verdadera consumición. Una auténtica rendición.

Pero la fogosa tensión no hizo sino aumentar hasta que Penelope se quedó sin aliento, hasta que las hebras de deseo, todo fuego y ardor, la envolvieron estrechándola tanto que se vio al borde del desmayo.

Entonces Barnaby repitió con la lengua lo que antes había hecho con el dedo, una lenta y lánguida penetración y retirada.

Y Penelope se hizo añicos, pulverizada en un millón de esquirlas de calor, luz y gloria.

Soltó un grito ahogado y se dejó llevar, absorbiendo el momento con avidez. Pero el brillo menguó, dejándola aturdida y extrañamente vacía, curiosamente expectante, como si faltara algo más.

Se sentía como si los músculos del cuerpo se le hubieran licuado, liberándola de toda tensión, pero aun así seguía sedienta.

Abrió los ojos y bajó la vista hacia Barnaby, que había levantado la cabeza y la estaba observando. Entonces cambió de postura, alzándose sobre ella como un poderoso dios.

Penelope apoyó una mano en su pecho y lo acarició suavemente. Pese al leve contacto pudo notar la acerada tensión contenida en su fuero interno. Sintiéndose casi omnipotente, sabiendo que esa tensión la provocaba ella, que nacía del deseo por ella, halló fuerzas para arquear las cejas.

—¿Eso es todo? —Sabía perfectamente que no era así.

Barnaby la miró de hito en hito. Le había abierto los muslos y ahora encajó sus caderas entre ellos. Penelope notó la gruesa punta de su erección buscando y encontrando su vulva; allí se detuvo, haciéndola estremecer.

Apoyando los brazos en las almohadas para rodearle la cabeza, Barnaby buscó sus labios; tomó su boca con un lento, profundo y arrebatador beso que una vez más le hizo perder la cabeza, tanto así que cuando por fin terminó de besarla se encontró sin aliento. A una distancia de unos centímetros, la miró a los ojos.

—Eso era el preludio. Y esto —empujó despacio, potente y firme, hundiéndose en su resbaladizo calor— es el principio del espectáculo principal.

Notó la barrera de su virginidad, la tanteó, antes de retirarse y empujar bruscamente, con más fuerza, abriendo una brecha y penetrando en su ardiente cavidad.

La impresión fue como una descarga y Penelope hizo una mueca de dolor.

Maldiciendo para sus adentros, Barnaby se detuvo, apretando los dientes por el esfuerzo de contener sus embravecidos impulsos; su lado primitivo quería penetrarla de inmediato y gozar sin restricciones, pero ella era menuda y él no.

Con la cabeza gacha, los músculos tensos y vibrantes, la respiración áspera en los oídos de Penelope, se esforzó en darle tiempo para que se adaptara.

Así lo hizo ella, poco a poco, insegura sobre hasta qué punto debía llegar, hasta qué punto era seguro relajarse. Sus músculos se fueron soltando por fases.

Apretando los dientes, Barnaby le dio todo el tiempo que pudo y luego la miró, buscando sus ojos.

—Estás bien.

No fue una pregunta. Penelope lo miró pestañeando; sus ojos negros, brillantes lagos a la luz de las velas. Su expresión devino distante un momento, como si comprobara la validez de aquella afirmación, y su mirada volvió a centrarse en él. Y había maravilla en sus ojos.

—Sí. Tienes razón. —Sus labios se curvaron y los últimos restos de tensión fruto del pánico se disiparon.

Una tensión diferente vino a llenar ese vacío, reclamando a Barnaby y todos sus instintos.

El repentino brillo de los ojos de Penelope, el sutil ensanchamiento de su sonrisa, el modo en que su mano se deslizó para acariciarle la nuca, la manera en que le sostuvo la mirada, incitante, atractiva, una hembra que percibía su valía, todo eso revelaba que ella lo sabía, que sabía el efecto que causaba en él, que sabía exactamente lo que él deseaba hacer, y consentía. De todo corazón.

Con un gruñido, Barnaby se rindió a su apremio y posó sus labios en los de ella para besarla con toda el alma. Luego se apartó y empujó de nuevo, transportando a Penelope —y a él mismo— al territorio del puro placer sensual. Se mantuvieron allí con cada lenta y medida embestida, cada profunda y contundente penetración.

Igual que cuando bailaban, Penelope le seguía. Su cuerpo se ondulaba debajo del de él, complementando, ajustándose, recibiendo, tomando, dando.

El placer se henchía, manaba, se arremolinaba en torno a ellos, volviéndose más ardoroso, más insistente, más intenso.

Barnaby se negaba a darse prisa y, maravilla de las maravillas, Penelope no le acuciaba sino que se adaptaba a él, dispuesta a cabalgar con él, manifestando curiosidad y deleite en cada jadeo, cada susurro alentador, cada provocativa caricia de sus dedos.

Ahí donde tocara, la piel de Barnaby ardía, pero eso no era nada comparado con el encendido calor de su vaina, que lo agarraba, tiraba de él ardiente y mojada, lo tomaba en sus adentros y se regocijaba en el acto.

Debajo de él, ella se retorcía; a medida que el ritmo inevitablemente aumentaba, se aferraba, hincando las uñas para agarrarlo bien y alentándolo a seguir.

Barnaby respiraba entrecortadamente y acataba. Las sensaciones que lo envolvían, el cuerpo lozano de Penelope, su pasión, el ofrecimiento de su deseo, otorgaban a aquel acto que tan bien conocía un colorido más vivo e intenso del que hubiera experimentado jamás.

Cada movimiento, cada contacto de sus cuerpos, cada intercambio, parecía más cargado de sentimiento. Sensación táctil, cierto, aunque al mismo tiempo transmitía algo más profundo y delicado, algo distinto. Una parte intangible de ambos. Como si mediante aquel acto hubieran accedido a un plano superior y se estuvieran comunicando a un nivel más visceral.

Ahora él no podía pensar en ello, definirlo. Tenía la mente inundada de sensaciones que le anulaban la razón. No se lo habría creído si se lo hubiesen contado: que ella, una joven inocente, por más leída que fuera, pudiera, de manera tan fácil, completa y absoluta encajar con él, con sus experimentadas facetas sensuales, más aún, con las pasiones instintivas que normalmente reprimía, sujetándolas con rienda corta para no asustar a sus parejas.

Penelope, al parecer, no veía sentido en echar mano de rienda alguna. Mientras sus pasiones aumentaban fundiéndolos en un prolongado abrazo, mientras se dejaban llevar alocadamente por el ímpetu del momento, lejos de rezagarse, ella se volvía más exigente.

Hasta que Barnaby simplemente se rindió, soltó las riendas y dejó que ambos se deleitaran en un placer sin restricciones.

La joven dio un grito ahogado y, sin que nadie se lo indicara, levantó las piernas, le envolvió las caderas y lo metió más adentro, instándolo a profundizar más.

Hasta que Barnaby sintió que tocaba el mismísimo sol.

Con un chillido apagado, ella alcanzó un orgasmo demoledor. Y arrastró a su pareja consigo, reclamando con sus contracciones su clímax, su potente y desenfrenada entrega desencadenando la de él, dejándolo, por lo que en ese glorioso instante pareció la primera vez, total y absolutamente libre.

En el instante en que él se vació dentro de ella, se sintió como si acabara de entregarle el alma.

Segundos después, entreabrió los ojos y la vio despatarrada debajo de él, con los ojos cerrados, las facciones desprovistas de pasión salvo por la gloriosa sonrisa que le curvaba los labios.

Sus propios labios se curvaban con similar placer saciado. Se retiró y se dejó caer a un lado, alargando el brazo para arrimarla a él.

Mientras la saciedad extendía sus suaves alas sobre ellos, Barnaby rezó para que si en efecto le había entregado el alma, ella estuviera de acuerdo, en algún momento no muy lejano, en corresponderle y entregarle la suya.

14

De no haber sido por un altercado felino en un muro cercano, quizás habría sido Mostyn quien los hubiera despertado.

Mientras alertado por la inminencia del alba Barnaby metía prisa a Penelope, que no quería levantarse y menos aún salir de su cama, para que hiciera ambas cosas y le permitiera conducirla escaleras abajo, incluso mientras salían por la puerta principal y echaban a caminar para acompañarla a su casa, una pequeña parte de él estaba decepcionada por no haber averiguado cómo habría reaccionado su sofocantemente correcto ayuda de cámara.

El frío de la madrugada penetraba su sobretodo. Con la mente cada vez más alerta, decidió que había hecho bien dejándose guiar por el instinto y sacando a Penelope de la casa; no estaba ni mucho menos seguro de que Mostyn, de haberla encontrado en su cama, no hubiera cedido al impulso de escribir a su madre. Y, por supuesto, eso no le convenía en absoluto. No porque su madre pudiera desaprobar su conducta; pues lo que temía era que decidiera que su hijo necesitaba ayuda y se plantara en Londres para ofrecerle la suya.

La mera idea le hizo estremecer.

Miró a Penelope. Cogida de su brazo, seguía el ritmo de sus pasos, más cortos para acomodarse a los de ella, pero obviamente sus pensamientos estaban en otra parte. Pese al considerable vigor de su apareamiento, no parecía afectada o preocupada. De hecho, de haber sido por ella, todavía estarían en la cama, explorando los confines del deseo.

Había hecho un mohín al insistir Barnaby en que debían marcharse.

Ahora sus labios ya no hacían pucheros. Estaban relajados, sonrosados, tan seductores como siempre.

Al cabo de unos pasos, Barnaby se dio cuenta de que la estaba observando, fantaseando otra vez. Apartando las lascivas imágenes de su cabeza, miró al frente y centró sus pensamientos en el lugar en que estaban ahora, en el que deseaba que estuvieran y en cómo ir de un punto al otro. Lo cual casualmente pasaba por hacer realidad sus lascivas fantasías.

Resolvieron no molestarse en buscar un coche de punto; a aquellas horas, sería igual de rápido caminar hasta Mount Street. En las horas que mediaban entre el final de un día y el principio del siguiente, había poca gente en las calles de Mayfair, tanto a pie como en carruaje.

Era una madrugada sin luna, al menos bajo las nubes de noviembre. Aunque reinaba la quietud, el silencio no era absoluto; los envolvía el adormecido rumor sordo de la ciudad por la noche, un manto de sonidos distantes y amortiguados.

Ambos estaban acostumbrados a aquel silencio urbano; imperturbables, siguieron caminando entre la niebla, cada cual sumido en sus pensamientos.

Barnaby no sabía sobre qué cavilaba Penelope, ni siquiera si realmente estaba pensando. De todos modos, no albergaba duda alguna sobre su respuesta a los acontecimientos de la noche, lo cual resultaba reconfortante. No tenía que preguntarse si ella había disfrutado ni si tendría interés en continuar con su relación; ya le había dejado bien clara su opinión a ese respecto.

Haciendo memoria, recordó dónde se hallaban antes de que ella apareciera en su puerta. O al menos dónde pensaba él que se hallaban. Entonces creía que le tocaba a él dar el paso siguiente en aquel juego. Pero estaba claro que ella había seguido unas reglas diferentes.

En efecto, ahora que lo pensaba, no tenía ni idea de qué la había impulsado a ir a visitarle, y mucho menos de una manera tan excéntrica, porra en mano.

Volvió a mirarla, entornando los ojos mientras juntaba las piezas que conocía: había ido en el carruaje de su hermano, el discreto coche negro que se había marchado justo antes de que ella corriera a su encuentro, tras haber dado instrucciones al cochero de dejarla en la calle poco antes de medianoche. Y el cochero había obedecido.

Sólo Dios sabía qué peligros podían haber acechado a Penelope.

—Se me ocurre pensar... —hizo una pausa hasta que, alertada por su tono frío, ella lo miró— que tu hermano dista mucho de ejercer autoridad suficiente, y mucho menos control, sobre ti. Apearse de un carruaje en Jermyn Street en plena noche y correr hacia mí blandiendo una porra... No tenías ni idea de lo que podría haber sucedido. Alguien podría haberte visto y acudir en mi auxilio; yo mismo podría haberte visto antes y golpearte con mi bastón. —La idea le hizo enfermar. La miró con ceño—. Tu hermano no debería permitirte hacer tales locuras.

Penelope le estudió los ojos, encogió los hombros y miró al frente.

—Tonterías. Mi plan salió a pedir de boca. Y en cuanto a Luc, es el mejor de los hermanos, incluso aunque a veces sea mojigato y estúpidamente sobreprotector. Siempre ha insistido en que podíamos hacer las cosas a nuestra manera, tomar nuestras propias decisiones sobre la clase de vida que queríamos llevar. Nos ha permitido e incluso alentado a elegir nuestro camino, y por eso no tienes derecho a decir ni una palabra en su contra.

Barnaby le miró la punta de la nariz, que había levantado con altanería.

—Es una actitud muy poco convencional. Conozco a Luc. No me parece que sea tan indulgente.

—¿Te refieres a que tendría que haber encerrado a sus cuatro hermanas en una torre, o al menos confinarlas en Calverton Chase, y sólo permitirles salir una vez casadas?

—Para acudir a vuestras a bodas, pero no antes. Algo de ese estilo, sí.

Ella sonrió.

—Supongo que podría haber sido así, aciertas al pensar que eso sería más acorde con su naturaleza, pero el propio Luc se vio casi obligado a casarse para rescatar la fortuna familiar hace años. No lo hizo, no podía, de modo que trabajó como un poseso en finanzas y así nos rescató, y entonces Amelia se le declaró. Él siempre había querido casarse con ella, de modo que al final todo salió bien, pero sólo porque se valió de sus armas e hizo lo que sentía que debía hacer, no lo que la sociedad pensaba que debía hacer.

Barnaby seguía con el ceño fruncido.

—¿Me estás diciendo que no le propuso matrimonio a Amelia?

—No; fue ella quien lo hizo. —Dieron unos pasos más y entonces añadió, acabando de desconcertarlo—: Si quieres saberlo, de ahí es de donde saqué la idea de rescatarte en tu puerta con la intención de acabar en tu dormitorio contigo, a solas. Amelia abordó a Luc una noche cuando se dirigía a casa.

Él se detuvo y la miró de hito en hito.

—¿También le atizó con una porra?

Penelope negó con la cabeza.

—No fue necesario. Luc estaba como dos cubas después de celebrar el haber librado a la familia de las deudas.

—Una cuba.

—¿Qué?

—Como una cuba. —Mirando al frente, reanudó la marcha—. Así es el dicho.

—Ya lo sé. Pero Luc estaba como dos, o al menos eso dice Amelia. Se desplomó a sus pies.

Barnaby decidió que ya sabía más de lo necesario sobre Luc y su esposa. Sin embargo, el hombre a quien conocía como el vizconde de Calverton tenía una mente tan aguda y sagaz como su hermana. Y según Penelope, que sin duda conocía la verdad, Luc siempre había querido casarse con Amelia. De modo que cuando ésta le propuso matrimonio...

Calverton, decidió Barnaby, era un tipo con suerte.

No había tenido que arrodillarse y suplicar, ni siquiera en sentido metafórico.

De hecho, ahora que lo pensaba, que una dama propusiera matrimonio resultaba de lo más recomendable, en concreto y sobre todo porque excusaba al caballero de tener que declarar su estado de perdido enamoramiento.

Cuantas más vueltas le daba, más lo veía como una ventaja estratégica de la mayor importancia, especialmente si la dama en cuestión era Penelope.

Al salir de Berkeley Square por la esquina de Mount Street, echó un vistazo a su rostro; sereno, confiado, el semblante de una dama que sabía lo que quería y, tal como había demostrado en varias ocasiones, aquella noche la más reciente, no era en absoluto reacia a actuar para satisfacer sus necesidades.

Recordando su anterior razonamiento sobre el punto en que se hallaban ahora y hacia dónde quería que fueran, mientras le sujetaba el codo con los dedos y enfilaba con ella la escalinata de Calverton House, le pareció que, gracias al reciente plan de Penelope, acababa de descubrir la mejor manera de alcanzar su objetivo final.

—Gracias, señora Epps. Se lo diré a mi padre.

Con una sonrisa, Griselda se deshizo de la anciana que la había abordado para interesarse por su padre viudo.

Interpretando su papel, Stokes soltó un gruñido —sonido universal masculino para decir «ya era hora»—, dedicó una inclinación de la cabeza con el ceño fruncido a la señora Epps y, agarrando a Griselda por el codo, se la llevó de allí.

Cinco pasos después, ella sonrió.

—Gracias. Pensaba que no iba a soltarme nunca.

—Igual que yo. —Sin distender el ceño, el inspector escudriñaba la calle por la que caminaban. Aunque la anchura original del adoquinado era razonable, las casas lo habían invadido de un sinfín de maneras, con grandes aleros en lo alto y porches ampliados y cerrados a nivel de la calle; si a eso se sumaban los montones de cajones de embalaje y cajas apilados ante varias moradas, el camino se veía reducido a poco más que un tortuoso pasaje—. ¿Estás segura de que es por aquí?

Griselda le lanzó otra de sus divertidas miradas.

—Sí, lo estoy. —Mirando al frente, añadió—: No hace tanto tiempo que dejé de vivir en este barrio.

Él dio un resoplido.

—Tiene que hacer lo menos... diez años.

La sonrisa de la sombrerera se ensanchó.

—Qué delicado por tu parte. Hace dieciséis. Me marché a los quince para empezar de aprendiza, pero lo he visitado con la frecuencia suficiente como para no haber perdido el contacto por completo; y mucho menos mi sentido de la orientación.

Stokes encogió los hombros; tanto mejor: en aquellas calles tortuosas con el hollín tapando el sol, le estaba costando trabajo saber por dónde iba. Pero por fin había averiguado su edad, quince más dieciséis sumaban treinta y uno, unos pocos años más de los que le habría echado. Lo cual era excelente, dado que él tenía treinta y nueve.

Avanzaban penosamente, alejándose de la ciudad, Aldgate y Whitechapel a su espalda, Stepney delante de ellos, en pos de un tal Arnold Hornby. El viernes, después de distribuir los avisos impresos entre los puestos del mercado de Petticoat Lane y Brick Lane, habían «visitado» las direcciones que les habían dado de Slater y Watts, en ambos casos vigilando el tiempo suficiente para estar seguros de que ninguno de esos dos hombres estuviera implicado en alguna actividad ilegal.

Stokes había considerado la posibilidad de interrogar a Slater y Watts, pero el riesgo de que aun no sabiendo nada mencionaran el interés que la policía tenía por cualquier escuela de ladrones en activo, alertando así indirectamente al interesado, quien sin duda cambiaría de ubicación la escuela y escondería a los niños, era demasiado grande.

—Y además —había agregado Griselda—, aún nos quedan nombres a los que dar caza.

Y eso era lo que estaban haciendo ese día, sábado: dar caza a Arnold Hornby.

Parecían estar yendo espantosamente lejos, adentrándose en territorio cada vez más peligroso. Stokes echó un vistazo a su acompañante, pero si estaba incómoda o nerviosa, no daba la menor muestra de ello; aunque ambos volvían a ir disfrazados, en la barriada hacia la que se dirigían comenzaban a llamar la atención por ir demasiado bien vestidos.

Pero Griselda siguió caminando confiadamente. El inspector no se apartaba de su lado, escrutando la calle y poniéndose cada vez más tenso a medida que el peligro potencial iba en aumento. Era muy consciente de que, de haber ido solo, no habría sentido ni por asomo aquella tensión.

Llegaron a una bifurcación. Sin vacilar, Griselda tomó el camino de la izquierda, que seguía alejándose de Londres.

—Pensaba —rezongó Stokes— que el East End lo definía el alcance de las campanas de Bow Bells.

Ella rio.

—Y así es; pero eso depende de cómo sople el viento. —Al cabo de un momento, agregó—: Ya falta poco. Es justo después de aquel callejón, a la izquierda.

Stokes miró al frente.

—¿El edificio de la puerta verde?

Griselda asintió.

—Y mira qué oportuno: hay una taberna justo enfrente.

Él la tomó del brazo y se dirigieron a la taberna, mirando apenas la casucha de la puerta verde. Agachando la cabeza, Stokes le murmuró al oído:

—Quizá podamos averiguar lo que queremos mientras comemos.

Griselda asintió y dejó que la condujera al interior.

Había tres matones sentados a una mesa del fondo, pero por lo demás la pequeña taberna estaba vacía. Faltaba poco para mediodía; era de suponer que los demás parroquianos no tardarían en llegar. Había una mesa puesta junto a la ventana. Los postigos de madera estaban abiertos de par en par, dejando a plena vista la residencia de enfrente. Se dirigieron a esa mesa.

Las sillas eran toscas; Stokes estuvo a punto de apartar una para ella pero se contuvo a tiempo. Griselda se sentó de cara a la ventana. Él cogió la de al lado y se sentó a su vez, apoyando el brazo sobre el respaldo de la silla de ella. Echó un vistazo a los matones para asegurarse de que recibieran el mensaje. Apartaron la vista.

Satisfecho, se volvió hacia Griselda y la ventana.

La sombrerera se inclinó hacia él, le dio unas palmadas en el brazo que había apoyado en la mesa y susurró:

—No es preciso intimidar a los vecinos.

Stokes vio sus ojos divertidos, se encogió de hombros y miró al otro lado de la calle. Dejó el brazo donde lo había puesto.

Una camarera pálida salió de la parte de atrás; aún era casi una niña y les preguntó qué querían. Stokes dijo que quería una jarra de cerveza y dejó que la chica se entendiera con Griselda. Para su sorpresa, ésta no buscó información sino que se limitó a encargar comida para los dos.

Cuando la niña se hubo ido, Stokes enarcó una ceja. Griselda esbozó una sonrisa.

—Observó mi atuendo. Será mejor que comamos y le demos tiempo para decidir que no suponemos ninguna amenaza.

Stokes gruñó y miró hacia otra parte. Reflexionando que en la mayoría de días que habían pasado juntos Griselda casi siempre le había oído gruñir, se atrevió a decir:

—Tiene razón, se nota que no eres de aquí.

La miró. Griselda inclinó la cabeza. Al cabo de un momento, con la vista puesta en la puerta verde, le dijo:

—Me marché. Sabía que si me quedaba era harto probable que acabara como ella —señaló a la camarera con la cabeza—, sin ninguna esperanza de hallar algo mejor.

—De modo que trabajaste y te fuiste, y trabajaste aún más duro para establecerte fuera del East End.

Ella asintió, curvando los labios.

—Y lo conseguí. De modo que ahora no soy de un sitio ni del otro; ya no soy del East End pero tampoco pertenezco a otro sitio.

Stokes vio más allá de su sonrisa fácil.

—Sé lo que se siente.

Griselda arqueó las cejas, no tanto incrédula como curiosa.

—¿En serio?

Él le sostuvo la mirada.

—No soy exactamente un caballero, pero tampoco soy un policía del montón.

Griselda sonrió.

—Ya me he dado cuenta. —Lo estudió y al cabo preguntó—: ¿Y de dónde sales? ¿A qué se debe que no seas una cosa ni la otra?

Stokes contemplaba la puerta verde.

—Nací en Colchester. Mi padre era comerciante, mi madre la hija de un clérigo. Fui hijo único, igual que mi madre. Mi abuelo materno se interesó por mí; se aseguró de que cursara enseñanza secundaria. —Se volvió y la miró a los ojos—. De ahí procede la parte de «casi un caballero», y eso me hace distinto de la mayoría de compañeros del Cuerpo. No soy de los de arriba, pero tampoco soy como los demás. —Le sostuvo la mirada—. No soy un caballero.

Griselda le estudió el semblante con gravedad, pero luego curvó los labios; se acercó a él con confianza.

—Tanto mejor. No creo que estuviera muy a gusto sentada aquí con un caballero.

La chica trajo una bandeja con su comida: dos tazones de un estofado apetitoso y pan, un poco duro pero comestible. El aroma del guiso brindó a Griselda la oportunidad de felicitar a la chica, que se mostró menos tímida. Griselda volvió a dejar que se fuera sin más.

Stokes se dijo que debía confiar en la intuición de su acompañante. Se puso a comer y mantuvo la vista clavada en la puerta verde.

Ambos habían terminado de almorzar y aguardaban pacientemente a que la camarera regresara cuando la puerta verde se abrió y una morena de unos veinte años salió. Dejando la puerta entornada, se dirigió a la taberna. Entró y puso los brazos en jarras.

—¡Eh, Maida! Ponme cinco jarras, cariño.

Maida. La camarera bajó la cabeza y desapareció en la parte de atrás. Regresó momentos después con una bandeja y cinco jarras rebosantes en precario equilibrio.

—Trae. —La morena cogió la bandeja—. Ponlo en nuestra cuenta. Arnold pasará luego a pagar.

Maida volvió a agachar la cabeza. Plantada en el umbral, secándose las manos con un trapo, observó a la morena cruzar la estrecha calle y entrar por la puerta verde, que se cerró a sus espaldas.

—¿Un poco de ajetreo ahí enfrente? —murmuró Griselda.

Maida la miró e hizo una mueca.

—Digamos que sí. —Volvió a mirar la puerta verde—. Me gustaría saber cuántos tienen ahí dentro esta mañana. —Miró de nuevo a Griselda—. Puteros, quiero decir.

Griselda enarcó las cejas.

—Así son las cosas, ¿verdad?

—Pues sí. —Maida apoyó el peso en una pierna, dispuesta a charlar—. Ahí hay tres; chicas, quiero decir. Pobre Arnold. Cuando me dijo que sus sobrinas iban a vivir con él, pensé que era una excusa pero, según dicen, lo han enredado bien. Supongo que serán parientes. Pobre vejete; tendrá suerte si le pagan el alquiler. Aunque las chicas se portan bien, son buenas vecinas y tal.

—¿Ningún sobrino? —preguntó Stokes. Comentar toda suerte de delitos era, al fin y al cabo, chismorreo normal y corriente en el East End.

—Quia. —Maida cambió el peso de pierna—. Hay ocio de eso

por aquí; los que buscan esas cosas son tipos encopetados, y nosotros estamos muy lejos de los sitios donde van a divertirse. Ojo, estoy segura de que a Arnold no le importaría tener a algún hombre en la casa para compartir la carga; esas chicas lo tienen ahí dentro casi todo el tiempo. Puede que sea viejo, pero es una bestia de hombre, buena protección. Y si es su tío, ¿qué va a hacer? Lo tienen bien pillado, esas chicas.

Griselda frunció el ceño, como si recordara algo.

—Mi viejo conocía a un Arnold que vivía por aquí; creo que era perista o algo por el estilo. ¿Cómo se llamaba? —Miró a Stokes como buscando inspiración, y entonces se le iluminó el semblante. Miró a Maida—. Ormsby, eso es. Arnold Ormsby.

—Hornby —corrigió Maida—. Sí, ése es nuestro Arnold. Estaba metido en eso, pero ya lo dejó. Lo más lejos que va de su casa es aquí. Lloriquea sobre los viejos tiempos: que si ha perdido todos sus contactos, que cómo tiene que arreglárselas un hombre. —Se encogió de hombros—. Si las sobrinas no se marchan, lo tiene muy negro; según parece, tienen prioridad sobre su tiempo.

Y eso, a juicio de Stokes, era cuanto iban a sacar de Maida. Cruzó una mirada con Griselda.

—Tendríamos que marcharnos.

Griselda asintió. Stokes se levantó, aguardó a que ella hiciera lo mismo y luego dejó unas monedas encima de la mesa. Volviéndose, lanzó una de seis peniques a Maida.

—Gracias, bonita. Una buena manduca.

Más rápida que un avispón, la mano de Maida cogió la moneda al vuelo. Sonrió e inclinó la cabeza cuando pasaron junto a ella.

—Sí, bueno; vuelvan cuando quieran.

Griselda sonrió y se despidió con la mano.

Stokes la tomó del brazo y la condujo con determinación de regreso a la ciudad y la civilización; las palabras «en otra vida» resonaban en su cabeza.

Penelope merodeaba por el salón de lady Carnegie, fingiendo escuchar las conversaciones de tema político que se sucedían en torno a ella. La cena de noviembre de la señora era un gran acontecimiento en los círculos políticos, uno de los últimos antes de que el

Parlamento se cerrara y la mayoría de sus miembros se retirase a sus fincas de campo para recibir el invierno.

Para ellos, aquella velada era la ocasión de congregarse antes de las últimas sesiones de las cámaras.

Para ella representaba una ocasión de oro para aprender más.

Barnaby estaría invitado. Aparte de ser hijo de su padre, y el conde tenía mano en numerosos asuntos políticos, su relación con Peel y el Cuerpo de Policía lo convertía en una solicitada fuente de información para la concurrencia; preferirían con mucho preguntarle a él, uno de los suyos, que a cualquiera de los subalternos de Peel.

Pese a todo, con aquella compañía, podría desaparecer unas horas sin que la echaran en falta, y después de la ronda inicial de preguntas en el salón antes de pasar a cenar, la ausencia de Barnaby también debería ser excusable.

Sonriendo alentadoramente a lord Molyneaux, que le estaba soltando una perorata sobre las nuevas leyes de reforma, Penelope repasó sus planes y sus expectativas. La noche anterior había sido un buen primer paso en su aprendizaje sobre el deseo, sobre lo que el suyo abarcaba, lo que lo alimentaba, pero estaba claro que, por fascinantes que hubiesen sido los esfuerzos de la víspera, sólo había arañado la superficie.

Tras la noche anterior, una pequeña hueste de preguntas había salido a colación, surgiendo en su mente de improviso a lo largo del día, distrayéndola. Azuzando poco a poco su curiosidad hasta nuevas cotas.

Para lograr cierto grado de satisfacción, iba a tener que aprender más.

Sin ponerse en evidencia, volvió a buscar con la mirada entre la gente y frunció el ceño. Si Barnaby había decidido no asistir, no tendría más remedio que darle caza.

Todavía conservaba la porra.

Como si su amenaza mental lo hubiese llamado, Barnaby cruzó la puerta principal en compañía de lord Nettlefold. Se detuvo para saludar a lady Carnegie; lo que le dijo hizo reír a la señora, que le dio unas palmadas en la mejilla y le invitó a entrar. Nettlefold le siguió, resuelto a proseguir su conversación.

Deteniéndose, Barnaby dejó que Nettlefold le hablara mientras escudriñaba el salón. Su vista pasó por los diversos grupos hasta que la alcanzó y se posó en el semblante de Penelope.

Ella se permitió cruzar una breve mirada con él y acto seguido se volvió para contestar a lord Molyneaux. Con el rabillo del ojo, vio que Barnaby permanecía donde estaba, hablando con Nettlefold.

Éste era uno de los pocos invitados de la misma generación de Penelope; en el pasado, había mostrado una tímida pero clara tendencia a considerar la presencia de la joven en tales acontecimientos como una invitación a tenerla presente en calidad de posible buen partido. Ella estaba allí para mantenerse al corriente de cualquier maniobra legislativa que pudiera afectar al orfanato, y también para cultivar el trato con antiguos y potenciales donantes.

Lo último que le apetecía era pasar la velada lanzando indirectas para ahuyentar a Nettlefold.

Al parecer, Barnaby estaba de acuerdo con ella; sólo después de haber dado por concluida su conversación con Nettlefold prosiguió su camino a trancas y barrancas, deteniéndose a saludar en varios corrillos, hasta reunirse con ella.

Tomó la mano que ella le ofreció. Una mezcla de emociones la embargó cuando sus dedos se cerraron en torno a los suyos; alivio por tenerle allí, por saber que en efecto aprendería más esa noche, crecientes expectativas sobre lo que incluiría la nueva lección y un escalofrío por algo más agudo, fruto de un recuerdo táctil sorprendentemente claro de la mano de Barnaby en sus senos, en sus caderas, entre sus muslos.

Abrió su abanico y se dio aire.

—Buenas noches, señor.

Aguardó mientras Barnaby y lord Molyneaux intercambiaban saludos. Afortunadamente, el Cuerpo de Policía no interesaba demasiado a Molyneaux.

Lord Carnegie, su anfitrión, apareció en ese momento, ansioso por conversar a solas con Molyneaux. Entre sonrisas, se separaron. Tras ofrecerle el brazo, Barnaby guio a Penelope a un lugar cercano a la pared, separado del círculo de corrillos.

La miró a los ojos y vio la determinación que ardía en sus oscuras profundidades.

—Todavía no podemos escabullirnos —le advirtió.

—Por supuesto que no. —Penelope echó un vistazo al resto de invitados—. Después de cenar. Ya sabes cómo se ponen estos caballeros cuando han tomado unas cuantas copas. No nos echarán en falta al menos durante unas horas.

—¿Tu madre está aquí?

—No. Al final se ha echado atrás. A veces lo hace.

—¿Y has venido sin acompañante? —se asombró él ligeramente. La miró, recordando algo—. Y sé perfectamente que no tienes veintiocho años.

Penelope se encogió de hombros, levantando la nariz.

—Tu Mostyn es un pesado; ponerme unos cuantos años de más me ayudó a tranquilizarlo.

Él soltó un resoplido.

—Se ha quedado perplejo al ver que me había recobrado milagrosamente y que te había acompañado a casa.

Penelope volvió a encogerse de hombros, dando a entender que le traía sin cuidado.

—Estoy aquí como administradora del orfanato, no como la señorita Penelope Ashford. De ahí que las anfitrionas, que en su mayoría me conocen desde que nací, no se extrañen si aparezco sin mamá.

Barnaby alzó las cejas pero tuvo que admitir que la ausencia de carabina facilitaría escabullirse de una reunión como aquélla; estaba mucho menos concurrida que un baile y, por consiguiente, no era tan fácil perderse de vista temporalmente si había alguien vigilando tu presencia.

—Después de cenar, pues, en cuanto volvamos al salón.

Penelope tenía razón; las conversaciones se prolongarían durante horas y cada vez serían más acaloradas, reteniendo la atención de la concurrencia incluso con más avidez que en aquel momento.

—No has tenido noticias de Stokes, ¿verdad?

Sin apartar la vista del salón, Barnaby negó con la cabeza.

—No; de lo contrario te habría mandado recado.

Penelope asintió y dijo:

—Hay una sala encantadora en la otra punta de la casa. —Levantó la mirada hacia él—. Aunque me falta experiencia para juzgar, me parece que es perfecta para... considerar ese asunto que ambos pretendemos explorar.

Los labios de Barnaby temblaron. Al cabo de un momento, inclinó la cabeza.

—Muy bien. Pero hasta entonces, compórtate.

—Por supuesto.

Lanzándole una mirada altanera, se apartó de su lado y se alejó olímpicamente para reunirse con el grupo de la señora Henderson.

Barnaby la observó hasta que se unió a ese corrillo, y luego fue en busca de otro para él, dejando que los presentes le hicieran cuantas preguntas quisieran sobre el Cuerpo de Policía. Su padre estaba en la ciudad pero asistía a una cena del gabinete ministerial; pasaría más tarde pero, hasta entonces, Barnaby era en gran medida su sustituto. Si quería escabullirse con Penelope sin que se notara su ausencia, primero debería aclarar todas las dudas de sus contertulios.

Mientras iba de un corrillo al siguiente, aplicándose en esa tarea, otra parte de su mente ya estaba pensando en después, planeando el encuentro de aquella noche.

Por desgracia, si bien su objetivo —casarse con ella— ahora estaba claro, y el camino para conseguirlo —convencerla de que casarse con él presentaba más ventajas que riesgos— resultaba obvio, ese mismo camino dictaba que, en gran medida, tenía que dejar que ella dirigiera su relación.

Necesitaba que ella, de *motu proprio*, sacara la conclusión de que no debía temer nada si se casaba con él, que como marido no restringiría su independencia ni mucho menos pretendería controlarla. Si tenía suerte, una vez ella lo aceptase, le propondría matrimonio; eso no debería ser demasiado difícil de encauzar. Dado que ella había promovido su *affaire*, parecía lo más justo que también fuese ella quien lo llevara a buen puerto.

Para lograr el premio final, no obstante, tenía que mostrarse dispuesto a consentir que Penelope asumiera el papel dominante. Una vez más, tenía que cederle la iniciativa y resignarse a seguir sus pasos.

No era una idea que antes de conocerla hubiese tomado en consideración, y ni siquiera su yo civilizado lo aprobaba, mucho menos el lado primitivo que, cuando se trataba de ella, dominaba su mente.

Sin embargo, al pasar al comedor y encontrarse sentado a la mesa frente a ella, fue consciente de que tendría que apretar los dientes y aguantarse.

Apretar los dientes y recordarse sin cesar el beneficio ulterior.

La cena se prolongó bastante, con mucha conversación entre platos, pero finalmente les retiraron el último. Tal como era costumbre en tales reuniones, los hombres siguieron a las señoras de regreso al salón, donde les sirvieron oporto y brandy para lubricar las cuerdas vocales con vistas a proseguir las conversaciones.

Rehusando con un ademán el brandy que le ofrecía un lacayo, Barnaby fue en busca de Penelope. Cuando llegó a su lado, ya había despedido al caballero que le había hecho de pareja en la mesa. Como era habitual, el servicio había bajado la intensidad de las lámparas, dejando que las sombras envolvieran partes de la estancia; con frecuencia las discusiones mantenidas en aquella fase posterior eran delicadas, y quienes se enzarzaban en ellas preferían ocultar su expresión a los observadores.

La sombra que Penelope había elegido para sí ocultaba a todos, menos a Barnaby, la expectación que brillaba en sus ojos. Cosa que éste le agradeció. Lady Carnegie era amiga íntima de su madre y distaba mucho de estar ciega.

Tomó la mano de Penelope y la apoyó en su brazo.

—¿Dónde está esa sala?

Ella le indicó una puerta lateral.

—Podemos llegar por ahí.

Él la condujo hasta una puerta disimulada por el ángulo de un tabique del salón de planta irregular. La abrió, hizo pasar a Penelope y la cerró tras de sí.

El pasillo estaba a oscuras, pero la luz de luna que entraba por las ventanas sin cortinas bastaba. Mientras Penelope iba delante pasillo abajo, la intuición le decía con creciente insistencia que algo no acababa de encajar ni de ser creíble.

A medio pasillo se detuvo y dio media vuelta para enfrentarse al hombre que le pisaba los talones.

A través de la tenue penumbra, le estudio el rostro, confirmando y definiendo qué era exactamente lo que no acababa de cuadrar.

Estudiándole el rostro a su vez, Barnaby arqueó una ceja con arrogancia, poniendo de relieve lo certero de la intuición femenina.

Penelope entornó los ojos.

—Estás siendo demasiado dócil en esto. Tú no eres de los que siguen mansamente a una dama.

Tras un breve silencio, Barnaby dijo:

—Cuando la dama va en la dirección que deseo, carece de importancia quién lleva la iniciativa.

Ella frunció el ceño y preguntó:

—¿Eso significa que si decido ir en una dirección que no te gusta no me seguirás?

Barnaby apretó los labios pero no se alteró, dibujando una advertencia más que una sonrisa.

—No; significa que si intentas ir en una dirección que no merezca la pena, tendré que reconducirte.

Enarcando las cejas, ella le sostuvo la mirada.

—¿Reconducirme?

Barnaby siguió mirándola fijamente y se abstuvo de contestar, haciendo que ya no estuviera tan segura de ser ella quien llevaba las riendas de su *affaire*.

Si él le permitía llevar las riendas, ¿debía comportarse ella como si las llevara de verdad? Sin embargo, en cualquier momento él podría rescindir su estatus de seguidor y asumir el control... Penelope pestañeó, menos segura de la posición que cada cual ocupaba en relación al otro.

Tras un momento más escudriñando sus ojos azules sin sacar nada en claro, señaló el fondo del pasillo con un ademán.

—¿Y esta noche qué?

Los labios de Barnaby se curvaron una pizca más; digno pero resuelto, inclinó la cabeza.

—Tú diriges.

Penelope se volvió y así lo hizo. Qué extraño. Qué excitante. Llevaba las riendas; él le cedería el mando siempre y cuando la dirección que tomara le agradase. Lo cual le planteaba el desafío de «agradarle», desafío que, por el momento, parecía estar satisfaciendo.

Al llegar a la sala, Penelope abrió la puerta y entró. Echó un vistazo en derredor, confirmando que fuese como la recordaba, una habitación cuadrada que daba a un jardín lateral desierto, cómodamente amueblada con dos sofás bien acolchados en ángulo delante de la chimenea, un sillón y varias mesas auxiliares. Había un buró arrimado a la pared y un arpa ocupaba un rincón ensombrecido.

No había ninguna lámpara o vela encendida, pues la sala no se había preparado para recibir invitados. Pero la tenue luz de la luna, que todo lo invadía, entraba a raudales; una amable iluminación que, al menos a juicio de Penelope, resultaba muy propicia para sus intenciones.

Se detuvo entre los dos sofás y dio media vuelta. Barnaby se había parado delante de la puerta. Penelope abrió los brazos.

—¿Te parece apropiada?

Él ya había inspeccionado la habitación. Ahora la miraba a ella. En el silencio, la joven oyó el chasquido del cerrojo al cerrarse. Apartándose de la puerta, Barnaby caminó despacio hacia ella.

—Eso depende de lo que tengas en mente.

«Más.» Pero exactamente qué y cómo... Cuando se detuvo delante de ella lo miró a los ojos.

—Sé muy bien que las damas y caballeros de nuestra posición suelen permitirse encuentros íntimos en veladas como ésta, en habitaciones como ésta.

Ésa era una de las razones de que tuviera tantas ganas de probarlo, de experimentar cualquier emoción ilícita que resultara de un encuentro de esa índole. De aprender cuanto pudiera sobre el deseo.

La mirada de Barnaby había bajado a sus labios. Penelope se preguntó si se imaginaba besándola.

Acercándose a él con audacia, levantó las manos, las apoyó en su pecho y las deslizó despacio hacia arriba, hasta alcanzarle los hombros, arrimándose aún más, de modo que sus senos le rozaron el pecho cuando entrelazó las manos en su nuca.

—He pensado...

La mirada de Barnaby seguía clavada en sus labios. Sus manos subieron para asirle la cintura.

Pasando la punta de la lengua por sus labios, Penelope observó cómo sus ojos seguían el movimiento. Se sintió deliciosamente pecadora, deliciosamente atractiva y al mando cuando agregó:

—... que tal vez podríamos improvisar sobre la marcha, por decirlo así, y ver adónde nos lleva el deseo.

Barnaby por fin levantó los ojos para mirarla de hito en hito. Tras escrutar su semblante brevemente, sonrió.

—Una idea —murmuró, su aliento cálido sobre los labios de ella al agachar la cabeza— excelente.

Ella se estiró mientras él se inclinaba. Sus labios se encontraron; no habría sabido decir quién besó a quién. Desde el inicio el encuentro fue intenso, fogoso y enteramente mutuo, movido por un deseo que, para cierta sorpresa de Penelope, parecía prender al instante, pasando de chispa a llama y a rugiente infierno.

Más fuerte que antes, más seguro, más poderoso, se extendía debajo de su piel y la hacía jadear sensualmente.

El deseo no era placer sino la necesidad de éste, no era deleite sino la avidez del anhelo.

En cuestión de minutos el beso se convirtió en un licencioso duelo de incitación, una competición para ver quién podía encender más profunda y completamente la pasión del otro. Si bien no cabía dudar de que Barnaby tenía más experiencia, Penelope ponía entusiasmo y ganas, y la fe ciega en su propia invencibilidad que es el sello de los inocentes.

Con las bocas unidas y las lenguas enredadas, él saqueaba mientras ella hostigaba, y el ardor crecía entre ambos.

Ninguno vencía. Aunque Penelope ni siquiera estaba segura de que semejante concepto pudiera aplicarse en aquella clase de torneo.

Tenía el cuerpo acalorado y los pechos hinchados le dolían dentro de los restrictivos confines del corpiño. Barnaby dio un paso atrás, llevándosela consigo, y sin interrumpir el beso se dejó caer de espaldas sobre uno de los sofás al tiempo que la levantaba y la ponía de rodillas, una a cada lado de sus muslos, de modo que pudiera apoyarse contra él y proseguir con el fogoso beso.

Mientras sus manos le desabrochaban deprisa el corpiño para que se abriera, con la otra la liberó de la camisola para poder tocar su encendida piel y aliviarla.

Calmándola y excitándola.

La dualidad de su contacto le quedó clara a Penelope, incluso a través de la embriagadora fogosidad del beso. Cuando los dedos de Barnaby encontraron su pezón y lo sobaron y pellizcaron, dio un grito ahogado al rebosar de placer, pero un creciente apetito flotaba en su estela.

Por cada caricia que él le daba, ella quería muchas más. Cada breve estallido de placer, de deleite, no hacía más que intensificar sus anhelos.

Penelope alcanzó los botones que cerraban la camisa de Barnaby.

Él la detuvo, tomando su mano en la suya. Interrumpió el beso, separándose sólo unos centímetros, justo lo suficiente para informarla con un grave murmullo:

—No; más tarde tenemos que volver al salón. Querías esta clase de encuentro; tendrás que atenerte a las reglas.

Así pues, al mando pero no tanto. Se lamió los labios hinchados.

—¿Cuáles son esas reglas?

—Nos quedaremos más o menos vestidos.

Penelope parpadeó.

—¿Podemos?

—Es fácil.

Procedió a mostrarle cómo. Cómo, con ella tal como estaba, de rodillas a horcajadas sobre él, podía arreglarle las faldas y las enaguas de modo que sus sensibles muslos desnudos cabalgaran sobre sus musculosas piernas enfundadas en unos finos pantalones. El ligero roce cada vez que se movían, aunque sólo fuera un poco, resultó inesperadamente erótico.

Penelope apenas lo había asimilado cuando él levantó la parte delantera de las faldas y deslizó la mano debajo. Y la tocó.

La sensación la fulminó, atravesándola como una deliciosa púa. Con un gemido, cerró los ojos y sintió que la columna vertebral le flaqueaba. Barnaby se inclinó y capturó sus labios, tomándolos con lánguida avidez mientras debajo de las faldas exploraba y acariciaba.

Tocaba y frotaba hasta hacerla arder con un vivo deseo que ahora ya conocía.

Sus manos eran mágicas, pura magia en la piel de la joven. Palmas fuertes esculpían íntimamente sus curvas, dedos poderosos y expertos la acariciaban y penetraban hasta hacerla arder, hasta que pensó que el deseo la haría enloquecer.

Penelope no tenía fuerzas para interrumpir el beso y dar una orden. Estaba aferrada a los hombros de Barnaby casi con desesperación; aflojó una mano, la deslizó hasta su cuello, encontró el lóbulo de la oreja y pellizcó.

Él apartó los labios.

—¿Qué pasa? —preguntó con voz ronca.

—¡Venga! —Penelope cerró los ojos y se estremeció cuando él hundió los dedos en ella y acarició su interior—. ¡Los dedos no! —masculló entre dientes—. ¡Quiero lo otro!

Por un instante pensó que iba a tener que abrir los párpados, fulminarlo con la mirada y, de un modo u otro, tomar cartas en el asunto... La idea resultaba atractiva, y mucho, pero debido a su postura y a lo tensa que ya estaba, dudó que pudiera hacerlo, desde luego no en el sentido de dar al momento lo que merecía y aprender de él como era debido.

Menos mal que Barnaby comprendió que ella estaba dispuesta a no negarle nada. Notó, más que oyó, su irritante risita arrogante, pero como él no tardó en reaccionar, llevando una mano a los botones de su pantalón, decidió pasarla por alto.

Entonces la rígida vara de la erección se liberó como movida por un resorte, concitando toda la atención de Penelope. Él guio la punta roma hasta su entrada; la mano que tenía en la cadera de Penelope apretó, ella entendió cómo iba a funcionar aquello y, con avidez y entusiasmo, con un alivio inenarrable, abrazó el momento y se empaló lenta y gustosamente.

La sensación de Barnaby llenándola y abriéndola inundó su mente. Con tan sólo unos centímetros dentro, respiró hondo y abrió los ojos.

Tenía que verle la cara, tenía que observarle mientras, centímetro a centímetro, le dejaba entrar en su cuerpo, encerrándolo, poseyéndolo.

No siendo poseída.

La diferencia, se dio cuenta mirándolo de hito en hito, con todos los sentidos fijos en la sensación de su acoplamiento, era profunda.

Barnaby también la sentía. Hasta la médula. Jamás había sentido nada igual, ni una sola vez en todos sus años de experiencias similares. Le era imposible contar las veces que había estado en una situación como aquélla; nunca había puesto reparos en aceptar las diversiones que las aburridas damas de la buena sociedad siempre habían estado dispuestas a ofrecerle.

Pero con ninguna había sido así.

Ninguna había sido Penélope.

Le costaba trabajo mantener los ojos abiertos, enfocar el rostro de la joven mientras ésta, lenta y deliberadamente, lo alojaba en su interior, enfundándolo en un abrasador calor resbaladizo que amenazaba con carbonizar todos los instintos civilizados que poseía.

No tenía nada de civilizado lo que sentía, el regocijante triunfo que se adueñaba de él, que le endurecía los músculos mostrando su poderío con ávida anticipación.

Ella era suya.

Pese a la firme conciencia, la inteligencia y la voluntad que le observaban desde el fondo de sus ojos negros, pese a eso, pese a lo que ella pensara, Barnaby vio el momento como una rendición visceral.

Un sacrificio sensual en que ella le consentía todo y se aplicaba con gusto a saciar su apetito.

Su implacable deseo de ella, que parecía no hacer más que aumentar con cada día que pasaba; había alcanzado cotas extremas la noche anterior.

Penélope llegó al final de su deslizamiento hacia abajo y alteró su postura, apretando todavía más para tomarlo por entero.

Entonces sonrió.

En la media luz, el gesto quedó velado en misterio: la sonrisa femenina por antonomasia. Sin dejar de sostenerle la mirada, Penélope comenzó a ascender.

Reprimiendo un gruñido, Barnaby cerró los ojos; entendió lo que ella quería, pero no supo si sería lo bastante fuerte para dárselo.

Lo intentó. Intentó que su cuerpo se sometiera, intentó dejar de tomar el control para que ella pudiera montarlo a su antojo y experimentar.

Penélope subió y, de nuevo lentamente, se deslizó hacia abajo, explorando mientras lo hacía, contrayendo los músculos de su vaina en torno a la dura erección de Barnaby, sintiéndolo dentro de ella.

La sensación era más potente que si ella hubiese empleado las manos.

Con los ojos cerrados, Barnaby se concentró en no reaccionar, en obviar la avalancha de sensaciones táctiles que Penélope le imponía, y en buena medida fracasó. Hundió más los dedos en sus caderas, agarrándola casi con desesperación; le dejaría moratones, pero le constaba que ella los preferiría a que él tomara el control. A que le negara la libertad de explorar y aprender.

Pero no podía ir más allá.

No podía resistir más aquella deliciosa tortura.

Soltando una de sus caderas, le cogió la nuca y tiró de ella para darle un beso de los que dejaban marca.

Penelope no retrocedió, sino que fue a su encuentro tan ansiosa como él.

«Mal asunto.»

El control, suyo o de ella, devino un punto discutible. Una cosa pasada y olvidada.

Ni una vez en la vida, en el sinfín de relaciones sexuales que había experimentado, se había visto inmerso en semejante fogosidad, sumido en una conflagración tan visceral. Los envolvía a ambos como una ola que tomara impulso para romper contra ellos y arrastrarlos hacia una embravecida marea de necesidad, de apetito, de ansias desesperadas. Más poderosa, tan necesitada y ávida, tan llena de pasión incontrolada que Barnaby se vio tan perdido como ella, e igualmente a su merced.

Completamente fuera de control.

Perdido en el reino de una necesidad más profunda, de unas ansias más fundamentales y primitivas.

Ambos jadeaban, se aferraban, se besaban como si les fuera la vida en ello. Acoplados, con los cuerpos resbaladizos bajo sus faldas, como si alcanzar el paraíso prometido fuese un requisito para seguir existiendo.

Y de pronto se vieron allí.

Penelope soltó un grito apagado por el beso. Como réplica, la liberación arrasó a Barnaby, anulando sus capacidades intelectuales, resquebrajando su conciencia hasta dejarla absolutamente receptiva al poderoso sentimiento que surgió tras la liberación y lo llenó de una dorada saciedad nunca antes experimentada. Entretanto, repleta y esbozando una sonrisa de deleite, Penelope se desplomó encima de él, que la estrechó entre sus brazos.

Incontables minutos después, Barnaby estaba sentado con ella entre sus brazos, acariciándole con una mano la nuca y la espalda, tranquilizándola no sólo a ella sino también a sí mismo.

Con el cálido peso de Penelope reposando encima de él, su vaina un guante caliente en torno a su medio turgente erección, no deseaba nada más que abrazarla y sentirse completo.

Sentir, por primera vez en su vida, lo que podía ser la plenitud.

No era simplemente una sensación corporal. Debía reconocer que su paladar se había perfeccionado con los años, convirtiendo el inocente deleite de Penelope en un elixir embriagador, mas la dicha y el impoluto placer que compartían parecía en cierto modo más selecto, más refinado, una experiencia culminante que, sin saberlo, Barnaby llevaba toda la vida buscando.

Ella era lo que había estado buscando durante toda su vida de adulto.

Estrechó los brazos en torno a ella; habiéndola hallado, no tenía la menor intención de dejarla escapar nunca más. Sobre eso, tanto su yo civilizado como su naturaleza primitiva estaban completamente de acuerdo.

Apoyando el mentón contra la seda lacia y brillante de sus cabellos, inspiró; al olor a almizcle de su trato carnal se sobreponía un aroma que era puramente ella, una fragancia de lilas y rosas, de femenina e indomable voluntad. No sabía cómo era posible que la fuerza de voluntad pudiera tener una fragancia, pero para él no cabía duda de que tenía su lugar en el ramillete que era ella.

Penelope se movió, relajada de pies a cabeza. Barnaby le dio un beso en el pelo.

—Aún tenemos tiempo. No hay prisa.

Ella suspiró y se reclinó de nuevo.

—Qué bien.

Esas palabras, dichas casi en un arrullo, transmitían una satisfacción deleitada hasta lo indecible. Barnaby sonrió, más que complacido de percibir eso en su voz, de saber que era a causa de lo que compartían.

Por fin comprendió del todo y en detalle por qué sus amigos Gerrard Debbington, Dillon Caxton y Charlie Morwellan habían cambiado de parecer acerca del matrimonio. Tiempo atrás, si bien por motivos muy diferentes, los cuatro habían sido rotundamente contrarios al estado de casados. Mas con la dama adecuada, que los otros tres habían encontrado, el matrimonio, tener y conservar a partir del día de la boda por siempre jamás, se había convertido para ellos en el camino verdadero, en su destino real.

Penelope Ashford era la dama adecuada para él. Ella era su destino.

Para Barnaby, había quedado demostrado sin lugar a dudas. Antes se había sentido inquieto, insatisfecho con lo que le había tocado en suerte; pero desde que ella había entrado en su vida, la inquietud y la insatisfacción se habían esfumado. Ella era la pieza que faltaba en el rompecabezas de su vida: con ella en su sitio, su vida formaría un todo cohesionado.

Ni siquiera contemplaba ya una vida sin ella; seguro que eso no iba a pasar. Así pues...

La mejor, posiblemente la única manera de garantizar que ella se aviniera a casarse con él, era llevarla sutilmente a decidir de *motu proprio* que ser su esposa era su destino. Esa decisión debía tomarla libremente; él podría alentarla, demostrarle las ventajas, persuadirla, pero nunca presionar. Y mucho menos imponerse. Y tal como habían puesto de manifiesto los esfuerzos de aquella velada, permitir que buscara su propio camino hasta esa decisión significaba dejar que siguiera su propio guión.

Por desgracia, según ella acababa de demostrarle, su guión quizás exigiría acciones por su parte, incluso sacrificios, que no estaba acostumbrado a hacer y que no se sentía cómodo haciendo. Dejar que ella le poseyera en vez de hacerlo al revés lo había afectado; le había exigido más fuerza de la que creía poseer para satisfacerla hasta el punto en que lo había hecho.

Si quería dejar que ella siguiera su propio camino iba a tener que limitar los vericuetos. O tal vez sugerir veladamente otras vías que ella querría explorar y en las que él retendría el control.

Entornando los ojos, con la mirada extraviada, consideró esa posibilidad. Debajo de las faldas, sus manos le cogían el trasero desnudo, curvas de porcelana que había entrevisto la noche anterior pero que no había tenido ocasión de saborear visualmente.

Le costó poco imaginar un interludio que permitiera ese y otros caprichos de similar índole.

Lo que tenía que hacer con ella quizá no fuese tanto minimizar su control como conseguir que lo ansiara, deseara y buscara, presentándolo como una parte natural del juego, cosa que en última instancia era cierta.

La curiosidad, al fin y al cabo, era la principal motivación de Penelope.

Lo único que debía hacer era despertar su interés por lo más oportuno.

15

—¡Eh, Horace! ¿Has visto esto?

Grimsby salió de la trastienda arrastrando los pies, mirando con sus ojos de lechuza a Booth, un manitas que de vez en cuando venía para venderle chucherías.

—¿El qué?

Booth puso un aviso impreso encima del mostrador.

—Esto. Ayer lo vi en el mercado; los están repartiendo a montones. Anoche todos hablaban de lo mismo en el pub. —Booth miró fijamente a Grimsby—. Pensé que querrías saberlo.

Frunciendo el ceño, Grimsby cogió el aviso. Mientras lo leía, notó que mudaba de color. Cuando vio el anuncio de la recompensa, le tembló la mano y soltó el papel.

Booth lo observaba detenidamente.

—Se me ocurrió pasar a darte el soplo, Horace. Nos conocemos de hace mucho; los viejos amigos cuidamos unos de otros, ¿verdad?

Grimsby se obligó a asentir.

—Y que lo digas, Booth. Gracias. Aunque no sé nada de esto, claro.

Booth sonrió de oreja a oreja.

—No más que yo, Horace. —Saludó a Grimsby con un gesto de la mano—. Hasta la vista, pues.

Grimsby se despidió asintiendo pero tenía la cabeza en otra parte. Mientras Booth salía de la tienda, cogió el aviso y volvió a leerlo. Al cabo, gritó:

—¡Wally!

El bramido hizo que Wally bajara ruidosamente las escaleras. Echó un vistazo a la tienda y luego miró a Grimsby.

—¿Qué pasa, jefe?

—Esto. —Grimsby hincó un dedo mugriento en el aviso sobre el mostrador. Estaba indignado—. ¡Quién habría pensado que los engreídos del maldito Scotland Yard iban a interesarse por unos mocosos del East End! —Dejando que Wally leyera el papel, rodeó el mostrador—. Algo va mal, te lo digo yo.

Ésa era la cuestión que más lo inquietaba. Según la experiencia de Grimsby, las cosas infrecuentes que se salían del orden normal de las cosas, nunca auguraban nada bueno.

Wally se irguió.

—Yo... esto... oí cuchicheos en la taberna anoche; no sabía que era por esto, pero oí que alguien andaba preguntando por unos chicos.

Grimsby reparó en su tono inseguro y en que rehuía su mirada. Soltando un gruñido, le agarró la oreja y se la retorció cruelmente.

—¿Qué más oíste?

Wally saltaba y se retorcía.

—¡Auuu!

Grimsby se la retorció un poco más, arrimándose más a él.

—¿Por casualidad preguntaban quién podía estar dirigiendo una escuela de ladrones por aquí?

El silencio de Wally fue respuesta suficiente.

Grimsby bajó la voz:

—¿Alguien dijo algo?

Wally intentó negar con la cabeza e hizo una mueca de dolor.

—¡No! Nadie dijo nada de nada. Sólo se preguntaban quién sería esa gente y por qué andaban haciendo preguntas. Nada más.

Grimsby puso cara de pocos amigos. Soltó a Wally.

—Vuelve con los chicos.

Tras mirarlo con recelo, Wally se fue, frotándose la oreja lastimada.

Grimsby regresó al mostrador y se quedó mirando el aviso. Los nombres y descripciones no le preocupaban; los niños no habían salido de la casa, y ahora aún lo harían menos, excepto de noche. Y todos los golfillos eran iguales a oscuras.

Lo que le fastidiaba era la recompensa. Nadie había dicho nada todavía, pero alguien, en algún momento y algún lugar, lo haría. En el barrio, más de uno vendería a su madre por el olorcillo de una moneda.

Leyó el aviso otra vez y halló cierto consuelo en que la recompensa fuera concretamente por información sobre los niños, no sobre ninguna escuela de ladrones. Como nadie había visto a los niños, ni siquiera los vecinos de al lado, consideró que no estaba contemplando la perspectiva de que le delatara alguien del barrio. Al menos de momento.

Pero los niños tenían que salir a la calle para la última parte de su entrenamiento. En circunstancias normales, Wally los habría llevado primero durante el día a deambular por Mayfair para que se acostumbraran al trazado de las calles más anchas, para enseñarles lugares donde poder esconderse, como las zonas de los sótanos y las escaleras que conducían a ellos. Esos sitios no existían en el East End; un buen niño ladrón debía conocer a fondo el terreno donde trabajaba.

Ahora toda esa parte del entrenamiento tendría que hacerse de noche, y Wally no serviría para eso. Tendría que hacerlo todo Smythe. Y aun así...

Por más empeño que pusiera en su plan, Grimsby se figuraba que Alert no querría arriesgarse a que todo le explotara en la cara.

Según sus cálculos, sólo faltaba poco más de una semana para concluir el asunto. Pese a la mala espina que le daba, era reacio a echarse atrás, sobre todo habida cuenta de que Alert lo tenía entre la espada y la pared.

Y tampoco había que olvidar a Smythe.

Volvió a mirar el aviso. Si de él dependiera, echaría a los niños, dejaría que volvieran a sus casas y se lavaría las manos de todo el asunto. Era demasiado viejo para ir a la cárcel, y más aún para que lo deportaran.

Pero Alert iba ser un problema. Era un encopetado y, como tal, un arrogante.

Smythe, por otra parte, estaba al tanto de todo.

Aquella tarde, Penelope holgazaneaba en la gran cama de Barnaby y no recordaba haber estado nunca tan satisfecha. Tan en paz.

Al otro lado de las ventanas, la apagada tarde de noviembre era silenciosa y gris. Era domingo, había poca actividad en la calle, una brisa fría que anunciaba el invierno mantenía en sus casas incluso a los más valientes.

Era un dormitorio acogedor, caldeado por el fuego que ardía alegremente en la chimenea que había frente a los pies de la cama. Ella estaba tumbada sobre los almohadones y acurrucada bajo las mantas, agradablemente caliente y relajada, nada de lo cual cabía atribuirlo al fuego. Las cortinas de la cama estaban sueltas y, parcialmente corridas, creaban una sensación de recinto privado, transformando la cama con su mullido colchón y blandos almohadones en un refugio de placeres secretos e ilícitos deleites.

Tras un almuerzo temprano le había dicho a su madre que se iba a atender asuntos del orfanato. Luego tomó un coche de punto hasta Jermin Street. Mientras se habían arreglado la ropa en la salita de lady Carnegie la noche anterior, Barnaby había mencionado que Mostyn libraba las tardes de domingo. Por consiguiente, había dejado la puerta abierta, dispuesto a recibirla y entretenerla.

A conciencia.

—Ten.

Penelope, al volverse, lo vio de pie junto a la cama, gloriosamente desnudo, ofreciéndole una copa de jerez. Sonriendo, liberó un brazo y alcanzó la copa.

—Gracias.

Le vendría bien el reconstituyente; todavía era pronto y, según había aprendido la víspera y confirmado durante la última hora, aún le quedaba mucho por aprender.

Experimentar y asimilar, al menos sobre sí misma, sobre cómo reaccionaba a su paciente y experta manera de hacer el amor y, más importante, por qué.

No había previsto que tal actividad resultara tan fascinante. Tan apasionante. Tan exigente no sólo físicamente sino en otros aspectos que no comprendía del todo.

Desde luego entrañaba algo más que mera comunión corporal.

Y eso sólo bastaba para intrigarla sobremanera.

Tomó un sorbo entornando los ojos mientras Barnaby, tras comprobar el estado del fuego, volvía a la cama.

Cogiendo su copa de la mesita de noche, levantó las mantas y subió a su lado. Su peso inclinó el lecho; la proximidad de su desnudez junto a ella, sin ninguna clase de barrera, le provocó un hormigueo de expectación que se extendió por todo su cuerpo.

Ahora que tenía una idea más concreta de lo que esa promesa conllevaba, su expectación no era sino más intensa y más dulce. Tomó otro sorbo y lo saboreó.

Cerrando los ojos, mentalmente tocó y aquilató. El cuerpo le repiqueteaba, casi ronroneando; la mente era un mar inusualmente en calma. No recordaba ninguna ocasión de su vida en que se hubiese sentido tan satisfecha, tan realmente contenta. Incluso a pesar de que la frustración a causa de los escasos progresos en la búsqueda de los niños desaparecidos la fastidiaba, en aquel momento era algo remoto. Algo que estaba más allá de las cortinas de la cama, fuera de aquella habitación.

Dentro, en los confines privados de la cama de Barnaby, había experimentado no sólo placer y deleite sino, después de ellos, una sensación de paz más profunda.

A su lado, Barnaby se recostó en las almohadas, tomó un sorbo de vino, miró su perfil y vio que estaba cavilando. No podía adivinar sobre qué, aunque a juzgar por su expresión no se trataba de los niños. Ya habían tratado lo poco que había que comentar sobre la investigación antes de subir al dormitorio. A falta de novedades, progresos ni alguna actividad provechosa de la que ocuparse, Penelope se había mostrado gratamente dispuesta a amoldarse a sus planes de mutuo solaz.

Teniendo en mente su última y más sutil estrategia, se había permitido mostrar su lado más dominante, aunque no del todo, sólo lo justo para intrigarla y desafiarla; tras una breve sorpresa inicial, Barnaby se había visto recompensado por su absoluta atención.

Tal como preveía, había despertado su curiosidad.

La había llevado en volandas hasta la habitación, cerrado la puerta con el pie y proseguido hasta la cama, desnudándola por el camino.

Penelope había reaccionado con gratificante entusiasmo aunque, llegados a cierto punto, su insistencia en quitarle la camisa había provocado un momento de confusión, al menos para él. No había contado con que le birlara las riendas, pero lo había hecho. A pesar de haberlas recuperado de nuevo, luego ella quiso cogerlas otra vez; pasarse el control de uno a otro, compartirlo, pasar de guía a seguidor y viceversa, no era algo a lo que Barnaby estuviera acostumbrado, pero se las arregló para amoldarse.

Una vez que la tuvo tendida desnuda en su cama, lo único que había sido capaz de pensar fue en hundir su ya palpitante verga en aquel cautivador cuerpo. Como ella había mostrado la misma urgencia e insistencia, contorsionándose licenciosamente, incitándolo seductoramente, Barnaby se había limitado a hacerlo, dejando a un lado su deseo de dedicar más tiempo a explorar sus curvas desnudas.

A plena luz y detenidamente.

La miró, bebió un sorbo y se prometió que lo haría. Pronto.

En general la había juzgado correctamente: el conocimiento era, en efecto, su premio. En este ámbito, se trataba de una moneda de la que él, comparado con ella, poseía más que suficiente.

Como era de esperar, Penelope era más intrépida de lo normal. Las damas de buena cuna tendían a invitar, instigar y luego consentir; ella hacía las dos primeras cosas pero no la tercera; participaba activamente, esperaba contribuir, si no de igual modo, al menos decididamente al resultado, a definir el territorio al que les conducían sus pasiones, así como a influir sobre el ritmo y la ruta por la que ascendían a la cumbre.

Ponía interés, se aplicaba en la tarea y aprendía sin tregua.

Y aunque Barnaby prefería mantenerse firme en el mando, estaba comenzando a sospechar que quizá disfrutaría con algunas de las ventajas de compartir las riendas de vez en cuando.

Bebiendo el fresco amontillado, desvió la mirada hacia el fuego, tratando de discernir en qué punto se encontraban del camino hacia su boda. Uno o dos pasos más cerca que la noche anterior.

Tal vez hubiera llegado la hora de sembrar unas cuantas ideas más en su receptiva y fértil mente.

Apuró la copa, alargó el brazo y la dejó en la mesita de noche antes de volverse hacia ella y tenderse a su lado.

Penelope entreabrió los párpados; Barnaby captó el brillo de sus ojos negros bajo la exuberante curva de sus pestañas.

Cogiéndole la mano que tenía encima del cubrecama, se llevó sus dedos a los labios y los besó. Luego le levantó el brazo y le puso la mano en las almohadas, encima de su cabeza.

Tenía toda la atención de Penelope puesta en él, pero no la miró a los ojos. Deslizando el brazo bajo las mantas, le puso los dedos a un lado del cuello, resiguiendo suavemente la curva desde debajo de su oreja hasta la clavícula

Ella se tensó un poco, vigilante. Barnaby levantó la mano para repetir la caricia, retirando las mantas al hacerlo, y luego se arrimó para trazar la misma línea con los labios, logrando que la respiración de Penelope se entrecortara.

Cambió de postura y repitió la caricia en el otro lado; ella ladeó la cabeza para facilitarle el acceso, esbozando una sonrisa al suspirar.

Avanzando, él le sometió los hombros a la misma exploración táctil, primero con los dedos, luego con los labios y la lengua.

Las mantas habían caído hasta justo encima de sus senos. Deslizando una mano por debajo, él la cerró en torno a uno de ellos. No trató de disimular su actitud posesiva, simplemente cerró los dedos en torno al firme montículo y lo reivindicó. Luego comenzó a acariciarla con los dedos alrededor del pezón hasta ponérselo erecto para acto seguido cogerlo entre el índice y el pulgar.

La respiración de Penelope se quebró, fracturada.

Arrimándose aún más, apartó las mantas para poder contemplar la carne que estaba tocando. Tras estudiarla, agachó la cabeza y la lamió lentamente.

Penelope tomó aire.

Barnaby se dispuso a saborearla, a colmar sus sentidos con el excitante sabor de la joven después de haberla poseído una vez. La segunda llegaría, pero sólo después de que él hubiese saciado y satisfecho sus ansias de explorar cada fascinante centímetro de su piel.

Con los ojos, con la lengua, con las manos.

Penelope consentía, hechizada por aquellas sensaciones inimaginables poco tiempo atrás. Unas sensaciones que Barnaby tenía toda la intención de agudizar para reforzar el vínculo sensual que los unía, haciendo que ella fuese más incuestionablemente suya, tanto en su mente como en la de él.

Su piel era increíblemente blanca y suave. Cuando estaba fría, parecía el más delicado alabastro, suave pero cálido al tacto; cuando caliente, como en ese momento, con los senos hinchados y los pezones de punta, parecía seda de color melocotón.

Satisfecho tras haber explorado suficientemente un seno, apartó más las mantas y pasó al otro. Penelope tembló mientras él tomaba posesión; interesante considerando la intimidad que ya habían compartido. Cuando tras un concienzudo estudio la chupó con avidez, Penelope dio un grito ahogado y arqueó la espalda, hundiendo la cabeza en las almohadas.

La mano que sostenía la copa de jerez tembló peligrosamente; alcanzándola, Barnaby se la cogió por el pie y, alargando más el brazo, la puso en la mesita de noche. El ruidito seco de la base contra la madera resonó en la habitación como inequívoca declaración de intenciones.

Declaración que Penelope oyó. Cuando Barnaby se retiró de su seno, hizo ademán de acariciarlo. Para su sorpresa, Barnaby le cogió la mano; sin apartar la vista de sus senos turgentes, le puso la mano encima de la cabeza, junto a la otra, sobre las almohadas.

—Déjalas ahí —masculló con voz grave y autoritaria—. Quédate tendida y deja que... te adore.

Penelope titubeó, estudiando su rostro, tratando de determinar qué era lo que veía en él; algo más duro, más poderoso de lo que había conocido hasta entonces. Movida por la curiosidad, consintió e intentó, sin éxito, conservar la calma mientras él, con una especie de deliberación que resultaba peculiarmente excitante, proseguía con el estudio de su cuerpo y del modo en que respondía a sus caricias.

Cuando un movimiento particularmente ingenioso de la yema de sus dedos en el vientre la hizo temblar, Barnaby murmuró:

—Esto te gusta.

Ella no se molestó en asentir. Él tampoco esperaba una respuesta: sus palabras habían sido la constatación de un hecho. No obstante, permanecer pasiva por un tiempo indeterminado resultaba extraño en aquel caso... Adorar, había dicho Barnaby, y de una manera curiosa no dejaba de haber cierta reverencia en ello, pese a que podría haber dicho «tomarte» o «poseerte» y ser igualmente exacto.

El modo en que la trataba la tenía fascinada e intrigada.

Él fue descendiendo por su cuerpo. Al principio metía la mano debajo de las mantas para acariciarla, luego las apartaba, revelando la zona en que concentraba su mirada. Estudiaba, examinaba, aquilataba y acto seguido agachaba la cabeza y probaba.

Las mantas fueron destapándola progresivamente, exponiendo cada vez más cuerpo a su minucioso examen. Barnaby no pedía permiso, ni siquiera sin palabras, simplemente continuaba su exploración como si tuviera un derecho incuestionable.

Como si ella hubiese cedido ante él.

¿Lo había hecho?

A decir verdad, no estaba segura; y aún estaba menos segura de que le importara.

Las manos de Barnaby... Antes había calificado su contacto de mágico. Cerrando los ojos mientras debajo de las mantas una palma dura se deslizaba por su cadera, se esforzó en reprimir un estremecimiento. No tenía frío, como resultado de sus atenciones tenía el cuerpo ardiente, pero el torrente de sensaciones que sus dedos le causaban era algo exquisito que le ponía los nervios a flor de piel, dejándolos sensibilizados y ansiosos, muy ansiosos, de más.

De sentir más.

Era una clase de estimulación táctil que nunca antes había experimentado y que parecía abrirle los poros para absorber mucho más, para aguzarle los sentidos de modo que su siguiente caricia, por ligera que fuese, fuera percibida con mayor intensidad.

Mucho más cargada de sentimiento y significado. De intención.

Lo asimilaba todo mientras bajo las mantas la mano de Barnaby seguía descendiendo y sus dedos coqueteaban juguetones con los rizos de la cima de sus muslos. Un momento después, sus dedos bajaron todavía más y apretaron entre los muslos para palpar, sobar, acariciar.

Finalmente se encontró con las mantas por las rodillas.

Lo que siguió fue bastante más de lo que Penelope se esperaba, más intenso, cada vez más íntimo, pero fue incapaz de dar el alto, ni siquiera de pedir una pausa para recobrar el aliento..., porque ya no le quedaba aliento que recobrar puesto que sus prietos pulmones estaban paralizados.

Igual que cuando, destapada desde hacía rato, Barnaby le abrió los muslos, separándole bien las piernas para contemplarla tal como había hecho con el resto de su cuerpo, y luego explorar con los dedos, palpando, acariciando, puntuando con un grave murmullo lo que a ella le gustaba, distrayéndola con ese sonido para luego hacer que atendiera a sus palabras mientras continuaba con su demostración.

Hacía rato que ella era incapaz de protestar cuando Barnaby agachó la cabeza para probarla. Para saborearla, lamiendo y chupando ligeramente, hasta que la hizo enloquecer.

Hasta que, contorsionándose de excitación, sollozó y suplicó. Y esta vez sabía por qué.

Como un emperador concediendo un deseo a una esclava, él le dio lo que pedía; su pícara lengua la hizo lanzarse vertiginosamente desde aquel borde brillante, lanzándola a una complacida inconsciencia.

Una inconsciencia más complacida, más profundamente saciada de lo que jamás había conocido. Penelope se hundió bajo aquella ola de saciedad recibiéndola con gusto, dejando que la inundara.

Barnaby observó su rostro mientras le hacía alcanzar el clímax y la liberaba de todas las tensiones. Ella se dejó ir con un suspiro, volvió a hundirse en la almohada desenmarañando sus tensos músculos con la expresión perdida, las facciones relajadas salvo por sus labios que, bajo la mirada de él, se curvaron ligeramente.

Sonriendo para sus adentros, Barnaby se apoyó en las rodillas, la cogió por la cintura y le dio la vuelta.

Ella se tumbó boca abajo de buen grado y apoyó la mejilla en la almohada. Curvando los labios en previsión de lo que se avecinaba, él le separó los pies y se arrodilló entre sus piernas.

Comenzó por los tobillos, levantando uno después del otro para explorarlo, acariciarlo y luego mordisquearlo. No le tocó la planta de los pies por si tenía cosquillas; lo último que quería era devolverle la plena conciencia demasiado deprisa.

La turgencia de las pantorrillas, las corvas, la longitud de los muslos, a todo ello rindió diligente homenaje, y ella suspiró y le dejó hacer.

Le dejó reseguir los globos de su trasero, besar y lamer su camino sobre las nalgas y las hendiduras de la columna vertebral. Barnaby abrió los dedos abarcando la parte posterior de la cintura y luego fue subiendo las manos, siguiendo la columna con los labios y la lengua, deteniéndose para examinar los omóplatos, hasta que por fin le alcanzó la nuca.

Apartando el pelo que antes le había soltado, la tocó, acarició y apoyó los labios en la delicada piel al tiempo que apoyaba su cuerpo sobre el de ella.

Cubriéndola.

La mordisqueó, luego llevó los labios al cuello mientras apretaba las manos contra el colchón, deslizándolas debajo de ella para llenarlas con sus senos. Los sobó hasta que encontró los pezones y los pellizcó.

Su erección, caliente y dura como el hierro, se apoyaba palpitante entre los globos de su delicioso trasero. Por la tensión que se adueñó de él cuando le soltó el seno derecho y alargó el brazo para abrirle las piernas, Penelope adivinó lo que Barnaby se proponía, aunque sin saber cómo lo haría exactamente. Éste se imaginaba el cerebro de ella bullendo de preguntas que, afortunadamente, no tenía aliento ni tiempo para formular.

Se aseguró de lo segundo soltándole la rodilla, retirándose para situar la punta de su erección en el punto de entrada. Acto seguido se hundió en ella sólo un poco, justo lo suficiente para contestar a las primeras preguntas.

Moviéndose para apoyar su peso en un brazo y dejar de aplastarla contra la cama, Barnaby devolvió la mano a la posición anterior, reclamando de nuevo su seno. Su peso la mantenía inmovilizada mientras mantenía el otro seno apretado contra su otra palma. Bajó la cabeza, le cogió el lóbulo con los dientes y lo mordisqueó, luego posó los labios en la sensible piel de debajo y ella arqueó la espalda, y despacio, con deliberada lentitud, saboreando cada centímetro, la penetró.

Debajo de él, Penelope se estremeció. Tenía los ojos cerrados y expresión de suma concentración.

Barnaby empujó más hondo, notando que la delicada cavidad cedía y le dejaba entrar para luego abrazarlo. Se cerró en torno a él con fuerza, envolviendo su erección en un resbaladizo calor abrasador, cortándole la respiración.

Entonces ella se movió debajo de él, empujando hacia atrás, instintivamente buscando más. Abriéndose más para él.

Barnaby empujó a fondo, con fuerza, y la oyó gimotear, no de dolor sino de placer. Aquel sonido lo sacudió y descentró un momento, de modo que tuvo que detenerse, cerrar los ojos y aguantar la respiración hasta recobrar parte del control.

Cuando lo hubo hecho, se retiró despacio y volvió a embestirla con potencia.

Penelope sollozó de nuevo.

Paseándole los labios justo debajo de la oreja, Barnaby murmuró:

—Esto también te gusta.

Su única respuesta fue un minúsculo pero exigente estremecimiento del trasero.

Barnaby soltó una risita gutural y la complació. Retirándose una vez más, se dispuso a montarla; despacio, cada empujón medido en potencia y profundidad, exquisitamente sintonizado para aumentar el placer de Penelope, que se retorcía y suplicaba, tratando de instarlo a ir más deprisa; él hizo oídos sordos y se ciñó a su plan, ejerciendo en todo momento un control absoluto con el buen tino de no dejar que ella lo debilitara.

Apretó los dientes y aceleró el ritmo, usando su peso para someterla y empujando hondo, al tiempo que le sobaba los senos, hasta que llegó al orgasmo con un grito, el primero que Barnaby le arrancaba.

El sonido rompió todos los diques de contención y con un gruñido se hincó en ella hasta la empuñadura, una y otra vez, hasta que una marea desatada lo arrastró consigo, arrebatándole la conciencia, inundándolo de un placer total mientras bombeaba su semilla dentro de ella.

Hecho polvo, se desplomó encima de ella, demasiado débil, demasiado agotado, demasiado saciado para moverse.

En cuanto pudo reunir las fuerzas necesarias, rodó sobre un costado sin soltar a Penelope, recolocándola contra él, la espalda de ella en su pecho.

Con las manos libres en torno a sus senos, pudo reseguirle las costillas mientras procuraba recobrar el aliento.

Al cabo de un momento, ella echó un brazo atrás y le pasó la mano por el flanco, un movimiento tierno y acariciante que daba fe de su agradecimiento.

Barnaby le acarició la nuca con la nariz; fue la manera de darle las gracias a su vez. Pero en cuanto recobró el aliento, murmuró:

—Pues esto es lo que podrías disfrutar cada vez que te viniera en gana.

La risita con que contestó Penelope fue en extremo sensual.

—¿Cada vez? Sin duda necesitaría que tú alcanzaras el resultado deseado.

—Cierto. —Eso era precisamente lo que quería que ella entendiera. Acercó los labios a su oreja—. Pero como estoy aquí...

Con una mano se puso a sobarle un seno otra vez mientras deslizaba la otra hacia abajo, separando los dedos al llegar al vientre y apretando ligeramente mientras se movía detrás de ella, recordándole que todavía lo tenía dentro. Recordándole el placer que eso le había proporcionado.

Como si ella necesitara que se lo recordara. Reprimiendo un estremecimiento innecesario, pues era obvio que Barnaby no necesitaba que lo alentaran más, a Penelope le costaba creer que hubiese vivido tanto tiempo desconociendo que existiera un placer tan profundo, tan cálido y satisfactorio. Que con el varón adecuado pudiera disfrutar hasta ese extremo en que la gloria parecía correr por sus venas. Que el simple regocijo de la intimidad pudiera ser tan intenso.

Pero con el varón adecuado; quizá por eso nunca antes se había sentido inclinada a explorar en esa dirección. Barnaby Adair era diferente; para ella, diferente en muchos sentidos. No pensaba que fuese débil o poco inteligente, ni siquiera menos inteligente que ella; y sentía una secreta excitación ante su tamaño en comparación con el suyo. Él era mucho más grande, duro y fuerte. Sin embargo, parecían encajar no sólo en la intimidad sino también en otros aspectos; se había acostumbrado a tenerle cerca, cual muro de masculinidad, acechando junto a ella.

Lo cual constituía toda una novedad, habida cuenta de su reacción habitual ante los hombres altos y acechantes.

—No deja de ser sorprendente, si lo piensas. —La voz de Barnaby, relajada y profunda, flotaba junto a su oído; Penelope sintió que hablaba tanto para ella como para él—. Me refiero a que nos entendamos tan bien. —Juntó los dedos sobre su seno—. Y no sólo en la cama, también en sociedad e incluso en nuestra investigación.

Hizo una pausa y luego prosiguió en tono reflexivo.

—Lo cierto es que me gusta hablar contigo, y eso, debo confesarlo, no es lo normal. No te limitas a pensar en modas, bodas o bebés; tampoco es que suponga que no piensas nunca en esas cosas, pero no te sientes obligada a comentar esos asuntos conmigo, y en cambio tienes otras ideas, otras preocupaciones que yo puedo compartir.

Penelope miraba la habitación sin verla, consciente no sólo del calor del cuerpo de Barnaby acunando el suyo, de su mano acariciándole sin darse cuenta el seno, sino también de otro calor que emanaba de sus pensamientos compartidos, de su empeño compartido.

—Gracias a Dios no te impresiona mi trabajo. —Hizo una pausa—. Y a mí no me amedrenta el tuyo.

Penelope rio y dijo:

—Parece que nos complementamos bastante bien.

Barnaby se movió detrás de ella, recordándoselo.

—Y que lo digas.

Penelope volvió a reír ante la mordacidad de su tono pero sus pensamientos, motivados por los de él, reclamaron su atención. Era bien cierto que parecían tener un consenso natural, uno que ella, y al parecer también él, no había encontrado en ninguna otra persona. Pertenecían al mismo círculo social selecto, uno por cuyas restricciones ni él ni ella se sentían demasiado constreñidos, pero esa circunstancia facilitaba que se entendieran cualquiera fuese la situación que afrontaran.

La envolvió una lenta marea de calor y se dio cuenta de que él se estaba moviendo con suma ternura dentro de ella. Y comprendió que él había recobrado las energías, por decirlo así.

Penelope miró hacia la ventana; aunque la veía borrosa, la luz anunciaba el final de la tarde. Ignorando la pasión que ya se adueñaba de ella, se obligó a decir:

—Debo irme. No tenemos tiempo.

Su decepción le tiñó la voz. Como respuesta, Barnaby apretó con las manos, manteniéndola en su sitio; se retiró y acto seguido empujó con más ímpetu, haciéndola soltar un grito entrecortado.

—Sí que tenemos tiempo. —Se retiró y empujó otra vez, sujetándola con más firmeza—. Luego podrás marcharte.

Un lametón delicioso le recorrió la columna vertebral. Ella esbozó una sonrisa y dijo en susurro:

—Si insistes...

Barnaby insistió, deleitándola a fondo una vez más antes de permitir que se levantara y vistiera. Luego la acompañó a Mount Street.

Smythe se presentó en la vivienda de Grimsby bien entrada la noche del sábado. Grimsby levantó la vista y lo vio, llenando el umbral de su habitación.

—¡Santo cielo! —Atrapado en su viejo sillón, Grimsby se llevó la mano al corazón—. A ver si avisamos, que cualquier de día de éstos me matas del susto.

Los labios de Smythe temblaban; entró, cogió una silla vieja de respaldo recto, le dio la vuelta para que el respaldo quedara de cara a Grimsby y se sentó a horcajadas.

—Bien, ¿cuál es el problema?

Grimsby hizo una mueca. Había dejado recado en la taberna Prince's Dog, el único modo que conocía para ponerse en contacto con Smythe. No tenía ni idea de cuándo recibiría Smythe el mensaje, y mucho menos de cuándo respondería.

—Tenemos un problemita —dijo. Moviéndose para meter la mano en el bolsillo de su viejo abrigo, sacó el aviso impreso y se lo pasó a Smythe—. La bofia ha hecho correr la voz.

Smythe lo cogió y leyó. Cuando llegó al anuncio de la recompensa, enarcó las cejas.

Grimsby asintió.

—Sí, a mí tampoco me gustó esa parte. —Pasó a referirle cómo se había enterado del aviso y lo que Wally le había contado al respecto—. O sea que es demasiado peligroso llevarse los chicos a entrenar, al menos durante el día. No voy a pedirle a Wally que lo haga; lo último que necesitamos es que la pasma lo pille con un par de chavales y que luego se presenten aquí y pesquen al resto.

Smythe tenía la mirada perdida. Asintió.

Grimsby aguardó sin quitarle ojo; no quería presionar a Smythe. Finalmente, éste murmuró:

—Tienes razón. No tiene sentido arriesgarlo todo, y tampoco queremos que nos pesquen con esos rapaces. —Volvió a mirar a Grimsby—. Pero no estoy dispuesto a renunciar a un trabajo tan bueno como éste; y estoy seguro de que tú tampoco, y menos con las ganas que te tiene Alert.

Grimsby puso cara de pocos amigos.

—Ya. Me querrá en el ajo a toda costa. Pero con los chavales a medio entrenar, está cantado que perderás alguno; bueno, por eso tenemos tantos, pero aun así. —Señaló con el mentón el aviso que Smythe aún sostenía—. Tendrías que enseñarle eso, sólo para que luego no venga con que no lo sabía o que no entendía su significado, a saber, que no podemos entrenar a los niños del todo como estaba previsto.

Smythe estudió el aviso otra vez y se levantó.

—De acuerdo. —Metiéndose el aviso en el bolsillo, añadió—: Quién sabe, Alert igual está al corriente, o tiene manera de averiguar quién ha metido a los polizontes en esto.

Grimsby se encogió de hombros; no se levantó cuando Smythe se marchó. Escuchó los pasos fuertes en la escalera y luego el golpe de la puerta de la tienda al cerrarse.

Soltando un suspiro, se preguntó si eran figuraciones suyas; si la insinuación de Smythe en cuanto a que si Alert averiguaba quién incitaba a la bofia se aseguraría de que ese malnacido lo lamentara.

Entonces pensó en Alert y decidió que no estaba imaginando nada.

Una hora después, Penelope se acostó y cerró los ojos. Estaba en su propia cama, en su dormitorio de Calverton House en Mount Street, la misma habitación en que había dormido la mitad de su vida. Sin embargo, esa noche sentía que le faltaba algo.

Algo cálido, duro y viril contra su espalda.

Suspiró. En lugar de su presencia, dejó que su mente divagara hacia la tarde de gozo. Pasar la tarde entera en la cama con Barnaby Adair había resultado una experiencia muy grata.

Una experiencia que abría nuevos horizontes; sin duda había aprendido más sobre el deseo, sobre cómo él despertaba el suyo, sobre cómo reaccionaba ella y sobre cómo él respondía a su vez.

Esbozando una sonrisa espontánea, se dijo que estaba aprendiendo a pasos agigantados. Y lo que había aprendido comenzaba, para su sorpresa, a alterar su visión de la vida.

No había previsto algo semejante. No había considerado posible que el deseo, la búsqueda y el estudio del deseo, pudiera conducirla a un replanteamiento fundamental. Sus opiniones estaban talladas en piedra, inmutables, o eso creía hasta ahora...

Pese a la testarudez que le dificultaba admitir un cambio de opinión, en el fondo era menos reacia a considerar un posible cambio de postura, a considerar si su vida podría ser mejor caso de hacerlo. Después de la dicha de aquella tarde resultaba difícil no cuestionarse si no se había precipitado al pensar que no quería ni querría nunca mantener una relación duradera con un hombre. Sabía que no necesitaba tal relación para estar feliz y contenta con lo que le había tocado en suerte, pero la cuestión no era si la necesitaba sino si la deseaba. Si tal relación podría ofrecerle suficientes ventajas como para arriesgarse.

Ventajas como la profunda satisfacción que todavía corría por sus venas. Aquello era algo que nunca había sentido, pero el brillo era tan intenso, tan acogedor, tan adictivo que sabía que si se le presentaba la ocasión, optaría por conservarlo en su vida.

No acababa de entender del todo su origen; había una parte de intimidad física, una parte de entendimiento a un nivel diferente, una parte de alegría de estar cerca, tan estrechamente próxima, a otro ser humano con una mente muy parecida a la suya. Un varón que la comprendía mucho mejor que cualquier persona de su mismo género.

Él entendía sus carencias y necesidades, sus deseos, tanto físicos como intelectuales, mejor que ella misma. Y parecía deleitarse sinceramente al explorar y complementar esos deseos con su cuerpo.

Todo lo cual contribuía al placer que él hacía florecer, al placer que ella sentía cuando yacía en sus brazos.

Todo lo cual era mucho mayor de lo que jamás se hubiese figurado.

Su idea inicial de permitirse el capricho de aprenderlo todo para luego retirarse como si tal cosa ya no resultaba válida.

Debía replanteársela.

Reconsiderar su plan y modificarlo. Pero ¿modificarlo en qué sentido? Aquélla era la cuestión principal. ¿En qué medida debía cambiarlo, hasta qué punto era seguro y conveniente hacerlo?

¿Acaso tenía siquiera elección entre una relación duradera y el matrimonio?

En la buena sociedad se daban bastantes relaciones duraderas, pero ninguna protagonizada por damas de su edad y condición. Habida cuenta de quiénes eran ellos, cualquier intento por mantener una relación duradera iba a resultar complicado, al menos hasta que ella alcanzara la edad en que la sociedad considerara definitivamente que se había quedado para vestir santos. En su caso, eso sería como mínimo a los veintiocho, cuatro años más.

Intentó imaginarse rompiendo su relación y luego aguardando cuatro años antes de reanudarla... Una idea risible, por más de un motivo.

Lo cual le dejaba una sola opción: casarse con él.

Al considerar esa perspectiva, seguía sin ver que el matrimonio fuera recomendable *per se*, al menos no para ella; los riesgos potenciales tenían más peso que los posibles beneficios. Las razones de su antiguo rechazo seguían teniendo fundamento.

No obstante, cuando añadía a Barnaby Adair a la balanza, el resultado era menos claro.

Casarse con Barnaby Adair. ¿Tal sería su destino?

Estuvo un buen rato mirando al techo mientras intentaba imaginar, formular y contestar preguntas, ver cómo podría funcionar ese matrimonio. Ambos tenían ya fama de excéntricos; aunque estaba claro que un enlace entre ellos no se ajustaría a las pautas al uso, la buena sociedad tampoco esperaría lo contrario.

El matrimonio con Barnaby Adair quizá sería una unión en la que podría vivir; era muy probable que ser su esposa no incidiera demasiado en sus libertades, como sucedería si se convirtiera en la mujer de otro caballero.

Por supuesto, siempre y cuando él estuviera dispuesto a concederle, una vez fuera su esposa, la libertad de ser ella misma y, por supuesto, siempre y cuando quisiera casarse con ella.

¿Sería así?

¿Cómo podía averiguarlo?

Mucho después, cuando por fin concilió el sueño, todavía daba vueltas a esas preguntas, incapaz de contestarlas.

16

A la noche siguiente, Smythe oscureció una vez más la cristalera del salón trasero de la casa de St. John Wood Terrace.

Igual que en la ocasión anterior, Alert aguardaba en las sombras
de la habitación. Indicó a Smythe que entrara.

—¿Y bien? —La aspereza de su tono no le pasó inadvertida a
Smythe—. ¿Puedo saber a qué se debe esta visita?

El otro no dejó traslucir emoción alguna al acercarse, alzándose imponente sobre Alert, cómodamente repantingado en un sillón.

—A esto.

Sacó una hoja del bolsillo y se la entregó.

Alert dejó pasar un momento antes de cogerla. La abrió y la encaró al fuego. Pese a la escasa luz, le bastó un vistazo para distinguir
los caracteres impresos y reconocer su formato. La palabra «recompensa» destacaba claramente.

Asegurándose de mantener el rostro inexpresivo, valoró sus opciones. Luego arrugó el papel y lo tiró a las brasas, donde ardió. En
el súbito resplandor anaranjado, miró a Smythe.

—Inoportuno pero no importante, diría yo.

Al parecer, no estaba dispuesto a que tuviera ninguna importancia, a juzgar por su falsa cordialidad. Smythe se encogió de hombros.

—Sólo que no podremos arriesgarnos a adiestrar a esos bribonzuelos de día.

—Pues hacedlo de noche. ¿Eso es un problema?

Smythe sonrió.

—No es tan fácil.

—¿Pero puede hacerse?

—Sí.

—¿Entonces? —Alert hizo una pausa, sin apartar los ojos del rostro de Smythe—. Lo que estamos tramando es demasiado importante y lucrativo, como para tirar la toalla por una amenaza sin importancia. Supongo que a estas alturas ya tendréis todos los niños necesarios.

—Todos menos uno.

—Conseguid a ese último.

Smythe se movió.

—Tenemos siete.

—Me dijiste que necesitabas ocho para hacer el trabajo como quiero que se haga.

Smythe asintió.

—Para hacer tantas casas en una sola noche necesito ocho para ir bien. Pero si hacemos las mismas casas en dos noches...

—No. —Alert no levantó la voz pero su tono fue rotundo—. Te dije que sé cómo actúa la policía. Si las hacemos todas en una noche, no correremos ningún riesgo; es posible que ni siquiera sepan que hemos entrado hasta después de Año Nuevo. Y así es como tiene que ser. Si necesitas ocho niños, consigue ocho. Ni se te ocurra hacer una chapuza.

Dejó que transcurrieran unos segundos y preguntó:

—¿Te encargarás tú, o debería decir nuestro amigo común Grimsby, de encontrar al último niño, o debo replantearme nuestro acuerdo?

Smythe esbozó una sonrisa.

—Conseguiremos al chico.

Alert sonrió.

—Bien. La aristocracia comenzará a huir de la ciudad a finales de esta semana. Deberíamos actuar cuanto antes. ¿Cuándo estaréis listos?

Smythe reflexionó.

—Una semana.

Alert asintió.

—En ese caso, no tendremos nada de qué preocuparnos. Todo sigue adelante según lo planeado.

Smythe lo miró y asintió a su vez.

—Se lo diré a Grimsby.

Alert lo observó ir hasta la puerta y salir sin hacer ruido, cerrándola a sus espaldas. Se quedó tamborileando con los dedos sobre el brazo del sillón. Luego volvió la cabeza y miró las cenizas que ensuciaban el resplandor rojo de las brasas; era cuanto quedaba del aviso.

Del aviso impreso.

Al cabo de cinco minutos, Alert se levantó con agilidad, fue hasta la cristalera y la abrió. Salió, miró en derredor, cerró la puerta con llave y se marchó en dirección opuesta a la que había tomado Smythe.

La tarde siguiente, el inspector Basil Stokes de Scotland Yard caminaba de un lado a otro encima de una tienda de fruslerías femeninas. Llevaba caminando lo que parecían horas, una eternidad; fuera caía la tarde, la luz menguaba. Las aprendizas le habían dicho que su patrona había salido por la mañana, vestida con su «ropa vieja». Por enésima vez, Stokes maldijo para sus adentros; si no regresaba pronto, iba a...

El irritante cascabeleo de la campanilla de la puerta lo hizo parar en seco. Ceñudo, escuchó pese a que, tras numerosas frustraciones, estaba seguro de que oiría una voz femenina inquiriendo por la cinta de terciopelo que combinaba mejor con su capa, y aguardó... Finalmente, oyó la voz que tanto rato llevaba ansiando oír.

Su alivio fue sincero pero fugaz, ya que quedó ahogado por emociones más fuertes.

Poniendo cara de pocos amigos, se plantó en lo alto de la escalera. Allí aguardaba, con los brazos en jarras, cuando, después de tranquilizar a sus aprendizas, Griselda, con su disfraz del East End, subió apresuradamente.

Al levantar la vista vio la expresión de Stokes, pestañeó y vaciló, pero, apretando los labios, siguió subiendo.

—Inspector Stokes, no le esperaba.

—Obviamente. —Con la mandíbula apretada, procuró no levantar la voz—. ¿Dónde demonios estabas?

Griselda lo miró parpadeando, estudió su rostro un instante y se mordió la lengua para no darle la respuesta instintiva: que no era asunto suyo. No le gustaba que la intimidara un gigantón enojado y, para colmo, en su propia sala de estar, pero...

Tras un instante más estudiando la tormenta desatada en sus ojos grises, optó por preguntar, con sincera curiosidad:

—¿Por qué quieres saberlo?

Stokes la miró fijamente... Diríase que con su perfectamente razonable pregunta lo había dejado sin argumentos para enojarse, pero entonces la fulminó con la mirada.

—¿Por qué? ¿Por qué? ¿Sales vestida así —hizo un ademán señalando su atuendo—, a deambular sola por el East End, y luego preguntas por qué llevo una hora paseándome por esta puñetera habitación, imaginando que te ocurrían las cosas más horrendas, atormentándome con imágenes tuyas en manos de esos villanos?

Hizo una pausa. Dándose cuenta de que aquella arenga era retórica, que Stokes sólo estaba ganando tiempo, Griselda asintió.

—Sí. Exacto. ¿Por qué has estado haciendo eso?

Él la miró pestañeando. Su enfado, incluso el fingido, se le borró de los ojos.

—Porque...

No dijo más y sólo levantó una mano; Griselda no estuvo segura de que él se diera cuenta siquiera. Los dedos de Stokes se detuvieron a la altura de sus mejillas, cerca pero sin tocarlas. Como si le diera miedo tocar. Escrutó su mirada un instante, como si pudiera hallar la respuesta en ellos, y luego, al no ser así, maldijo en voz baja y apartó la mano.

La cogió por los hombros y la atrajo hacia sí, estrechándola al tiempo que la besaba en los labios.

Mentalmente, Griselda dio un grito ahogado, le agarró el hombro y se aferró, hincando los dedos en su abrigo como si le fuera la vida en ello. Fue como verse arrastrada hacia un remolino de carencias y necesidades, de deseo y anhelo.

Y él insistió hasta que ella le devolvió el beso y le entregó la boca. Entonces la turbulencia que había en él se disipó.

Y así, en lugar de caminar al borde de una vorágine, Griselda se encontró bailando un vals hacia el placer. El simple placer de un beso teñido de algo más profundo, aderezado con deseo acumulado, endulzado por el afecto.

Al cabo, Stokes levantó la cabeza y aguardó a que ella abriera los ojos para decir:

—Por esto.

No había más que añadir.

Griselda pestañeó tratando de reorientarse en un mundo que había escorado.

—Vaya...

Ahora fue ella quien se quedó sin palabras. Notaba el calor que le encendía las mejillas y supuso que las tenía sonrosadas.

Lentamente, los labios de Stokes dibujaron una dulce sonrisa tranquilizadora.

—Como aún no me has dado una bofetada, deduzco que no te disgustan mis intereses.

Ella se ruborizó más, pero se obligó a responder:

—No, no me disgusta ningún interés que puedas tener.

Stokes sonrió más abiertamente.

—Bien.

Griselda se retorció para zafarse de sus brazos; él la soltó a regañadientes.

—Y ahora —dijo adoptando de nuevo una fachada de seriedad—, ¿podrías contestar a mi primera pregunta?

Griselda dio media vuelta y se dirigió a su butaca; se sentó y frunció el ceño, como tratando de recordar.

Él suspiró y se sentó en la butaca de enfrente.

—¿Dónde demonios has estado?

—Oh. —El semblante de la sombrerera se iluminó—. Claro. He ido al East End. Pasé por casa de mi padre y luego fui a ver cómo estaban los Bushel; Black Lion Yard me coge más o menos de camino.

—¿Qué tal siguen? ¿Estaban allí los hermanos Wills?

Griselda asintió.

—Están bien, aunque Mary está comenzando a hartarse de no poder salir de casa. Dos de los chicos Wills estaban con ella; jugaban a los dados y enseñaban a Horry. Después fui a visitar a Edie, la botonera de Petticoat Lane. Me prometió que intentaría dar con el viejo Grimsby, pero dice que es como un cangrejo y que no suele alejarse de su casa. Lleva años sin verle, y ha sido incapaz de encontrar a alguien que lo haya visto últimamente.

—O sea que Grimsby sigue en nuestra lista; el último nombre de los que nos dio tu padre. —Stokes hizo una mueca—. Por desgracia, eso no garantiza que sea quien tiene a los niños.

—No. —Abatida, Griselda negó con la cabeza—. Tiene que haber alguna manera de tener noticias sobre ellos. Cinco niños. Alguien debe de haberlos visto.

—Nuestros anuncios están en circulación. —El inspector comprendía su frustración—. Tendremos que ser pacientes y ver si la promesa de una recompensa le suelta la lengua a alguien.

—¿Seguimos sin nada?

Él negó con la cabeza. Tras observarla un momento, se adelantó hasta el borde de la butaca; alargando los brazos, tomó sus manos entre las suyas. Le acarició los dedos con los pulgares sin dejar de mirarla a los ojos.

—Entiendo que te sientas cómoda en el East End, que sea tu hogar y que tengas que ir a ver a tu padre. Pero... —Hizo una pausa, apretando los labios, pero el orgullo no le daría calor por las noches—. Por favor, cuando tengas que ir, ¿podrías decírmelo antes? ¿O si eso no es posible, dejar al menos una nota para que sepa adónde vas y cuándo estarás de vuelta?

Contuvo el impulso de darle más indicaciones, incluso órdenes. Esperó y rogó que Griselda viera en sus ojos el motivo de su preocupación.

Ella sonrió con inefable dulzura y echó una mirada a la habitación.

—Supongo que, a fin de conservar mi alfombra sin que la desgastes, podría hacerlo.

Un gran alivio se adueño de Stokes; estuvo seguro de transmitirlo con su sonrisa.

—Gracias.

Seguía sosteniéndole las manos y la mirada. Y ella seguía mirándolo fijamente.

Ambos abrieron los labios para hablar a la vez, justo cuando sonó la campanilla de la puerta de abajo.

Se volvieron hacia la escalera y escucharon.

La voz de Penelope les llegó con claridad, asegurando a Imogen y Jane que «conocemos el camino».

El inspector buscó los ojos de Griselda.

—Luego.

Ella le sostuvo la mirada un instante más y asintió.

—Sí. Luego. Cuando todo esto haya pasado y tengamos tiempo para pensar.

Stokes se mostró de acuerdo asintiendo con la cabeza, le soltó las manos y se puso de pie cuando la cabeza morena de Penelope aparecía por la escalera.

Al levantar la vista, la joven los vio. Sonrió.

—Hola. ¿Hay noticias?

Stokes negó con la cabeza y miró a Barnaby, que seguía a Penelope hacia el sofá.

—¿Y vosotros?

Barnaby hizo una mueca.

—Ni un susurro de nadie en ninguna parte.

Penelope se dejó caer en el asiento con expresión contrariada. Aun siendo innecesario, les informó:

—La paciencia no es mi fuerte.

Griselda sonrió compadeciéndola.

—Antes pensaba que era el mío, pero con esto...

—Lo peor —dijo Barnaby— es que se nos acaba el tiempo. El Parlamento cierra a finales de esta semana.

El anuncio fue recibido en silencio. Griselda trató de romperlo, anunciando.

—Ya es hora de cerrar. ¿A quién le apetece un té?

Los demás mostraron cierto interés. Griselda bajó a la tienda. Barnaby y Stokes se pusieron a comentar una de las intrigas políticas que estaban afectando a la policía. Penelope los escuchaba mientras oía a Griselda despidiendo a sus aprendizas para luego cerrar la puerta y bajar las persianas. Se puso en pie.

—Voy a ayudar a Griselda con el té.

Los hombres asintieron con aire ausente; ella se dirigió a la escalera y bajó a la pequeña cocina.

Poniendo la tetera en el fogón, Griselda la miró y sonrió. Señaló una lata que había encima de la mesa.

—Tengo galletas de mantequilla; podríamos servirlas.

Penelope abrió la lata y buscó un plato. Griselda le alcanzó uno y luego cogió una bandeja de un estante alto. Le sopló el polvo y la limpió con un trapo. Al dejarla en la mesa, sonrió.

—No recibo muchas visitas.

Tras poner el plato de galletas sobre la bandeja, Penelope la miró.

—Yo tampoco, la verdad.

—Vaya. —Griselda vaciló antes de decir—: Pensaba que las damas de la buena sociedad se visitaban unas a otras asiduamente. Té matutino, té por la tarde, té para merendar...

—Litros de té, por supuesto. Pero sólo acudo acompañando a mi madre, y aunque la visitan muchas damas, a mí no me visitan nunca.

La sombrerera ladeó la cabeza.

—¿Por qué?

Penelope cogió una galleta y le dio un mordisco.

—Porque no tengo amigas de verdad entre las damas más jóvenes. Entre las mayores sí, pero cuentan con que sea yo quien las visite a ellas, como es natural. —Sin aguardar a que la otra preguntara, prosiguió—: Creo que les doy miedo: a las jóvenes, quiero decir.

Griselda sonrió.

—Ya lo imagino, ya.

—Hmm... Tal vez. —Penelope la miró atentamente—. Pero a ti no te doy miedo.

Griselda negó con la cabeza.

—No, en absoluto.

Penelope sonrió.

—Menos mal. —Dio un mordisco a la galleta—. Son deliciosas, por cierto.

Griselda sonrió, y la tetera eligió ese momento para silbar.

Se atarearon disponiendo una bandeja con tazas que cogió Griselda, mientras Penelope llevaba el plato de galletas, y regresaron a la sala de arriba.

Provistos de té y galletas, los hombres dejaron a un lado la política y la conversación retomó el asunto que preocupaba a todos. Comieron, bebieron y se devanaron los sesos en busca de algún otro método ingenioso para localizar a los niños, pero no encontraron ninguno.

—Nada —resopló Penelope—. Hemos repartido avisos. Hemos ofrecido una recompensa. Tenemos gente buscando. Tenemos una trampa tendida. —Fulminó la tetera con la mirada—. Es como para que ocurriera algo.

Ninguno de los demás tenía nada que añadir; permanecieron sentados, tomando sorbos de té, compartiendo su disgusto.

Griselda contempló el pequeño círculo, consciente de que en muy poco tiempo habían logrado sentirse a gusto en su mutua compañía. Ni en sueños hubiera imaginado que un día estaría sentada en su salita con el tercer hijo de un conde, la hija de un vizconde y un inspector de Scotland Yard. Sin embargo, allí estaban todos, unidos por una causa común y por una incipiente amistad.

Una amistad que se estaba consolidando rápidamente porque todos ellos compartían un rasgo: el gusto por la justicia, por ver que se hiciera justicia. Eran diferentes en muchos aspectos, pero aquello lo compartían todos; los unía y siempre sería así.

Notó la mirada gris de Stokes. Le miró a los ojos un momento, disfrutando de la conexión, de lo que veía y sentía, y luego, sabiendo que se ruborizaría si se demoraba demasiado, bajó la vista y tomó un sorbo de té.

La conversación se volvió intermitente y errática.

El té se había enfriado; estaba pensando en preparar una nueva tetera cuando de pronto aporrearon la puerta de la tienda, haciéndola vibrar.

Todos dieron un respingo. Acto seguido, Stokes y Barnaby se precipitaron escaleras abajo. Penelope dejó su taza y fue tras ellos, seguida por Griselda.

Seguían llamando con insistencia. Stokes llegó el primero a la puerta. Descorrió los pestillos y la abrió de par en par.

El chico que estaba llamando dio un salto atrás, abriendo ojos como platos.

El inspector lo inmovilizó con una dura mirada.

—¿Qué pasa? —Visto que eso sólo provocó una mirada asustada, procuro suavizar el tono—: ¿A quién buscas?

—A mí, obviamente. —Griselda se abrió paso. Reconoció al chaval—. Barry, ¿qué ha sucedido?

Tranquilizado, el chico se acercó.

—Mis hermanos dicen que venga enseguida, señorita; a Black Lion Yard. Un malnacido ha intentado matar a la abuela de Horry.

Los cuatro adultos intercambiaron una mirada. Luego Penelope corrió en busca de su abrigo con Barnaby pisándole los talones. Griselda se volvió de nuevo hacia Barry Wills.

—Espera aquí; vuelvo enseguida.

Anochecía cuando llegaron a Black Lion Yard. Dejaron el coche de punto en la entrada y corrieron por el adoquinado sorteando cajas y cajones de embalaje camino de casa de Mary Bushel.

Stokes iba delante. Ninguno sabía lo que iban a encontrar, pero todos sintieron un gran alivio al ver a Mary sana y salva en su butaca junto al fuego, flanqueada por dos fornidos hermanos Wills.

Los Wills y la habitación presentaban un aspecto lamentable. Barnaby reconoció a Joe, que ahora lucía un ojo a la funerala y un labio partido.

Joe asintió a modo de saludo.

—Esos canallas han venido. —Miró a la mujer con ojos brillantes de orgullo—. No lograron su propósito. —Miró a Stokes e hizo una mueca—. Pero no pudimos reducirlos y al final escaparon.

Stokes adoptó un aire adusto y asintió.

—La seguridad de la señora y el chaval es lo principal. ¿Qué ocurrió? Comienza por el principio.

Joe miró a Mary, que levantó la vista hacia él, que estaba apoyado en el brazo de la butaca. Alargó el brazo y le dio unas palmaditas en la mano.

—Cuéntaselo, cielo.

Joe asintió y miró a los recién llegados.

—Ted y yo estábamos de guardia. Ted los vio venir con sigilo y aire sospechoso. Así que él y yo nos llevamos a Horry atrás —con la cabeza indicó la cortina que daba a otro cuarto— y vigilamos desde allí.

—Llamaron a la puerta —terció Mary—, la mar de educados. Dijeron que los enviaba el alguacil.

—¿Eran dos? —preguntó Stokes.

La mujer asintió.

—Uno era un matón grandote, el otro un tipo corriente.

Barnaby cruzó una mirada con Stokes; la descripción encajaba con la que les habían dado de los raptores de Jemmie.

Mary prosiguió:

—Preguntaron por mi salud y por Horry, que dónde estaba. Me molesté, bueno, cualquiera se hubiera molestado, y les dije que se marcharan. Pero no se fueron. El grandullón cogió ese cojín de ahí y...

—Con la vista en el cojín, se le quebró la voz.

Joe le rodeó los hombros con el brazo y miró a Stokes.

—Pretendía asfixiarla con el cojín. Lo agarró con las dos manos y vino hacia ella. Entonces fue cuando salimos.

Mary se sorbió la nariz.

—Armaron un buen follón; forcejeando, rompiendo cosas.

El inspector frunció el ceño. Miró a los dos hermanos.

—¿Cómo lograron escapar? Sois dos, y hay tres agentes ahí fuera.

Joe se mostró un poco avergonzado.

—Creímos que nos plantarían cara, pero no lo hicieron. En cuanto se dieron cuenta de que íbamos a protegerlos y Horry hizo sonar el silbato que usted le dio, se rajaron. Y Smythe es muy grande; hacen falta más de dos para reducirlo. Se nos quitó de encima, empujó al otro tipo a la calle y derribaron a los policías como quien juega a los bolos.

—Smythe —repitió Barnaby, incapaz de disimular su excitación—. ¿Le conoces?

Joe asintió.

—Por eso no me preocupó tanto que se escapara. Al menos sabemos quién es.

—¿Qué aspecto tiene ese Smythe? —preguntó Stokes.

—Es un mangui, y la gente dice que mejor que no se cruce contigo. —Joe frunció el ceño—. Nunca he oído decir que tenga las manos manchadas de sangre, normal siendo un mangui, pero está más claro que el agua que quería matar a Mary.

—Con eso de mangui quieres decir ladrón —dijo Barnaby—. ¿Trabaja con niños?

Joe asintió.

—Ladrón de altos vuelos; seguro que usa niños.

—¿Sabes de dónde los saca?

Joe negó con la cabeza.

—Smythe es un solitario, casi todos los grandes manguis lo son. Saca a sus niños de escuelas de ladrones de las barriadas, pero cogerá a los que le dé cualquiera. Dicen que es muy quisquilloso con sus niños, pero todos los manguis lo son. Es lo que los hace buenos en lo suyo, supongo.

Su hermano Ted se movió. Cuando todos le miraron, se puso rojo y bajó la cabeza. Mirando a su hermano, dijo:

—El otro tipo trabaja para Grimsby. Casi seguro que Grimsby está entrenando a los niños de Smythe, si no, ¿por qué lleva al chaval de Grimsby con él cuando va a buscarlos?

Joe estaba tan asombrado como el resto de ellos.

—¿Conoces a ese tipo?

Ted asintió.

—Es Wally. Trabaja para Grimsby.

Joe meneó la cabeza y miró a Stokes.

—No reconocería a ese tío si volviera verlo.

Sin alterar su expresión adusta, el inspector asintió.

—Nos han dicho que tiene un aspecto corriente.

—Es verdad —dijo Ted—. No es nada listo pero siempre obedece. Lleva años con Grimsby.

—Bueno, pues asunto resuelto. —Joe los miró a todos—. Grimsby es vuestro hombre; todo el mundo sabe que monta escuelas de vez en cuando.

—¿Dónde podemos encontrar a Grimsby? —preguntó Stokes.

—Para ser más exactos —terció Penelope—, ¿dónde podemos encontrar su escuela?

«Ven a mi casa, dijo la araña a la mosca.» El viejo proverbio reptaba por la mente de Grimsby mientras entraba en el salón de Alert. Como siempre, la habitación estaba sumida en la penumbra. Con el cielo encapotado, había poca luz que iluminara la estancia; apenas distinguía a Alert, sentado en el sillón de costumbre junto al hogar.

Maldiciéndolo mentalmente, Grimsby avanzó pesadamente seguido de Smythe. Se alinearon delante de Alert, que permaneció sentado como hacía siempre.

Ni él ni Smythe necesitaban más luz para ver que Alert estaba furioso, aunque lo disimulaba bien.

—¿Qué ha sucedido? —El tono desabrido de Alert cortó el silencio.

Smythe se lo contó, sin rodeos y sucintamente.

—Nos estaban esperando.

Como Alert no reaccionó y se limitó a seguir mirándolos, Grimsby se removió.

—Hay que dejarlo correr. Los polizontes están al tanto de nuestro juego. Si no quiere echarse atrás, al menos retrase el asunto hasta que la tormenta amaine.

Alert lo estudió en silencio.

—Oiga. —Grimsby procuró hallar palabras que transmitieran el peligro que entrañaba la situación—. Ahora están circulando esos avisos, y la gente se ha enterado de que hay una recompensa. Y encima ese niño y su abuela tienen protección, protección vecinal, y agentes montando guardia. La cosa está peliaguda. —Endureciendo la expresión, insistió—: Hay que dejarlo correr.

El hombre a quien conocían como Alert negó lentamente con la cabeza.

—Ni hablar.

Sostuvo sus miradas y aguardó, dándoles tiempo para asumir la irrevocabilidad de su negativa. Ellos no sabían que había recibido visita del chupasangre de su acreedor aquella misma velada, sólo para recordarle que faltar a su promesa de pagar no sería una idea prudente.

Le había asegurado que todo estaba en orden. Aun siendo él quien lo decía, su plan era brillante. Saldría bien. Se vería libre de sus deudas de una vez por todas; y a finales de año tendría la fortuna que durante años había fingido tener.

—Seguiremos adelante con los siete niños que tenemos. Como no habéis conseguido el octavo, tendréis que apañaros con siete.

Smythe no dio muestras de estar de acuerdo o en desacuerdo, cosa que Alert dio por buena. Smythe no era su principal fuente de preocupación.

Miró a Grimsby.

—Seguirás entrenando y alojando a los niños. Los tendrás listos para Smythe. Él completará su entrenamiento como convenga. Y dentro de pocos días pasaremos a la acción. Lo único que tienes que hacer es cumplir con tu parte unos días más. —Suavizó su tono—. Es cuanto necesitas para asegurarte de no volver a saber de mí nunca más; no oirás ni un susurro sobre lo que sé. —Lo que sabía conllevaría la deportación de Grimsby y, como bien sabía éste, él podía hacer que ocurriera. Y lo haría si Grimsby no bailaba al son de su música. No le sorprendió ver que Grimsby apretaba los labios y cedía. Pasando su mirada a Smythe, enarcó una ceja—. ¿Algún comentario?

Smythe le devolvió la mirada y negó con la cabeza.

—Haré el trabajo, los trabajos, con siete. No estarán tan bien entrenados como me hubiera gustado pero... —Encogió los hombros—. Con suerte, nos las arreglaremos.

—Bien.

Eso era exactamente lo que Alert quería oír. Smythe, gracias a Dios, sabía ponerlo contento.

—Esta noche tengo conmigo a los dos más prometedores. Los sacaré a la calle, les enseñaré a moverse por los callejones y las casas, a entrar y salir de las mansiones y orientarse una vez dentro. He encontrado dos casas vacías en Mayfair. Los entrenaré allí.

Alert se permitió mostrar su aprobación.

—Estupendo. De modo que pese a este pequeño tropiezo, vamos encarrilados. El plan sigue adelante según lo previsto. —Miró a uno y otro—. ¿Alguna pregunta más?

Ambos negaron con la cabeza.

—Bien, pues. —Con una sonrisa, les indicó la puerta—. Buena suerte, caballeros.

Aguardó a que Smythe hubiese salido y Grimsby estuviera a punto de hacerlo para decir:

—Ten cuidado, Grimsby.

Éste le lanzó una mirada y cerró la puerta a sus espaldas.

Alert permaneció sentado a oscuras y, por enésima vez, revisó su plan. Era consistente. Era necesario. En la silenciosa oscuridad, su necesidad estaba muy clara y la presión para tener éxito era tangible, real.

No le gustaba considerar un posible fracaso, pero una ruta de escape era parte esencial de todo plan cuidadoso. Recostándose, miró en derredor, luego hacia arriba, y sonrió.

Incluso si toda la operación se iba al garete, escaparía sin ser descubierto. Tendría que abandonar Londres para evitar al acreedor, pero conservaría su libertad.

Calculando que ya había transcurrido el tiempo suficiente, se levantó y salió por la puerta cristalera, cerrándola con cuidado. Un conocido suyo, Riggs, vástago de una casa noble, era el dueño de la casa; la amante de Riggs, que vivía allí, era adicta al láudano. Riggs hacía semanas que se había ido de Londres para disfrutar de las amenidades campestres, dejando la casa como el lugar perfecto para que el hombre conocido como Alert se permitiera encarnar a su álter ego.

Mientras se alejaba al amparo de la noche, sonrió. Si el plan finalmente fracasaba, no habría nada que lo implicara. Ninguna posibilidad de seguir una pista que condujera hasta él.

17

Por lo que Penelope entendió, era la primera vez que el nuevo Cuerpo de Policía y los vecinos del East End trabajaban codo con codo para localizar a Grimsby y su escuela de ladrones.

Joe Wills y sus hermanos hicieron correr la voz, avisando a sus amigos, asegurándose de que la petición y su propósito, el ataque contra la señora Hughes, la historia de Jemmie y su madre asesinada, se propagara por todo el barrio.

Era un enclave densamente poblado; el boca a boca era más efectivo incluso que los avisos impresos que ofrecían recompensas.

La información que esperaban llegó entrada la noche. Tanto Penelope como Griselda se habían negado a regresar a sus respectivos hogares; Penelope se avino a enviar una nota a Calverton House pero, por lo demás, se negó a moverse de allí. Ambas aguardaron sentadas en el despacho de Stokes junto con los hombres. Sus hombres. No hizo falta discutir para dejar claro que así iban a ser las cosas.

Hicieron pasar a Joe Wills poco antes de la medianoche. Se le veía incómodo rodeado por tantos policías, pero incluso en compañía del sargento que le hizo entrar, el triunfo brillaba en sus ojos.

Penelope lo vio y se levantó.

—Los habéis encontrado.

Joe le sonrió y bajó la cabeza. Saludó a Griselda con el mismo ademán y luego miró a Stokes y Barnaby, ahora también de pie, detrás del escritorio del inspector.

—Alguien ha tenido la brillante idea de buscar en Grimsby Street.

Stokes lo miró pasmado.

—¿Vive en Grimsby Street?

—Qué va. Pero la calle lleva el nombre de su abuelo, así que parecía probable que alguien de allí supiera adónde se había dado el piro. En efecto, su vieja tía aún vive allí; nos dijo que tiene una casa en Weavers Street. No queda lejos de Grimsby Street.

»Fuimos allá a investigar sin levantar la liebre. Fue fácil de encontrar, sabiendo dónde teníamos que buscar; hace años que vive allí. —Joe miró a Stokes—. He dejado a Ned, Ted y unos amigos nuestros vigilando la casa. Tiene bajos, dos pisos arriba y desván. Los vecinos con los que hablamos no sabían nada de niños, pero si los tienen dentro, en los pisos de arriba, no hay motivo para que nadie los vea. Ellos, los vecinos, saben que Wally vive allí, junto con Grimsby.

Stokes tomaba notas.

—De modo que hay al menos dos hombres dentro de la casa.

—Sí. —Joe hizo una mueca—. De Smythe no sé nada. Los vecinos lo conocen bastante, pero que ellos sepan no está allí y no suele quedarse.

—Bien. Lo primero es dar con Grimsby y los niños. De Smythe nos ocuparemos después. —El inspector miró al sargento apostado en el umbral—. Miller, dígale a Coates que necesito a todos los hombres disponibles.

El sargento se puso firmes.

—¿Ahora, señor?

Stokes echó un vistazo al reloj.

—Para reunirlos abajo dentro de una hora. Quiero un cordón policial en torno al edificio antes de que entremos.

Las horas siguientes pasaron volando en un frenesí de organización en el que, por una vez, Penelope no pintaba nada. Reducida al estatus de observadora, se sentó en silencio al lado de Griselda y observó, casi con tanto interés como su compañera, a Stokes en acción.

Cuando Barnaby entró y enarcó una ceja, Penelope se dignó a demostrar lo impresionada que estaba.

—No sabía que la policía pudiera ser tan eficiente.

Barnaby lanzó una mirada a su amigo, que estaba sentado a su escritorio rodeado de subordinados, todos concentrados en un plano mientras situaban a los efectivos. Joe estaba de pie junto a Stokes, que recurría a él con frecuencia, comprobando que la zona fuera realmente como figuraba en el plano. Barnaby sonrió.

—Lamentablemente, no todos lo son. Stokes es diferente. —Al volverse se encontró con los ojos de Griselda—. En mi opinión, es el mejor.

La sombrerera asintió levemente y desvió su mirada de nuevo hacia Stokes.

Penelope estudió el semblante de Barnaby.

—¿Cuánto falta para que nos vayamos? —Para ella, aquélla era la única cuestión pendiente.

Barnaby volvió a mirar al inspector.

—Diría que menos de una hora.

Cuando llegaron a Weavers Street ya se anunciaba el amanecer. Un pequeño ejército había rodeado silenciosamente la zona; también había agentes agazapados en las sombras de la calle. Weavers Street tenía dos brazos; la casa de Grimsby estaba en medio del tramo más corto. Era una decaída estructura mayormente de madera y con las vigas combadas, bastante parecida a las demás del vecindario; dos callejones, apenas lo bastante anchos para un hombre, recorrían ambos lados.

Hacía frío y humedad. Durante la noche se había levantado niebla; las apretujadas casas impedían el paso del viento, de modo que nada removía, y mucho menos disipaba, los densos velos; Penelope apenas veía la puerta de la casa de Grimsby desde donde estaba, debajo del saliente de un porche al otro lado de la calle.

Escrutando el edificio a través de la turbia penumbra, alcanzó a discernir los postigos, todos cerrados. No habría cristales en ninguna ventana; esperó que los hombres que se juntaban en la calle lo siguieran haciendo en silencio.

Stokes y Barnaby habían rodeado la casa, comprobando todas las salidas. Según pudo oír de su conversación en murmullos —eran los únicos autorizados a hablar—, creían tener bloqueadas todas las rutas de escape.

Con creciente expectación, Penelope miró en derredor. Las filas de agentes se habían engrosado con vecinos. Más allá aguardaban las mujeres envueltas en la penumbra; a pesar de la hora, se habían echado un chal a los hombros y salido a observar. En su mayoría eran madres; si bien sus hombres parecían fieros y ceñudos, fue la silenciosa intensidad de los ojos velados de aquellas mujeres lo que hizo estremecer a Penelope.

Griselda la miró enarcando una ceja.

Penelope le susurró al oído:

—Si Grimsby tiene dos dedos de instinto de supervivencia, se entregará a Stokes.

Miró a los vecinos. Siguiendo su mirada, Griselda asintió.

—El East End se encarga de los suyos.

Barnaby surgió entre la niebla delante de ellas.

—Estamos a punto de entrar. Esperad aquí hasta que el sargento Miller venga a buscaros; vendrá por vosotras y os escoltará al interior en cuanto hayan liberado a los niños. —Miró a Penelope—. Si no te quedas aquí hasta que venga Miller, nunca más volveré a contarte nada sobre ninguna de mis investigaciones. —Y apretó los labios con expresión adusta; a pesar de la oscuridad, Penelope notó la fuerza de su mirada azul.

Sin aguardar su asentimiento, él dio media vuelta y se fue a través de la niebla.

Griselda se movió.

—¿Nunca más? —murmuró.

Penelope se encogió de hombros.

Aunque no hubo ningún anuncio general, la excitación se extendió entre la multitud que observaba.

Hubo un breve trajín junto a la puerta de Grimsby; Barnaby estaba en medio de la acción, con Stokes a su lado. De pronto la puerta se abrió hacia dentro revelando una negra caverna. Stokes cogió un farol, le quitó la tapa y entró el primero.

—¡Policía!

Los agentes se amontonaron en la puerta haciendo un ruido ensordecedor. Stokes y Barnaby se perdieron entre el barullo. Penelope se bamboleaba tratando de ver algo, pero un cordón de agentes circundaba la puerta manteniendo a todo el mundo a distancia; le tapaban la vista.

Se encendieron más luces en los bajos y un leve resplandor apareció en el primer piso. Agarrando el brazo de Griselda, Penelope señaló.

—Están subiendo.

El resplandor provenía de lo más hondo del edificio, lejos de las ventanas cerradas que daban a la calle.

En la esquina delantera del primer piso se encendió otra luz, más pequeña y mucho más próxima a las ventanas.

—Apuesto a que ése es Grimsby —dijo Griselda.

Uno de los postigos de esa esquina se abrió; se asomó una cabezota redonda coronada por una pelambrera gris.

Los espectadores empezaron a abuchear.

—¡Baja si eres hombre, Grimsby!

—¡Asesino de viejas!

—¡Te enseñaremos lo que vale un peine!

Esas y otras imprecaciones se alzaron entre la niebla.

Grimsby, tenía que ser él, miraba con ojos desorbitados.

—¡Dios mío! —exclamó, y cerró el postigo de golpe.

El gentío gritaba más alto, clamando por su sangre.

Dentro de la casa se oían una serie de golpes sordos y gritos indiscernibles.

Penelope brincaba. Necesitaba saber lo que ocurría. ¿Dónde estaban los niños?

El resplandor del farol había llegado al segundo piso. Durante un buen rato permaneció en ese nivel. El resplandor aumentó al sumarse más faroles al primero.

Penelope escrutaba la planta superior. Joe Wills había dicho que había un desván, pero no se veían ventanas a la calle. Tampoco parecía que hubiera buhardillas en los laterales. Dio un codazo a Griselda.

—No hay ventanas en el desván.

La sombrerera levantó la vista.

—Será sólo el espacio libre bajo el tejado, sin ventanas. Seguramente es un sitio muy rudimentario.

Penelope se estremeció. Luego se aferró al brazo de su amiga y señaló hacia arriba otra vez. Los portadores de faroles, Stokes y Barnaby, supuso, por fin habían subido al desván. La luz brillaba entre las tablas y las tejas mal encajadas.

—Están allí.

Durante los cinco minutos siguientes, rezó para que los niños estuvieran sanos y salvos. Estaba a punto de arriesgarse a no volver a saber nada sobre las investigaciones de Barnaby cuando Miller vino a rescatarla. Las condujo entre el gentío reunido en la calle y a través del cordón policial hasta el interior de la casa, si cabía llamarla casa; más bien parecía un almacén repleto de trastos.

Penelope y Griselda se detuvieron en el escaso espacio libre que había, a medio camino entre la puerta y la escalera, justo cuando bajaron al primer niño.

La joven contó ansiosamente cabezas mientras los niños bajaban la escalera en tropel. ¡Cinco! Sonrió radiante, extasiada de alivio.

Los niños se arremolinaron en la media luz, mirando en derredor, confundidos, sujetando las mantas que les cubrían los huesudos hombros.

—¡Niños, por aquí! —ordenó ella con voz firme.

Su tono y actitud, perfeccionados con los años, surtieron un efecto instantáneo. Los niños levantaron la cabeza; ella les hizo una seña para que se acercaran, y tres de ellos corrieron a su encuentro. Los otros dos los siguieron más despacio.

Los tres primeros se alinearon ante ella.

—Estupendo —dijo Penelope.

Estudió sus rostros y los reconoció a los tres; los tres primeros niños que habían sido raptados en las propias narices del orfanato.

Uno de ellos, Fred Hachett, la miró parpadeando con sus grandes ojos castaños.

—Usted es la señora de la casa. Mi madre dijo que iría a buscarme pero en cambio vino el viejo Grimsby.

—Es verdad; te secuestró. Por eso hemos venido a buscaros y a él lo mandaremos a prisión.

Los niños miraban a los agentes que se abrían paso como podían, en su mayoría camino de la calle ahora que los niños estaban a salvo y los villanos detenidos.

—¿Todos estos policías están aquí por nosotros? —preguntó otro niño.

Ella rebuscó en la memoria el nombre del chico.

—Sí, Dan, así es. Os hemos buscado durante semanas.

Los niños intercambiaron miradas, impresionados de ser objeto de tanta atención.

—Muy bien. —Penelope sonrió a los niños; apenas podía creer que después de tanto investigar por fin los hubieran hallado sanos y salvos—. Ahora os llevaremos al orfanato.

Se movió para ver los ojos de los dos últimos niños, que seguían un poco retirados. De repente, le cayó el alma a los pies. Tendrían que haber sido Dick y Jemmie, pero no lo eran.

Al ver que ella los miraba fijamente, agacharon la cabeza.

Al cabo de un momento, uno la miró a hurtadillas por debajo de un flequillo mugriento.

—¿Y qué va a pasar con nosotros, señorita? Tommy y yo no íbamos a ir a ninguna casa para huérfanos.

Penelope parpadeó; trató de pensar con lucidez entre la maraña de emociones que la acuciaban.

—No, pero... ahora sois huérfanos, ¿verdad?

Tommy y su amigo cruzaron una mirada y asintieron.

—En ese caso, también podéis venir con nosotros. Luego arreglaremos los detalles, pero no os quedaréis en las calles. Podéis venir con Fred, Dan y Ben, y os daremos un magnífico desayuno y una cama caliente.

La promesa de comida garantizó la buena disposición de los niños para ir a donde ella quisiera.

Penelope inspiró profundamente.

—Pero antes, decidme... ¿Había más niños con vosotros aquí? ¿Niños que tendrían que haber ido al orfanato?

—Se refiere a Dick y Jemmie. —Con los ojos brillantes, deseoso de ayudar, Fred asintió—. Están aquí; al menos estaban, pero ayer salieron con Smythe y todavía no han vuelto.

Dejando a los cinco niños al cuidado de Griselda, con órdenes estrictas de que la esperasen, Penelope se abrió paso entre el remolino de agentes, dirigiéndose a la escalera. Llegó al pie al tiempo que Miller bajaba.

—Tengo que hablar con Stokes y Adair; es urgente.

Miller reparó en su tensa expresión. Echó un vistazo escaleras arriba.

—Ya están bajando, señorita.

Miller y Penelope retrocedieron hacia el centro de la habitación al bajar dos agentes fornidos que llevaban esposado a un hombre de aspecto corriente.

Wally, supuso Penelope. Tenía el pelo de punta, la ropa arrugada y una expresión de absoluta incomprensión. No causó ningún problema a los agentes, que lo llevaron a un lado para que los demás pudieran bajar.

Descendieron otros dos agentes, esta vez conduciendo a un hombre de mucha más edad. Grimsby. Su cabezota redonda de mandíbula prominente y pelambrera lacia y gris se apoyaba sobre unos hombros encorvados y un pecho hundido. Grimsby quizás antaño había tenido un aspecto imponente, pero ahora estaba viejo, le pesaban los años. Pese a todo, sus ojos brillaban con astucia mientras miraba todo, reparando en los niños y Griselda, en los demás agentes, en Miller... y en Penelope.

Ésta le hizo fruncir el ceño. Grimsby no la ubicaba.

Stokes y Barnaby fueron los últimos en bajar.

Los agentes pusieron a Grimsby en medio de la zona despejada y le dieron la vuelta, de cara a Stokes. Siguiendo indicaciones de Miller, los agentes colgaron varios faroles que iluminaron bien la habitación.

Penelope aprovechó el momento; adelantándose, llamó la atención de Barnaby y Stokes. Ambos se volvieron hacia ella, que habló en voz baja:

—Dick y Jemmie, los dos últimos niños raptados, no están aquí. —Ellos miraron a los niños—. Sí, hay cinco, pero hay dos de quienes no sabíamos nada. Según los demás, Dick y Jemmie estaban aquí pero Smythe se los llevó ayer y aún no los ha devuelto.

El inspector maldijo entre dientes y cruzó una mirada con Barnaby, que también puso mala cara.

—Si Smythe es la mitad de bueno de lo que dicen, no volverá a acercarse a este lugar.

—Y si necesita niños —observó Barnaby—, se quedará con los dos que tiene; no los soltará.

—¡Maldita sea! —Stokes dio voz a su frustración. Al cabo de un momento, dijo—: Veamos qué podemos sonsacar a Grimsby.

—Prueba primero con Wally. —Penelope miró al joven—. Parece... más ingenuo.

No exactamente ingenuo, pero desde luego acertaba en que no andaba sobrado de luces. Dando la espalada a Penelope y Barnaby, Stokes se encaró con los detenidos. Penelope deslizó una mano en la de Barnaby y le dio un apretón. Luego lo soltó y regresó con los niños; no quería que se sintieran abandonados de nuevo.

Tras un breve titubeo, Barnaby la siguió.

Stokes observó impasible a Grimsby y luego a Wally. Finalmente, dijo:

—Wally, ¿verdad? —Cuando el aludido asintió, frunciendo el ceño desconcertado, el inspector preguntó—: ¿Quién te pidió que mataras a la señora Carter?

Wally frunció más el ceño y meneó la cabeza.

—Yo no he matado a nadie. ¿Quién es la señora Carter?

Saltaba la vista que decía la verdad.

—Wally, te llevaste a un niño, Jemmie, de casa de su madre; ella era la señora Carter.

Wally asintió y puso cara de entender.

—Sí, me lo llevé. Fui a buscarlo con Smythe. Su madre no se encontraba bien, pero estaba viva cuando nos marchamos.

—Cuando tú te marchaste. —Hizo una pausa y al cabo aventuró—: De modo que tú y Jemmie os fuisteis...

Wally asintió.

—Smythe me dijo que me llevara al niño para poder hablar a solas con su madre. Al salir, dijo que le había dicho que Jemmie tenía que venir con nosotros porque se encontraba mal y necesitaba descansar.

—Entiendo. Y ayer fuiste con Smythe a Black Lion Yard.

Wally asintió de nuevo.

—Sí. Teníamos que recoger a otro niño; su abuela estaba enferma. —Volvió a fruncir el ceño—. Pero todo salió mal. Sólo queríamos llevarnos al chico para traerlo a la escuela de Grimsby; así tendría un oficio cuando creciera, pero la gente que había allí no lo entendió.

No era la gente de Black Lion Yard quien no lo había entendido. Stokes miró a Barnaby, que estaba junto a Penelope. Barnaby ladeó la cabeza hacia los niños y, articulando los labios, dijo: «Smythe.»

Centrándose otra vez en Wally, Stokes preguntó:

—¿Sabes dónde para Smythe? Tiene a dos de los niños, ¿verdad?

—Sí. Anoche se llevó a Dick y Jemmie para entrenarlos en las calles. Dijo que eran los dos más avispados. —Frunció todavía más el ceño al caer en la cuenta—. Aunque no los ha devuelto; bueno, no creo que lo haga con tanta bofia por aquí. Pero no sé dónde cuelga la gorra. A lo mejor el jefe lo sabe.

Miró a Grimsby, que estaba ceñudo.

—No, no lo sé. Smythe no va por ahí repartiendo tarjetas, y mucho menos me invita a tomar unas copas de vez en cuando. Es muy reservado.

Barnaby no había esperado menos. Miró a Penelope y le estrechó los dedos que había deslizado otra vez en su mano.

Stokes se volvió hacia Grimsby.

—Tienes edad suficiente para saber cómo va todo esto, Grimsby. Has montado una escuela aquí para entrenar a niños que ayuden a robar. Ningún juez lo verá con buenos ojos. Pasarás el resto de tu vida entre rejas. No volverás a ver la luz del día.

La indignación de Grimsby aumentó.

—Sí, ya lo sé... —Miró a Stokes especulativamente—. Si me avengo a ayudar contando todo lo que sé, ¿qué opciones tengo?

La sonrisa del inspector fue la personificación del cinismo.

—Si, y sólo si, logras convencerme de que desnudas tu alma y lo que ofreces nos sirve en la investigación, hablaré con el juez. Lo máximo que puedes esperar es una sentencia menos severa. La deportación en lugar de una celda.

Grimsby hizo una mueca.

—Soy demasiado viejo para hacer largos viajes por mar.

—Mejor eso que pasar el resto de tu vida a oscuras, según dicen. —Stokes encogió los hombros—. Sea como fuere, en tu caso no puedo hacer más.

Grimsby torció el semblante y suspiró.

—De acuerdo. Pero, maldita sea, se lo advertí tanto a Alert como a Smythe en cuanto vi el condenado aviso. Les dije que la cosa se estaba poniendo muy fea, pero ¿acaso me escucharon? No. Ningún respeto por la edad y la experiencia. Y ahora soy yo quien acaba entre rejas cuando lo único que hago es enseñar unos cuantos trucos a un puñado de chavales. No soy yo quien los lleva por mal camino.

—¡No se atreva a fingir que no es un anciano malévolo que se aprovecha de la inocencia de unos niños!

La voz de Penelope cortó la viciada atmósfera, vibrando con tanta furia que todos los presentes se callaron.

Grimsby la miró fijamente, palideció y retrocedió hacia los dos fornidos agentes.

Stokes carraspeó.

—En efecto. Yo no habría sabido expresarlo mejor.

Grimsby lanzó una mirada impresionada hacia él.

—¿Quién es? —susurró con voz ronca.

—Ella y el caballero que la acompaña tienen mucho interés en este asunto, y entre ambos es probable que estén emparentados con cualquiera de los jueces que vas conocer. —Stokes sostuvo la mirada cada vez más horrorizada de Grimsby—. Me parece que ha llegado la hora de que te dejes de excusas y nos cuentes lo que queremos saber.

Aturullado, Grimsby movió sus manos esposadas.

—Voy a decirle todo lo que sé. De verdad.

Stokes no sonrió.

—¿Quién es Alert?

—Un encopetado empeñado en robar casas.

—Casas de Mayfair.

—Sí. Quería un mangui, así que lo puse en contacto con Smythe, pero yo no sé nada sobre sus acuerdos.

—¿No sabes nada sobre los robos planeados? —preguntó Stokes con aire escéptico.

—¡No! Alert juega sus cartas sin enseñarlas. Ese canalla tiene la sangre muy fría. Y Smith es más cerrado que una almeja sobre cualquier trabajo que hace. Lo único que sé es que Alert decidió que necesitaba ocho chicos. ¡Ocho! Nunca había oído que un mangui necesitara ocho chicos a la vez, pero eso es lo que me dijo Smythe.

—Y estuviste encantado de proporcionárselos, claro.

Grimsby se mostró malhumorado.

—Pues no, si quiere que le diga la verdad. Ocho son difíciles de encontrar, sobre todo con lo quisquilloso que es Smythe. No lo habría hecho ni siquiera para él, sólo que...

Cuando Grimsby le lanzó una mirada, Stokes terminó la frase por él.

—Smythe tenía algo contra ti, alguna palanca para obligarte a hacer lo que quería.

—Smythe no. Alert.

El inspector frunció el ceño.

—¿Cómo es posible que un encopetado se trate con alguien como tú, y que encima te tenga a su merced?

Grimsby hizo una mueca.

—Ocurrió hace años. Estaba pasando una mala racha e intenté hacer un poco de palanqueta por mi cuenta. Solía dárseme bien en mis años mozos. Entré en una casa y me topé con Alert en la oscuridad. Me dio con una porra en la cabeza. Cuando volví en mí, me tenía bien atado; me dio una oportunidad: contarle todo sobre mí, qué hacía, cómo lo hacía y demás, y no me entregaría a la pasma. Como si yo fuera una atracción de feria. Lo tomé por uno de esos nobles a los que les gusta codearse con la plebe, que les gusta pensar que están enterados, así que se lo conté todo. —Meneó la cabeza ante su propia ingenuidad—. No me pareció que corriera ningún riesgo. Quiero decir, era un encopetado, un caballero. ¿Qué iba a importarle yo y mis historias?

—Pero lo recordó.

Grimsby se pasó la mano por la cara.

—Sí, y tanto que sí. —Hizo una pausa—. Me dijo que si proporcionaba a Smythe los niños que necesitaba, se olvidaría de mí.

—¿Y le creíste?

—¿Qué alternativa tenía? —Grimsby miró en derredor, otra vez indignado—. Y aquí me tiene, en manos de la bofia.

Apartándose de Penelope, Barnaby se unió a Stokes.

—Dice que Alert es un encopetado. Descríbalo.

Grimsby la observó un momento y dijo:

—No tan alto como usted. Pelo castaño, más bien oscuro y liso. Entre mediano y pesado. Nunca lo he visto con buena luz, así que no puedo decir mucho más.

—¿Ropa? —quiso saber Barnaby.

—Buena calidad, lo propio de Mayfair.

—¿Te has visto con él últimamente? —preguntó Stokes.

Grimsby asintió.

—En una casa de St. John's Wood. Nos reunimos en la sala de atrás. Envía un mensaje a Smythe cuando quiere vernos allí, y cuando es al revés, Smythe deja una nota en una taberna, no sé cuál.

—¿Smythe está enterado de todo el plan de Alert? —preguntó Barnaby.

—Ayer no lo estaba. Cuando vino a buscar a los chavales se quejó de que Alert no soltaba prenda sobre los objetivos. A Smythe le gusta reconocer bien el terreno antes de actuar. Smythe sabe más que yo pero no lo sabe todo. Todavía no.

Stokes frunció el ceño.

—Esa casa donde os reunís... ¿es suya?

Grimsby hizo una mueca de «¿cómo quiere que lo sepa?».

—Supongo que sí. Siempre está a sus anchas, cómodo y relajado.

—¿Cuál es la dirección? —preguntó Stokes.

—El 32 de St. John's Wood Terrace. Siempre vamos por atrás, a las puertas del salón que da al jardín. Hay un callejón que pasa por detrás.

Barnaby había estado estudiando a Grimsby.

—Dice que es poco habitual que Smythe quiera ocho niños. ¿Por qué cree que quiere tantos? —Al ver que Grimsby se encogía de hombros, Barnaby endureció su tono—. Adivínelo.

Grimsby le sostuvo la mirada un momento y luego dijo:

—Si tuviera que adivinarlo, diría que Alert pretende entrar en más de ocho casas a la vez, todas en la misma noche. De esta manera la pasma no tendría ocasión de detenerlo.

Barnaby lo imaginó, combinando la perspectiva con lo que Grismby había dado a entender.

—Ha dicho objetivos. Objetivos concretos. De modo que Alert está planeando enviar a Smythe a robar casas concretas que él ha seleccionado en Mayfair, más de ocho, todas en una noche. —Volvió a centrarse en Grimsby—. ¿Ése es el plan?

—Supongo que sí. Lo que no sé es qué casas tiene en mente.

Stokes miró a Grimsby, formándose un juicio sobre él, y luego preguntó:

—¿Hay algo más, cualquier cosa, que puedas contarnos?

—En particular sobre ese Alert —apostilló Barnaby.

Grimsby comenzó a negar con la cabeza pero se detuvo.

—Una cosa; no sé si es real o sólo una figuración mía, pero en más de una ocasión Alert dijo que sabe cómo funciona la policía. Insistió en ello, siempre nos decía que dejáramos que él se preocupara de los polizontes.

Stokes frunció el ceño y miró a Barnaby.

Barnaby le devolvió la mirada; le gustaba tan poco como a Stokes lo que Grimsby acababa de decir. En voz baja, dijo:

—Un caballero que dice estar al corriente de cómo trabaja la policía.

Stokes se volvió de nuevo hacia Grimsby.

—Esa casa en St John's Wood Terrace... Creo que va siendo hora de que hagamos una visita al señor Alert.

—No hay ningún señor Alert que viva en St. John's Wood Terrace. —La voz de Griselda hizo que todos la miraran. Se ruborizó, pero miró con firmeza a Stokes—. Conozco el lugar. No estoy segura de quién vive en el número 32, pero desde luego no se llama Alert.

El inspector asintió.

—No me sorprende, estará usando un alias.

A su lado, Barnaby murmuró:

—¿Y usa su propia casa?

Aquello costaba de tragar, pero estaba claro que tenían que visitar St. John's Wood Terrace. Stokes dio orden de que llevaran a Wally a Scotland Yard. El sargento Miller, Grimsby y dos agentes irían con ellos a St. John's Wood.

Mientras paraban coches de punto y los demás agentes recibían instrucciones de regresar a sus respectivos puestos, Barnaby y Stokes cruzaron adonde Penelope y Griselda tenían reunidos a los cinco niños.

La expresión de la joven revelaba que se debatía entre el deber de poner a los niños a salvo en el orfanato y su determinación de atrapar a los villanos. La noticia de que Alert fuese un caballero no hacía sino aumentar su determinación, así como la de Barnaby.

Deteniéndose a su lado, éste la miró a los ojos y aguardó a que tomara una decisión; la conocía lo suficiente como para guardarse de insinuarle siquiera cuál sería la mejor. Ella arrugó la nariz.

—Llevaré los niños al orfanato.

Barnaby asintió.

—Yo iré con Stokes.

El inspector señaló a dos agentes que flanqueaban la puerta.

—Johns y Matthews os escoltarán hasta el orfanato. Tienen un coche esperando.

Penelope dio las gracias y comenzó a sacar a los niños de allí. Los cinco seguían mirando a los policías con los ojos muy abiertos, fijándose en las esposas que llevaban puestas Grimsby y Wally. No perdían detalle para luego poder describir la escena a los demás; era su billete a la importancia, al menos durante unos días.

Barnaby la ayudó a subir a los niños al carruaje, luego le tomó la mano y la ayudó a ella. Penelope se detuvo en el estribo y lo miró. Él sonrió.

—Después iré a contártelo todo.

Ella le apretó los dedos.

—Gracias. Estaré ansiosa hasta entonces.

Barnaby la soltó, dio un paso atrás y cerró la portezuela del carruaje.

Griselda se acercó afanosamente y dijo a Penelope a través de la ventanilla:

—Me voy con ellos. Nos veremos luego. Prometo contártelo todo, incluso lo que él —ladeó la cabeza hacia Barnaby— se deje.

Penelope rio y se reclinó en el asiento. Los dos agentes ya habían subido. El conductor hizo restallar su látigo y el caballo echó a andar lenta y pesadamente, llevándosela a ella y a sus cinco pupilos hacia el orfanato, que era donde debían estar.

—¿Es aquí?

Señalando la puerta del número 32 de St. John's Wood Terrace, Stokes miró a Grimsby.

—Sí. —Grimsby asintió—. Nunca entré por delante; siempre nos hacía venir por el callejón de atrás. Pero es ésta, seguro.

Stokes subió la escalinata y llamó con la aldaba con un golpeteo autoritario.

Al cabo de un momento, unos pasos se acercaron. La puerta se abrió revelando a una sirvienta de cierta edad con cofia y delantal.

—¿Sí?

—Inspector Stokes, Scotland Yard. Quisiera hablar con el señor Alert.

La sirvienta frunció el ceño.

—Aquí no hay ningún señor Alert; se habrá equivocado de dirección.

Observando al reducido grupo reunido en la cera con patente desagrado, comenzó a cerrar la puerta.

—Un momento. Tengo que hablar con su patrono. Vaya a avisarlo, por favor.

La sirvienta miró con desprecio a la chusma que había detrás del inspector.

—Patrona. Y es demasiado temprano. Aún no han dado las ocho, ni siquiera es una hora decente para...

Se interrumpió al ver el bloc de notas que Stokes sacaba de un bolsillo de su abrigo. Lápiz en mano, preguntó:

—¿Su nombre, madame?

La sirvienta frunció los labios antes de decir:

—Muy bien. Aguarde aquí; voy a avisar a la señorita Walker.

Se volvió y cerró la puerta, tras dedicar un amago de sonrisa a Stokes.

Barnaby se reunió con él en la escalinata; se apoyaron en las barandillas laterales del porche.

—Diez minutos —dijo Barnaby—. Como mínimo.

Stokes se encogió de hombros.

—Quizá lo consiga en cinco.

Ocho minutos después volvió a abrirse la puerta, pero como quien apareció iba ligera de ropa, tan sólo con una bata de puntillas, Barnaby consideró que había atinado más en su estimación. El cutis de la mujer era pálido como marcaba la moda, aunque presentaba unas acusadas ojeras. Contempló a Stokes, luego miró a Barnaby con la misma parsimonia, y finalmente volvió a posar la mirada en el inspector.

—¿Sí?

—¿Es usted la dueña de esta casa? —Stokes se ruborizó levemente; a juzgar por el atuendo de la mujer, la pregunta se prestaba a la mayor ambigüedad. Ella arqueó las cejas y asintió.

—Lo soy.

Visto que no agregaba nada más, limitándose a mirarlo con expectación, Stokes prosiguió:

—Busco a un tal señor Alert.

La mujer no contestó, aguardando a que él se explicara, pero entonces, cayendo la cuenta, dijo:

—Aquí no hay nadie que se llame así.

Se oyó mascullar a Grimsby:

—Maldita sea. Sabía que no tenía que fiarme de ese canalla.

Stokes se volvió hacia Grimsby.

—¿Sigues estando seguro de que ésta es la casa? —Como Grimsby asintió enfáticamente, el inspector agregó—: Entonces aún nos queda una pregunta.

Se volvió y miró a la señorita Walker; su sirvienta había reaparecido y no perdía detalle de la conversación.

—Un caballero que se hace llamar señor Alert ha estado usando su salón trasero para reunirse con este hombre —señaló a Grimsby— y con otro, en varias ocasiones durante las últimas semanas. Me gustaría saber cómo ha podido ser.

La confusión de la señorita Walker era claramente genuina.

—Vaya, le aseguro que no tengo ni idea. —Miró a su sirvienta—. No hemos tenido ningún... incidente, ¿verdad? Siempre cerramos las puertas del salón del jardín en cuanto anochece.

La sirvienta asintió, ceñuda. Tanto Stokes como Barnaby repararon en ello. El primero preguntó:

—¿Qué ocurre?

La sirvienta miró a su ama y luego dijo:

—El sillón que está junto a la chimenea del salón de atrás. Alguien se ha sentado en él de vez en cuando. Arreglo el salón cada noche antes de irme, y a veces el cojín está hundido a la mañana siguiente.

Stokes no disimuló su perplejidad.

—Pero la señorita Walker...

Ésta se ruborizó.

—Yo... Verá... —Lanzó una mirada a su sirvienta y acto seguido añadió—: Normalmente ya estoy acostada cuando Hannah se marcha, y suelo dormir profundamente.

Hannah asintió.

—Muy profundamente —puntualizó la sirvienta. Había desaprobación en sus ojos, pero ni un asomo de mentira.

Barnaby comprendió, igual que Stokes, que les estaban diciendo que la señorita Walker era, como muchas mujeres de su condición, adicta al láudano. Una vez en cama y con su dosis, no oiría ni un obús de artillería que explotara en la calle.

—Tal vez este hombre —sugirió Barnaby—, el señor Alert, conozca a su... benefactor.

Stokes pilló la indirecta.

—¿Quién es el dueño de esta casa, señorita Walker?

Pero la señorita Walker se había alarmado. Ladeó el mentón.

—Creo que eso no es asunto suyo. Él no está aquí, y no hay necesidad de que lo moleste por un asunto como éste.

—Es posible que pueda ayudarnos —repuso Stokes—. Y se trata de una investigación por asesinato.

Barnaby gimió para sus adentros. Era de esperar que mencionar un asesinato no ayudara en nada. Ahora la señorita Walker y la sirvienta estaban muertas de miedo y se negaron en redondo a revelar nada más.

Hubo movimiento en la acera y Griselda se reunió con ellos; tiró de la manga de Stokes. Cuando la miró, dijo:

—Riggs. El caballero propietario de esta casa es el honorable Carlton Riggs. —Dirigió la vista más allá de Stokes—. A veces viene a la tienda a comprar sombreros y guantes para la señorita Walker.

Stokes se volvió hacia la señorita Walker y enarcó una ceja.

—Sí. Carlton Riggs es dueño de esta casa desde hace años, desde antes de que yo le conociera.

El inspector inclinó la cabeza.

—¿Y dónde está el señor Riggs ahora?

Ella lo miró parpadeando y luego miró a Barnaby. Obviamente, lo reconoció como miembro de la aristocracia.

—Bueno, está de vacaciones, ¿no? —Miró de nuevo a Stokes—. Es temporada baja en la ciudad. Se fue al norte, a la casa familiar, hace tres semanas.

El cementerio contiguo a la iglesia de St. John's Wood era un lugar oscuro y lúgubre en los mejores momentos. A las once de una neblinosa noche de noviembre, los desmoronados monumentos intercalados con viejos árboles retorcidos proyectaban sombras más que suficientes para ocultar a dos hombres.

Smythe estaba debajo del árbol más grande, en medio del recinto, y observaba los andares desenfadados de Alert, con el aire de un caballero excéntrico tomando el fresco, aproximándose a él.

Tuvo que reconocer su mérito; tenía una sangre fría a prueba de bomba. Como de costumbre, Smythe le había dejado recado al barman del Crown and Anchor de Fleet Street, pero esta vez el mensaje no se había limitado a unas pocas palabras. Pedía una reunión de urgencia y advertía a Alert en términos muy claros que no debían encontrarse en el sitio habitual, el salón del número 32 de St. John's Wood Terrace, unas pocas manzanas más al norte, proponiendo el cementerio en su lugar.

Tal como había esperado, Alert había sido lo bastante inteligente como para tomar en serio su advertencia. Y tal como había previsto también, no estaba nada contento con ella.

Deteniéndose delante de él, Alert le espetó:

—Más vale que tengas una buena razón para pedir este encuentro.

—La tengo —gruñó Smythe.

Alert echó una ojeada al cementerio.

—¿Y por qué demonios no podemos vernos en la casa?

—Porque la casa, en realidad toda la calle, está plagada de polizontes que aguardan a que usted o yo asomemos la cabeza.

Pese a la escasa luz, Smythe percibió el susto de Alert aunque éste no reaccionó de inmediato. Cuando lo hizo, su voz sonó ecuánime, monótona, sepulcral.

—¿Qué ha ocurrido?

Smythe le contó lo que sabía; que habían hecho una redada en la escuela de Grimsby y habían perdido a Grimsby, Wally y cinco niños. Smythe estaba furioso por la cuenta que le traía; la oportunidad de llevar a cabo una serie de robos en cadena del calibre que Alert había descrito sólo se presentaba una vez en la vida; aparte del dinero, se habría forjado un nombre, lo cual le habría dejado en muy buena posición por el resto de sus días. Estaba enfadado, pero su furia no era comparable a la de Alert.

Tampoco es que Alert hiciera más que dar dos pasos y apoyar un puño en el borde de una lápida. Era la cólera que clamaba en cada línea de su cuerpo, en la rígida y crispada tensión que se había adueñado de él, su violencia contenida, lo que hacía temblar al mismísimo aire y al instinto de Smythe.

Y lo que le hizo pensar: semejante furia sugería que Alert necesitaba desesperadamente cometer aquellos robos. Lo cual, en opinión de Smythe, era un buen augurio. Para él.

No podía efectuar los robos sin la información que Alert se había reservado hasta entonces, pero ahora quizá se avendría a llevar a cabo la empresa a la manera de Smythe.

—¿Tienes idea de quién... —La voz de Alert vibraba de furia; se interrumpió para inspirar hondo—. No. Eso no importa. No podemos permitir que nada nos distraiga...

Volvió a interrumpirse. Se volvió, dio tres zancadas en otra dirección, se detuvo, levantó la cabeza y tomó aire otra vez antes de encararse a Smythe.

—Sí que importa. O puede importar. ¿Tienes idea de quién o qué ha hecho que la policía fuera a por Grimsby?

—Puede haber sido cualquiera. ¿Se acuerda del aviso? Tal como estaban las cosas, era cuestión de tiempo.

Alert hizo una mueca.

—No pensé que fuera a ocurrir tan deprisa. Sólo necesitábamos una semana más. —Se puso a caminar de nuevo, pero esta vez con menos acaloramiento—. ¿Estabas allí cuando atraparon a Grimsby?

—Por poco. No me entretuve, sobre todo porque tenía a dos niños conmigo. Llegué justo después de que la bofia entrara; sólo me quedé lo necesario para estar seguro de qué estaba pasando. Me marché antes de que sacaran a Grimsby.

Alert frunció el ceño.

—¿Había alguien más con la policía?

—No vi a nadie... Bueno, excepto a la dama del orfanato. Supongo que fue a recoger a los niños.

—¿Dama? —El hombre conocido como Alert se paró en seco—. Descríbela.

Smythe era observador; su breve descripción bastó para identificar a la dama. Que en efecto era una dama. Penelope Ashford. ¡Maldita entrometida! Su hermano tendría que haberla enviado a un convento años atrás.

Pero Calverton no lo había hecho, lo cual le había permitido interferir en su gran plan. Ponerlo en peligro. No dudó que fuera aquella mujer infernal quien estaba detrás de la redada en la escuela de Grimsby.

La furia de antes prendió de nuevo en su mente, junto con el miedo que la alimentaba. Había recibido otra visita de su acreedor, sólo que esta vez, en lugar de dar con él en uno de los bares que frecuentaba, ¡el maldito usurero se había presentado en su casa! ¡En su lugar de trabajo!

El mensaje no podía ser más claro: si no saldaba la deuda según lo prometido, estaría arruinado. Y la profundidad y dimensión de esa ruina ya había alcanzado dimensiones épicas.

Debajo del árbol, Smythe se movió, atrayendo su atención.

—Como he dicho, tengo a dos niños conmigo; o, mejor dicho, los tengo encerrados a buen recaudo. Resulta que son, con diferencia, los dos mejores aun siendo los que han pasado menos tiempo con

Grimsby. Son ágiles y rápidos, y los mantengo a raya sin demasiados problemas. Tendré que enseñarles más cosas, muchas más si queremos usarlos para hacer el trabajo, porque ahora tendremos que sacarlos de las casas cada vez.

Su plan original contemplaba dejar dentro al niño utilizado en cada casa una vez que hubiese entregado el artículo birlado; el niño tendría órdenes de aguardar una hora antes de intentar salir; ésa era normalmente la fase más peligrosa y aquella en que los niños tenían más probabilidades de ser atrapados; pero para entonces Smythe, Alert y los artículos robados estarían bien lejos de allí.

Alert hizo una mueca; Smythe le había explicado el procedimiento lo bastante bien para entender que no podían permitirse perder aquellos dos niños. Gruñó.

—Supongo que, siendo sólo dos, si pierdes uno, el otro, a la vista de lo que le aguarda, huiría en vez de seguir trabajando.

—Exacto. Los niños tienen que ser listos; si no, no me sirven. Pero si lo son... —Smythe se encogió de hombros—. Estos dos son listos pero en el fondo siguen siendo chicos del East End. Harán lo que yo les diga, siempre y cuando se sientan seguros.

Alert iba de aquí para allá.

—¿Cuánto tiempo necesitas para entrenarlos bien?

—Ahora sólo tengo que concentrarme en dos... Cuatro días.

—Una vez lo hayas logrado, ¿serás capaz de hacer las ocho casas en una sola noche, tal como habíamos planeado?

—No, ni hablar. Incluso cuatro en una noche es apurado con dos niños. Se cansan, se equivocan y pierdes todo tu trabajo.

Alert lo meditó, sopesando las preocupaciones de Smythe y lo que él sabía sobre la manera en que reaccionaría la policía cuando se enterara de los robos. Cualquiera de los robos que había planeado.

Inspiró profundamente, dejó de dar vueltas y se volvió hacia Smythe.

—Dos noches. No podemos alargarlo más. Cuatro casas cada noche. Podemos hacer un orden de prioridad y poner las más difíciles al final de la lista. Así nuestros chicos cogerán experiencia en las más fáciles antes de tener que enfrentarse con las difíciles; de esta manera será menos probable que los perdamos, y si sucede, será hacia el final de la partida.

Smythe reflexionó, sopesando los pros y los contras; como lo que más pesaba eran sus ganas de hacer el trabajo, finalmente asintió.

—De acuerdo. Haremos las ocho en dos noches.

—Bien. —Alert hizo una pausa antes de agregar—: Nos reuniremos aquí dentro de tres noches. Hasta entonces, tú y los niños será mejor que os perdáis de vista.

Recomendación del todo innecesaria; Smythe reprimió su respuesta instintiva y, con toda calma, dijo:

—Según cuando quiera hacer los trabajos, es posible que no salga bien. —Como Alert frunció el ceño, añadió—: Se lo he dicho antes, necesito tres días para estudiar las casas. Dado que vamos a hacer tantas, aunque estén en la misma zona preferiría más tiempo, pero si es preciso haré la exploración en tres días. No menos de tres días.

Alert vaciló y se metió la mano en el bolsillo. Smythe se puso en guardia, pero Alert sólo sacó un trozo de papel. Lo miró y se lo entregó.

—Éstas son las casas, pero las familias aún no se han marchado. En cuanto lo hagan y estemos preparados para hacer el trabajo, te daré la lista de artículos que hay qe robar en cada casa, así como detalles sobre la ubicación de todos ellos.

Smythe cogió la lista y la ojeó, pero estaba muy oscuro para leer nada. La dobló y se la metió en el bolsillo.

—¿Seguimos con un artículo por casa?

—Sí. —Alert lo miró con rapacidad—. Tal como expliqué al principio, con estos artículos en concreto, uno de cada casa es cuanto necesitamos. Con sólo uno, serás más rico de lo que jamás hayas soñado; ocho artículos en total. Y —bajó la voz, que sonó más dura y amenazadora— hay motivos para que, en estos casos, cojamos un solo artículo. Arramblar indiscriminadamente con otras cosas pondría en peligro... toda la jugada.

Smythe se encogió de hombros.

—Lo que usted diga. Inspeccionaré esas casas y entrenaré a los chicos; en cuanto no haya moros en la costa, me dará la lista de artículos y nos pondremos en marcha.

Alert lo estudió un momento antes de asentir.

—Bien. Nos vemos aquí dentro de tres noches.

Dicho esto, dio media vuelta y se encaminó a la salida del cementerio.

Smythe permaneció bajo el árbol y vigiló hasta que Alert desapareció entre los monumentos. Sonriendo para sí, enfiló en otra dirección.

Dio unas palmadas al bolsillo, tranquilizado por el crujido del papel en su interior. Llevaba tiempo esperando tener algo que utilizar contra Alert; algo que identificara a aquel hombre. No le gustaba hacer negocios con personas que no conocía, sobre todo si eran encopetados. Cuando las cosas se ponían feas, los encopetados eran propensos a acusar a las clases bajas y proclamarse inocentes. Tampoco era que Smythe esperara ser atrapado, pero tener un pequeño as en la manga para asegurarse el silencio de Alert o, según cómo, para negociar si las cosas se ponían peliagudas, siempre resultaba tranquilizador.

Ahora tenía la lista de casas, casas que Alert sabía que contenían un objeto muy valioso y, más aún, que conocía lo bastante bien como para describirlos con detalle, así como su ubicación precisa dentro de las diversas casas.

—¿Y cómo ibas a saber eso, mi distinguido caballero? —Sonriendo, Smythe se contestó—: Porque eres un visitante habitual de esas casas.

Ocho casas. Si alguna vez tenía que identificar a Alert, una lista de ocho casas con las que estaba familiarizado bastaría para ello. Smythe estaba convencido.

18

—A menudo las investigaciones son como arrancar un diente. —Ante la chimenea de la sala de Griselda, Barnaby cogió otro panecillo de levadura de la bandeja—. Dolorosas y lentas.

Penelope terminó de masticar su bollo, tragó y rezongó.

—Una lenta tortura, querrás decir.

Barnaby hizo una mueca pero no lo negó.

Habían transcurrido tres días desde la redada en la escuela de Grimsby; pese a los esfuerzos de todos, no habían oído ni un rumor sobre Smythe y los niños que lo acompañaban. Jemmie y Dick seguían en paradero desconocido, de ahí su sombrío estado de ánimo.

Griselda se desplazó hasta el borde de la butaca y cogió la tetera que había dejado en el hogar. Llenó los tazones.

—¿Qué tal se están adaptando al orfanato los niños?

—Muy bien. —Penelope había pasado la mayor parte de los dos días anteriores allanando el terreno a los niños y ocupándose de las formalidades para asumir la custodia de los dos niños nuevos que habían encontrado—. Por supuesto, haber sido rescatados durante una redada policial en una conocida escuela de ladrones del East End significa que se han convertido en una especie de héroes, aunque apenas cabe envidiarles su momento de gloria y, además, les ha puesto más fácil el hacerse un sitio entre los demás niños.

Era sábado por la tarde. Había acudido a preguntar a Griselda si tenía noticias de sus contactos en el East End, lo cual, lamentablemente, no era el caso. Habían decidido consolarse tomando té con panecillos de avena junto al fuego en su salita, y entonces había llegado Barnaby; primero había ido a buscarla a Mount Street, donde el temible e inmutable Leighton lo había enviado a St. John's Wood.

El día siguiente a la redada, Barnaby se había marchado apresuradamente a Leicestershire para hablar con el honorable Carlton Riggs, con la esperanza de que éste pudiera saber quién era el misterioso Alert. Como tanto Barnaby como Griselda conocían a Riggs de vista, sabían que no era el propio Alert quien, según parecía, era muy rubio.

Hasta ahí muy bien, pero en lugar de satisfacer la curiosidad de Penelope y Griselda en cuanto había aparecido, mirando los panecillos Barnaby había manifestado que necesitaba alimento con urgencia, negándose a soltar prenda acerca de sus pesquisas hasta saciar el hambre.

Lo cual la había llevado a hacer el cortante comentario sobre la tortura. Acurrucada en un rincón del sofá, lo observaba dar cuenta del panecillo.

—Con ése van dos. —Lo miró entornando los ojos—. Ya no corres peligro de desmayarte, de modo que habla.

Barnaby esbozó una pícara sonrisa. Alcanzó su tazón, bebió un sorbo de té y se arrellanó en la otra punta del sofá.

Penelope le miró expectante; Barnaby tomó aire, abrió la boca... y volvió a cerrarla al oír que alguien llamaba a la puerta.

Ella cerró los ojos y gimió, para acto seguido abrirlos e incorporarse.

—Debe de ser Stokes. —Griselda se dirigió a la escalera—. Tal vez haya averiguado algo. —Fulminó a Barnaby con la mirada—. Algo útil.

Si había hecho algún progreso, estaría ansioso por compartirlo.

Stokes subió la escalera de dos en dos y se paró bruscamente al llegar arriba y verlos. Penelope sonrió y saludó con la mano. Griselda le dio la bienvenida y lo condujo adonde estaban los demás.

Hundiéndose en la butaca enfrente de la de Griselda, Stokes aceptó el tazón que ésta le ofreció. Alargó el brazo para coger un panecillo, pero Penelope saltó del sofá y agarró el plato. Stokes la miró sorprendido mientras ella se retiraba al sofá, protegiendo el plato con un brazo. Penelope lo miró a los ojos.

—Primero informa. Luego podrás comer.

Stokes desvió la mirada hacia Barnaby y meneó la cabeza. Tomó un sorbo de té y suspiró.

—Ya puedes soltar ese plato, no traigo ninguna novedad; ninguna positiva, en cualquier caso.

Penelope suspiró y volvió a levantarse para dejar el plato otra vez al alcance de Stokes.

—¿Nada?

—Ni pío. Smythe se ha replegado. No le han visto en ninguno de los garitos que frecuenta. Los vecinos están ayudando todo lo que pueden. Hemos averiguado dónde vivía pero se ha mudado, Dios sabe dónde. —Se sirvió un panecillo.

—¿Y la vigilancia en la casa de St. John's Wood Terrace? —terció Griselda—. ¿No han visto a nadie?

Stokes negó con la cabeza. Acabó de masticar y tragó.

—Nadie se ha acercado por allí. Lo único que se me ocurre es que Smythe estuviera en los aledaños de Weavers Street. Si vio cómo deteníamos a Grimsby, sin duda tuvo claro que Grimsy cantaría. Smythe sabe cómo ponerse en contacto con Alert, de modo que le advertiría y luego se escondió, llevándose a los niños consigo. —Miró a Barnaby—. ¿Riggs tenía alguna pista? —preguntó con pocas esperanzas.

—Ni el más leve indicio. Desde luego, la idea de que alguien estuviera usando el salón trasero de su nido de amor para reunirse con criminales en plena noche le dejó horrorizado.

Penelope soltó una risotada.

—Exacto —sonrió Barnaby—. Riggs es de esa clase: pomposo y arrogante. Le pregunté quién más sabía de la existencia de la casa, a cuáles de sus amigos había recibido allí. La lista era demasiado larga para tomarla en consideración. Hace más de una década que tiene la casa y nunca la ha ocultado a sus conocidos. Y, por supuesto, eso incluye a los ayudas de cámara de sus amigos, a los amigos de su ayuda de cámara y a otros sirvientes, etcétera, lo cual nos deja sin ninguna pista que seguir vía Riggs.

No suspiraron todos a la vez, pero dio la impresión de que lo hicieran. La habitación se sumió en la pesadumbre hasta que Griselda miró en torno y dijo:

—¡Arriba ese ánimo! Seguiremos buscando. Y la buena noticia es que si no hemos oído ni pío sobre Smythe, significa que se está escondiendo, lo cual implica que probablemente todavía quiera utilizar a los niños para sus robos, y eso significa que los mantendrá a salvo y bien alimentados. Según dicen todos, le gusta mantener sus herramientas en condiciones óptimas.

Penelope pestañeó.

—¿De modo que cuidará bien de ellos porque le conviene?

—Eso es. Así que no corren peligro de ser maltratados en ningún aspecto. Seguramente Smythe cuide de ellos mejor que Grimsby. Quería ocho niños, pero ahora sólo tiene dos; no se arriesgará a que les ocurra nada malo.

Ambos hombres se incorporaron lentamente, ambos ceñudos.

—Sigue con el plan de cometer esos robos, ¿verdad? Los que tramó con Alert. —Stokes miró a su amigo—. Supuse que se echaría atrás después de la redada en la escuela.

Barnaby asintió.

—Yo supuse lo mismo. Pero tal como Griselda ha señalado, no ha renunciado al plan, porque de haberlo hecho habría soltado a los niños, y con tantos vecinos del East End ansiosos por reclamar la recompensa, a estas alturas ya estaríamos enterados. Y los habría soltado porque todavía no son una amenaza para él, y sí, en cambio, una carga innecesaria salvo si tiene intención de utilizarlos, y la única utilidad que pueden tener... —Se le iluminaron los ojos y alzó el tazón como para brindar—. La partida continúa.

Stokes se inclinó con las manos enlazadas entre las rodillas.

—¿Y cuál es su plan, qué casas y por qué?

—No es Smythe quien traza el plan; al menos no el dónde, cuándo o por qué. Todo eso es cosa de Alert. Él pone los detalles y Smythe la pericia. Y Alert, como sabemos, es un caballero.

Penelope enarcó las cejas preguntándose qué podía implicar ese último dato.

Al cabo de un momento, Barnaby prosiguió.

—He estado pensando sobre lo que Grimsby dijo a propósito de que Smythe necesitaba tantos niños porque iba a efectuar una serie de golpes sucesivos en una sola noche. —Miró a Stokes—. Ése no es el *modus operandi* de Smythe ni de ningún otro ladrón. Lo de «en una sola noche» lo ha decidido Alert. Pero ¿por qué? ¿Por qué insistiría un caballero en que varios robos se cometan en una sola noche?

Stokes le devolvió la mirada y sugirió:

—Lo único que se me ocurre, tal como dijo también Grimsby, es que no tendrían problemas con la policía si la serie se lleva a cabo en una noche; y, para empezar, es de suponer que existe una razón para cometer una serie de robos. Una vez que se descubre un robo, se precisa un día o dos para organizar el refuerzo de las patrullas y las demás medidas habituales.

Barnaby asintió.

—Lo cual nos deja con dos puntos. Punto uno, y corrígeme si me equivoco: el refuerzo de las patrullas policiales y demás sólo se daría si las casas robadas estuvieran en Mayfair. —Como Stokes asintió, prosiguió—: Eso confirma lo que hemos sospechado al saber que Smythe necesitaba niños ladrones: que esos robos serán en una serie de casas de Mayfair. No obstante, y éste es el segundo punto, su insistencia en cometer todos los robos en una sola noche sugiere que una vez se descubran los robos, aunque sólo sea uno de ellos, el revuelo será considerable, lo bastante para que cualquier otro intento de robo en Mayfair resulte demasiado arriesgado.

Stokes puso cara de pasmo.

—Demonios.

—Pues sí. —Barnaby asintió—. La única perspectiva que explica el plan de Alert, una serie de casas de Mayfair que hay que robar en una misma noche, es que los artículos que vayan a sustraer sean extremadamente valiosos.

Stokes centró su atención en su amigo.

—¿Tenemos alguna posibilidad de hacer correr la voz entre la aristocracia para que alerten al servicio? ¿Quizás identificar casas que contengan objetos muy valiosos que un niño pueda birlar?

Barnaby lo miró y luego dirigió la vista a la ventana y al cielo encapotado.

—En cuanto a tu primera pregunta, el Parlamento cerró el jueves. Ahora es sábado por la tarde. —Miró a Stokes a los ojos—. Es demasiado tarde para dar una alerta general; la mayoría de las familias ya se ha marchado de la ciudad. Además, habida cuenta del actual clima político, no creo que fuese prudente para Peel dar a entender, aunque sea indirectamente, que la policía no es capaz de proteger las mansiones de Mayfair de los expolios de un ladrón.

Stokes hizo una mueca de espanto y apartó la vista.

—En cuanto a identificar casas que contengan objetos pequeños muy valiosos —dijo Penelope—, todas las familias bien los tienen a montones. En cualquier casa de Mayfair habrá al menos uno. —Hizo una mueca, desvió la mirada hacia Griselda y volvió a mirar a Stokes—. Sé que parece absurdo, pero generalmente esas cosas han sido nuestras durante generaciones. No solemos considerarlas valiosas, como sucede por ejemplo con el jarrón que un admirador parisino regaló a mi tía abuela Mary. Cosas de esa clase. Por más que se trate de un jarrón de Limoges de valor incalculable, ésa no es la razón por la que está en la mesa del rincón, y tampoco es lo que pensamos o recordamos de él.

—Lleva razón. —Barnaby buscó los ojos de Stokes—. Olvida la idea de identificar las casas. —Hizo una mueca—. Si bien ahora quizá sabemos la clase de objeto que busca Alert, lamentablemente eso no nos ayuda a avanzar.

Al cabo de un momento, el inspector dijo:

—Tal vez no. Pero hay otra cosa. —Miró a Barnaby—. Si, como parece seguro, el plan de Alert estaba pensado para evitar la interferencia de la policía, entonces Alert, sea quien sea...

—Sabe bastante más que la mayoría de caballeros sobre el funcionamiento de la Policía Metropolitana. —Barnaby asintió—. Es verdad. —Al cabo de un momento, prosiguió—: No podemos encontrar a Smythe ni identificar las casas que tiene en mente con precisión suficiente para tender una trampa. Según mis cálculos, eso nos deja con una única medida a tomar.

Stokes asintió.

—Dar caza a Alert.

Se dijo que era la frustración, la decepción y la simple impaciencia con la investigación lo que la había conducido a buscar distracción, pero lo cierto era que lo había echado de menos.

Aquella noche, Penelope yacía recostada en la gran cama de Barnaby. Él estaba tendido a su lado, boca arriba, con un brazo doblado debajo de la cabeza. El resplandor de las velas bañaba sus cuerpos desnudos. Penelope dejó vagar la vista y sonrió con, tuvo que admitirlo, posesivo deleite.

Al menos de momento era suyo, todo suyo, y lo sabía.

Alargando el brazo, le puso una mano en el pecho y luego, lentamente, la deslizó hacia abajo, recorriendo su musculatura hasta el ombligo, luego más abajo, hacia esa parte de él que siempre parecía ansiosa de que ella la tocara. Que a pesar de sus recientes apareamientos, todavía crecía debajo de su mano.

Esa constatación le causó una estremecedora sensación de dominio.

Tampoco era que el resto de él, todo él, no se hubiese alegrado de verla. Aunque no habían fijado una cita, cuando Penelope había llamado a su puerta unas horas antes, él estaba aguardando para abrir; y ni rastro de Mostyn. Barnaby la había conducido a su dormitorio y cerrado la puerta; todo ello con una prontitud que la había reconfortado. Que había hecho que su corazón palpitara, que sus sentidos se pusieran a la expectativa.

Penelope se había arrojado en sus brazos y dado rienda suelta a su anhelo. Dejando que ardiera. Para él. Y él la había correspondido. Habían forcejeado, como siempre, el control primero de él, luego de ella, luego de él otra vez. Finalmente Barnaby la había inmovilizado, desnuda, debajo de él en la cama, y se unió a ella en un frenesí que los había dejado a ambos agotados, deliciosamente saciados.

Satisfechos de nuevo.

Ésa había sido la primera vez. La segunda... Penelope tenía una memoria excelente; podía recordar con todo lujo de detalles las diversas posturas descritas en textos esotéricos que ella y Portia habían estudiado años antes llevadas por las ansias de educarse en todos los aspectos de la vida. Esos textos habían resultado sumamente reveladores.

Y muy claros y precisos. Cuando se había puesto a gatas y preguntado si podían intentarlo de esa manera, Barnaby se había quedado perplejo, aunque sólo un instante. Luego estuvo detrás de ella, y dentro de ella, acoplándose mediante prolongados, profundos, terriblemente controlados empujones; había demostrado a conciencia por qué esa postura aparecía en la mayoría de textos.

Después ambos se desmoronaron, formando un amasijo de miembros enmarañados, mutuamente saciados.

Ahora, después de que el embriagador resplandor de la saciedad se desvaneciera, Penelope se había quedado envuelta en una penetrante calidez, el cuerpo le resonaba con un ronroneo de satisfacción y una serena alegría que jamás hubiera imaginado que fuera posible sentir.

Acariciaba el pecho de Barnaby con ternura, fascinada como siempre por los contrastes. Su mano parecía tan minúscula, tan raquítica sobre aquel cuerpo musculoso, inherentemente poderoso; él era duro y ella suave, él pesado y ella ligera, él grande y ella menuda... Sin embargo, en muchos aspectos parecían complementarios.

Y no sólo físicamente.

En la superficie, los interludios como aquél buscaban mayormente satisfacer anhelos físicos, mas en todo ello subyacía un anhelo más poderoso y dominante que a todas luces no era físico. Al menos no para ella.

Y empezaba a creer que tampoco para él.

La actitud posesiva, el afán de proteger, la necesidad y el cuidado formaban parte de lo que ahora había entre ellos, y al menos en los confines de su cama eran reconocidos como tales; prueba de una conexión emocional que no hacía más que fortalecerse y profundizarse con cada día que pasaba.

Tras haber pasado los últimos tres días separados, la mera idea de perder esa conexión, de terminarla... Baste decir que la mente de Penelope evaluaba distintas maneras de garantizar que esa conexión continuara indefinidamente.

Era consciente de que Barnaby la estaba observando, estudiando su rostro con ojos entornados. Girando la cabeza sobre las almohadas, se topó con su mirada azul; al cabo de un momento, enarcó una ceja.

Barnaby sonrió. Alzó una mano hasta su mejilla y le apartó un mechón de pelo, recogiéndoselo detrás de la oreja.

—Stokes y yo comenzaremos a primera hora de mañana... —Echó un vistazo a la ventana— De hoy. Pero si la suerte no está de nuestra parte, llevará tiempo identificar a Alert, suponiendo que lo logremos. Y tiempo es algo de lo que vamos escasos.

Penelope se puso de costado para verle la cara.

—Si no encontráis a Alert antes de que se cometan los robos, no habrá modo de rescatar a los niños antes de que estén... implicados.

Él hizo una mueca.

—Mientas los rescatemos antes de que Alert lleve a cabo su plan, tendremos argumentos para impedir que acaben ante un tribunal, pero si su plan tiene éxito, una vez concluido y al cabo de un tiempo, a los niños se les podrá imputar el delito igual que a Smythe y Alert. —Hizo una pausa—. También es importante tomar en consideración que si el plan de Alert llega a buen puerto, el Cuerpo de Policía se verá duramente desacreditado, y Peel y los comisionados tendrán serias dificultades para defender su existencia. —La miró a los ojos—. Hay muchos que estarían encantados de ver cómo se desmantela el Cuerpo.

Penelope emitió un sonido de desaprobación y se tumbó boca arriba. Mirando al techo, preguntó:

—¿Qué clase de persona será Alert? ¿Por dónde empezaréis tú y Stokes?

Satisfecho con el derrotero de la conversación, él se dispuso a contárselo. La había distraído deliberadamente, igual que a sí mismo, mencionando la investigación; en aquel momento sólo tenía en mente dos temas, el primero más que satisfecho, pero no quería arriesgarse a sacar el segundo antes de tiempo. No antes de que ella hubiera puesto en orden sus ideas y llegado a la conclusión que él ya había alcanzado.

La entrevista con Carlton Riggs había sido una buena excusa que había aprovechado con los ojos cerrados. La finca de la familia Riggs estaba en Lancashire, a no demasiada distancia de Calverton Chase. Después de interrogar a Riggs, había rehusado la invitación a quedarse a dormir y en cambio siguió su camino para pasar a ver a Luc, vizconde de Calverton, hermano mayor y tutor de Penelope.

Luc y su esposa, Amelia, lo recibieron encantados; habían coincidido en numerosos actos sociales de sus respectivas familias, y Luc había colaborado con él en una investigación anterior. Afortunadamente, con tres hijos que reclamaban la atención de Amelia, no había sido difícil tener ocasión de estar a solas con Luc en su estudio.

Barnaby no perdió tiempo en anunciar sus intenciones y pedir formalmente la mano de Penelope. Tras digerir su sorpresa, menear la cabeza sin dar crédito a sus oídos y comentar que Barnaby era el último hombre que se hubiese figurado que perdiera la cabeza por su hermana, Luc le preguntó en qué medida la conocía, a lo que Barnaby contestó lacónicamente que «demasiado bien», cosa que suscitó un momento de tensión entre ambos hombres. Y finalmente Luc, con los ojos entornados y en su papel de sagaz caballero con cuatro hermanas, había asentido, dando a Barnaby su consentimiento para que le hiciera la corte a Penelope, suponiendo que ella lo permitiera.

Barnaby sabía de sobra que no podía dar por sentado eso último, ni siquiera con ella tendida desnuda y saciada a su lado en la cama.

Pero al menos ya no se sentía culpable por tenerla desnuda y saciada a su lado en la cama. Que Penelope se encontrara en esa situación quizá se debiera a su propia y deliberada instigación, pero él la había estado esperando, listo y más que dispuesto a complacerla.

—Stokes y yo... seguramente comenzaremos por confeccionar una lista de todos los caballeros vinculados con la policía. Los comisionados y su personal, así como quienes tengan relación con el Cuerpo a través de otras autoridades, como el Ministerio del Interior y la Policía Fluvial.

—Hummm... —Penelope entornó los ojos, reflexionando—. Habida cuenta de lo que hemos deducido sobre su plan, Alert no sólo es alguien que conozca a otros caballeros de alcurnia, a través de su club, por ejemplo, sino que también visita sus domicilios. Si no, ¿cómo iba a saber en qué casas centrarse? —Miró a Barnaby a los ojos—. De modo que Alert debe de ser alguien con cierta posición social.

Barnaby frunció el ceño y asintió.

—Tienes razón. En cuanto tengamos nuestra lista, la usaremos para refinarla, para eliminar a los menos probables. —Al cabo de un momento, agregó—: Muy pocos empleados tendrían acceso a ciertos círculos sociales. Tendremos que ver quién cae en nuestra red.

19

El día siguiente era domingo. Por la mañana, Barnaby y Stokes se reunieron en el despacho de este último y comenzaron a redactar la lista.

La observación de Penelope eliminó un buen puñado de nombres sin necesidad de investigarlos; otros, como los comisionados y buena parte de su personal, tendrían que ser objeto de pesquisas más concienzudas por parte de Barnaby.

Pero el domingo por la tarde no era buen momento para incordiar a personas ilustres. Dejando que Stokes se las arreglara solo, lo cual sospechaba que conllevaría una visita a St. John's Wood High Street, Barnaby regresó a Jermyn Street, donde encontró a Penelope aguardándole, no sin impaciencia, en su salón.

No permanecieron mucho rato en el salón.

El crepúsculo de noviembre caía sobre la ciudad cuando, tras una deliciosa, serena y, en cierto modo, tranquilizadora tarde de acoplamientos intercalados con partidas de ajedrez, Penelope seguía a Barnaby escalera abajo y a través de la puerta del fondo del vestíbulo hasta la entrada trasera de su casa.

Al enterarse de que Penelope había venido en el carruaje de su hermano, al que había dejado esperando en la calle aunque no frente a su domicilio, Barnaby había ordenado al cochero que llevara el vehículo al callejón de detrás de la casa. Pese a la penumbra de aquel domingo de noviembre, en Jermyn Street, la calle predilecta de los solteros de familia bien, seguro que habría algún transeúnte. Alguien que podría ver cómo la ayudaban a subir a su carruaje a una hora tan reveladora, alguien que podría reconocerla y luego comentarlo.

Penelope entendió perfectamente que Barnaby hubiese ordenado al cochero que aparcara el carruaje en el callejón. Ella podía ser bastante displicente con su propia reputación, pero que él no lo fuera, lejos de molestarla, la hacía sentirse cuidada.

Sentirse cuidada era una de las ventajas emocionales de su relación y comenzaba a gustarle; se había sorprendido a sí misma disculpando según qué conductas de Barnaby, aceptando y tolerando actitudes posesivas o protectoras por las que cualquier otro caballero habría sido duramente reprendido. Con Barnaby, se encontró sonriendo con cariñoso afecto, tanto para sus adentros como abiertamente.

Los cambios que él y su relación estaban obrando en ella resultaban un tanto perturbadores. Penelope no soportaba a los idiotas ni que se vulnerase su voluntad, pero con él se sentía menos rígida, menos a la defensiva y, por consiguiente, más dispuesta y capaz de complacerlo dentro de ciertos límites. Dentro de una estructura que aún tenía que definir; aún tenía que decidir si su relación sería, podría ser, compatible con el matrimonio.

Si casarse con Barnaby Adair daría resultado.

Si casarse con él era su verdadero destino.

Al llegar a la puerta de atrás, se volvió hacia ella.

—Aguarda aquí mientras echo un vistazo.

Abrió la puerta, salió y la dejó entornada, protegiéndola de la racha de viento gélido que intentaba colarse en la casa, y de posibles ojos curiosos.

Penelope contempló la puerta entornada, consciente de la calma que se había adueñado de ella. Su frustración con la investigación, su impaciencia y los obstáculos que parecían tan insalvables que la obligaban a plantearse que, a pesar de todo lo que hacían, quizá no fueran capaces de rescatar a Dick y Jemmie, normalmente la tendrían dando vueltas por la habitación y clamando al cielo.

Inútilmente, pero aun así habría clamado, tanto en silencio como a voz en cuello. Lo cual habría sido un enorme derroche de energía que, seguramente, le habría dado dolor de cabeza.

En cambio, había venido a ver a Barnaby, y ahora se sentía serena y en cierto modo más fuerte. Más capaz de enfrentarse a las exigencias que la investigación requiriera de ella, más convencida de que Stokes, Griselda, Barnaby y ella saldrían victoriosos.

Esa confianza no tenía un fundamento sólido pero aun así le levantaba el ánimo, dándole esperanzas y determinación para seguir adelante.

Barnaby regresó y abrió la puerta del todo para ofrecerle la mano. Ella sonrió, posó los dedos en los suyos —todavía sentía aquella emoción cuando él los estrechaba— y dejó que la ayudara a salvar el umbral.

El carruaje aguardaba. Penelope se volvió para despedirse de Barnaby. Entornando los ojos sin darse cuenta, éste alcanzó la capucha de su capa y se la puso encima del pelo recogido con premura; la mitad de las horquillas estaban esparcidas por el suelo del dormitorio.

Sonriendo, ella alzó una mano y la posó un instante en su mejilla.

—Gracias. —Por una tarde que había significado para ella más de lo que hubiese imaginado, por cuidar de ella y atender a sus necesidades sin tener que pedírselo, espontáneamente.

Barnaby le tomó la mano y le besó los dedos.

—En cuanto Stokes o yo descubramos algo importante, iré a contártelo.

Penelope asintió. Estaba a punto de volverse cuando un movimiento en el pasillo a espaldas de Barnaby le llamó la atención.

Era Mostyn. Debía de haber regresado temprano de su tarde libre. Como cualquier ayuda de cámara experimentado, desaparecía del mapa cuando ella estaba con su amo; había entrado en la cocina sin saber que ellos estaban en la puerta de atrás. Los vio y se detuvo en seco. Acto seguido, tras un breve titubeo y para considerable sorpresa de Penelope, hizo una reverencia. Un saludo de lo más correcto y sin la más remota falta de respeto.

Sin darle tiempo a reaccionar, Barnaby, ajeno al motivo de su distracción, la tomó del brazo y la condujo hacia el carruaje. Abrió la portezuela y la ayudó a subir.

—Si te enteras o se te ocurre algo pertinente, házmelo saber.

—Lo haré. —Mientras él cerraba la portezuela, Penelope volvió la vista atrás, pero ya no veía el interior del pasillo—. Adiós.

Barnaby dio un paso atrás y la despidió con la mano antes de hacer una seña al cochero. Con un tintineo de jaeces, el carruaje partió.

La tarde siguiente, Penelope estaba sentada en la *chaise longue* del salón de la anciana lady Harris, tomando té y fingiendo escuchar el parloteo de las conversaciones, cuando la selecta reunión de algunas de las damas más influyentes de la buena sociedad, aquellas que aún permanecían en la ciudad porque sus maridos ocupaban puestos altos en el gobierno y, por consiguiente, no eran libres de retirarse ya al campo, se vio interrumpida de forma espectacular por la entrada de un policía.

Pocas de aquellas damas habían visto alguno hasta entonces. Por consiguiente, el anuncio de Silas, el ayuda de cámara de lady Harris, de que «ha venido un miembro de la policía, señora», fue recibido con un profundo silencio que muy pocos asuntos habrían conseguido.

El agente, un hombre de mediana edad con un uniforme muy ceñido que había seguido al imponente Silas, parecía desconcertado de ser el blanco de tantas miradas. Pero cuando lady Harris, con sus melindrosas maneras, inquirió el motivo de su presencia, recobró la calma y recorrió la sala con la mirada.

—Vengo en busca de la señorita Ashford.

Penelope dejó su taza y se levantó.

—Soy yo. Me figuro que le envía el inspector Stokes.

—No, señorita. Estoy aquí porque las señoras del orfanato dijeron que usted es la responsable. Mi sargento acaba de expedir una orden de registro. Se reclama su presencia para ser interrogada.

Penelope lo miró de hito en hito.

El agente indicó la puerta con un ademán.

—Tenga la bondad de acompañarme, señorita.

Penelope se marchó con él, dejando una considerable consternación tras de sí y no pocos cotilleos. Su madre suavizaría las cosas en la medida de lo posible, pero Penelope dio gracias de no ser la clase de jovencita a quien afectaban las opiniones ajenas; su vida y su felicidad, por suerte, no dependían de la aprobación de la buena sociedad.

El coche de punto que el agente había tenido aguardando en casa de lady Harris se detuvo delante del orfanato. Se obligó a dejar que el policía se apeara primero y le sostuviera la portezuela abierta; esas pequeñas cosas ponían de relieve su categoría, cosa que con toda probabilidad necesitaría esgrimir al tratar con el sargento.

Entró majestuosamente en el edificio, desplegando adrede la serena superioridad que su madre y todas las lady Harris del mundo solían exhibir. Quitándose los guantes, miró con ojo crítico a su alrededor.

—¿Dónde está su sargento?

—Por aquí, señorita.

Dejó que él la precediera por el largo pasillo.

—Señora, si no le importa.

El agente la miró desconcertado por encima del hombro.

—¿Cómo dice, señorita?

—Señora. Habida cuenta mi edad y que soy la directora del orfanato, puesto que conlleva cierta responsabilidad, la forma correcta de dirigirse a mí es «señora», con independencia de mi estado civil.

Nunca estaba de más poner en su sitio a quienes podían resultar irritantes, y si bien aquel agente aún no había hecho nada que provocara su ira, dudaba mucho que el sargento, que era quien había expedido la orden de registro del orfanato, resultara tan inofensivo, pero el amo sin duda adecuaría su tono al de su sirviente.

—Oh. —Frunciendo el ceño, el hombre trató de digerir la lección.

Encontraron al sargento, con una cadera apoyada contra el escritorio del despacho de Penelope, supervisando a dos subordinados que registraban los armarios que había junto a la pared; un vistazo a su escritorio le reveló que ya lo habían registrado. Otros dos agentes se afanaban en la misma tarea, revolviendo los archivos del antedespacho, para gran aflicción de la señorita Marsh.

Juzgando al sargento con un severo vistazo y sin que le gustara lo que vio, pues tuvo claro que era un fanfarrón jactancioso, Penelope rodeó el escritorio con altivez, dejó su bolso encima frunciendo levemente el ceño, y se sentó en su silla, arrimándola al escritorio.

Reafirmando su autoridad.

—Me han dicho que tiene una orden, sargento. —Todavía no le

había mirado a los ojos, sino que dejó vagar la vista por el tablero con un ligero mohín, como tomando nota de los cambios debidos al registro; abrió una mano, moviendo los dedos con gesto imperioso—. ¿Podría verla?

Como era de prever, el sargento frunció el ceño; con el rabillo del ojo, ella observó cómo se erguía a regañadientes, levantándose del escritorio. Echó un vistazo a sus tres subordinados; tal como había supuesto, el sargento dedicó un momento más a valorar la reacción del agente que la había acompañado antes de tomar una decisión errónea que luego tuviera que lamentar. Se subió el cinturón y, amenazadoramente, declaró:

—No creo que sea lo correcto. Estamos aquí en defensa de la ley, haciendo nuestro trabajo para descubrir...

—La orden, sargento. —Las palabras de Penelope lo interrumpieron con frialdad. Levantando la vista, lo miró a los ojos, esta vez echando mano de la altiva arrogancia de lady Osbaldestone y las duquesas de St. Ives, tanto la viuda como Honoria; ante aquel tipo de situaciones, aquellas tres damas eran los modelos de conducta por excelencia—. Considero que como representante de los propietarios de este lugar, así como en mi calidad de administradora, antes de ordenar un registro el procedimiento correcto dicta que a mí, propietaria y ocupante efectiva del establecimiento, se me haya mostrado la orden. ¿Me equivoco?

Era una suposición, pero había hablado sobre procedimientos policiales con Barnaby y le sonaba bien.

A juzgar por el modo en que él se movió y las miradas que lanzó a sus subordinados —los dos que registraban habían dejado de rebuscar en los archivos y estaban aguardando—, el sargento también sospechó que ella estaba en lo cierto.

Una vez más, Penelope tendió la mano con gesto autoritario.

—La orden, por favor.

Con aspavientos de renuencia, el sargento metió la mano en un bolsillo de su abrigo y sacó una hoja de papel doblada.

Penelope la cogió y desdobló.

—Cómo esperan que una coopere cuando ni siquiera le permiten saber de qué va esta tontería...

Aquella palabrería tenía por objeto darle tiempo para captar los pormenores de la orden pero la voz le fue menguando, hasta enmudecer, cuando, tras asimilar la acción que autorizaba la orden, un registro de todos los archivos y documentos administrativos del orfanato, pasó al motivo que justificaba la búsqueda.

—¿Qué?

Los cuatro hombres presentes en la habitación se irguieron.

Con la mirada fija en la orden, literalmente incapaz de dar crédito a sus ojos, Penelope declaró:

—¡Esto es indignante! —Su tono fijó nuevos parámetros de indignación femenina. Cuando levantó la vista, el sargento dio un paso atrás.

—Sí —dijo, como si de súbito hubiese recobrado el aplomo—. Es indignante, señorita; por eso estamos aquí. No podemos permitir que venda niños a las escuelas de ladrones, ¿no le parece?

Penelope hizo un esfuerzo heroico por dominar su genio; que la acusaran precisamente de aquello contra lo que llevaba semanas luchando...

—¿Qué demonios les ha metido tan ridícula idea en la cabeza?

Aunque no había levantado la voz, el acaloramiento de su tono bastaba para chamuscar.

Demostrando una suprema indiferencia por su propia supervivencia, el sargento adoptó un aire petulante. Sacó otro papel del bolsillo y se lo pasó.

—Scotland Yard los ha puesto en circulación. Enviaron uno con la orden para registrar sus archivos. Como ve, fue fácil atar cabos.

Sosteniendo la orden con una mano, Penelope miró el segundo papel; uno de sus avisos con la descripción de los niños desaparecidos y el ofrecimiento de una recompensa.

—Yo misma redacté este aviso. La recompensa, si alguna vez la reclaman, la pagará el orfanato. El aviso lo imprimió un tal señor Cole en sus talleres de Edgware Road como un favor al señor Barnaby Adair, hijo del conde de Cothelstone, que es uno de los comisionados que supervisan el Cuerpo de Policía. El inspector Basil Stokes, de Scotland Yard, distribuyó los avisos con una amiga.

Levantando la vista hacia el desventurado sargento, prosiguió con una calma espantosa:

—En tales circunstancias, no acierto a ver qué considera usted que respalde, excuse o siquiera explique esto. —Blandió la orden—. ¿Tendría la bondad de aclarármelo, sargento?

El muy tonto lo intentó. Detenidamente y de distintas maneras.

La búsqueda se había interrumpido por completo, toda la atención se centraba en la lucha de voluntades que tenía lugar en el escritorio de Penelope. En un momento dado, la señora Keggs se personó azorada, aguardó a que se produjera una pausa y ante la mirada inquisitiva de Penelope la informó de que se habían suspendido todas las clases por orden del sargento, que habían convocado a todos los profesores en el despacho y que estaban aguardando en el pasillo.

Eso tuvo como resultado otro incrédulo «¿Qué?» por parte de Penelope y la apertura de un segundo frente en su batalla verbal con el sargento. Sólo cuando lo amenazó con hacerle responsable de cualquier daño o perjuicio que sufriera alguno de los niños que su orden había dejado sin supervisión alguna, consiguió finalmente obligarle a retractarse y permitir que los profesores regresaran a las aulas.

Todavía estaba tratando de establecer lo que el sargento estaba buscando; dadas las extrañas circunstancias no estaba dispuesta a cruzarse de brazos y dejar que el registro siguiera adelante sin más. ¿Quién sabía qué podría haber metido alguien en su despacho para que la policía lo encontrara? Entonces llegó Englehart y se situó a su espalda.

Cuando Penelope hizo una pausa en su arenga y le lanzó una mirada inquisitiva, Englehart sonrió tranquilizadoramente.

—He puesto unos ejercicios a los niños que los mantendrán ocupados un buen rato. He pensado —levantó su mirada hacia el sargento— que sería prudente contar con la presencia de un empleado de un prestigioso bufete de abogados. —Su expresión había asumido la impasibilidad propia de todo buen letrado.

Penelope asintió.

—Por supuesto —dijo volviéndose hacia el sargento.

Al final hizo que fueran a buscar a Stokes. El sargento siguió insistiendo en que era Scotland Yard la que había ordenado el registro.

—En ese caso —le espetó Penelope—, el inspector le respaldará y podrá continuar con el registro. Pero hasta que alguien vinculado directamente con Scotland Yard me confirme esta disparatada orden, usted y sus hombres no van a tocar nada de lo que hay en esta casa.

Cruzándose de brazos, se apoyó contra el respaldo y aguardó.

No invitó al sargento ni a sus agentes a sentarse; habida cuenta de las circunstancias, consideraba que estaba siendo demasiado benevolente con ellos.

Llevó bastante tiempo traer a Stokes; la tarde caía cuando por fin le vio cruzar la verja de la entrada.

Poco después, estaba plantado junto a su escritorio, pasando la vista de la orden al aviso y viceversa.

Frunciendo el ceño, miró al sargento, ahora en posición de firmes ante el escritorio.

—Estoy llevando personalmente el caso de estos niños desaparecidos, sargento. Ninguna orden relacionada con el caso saldría de Scotland Yard sin que yo tuviera conocimiento de ello; en realidad, sin que yo la hubiese firmado. —Sostuvo en alto la orden—. Nadie me ha informado sobre ninguna orden relacionada con el orfanato.

Perplejo, el sargento parpadeó.

—Pero... yo mismo he visto la orden, señor. Llegó anoche en la saca de Scotland Yard.

—Entendido. —Stokes seguía con el ceño fruncido. Al cabo de un momento, miró a Penelope—. Mis disculpas, señorita Ashford, para usted y su personal. Según parece, alguien está jugando con nuestra investigación.

Miró al sargento.

—Acepto, sargento, que usted sólo obedecía órdenes. No obstante, esas órdenes eran falsas. De hecho, falsificadas. Regresaré con usted... —echó un vistazo a la orden— a Holborn y se lo explicaré a sus superiores. Me gustaría hablar con ellos para ver si pueden arrojar un poco de luz sobre esta parodia.

El sargento parecía alicaído pero, habida cuenta de las circunstancias, se alegró de marcharse. Aguardó a que Stokes pasara delante y se dispuso a seguirlo, pero entonces se detuvo para inclinar la cabeza ante Penelope.

—Mis disculpas también, señorita Ashford.

Ella lo miró y luego correspondió aceptándolas.

La presencia policial se retiró siguiendo los pasos del inspector.

Le llevó una hora calmar y tranquilizar al personal y los residentes en la casa para que reanudaran su rutina habitual. Cuando por fin regresó a su despacho, estaba exhausta.

La señorita Marsh la aguardaba en el antedespacho.

—He comprobado todos los archivos; los de su despacho también. Me parece que no falta nada.

—Gracias. —Penelope sonrió cansada—. Una cosa menos de la que preocuparse.

La señorita Marsh sonrió con timidez; parecía estar a punto de decir algo, pero no lo hizo. Dio las buenas noches y se marchó.

Al mirar por la ventana, Penelope vio que ya había anochecido. La calle estaba a oscuras, el resplandor amarillento de las farolas brillaba como una hilera de lunas en la niebla.

Había transcurrido otro día sin que hubieran avanzado lo más mínimo; en cambio, se sentía agotada después de tratar con el irritante sargento y sus acusaciones infundadas.

Entró suspirando en su despacho y vio a Barnaby de pie junto al escritorio.

Él abrió los brazos. Sin mediar palabra, ella fue a su encuentro y se dejó abrazar. Apoyando la cabeza contra su pecho, volvió a suspirar.

—He tenido un día espantoso. —Hizo una pausa—. ¿Cómo se te ha ocurrido venir?

—Stokes me mandó recado. —La estrechó una vez más, la soltó y la conminó a sentarse en su silla. Acercando una de las otras sillas, la puso al lado de la suya y se sentó, estudiando su semblante—. El mensaje de Stokes era breve; sólo decía que tenías problemas por culpa de una orden falsa. Quiero que me cuentes todo lo que recuerdes sobre esa orden y cualquier otra cosa que hayan dicho los agentes.

—Había un sargento al mando.

Se apoyó contra el respaldo y describió la orden y el modo en que habían adjuntado su aviso para dar credibilidad a la acusación.

—¿El sargento dijo que el aviso lo habían enviado junto con la orden de registro?

Penelope hizo un esfuerzo de memoria y asintió.

—Sí. Fue muy concreto en eso. Lo consideraba explicación suficiente para el registro. —Al cabo de un momento, agregó—: No he querido arriesgarme a ponerme moralista y dejar que registraran por miedo a que alguien hubiera escondido algo en los archivos. —Lo miró a los ojos—. Algo de lo que ninguno de nosotros tuviera conocimiento.

Barnaby le tomó la mano y se la estrechó con ternura.

—Has hecho bien. Me ha parecido oír que la señorita Marsh no ha encontrado nada raro...

Penelope asintió.

—Aun así, ha sido sensato no correr ningún riesgo. Bastante penoso ha sido ya; si alguien hubiese puesto alguna prueba de algo nefando, el escándalo habría puesto en entredicho la reputación del orfanato.

Y la de ella. Barnaby le estudió el semblante, la inquebrantable testarudez que disimulaba su cansancio.

—¿Cómo te has enterado del registro? ¿Dónde estabas?

Penelope hizo una mueca y se lo dijo.

—Pese a que ya queden tan pocas señoras en la ciudad, la noticia de que el orfanato ha sido objeto de una orden de registro mañana estará en boca de todos.

—No, no será así. No si actuamos apropiadamente esta noche. ¿Qué planes tenías para la velada?

Ella frunció el ceño y tardó un poco en recordarlo.

—La cena de lady Forsythe. Tengo que ir porque estarán presentes algunos de nuestros principales donantes. Mamá ya tenía compromiso con una vieja amiga, lady Mitchell; es su última oportunidad de verse antes del invierno, de modo que iré sola a casa de lady Forsythe.

Barnaby reflexionó y dijo:

—Tengo una idea.

—¿Cuál?

La miró y sonrió.

—Antes tengo que hablar con tu madre.

Penelope estaba demasiado cansada para discutir, para exigir que le contara lo que tenía en mente; inusitadamente, dio su brazo a torcer y dejó que la acompañara a casa. Era una hora extraña cuando llegaron a Mount Street: las seis. Minerva, la condesa viuda de Calverton, los recibió en el vestidor.

Escuchó paciente y compasivamente mientras Penelope le refería el resultado de su regreso al orfanato y el incidente de la orden.

—Y ahora —concluyó—, tengo que ir a casa de lady Forsythe y tratar de acallar los inevitables rumores.

—En lo cual —terció Barnaby—, creo que puedo ayudar. —Se dirigió directamente a Minerva—. Ni el inspector Stokes ni yo nos inclinamos por descartar esa orden como algo meramente enojoso. Creemos que nuestro villano ha intentado servirse de la policía para sus propios fines, para devolver el golpe a Penelope y el orfanato ya que en buena medida han frustrado sus planes o, como mínimo, los han vuelto más difíciles de llevar a cabo.

Hizo una pausa y prosiguió:

—Para dar el paso siguiente, es posible que el villano, quienquiera que sea, se proponga hacer daño a Penelope. La mayoría de damas no habrían sabido mantenerse firmes ante la orden y mucho menos cómo ponerse en contacto con Stokes. Pero como cualquiera que vive en nuestros círculos sabe bien, y no cabe duda de que nuestro villano lo hace, los rumores pueden causar mucho daño en el seno de la buena sociedad. Con vistas a asegurarnos de acallar todo posible rumor antes de que se propague, creo que sería sensato que acompañara a Penelope a la cena que lady Forsythe ofrece esta noche. Incluso si Penelope explica que la orden no tenía validez, cabe que no todo el mundo quede convencido, si no de su inocencia, al menos de que el orfanato esté limpio. Sin embargo, si yo, que todo el mundo sabe tengo contactos en la policía, declaro que la orden era falsa, serán pocos quienes no lo acepten como un hecho, librando a la vez a Penelope y al orfanato de toda sospecha.

Minerva sonrió con afecto.

—Gracias, señor Adair; es un ofrecimiento muy amable que yo, por mi parte, estaré encantada de aceptar. —Volvió sus ojos negros hacia su hija—. ¿Penelope?

La joven había estado observando a Barnaby con aire meditabundo; salió de su ensimismamiento y asintió.

—Sí. Debo admitir que agradeceré contar con apoyo para enfrentarme a este mal trago.

Él percibió el parpadeo de Minerva, su sorpresa, rápidamente disimulada, ante la pronta aceptación de su ayuda y compañía.

—Bien —dijo Minerva—, en ese caso enviaré una nota a Amarantha Forsythe y suplicaré su indulgencia para que lo añada a su mesa con tan poca antelación. —Sonrió—. Tampoco es que no vaya a estar encantada. En esta época del año quedamos tan pocos en Londres, que añadir un servicio no supondrá ninguna molestia, y si doy a entender el motivo de su presencia, señor Adair, le garantizo que le recibirá con los brazos abiertos.

Él hizo una reverencia.

—Muchas gracias, señora.

Los ojos negros de Minerva se posaron en los suyos; los de ella brillaban.

—No hay de qué. Precisamente ahora estaba leyendo una carta de mi hijo en que comenta asuntos muy interesantes desde Leicestershire.

Penelope se reanimó.

—¿Qué cuenta Luc?

Barnaby maldijo para sus adentros y rezó...

La sonrisa de Minerva se acentuó. Miró a su hija.

—Los habituales asuntos de familia, cariño... Y, por supuesto, órdenes estrictas de vigilarte.

—Oh. —Penelope perdió interés de inmediato. Echó un vistazo al reloj—. Mira qué horas. Tengo que arreglarme.

Barnaby se levantó al mismo tiempo que ella. Miró a Minerva y le sostuvo la mirada un instante, antes de dedicarle una reverencia más pronunciada de lo normal.

—Cuidaré bien de la señorita Ashford, señora. Cuente con ello.

Minerva asintió gentilmente.

—Oh, ya lo hago, señor Adair. Ya lo hago.

Un tanto aliviado, Barnaby se escapó aprovechando la partida de Penelope. Se despidió de ella en el vestíbulo y se marchó a su casa para cambiarse de ropa.

—Iba en serio, ¿verdad? Lo que le has dicho a mi madre.

Mucho más tarde esa misma noche, tras haber asistido a la cena de lady Forsythe y atajado los rumores con la verdad, Penelope estaba acurrucada en brazos de Barnaby, su mullida cama un caliente y confortable nido en penumbra, y más aún sus brazos y su cuerpo.

Nunca se había sentido tan a salvo y protegida; nunca hasta entonces había querido sentir algo igual, ni había valorado ese sentimiento. Incluso ahora, con el malvado Alert intentando dañar su reputación, dudaba que hubiese hallado consuelo en ningún otro hombre.

Barnaby Adair, tercer hijo de un conde, investigador de delitos de altos vuelos, era diferente. Muy diferente.

Por ejemplo, no necesitaba más palabras para entender a qué estaba aludiendo. Para saber en qué estaba pensando ella.

Él movió la cabeza y la besó en la sien.

—Por desgracia, sí. Pienso que Alert ha arremetido contra ti, no sólo contra el orfanato. Visto así, su mensaje está claro: si tú me haces daño, yo te lo devolveré.

Tras fruncir el ceño en la oscuridad, Penelope preguntó:

—¿Pero cómo lo ha hecho? Sabemos que conoce bien el *modus operandi* de la policía, pero ¿falsificar órdenes de Scotland Yard? Seguro que no hay muchas personas que puedan hacerlo.

—Esperemos que no. Hablé con Stokes antes de irte a buscar para acudir a la cena. Él y yo iremos al puesto de Holborn y recogeremos el original de la orden enviada desde Scotland Yard. Seguiremos la pista hasta quienquiera que la haya expedido, si podemos.

—Seguramente no habrá dejado rastro.

—Me figuro que nuestras pesquisas no llegarán a señalar a una persona en concreto, pero tal vez avancemos lo bastante como para reducir el número de posibles sospechosos.

Cómoda y calentita, con los dramas del día resueltos y cualquier daño posible anulado, Penelope descubrió que podía contemplar los sucesos con mayor desapego. Retorciéndose entre los brazos de Barnaby, se incorporó y se apoyó en su pecho para mirarlo a la cara.

—Sería irónico que, al arremeter contra mí, Alert hubiese abierto una vía a través de la cual tú y Stokes podáis desenmascararlo.

Subiendo las manos desde los muslos y por el trasero para deslizarlas, acariciándole astutamente los costados, Barnaby enarcó las cejas.

—Irónico. Y conveniente.

Acomodándose mejor encima de él, lo miró sonriente a los ojos.

—¿Te he dado las gracias por haberme respaldado esta noche durante ese tedioso interrogatorio?

—Me parece que lo has mencionado un par de veces; pero eso fue en el calor del momento. No creo haberte oído.

—Vaya... —Como una sirena, deslizó el cuerpo serpenteando encima de él, deleitándose con el instantáneo endurecimiento de los músculos de su poderoso torso. Suyo, todo suyo—. Tal vez —dijo en un arrullo— debería darte las gracias de nuevo. Más claramente. Para que no olvides que lo he hecho.

Barnaby escrutó las misteriosas profundidades de sus ojos negros.

—Tal vez sí.

Lo hizo. Con un esmero apabullante, una inquebrantable dedicación que lo estremeció, reduciéndolo a pura necesidad.

Después de la primera vez en que había propuesto una nueva postura, Barnaby se había dado cuenta de que la curiosidad intelectual de ella también alcanzaba aquella esfera: siempre tenía ansias de explorar, de aprender más sobre cosas que a todas luces había leído pero nunca experimentado. Aun así, mientras él cerraba los puños agarrándole el pelo y luchaba por respirar, la devoción de Penelope por saberlo todo y experimentarlo todo no debía tomarse a la ligera.

Como tampoco su boca; al principio no instruida, pronto había aprendido cómo volverle loco. Cómo, con espantosa exactitud, hacer trizas su control para quedar absoluta y radicalmente a su merced.

Sus labios, aquellos labios gloriosamente lozanos y carnosos con los que había soñado desde el principio, habían devenido una maliciosa realidad que jugaba con sus sentidos, acariciándolo con una desvergonzada alegría que le llegaba hasta el tuétano. Sus atenciones sumamente sexuales le echaban una red encima y lo retenían sin esfuerzo, convirtiéndolo en su devoto esclavo.

Soltó un grito ahogado arqueando la espalda cuando ella lo tomó con la boca sin dejar de juguetear con las manos, poseyéndolo.

Ser suyo, todo suyo, era lo único que deseaba en aquel momento. Lo único.

Y cuando la fogosidad y la pasión, la voraz necesidad que los dominaba fue demasiado, Penelope se alzó y lo tomó en su ser, envainándolo en su cuerpo y cabalgando sobre él con una languidez deliciosamente lenta que les puso los sentidos a flor de piel.

Penelope se empeñaba en estar a la altura de Barnaby, manteniendo aquel ritmo pausado incluso cuando sus cuerpos, sus sentidos desatados, clamaban por más. Con las manos abiertas encima de su pecho y los brazos flexionados, cerró los ojos y lo montó, firme y segura, pausada y resuelta. Entregada enteramente a su deleite y el de ella.

Al placer; a complacerle y hallar placer en ello.

Barnaby la observó mientras lo hacía, estudió su concentración, la clara intención que traslucía su semblante. Pese a que esa visión lo conmovió y subyugó, sentía lo suficiente, conocía lo suficiente sus propios sentimientos, como para entender que su devoción por ella, su necesidad de ella, había ido más allá de lo puramente físico. Mientras ella lo constreñía, haciéndole perder el mundo de vista, cerró los ojos y rogó que a ella, igual que a él, ya no le bastara con saciar sus necesidades físicas, rogó que, igual que él, estuviera aprendiendo que atender devotamente a esas otras necesidades afines, de otro calibre y en un plano diferente, traía aparejada una satisfacción más profunda.

Penelope aminoró todavía más, apurando su capacidad de control; Barnaby lo notó en la manera en que flexionaba los dedos sobre su pecho mientras se esforzaba por domeñar sus galopantes deseos. Seguía moviéndose encima de él, confiada y segura, aunque deseando más, luchando por prolongar el momento un poco más.

Barnaby percibió el brillo de sus ojos bajo los pesados párpados; Penelope le estaba observando igual que él la observaba, asimilando la visión de él mientras bajo su control la pasión se encendía y se adueñaba con más fuerza de él. Volvió a cabalgarlo, ahora con más decisión, resuelta y divina, los condujo a él y ella misma con firmeza.

Pero Barnaby no tenía intención de rendirse tan fácilmente; en eso no. Cuando la presión aumentó, cuando la marea ardiente comenzó a subir y amenazó con llevárselo por delante, luchó por retenerla. Tenía las manos en su cintura, los dedos curvados sobre las caderas, aferrando y saboreando su cuerpo, penetrándola hasta el fondo; soltó una mano, la deslizó por su columna vertebral, la atrajo al tiempo que se incorporaba y le tomó un seno con la lengua y los labios.

Lo lamió y chupó, se metió el pezón erecto en la boca y succionó, con delicadeza al principio y luego con más fuerza mientras ella jadeaba, se tensaba y cabalgaba.

Más rápida, más caliente, más húmeda.

Cuando llegó el final, los dejó a los dos hechos añicos.

Los arrancó del plano mortal, dejándolos a la deriva en un vacío dorado de indescriptible placer.

Juntos, saciados, en paz.

Penelope rio al desmoronarse encima de su pecho. Sonriendo, Barnaby la envolvió con sus brazos y la estrechó.

Cuando llegó la hora de que Penelope se marchara, descubrieron que estaba lloviendo. Dejándola en la puerta principal, Barnaby cogió un paraguas y fue en busca de su carruaje, que aguardaba calle abajo; sin duda el cochero estaba echando una cabezadita en el interior.

Arrebujada con la capa, Penelope se asomó a la noche oscura. Entonces, por encima del repiqueteo de la lluvia, oyó pasos... a sus espaldas.

Se volvió. A la débil luz de la única vela que Barnaby había dejado en la mesa del vestíbulo, vio a Mostyn poniéndose el abrigo mientras subía apresurado de las dependencias del sótano.

La vio, aminoró y se detuvo.

Pese a la escasa luz, Penelope vio que se sonrojaba.

—Oh... He oído la puerta... —Recobrando la compostura, tomó aire, se irguió e hizo una reverencia—. Le ruego me disculpe, señora. —Se puso aún más rojo—. Señorita.

Vaciló como si no estuviera seguro de si dejarla a solas; desconcertada por lo que percibía en él, Penelope hizo lo que acostumbraba hacer y cogió el toro por los cuernos.

—Mostyn, me consta que esta situación es un tanto embarazosa. No obstante... estoy confundida. La primera vez que visité a su amo, que por cierto ha salido a la calle para avisar a mi carruaje y está demasiado lejos como para oírnos, cuando le vi a usted por primera vez tuve la impresión de no contar con su aprobación. No obstante, ahora ya me ha visto salir a escondidas de esta casa en dos ocasiones y, corríjame si me equivoco, en lugar de mostrarse más desaprobador, parece más relajado en mi presencia. —Frunció el ceño con curiosidad, no con censura—. ¿A qué se debe? ¿Por qué le gusto más en lugar de menos?

Mientras hablaba, Mostyn se mostró cada vez más reservado, cosa que no hizo sino acrecentar la curiosidad de ella. No contestó de inmediato. Finalmente, acercándose más para ver a través de la puerta, carraspeó.

—He trabajado para el amo desde que vino a instalarse en la ciudad. Conozco sus hábitos. —Tras haber confirmado que dicho amo no estaba a la vista, Mostyn la miró a los ojos—. Nunca ha traído a ninguna otra dama a esta casa. —Volvió a sonrojarse, pero continuó—. A ninguna mujer de ninguna condición. De modo que cuando la vi a usted... bueno...

Penelope lo cogió al vuelo y se quedó perpleja.

—Vaya, ya veo. —Apartó la vista y miró hacia la puerta, esperando ver a Barnaby regresando a paso vivo. Asintió—. Gracias, Mostyn. Lo entiendo.

El buen hombre pensaba que ella y Barnaby... En ciertos aspectos Mostyn conocía a Barnaby mejor que ella. Con la mente hecha un lío, aguardó a que el ayuda de cámara la dejara a solas. Pero él se demoró cerca de ella, unos pasos por detrás. Al cabo de un momento, volvió a carraspear.

—Permítame decir, señora, señorita, que espero que mi conjetura no sea mal recibida ni tampoco inoportuna.

Su sinceridad la conmovió. Se volvió para mirarlo.

—No. —Tomó aire y agregó—: No, Mostyn, su conjetura no es mal recibida en modo alguno.

Oyeron los pasos de Barnaby acercándose. Penelope inclinó la cabeza hacia Mostyn y se volvió hacia la puerta, murmurando:

—Y en cuanto a lo de inoportuna, tendremos que verlo.

—Por supuesto, señora. Espero recibir pronto buenas noticias. Le deseo buenas noches.

Con el rabillo del ojo, vio que Mostyn hacía una reverencia y se retiraba en silencio, fundiéndose con las sombras del vestíbulo.

Barnaby apareció entre la lluvia y subió aprisa la escalinata. Penelope se envolvió con la capa y salió a su encuentro mientras el carruaje se detenía junto al bordillo.

20

—No teníamos manera de saber que la orden era falsa, señor. —El capitán del puesto de vigilancia de Holborn se inclinó sobre la mesa y señaló la orden que había recibido de Scotland Yard—. Está en el impreso correcto, debidamente rellenado y firmado, como siempre.

La orden estaba en medio de la mesa. Barnaby, sentado frente al capitán con Stokes a su lado, la estudiaba, tal como lo hacía el sargento que había llevado a cabo el registro en el orfanato.

—Desde luego parece auténtica —admitió Stokes—. Por desgracia, la firma no es de nadie del Yard ni del Cuerpo.

El capitán hizo una mueca.

—Sí, bueno, eso no podíamos saberlo. Si comprobáramos con el Yard la autenticidad de cada firma en cada orden, nunca tendríamos tiempo para ejecutarlas.

Stokes asintió.

—Tiene razón. Y eso es con lo que contaba nuestro villano.

Cogió la orden y la dobló. El sargento torció el gesto.

—¿Puedo preguntar, señor, quién puede ser ese villano, para conseguir hacerse con el formulario de una orden y saber cómo rellenarlo, y luego hacer que nos lo envíaran en la saca oficial?

Stokes sonrió apretando los labios.

—Eso es lo que el señor Adair y yo tenemos intención de descubrir.

Tras salir del puesto de vigilancia, dejaron Procter Street para adentrarse en el bullicio matutino de High Holborn. Junto al bordillo a la espera de un coche de punto, Barnaby preguntó:

—¿Qué ponía en la firma? No la he visto bien.

Stokes masculló:

—Grimsby.

Barnaby se volvió para mirarlo de hito en hito. Al cabo de un momento, apartó la vista.

—Nuestro señor Alert tiene sentido del humor.

—Está jugando con nosotros.

—Obviamente. —Al ver un coche libre, Barnaby le hizo señas; el conductor se dio por enterado con un gesto de su látigo. Mientras aguardaban que el carruaje se abriera paso entre el denso tráfico, preguntó—: Háblame sobre esa saca oficial. ¿Es así como se envían las órdenes a los distintos puestos de vigilancia?

Stokes asintió.

—Las órdenes relacionadas con crímenes importantes proceden del oficial que lleva el caso en el Yard. Cualquier oficial tiene un montón de formularios; yo tengo uno en un cajón de mi escritorio.

—O sea que echar mano a un formulario es bien fácil.

—En efecto. Una vez rellenados y firmados, los formularios se meten en las valijas de expedición oficiales; sacas de cuero que están colgadas en la oficina de expedición. Hay una para cada puesto de vigilancia.

—De modo que este asunto de la orden falsa lleva la relación de Alert con la policía un paso más allá; tiene que ser alguien con acceso a Scotland Yard, que sabe cómo funciona todo lo bastante bien como para falsificar una orden y hacer que la envíen sin que nadie se entere.

Stokes gruñó cuando el coche de punto se detuvo delante de ellos.

—Hay una cosa más; la oficina de expediciones nunca está desguarnecida. Siempre hay como mínimo un sargento y normalmente uno o dos mensajeros para llevar las órdenes urgentes.

—¡Ajá! De modo que Alert es alguien que los sargentos están acostumbrados a ver metiendo órdenes en las sacas; debe de ser alguien que participa en los procedimientos habituales. Debe de ser parte de su trabajo habitual.

—Exacto. —Stokes abrió la portezuela del coche—. De ahí que ahora vayamos a la oficina de expediciones.

Barnaby subió al carruaje. Stokes miró al cochero.

—A Scotland Yard. Tan deprisa como pueda.

Mientras ambos amigos daban tumbos entre el tráfico, en el orfanato Penelope trabajaba con diligencia para asegurarse que después de la incursión policial todo volviera a marchar sobre ruedas.

La señora Keggs y el personal se habían recuperado magníficamente; incluso la señorita Marsh, normalmente tan tímida, se mostraba determinada y resuelta mientras ordenaba los archivos que los agentes habían revuelto.

—Qué patanes tan patosos. —Chascó la lengua mientras Penelope cruzaba el antedespacho—. Ni siquiera dejaron las cosas en su sitio.

La joven reprimió una sonrisa y prosiguió hacia su despacho. Estaba impresionada por la contundencia con que el personal e incluso los niños mayores habían reaccionado a la amenaza implícita de la incursión policial. Y también por la firmeza con que habían evitado el pánico, negándose a creer nada malo relacionado con el establecimiento; más aún, les había ofendido la sugerencia de que hubiera algo malo en la manera en que la casa, y ella como administradora, conducía sus asuntos.

Desplomándose en la silla, pensó que, paradójicamente, había salido algo bueno de la redada. La casa existía desde hacía cinco años; estaba claro que en esos cinco años habían logrado convertirla en la clase de institución que sus empleados y sus residentes valoraban lo bastante como para luchar por ella.

De no haber sido por aquel fastidioso registro, nunca habría sabido en qué medida el personal y los niños valoraban lo que habían conseguido.

Y ahora que todo había vuelto a la normalidad, sólo había paz y tranquilidad en aquella parte de su mundo. Lo único que faltaba eran Dick y Jemmie. En cuanto los recuperase, su vida, aquel aspecto de ella, sería plena y completa.

Por entero.

Recostándose en la silla, la hizo girar y miró el día gris. Lloviznaba; los niños se habían quedado dentro, calientes y secos en el comedor.

Su vida, la cuestión de su integridad, su plenitud, le ocupaba la mente. Todo lo que sentía, todo lo que pensaba la conducía progresivamente hacia un camino muy concreto, uno que jamás había imaginado que recorrería. Y las inesperadas revelaciones de Mostyn suscitaban otra pregunta.

Si bien cada vez estaba más segura de lo que pensaba, ¿qué pasaba por la mente de Barnaby?

Había creído, supuesto, que lo sabía, pero en vista de las agudas observaciones de Mostyn su certeza empezaba a zozobrar.

De una cosa estaba segura: Barnaby Adair era tan inteligente, ingenioso y listo como ella. Había demostrado ser sorprendentemente perspicaz en lo concerniente a sus pensamientos y reacciones. En más de una ocasión había respondido a sus deseos sin que ella los hubiera manifestado; a veces incluso antes de que ella fuera consciente de ellos.

Pero, a pesar de todo lo que percibía entre ambos, ¿realmente deseaba aceptar el riesgo inherente a seguir el camino hacia el que la empujaba su intuición más que sus pensamientos?

Contempló el día nublado mientras los minutos se sucedían; luego, con un suspiro, se volvió de nuevo hacia el escritorio y se obligó a concentrarse en el trabajo.

Pese a todo, tenía sus reservas; preguntas para las que aún no tenía respuesta y que, de momento, no sabía cómo contestar. A pesar de la coacción del instinto y los sentimientos, e incluso del pensamiento racional, su lado lógico y prudente se sentía incómodo, incapaz de seguir adelante hasta que esas preguntas se hubiesen resuelto.

La cuestión era cómo resolverlas.

Puso una pila de documentos de custodia sobre el cartapacio, cogió el primero y comenzó a leer.

La Oficina de Expediciones de Scotland Yard estaba ubicada en la planta baja, al final de un pasillo que salía del vestíbulo hacia la parte posterior. Barnaby siguió a Stokes a través de las puertas de vaivén.

Deteniéndose en medio de la habitación, miró en derredor y vio lo que su amigo le había querido decir: el sargento de expediciones, sentado detrás de un largo mostrador que ocupaba toda la pared enfrente de las puertas, y sus subalternos trabajando en pupitres altos detrás de él, no podían dejar de ver a cualquiera que entrara allí.

En las paredes de ambos lados se alineaban cuatro hileras de ganchos de madera; una saca de cuero colgaba de cada gancho. Encima de cada uno había una placa con el nombre de uno de los puestos de vigilancia de Londres. Siguiendo a Stokes hasta el mostrador, Barnaby se fijó en que incluso había sacas de expedición para Birmingham, Manchester, Liverpool..., todas las grandes ciudades de Inglaterra.

El sargento, un veterano, saludó al inspector con una sonrisa y una inclinación de la cabeza.

—Buenos días, señor. ¿Qué se le ofrece?

—Buenos días, Jenkins. —Stokes le mostró la orden que había sido enviada a Holborn, explicándole que había sido falsificada.

—Holborn. —Jenkins señaló una sección de ganchos a unos tres metros del mostrador—. Lo tenemos por allí; la segunda hilera contando desde arriba.

Dada la distancia entre la puerta y la saca en cuestión, y su proximidad al mostrador, la idea de que alguien entrara sigilosamente y metiera la orden en la saca de Holborn sin que nadie se apercibiera resultaba insostenible.

—Bien, pues. —Stokes se volvió hacia Jenkins—. ¿Quién tiene acceso a las sacas? Enumere todas las clases de personas que normalmente ve entrar aquí para meter órdenes, o cualquier otro documento, en esas sacas.

Jenkins lo meditó y luego dijo:

—No son tantas, al fin y al cabo. Están los sargentos de turno y los sargentos de guardia; cuatro de cada. Los inspectores como usted mismo y sus investigadores jefe, el comisario y los comisionados, aunque, por supuesto, ellos no vienen en persona. Es a sus secretarios a quienes vemos ir y venir. —Entornó los ojos y echó un vistazo a la habitación. Bajó la voz—. Como el señor Cameron —añadió señalando con el mentón.

Stokes y Barnaby oyeron la puerta al cerrarse. Mirando en derredor, vieron entrar a un hombre a quien ambos conocían de vista.

Douglas Cameron, el secretario personal de lord Huntingdon, era un sujeto arrogante; se notaba en sus andares y en su postura de la cabeza, levantando la afilada nariz con las ventanas abiertas como si siempre anduviera oliendo alguna sustancia nociva.

Fingiendo no haber reparado en su presencia, Cameron fue hasta la saca de Birmingham, en el lado opuesto de la saca de Holborn y más cerca del mostrador. Levantó la solapa, metió dentro una hoja doblada y se volvió hacia ellos.

Era imposible que no hubiera reparado en que le estaban observando. Su dura mirada color avellana pasó por Jenkins y Stokes sin un parpadeo de reconocimiento; ellos, obviamente, no eran dignos de su atención. Su mirada llegó a Barnaby y se detuvo. Con frialdad, Cameron inclinó la cabeza.

—Adair. ¿Visitando los barrios bajos de nuevo?

Barnaby sonrió forzadamente.

—Ya ve.

Tras enarcar ligeramente las cejas, Cameron inclinó la cabeza y se marchó con la misma parsimonia que había exhibido al entrar.

Torciendo los labios, Jenkins bajó la mirada y revolvió unos papeles.

—No sacará gran cosa de la gente de aquí, señor.

Barnaby suspiró.

—Lamentablemente, ser un gilipollas estirado no es razón suficiente para suponer que Cameron pueda ser nuestro hombre.

Stokes gruñó su asentimiento. Dirigió una inclinación de la cabeza al sargento.

—Gracias, Jenkins. —Vaciló un instante y agregó—: Por si acaso, ¿podría preguntar a los mensajeros si han visto algo raro, alguna persona que no suela venir por aquí por el motivo que sea?

Jenkins asintió.

—Descuide, señor.

Barnaby y Stokes salieron de la Oficina de Expediciones y subieron la escalera hasta los dominios de Stokes. Una vez dentro, Stokes cerró la puerta de forma harto significativa, cosa que rara vez hacía, y rodeó su escritorio para dejarse caer en su silla. Barnaby ya estaba espatarrado en una de las de enfrente con aire meditabundo.

El inspector lo miró unos instantes antes de preguntar:

—¿Qué opinas? ¿Podemos permitirnos descartar a los miembros del Cuerpo que no son caballeros?

—Creo que pisamos terreno firme al concluir que Alert es un caballero. Si lo aceptamos como un hecho, dado que se ha estado reuniendo con Grimsby y Smythe, me parece que podemos suponer que ha sido él mismo quien fue a la Oficina de Expediciones para meter esa orden falsificada en la saca de Holborn.

Stokes asintió.

—Tratar con Smythe directamente, cara a cara, es el mayor riesgo que ha corrido nunca, según la opinión generalizada lo corrió sin la más ligera reserva. Nunca ha intentado guardar las distancias, ¿por qué iba a empezar a hacerlo ahora, siendo un asunto de relativa importancia?

—Más aún, se trata de un acto tangencial; no forma parte de su plan principal. Arremeter contra Penelope y el orfanato ha sido el acto de un hombre confiado, no de uno asustado o temeroso de ser descubierto. Está seguro de sí mismo, sumamente confiado; no me lo imagino molestándose en buscar a un tercero para que metiera la orden en la saca de Holborn. ¿Por qué complicar las cosas?

—¿Y arriesgarse a que ese alguien, caso de ser preguntado, recordara y diera su nombre?

—Exacto. —Barnaby asintió con determinación—. Borremos de la lista de Jenkins a todos los que no sean caballeros. ¿Cuántos nos quedan?

Stokes estaba escribiendo.

—Aparte de nuestro amigo Cameron, están Jury, Partridge, Wallis, Andrews, Passel, Worthinton y Fenwick. —Frunció el ceño—. Hay unos cuantos más en las oficinas de los comisionados, asistentes cuyos nombres desconozco. Pero puedo conseguirlos.

—Estupendo. —Incorporándose, Barnaby echó un vistazo a la lista—. Nuestro próximo paso debería ser ver qué podemos averiguar sobre las finanzas de estos caballeros.

Comenzando a duplicar la lista, Stokes le miró.

—Buena parte de esto tendrás que hacerla tú. Yo puedo investigar a los prestamistas, pero si son deudas de juego...

Barnaby asintió.

—De eso me encargo yo. —Sonrió y se levantó—. Sé a quién preguntar.

—Bien. —Le pasó la copia de la lista de nombres y se levantó a su vez—. Ve y pregunta. Yo haré lo mismo. —Acompañando a su amigo hasta la puerta, agregó—: Nos estamos quedando sin tiempo; es preciso que encontremos a esos niños.

La velada llevó a Penelope a otra cena, ésta todavía más formal que la de lady Forsythe. Lady Carlingford era una anfitriona sagaz en cuestiones de política; entre sus invitados se contaban varios donantes que contribuían a llenar las arcas del orfanato, haciendo que la asistencia de Penelope fuera esencial.

Llegó con su madre; después de saludar a lady Carlingford, circularon entre los invitados reunidos en corrillos en el salón.

Penelope se había separado de su madre y conversaba con lord Barford cuando Barnaby apareció a su lado. Sorprendida y complacida, le tendió la mano. Él la saludó con cortesía y luego, llevándose su mano al brazo, sonrió a lord Barford y le preguntó cómo seguían sus caballos de caza; su señoría era un entusiasta de la caza con jauría.

Al separarse, lord Barford aseguró a Penelope que podía seguir contando con su apoyo.

—No olvide darle recuerdos a su hermano, querida. La mejor presa que he cobrado es la zorra que me brindó Luc.

Sonriendo a modo de respuesta, Penelope dejó que Barnaby la condujera hacia el siguiente corrillo.

—No esperaba verte aquí —dijo, levantando la vista hacia él. La sonrisa que bailaba en sus ojos la enterneció.

—Mi padre se ha marchado de Londres. A menudo le sustituyo en reuniones como ésta, sobre todo cuando tienen que ver con el Cuerpo de Policía, más que con sus demás asuntos.

—¿A tu hermano mayor no le interesa la política?

—Si guarda relación con la policía, pues no. Pero de todos modos, tanto los otros dos, junto con sus esposas, como mi hermana y su marido, ya están en Cothelstone.

Penelope pensó en eso mientras charlaban brevemente con la señora Worley. Cuando siguieron adelante, dijo:

—Tu madre debe de estar esperándote en casa. ¿Vas a irte pronto de la ciudad?

Barnaby saludó a lady Wishdale con una cortés sonrisa en los labios.

—Eso depende.

—¿De nuestra investigación?

La miró a los ojos.

—En parte. —Titubeó un instante antes de agregar—: De eso y de cuándo te irás tú.

Se miraron de hito en hito hasta que Penelope se vio obligada a mirar al frente, dado que lady Parkdale se aproximaba majestuosamente hacia ellos.

—¡Queridos míos! —exclamó—. Qué delicia veros a los dos.

Pese a su avidez de cotilleos, lady Parkdale era una gran donante del orfanato, y Penelope tenía paciencia con su histrionismo y sus pícaras miradas de buen talante.

—Al menos nunca es maliciosa —murmuró Barnaby cuando, tras separarse de la exuberante señora, siguieron adelante.

Penelope sonrió en cordial complicidad.

Él siguió conduciéndola entre los invitados, manteniéndola a su lado y contestando a las preguntas que los hombres le hacían a propósito del Cuerpo de Policía de Peel y su funcionamiento. Conocía a todos los presentes, tanto a las damas como a los caballeros; por más que estuviera disfrazada de reunión social, la velada era, en el fondo, un asunto muy serio.

A decir verdad, tales «entretenimientos» eran más de su agrado que los actos puramente frívolos; mientras guiaba a Penelope de un corrillo al siguiente, tuvo la clara impresión de que en eso, como en tantas cosas, eran almas gemelas.

Ambos eran expertos en el trato social y tenían ingenio de sobra para aguantar el tipo en los círculos más exigentes. Y ambos preferían tener que usar dicho ingenio mientras conversaban; les gustaba el desafío, la conversación de más calado que en aquel marco, con aquella compañía, era la norma establecida.

Aprovechó un momento entre corrillos para contarle los progresos de la jornada y la subsiguiente decisión del inspector de solicitar autorización para poner más agentes de ronda en Mayfair.

—Lamentablemente, Stokes no abriga muchas esperanzas. Y para colmo, investigar la situación económica de unos caballeros no se resuelve en pocos días.

Penelope tenía el ceño fruncido.

—Está ese hombre al que los Cynster y mi hermano recurren cuando necesitan hacer investigaciones económicas.

—Montague. Le he visto esta tarde. Hemos acordado que averiguará cuanto pueda sobre los caballeros que figuran en la lista, pero mientras no reduzcamos el campo no es factible llevar a cabo una investigación en profundidad.

—Hummm... —Barnaby le había dicho los nombres de la lista. Negó con la cabeza—. Debo reconocer que no conozco a ninguno de ellos; aunque si tienen costumbre de frecuentar garitos es poco probable que nuestros caminos se hayan cruzado.

Barnaby se la imaginó en un garito y se abstuvo de contestar.

Cuando pasaron al comedor, dedicó una sonrisa a la anfitriona al descubrir que él y Penelope estaban emparejados. Ocuparon sitios contiguos e intercambiaron ocurrencias y comentarios mordaces mientras entretenían a los demás comensales. En un momento dado, al levantar la vista de la mesa se topó con la mirada de lady Calverton. Sonriendo con aprobación, la madre de Penelope alzó su copa hacia él en un discreto brindis.

Barnaby correspondió inclinando la cabeza y alzó su copa a su vez. Mientras bebía un sorbo, miró a Penelope y se preguntó si ella, igual que él, se daba cuenta de lo compatibles que llegaban a ser.

Poco después las señoras se levantaron y dejaron que los hombres se sirvieran oporto y debatieran el estado de la nación, los proyectos de ley no aprobados por el Parlamento durante el otoño y las expectativas puestas en el calendario legislativo del año venidero.

Penelope aprovechó la ausencia de los caballeros para hablar con aquellas damas con quienes, como administradora del orfanato, debía hacerlo. Algunas eran donantes por derecho propio, mientras que otras eran responsables de disponer de la generosidad de sus maridos. También había otras que proporcionaban valiosos contactos en otros aspectos, como lady Paignton, patrona de un servicio, la Agencia Athena, que colocaba a jovencitas como sirvientas, gobernantas y demás en casas de la alta sociedad. La agencia contaba con muchas clientas entre las matronas de categoría. Dado que muchas de las pupilas del orfanato se marchaban para ganarse la vida como sirvientas de una clase u otra, Penelope hacía años que conocía a lady Paignton.

Atractiva con su mata de pelo caoba, lady Paignton sonrió cuando la joven se le acercó.

—Seguro que mi marido está acribillando al señor Adair a propósito de la última iniciativa de Peel. Ahora que nos ha dado por pasar tanto tiempo en el campo, se está tomando muy en serio su papel de magistrado. Según tengo entendido, se ha hablado de enviar agentes y montar puestos de vigilancia en las grandes ciudades.

—Eso creo. —Los Paignton tenían cuatro hijos, dos chicos y dos chicas. Penelope añadió—: Vi a su hija mayor hace unas semanas. Me pareció que mostraba un vivo interés por la agencia.

—Así es. —Lady Paignton sonrió con afecto—. Está decidida a tomar las riendas cuando llegue el momento. Resulta muy gratificante, la verdad... Ah, por fin vuelven los hombres. —La buena señora miró a la joven a los ojos—. No dejes de decirle a tu gente que siga enviándonos a cuantas muchachas consideren apropiadas. Estamos muy contentas con las que nos han mandado hasta ahora.

Sonriendo, Penelope inclinó la cabeza.

—Se lo recordaré.

Se separaron; Penelope observó cómo lady Paignton iba al encuentro de un caballero alto y bien vestido, sumamente distinguido con mechones plateados en el pelo negro. Fue el primero de los caballeros que reapareció en el salón. El vizconde Paignton era uno de los mayores terratenientes de Devon y se había vuelto muy influyente, sobre todo en el Ministerio del Interior.

Penelope no se había propuesto espiar, pero era imposible no fijarse en el brillo de los ojos de lord Paignton, una mezcla de orgullo, alegría y felicidad al mirar a su esposa.

Imposible malinterpretarlo.

Del modo más inesperado, Penelope fue presa de un súbito y muy concreto anhelo: que un día un hombre la mirara a ella con aquella misma luz en los ojos. No con la luz más bien inocente e ingenua, la luz no puesta a prueba que una veía en los ojos de las parejas de recién casados, sino con ese brillo más profundo, maduro y perdurable que hablaba de un amor duradero.

Parpadeó y miró hacia otra parte. Se preguntó de dónde salía esa idea, esa necesidad, de qué rincón de su fuero interno surgía.

Lady Curtin se detuvo a su lado.

—Es muy alentador, querida, ver que Adair te prodiga tantas atenciones. —Antes de que Penelope tuviera ocasión de sacarla de su error, pues Barnaby estaba allí en representación de su padre, lady Curtin prosiguió—: Soy una vieja amiga de Dulcie, su madre, y debo decirte que el chico, bueno, el hombre en que se ha convertido, la ha hecho enloquecer con su rotunda negativa a comprometerse con jóvenes casaderas, y mucho menos a consentir que le buscara una esposa. Por el modo en que elude a las mujeres de buena familia, bueno, al menos a las casaderas, ¡se diría que todas tienen la peste! Según Dulcie, ha elevado la elusión a una forma de arte. ¡Caramba!, si incluso cuando viene como suplente de Cothelstone, como ha hecho esta noche, suele negarse en redondo a seguir el juego. —Cuando por fin hizo una pausa para tomar aliento, lady Curtin la miró, atenta a su reacción—. No puede decirse que seas una chica normal y corriente, sin embargo sigues siendo un buen partido. Si lo que se precisa para fijar su atención es que te lances al galope, que así sea; me consta que Dulcie se derretirá a tus pies.

Y tras dar una palmada un tanto brusca en la muñeca de Penelope, lady Curtin se marchó, dejándola ligeramente aturdida.

Dirigió la mirada al umbral por el que iban entrando caballeros sin ninguna prisa, los de detrás todavía enzarzados en discusiones. Al final del grupo vio una cabeza dorada, ladeada para atender lo que lord Carlingford estaba diciendo.

Sola por un momento en la otra punta de la estancia, aprovechó la ocasión para estudiarlo. Para reflexionar sobre sus pensamientos recientes, las revelaciones de lady Curtin, los comentarios mordaces de lady Parkdale, la luz en los ojos de lord Paignton...

Barnaby no la miraba de aquella manera, pero... ¿podría hacerlo?

Si seguía el camino que el corazón le instaba que tomara, ¿lo haría algún día, en el futuro?

Barnaby se separó de lord Carlingford y recorrió el salón con la vista. Al verla, se encaminó hacia ella.

Penelope lo observó aproximarse, con la atención puesta en ella. Recordó que había oído los comentarios de lady Curtin en boca de otras personas; el honorable Barnaby Adair no prodigaba atenciones a las jóvenes casaderas.

Excepto a ella.

Barnaby sonrió, reclamó su mano y se la llevó al brazo.

—He dicho todo lo que quería decir sobre la policía esta noche. ¿Hay alguien más con quien quieras hablar?

Optando por la prudencia, ella sonrió y lo condujo hacia lord Fitchett.

Aquella noche debía marcharse con su madre, cosa que tal vez fuese lo preferible. Necesitaba pensar sobre Barnaby Adair. Y pensar sobre él de una manera lógica y racional resultaba difícil, por no decir imposible, estando entre sus brazos.

El hombre que se hacía llamar señor Alert estaba bajo las sombras del viejo árbol en medio del cementerio de la esquina de St. John's Wood High Street. La niebla lo envolvía como una mortaja; oyó que Smythe se aproximaba mucho antes de tenerlo a la vista, resbalando entre dos grandes lápidas.

Con ojos escrutadores bajo la visera de una gorra vieja bien calada en la frente, Smythe se detuvo y escudriñó la oscuridad bajo el árbol.

Alert sonrió para sí.

—Estoy aquí.

Smythe se agachó bajo el dosel que formaba la copa del árbol.

—Mala noche para dar un paseo; mucho mejor para salir a robar.

—Diría que la de mañana será igual. ¿Todo a punto?

—Sí. Los chicos están todo lo bien preparados que pueden estar, al menos con tan poco tiempo. Por suerte son rápidos y listos; saben que les conviene trabajar duro.

—Bien. —Alert sacó unos papeles doblados del bolsillo y se los dio a Smythe—. Ahí están los detalles de los objetos de las cuatro primeras casas, en el orden en que quiero que se lleven a cabo los robos. No hace falta que lo leas ahora. He descrito cada objeto lo bastante bien como para que cualquier idiota pueda reconocerlo. También he anotado la ubicación exacta del artículo en el interior de la casa, no sólo dónde está sino también qué puertas y cerrojos puede haber por el camino. Todas las cerraduras las abriría un niño retrasado.

Smythe desdobló las hojas y las inclinó para que captaran la poca luz que había. No pudo leer nada pero vio la gran cantidad de detalles que contenían.

—Tal como acordamos —prosiguió Alert—, yo conduciré un pequeño carruaje negro sin distintivos por las calles del barrio. Iré vestido como un cochero. Me veré con vosotros en la esquina anotada al final de cada descripción, cerca de cada una de las casas, y me pasaréis el objeto birlado. Ninguno es tan grande como para que los niños no puedan sacarlos de las casas, pero todos son tan pesados y difíciles de sostener que no conviene arriesgarse a recorrer distancias largas con ellos.

Smythe levantó la cabeza.

—¿Y nos pasará un anticipo por cada objeto cuando se lo demos? Alert asintió.

—Luego, cuando haya pasado los objetos a los compradores y me hayan pagado, recibiréis el resto de vuestra parte. Tal como convinimos.

—Bien. —Smythe metió los papeles doblados en el bolsillo de su chaquetón.

—Una cosa más. —Alert endureció el tono—. También acordamos que te asegurarías de que tus chicos no sacarán ningún otro objeto de esas casas en concreto. Una vez que hayamos vendido los artículos y tengamos nuestro dinero, puedes volver si así lo deseas, pero esta vez sólo deben extraerse los objetos que figuran en la lista.

Smythe asintió.

—Me avine a eso desde el principio, no lo he olvidado. Haremos el trabajo como usted quiere. Pero ¿qué pasa con la pasma? Dijo que la controlaría.

—En efecto. Y lo he hecho. No habrá agentes adicionales en la ronda de mañana.

—¿Y qué pasa con la segunda noche, suponiendo que aún siga empeñado en hacer las otras cuatro casas la noche siguiente?

—Sí, eso no puede cambiarse. La explicación es complicada pero no podemos arriesgarnos más de dos noches.

Smythe estudió a Alert un momento y luego asintió.

—Muy bien; pero ¿qué pasará con la policía la segunda noche? Una vez más, la voz de Alert sonó fría y arrogante.

—Bien, veo que comprendes por qué quería hacer las ocho casas en una sola noche. Existe una posibilidad, sólo una, de que la policía sea alertada e intente reforzar las patrullas en Mayfair. No obstante, es harto improbable que lo hagan con suficiente rapidez como para causarnos problemas la segunda noche. Una tercera noche quizá sería insensato, pero la segunda sólo será un poco más peligrosa que la primera.

»Además, sé quién ha alertado a la policía respecto a nuestro plan. En todo caso, he tomado medidas para asegurarme de que no se interpongan en nuestro camino la segunda noche. Y si la suerte nos acompaña, ni siquiera sabrán que hemos dado el golpe hasta dentro de unos meses.

Smythe lo estudió a través de la penumbra.

—O sea que no nos molestará nadie...

—Aunque estén sobre aviso, lo más probable es que monten un dispositivo fácil de sortear. —Alert se irguió y habló confiado—. Tendré los detalles de cualquier patrulla adicional que salga la segunda noche. Y en cuanto a nuestros entrometidos —sonrió, un destello de dientes blancos en la oscuridad—, he organizado una distracción para ellos.

21

—Tal como me temía —Stokes se desplomó en la que se había convertido en su butaca en la sala de Griselda—, mi solicitud de poner más agentes en la ronda de Mayfair ha caído en saco roto.

Los demás —Penelope y Barnaby en el sofá, Griselda en su butaca— hicieron una mueca. No habían planeado reunirse aquella tarde, pero al concluir sus obligaciones en el orfanato, impaciente y sin tener nada que hacer, Penelope había ido a ver a Griselda con la leve esperanza de que ésta se hubiese enterado de algo a través de sus amigos del East End, esperanza que la sombrerera, tras cerrar la tienda temprano, había truncado. Barnaby había llegado poco después; Stokes diez minutos más tarde.

Al cabo de un momento, el inspector continuó y la frustración resonaba en su voz.

—Si hubiera una amenaza real, alguna prueba consistente, me pondría en acción sin más demora. No obstante, el mismo hecho que para nosotros hace que esos robos sean más probables, es decir, que las familias de abolengo se hayan ido de la ciudad dejando sus mansiones vacías, se vuelve contra nosotros a la hora de pedir más policía en las calles; lo único que ven los comisarios es que con casi ningún noble en la ciudad, es poco probable que una ilustre cabeza reciba un golpe durante un robo, ergo no es necesaria mayor presencia policial.

Aceptó el tazón de té que Griselda le alcanzaba, bebió un sorbo y miró a Penelope bastante desanimado.

—Cuando comentamos el plan de Alert, mencionaste que quienes no pertenecen a esos círculos quizá no sean conscientes de la cantidad de objetos valiosos que permanecen en las mansiones de Mayfair. —Hizo una mueca—. Tenías razón. Mi comisario es incapaz de imaginárselo. Y ninguno de los pares que conozco, como el padre de Barnaby, sigue en la ciudad. —Stokes suspiró—. Lo he intentado. He explicado resumidamente en qué consiste el plan de Alert, pero los de arriba piensan que es descabellado.

—Por más que no nos convenga, tus comisarios llevan razón, al menos desde su punto de vista. —Barnaby se arrellanó en su rincón del sofá—. No tenemos pruebas, todo lo que decimos son conjeturas y especulaciones.

Griselda negó con la cabeza.

—La desaparición de niños y el asesinato no son especulaciones.

—Exacto. —La voz de Penelope fue más contundente, por no decir beligerante—. Me traen sin cuidado las cajas de rapé, los jarrones o lo que sea que Alert tiene planeado robar, pero debemos rescatar a esos niños. Si la policía no va a patrullar las calles de Mayfair, tendremos que hacerlo nosotros.

Ambos hombres se incorporaron a la vez.

—Ni hablar —dijeron al unísono.

Penelope los miró, ensombreciendo el semblante.

—Pero...

—No. —Barnaby retuvo su mirada—. No podemos deambular por las calles de noche con la esperanza de toparnos con Smythe y Alert. Y encontrarnos en cambio con Dios sabe quién. —Apartando de su mente la imagen de Penelope acechando por calles desiertas a oscuras, caballerizas adoquinadas y húmedos callejones detrás de las casas, habló deprisa—. Tendrá que ocurrírsenos otra manera de afrontar esto; por ejemplo, indagando cómo se propone Alert vender los objetos robados. —Miró a Stokes—. Si esos objetos son tan valiosos, lo más probable es que sean singulares y fáciles de identificar. Los peristas corrientes se guardan mucho de traficar con esas cosas.

—Cierto. —El inspector frunció el ceño—. ¿Y entonces cómo...?

—Tiene que haberlo organizado de algún modo. Me pregunto... —Barnaby tardó un momento en aclarar la idea que cobraba forma en su mente—. ¿Sería posible que Alert cometiera esos robos por encargo, por decirlo así? ¿Podría ser que robara objetos concretos que algún conocido suyo quiera poseer y estuviera dispuesto a pagar por ellos? —Miró a su amigo, que se encogió de hombros.

—Podría ser. Pero como no sabemos de qué objetos se trata, tampoco nos sirve de mucho.

Pero había servido para distraer a Penelope de la idea de patrullar las calles de Mayfair; con un poco de suerte, ahora estaría pensando en los posibles «compradores». Barnaby se estaba felicitando por haber desviado su hilo de pensamiento cuando Griselda habló, demostrando que ella, al menos, no se había desviado lo más mínimo.

—Sea como fuere, tendremos que evitar acorralar a Smythe mientras los niños estén con él. —Miró a su amiga—. Cuando un ladrón experimentado como él sale a la calle, mantiene sujetos a los niños con correas, de modo que si damos con Smythe dirigiéndose a una casa o saliendo de ella, tendrá rehenes. Y los utilizará. Tal vez no se le conozcan delitos de sangre hasta ahora, pero mató a la madre de Jemmie y fue a por la abuela de Horry. Si lo acorralamos mientras tenga a los niños sujetos...

Penelope hizo una mueca. Volvió a desplomarse en el sofá.

—Tienes razón. ¡Maldita sea! ¡Pero tenemos que hacer algo para recuperar a esos niños!

Barnaby echó un vistazo al reducido círculo. Si bien ambas mujeres se centraban sobre todo en rescatar a los niños, y frustrar los robos era una preocupación secundaria para ellas, para Stokes era todo lo contrario. En su caso, los robos planteaban una amenaza profesional, no sólo para él sino para todo el Cuerpo de Policía; para él, rescatar a los niños pasaba por impedir los robos y atrapar a Alert.

En cuanto a sí mismo... Barnaby era muy consciente de que ambas cosas eran necesarias; quería rescatar a los niños por el bien de Penelope y de los niños, y quería frustrar los planes de Alert por el bien de Stokes y de la policía en general. Por el bien común del pueblo; por primera vez se veía a sí mismo sirviendo a una causa. Podía apreciar mejor lo que inducía a su padre a dedicar tanto tiempo a la política; durante años había pensado que se trataba de una mera forma de eludir el constante ajetreo social de su madre.

Cambió de postura y miró a Penelope.

—Ven, te acompañaré a casa. —Miró a los demás—. De momento no podemos hacer nada. Si a alguno se le ocurre algo o se entera de algo...

Stokes se levantó al mismo tiempo que él.

—Daremos un toque de clarín.

Aquella tarde, aunque muy a su pesar, Penelope se vistió diligentemente con su mejor traje de noche de invierno, un austero ejemplo de alta costura en gruesa seda granate, y acompañó a su madre a cenar con lord Montford.

Su señoría era una persona dada a recluirse y un gran filántropo. Había manifestado interés por el orfanato y tenía ganas de hablar del asunto con ella y su madre; ése era el motivo principal de la cena.

Conducida ante su señoría en su domicilio cercano a Piccadilly, fue recibida por un caballero rechoncho, simpático y jovial. Le cayó bien en el acto y respondió a las cortesías al uso con sincero agrado.

Después de saludar a su madre, lord Montford las acompañó a su salón.

—Creo que ya conocéis a los demás invitados.

El brillo de sus ojos la alertó un instante antes de que mirara al otro lado de la estancia y viera a Barnaby levantarse de un sillón. Lord y lady Hancock eran los otros invitados; ella y su madre los conocían bien.

Penelope no se sorprendió cuando los mayores se juntaron para conversar sobre hijos, nietos y cacerías, dejando que Barnaby la entretuviera y viceversa. Lo miró haciendo conjeturas.

—¿Hace mucho que conoces a su señoría?

Barnaby sonrió.

—Es un viejo amigo de mi padre —dijo, bajando la vista hacia ella—. ¿Haces esto muy a menudo? ¿Hablar con donantes y solicitar fondos?

—Normalmente no. Portia es quien se encarga de recaudar fondos; se le da bien hablar con la gente para, como dices, solicitar fondos. Pero ahora que ella está en el campo, me ha endilgado a mí estas reuniones, las que se celebran en esta época del año. Regresará a la ciudad para la temporada la próxima primavera y retomará las riendas de la recaudación, pero entretanto —abrió las manos— aquí estoy.

Él sonrió.

—Te subestimas. Puedes ser muy persuasiva cuando te lo propones.

Penelope miró un momento a lord Montford.

—¿Algún consejo?

—Bastará con que seas tú misma. —Vaciló un instante y agregó—: Es muy astuto; mucho más de lo que aparenta.

—Ya me lo figuraba.

Se reunieron con los demás en cuanto el ayuda de cámara de Montford anunció que la cena estaba servida. Pasaron al acogedor comedor; pese al ambiente que creaba el costoso mobiliario, la estancia era propicia para mantener conversaciones más íntimas y pausadas. Desde el principio, todos hablaron con desenvoltura.

Penelope estaba a la derecha del anfitrión, con Barnaby a su lado. Lady Hancock estaba al otro lado de lord Montford, y la madre de Penelope en un extremo de la mesa, delante del anfitrión, con lord Hancock entre ambas damas. Los Hancock ya eran donantes del orfanato; ellos y lady Calverton se enfrascaron en otros temas, de modo que Lord Hancock pudiera interrogar libremente a Penelope acerca del orfanato.

Barnaby se puso cómodo y la observó tratar con Montford. Ella eludió la trampa de contestar sus preguntas a la ligera, otorgándole en cambio el beneficio de su considerable inteligencia; algo a lo que Montford, que no tenía un pelo de tonto, correspondió. En realidad, observando a Montford cada vez más fascinado tanto con los programas del orfanato como con el papel que la joven desempeñaba en ellos, se dio cuenta de que gozar de la confianza intelectual de Penelope era un sutil privilegio. Saltaba a la vista que pocas personas, sobre todo hombres, estaban a la altura de su inteligencia.

La idea le hizo sonreír. La observó seducir sin proponérselo a Montford, quien, aunque casi con toda certeza era consciente de ello, se mostraba más que contento de ser seducido de aquel modo.

Cuando sirvieron el postre, el anfitrión, obviamente satisfecho con lo que había aprendido acerca del orfanato, desvió la conversación hacia el Cuerpo de Policía y las recientes maniobras políticas que lo afectaban, convirtiendo a Barnaby en el centro de atención.

No sin cierta sorpresa para él, Penelope siguió la iniciativa de

Montford, sabiendo defender sus puntos de vista en lo que devino un debate en profundidad sobre las propuestas para el mantenimiento del orden, así como sobre las personalidades y prejuicios que influían en su resultado.

Cuando regresaron al salón estaban absortos en el asunto y siguieron conversando más de una hora, pero una vez servido y consumido el té, la velada comenzó a tocar a su fin pese a la renuencia de todos los presentes.

Montford se volvió hacia Penelope.

—Querida, mañana enviaré un cheque al orfanato. Además, cuando todos regresemos el año que viene, me gustaría ir a visitarte y comentar otras opciones. Prefiero financiar programas concretos, programas prácticos que rindan a largo plazo. Quisiera tomar en consideración programas educativos y de formación, tal vez más innovadores, para aportar fondos específicos.

Encantada, ella le tendió la mano.

—Siempre será bienvenido en el orfanato, milord. En el ínterin, pensaré sobre posibles programas.

Montford tomó su mano entre las suyas y le dio unas palmaditas.

—Tu madre puede estar orgullosa de ti, al igual que de tus hermanas. —Le soltó la mano, sonriendo con sinceridad, y miró a Barnaby—. Debo decir que me resulta alentador descubrir a una joven pareja como la vuestra, ambos con una familia y posición donde nunca habéis tenido ni tendréis que preocuparos de la próxima comida, tan entregada a ayudar a los menos afortunados. Tú —indicó a Penelope con un gesto de la cabeza— mediante tu trabajo en el orfanato. Y tú —volvió la mirada hacia Barnaby— a través del tuyo con la policía, resolviendo crímenes y deteniendo a delincuentes sin tener en cuenta el corte de sus abrigos.

Sonriéndoles con jovialidad, añadió algo que tenía todo el propósito de ser una bendición:

—Formáis una pareja excepcional. Y os lo advierto, cuento con ser invitado a la boda.

—John...

Lord Montford se volvió para atender a lady Hancock y por tanto no reparó en el absoluto silencio que siguió a su comentario.

Barnaby miró a Penelope, que lo miró a su vez. Pero, a diferencia de lo acostumbrado, no se sostuvieron la mirada. Él no sabía qué decir, no se le ocurría nada, tenía el cerebro paralizado y ella parecía aquejada de lo mismo. Que ambos se vieran reducidos al mutismo, a la impotencia, por la simple palabra «boda», tenía que significar algo.

El qué, Barnaby no tuvo tiempo de investigarlo. Una acuciante llamada a la puerta principal envió al ayuda de cámara de Montford a abrir de inmediato.

Regresó instantes después, con cara de desaprobación, para ofrecer a Barnaby en bandeja una nota doblada.

—Un mensaje urgente de Scotland Yard, señor.

Barnaby cogió la nota, la abrió y leyó, en la enérgica caligrafía de Stokes: «La partida ha comenzado.» Guardándose la nota en el bolsillo, saludó con la cabeza a los demás y se volvió hacia Montford.

—Mis disculpas, milord, pero debo irme.

—Por supuesto, muchacho. —Montford le dio una palmada en el hombro y lo acompañó hasta el vestíbulo—. De todos modos, la velada toca a su fin; que Dios te acompañe.

Le estrechó la mano y lo dejó marchar sin más preguntas.

Como cabía esperar, Penelope no estaba tan conforme. Lo había seguido de cerca y ahora lo cogió por la manga.

—¿Qué ha ocurrido?

Barnaby se detuvo, bajó la vista hacia ella, se preguntó si se daba cuenta de lo reveladoras que serían su actitud, su pregunta y la ineludible respuesta que tendría que darle, para los demás, que los habían seguido desde el salón y ahora también estaban atentos.

Tampoco era que importara. Viendo la inquietud y la preocupación que ahora nadaban en las profundidades de aquellos ojos negros, Barnaby estaba obligado a contestar. Cerró su mano sobre la de ella sobre la manga.

—No lo sé. Stokes ha escrito que la partida ha comenzado, nada más. —Ladeó la cabeza hacia la puerta—. El mensajero sabrá dónde está. Iré a averiguar qué ha ocurrido. —Vaciló antes de agregar—: Si hay algo pertinente, te lo contaré por la mañana.

Penelope pareció comprender que era cuanto él podía hacer. Asintió apretando los labios; para no hablar de más, intuyó Barnaby.

—Gracias.

Ella le soltó el brazo y dio un paso atrás.

Barnaby le hizo una reverencia extensiva a los demás, dio media vuelta y salió a la calle.

—¡Mucho cuidado con eso! —dijo Smythe entre dientes.

Iba pisando los talones de Jemmie y Dick mientras éstos subían trabajosamente por la escalera del sótano cargando con el pesado reloj que acababan de birlar en la cuarta y última casa de la lista de Alert para aquella noche.

Mucho más alto que los niños, en cuanto su cabeza asomó a la calle, volvió a sisear.

—¡Alto ahí!

Los niños se pararon asustados, respirando fatigosamente. Smythe escudriñó la calle. Con aquel pesado reloj como botín no quería tropezarse con nadie. La oscura calle parecía vacía, las farolas alumbraban poco, su luz tamizada por una densa y oportuna niebla.

Aguzó el oído pero no oyó nada, ni siquiera el chacoloteo distante de un caballo; la calle era larga y la esquina quedaba un tanto alejada. Miró a los niños. Esperó que Alert estuviera aguardando.

—Venga, rapaces, moveos.

Los niños subieron trastabillando los últimos escalones, luego inclinaron el dorado reloj de elaboradas esferas y manecillas, para cruzar la verja con él. Smythe lo sostuvo hasta que hubieron salido y luego se sumó a ellos, asegurando la correa. Señaló con el mentón.

—Hacia allí.

Sus palabras fueron un leve susurro, pero los niños le oyeron y emprendieron la marcha, ansiosos por dejar de cargar con el pesado reloj.

Tal como en cada una de las tres casas que ya habían robado, el carruaje negro aguardaba a la vuelta de la esquina.

Jemmie levantó la vista, escrutando la lóbrega oscuridad. En el pescante había el mismo hombre. Éste bajó la vista, no hacia ellos sino hacia el reloj con el que forcejeaban, y sonrió. Asintió mirando a Smythe.

—Buen trabajo.

Alargó el brazo y le entregó una bolsa.

Sin que se lo ordenaran, los niños llevaron a cuestas el reloj hasta la trasera del carruaje. Smythe los siguió y abrió el maletero. Había una manta dispuesta para envolver el reloj. Jemmie y Dick hicieron malabarismos con el artefacto mientras Smythe lo cubría con la manta y luego lo cargaba en el maletero, entre el bulto que contenía el jarrón robado en la primera casa y la estatua envuelta que habían sacado de la tercera. El cuadro que habían descolgado de la biblioteca de la segunda estaba al fondo del maletero.

Aligerados de su carga, libres de ataduras por un instante, Jemmie miró a Dick, pero sin darle tiempo de llamar la atención de su amigo y darle la señal para huir, Smythe cerró el maletero y dejó caer una pesada mano en sus respectivos cogotes.

Jemmie se mordió la lengua para no soltar una maldición y agachó la cabeza. Guiado por la mano de Smythe fue arrastrando los pies junto a Dick hasta un lado del carruaje, diciéndose a sí mismo, como llevaba días haciéndolo, incluso una semana entera, que ya llegaría el momento.

Y cuando llegara, él y Dick escaparían por piernas.

Por desgracia, el diablo querría morderles los tobillos; no se hacía ilusiones acerca de Smythe. Los mataría si los pillaba; debían asegurarse de huir sin dejar rastro.

Smythe los detuvo junto al carruaje.

—Por esta noche hemos terminado. ¿Tiene la lista para mañana?

El hombre asintió.

—Tengo que revisarla contigo. —Ladeó la cabeza señalando el carruaje—. Subid. Iremos a un sitio donde podamos hablar.

Smythe empujó a los niños hacia atrás y abrió la portezuela.

—Adentro.

Una vez hubieron subido, Smythe subió a su vez. Jemmie se acurrucó en el extremo del asiento; Dick hizo lo mismo enfrente. Smythe cerró la portezuela y se dejó caer en el asiento al lado de Jemmie. Acto seguido, el carruaje dio una sacudida y arrancó.

El cochero conducía despacio, como si el caballo, cansado, caminara lenta y pesadamente de regreso a la cuadra. Dejaron atrás las grandes mansiones y luego aparecieron grandes árboles que sumieron el carruaje en una oscuridad aún más profunda.

Al cabo de poco, el vehículo aminoró y se detuvo. Smythe alargó el brazo hacia el pomo de la portezuela pero no llegó a abrirla; en la penumbra, escrutó sus semblantes. Oyeron apearse al conductor.

—No os mováis de aquí —gruñó Smythe.

Bajó y cerró la portezuela a sus espaldas.

Jemmie miró a Dick; ambos se incorporaron y se asomaron a las ventanillas de su lado. El panorama que vieron sus ojos no era nada alentador; los árboles bajo los que se había parado el carruaje bordeaban una amplia extensión de campo abierto. Habían dejado atrás lo peor de la niebla; allí era poco más que un velo y la luz de la luna lo bañaba todo, dejándolos sin lugares donde esconderse. Para dos golfillos nacidos y criados en los barrios bajos, los espacios abiertos no eran seguros. Si huían, Smythe les oiría bajar del carruaje. Podría verlos y correr tras ellos. Seguro que los atraparía.

Decepcionado, Jemmie miró a Dick. Apretando los labios, negó con la cabeza. Armándose de valor, oteó por las ventanillas del otro lado del carruaje; a través de ellas se veía la espalda de Smythe y la del caballero. Le habían oído hablar; sabían que era un aristócrata.

Se habían alejado unos pasos del carruaje; con la cabeza gacha, de espaldas al carruaje, estudiaban un papel con detenimiento.

Tras cruzar otra mirada con Dick, Jemmie se deslizó sigilosamente del asiento y gateó hasta ese lado del carruaje, agachándose al llegar a la portezuela para que no le vieran. Un segundo después, Dick se reunió con él.

Apoyando la cabeza contra el panel de la portezuela, oyeron al caballero explicar dónde se encontraba una estatua concreta. Al parecer, la noche siguiente iban a robar más casas. En un momento dado, abriendo ojos como platos, Dick miró a Jemmie y movió los labios sin emitir sonido alguno:

«¿Cuatro más?»

Jemmie asintió. Entonces oyeron que Smythe preguntaba:

—¿Qué pasa con la policía?

El caballero contestó. Hablaba en voz más baja, más melodiosa; no lograban entender todo lo que decía, pero le oyeron decir:

—Si alguien denuncia alguno de los robos que habéis cometido esta noche, es posible que mañana por la noche haya más policías en la calle. No obstante, sabré dónde estarán, y no será cerca de las casas que nos interesan. No hay de qué preocuparse. Tendréis el campo libre. Y, tal como dije, los más interesados en nuestras actividades estarán distraídos.

El hombre escuchó refunfuñar un asentimiento a Smythe y luego dijo:

—Si cumples con tu parte tan bien como esta noche, todo irá sobre ruedas.

Percibiendo el tono tajante de esa voz cultivada, los niños cruzaron miradas de miedo y volvieron a sus respectivos rincones, adoptando las posturas de antes justo cuando Smythe abrió la portezuela de golpe. Los miró con recelo y gruñó:

—Fuera; nos vamos.

Los niños bajaron del carruaje. En cuanto lo hicieron, Smythe enganchó una correa a las gazas de las cuerdas que sujetaban los pantalones de los niños.

—Venga, en marcha.

Comenzaron a caminar. Ninguno de los dos niños fue tan tonto como para volver la vista atrás y mirar el carruaje. Caminaron penosamente a través del campo abierto, dirigiéndose a la gélida noche.

—¡No me lo puedo creer!

Stokes iba de acá para allá en su despacho de Scotland Yard.

Desde su posición, apoyado contra un lateral del escritorio de Stokes, Barnaby le observaba. El sargento Miller estaba plantado en el umbral.

—¡Es imposible saber a quién más han robado! —Stokes alzó las manos al cielo—. Maldita sea, bastante difícil será ya saber qué les han robado —extendió un brazo hacia la puerta—, por más que el personal esté seguro de que ha sido así.

Barnaby miró a Miller enarcando una ceja.

—¿El antiguo ayuda de cámara está seguro de que la urna estaba allí?

Miller asintió.

—Pero —observó Stokes con un tono malicioso—, no está seguro de que su amo no la haya vendido. El viejo ayuda de cámara y portero sabe que es una pieza de un valor fabuloso que muchas visitas admiraban, de modo que es posible que su amo la vendiera el día antes de abandonar la ciudad y olvidara mencionarlo. Así pues, tendremos que confirmarlo con el marqués antes de hacer sonar las alarmas. Y el marqués ahora mismo está de cacería en Escocia. —Se detuvo e inspiró hondo procurando dominar su furia.

Sin inmutarse, Barnaby dijo lo evidente para ahorrarle el fastidio a su amigo:

—Pasarán días, más bien una semana, antes de que lo sepamos.

Stokes asintió lacónicamente con expresión pétrea.

—Y para entonces no tendremos ninguna posibilidad de recuperar la pieza. —Rodeó el escritorio y se dejó caer en la silla. Miró al otro extremo de la habitación—. Lo cierto es que si el portero no fuese el ex ayuda de cámara ni siquiera sabríamos nada de este robo. El marqués habría regresado en febrero o marzo, y no nos habríamos enterado hasta entonces.

Renunciando a su posición junto al escritorio, Barnaby pasó a ocupar una de las sillas. Miró a Miller.

—¿El portero no vio nada que pueda sernos útil?

El sargento negó con la cabeza.

—Vive en el sótano, no en el ático, de lo contrario no se habría enterado de nada. Es mayor y duerme mal. Oyó un rumor de pasos arriba y subió a echar un vistazo. No vio nada raro pero pensó que no estaría de más comprobar las ventanas. Encontró abierta una que estaba seguro de haber cerrado. No le dio mayor importancia porque la ventana tiene reja, así que la cerró y volvió a la cama. Pero por el camino pasó por delante del estudio de su amo y notó que algo no encajaba. Tardó lo suyo en darse cuenta de que el tapete de Holanda estaba encima de la mesa cuando debería estar cubriendo esa urna china que, por lo que él sabe, tenía que estar allí pero ya no estaba.

Stokes gruñó y miró su escritorio. Al cabo de un momento, sin levantar la vista, preguntó:

—¿El comisario ya ha enviado esa nota al marqués?

Había bajado la voz. Barnaby volvió la vista atrás y vio que Miller se asomaba al pasillo.

—Me parece que aún la está escribiendo —informó el sargento, también a media voz.

Stokes suspiró. Hizo una seña a Miller para que fuera a echar un vistazo.

—Ve y asegúrate de que la envían urgente. Tenemos que cubrir al menos ese frente.

En cuanto Miller se hubo marchado, Barnaby dijo:

—¿Debo deducir de ese comentario que tus superiores siguen poco dispuestos a reconocer que tal vez se esté cometiendo una serie de robos en la zona alta ahora mismo, delante de sus narices?

El inspector asintió.

—Se niegan a creerlo. Sólo de pensarlo les entra el pánico y no saben qué hacer, y lo cierto es que es muy poquita cosa lo que podemos hacer, aparte de inundar Mayfair de agentes, lo cual no sólo es poco práctico sino que haría cundir el pánico a su vez.

Soltando un suspiro, Stokes se apoyó contra el respaldo y miró a su amigo.

—La verdad es que nosotros, el Cuerpo de Policía, nos enfrentamos a una pesadilla política.

No fue preciso que entrara en detalles; en todo caso, Barnaby veía las repercusiones incluso mejor que Stokes. La Policía iba a quedar como un hatajo de ineptos incapaces de impedir que un solo ladrón listo atentara contra la propiedad de los londinenses ricos. Habida cuenta del clima político, eso suponía un revés que no podía permitirse un Cuerpo todavía joven y en plena evolución. Sosteniendo la mirada de Stokes, dijo rotundamente:

—Tiene que haber algo que podamos hacer.

Envuelta en su capa, Penelope subió la escalinata de la casa de Barnaby. El carruaje de su hermano aguardaba junto al bordillo pese a que había dado instrucciones al cochero, buen aliado suyo desde tiempo atrás, para que regresara a las caballerizas de Mount Street; lo haría en cuanto la viera a salvo en el interior. Armándose de valor, miró la puerta y llamó con firmeza.

Mostyn abrió la puerta y, a continuación, unos ojos como platos.

—Buenas noches, Mostyn. ¿Ha regresado ya el amo?

—Oh... No, señora. —Se apartó, haciéndole sitio para que entrara.

—Cierre la puerta. Fuera hace frío. —Se quitó los guantes y la capucha de la capa mientras él obedecía. Cuando se volvió hacia ella, Penelope prosiguió—: Su amo y yo estábamos en casa de lord Montford cuando el señor Adair ha sido reclamado de urgencia por un asunto relacionado con la investigación que llevamos a cabo.

—Dio media vuelta y se dirigió hacia el salón—. Tengo que aguardar aquí hasta que regrese.

Una declaración que Mostyn no cuestionó. Se apresuró para abrir la puerta del salón, al que Penelope entró majestuosamente delante de él.

—¿Le sirvo una taza de té, señora?

Un buen fuego ardía en el hogar. Penelope se acercó a él para calentarse las manos.

—No, gracias, Mostyn. —Echó un vistazo en derredor y fue hacia el sillón que había ocupado semanas antes, cuando había venido a pedir ayuda a Barnaby por primera vez—. Me sentaré aquí, junto al fuego, y aguardaré.

Tras dejarse caer en el asiento, miró al ayuda de cámara.

—Retírese, por favor; es posible que su amo llegue bastante tarde.

Mostyn vaciló un instante antes de hacer una reverencia.

—Como guste, señora.

Salió sin hacer ruido, dejando la puerta entornada para que Penelope pudiera ver el vestíbulo.

Ella oyó alejarse los pasos de Mostyn y luego, con un suspiro, se arrellanó en el sillón y cerró los ojos; no estaba contenta pero al menos estaba donde quería estar. No tenía ni idea de cuánto tardaría Barnaby en regresar a casa, pero le había dicho a Mostyn la pura verdad: tenía que esperarlo. Tenía que estar allí para cerciorarse de que no le había pasado nada; carecía de sentido intentar dormir mientras no supiera que estaba sano y salvo.

Esa tremenda necesidad se había adueñado de ella en cuanto Barnaby había desaparecido de su vista en casa de lord Montford, en el mismo instante en que se había dado cuenta de que no sabía a qué iba a enfrentarse. «La partida ha comenzado.» A saber qué había querido decir Stokes con aquello. Tal vez en ese mismo momento estuvieran dando caza al diablo de Alert por los callejones de los barrios bajos, más allá del puerto, arrostrando quién sabía qué peligros.

Asimismo, cabía que estuvieran sentados en el despacho de Stokes, pero ¿cómo saberlo?

Ante la necesidad de saber que Barnaby estaba a salvo, la idea de quedarse dormida se había vuelto risible. Había regresado a casa con su madre, avisado al cochero con un guiño y aguardado a que reinara el silencio en la casa para luego salir subrepticiamente por la puerta de atrás y dirigirse a las caballerizas.

En el fondo, su lado racional le decía que muy probablemente se estaba preocupando sin necesidad.

Eso no cambiaba nada; la preocupación seguía presente, lo bastante intensa como para que ella aceptara que allí era donde debía estar, aguardando a que él regresara a casa para ver con sus propios ojos que llegaba ileso.

No se tomó la molestia de reflexionar por qué se sentía así. El motivo no importaba; simplemente existía. Innegable, evidente, tal como lord Montford había dejado perfectamente claro.

Pronto tendría que enfrentarse a ese motivo, pero aquella noche le bastaba con verle en casa sano y salvo. El resto podía esperar..., por ahora.

Barnaby arribó a su casa a altas horas de la madrugada. Él y Stokes habían aguardado en Scotland Yard con la esperanza de que alguien denunciara otro robo, en vano. Finalmente, aceptando que no habría ninguna novedad hasta la mañana, se habían marchado a sus respectivas casas.

Tras echar el cerrojo, se encaminó a la escalera. La puerta del salón estaba abierta; echó una ojeada y se detuvo.

En el resplandor rojizo del fuego mortecino, Penelope era poco más que un bulto informe en el sillón, el rostro oculto, recostada de lado. Pero supo que era ella, lo supo con absoluta certeza gracias a una intuición primitiva que la reconocería en cualquier parte, por pocos detalles que percibiera.

Entró con sigilo y se plantó delante del sillón.

En ese momento no supo cómo definir lo que sentía, las emociones que anidaban, crecían e inundaban todo su ser. Permaneció quieto, en silencio, prolongando el momento, saboreándolo, acaparando los sentimientos, las emociones, para guardarlos en su corazón.

Nadie le había esperado levantado jamás; nunca había encontrado a nadie aguardando su regreso a casa por la noche, a menudo cansado y abatido, decepcionado, a veces desilusionado. Y de todas las personas del mundo, ella era la única que él quería que estuviera allí, aguardando su regreso. La única en cuyos brazos residía el consuelo.

Su primer impulso fue cogerla en brazos y subirla al dormitorio. Pero entonces pensó en por qué estaba allí.

Al cabo de un momento se puso en cuclillas, encontró sus manos entre los pliegues de la capa y se las rozó con delicadeza.

—¿Penelope? Despierta, mi vida.

Parpadeando antes de abrir los ojos del todo, ella lo miró fijamente y entonces se arrojó en sus brazos.

—¡Estás bien!

Lo abrazó con fuerza. Barnaby rio y la abrazó a su vez; apoyándose en los talones, en vez de dejarse caer sobre la alfombra se puso de pie, tirando de ella.

En el mismo instante que sus pies tocaron el suelo, Penelope se apartó un poco y le miró de arriba abajo. Barnaby tardó un segundo en comprender que estaba comprobando que estuviera ileso.

Sonrió y volvió a estrecharla entre sus brazos.

—No estoy herido; no ha habido acción. He pasado toda la noche en Scotland Yard.

Penelope lo miró a la cara.

—¿Y qué ha ocurrido?

Barnaby se agachó, la tomó en brazos, dio media vuelta y se sentó en el sillón con ella en el regazo.

Penelope se acomodó, apoyándose contra su brazo para que pudiera verle la cara.

—¿Y bien?

Barnaby se lo contó todo, incluso la frustración de Stokes. Ella insistió en que le refiriera todos los pormenores del único robo que había sido denunciado y luego pasó a hacer hipótesis sobre el mismo; cómo uno de los niños tenía que haberse colado entre los barrotes para llevarse la urna.

Penelope frunció el entrecejo.

—Tiene que tratarse de una urna pequeña.

—Así es. Stokes y yo interrogamos al portero antes de que se marchara y nos describió la urna. A juzgar por lo que contó, no es una urna china cualquiera, sino una muy antigua tallada en marfil. Sólo Dios sabe el valor que puede llegar a tener.

Al cabo de un momento, Penelope dijo:

—Ha ido por piezas de coleccionista, ¿verdad?

Barnaby asintió.

—Lo cual encaja con nuestra idea de que roba por encargo, hurtando objetos concretos por los cuales alguien está dispuesto a pagar sin hacer demasiadas preguntas acerca de su procedencia.

Ella hizo una mueca.

—Lamentablemente, cuando se trata de coleccionistas ávidos, hay bastantes sin escrúpulos que encajan en ese perfil.

Él no contestó. Habían abordado todos los datos de los que tenían conocimiento; por más urgencia que ambos sintieran por encontrar a los dos niños todavía desaparecidos, no había nada más, ninguna otra vía que pudieran explorar esa noche.

Al menos en lo concerniente a la investigación.

Barnaby sabía que Penelope estaba pensando, dándole vueltas a lo que él le había referido, pues distraídamente frotó la mejilla contra su pecho. Tan simple caricia le llenó de calor, no sólo de deseo sino de una necesidad más profunda.

Ella guardaba silencio, tranquila y confortada entre sus brazos.

La ocasión estaba servida si él quería aprovecharla, no obstante, era un momento tan especial, tan novedoso y serenamente espléndido, que no tuvo ánimo de interrumpirlo o abreviarlo.

Después del comentario de lord Montford, después de que ella hubiera venido a su casa, después de su reacción al encontrarla aguardándole no cabía duda sobre lo que los unía. Había deseado que ella hablara, que propusiera casarse, eximiéndole así de tener que hacerlo él, no obstante, su necesidad de tenerla por esposa y lo que suscitaba esa necesidad, aunque su mente todavía lo consideraba una debilidad, ya no era algo que quisiera ocultar…, o, para ser más exacto, ocultarla ya no era razón suficiente para impedirle tomar lo que necesitaba, lo que deseaba, lo que tenía que tener.

Si ella no hablaba pronto, lo haría él.

Pero allí, esa noche, no era el momento.

Ambos estaban cansados, y el nuevo día estaría empeñado en exigirles mucho. Aquella noche necesitaban descanso, necesitaban lo que encontrarían uno en brazos del otro. Placer, y un olvido que todo lo curaba.

Con cuidado, se levantó sosteniéndola con firmeza en brazos. Se encaminó hacia la puerta.

—¿Tu pobre cochero está aguardando fuera?

Penelope apoyó la cabeza en su hombro, rodeándole el cuello con los brazos.

—No. Le dije que se fuese a su casa. Más tarde tendremos que buscar un coche de punto. —Mientras él se volvía hacia la escalera, ella sonrió y murmuró—: Mucho más tarde; al alba.

22

Penelope pasó la mañana siguiente intentando concentrarse en la rutina del orfanato. No tenía nada inusual entre manos, y asuntos tales como decidir a qué proveedor pasar el próximo pedido de toallas no le exigían lo suficiente como para apartar la mente de los pensamientos que en verdad la ocupaban.

Cuando había descubierto la desaparición de Dick, en cierto sentido se sintió responsable. Lógicamente, sabía que no era culpa suya pero, no obstante, tuvo la impresión de que, de un modo u otro, tendría que haberla evitado.

Perder a Jemmie no había hecho sino acrecentar ese sentimiento. Al asesinar a su madre y raptar al niño, Smythe y Grimsby, y por extensión Alert, habían cargado directamente contra ella. A partir de ahí, la investigación había tomado un cariz muy personal.

Ahora, con tantas vías agotadas o cerradas para ellos por las razones que fueren, la consumía una especie de frustración rociada de espanto.

Tenían que encontrar y rescatar a Jemmie y Dick, costara lo que costase. Sin embargo, por más que se devanara los sesos, no se le ocurría nada que hacer para lograrlo, no veía hacia dónde tirar.

—¿Hay noticias sobre esos dos niños, señora?

Levantó la vista y consiguió sonreír brevemente a la señora Keggs.

—Por desgracia, no.

La matrona suspiró y meneó su cabeza entrecana.

—Menuda preocupación; dos chiquillos inocentes en manos de un asesino.

—En efecto. —Consciente de que debía hacerlo para mantener alta la moral del personal, Penelope adoptó una expresión confiada—. El señor Adair, el inspector Stokes, yo misma y otras personas estamos haciendo todo lo posible para localizar a Dick y Jemmie.

—Sí, lo sé; y es un alivio saber que no han sido olvidados. —La señora Keggs juntó las manos—. Todos rezaremos para que tengan éxito, y pronto.

Tras una inclinación, la señora Keggs se retiró.

Perdiendo su fingida confianza, Penelope hizo una mueca mirando hacia la puerta.

—Yo también, Keggs. Yo también.

Rezar, según parecía, era lo único que podía hacer.

—No se me ocurre nada. —Stokes, paseándose por su despacho, lanzó una penetrante mirada a Barnaby, una vez más sentado en el borde de su escritorio—. ¿Y a ti?

Su amigo meneó la cabeza.

—Lo hemos repasado cien veces. Smythe tiene a los niños y, excepto si el Todopoderoso decide intervenir, no tenemos posibilidad de dar con él en un plazo breve.

—Y un plazo breve es cuanto tenemos.

—Así es. Alert... Ahora tenemos una idea más aproximada del juego que se trae entre manos, cada vez estoy más seguro de que le identificaremos a tiempo. —La voz de Barnaby se endureció—. De nuevo se trata de lograrlo a tiempo. Montague ha enviado un mensaje esta mañana; sus indagaciones confirman que los once caballeros sospechosos están en mayor o menor grado endeudados. Teniendo en cuenta su edad y que todos son solteros, tampoco es que resulte sorprendente. No obstante, la importancia de esas deudas depende de las circunstancias de cada uno de ellos, y Montague todavía no ha tenido tiempo de esclarecer esa cuestión. Dice que le llevará días, como mínimo.

El inspector hizo una mueca.

—Ninguno de mis contactos ha encontrado indicios de que alguno de los once esté implicado en asuntos turbios.

Barnaby negó con la cabeza.

—Dudo mucho que Alert se haya rebajado a cometer delitos

menores o a tratar con criminales en el pasado. Es listo y prudente aunque cada vez se esté poniendo más gallito.

Stokes gruñó sin dejar de caminar.

—Tiene derecho a ponerse gallito. Por el momento, nos ha ganado todas las manos.

Barnaby no contestó. Por primera vez en su carrera de investigador no tenía ningún as en la manga, al menos en lo que a localizar a los niños atañía. A Alert lo perseguiría y tarde o temprano caería en sus manos, pero en cuanto a rescatar a los pequeños...

Había hecho una promesa a la madre de Jemmie e incluso al propio niño. Perder a Jemmie, que siguiera secuestrado y por tanto no pudiera cumplir su promesa, le pesaba como un sombrío plomo en el alma, en su honor.

Para colmo de desdichas, la pérdida de Dick y Jemmie estaba poniendo a Penelope terriblemente inquieta. Igual que él, no llevaba bien el fracaso.

Y esta vez el fracaso les estaba mirando a la cara.

Stokes seguía yendo de acá para allá. A todos ellos, verse obligados a aguardar sin hacer nada, consciente de la situación en que se hallaban los niños, les consumía los nervios. Y el tiempo se estaba agotando. Ahora los niños habían robado casas junto con Smythe y no sería raro que éste, sabiendo que los estaban buscando, los viera como una amenaza en potencia.

Ahora que Alert había llevado a cabo su plan y conseguido sus robos con escalo, aunque sólo estuvieran al corriente de uno...

De repente, Barnaby volvió a centrar su atención en su amigo.

—¿Es posible que Smythe cometiera los ocho robos en una noche?

Stokes se detuvo y lo miró parpadeando.

—¿Con dos niños? No.

—¿No? ¿Seguro?

El otro entendió lo que quería decir. Se le iluminó el semblante.

—No, maldita sea; es materialmente imposible. Lo cual significa que si Alert se está ciñendo a su plan de cometer ocho robos...

—¿Y por qué no iba a hacerlo, viendo que su estratagema le está dando un resultado perfecto?

Stokes asintió.

—Entonces le quedan... al menos tres robos por cometer.

—¿Cinco es el máximo en una noche?

—Cuatro es más razonable, sobre todo si tiene que usar niños en todos. Según Grimsby, tal es el caso.

—De modo que la serie de robos de Alert aún no ha concluido, lo cual significa que como mínimo tenemos una noche más y cuatro posibles robos más durante los cuales podríamos atraparlos.

El inspector hizo una mueca.

—Yo no contaría con que Smythe se equivoque.

—No tiene por qué hacerlo él.

Stokes enarcó las cejas.

—¿Los niños?

—Siempre cabe la posibilidad. Y si hay posibilidad, hay esperanza. —Barnaby reflexionó un momento y, al cabo, se levantó y cogió el abrigo—. Me voy a ver a un hombre para comentar otra clase de posibilidad.

—¿Sólo te ha dicho eso? ¿Y has dejado que se fuera sin más?

Penelope miraba a Stokes con patente indignación. Él encogió los hombros y cogió otro crepe.

—Si con sus pesquisas se entera de algo útil ya me lo contará. Entretanto, con los robos pendientes tengo bastante en que pensar.

Penelope refunfuñó. Salvo Barnaby, volvían a estar reunidos en la sala de Griselda. En esa ocasión, la anfitriona había preparado crepes como los que Penelope tomaba de niña. Resultaba reconfortante estar acurrucada en el sofá de Griselda, tazón de té en mano, picando y bebiendo, pero no así compartir su desaliento.

—Joe y Ned Wills han pasado a verme esta mañana —dijo Griselda—. No hay novedades, pero me han dicho que todo el East End está con los ojos bien abiertos. En cuanto Smythe suelte a los niños, daremos con ellos en cuestión de horas.

Stokes suspiró.

—No lo hará.

—¿No los soltará? —preguntó Penelope mirándolo fijamente.

Poniéndose muy serio, el inspector meneó la cabeza.

—Sabe que los estamos buscando. O bien se quedará con ellos para cometer otros robos, o se librará de ellos de modo que no representen una amenaza para él. Quizá se los lleve a Deptford o Rotherhithe y los coloque de aprendices o grumetes en barcos carboneros. Obtendrá dinero a cambio de ellos y al mismo tiempo se asegurará de que no le vayan con cuentos a nadie hasta dentro de mucho.

Una llamada a la puerta de la calle hizo que Griselda bajara a abrir; regresó seguida por Barnaby.

A Penelope le pareció verle más resuelto de lo que esperaba. Barnaby se sirvió tres crepes y Griselda le dio un tazón de té. Bebió unos sorbos mientras ella le decía:

—Estábamos comentando lo que Smythe hará con los niños. Stokes piensa que quizá los enrole como grumetes.

Él miró a su amigo.

—¿No pensarás que vaya a matarlos? —insistió la sombrerera. Ésa era la pesadilla que acechaba en los recovecos de su mente.

Stokes la miró a los ojos con firmeza.

—No puedo decir que no vaya a hacerlo. Si se siente realmente amenazado por ellos, quizá lo haga. —Miró a Barnaby—. ¿Dónde has estado?

El interpelado dejó su tazón.

—Consultando con lord Winslow; toda una autoridad en cuestiones legales. Si puede demostrarse que los niños, como menores actuando bajo coacción de un adulto, fueron obligados a robar casas en contra de su voluntad, y eso podemos demostrarlo mediante testimonios que incluyen el mío y el de la señorita Ashford, serán absueltos del delito y podrán declarar contra su raptor.

La expresión de Stokes devino aún más sombría.

—O sea que si damos con ellos representarán una verdadera amenaza para Smythe.

Barnaby asintió. Buscó los ojos de Penelope.

—Serán considerados inocentes sólo si logramos encontrarlos. Pero tenemos que encontrarlos pronto y arrebatárselos a Smythe. Quizás él no sepa qué significa «bajo coacción», a saber, que los niños pueden declarar contra él sin implicarse ellos mismos, pero saben demasiado y, al igual que Grimsby, Smythe sabrá de sobra que se puede pactar con la policía. Dará por sentado que se alentará a los niños para que cuenten todo lo que saben a cambio de una sentencia más leve. —Serio, le sostuvo la mirada—. Lo cual significa que para Smythe, lo mire como lo mire, Jemmie y Dick representarán una verdadera amenaza en cuanto termine los robos de Alert.

Aquel resumen y sus consecuencias los enfrentaron a la cruda realidad.

Repasaron cuanto sabían una vez más. Por desgracia, saber que iban a tener lugar más robos no servía para impedirlo, como tampoco para localizar a Smythe y los niños.

—Hay que admitir que Alert lo tiene todo bien atado. —Stokes dejó su tazón—. Ha previsto lo que nosotros, la policía, íbamos a hacer, y desde el principio ha jugado con ventaja.

Siguieron hablando hasta encontrarse de nuevo en un punto muerto. Penelope miró por la ventana y vio que el día gris había dado paso a una tarde aún más fea. Suspiró, dejó su tazón en la mesa y se levantó.

—Debo marcharme. Esta noche tengo otra cena para recaudar fondos.

Barnaby le escrutó el semblante. También dejó su tazón y se puso en pie.

—Te acompaño a casa.

Una vez más tuvieron que caminar hasta más allá de la iglesia y su camposanto para buscar un coche de punto. Ya en camino hacia Mount Street, Barnaby estudió su perfil y luego le cogió una mano, se la llevó a los labios y le besó con delicadeza los dedos.

Ella le lanzó una prolongada mirada inquisitiva.

Él sonrió.

—¿Qué cena es ésa?

—La de lord Abingdon, en Park Place. —Suspiró mirando al frente—. Portia es quien organiza estas veladas, ¡y luego se marcha al campo con Simon y a mí me toca asistir! —Hizo una pausa—. Nunca la había echado tanto de menos como ahora. Detesto tener que concentrarme en cumplidos y conversaciones corteses cuando hay asuntos mucho más importantes que atender.

Acariciándole los dedos con ademán tranquilizador, Barnaby dijo:

—En realidad esta noche no podemos hacer nada. No sabemos cuándo se propone llevar a cabo los próximos robos Alert ni si los repartirá en más de una noche; ni siquiera sabemos cuántos de los ocho previstos tiene aún pendientes Smythe. Si Alert está bien relacionado con la policía, sabrá que no van a actuar hasta recibir respuesta del marqués a propósito de esa urna. E incluso entonces, ¿qué van a hacer? Desde el punto de vista policial, la situación es diabólicamente difícil.

Penelope recostó la cabeza contra el respaldo almohadillado.

—Ya lo sé. Y lord Abingdon es una buena persona que nos ayuda en varios frentes. No debería tomarla con él esta noche. —Al cabo de un momento agregó—: Por desgracia, mamá no puede asistir; esta mañana se ha enterado de que una vieja amiga está enferma y se ha marchado a Essex a verla porque pronto tendremos que irnos a Calverton Chase.

El tiempo se estaba acabando en más de un frente.

—Conozco a Abingdon bastante bien. Le ayudé a resolver un asunto de menor importancia hace algún tiempo. —Cuando ella se volvió, él la miró a los ojos—. Si te apetece, esta noche te acompaño.

Penelope le estudió la expresión; luego sus labios se curvaron ligeramente.

—Sí. Me encantaría.

Barnaby sonrió. Alzándole la mano, le besó los dedos otra vez.

—Iré a recogerte a las... ¿siete?

Sonriendo más abiertamente, ella asintió.

—Sea.

A las once de aquella noche, tras una agradable cena con lord Abingdon y dos amigos que, al igual que su señoría, sentían un especial interés por obras de beneficencia, Barnaby y Penelope bajaron la escalinata de su residencia londinense para encontrarse con que la niebla había escampado, dejando una noche fría y despejada.

—¡Vaya!, incluso pueden verse las estrellas. —Penelope se cogió del brazo de Barnaby—. No nos molestemos en buscar un coche; será agradable dar un paseo.

Barnaby le echó un vistazo cuando echaron a andar por la acera.

—Tendremos que cruzar medio Mayfair para ir hasta Mount Street. ¿No será que, por casualidad, esperas tropezarte con Smythe por el camino?

Penelope enarcó las cejas.

—Por raro que parezca, no se me había ocurrido esa idea. —Lo miró sonriendo—. No pensaba caminar hasta Mount Street. Jermyn Street queda mucho más cerca.

Así era. Barnaby parpadeó.

—Pero tu madre...

—Está en Essex.

Llegaron a Arlington Street, doblaron la esquina y siguieron caminando.

—Creo que por una cuestión de recato no deberías exhibirte paseando del brazo de un caballero por Jermyn Street a estas horas de la noche.

—Tonterías. Con esta capa y la capucha puesta, no me reconocerá nadie.

Barnaby no sabía muy bien por qué discutía; estaba la mar de contento de llevarla con él, exactamente como si ya estuvieran casados o al menos fueran una pareja comprometida, pero...

—Mostyn se quedará de una pieza.

Penelope resopló.

—Podría exigir ver tus menús para la semana y lo único que Mostyn haría sería una reverencia, murmurar «sí, señora» y salir corriendo a buscarlos.

Él se quedó atónito. Le llevó unos instantes digerir lo que aquellas pocas palabras implicaban. Finalmente, dijo:

—¿Se dirige a ti llamándote «señora»?

Penelope se encogió de hombros.

—Muchos lo hacen.

Muchos no eran Mostyn, su tremendamente correcto ayuda de cámara.

—Vaya.

Habían llegado a la esquina de Bent Street. Sin más que añadir, Barnaby enfiló por ella.

Miró la cara de Penelope; bajo su expresión alegre, casi juguetona, detectó cierta resolución. Dado el irresoluto estado de su relación, sospechó que sería prudente ceder gentilmente. Y ver adónde los estaba llevando.

Podría muy bien ser que fuera adonde él quería ir.

En efecto, Penelope estaba tramando y planeando, ensayando frases apropiadas para sacar a colación la cuestión del matrimonio en cuanto llegaran a su casa. Preferiblemente en el salón; no habiendo cama, sería más fácil hablar allí.

Había supuesto que cualquier conversación sobre su relación, sobre cómo había evolucionado desde un acuerdo inicial meramente profesional para convertirse en algo más —a tal punto que ahora, como había sucedido las dos noches anteriores, la gente los tomaba por una pareja, como personas unidas por ese vínculo indefinible que señalaba a quienes estaban o deberían estar casados—, debería postergarse hasta que hubiesen encontrado a Dick y Jemmie.

Pero con lo escurridizo que estaba resultando Smythe... ¿qué sentido tenía aguardar, posponer lo inevitable?

Más aún cuando, como habían constatado una y otra vez a lo largo de la última semana, lo inevitable presentaba importantes ventajas para ambos.

Le costaba creer que la realidad de su relación no fuera tan clara para él como lo era para ella. Lo que sí podía creer, dada su experiencia en tratar con caballeros de su clase, era que vacilara antes de hablar, que incluso le asustara abrir su corazón y declarar sus sentimientos.

Ella no tenía tales reservas, no era presa de tal vacilación. Era perfectamente capaz de abordar ese tema y además estaba dispuesta a hacerlo.

Pero antes tenían que llegar a su salón. Charló despreocupadamente sobre esto y aquello, curiosa por los clubs de caballeros que apenas entrevió mientras Barnaby la hacía cruzar con premura St. James, y de pronto se encontró con que ya estaban en Jermyn Street.

En cuanto vio la puerta de su casa notó que se ponía nerviosa. Barnaby la guió hasta lo alto de la escalinata y la soltó para sacar la llave del bolsillo, pero entonces se oyeron unos pasos al otro lado de la puerta. Sorprendido, Barnaby levantó la vista cuando les abrió Mostyn.

Sin darle tiempo a pestañear siquiera, Penelope entró haciendo gala de su majestad. El ayuda de cámara le franqueó el paso, inclinándose respetuosamente.

—Té, por favor, Mostyn. En el salón.

Tono y actitud calculados a la perfección, tal como si fuera su esposa. Barnaby se quedó boquiabierto.

Ella se volvió para dirigirle una breve mirada y se encaminó hacia el salón.

—Su amo y yo tenemos asuntos que tratar.

«¿Qué asuntos?» Enarcando las cejas con creciente sorpresa, Barnaby dio un paso al frente.

—*¡Chisss!*

¿Chisss? Todavía en la entrada, Barnaby se volvió y vio a un hombre junto a la verja. El hombre le hizo una seña, mirando furtivamente en derredor.

Desconcertado, Barnaby preguntó:

—¿Qué quiere?

—¿Usted es el señor Adair?

—Sí.

—Me envían con un mensaje, señor. Urgente, diría yo.

El hombre volvió a hacerle señas para que se acercara.

Frunciendo el ceño, Barnaby comenzó a bajar. Un peldaño bastó para que tuviera una perspectiva mejor de la calle. Se paró en seco, escudriñando la oscuridad, y una premonición le erizó el vello de la nuca. Al ver a tres hombres, no, cuatro, aguardando en la penumbra a ambos lados de su casa, comenzó a subir otra vez.

Ellos lo vieron y se abalanzaron sobre él.

Alcanzó al primero con una patada en el pecho que lo arrojó contra la verja lateral, pero los demás subieron en tropel la escalinata a por él. Derribó a otro de un puñetazo en el estómago, pero los demás lo rodearon, cerniéndose sobre él para que no pudiera imprimir tanta fuerza a sus golpes.

Intentaban agarrarlo para obligarle a bajar la escalinata, reducirlo y llevárselo pero sin hacerle daño. Sin navajas, gracias a Dios.

Él forcejeaba con uno al tiempo que trataba de impedir que los demás lo atacasen por detrás, cuando notó que había alguien más a sus espaldas. La pesada empuñadura del bastón de su abuelo apareció por encima de su hombro, golpeando la cabeza del hombre con el que forcejeaba.

Mostyn se había sumado a la trifulca.

Su atacante chillaba al encajar los golpes; otros dos intentaron intervenir, pero el bastón golpeó primero hacia un lado y después hacia el otro, derribándolos en el acto.

El bastón volvió a golpear al hombre que aún sujetaba a Barnaby, obligándole a soltarlo y protegerse la cabeza.

Entonces unas manos pequeñas agarraron el faldón del abrigo de Barnaby para que no perdiera el equilibrio y luego tiraron de él con una fuerza sorprendente.

Fuerza que usara para zafarse definitivamente de aquel sujeto.

Con un bramido ronco, el hombre hizo caso omiso del bastón, arremetió agachándose y agarró el faldón del abrigo de Barnaby otra vez. Sujetándolo bien, intentó que Barnaby cayera por la escalinata, pero con el peso de Penelope sumándose para afianzarlo, Barnaby aseguró los pies y le arrancó el abrigo de un tirón; acto seguido giró sobre sí mismo y empujó a Penelope hacia el interior, agarró a Mostyn, que aún asestaba temibles bastonazos a diestro y siniestro, y también le hizo retroceder.

Se abalanzó tras ellos justo a tiempo, pues el matón del que se había librado se recobró enseguida, pero cuando él y sus compinches subieron en tromba la escalinata, les cerró la puerta en las narices.

Frustrados, se pusieron a aporrear la puerta.

Apoyándose contra ella, Barnaby alargó el brazo y echó los cerrojos mientras Mostyn se apresuraba a hacer lo mismo con los de abajo.

La puerta se sacudió con una nueva embestida.

Mostyn corrió a sumar su peso al de Barnaby. Los golpes proseguían. Mostyn expresó con palabras la incredulidad que todos compartían:

—¡Esto es Jermyn Street, por el amor de Dios! ¿Acaso no lo saben?

—Parece que les da igual.

Con cara de pocos amigos, Barnaby rebuscó en el bolsillo de su chaleco y sacó un silbato atado a una cinta. Sin dejar de hacer fuerza contra la puerta, se lo pasó a Penelope.

—Hazlo sonar por la ventana del salón.

Con ojos como platos, Penelope agarró el silbato y corrió al salón, donde apartó las cortinas de un tirón y abrió la ventana. Se llenó los pulmones de aire, se asomó hasta donde se atrevió sobre la zona de la escalinata, se llevó el silbato a los labios y sopló con toda su alma.

El estridente pitido resultó ensordecedor.

Miró a ver qué efecto surtía sobre los hombres que aporreaban la puerta; con un chillido, esquivó justo a tiempo el ladrillo que entró volando por la ventana.

Indignada y furiosa, volvió a tomar aire.

—¿Penelope?

Entornando los ojos, lanzó una mirada airada a la ventana antes de correr de regreso al vestíbulo.

—Estoy bien. —Los golpes no cesaban y Barnaby y Mostyn seguían apalancados contra la temblorosa puerta—. Voy arriba.

Recogiéndose las faldas, subió la escalera de dos en dos. Entró como una exhalación en el dormitorio de Barnaby y corrió a la ventana de guillotina que daba a la calle. Finalmente logró abrirla, se asomó, echó un vistazo a los hombres de abajo y volvió a llevarse el silbato a los labios.

Pitó una y otra vez.

Los hombres miraron hacia arriba, renegaron y la amenazaron con el puño, pero estaba fuera de su alcance.

Penelope se mareó y dejó de soplar, pero entonces percibió movimiento en la calle y el sonido de pasos raudos que resonaban en la noche mientras los agentes del orden convergían desde todas direcciones.

Con hosca satisfacción, observó a los asaltantes volverse para enfrentarse a la policía.

Lo que vino a continuación la dejó atónita.

Los atacantes no huyeron como sería normal que hicieran, sino que arremetieron contra los guardias. En cuestión de segundos se armó una refriega en toda regla. Acudieron más agentes mientras de entre las sombras del otro lado surgían más hombres para sumarse a la pelea.

—Qué raro —se sorprendió Penelope.

Era como si el objetivo final de los asaltantes no hubiese sido Barnaby sino la policía...

Apartándose de la ventana, siguió mirando sin ser vista.

—¡Dios mío! —comprendió de pronto.

Corrió de nuevo hacia la puerta y se lanzó escaleras abajo con absoluta temeridad.

La muy castigada puerta principal estaba abierta. Salió corriendo a la calle y murmuró un rezo de alivio cuando encontró a Barnaby en la escalinata y no en el bullente amasijo de cuerpos que no paraba de crecer bloqueando la calle.

Tal como había hecho ella, él miraba ceñudo la refriega como si no acabara de entenderla.

Penelope le agarró el brazo.

—¡Es una maniobra de distracción! —chilló para hacerse oír por encima de los gruñidos y gritos. Barnaby la miró perplejo.

—¿Qué?

—¡No es más que una estratagema! —Levantó un brazo señalando la pelea—. Mira cuántos policías han acudido; todos los agentes de guardia de los alrededores. Están aquí, de modo que han dejado de patrullar donde deberían hacerlo.

La comprensión iluminó los ojos azules de Barnaby.

—Lo que significa que ahora mismo se están cometiendo más robos.

—¡Sí! —Penelope literalmente brincaba de impaciencia—. ¡Tenemos que ir en su busca!

—Me consta que es potencialmente peligroso, pero no podemos quedarnos en casa de brazos cruzados y aguardar a ver qué pasa. —Penelope caminaba resueltamente al lado de Barnaby, escudriñando las casas ante las que pasaban.

Aunque no había levantado la voz, sus palabras vibraron con una fiera determinación que Barnaby no podía discutir; era tan poco propenso a la pasividad y la paciencia como ella.

Había sido imposible acabar con la contienda. Se había zambullido en ella y pescado a un joven agente, al que liberó y mandó a toda prisa a Scotland Yard con un mensaje para Stokes. No sabía si el sargento Miller estaría de guardia ni si habría algún otro oficial con quien pudiera contar. Y menos sabía aún dónde estaría Stokes; tenía la leve sospecha de que su amigo podría estar en St. John's Wood, en cuyo caso estaba demasiado lejos para prestarles ayuda.

De modo que allí estaban, sólo ellos dos, recorriendo las calles de Mayfair.

Diciembre estaba al caer, como bien lo anunciaba el aire frío y vigorizante; igual que las mansiones, las calles estaban casi desiertas. De vez en cuando pasaba un coche de punto o un carruaje. Ya era más de medianoche; las pocas parejas que quedaran en la ciudad ya habrían regresado a casa después de sus compromisos nocturnos y estarían bien arropados en la cama, mientras que los solteros acomodados aún no habrían salido de sus clubs.

Era la hora en que actuaban los ladrones.

Habían subido por Berkeley Street, dado la vuelta a la plaza y luego bajado por Bolton Street. En aquel momento caminaban Clarges Street arriba. Al llegar a la esquina, torcieron a la izquierda hacia Queen Street. Delante de ellos, un carruaje negro avanzaba despacio.

Penelope frunció el ceño.

—Juraría que antes he visto ese mismo carruaje.

Barnaby gruñó.

Ella no dijo más. El carruaje era negro y pequeño, el clásico carruaje de ciudad que cualquier casa importante tenía en sus caballerizas a modo de segundo carruaje. ¿Por qué le había llamado la atención? ¿Por qué estaba tan convencida de haberlo visto antes? Recordó dónde. Ellos atravesaban Berkeley Square cuando el carruaje había cruzado Mount Street una manzana por delante, avanzando con la misma lentitud por Carlos Place.

Se volvió para mirarlo: el ángulo de su visión del caballo, el carruaje y el cochero en el pescante era idéntico al de unos minutos antes.

Ahora bien, ¿por qué semejante visión, siendo tan normal en aquella zona, la inquietaba? ¿Por qué no lograba apartar de la mente la certeza de que era el mismo carruaje? No tenía ni idea. Siguió cavilando sobre ello mientras caminaban en silencio, escrutando las sombras, asomándose a las escaleras de los sótanos, pero no llegó a ninguna conclusión.

Al llegar a Queen Street vacilaron un momento, pero Barnaby optó por torcer a la izquierda. Acomodando mejor la mano en el brazo de él, ella siguió andando a su lado. En otra época del año, cualquiera que les viera los tomaría por una pareja de novios dando un largo paseo para disfrutar más tiempo de su mutua compañía. Con el invierno en el aire, semejante motivo resultaba improbable, pero su falta de prisa les permitía examinar las casas.

Igual que la pareja que vieron caminando por la otra acera de Curzon Street.

Al llegar a la esquina de Queen y Curzon, Penelope tiró del brazo de Barnaby y señaló hacia Curzon Street.

Él miró y sonrió.

Cruzaron a la acera sur de la calle y aguardaron a que la otra pareja se acercara.

Stokes se mostró abochornado y se encogió de hombros.

—No se nos ha ocurrido otra cosa que hacer.

—No podíamos quedarnos en casa sin hacer nada —declaró Griselda.

—Además —añadió el inspector—, deduzco que vuestra presencia aquí se debe a lo mismo.

—En realidad —Barnaby lanzó una mirada a Penelope—, nuestra presencia aquí es más bien una respuesta a una acción directa.

Stokes frunció el ceño.

—¿Qué ha ocurrido?

Barnaby se lo explicó brevemente.

—Hemos enviado un mensaje —dijo Penelope—, pero si estabais paseando, no habrán sabido dónde encontrarte.

—Ya, pero aquí estamos; y tenéis razón: deben de estar robando más casas esta noche. —Echó un vistazo en derredor—. Y es harto probable que en esta zona.

—Dado que la maniobra de distracción ha sido en Jermyn Street —dijo Barnaby—, ¿qué rondas de Mayfair es más probable que hayan quedado desguarnecidas?

Stokes señaló hacia el sur.

—Si tomamos Piccadilly como límite sur, pues todo el camino hasta el Circus, luego hacia arriba por Regent Street —señaló hacia el este— hasta Conduit Street. Desde allí, cruzando Bond Street hasta Burton Street, siguiendo por la parte de arriba de Berkeley Square..., y como tu casa está en ese extremo de Jermyn Street, es probable que hayan acudido desde tan al norte como Hill Street y seguramente —se volvió hacia Curzon Street— desde la zona aledaña a Park Lane.

—Así pues, ¿estamos más o menos en medio de la zona desprotegida? —preguntó Penelope.

Apretando la mandíbula, Stokes asintió.

—Depende de en qué parte de la ronda estuvieran, pero no he visto a ningún agente desde que enfilamos hacia aquí.

—Nosotros tampoco —dijo Barnaby mirando en torno—, pero nosotros empezamos desde donde habían ido todos.

Stokes maldijo entre dientes.

—Dividamos la zona y separémonos.

Ambos amigos decidieron las rutas a seguir. Stokes asintió.

—Nos reuniremos de nuevo en el lado sur de Berkeley Square, salvo si alguno de nosotros ve a esos canallas. ¿Tenéis el silbato?

Penelope se palpó el bolsillo.

—Lo tengo.

Barnaby volvió a cogerle la mano. Se despidió de Griselda con una inclinación de la cabeza y miró a Stokes a los ojos.

—Si alguno de nosotros ve a un agente, o incluso un coche de punto, deberíamos mandar aviso al Yard y hacer que envíen más hombres.

Stokes asintió y alcanzó el brazo de Griselda.

Barnaby y Penelope dieron media vuelta para enfilar Curzon Street hacia el este. Antes de haber dado un solo paso, un chillido estridente cortó la noche y los dejó helados.

El inspector se plantó a su lado, escrutando la penumbra.

—¿Dónde?

Ninguno de ellos estaba seguro.

Entonces un segundo chillido rompió el silencio. Penelope señaló hacia la izquierda.

—¡Allí! En Half Moon Street.

Recogiéndose las faldas, echó a correr. En pocas zancadas, Barnaby y Stokes la habían adelantado. Griselda se puso a su lado.

Los chillidos habían dado paso a un lamento que aumentaba de volumen a medida que se aproximaban al cruce.

Barnaby y Stokes estaban a pocos pasos de Half Moon Street cuando los chillidos alcanzaron nuevas cotas y dos figuras menudas salieron disparadas de la esquina.

Corriendo a toda mecha, se cruzaron como una centella con los dos hombres sin darles tiempo a reaccionar.

Más atrás, Penelope paró en seco resbalando. Ahora que sus chillidos ya no eran distorsionados por el eco de las casas, oyó con claridad que pedían auxilio.

—¿Dick? —Un rostro pálido levantó la vista. Penelope reconoció al otro—. ¡Jemmie! —Casi sin dar crédito a sus ojos, les hizo perentorias señas para que se acercaran a ellas.

Jemmie giró bruscamente para ir a su encuentro pero Dick se plantó en mitad de la calzada muerto de miedo, dispuesto a seguir corriendo. Jemmie se dio cuenta y le dijo:

—Tranquilo, es la señorita del orfanato.

Dick la miró de nuevo y el alivio que iluminó su semblante resultó conmovedor. Penelope echó a correr hacia los niños.

Ambos le cogieron las manos, una cada uno, estrujándoselas y temblando de nerviosismo.

—¡Por favor, señorita, sálvenos!

—Por supuesto.

Penelope se puso en cuclillas y abrazó a Jemmie, al tiempo que Griselda hacía lo mismo envolviendo a Dick con ademán protector.

Barnaby y Stokes regresaron junto a ellos. Ambos eran hombres corpulentos; con los rasgos ensombrecidos e irreconocibles, resultaban intimidadores. Penelope no se sorprendió de que los niños se arrimaran más a ella y Griselda.

—No pasa nada. —Les sonrió para tranquilizarlos—. Estamos aquí. Pero ¿de qué os estamos salvando?

Apenas había acabado de formular la pregunta cuando un bramido resquebrajó la noche otra vez. Todos levantaron la vista. Barnaby y Stokes se volvieron, protegiendo con sus cuerpos a las mujeres y los niños. Alguna clase de peligro se avecinaba.

Un hombretón salió disparado de Half Moon Street, renegando y maldiciendo, arremetiendo derecho contra ellos.

—¡De él! —chillaron los niños.

El agresor levantó la vista y vio al reducido grupo. Maldijo, frenó con un patinazo y cayó al suelo. Se levantó apresuradamente y huyó en dirección contraria.

Ambos amigos ya corrían tras él.

Barnaby lo alcanzó antes de que hubiese recorrido una manzana, seguido de cerca por Stokes. En menos de un minuto tuvieron al villano reducido boca abajo sobre el adoquinado. Barnaby se sentó encima de él mientras Stokes le ataba las manos y los tobillos con las correas que encontró sujetas a su cinturón.

—Me gusta que un criminal vaya bien pertrechado. —Stokes puso al hombre de pie. Lo miró a la cara y sonrió—. El señor Smythe, supongo.

Smythe gruñó.

23

—¿Quién es Alert?

Stokes daba vueltas lentamente delante de la silla en que estaba sentado Smythe. Lo habían llevado al domicilio de Barnaby; Jermyn Street no sólo quedaba mucho más cerca que Scotland Yard sino que, tal como Barnaby se había apresurado en señalar, si Alert, quienquiera que fuese, tenía contactos en la policía, era preferible no mostrar las cartas que por fin habían caído en sus manos.

Incluso si Alert sabía que algo había ido mal, incluso si sabía que tenían a Smythe, cuanto menos supiera sobre lo que le sonsacaran, mejor.

Habían atado a Smythe a la silla. No podía soltarse y había dejado de intentarlo. Había probado a romper las ataduras una vez, pero, viendo que no lo conseguiría, no había desperdiciado energías en obstinarse.

Tal vez fuera un grandullón, un ladrón y muy probablemente un asesino también, pero no era un estúpido; Stokes estaba convencido de que Smythe acabaría por contarles todo lo que sabía. Querría algo a cambio, pero no iba a ganar nada guardando los secretos de Alert.

Habían situado la silla de Smythe en medio de la habitación, de cara al hogar; el inspector deambulaba por el espacio despejado que había delante de él. Penelope y Griselda estaban sentadas en las butacas de ambos lados del fuego, que ahora ardía vivamente. Barnaby permanecía de pie junto a Penelope, con un brazo apoyado en la repisa de la chimenea.

Dick y Jemmie estaban sentados a una mesa auxiliar arrimada a una pared, devorando los emparedados que Mostyn les había preparado. Mostyn se mantenía a su lado, tan interesado como ellos en la escena que se representaba en medio del salón.

A Stokes no le sorprendió que Smythe no contestara de inmediato a su pregunta, sino que cavilara con la cabeza gacha, el mentón sobre el pecho.

Lo que los sorprendió a ambos fue la respuesta de Jemmie.

—Es un caballero, un noble. Planeó todos los robos y se llevó todas las cosas que sacamos de las casas.

Stokes se volvió hacia el niño; incluso Smythe levantó la cabeza y le miró.

—¿Le viste?

Jemmie se cohibió un poco.

—Como para reconocerlo, no; siempre era de noche, y llevaba gorra y bufanda para fingir que era cochero.

—¡El cochero! —Penelope se incorporó—. ¡Eso es! —Miró a Stokes—. Vi un carruaje que avanzaba muy despacio mientras paseábamos; lo vi tres veces esta noche. La última, cuando enfilamos Bolton Street con los niños y Smythe; el carruaje pasó por detrás de nosotros. Había algo raro en él, y ahora sé el qué. Conozco muy bien el aspecto que tienen los cocheros cuando están en el pescante; siempre van un poco encorvados. Ese hombre iba muy erguido. Vestía como un cochero pero no lo era. Era un caballero que fingía ser cochero.

Miró a los niños.

—¿Es ahí a donde fueron a parar las cosas que habéis cogido de las casas, a ese carruaje?

Ambos asintieron.

—Así es como estaba montado —dijo Jemmie—. Al salir de cada casa, el carruaje y el señor Alert estaban esperando en la esquina para recoger las cosas.

Dick se decidió a intervenir.

—Alert entregaba a Smythe un portamonedas, cuota inicial lo llamaban, después de que metiéramos cada cosa en el maletero del carruaje.

—Smythe iba a conseguir más dinero después —agregó Jemmie—. Cuando Alert vendiera las cosas.

Stokes miró a Smythe y casi pudo oír los engranajes de su cerebro. Si aguardaba mucho más, los niños quizá revelaran lo suficiente como para desenmascarar la identidad de Alert, dejándolo a él sin ningún as en la manga.

Smythe percibió la mirada de Stokes y le miró a su vez.

El inspector enarcó una ceja.

—¿Alguna idea? —Como Smythe titubeaba, añadió—. Se te acusará de robo con escalo, asesinato e intento de homicidio. Te van a colgar, Smythe, y todo por culpa de tu asociación con Alert y sus ardides. Tal como están las cosas, él tiene todos los objetos que quería salvo uno, y parece resuelto a escapar, dejando que tú te enfrentes al tribunal cuando finalmente se averigüe lo que has robado.

El gigantón se revolvió.

—Puede que haya robado algunas cosas, pero ha sido por cuenta de Alert. Salta a la vista que no es mi manera normal de trabajar; ¿a quién se le ocurre llevarse sólo un objeto cuando has entrado en una casa? —Bajó la vista—. Y yo no he matado a nadie.

Stokes lo estudió un momento y preguntó:

—¿Qué me dices de la señora Carter?

Smythe no levantó la mirada.

—No puede probar nada.

—Sea como fuere —el tono de Stokes fue duro como el granito—, tenemos varios testigos que te vieron intentar matar a Mary Bushel en Black Lion Yard.

Smythe soltó un bufido.

—Pero no lo hice, ¿no? —Hizo una breve pausa, mirando las botas de Stokes—. Asesinar gente no es lo mío. Soy un experto en robo con escalo. Si Alert no hubiese insistido en hacer este trabajo a su manera, nunca se me habría ocurrido siquiera asesinar a nadie.

Stokes dejó que el silencio se prolongara y luego apuntó:

—¿Y bien?

Smythe finalmente miró al inspector.

—Si le cuento todo lo que sé sobre Alert, y seguro que le bastará para identificarlo, ¿cuáles serán mis cargos?

Tras otro silencio, Stokes contestó:

—Si lo que nos das realmente basta para identificar a Alert y te avienes a declarar contra él en caso necesario, mantendremos los cargos de robo con escalo e intento de homicidio. Si pudiéramos demostrar asesinato, irías a la horca. De lo contrario, y con una recomendación fundamentada en tu cooperación, significará el destierro. —Hizo una pausa y agregó—: Tú eliges.

Smythe resopló.

—El destierro ya me va bien.

—Muy bien. ¿Quién es Alert?

Smythe miró hacia abajo.

—Hay un bolsillo secreto en este abrigo, en el forro, junto a la costura del muslo izquierdo. —Stokes se agachó y palpó el abrigo—. Hay tres listas ahí dentro.

El inspector encontró los papeles y los sacó. Se levantó, los alisó y se dispuso a leerlos. Apartándose de la chimenea, Barnaby se aproximó a él.

—Son las listas que Alert me dio. La primera es una lista de casas...

Y a continuación reveló el plan de Alert con todo detalle, refiriendo sus reuniones y cuanto habían hablado. Al explicar los robos, los cuatro de la noche anterior y los tres cometidos aquella noche, Stokes y Barnaby cruzaron las listas: la de las direcciones de las casas robadas y la de los objetos robados.

En un momento dado Barnaby dejó de leer y renegó.

Stokes lo miró. Smythe se calló.

—¿Qué pasa? —preguntó Stokes.

Malhumorado, Barnaby señaló una dirección, la de la primera casa robada aquella noche.

—Es Cothelstone House.

—¿La casa de tu padre?

Barnaby asintió. Cogió las descripciones de los objetos a birlar y localizó la pieza correspondiente.

—Estatuilla de plata de una dama sobre la mesa de la ventana de la biblioteca... ¡Santo cielo!

Miró a Stokes, que levantó una ceja.

—Deduzco que es muy valiosa. ¿De cuánto estamos hablando?

Barnaby meneó la cabeza.

—No tengo ni idea. El término que suele emplearse al aludir a esta estatuilla es «inestimable». Literalmente sin precio. —Volvió a repasar la lista de objetos—. Alert no busca una pequeña fortuna aquí. Si los demás objetos son del mismo calibre, Alert se convertirá en un hombre muy rico.

Stokes sacudió la cabeza con incredulidad.

—¿Me estás diciendo que esa figurita, en casa de uno de los pares que supervisa a la policía, en una casa que tú visitas asiduamente, estaba encima de una mesa aguardando a que un ladrón ingenioso se la llevara?

Barnaby se encogió de hombros.

—Tendrás que debatir esa cuestión con mi señora madre, pero te advierto que es poco probable que tengas éxito. Sabe Dios los años que mi padre le insistió para que la pusiera a buen recaudo; se rindió hace décadas. Tal como señaló Penelope, estas cosas han estado en nuestras casas desde que nacimos y no les prestamos la debida atención.

—Hasta que alguien las roba. —Stokes estaba indignado. Se volvió hacia Smythe—. De modo que todo ha ido como una seda y Alert ha cargado cada objeto en el carruaje, hasta que habéis llegado a la última casa. ¿Qué ha salido mal?

Smythe puso cara de pocos amigos y miró a los niños.

—No lo tengo claro ni yo. Mejor pregúnteles a ellos.

Stokes se volvió hacia Jemmie y Dick.

—La última casa; ¿cómo os habéis escapado?

Los niños cruzaron una mirada y luego Jemmie dijo:

—La primera noche, Smythe no nos explicaba a qué sitio de cada casa teníamos que ir hasta que llegábamos. O sea que no podíamos planear nuestra jugada. Pero al final de esa noche, Alert nos hizo subir a su carruaje y luego se paró en un parque para hablar con Smythe sobre las casas de esta noche. Nos dejaron a Dick y a mí en el carruaje, pero les escuchamos.

—Oímos que uno de nosotros tendría que pasar por la cocina de la tercera casa, y resulta que me tocó a mí —dijo Dick—. Decidimos que cogeríamos un cuchillo bien afilado para cortar las correas.

—Señaló con el mentón las correas que había usado Smythe y que ahora le ataban manos y tobillos—. Las usaba para llevarnos de una casa a otra y si uno de nosotros tenía que quedarse fuera, lo ataba a una verja o un poste.

—También oímos que en la última casa de esta noche sólo entraría uno —prosiguió Jemmie—. Teníamos que descolgar un cuadro pequeño de una habitación de arriba. Smythe me coló por una ventana trasera y esperó allí a que volviera. Como tenía que ir arriba, pensé que tardaría un rato antes de sospechar y aproveché para salir por la puerta principal. Pero la puerta chirrió de mala manera.

—Casi había acabado de cortar làs correas cuando salió —dijo Dick—. Pero Smythe oyó el chirrido y adivinó lo que pasaba. Jemmie me ayudó a soltarme pero entonces vimos que Smythe venía por un lado de la casa y echamos a correr.

—Lo habéis hecho muy bien —aprobó Penelope admirada.

Smythe gruñó y volvió a mirar a Stokes.

—Esto es lo que hay; no puedo contarle nada más. Busque a un caballero que conozca todas esas casas lo bastante bien como para saber todos los detalles escritos ahí, dónde estaban las cosas y cómo cogerlas exactamente, me lo trae y yo le diré si es su hombre.

Stokes estudió a Smythe con detenimiento.

—Aunque lo reconozcas, será tu palabra contra la suya. ¿Alguien más le conoce?

—Grimsby. Lo ha visto más veces que yo.

El inspector hizo una mueca.

—Lamentablemente, la cárcel no le sentó nada bien. Sufrió un infarto y murió. No puede ayudarnos.

Smythe bajó la vista y juró en voz baja. Luego miró a los niños.

Stokes siguió su mirada y preguntó:

—Niños, pensad: ¿visteis lo bastante bien a Alert como para reconocerlo?

Ambos torcieron el gesto y negaron con la cabeza.

Stokes suspiró. Se estaba volviendo hacia Smythe cuando Jemmie dijo:

—Pero sí le oímos lo bastante bien para reconocer su voz.

Penelope les dedicó una sonrisa radiante.

—¡Estupendo! —Miró a Stokes—. Eso bastará, ¿no?

El inspector reflexionó un momento y asintió.

—Debería.

—Bien —Barnaby había estado concentrado en las listas—, pues ahora lo único que necesitamos saber es...

Se calló al oír que alguien llamaba discretamente a la puerta. Barnaby miró a Mostyn, que tras hacer una reverencia acudió a abrir.

El ayuda de cámara dejó la puerta del salón entornada. Nadie hablaba, los adultos atentos a quién sería, los niños de nuevo atareados con emparedados.

Se oyó el chasquido del pestillo; un segundo después, el murmullo de una voz irreconocible saludó a Mostyn.

La respuesta de éste se oyó con más claridad:

—¡Milord! Vaya... No le esperábamos.

—Me lo figuro, Mostyn, pero aquí me tiene —declaró una voz educada y cortés—. Y aquí tiene mi sombrero, también. Veamos, ¿dónde está ese hijo mío?

La puerta del salón se abrió de par en par y el conde de Cothelstone entró con toda calma. Echó un vistazo a los presentes y sonrió benévolamente.

—Barnaby, hijo mío, tengo la impresión de interrumpir una reunión.

Barnaby pestañeó.

—Papá... —Frunció el ceño—. Creía que te habías ido al norte.

—Y lo hice. —El conde suspiró—. Por desgracia, tu madre decidió que había olvidado algo en Londres y se empeñó en que se lo llevara, de modo que me envió de vuelta a recogerlo. —El brillo de los ojos del conde informó a todos sobre qué era ese «algo» que la condesa echaba en falta.

Sonriendo cordialmente, el conde dirigió su atención a los demás presentes y luego miró a su hijo enarcando las cejas.

—Esto... —Barnaby tenía la sensación de que las cosas se le estaban yendo de las manos—. Ya conoces a Stokes, por supuesto. —El conde intercambió una inclinación de la cabeza con el inspector, a quien conocía bastante bien. Barnaby se volvió hacia Penelope—. Permíteme presentarte a la señorita Penelope Ashford.

La joven se levantó, hizo una reverencia y tendió la mano al conde.

—Milord, es un placer conocerle.

—Lo mismo digo, querida, lo mismo digo. —Tomando su mano entre las suyas, el conde le dio unas palmaditas. Le sonrió encantado de la vida—. Conozco a tu hermano. A menudo habla de ti.

Penelope sonrió y contestó con cortesía.

Una sensación de ahogo se cernió sobre Barnaby. Su padre lo sabía. Y si él lo sabía..., su madre también. Maldijo para sus adentros. Se las arregló para respirar una pizca mejor cuando su padre, por fin, soltó a Penelope y se volvió hacia Griselda.

Barnaby hizo las presentaciones y luego condujo a su padre junto a los niños, explicando lo suficiente de su historia para justificar su presencia.

—¡Unos chicos muy valientes! —El conde asintió con aprobación y se volvió para escrutar a Smythe—. Y éste es nuestro villano, deduzco.

—Más bien su esbirro. —A fin de mantener la atención de su padre alejada de Penelope, Barnaby le pasó una de las listas de Alert.

Se disponía a explicar qué era cuando la joven le tocó el brazo. Con el mentón, dirigió su atención hacia los niños, que estaban bostezando.

—Tal vez Mostyn podría llevárselos a la cocina para que tomen un vaso de leche y acostarlos. Me los llevaré al orfanato mañana.

Mostyn asintió, hizo una seña a los niños y los condujo hacia la puerta.

Barnaby se volvió de nuevo hacia su padre y vio que leía la lista con el ceño fruncido.

—¿Qué haces con una de las infernales listas de Cameron? —Su padre lo miró—. ¿Qué significa esto?

Por un instante, Barnaby creyó haberle oído mal.

—¿Una lista de Cameron?

Su padre agitó la lista que le había entregado, la de las casas.

—Esto. Me consta que lo escribió Cameron. —Miró la hoja otra vez—. Aunque esté todo en mayúsculas, reconocería su caligrafía en cualquier parte. Como secretario de Huntingdon, Cameron pasa a limpio nuestras agendas, siempre con esta meticulosidad. —Desconcertado, miró a su hijo—. ¿Qué es esto? Reconozco nuestra dirección, por supuesto, y las demás... Parece una de las rondas de Huntingdon.

Tras cruzar una mirada de asombro con Stokes, Barnaby frunció el ceño.

—¿Las rondas de Huntingdon?

El conde soltó un bufido.

—Deberías prestar más atención a la política. Huntingdon es concienzudo en extremo y visita regularmente a los pesos pesados del partido en su calidad de parlamentario. Es muy aplicado.

—¿Y Cameron va con él? —preguntó Stokes.

El conde se encogió de hombros.

—No siempre, pero sí con frecuencia. Si hay algún asunto que debatir, Cameron está presente para tomar notas.

Stokes reclamó la atención de Barnaby.

—Todos los artículos robados estaban en bibliotecas o estudios, ¿te has fijado?

Barnaby asintió.

El conde perdió la paciencia.

—¿Qué artículos robados?

Su hijo le pasó las demás hojas.

—Estos artículos, los que nuestro principal villano dispuso que Smythe robara para él.

El conde agarró los papeles y los estudió. No tardó en ver lo que implicaban, sobre todo cuando llegó al objeto robado en su casa.

—¿La estatuilla de la tía abuela de tu madre? —Levantó la vista hacia Barnaby, que asintió.

—Junto con todo lo demás.

El conde torció el gesto.

—¿Se ha apoderado de todos?

—De todos excepto del último, pero todavía no ha tenido tiempo de venderlos. Y ahora, gracias a ti y Smythe, sabemos quién es.

El conde sonrió, esta vez con rapacidad.

—Magnífico.

Fue Penelope quien hizo la pregunta más pertinente:

—¿Dónde vive Cameron?

El conde lo sabía.

—Vive con su señoría en Huntingdon House.

Una vez que el conde les hubo asegurado que lord Huntingdon aún estaría levantado y dispuesto a recibirlos aunque faltase poco para las dos de la madrugada, todos salieron en tropel hacia Huntingdon House, en la cercana Dover Street.

Stokes se llevó a dos agentes que patrullaban en St. James y los puso a cargo de Smythe, dado que lord Cothelstone sostuvo que también debía ir con ellos, de modo que fue una verdadera procesión la que desfiló por la puerta de Huntingdon House. Pero el ayuda de cámara de Huntingdon dio la talla y manejó el asunto con aplomo. Dejando que el conde, un visitante habitual, se anunciara a sí mismo y a su hijo Barnaby ante lord Huntingdon en su estudio, el ayuda de cámara condujo a Penelope, Griselda y Stokes a la sala de estar y luego acomodó a los niños, a Mostyn, los agentes y Smythe en sillas de respaldo recto dispuestas en el pasillo que arrancaba en el vestíbulo.

Al cabo de cinco minutos, el ayuda de cámara estuvo de vuelta para acompañarlos a todos al sanctasanctórum de su amo.

Huntingdon, un caballero alto y robusto, no tenía un pelo de tonto. Escuchó sin revelar emoción alguna mientras Barnaby y Stokes explicaron las imputaciones contra el hombre que Smythe y los niños habían conocido como señor Alert y que podía ser el secretario personal de su señoría, Douglas Cameron.

Cuando le dijeron que Smythe y los niños podían identificar a Alert, Smythe por su aspecto y los niños por su voz, Huntingdon observó a los tres y luego asintió.

—Muy bien. De lo contrario, su historia resulta difícil de creer, aunque estas listas son condenatorias. Ésta es su caligrafía, y estas casas las ha visitado a menudo conmigo. No veo motivo para no someter a Cameron a la prueba. Si por un azar del destino es inocente, no tendrá consecuencias para él.

Barnaby inclinó la cabeza.

—Gracias, milord.

—No obstante —Huntingdon levantó un dedo—, lo haremos correctamente. —Dicho esto, su señoría dio instrucciones, disponiendo dónde se situaría cada uno y qué debería hacer.

Dos puertas, una a cada extremo del largo estudio, daban a habitaciones contiguas; un gran biombo oriental se alzaba delante de cada puerta. Huntingdon envió a los dos agentes y a Smythe detrás de un biombo; Penelope, Griselda y los niños se ocultaron detrás del otro.

—Los niños no saldrán hasta que yo lo indique. El ayuda de cámara de Adair aguardará aquí, junto a la puerta, y cuando le dé la señal, les indicará que entren. Es importante que los niños no se muevan de detrás del biombo, donde podrán oírnos pero no vernos. —Huntington fijó en Penelope su penetrante mirada—. Confío en usted, señorita Ashford, para que me diga si los niños identifican a Cameron correctamente como el hombre al que oyeron dar instrucciones a Smythe. Aguarde a que la avise para salir y decírmelo.

Ella asintió.

—Sí, señor.

Se fue con Griselda y los niños a la habitación contigua.

Cuando todo quedó dispuesto al gusto de Huntingdon, con el conde y Barnaby de pie detrás del escritorio a su derecha y Stokes junto a la pared a su izquierda, Huntingdon llamó a su ayuda de cámara y le ordenó que fuera a buscar a Cameron.

—Y, Fergus, ni una palabra sobre quién hay aquí.

El ayuda de cámara pareció ofendido.

—Naturalmente, milord.

Huntingdon miró a Stokes y luego a Barnaby.

—Caballeros, si bien aprecio el interés que ponen en este asunto, seré yo quien dirija esta entrevista. Les quedaré agradecido si, diga lo que diga Cameron, guardan silencio.

El inspector parecía preocupado pero asintió. Barnaby accedió de buena gana; aprobaba la táctica de su señoría y no veía motivos para no dejar el interrogatorio en sus muy capaces manos.

Al cabo de un minuto, se abrió la puerta y entró Cameron.

Barnaby lo estudió. Llevaba el pelo castaño, cortado a la moda, un tanto despeinado, y tenía un ligero rubor en las pálidas mejillas; Huntingdon había explicado un rato antes que le había dado la noche libre y Fergus había confirmado que Cameron había salido alrededor de las nueve y regresado hacía poco.

Iba tan bien vestido como de costumbre, tan impecable como siempre; tras un brevísimo titubeo, excusable dada la inesperada reunión, cerró la puerta y se adentró en el estudio, pasándoles revista con su habitual arrogancia, mostrando una mayor deferencia por el padre de Barnaby y Huntingdon.

Barnaby reparó en ello, así como en la actitud ecuánime que usó con él. Aquel hombre era muy consciente de las diferencias de clase; trataba a quienes consideraba inferiores con desdeñosa insolencia, y a quienes estaban por encima, como Huntingdon y el conde, con aduladora deferencia, y a quienes consideraba sus iguales, como Barnaby, con indiferente respeto. Según le había enseñado la experiencia a Barnaby, sólo quienes no estaban seguros de cuál era su lugar en el mundo invertían tanto esfuerzo en afianzarlo.

Cameron se detuvo a un paso del escritorio. Como cualquier buen secretario, su expresión no revelaba nada, ni siquiera curiosidad.

—¿Qué se le ofrece, milord?

—Cameron. —Juntando las manos encima del cartapacio, Huntingdon le miró con franqueza—. Estos caballeros han venido a contarme una historia alarmante. Según parece, creen que usted ha estado implicado...

Huntingdon resumió el caso con maestría, omitiendo los detalles redundantes, centrándose en el resultado y las conclusiones.

Observando a Cameron atentamente, a Barnaby le pareció que palidecía ante la mención de las listas, aunque bien pudo deberse a que estuviera perdiendo el rubor lentamente. A pesar de todo, Barnaby y, a su juicio, también su padre y Huntingdon, vieron confirmada la culpabilidad de Cameron en cuestión de minutos.

No reaccionó; pese a que la declaración inicial de Huntingdon había dejado claro que se le consideraba sospechoso de ser la mano oculta tras los delitos que Huntingdon describió, Cameron mantuvo su distante compostura. Un hombre inocente, por más dueño de sí mismo que fuera, habría manifestado como mínimo algún indicio de sorpresa, perplejidad o turbación al ser informado de tales asuntos.

En cambio, Cameron se limitó a aguardar pacientemente hasta que Huntingdon llegó al final de su recitado, que concluyó diciendo:

—Bien, estimado Cameron, ¿tendría la bondad de aclararnos la exactitud de esta historia?

Y entonces Cameron sonrió; una sonrisa desenvuelta y caballerosa que invitaba a su señoría y también al conde a participar de la broma.

—Milord, toda esta historia no es más que pura invención, al menos en lo que atañe a mi supuesta implicación. —Con un ademán descartó la idea, junto con las listas que había sobre el cartapacio—. No acierto a entender por qué han recaído sobre mí las sospechas, pero le aseguro que no he tenido nada que ver con esta... serie de robos. —Su gesto dio a entender que era inconcebible que alguien lo hubiese considerado capaz de realizar un acto como una «serie de robos», como limpiar una chimenea.

Dicho esto, se quedó a la expectativa, haciendo patente con su expresión, su porte y su actitud la absoluta confianza en que Huntingdon aceptaría su palabra y descartaría las acusaciones vertidas contra su persona.

Barnaby lo entendió todo de repente. Cameron, mientras conducía el carruaje, les había visto con Smythe pero no se había imaginado que lo identificarían. Se había olvidado de las listas, o no se le había ocurrido que alguien pudiera verlas y reconocer su caligrafía. Había acudido al estudio preparado para hacer frente a las acusaciones que pudieran surgir, vagas y sin el respaldo de pruebas concluyentes, poniendo absoluta confianza en su posición social como salvaguarda de su integridad.

Las cosas no eran como había supuesto pero, ahora que estaba allí, su única baza era interpretar el papel que tenía previsto. No tenía otra defensa.

Bajando la vista, Barnaby murmuró:

—Está actuando para ampararse en las reglas de los caballeros.

Lo dijo en voz baja, pero su padre y Huntingdon lo entendieron.

Huntingdon estudió a Cameron, luego separó las manos y se reclinó en su butaca.

—Vamos, Cameron. Tendrá que hacerlo mejor.

Un destello de ira brilló en los ojos de Cameron. Estaba acostumbrado a descifrar el doble juego de su patrón; ahora veía que, contrariamente a lo que esperaba, Huntingdon no iba a ayudarle a librarse de aquella historia «descabellada», y mucho menos a cerrar filas con él, como un caballero tomando partido por otro caballero.

—Milord. —Cameron abrió las manos—. No sé qué decir. Desconozco por completo estos sucesos.

Desde su posición detrás del escritorio, Barnaby, por el rabillo del ojo, vio movimiento detrás del biombo cuando Penelope y Griselda retuvieron a los niños sin hacer el menor ruido; Mostyn había salido discretamente del estudio poco antes.

Cameron tomó aire.

—De hecho, debo decir que estoy un poco sorprendido al verme como objeto de tales acusaciones. —Sus ojos se desviaron hacia Stokes—. Sólo cabe conjeturar que los oficiales a cargo de la investigación son incapaces de hallar al culpable. Quizá se figuran que señalando a uno de sus superiores causarán tanta indignación que se pasará por alto su fracaso en proteger a la buena sociedad.

Stokes apretó la mandíbula y un leve rubor le tiñó las mejillas, pero no respondió a la pulla sino que siguió observando a Cameron con una mirada impertérrita que conseguía transmitir su desprecio.

Cameron entornó los ojos pero no pudo decir más en ese frente; apartando la vista de Stokes, miró a su patrón y se dio cuenta de que aún no había conseguido desvirtuar la acusación.

No obstante, Huntingdon parecía estar considerando su sugerencia.

—¿En serio? —inquirió con tono alentador, invitando a Cameron a explicarse.

Cameron miró un momento a Barnaby y luego buscó los ojos de Huntingdon.

—También soy consciente de que, para algunos, resolver crímenes como éste y echar la culpa a miembros de la clase alta se ha convertido en una especie de diversión. Una diversión que trae aparejada cierta notoriedad, incluso fama. Tales consideraciones pueden nublar el juicio cuando se consiente que lleguen a ser una obsesión. —Osó esbozar una sonrisa—. Una suerte de adicción, si usted quiere.

—Vaya —respondió Huntingdon con frialdad.

Barnaby bajó la cabeza para disimular su sonrisa; Cameron acababa de cruzar una línea roja invisible: un caballero no vertía esa clase de acusaciones contra otro caballero en público, sólo en privado.

—En resumidas cuentas, milord —dijo Cameron endureciendo la voz—, sospecho que estas acusaciones, sospechas o llámelas como quiera, me inculpan por pura conveniencia. Dudo mucho que hubiera algún motivo personal a la hora de elegirme como chivo expiatorio. Sucede simplemente que reúno las condiciones de un sospechoso que, por virtud de mi condición y del puesto que ocupo como secretario suyo, desviará la atención de la deplorable falta de pruebas en este asunto.

Levantando la vista, Barnaby vio la dura mirada de Cameron fija en Huntingdon. Tuvo que reconocer el mérito de Cameron; de haberse tratado de cualquiera con menos carácter que Huntingdon, esa última pulla, recordatorio de que si acusaban a Cameron, el prestigio de Huntingdon se resentiría, le habría valido para salir bien parado, al menos en aquella habitación y en aquel momento.

Lo que creyó ver en el semblante de Huntingdon animó más a Cameron.

—¿Se le ofrece algo más, milord?

Pero había subestimado a su patrón. Juntando otra vez las manos encima del cartapacio, Huntingdon lo miró con severidad.

—Por supuesto que sí. Curiosamente, no ha explicado por qué unas listas de casas y objetos robados en ellas, redactadas con su inconfundible caligrafía, obraban en poder del ladrón que reconoce

411

haberlos robado. Por más que usted sostenga no saber nada sobre esas listas, yo mismo puedo confirmar que usted ha visitado con frecuencia todas esas casas y que está familiarizado con sus bibliotecas y estudios, como mínimo lo bastante para tener cierto conocimiento de los artículos robados. Muy pocos caballeros tienen tal grado de conocimiento de esas casas. Asimismo, usted se cuenta entre los pocos con conocimiento y acceso suficientes para haber falsificado la orden policial emitida contra el orfanato.

»Si bien las listas redactadas con su peculiar caligrafía, su familiaridad con las casas en cuestión y su capacidad para falsificar órdenes judiciales podrían descartarse por separado como circunstanciales, tomadas en conjunto mueven a reflexión. No obstante, puesto que sostiene su absoluta inocencia, no pondrá ninguna objeción a que el ladrón —hizo una seña para que Smythe saliera de detrás del biombo— confirme si usted es o no es el hombre para quien ha trabajado.

Para esa eventualidad, Cameron sí estaba preparado. Con toda calma, se volvió y plantó cara a Smythe.

El grandullón lo miró con detenimiento y masculló:

—Es él. Se hacía llamar señor Alert.

Cameron se limitó a enarcar las cejas y se volvió de nuevo hacia Huntingdon.

—¡Milord! —exclamó con expresión y tono de incredulidad—. ¡No me diga que piensa confiar en la palabra de un hombre como éste! Sería capaz de decir cualquier cosa. —Lanzando una mirada a Stokes, agregó—: Supongo que le habrán dado un incentivo para hacerlo. Ningún tribunal dictará sentencia basándose en su palabra.

Huntingdon asintió con gravedad.

—Tal vez no. Sin embargo, hay otros testigos. —Miró hacia el otro lado de la habitación—. ¿Señorita Ashford?

Penelope salió de detrás del otro biombo y se dirigió a su señoría.

—Ambos niños han reconocido en el acto la voz de su secretario. No cabe duda de que es el hombre a quien oyeron dar instrucciones a Smythe —miró a Cameron— sobre qué casas robar y qué llevarse de cada una.

Cameron la miraba fijamente.

—Dos niños inocentes que no están bajo coacción ni amenazas y que, por consiguiente, no tienen motivos para mentir. —Huntingdon hizo una pausa y luego preguntó—: ¿Qué dice ahora, Cameron?

De pronto nervioso, el secretario dirigió la vista a su señoría.

Barnaby comenzó a rodear el escritorio.

Cameron no reaccionó como un caballero, sino que arremetió contra Penelope. Atónita, ésta se vio sujetada por los brazos. Con los ojos desorbitados, Cameron le dio la vuelta y la inmovilizó contra él. Y blandió una navaja ante su rostro.

Un escalofrío recorrió el espinazo de la joven. Cameron debía de estar loco. La navaja parecía afilada.

—¡Atrás! —gritó Cameron al tiempo que arrimaba la espalda a la pared. Penelope notó cómo volvía la cabeza hacia un lado y otro. Percibía el nerviosismo, rayano en el pánico, que emanaba de él—. ¡Atrás, he dicho! O le rajo la mejilla. —De repente, la navaja con su brillante filo estaba muy cerca del rostro de ella.

Un sudor frío estremeció a Penelope, aterrada. Cameron era muy fuerte y no podría zafarse de él, menos aún con la navaja tan cerca. Había separado las piernas y ni siquiera podía darle patadas. Inspiró hondo y se obligó a apartar la mirada de la navaja. Miró a los demás; veía borrosos sus rostros. Entonces vio a Barnaby, consiguiendo enfocarle la cara.

Estaba junto al escritorio, pálido y demudado el rostro, los rasgos en tensión, listo para intervenir, pero retenido por la amenaza de Cameron. Observaba todo sin perder detalle.

Cuando Cameron recorrió la estancia con la vista para ver qué hacían los demás, Barnaby abrió la boca e hizo el gesto de morder.

Penelope se quedó perpleja pero enseguida lo entendió. Echó la cabeza hacia atrás contra el pecho de Cameron y le clavó los dientes en la mano que empuñaba la navaja.

Cameron dio un grito.

Cerrando los ojos, Penelope volvió a morder con toda el alma y apretó la mandíbula.

Cameron chilló como un poseso. Intentó apartar la mano pero fue en vano. Con esa mano inmovilizada, no podía usar la navaja. Y con la fuerza del mordisco, tampoco podía soltarla. Se sacudió de un lado para otro, aullando, tratando furiosamente de librarse de Penelope.

Forcejeaban y daban vueltas pero la joven se negaba a soltarlo. Con un esfuerzo tremendo, Cameron le dio un violento empujón que la obligó a soltarlo; salió despedida a través de la estancia y chocó contra Stokes y el conde, y al caerse hicieron tropezar a los dos agentes que habían corrido en su auxilio.

Liberándose apresuradamente del grupo que había arrastrado con ella, a gatas, Penelope vio a Cameron blandiendo la navaja para mantener a Barnaby a distancia. Huntingdon estaba de pie pero no podía rodear el escritorio sin distraer a Barnaby.

Y a juzgar por su cara, Cameron sólo aguardaba una ocasión para rajar a Barnaby.

El tiempo pareció detenerse.

La navaja soltó un destello, luego otro. Barnaby se agachó justo a tiempo.

Cameron gruñó y arremetió. Con el corazón en un puño, Penelope se puso a gritar. En el último instante, Barnaby se giró y la navaja brilló al deslizarse junto a su pecho.

Barnaby fue a coger el brazo de Cameron pero éste se echó para atrás. Con ojos de loco, blandiendo la navaja para mantener a raya a todos, fue retrocediendo.

Se había olvidado de Griselda, o quizá ni siquiera había reparado en ella. Saliendo subrepticiamente de detrás del biombo, la sombrerera había cogido una pesada estatuilla de una mesa auxiliar y se estaba acercando por detrás, manteniéndose pegada a la pared. Sosteniendo la estatuilla en alto, aguardó a que llegara su momento y, cuando tuvo a Cameron a su alcance, le asestó un buen golpe en el cráneo.

Penelope se puso trabajosamente de pie mientras Cameron se tambaleaba.

—¡Más fuerte! —gritó a su amiga—. ¡Dale otra vez!

Anticipándose a Griselda, Barnaby dio un paso al frente, apartó la navaja y soltó un puñetazo tremendo contra la mandíbula de Cameron, que salió despedido y chocó de espaldas contra la pared y puso los ojos en blanco. Le fallaron las rodillas y se escurrió hasta el suelo, donde quedó hecho un guiñapo.

Barnaby se irguió delante de él, haciendo una mueca mientras sacudía la mano.

Horrorizada, Penelope corrió a su lado.

Huntingdon le dio una palmada en el hombro.

—Buen trabajo.

Penelope no estaba tan segura. Cogió la mano de Barnaby, su hermosa, elegante y hábil mano, y observó cómo se le iba enrojeciendo en torno a los nudillos pelados.

—Oh, Dios mío, ¿qué le has hecho a tu mano?

Para desconcierto de Barnaby, el leve daño que se había hecho en la mano tenía absorta a Penelope. Todo lo demás quedaba relegado a segundo plano. Para ella lo principal era llevárselo enseguida a Jermyn Street para atender sus heridas. Salvar sus nudillos pelados.

Que Mostyn se hubiera hecho cargo de los niños, ofreciéndose a cuidar de ellos y llevarlos al orfanato a la mañana siguiente, ratificó su impaciencia por marcharse cuanto antes de allí.

Cosa que también Barnaby decidió que le convenía; aparte de todo lo demás, necesitaba hablar con ella enseguida, antes de que su padre dijera algo que le complicara más la vida.

Penelope sintió un gran alivio cuando él se avino a dejar el asunto en manos de lord Huntingdon y su padre. Según su punto de vista, sobraban personas capaces para hacerse cargo del desalmado Cameron y adoptar todas las medidas necesarias. Los agentes llevarían a Smythe y Cameron a Scotland Yard; Stokes acompañaría a Griselda a su casa. La única responsabilidad de Penelope era velar por el bienestar de los niños y Barnaby.

Esto último era lo prioritario. Cuando llegaron a su casa, pidió a Mostyn que acostara a los niños y arrastró a Barnaby hasta su dormitorio. Lo obligó a sentarse en la cama y luego fue al cuarto de baño a buscar una palangana de agua.

Regresó, acercó el candelabro para tener más luz, le examinó la herida y masculló:

—Los hombres siempre a puñetazos. —Estaba muy agitada; no sabía muy bien por qué—. No tenías por qué pegarle; Griselda podría haberse encargado de él si le hubieses concedido un segundo más.

—Necesitaba pegarle.

Penelope pasó por alto la dureza de su tono.

—Me gusta mucho tu mano, ¿sabes? —La sumergió en el agua fría—. Las dos. Me gustan mucho otras partes tuyas, por supuesto, pero eso no viene al caso. Tus manos... —Cayó en la cuenta y se calló. Inspiró profundamente—. Estoy parloteando. —Oyó el asombro de su propia voz, pero su lengua no se detuvo—. ¿Ves a qué me has reducido? Yo nunca parloteo; pregunta a cualquiera. Penelope Ashford no ha parloteado en su vida, y heme aquí, parloteando como una boba, y todo porque no has tenido cuidado...

Barnaby la hizo callar con el sencillo recurso de darle un beso. Agachando la cabeza, le cubrió los labios y le paró la lengua con la suya.

Deslizó un brazo en torno a ella y la atrajo hacia sí.

Casi al instante, Penelope se relajó.

Al principio fue un beso con ternura, un prolongado, relajante y tranquilizador intercambio. Pero había mucho más entre ambos, reacciones más primitivas que pedían ser saciadas, necesidades más poderosas que despertaban e inesperadamente los atraparon, adueñándose del beso, infundiéndole pasiones que ninguno de ellos tenía intención de mostrar pero que necesitaban desesperadamente mitigar. Aplacar. Satisfacer.

Barnaby ladeó la cabeza y le saqueó la boca, causando estragos en sus sentidos..., y ella le correspondió con ardor. Se sacudió el agua de las manos y las hundió en sus cabellos, atravesando los mechones rizados para agarrarle la cabeza, sujetarlo con firmeza y besarlo a su vez; reclamarlo como suyo con la misma avidez, la misma avaricia, la misma glotonería con que él la reclamaba.

Con el mismo desenfreno y la misma desmedida.

Cuando finalmente interrumpieron el beso, ambos respiraban deprisa; el anhelo y la necesidad, no sólo físicos, corrían por sus venas. El mismo pálpito, la misma pulsión. Penelope lo miró a los ojos y vio todo lo que ella sentía bullendo en sí misma, el mismo tumulto de sentimientos.

La misma razón oculta.

El mismo motivo. La misma fuerza.

Tomó aire entrecortadamente, dispuesta a hablar; a todas luces, el momento de hacerlo había llegado. No obstante, la asaltó una duda. Barnaby era un soltero empedernido; toda la buena sociedad lo sabía. Si ahora ella hablaba y proponía, y él rehusaba, el tiempo de estar juntos tocaría a su fin. A pesar de sus deseos, en cuanto él supiera que estaba pensando en el matrimonio, si no lograba convencerlo para que aceptara, Barnaby la apartaría de su vida... y Penelope dudaba mucho que pudiera soportar algo así. Si hablaba y él no accedía, ella perdería todo lo que tenía ahora.

Y si no hablaba... perdería todo lo que podrían tener.

Incluso si él abrigaba los mismo sentimientos que ella, eso no significaba que viera el matrimonio como el camino apropiado para él.

Por primera vez en su vida, enfrentada a un claro desafío, su coraje se tambaleó. Jamás se había enfrentado a un momento tan crítico. Buscó alguna pista en los ojos de él, algún indicio de cómo iría a reaccionar. Y recordó... Torció el gesto.

—¿Por qué necesitabas pegar a Cameron?

Él lo había dicho como si tuviera una importancia que trascendiera el mero hecho de detener al malvado.

Barnaby le sostuvo la mirada y sonrió irónicamente. Bajó la vista a sus labios.

—Has dicho que lo hice sin pensar. —Apretó la mandíbula—. Y tienes razón, no lo pensé. Fue algo... extraño. Yo nunca hago las cosas sin pensar; igual que tú nunca parloteas. Pero desde que Cameron te sujetó... dejé de pensar. No necesitaba hacerlo. Lo que necesitaba estaba perfectamente claro sin que tuviera que intervenir la mente.

Hizo una pausa e inspiró hondo.

—Tenía que pegarle porque te había agarrado. Si hubiese agarrado a Griselda, no habría sentido lo mismo; aunque a lo mejor Stokes sí. Pero Cameron te agarró a ti, y en algún momento de estas últimas semanas has pasado a ser mía. Mía para protegerte. Para tenerte y sostenerte. Para mantenerte a salvo.

La miró a los ojos y Penelope vio la sinceridad que brillaba en los suyos.

—Por eso le atice, porque ni siquiera tuve que pensar para saber que debía hacerlo. Necesitaba hacerlo y punto. —Hizo una pausa y prosiguió—: He oído que las cosas pueden ser así con una mujer determinada. No creía que tal cosa fuera a sucederme, pero contigo ha ocurrido. Si no quieres ser mía... —Escrutó sus ojos y, endureciendo la voz, agregó—: Es demasiado tarde. Porque ya lo eres.

Penelope había estado buscando algo a lo que entregar su corazón, y allí lo tenía, brillando en los ojos de Barnaby.

—Me parece que deberíamos casarnos.

Él se sintió invadido por un júbilo inmenso; mirando los ojos oscuros de la joven, se regocijó para sus adentros.

Sin darle tiempo a reaccionar, Penelope frunció el ceño.

—Me consta que es una proposición sorprendente, pero si atiendes a mi razonamiento creo que verás que es consistente y presenta importantes ventajas para los dos.

Aquello era lo que él pretendía conseguir. Procuró que sus ojos no revelaran su sensación de triunfo; quería oír todo lo que ella tuviera que decirle.

—Adelante, soy todo oídos.

Penelope volvió a fruncir el ceño, insegura sobre cómo interpretar su tono, pero tomó aire y prosiguió:

—Sé tan bien como tú que hay una larga lista de razones lógicas, racionales, dictadas y aprobadas socialmente por las que deberíamos casarnos. —Lo miró de hito en hito—. Pero ni tú ni yo permitimos que tales consideraciones nos afecten; las menciono pura y simplemente para descartarlas, señalando tan sólo que un matrimonio entre nosotros gozaría de aceptación social.

Barnaby pensó que su madre se pondría loca de contenta. Asintió y aguardó. Ella posó su mirada en sus labios.

—Hace semanas comentaste que nos llevamos excepcionalmente bien. En privado, en público, en sociedad e incluso, siendo lo más notable, en lo que atañe a nuestras excéntricas vocaciones. Podemos conversar sobre cualquier tema que nos interese y además disfrutamos haciéndolo. Hablamos de cosas de las que no hablaríamos con nadie más. Compartimos ideas. Reaccionamos de manera semejante ante los problemas. Las mismas circunstancias nos empujan al mismo fin. —Levantó la vista para mirarlo a los ojos—. Como ya dije en su momento, somos complementarios. Todo lo que ha sucedido desde entonces no ha hecho más que subrayar lo correcta que fue esa aseveración.

Él ladeó la cabeza y escrutó sus ojos.

—Tú y yo no somos iguales —prosiguió ella—, pero nosotros, nuestras vidas, en cierto modo encajan. —«Tú me completas», pensó, transmitiendo la idea con la misma eficacia que si la hubiese pronunciado en voz alta—. Juntos somos más fuertes que por separado. Creo que estas semanas así lo han demostrado. —Hizo una pausa—. De modo que pienso que deberíamos casarnos y dar continuidad a la pareja que hemos formado. Para nosotros, el matrimonio no será una limitación, sino que nos permitirá expandir nuestra asociación abriéndola a todos los aspectos de nuestras respectivas vidas.

A través de las manos que apoyaba en su espalda, Barnaby percibió el férreo propósito que la dominaba.

—Por eso pienso que deberíamos casarnos. Y eso es lo que desearía si estuviera en mis manos y tú también lo desearas.

Sincera, directa, lúcida y resuelta; Barnaby la miró a los ojos y vio todo eso y más. Lo único que tenía que hacer era sonreír de un modo encantador, fingir que estaba atónito con su propuesta, su proposición, simular que consideraba sus argumentos y luego aceptar con dignidad.

Y entonces ella sería suya y él tendría cuanto deseaba sin necesidad de admitir, de revelar ni reconocer más que ante sí mismo, lo que le impulsaba. La fuerza que había clavado sus garras en su alma y ahora le poseía.

Por desgracia... parecía que esa fuerza tenía otras ideas.

Sincera, directa, lúcida y resuelta... no bastaba. Que él se limitara a aceptar nunca bastaría.

—Sí, deberíamos casarnos. —La aspereza de su voz hizo que Penelope abriera los ojos. Y sin darle tiempo a pensar, a especular, añadió—: Pero...

Intentó desesperadamente censurar sus propias palabras pero teniéndola entre sus brazos, con sus ojos negros en los suyos, de repente fue imperativo, más importante que la vida, que ella lo supiera y entendiera, absoluta y completamente.

—Cuando dimos los primeros pasos hacia la intimidad, si hubieses tenido más experiencia te habrías dado cuenta de que un hombre como yo no te habría tocado si no estuviera pensando en el matrimonio.

Penelope abrió más los ojos. Hubo un compás de espera antes de que consiguiera decir:

—¿Desde entonces?

Barnaby asintió, apretando la mandíbula.

—Exactamente desde entonces. Eras una virgen de alta cuna, hermana de tu hermano; ningún caballero honorable te habría tocado, sólo que yo quería que fueras mi esposa y tú, por aquel entonces, eras contraria al matrimonio. De modo que me doblegué a tus deseos, pero sólo porque estaba empeñado en hacerte cambiar de parecer.

Penelope entornó los ojos.

—¿Querías hacerme cambiar de parecer?

Su tono hizo reír a Barnaby.

—Ni siquiera entonces, cuando no te conocía tan bien, imaginé que pudiera lograrlo. Yo no podía hacerte cambiar de parecer pero esperé, recé, para que llegaras a ver por ti misma que casarte conmigo podía ser una buena idea. Que te convencieras a ti misma para cambiar de postura. Tal como has hecho.

Barnaby había contado con que ella siguiera sus comentarios en orden cronológico hasta el presente; en cambio, tal como debería haber previsto, retrocedió hasta el punto que había revelado pero no explicado.

—¿Por qué querías casarte conmigo? —Frunció el ceño, perpleja—. Casi desde el principio de nuestra relación, antes de que llegáramos a conocernos bien... ¿Qué te indujo a querer casarte conmigo?

Él tuvo que vencer el embarazo, forcejear consigo mismo, para revelar la verdad.

—No lo sé. —Al ver que le miraba incrédula, reiteró—: No lo sé. —Apretó los dientes y prosiguió—: En ese momento, lo único que sabía era que eras la mujer de mi vida. No lo entendía pero aun así lo tenía claro.

—¿Y decidiste actuar basándote en eso? —Parecía un tanto... fascinada.

Era peligroso admitirlo, pero Barnaby se obligó a asentir.

La mirada de Penelope, oscura y luminosa, se enterneció. Ladeó la cabeza sin quitarle los ojos de encima.

—¿Y ahora?

La pregunta definitiva.

Mirándola a los ojos, se obligó a hablar. A confesar y acabar con aquello de una vez, a decirle todo lo que nunca había tenido intención que supiera.

—Sigo sin comprender por qué un hombre en su sano juicio le diría esto a una mujer, pero... te amo. Antes de que entraras en mi vida, no tenía ni idea de lo que era el amor; lo veía en los demás, incluso lo apreciaba en ellos, pero nunca lo sentí. De modo que no sabía cómo era, cómo sería... Hasta ahora. —Inspiró hondo—. Cuando Cameron te inmovilizó, amenazándote con la navaja, literalmente lo vi todo rojo. Lo único que sabía era que tú, en torno a quien gira mi vida ahora, estabas en peligro. Que si te ocurría algo no podría seguir viviendo; tal vez existiría pero no estaría verdaderamente vivo tal como lo he estado contigo durante estas últimas semanas.

Barnaby le escrutó los ojos.

—Antes no has llegado a decirlo, así que lo haré yo: tú completas mi vida. Te amo, te necesito y quiero que seas mía, y que todo el mundo lo vea y lo sepa. —Para su sorpresa, le resultó fácil decirlo—. Quiero que nos casemos. Quiero que seamos marido y mujer.

Penelope lo miró a los ojos y luego, lentamente, sonrió.

—Me alegro —dijo. Le cogió la cabeza y la acercó a la suya—. Porque también es lo que yo quiero, porque también te amo. Es extraño e inesperado pero fascinante y excitante, y quiero seguir explorándolo contigo. —Con sus bocas separadas apenas unos centímetros, hizo una pausa. Sus cautivadores labios carnosos esbozaron una sonrisa deliciosa—. Y quizá quieras recordar que discutir conmigo nunca es prudente.

Barnaby habría reído de buena gana pero Penelope lo besó. Y siguió besándolo cuando él la estrechó entre sus brazos y le correspondió.

Pegada a él, lo alentó. Con todas las barreras derribadas, todos los obstáculos superados, ya no había motivo alguno para no celebrar al máximo lo que habían hallado, lo que compartían: el amor, el deseo, la pasión.

Dieron rienda suelta a los tres sentimientos. Juntos, como un único ser, dejaron que el tumulto hiciera estragos y los devorase.

Dejaron que los arrastrara a un combate alocado, desesperado, vertiginoso, acuciado por la necesidad. Quién tomaba a quién, quién era más provocador, quién transmitía mejor su devoción... Como siempre, discutieron sin hablar, pegados el uno al otro, abordaron la cuestión y al final renunciaron a perseguir la respuesta. En beneficio de su mutuo deleite, su mutuo placer y su suprema satisfacción.

Hasta el momento culminante en que él la tuvo debajo, en que ella se arqueó y lo tomó dentro de sí, en que las manos de ella se aferraron desesperadas mientras el coronaba la cima; en ese momento, bajando la mirada hacia ella, hacia el arrobo tan descarnadamente perfilado en sus facciones, no pudo dudar, no dudó, que la devoción de ella, su entrega, su amor, eran iguales a los suyos.

Entonces la vorágine la arrastró, y la gloria emanó a través de ella, entrando en él. Incluso cuando sus manos resbalaron inertes de sus hombros, la estrecha sujeción del cuerpo de Penelope lo arrastró con ella hacia el vacío eterno. Hacia ese momento donde imperaba la exquisita sensación de que nada importaba salvo que eran uno.

El momento los fundió, los envolvió en cálidas nubes de dicha, de plenitud, de bendición, con la certeza de que allí era donde el destino había querido llevarlos; indefensos ante algo que ninguno de los dos podía negar.

Íntegros. Completos. Uno en brazos del otro.

Se casaron, no en cuestión de días como habrían deseado sino a finales de enero. Diciembre llegó y con él vino la nieve; palmos y palmos de nieve. Aunque sus respectivas casas solariegas no distaban mucho entre sí, sus madres declararon al unísono que eran demasiados quienes tendrían que enfrentarse a posibles ventiscas para asistir a las nupcias; por consiguiente, dichas nupcias deberían posponerse hasta después del deshielo.

Según Penelope tuvo ocasión de oír camino de la iglesia, ella y Barnaby debían considerarse afortunados por haber podido casarse antes de abril.

El clima no afectó del mismo modo la vida cotidiana en la ciudad. Cameron fue encarcelado en Newgate, pendiente de la revisión de los cargos que iban a imputarle; su juicio forzosamente debería postergarse hasta que aquellos a quienes había robado regresaran a la capital para identificar sus pertenencias.

El día siguiente al arresto de Cameron, Stokes y Huntingdon registraron la casa. Gracias a una criada que había oído ruidos en el trastero adyacente a su minúscula habitación del desván, descubrieron el alijo compuesto por los siete objetos que Smythe y los niños habían entregado a Cameron.

Riggs había confirmado que Cameron era un conocido suyo, que había estado en su casa de St. John's Terrace y que su amante, la señorita Walker, era esclava del láudano. Riggs se había quedado perplejo al enterarse de los actos de Cameron.

—Siempre me pareció un buen tipo. Jamás hubiera sospechado que fuese capaz de algo así.

Ese sentimiento encontró eco en muchos otros; fue Montague quien finalmente arrojó luz sobre los motivos de Cameron.

Cameron no era lo que había pretendido ser, y eso venía siendo así desde sus tiempos de estudiante. Hijo de un molinero del norte que se había casado con la hija del señor del lugar, su abuelo materno, miembro de la pequeña nobleza, había disfrutado enviándolo a Harrow.

Lamentablemente, gracias a sus compañeros, los años de colegio le dejaron entrever el mundo de la alta sociedad. Ahí nació su ambición, su ardiente deseo, no sólo de acceder a ese círculo selecto sino de formar parte de él. De modo que había ocultado sus modestos orígenes y disimulado afanosamente su condenatoria carencia de recursos económicos.

Se las había arreglado para llegar a fin de mes gracias al juego, que le había resultado muy útil hasta que tropezó con una mala racha. Su vida fue de mal en peor rápidamente. Había caído en las garras del prestamista con peor reputación de todo Londres, un usurero que Stokes y sus superiores estarían encantados de ver fuera de circulación pero del que ni los deudores desesperados ni los hombres muertos se sentían inclinados a hablar.

Dado que el plan de Cameron había sido de su propia invención, no fue de demasiada ayuda en ese sentido. Ahora que dicho plan, así como la fachada que había construido, se habían desmoronado echando por tierra sus ilusiones, Cameron se había ensimismado y prácticamente no hablaba.

Habida cuenta de la magnitud de los robos que había tramado, así como del abuso de su posición como secretario de Huntingdon para tal fin, a sabiendas de que tales actos dañarían gravemente el prestigio del todavía en ciernes Cuerpo de Policía, y visto que había incitado a Smythe y Grimsby a cometer un asesinato, a raptar niños inocentes e inducirlos a iniciarse en la delincuencia, el destierro era lo mejor que Cameron podía esperar; tendría suerte si se libraba de la horca.

La nota alegre la puso la boda del inspector Basil Stokes y la señorita Griselda Martin a principios del Año Nuevo. Después de pasar la Navidad con sus familias, primero en Calverton Chase y luego en Cothelstone Castle, y tras haber viajado, por orden de la duquesa, a Somersham Place para participar en las festividades, donde se vieron sometidos a otra ronda de felicitaciones y bromas, Barnaby y Penelope aprovecharon la excusa para huir. Enfrentándose al mal estado de las carreteras, llegaron a la capital la víspera de la boda. Y menos mal, ya que Barnaby era el padrino de Stokes y Penelope acompañó a Griselda como su dama de honor.

Penelope consideró el resultado un triunfo. Se apresuró a arrancar a la feliz pareja la promesa de que asistirían a sus nupcias con Barnaby cuando llegara el momento.

A finales de mes, tras haber bailado el vals que abrió la celebración de su boda, vals que disfrutó hasta lo más hondo de su alma, Penelope se retiró de la pista del salón de Calverton Chase y confesó a su hermana Portia, que junto con su hermana mayor Anne había sido dama de honor:

—Fue muy tentador, estando en Londres, hacer que Barnaby obtuviera una licencia especial y resolver el asunto sin más, pero...

—No os atrevisteis a enfrentaros a la consiguiente decepción de vuestras madres. —Portia sonrió—. No lo habríais olvidado nunca.

Mirando hacia el otro extremo del salón de baile, donde estaban sentadas en un canapé su madre y la de Barnaby, rodeadas por otras damas de su misma categoría, recibiendo encantadas las felicitaciones de sus conocidos, Penelope frunció el ceño.

—No lo entiendo; tampoco es que no hayan presidido las bodas de sus hijos hasta hoy. Para mamá, ésta es la quinta, y para la duquesa, la cuarta; a estas alturas, sería normal que no les hiciera tanta ilusión.

Portia se rio.

—Te olvidas de una cosa. Para ellas, esta boda representa un triple triunfo.

—¿Y eso?

—Para empezar, sabes perfectamente que toda la sociedad estaba al tanto de tu resuelta oposición a casarte. Tu cambio de parecer supone un triunfo inmenso para mamá. Y lo mismo sirve para Barnaby; se temía mucho que engrosara las filas de los solteros empedernidos, así pues no es de extrañar que lady Cothelstone esté radiante. Y por último, pero no por ello menos importante, tanto para mamá como para la duquesa, sois los últimos. Los más jóvenes y los últimos de su prole. —Portia miró hacia donde estaban las dos señoras—. A partir de esta mañana ya no les queda ninguna tarea pendiente.

Penelope pestañeó; aquello desde luego daba una nueva perspectiva a la felicidad de su madre.

—Pero lo más probable —dijo tras reflexionar— es que pongan el mismo interés en las vidas y las bodas de sus nietos.

—Interés sí, pero a distancia; sospecho que dejarán que nosotras carguemos con las preocupaciones de nuestra prole.

Hubo algo en la voz de Portia que hizo que Penelope la mirara con más atención. Al cabo de un momento, preguntó:

—¿Eso es lo que trae el viento?

Portia la miró a los ojos y se sonrojó, cosa que no solía ocurrirle con frecuencia.

—Es posible. Todavía es pronto para estar seguros, pero... es probable que vuelvas a ser tía dentro de unos siete meses.

Emily ya tenía dos hijos, y Anne acababa de dar a luz al primero, un niño, cuya llegada había reducido a su marido, Reggie Camarthen, a un estado de adoración rayano en la idiotez.

—¡Estupendo! —Penelope sonrió—. Me muero de ganas de ver a Simon armando alboroto por otra persona.

Portia sonrió a su vez.

—Igual que yo.

Ambas se quedaron absortas pensando en ello, y luego Penelope sustituyó a Simon por Barnaby... y la asaltó la duda. No se había detenido a pensar en los hijos; cabía que vinieran o no, pero la idea de coger en brazos a un angelical Barnaby de rizos dorados le causó una extraña sensación que le aceleró el pulso.

Apartó la idea para examinarla más tarde, pues aún no se había acostumbrado del todo a estar tan ridícula y perdidamente enamorada, cuando otros invitados reclamaron su atención. Todos los miembros de ambas familias y sus parientes habían asistido; no sólo estaba a rebosar Calverton Chase, sino que muchas casas cercanas y todas las posadas de los alrededores estaban repletas de huéspedes.

La más anciana era lady Osbaldestone; a pesar de su avanzada edad, sus ojos negros seguían siendo muy agudos. Había dado unas palmadas a Penelope en la mejilla diciéndole que era una joven muy inteligente. Penelope se había guardado de preguntarle qué acto en concreto demostraba su inteligencia.

La tarde transcurrió entre música, baile y regocijo general. La vistosidad del exterior hacía que la atmósfera festiva aún fuera más placentera puertas adentro.

Finalmente, tras soportar durante horas que le tomaran el pelo por su cambio de postura en lo concerniente al matrimonio, a lo que con absoluta sinceridad había respondido que, dado que Penelope era una joven excepcional, su antiguo rechazo de las damiselas en general nunca se había aplicado a ella, declaración que desató la hilaridad de Gerrard, Dillon y Charlie, Barnaby encontró a Penelope, hábilmente se disculpó en nombre de ambos ante aquellos que conversaban con ella y se la llevó a bailar un vals.

La pista de baile era el único lugar en que Penelope se dejaba guiar sin oponer resistencia. Cosa que Barnaby no dudó en aprovechar.

—Creo —dijo mirando sus ojos oscuros— que deberíamos marcharnos. Ahora mismo.

—Vaya. —Penelope enarcó las cejas, sonriente—. ¿Y adónde nos marchamos? ¿Seguimos a Stokes y Griselda de vuelta a la ciudad?

—Sí y no. —El inspector y su flamante esposa se habían quedado durante las primeras horas del interminable banquete nupcial, pero Stokes había tenido que regresar a Londres; se habían marchado hacía unas horas—. Iremos hacia Londres pero por una ruta diferente.

Barnaby poseía una cabaña de caza no lejos de allí; hacía años que era suya pero apenas la usaba. Para aquella ocasión, lo había dispuesto todo para convertirla en el nido perfecto para la noche de bodas. Sonrió sin apartar los ojos de los suyos. Antes de que Penelope entrara en su vida, nunca se había considerado un hombre romántico. Al parecer no era así.

—Creo que te gustará el sitio al que vamos.

La sonrisa de Penelope devino más tierna y profunda.

—Me consta que sí.

No podía haberlo adivinado; Barnaby levantó las cejas.

—Porque sólo necesito estar allí contigo —añadió ella.

Ahora le tocó a él sentir la oleada de cariño que había demudado su expresión. Notó que el corazón se le expandía. Ella lo percibió en su mirada.

—¿Puedo hacer una sugerencia para mejorar tu plan?

Tal como él había esperado.

—Adelante.

—¿Ves esa puerta de allí, al otro lado del espejo? —Barnaby asintió y ella prosiguió—: Cuando pasemos por delante en la siguiente vuelta, podríamos pararnos sin más, abrirla y escaparnos. Si no..., si nos despedimos formalmente, nos pasaremos horas saludando. Ya hemos dado las gracias a todos por asistir. Propongo que nos marchemos antes de quedar empantanados.

Barnaby le escrutó los ojos, luego miró al frente mientras la conducía dando la siguiente vuelta. Llegaron a la altura de la puerta y se detuvo, la abrió, hizo pasar a Penelope y la cerró a sus espaldas, cogiéndola entre sus brazos y besándola como un joven enamorado.

Entonces se escaparon.

Como bien había aprendido, fuera cual fuese el asunto en cuestión, sus dos mentes juntas siempre funcionaban mejor que una sola.

Epílogo

Londres, dos meses después

—Por cierto, Stokes ha mandado recado esta mañana; Cameron ha abandonado estas costas. —Barnaby levantó la vista de la hoja de noticias que estaba leyendo mientras saboreaba el café matutino.

Sentada en la otra punta de la mesa del comedor de desayunos de su recién adquirida casa en Albemarle Street, Penelope levantó la vista, con la mirada perdida... Luego asintió y volvió a concentrarse en la lista que estaba confeccionando.

Barnaby sonrió, cogió su taza y bebió un sorbo. Era una de las cosas que adoraba en ella; nunca esperaba que él la obsequiara con agudezas ni ninguna otra cosa mientras desayunaban. A cambio, ella nunca lo agobiaba con parloteos insustanciales.

Con satisfecha apreciación, dejó que su mirada se posara en su pelo moreno antes de seguir leyendo las noticias.

La víspera habían invitado a una cena íntima a Stokes y Griselda. Si alguien le hubiese dicho que su esposa jugaría un papel decisivo a la hora de acercar su vida a la de Stokes, propiciando su amistad como ambas esposas hacían, habría pensado que dicha persona estaba loca. Pero Penelope y Griselda eran buenas amigas y hacía tiempo que prescindían de las barreras sociales. Él y Penelope cenaban en la casita de Greensbury Street, a la vuelta de la esquina de la tienda de Griselda, que Stokes había comprado a su novia, con la misma frecuencia que la otra pareja lo hacía con ellos.

Penelope ya dominaba el arte de comer mejillones.

Mostyn se personó con más tostadas. Cuando las dejó al lado de Penelope, ésta levantó la vista, ajustándose las gafas en lo alto de la nariz.

—Hoy voy a ir al orfanato, Mostyn. Por favor, dígale a Cuthbert que necesitaré el carruaje dentro de media hora.

—Muy bien, señora. Avisaré a Sally para que le traiga el abrigo y la bufanda.

—Gracias.

Penelope siguió con su lista.

Tras saludar debidamente a Barnaby, Mostyn se retiró. Aunque no sonrió, parecía caminar con más brío.

Esbozando una sonrisa, Barnaby miró otra vez a su esposa. Cuando se incorporó para repasar la lista y dejó el lápiz en la mesa, le preguntó:

—¿Cómo siguen Jemmie y Dick?

Ella lo miró sonriente.

—Me alegra decir que muy bien. Por fin se han integrado con los demás chavales. Englehart dice que se aplican en clase. Según parece, desde que se propuso la idea de formarse para ser policías, todos se han convertido en alumnos ejemplares.

Jemmie había preguntado a Barnaby en voz baja, en una de sus ahora frecuentes visitas al orfanato, si era posible que niños como él llegaran a ser agentes de policía. Tras asegurarle que sí, Barnaby lo había comentado con Penelope y ésta, con su acostumbrado celo, se había apropiado de la idea y reclutado a su padre para la causa de establecer un sistema de aprendizaje para futuros agentes.

Recuerdos del desconcierto del padre de Barnaby cuando le dijo por primera vez lo que quería pedirle flotaron agradablemente en su mente.

Cogió el lápiz y siguió con la lista de asuntos que debía atender ese día. Era plenamente consciente de la mirada de Barnaby, de cómo la estaba mirando. Tal vez aún no se tratara de la duradera adoración que había visto en los ojos de lord Paignton, pero le parecía un comienzo excelente; se deleitó en él y lo guardó en secreto junto a su corazón.

En general, casarse con Barnaby Adair había sido una decisión excelente. Una sabia elección. La única concesión que había tenido que hacer era llevarle con ella cuando iba a lugares peligrosos, lo cual no era ninguna privación, y si él no podía acompañarla, lo hacían el cochero y dos, no uno sino dos, lacayos.

Penelope no había tenido inconveniente en aceptar este acuerdo. Como en todo lo demás, Barnaby no buscaba restringir sus movimientos sino protegerla.

Porque era muy importante para él.

Eso, había resuelto Penelope, podía aceptarlo con absoluta ecuanimidad.

—Quería recordarte —dijo a su marido, mirándolo a los ojos— que tu madre nos espera a cenar esta noche. No estoy segura de quién más habrá, pero enviaré a Mostyn a averiguarlo. De todos modos, deberíamos ir. —Bajando la vista, apuntó la orden que debía darle a Mostyn en la lista—. Tú y tu padre podéis hablar de vuestros asuntos, y luego yo podré darle la lata sobre el plan de aprendizaje. Con un poco de suerte, Huntingdon o algún otro comisionado también asistirá, de modo que podemos matar dos o más pájaros de un tiro, por decirlo así.

Barnaby sonrió, gesto que se amplificó al imaginar la indignación de su madre cuando averiguara que su selecta reunión servía a tales fines; hacía muy poco que se había descubierto impotente ante la implacable testarudez de Penelope.

—Sí, por supuesto. Volveré a casa temprano.

Durante años, había eludido las invitaciones de su madre y los compromisos sociales en general, pero teniendo a Penelope a su lado, le parecía estupendo asistir a donde ella decidiera.

Era la esposa perfecta para él; ni siquiera su madre lo dudaba. Lo cual le ponía en la envidiable posición de poder delegar el trato con todas las señoras de buena cuna, su madre incluida, en Penelope. Lo único que él tenía que hacer era ponerse cómodo, observarlas en acción y divertirse con sus maquinaciones y ocurrencias.

Al casarse con ella había aprendido lo que era la auténtica satisfacción.

Por fin, ahora que había puesto su vida y su amor en sus manos, todo iba perfectamente en su mundo.